*„Einfach verliebt"*
Wenn Kayla einen Grundsatz hat, dann den: Finger weg von den eigenen Kunden! Ein Flirt inhouse passt nicht zu ihrem Selbstbild als junge, erfolgreiche Chefin. Aber in Kane McDermotts Fall macht sie eine Ausnahme. Seit er in ihrer Benimm-Schule aufgetaucht ist, unterrichtet Kayla ihn höchstpersönlich. Und er lernt schnell! Doch richtig gut ist er in allem, was nach dem Unterricht beginnt ...

*„Einfach skandalös"*
Catherine weiß, was gut für sie ist, und vor allem, was nicht! Bestimmt kein Mann, der im Mittelpunkt des öffentlichen Interesses steht und ständig von Paparazzis umschwirrt wird. Also ist eine Affäre mit Logan Montgomery, egal wie verlockend die Vorstellung ist, offensichtlich genau das Falsche. Doch wenn es um ihn geht, liegen bei Catherine Herz und Verstand plötzlich Meilen auseinander ...

*„Einfach sexy"*
Er heißt Ben, ist ihr neuer Nachbar und der Mann, mit dem die Fotografin Grace nachholen möchte, was sie bisher versäumt hat. Mit Ben wird sie ein neues Kapitel in ihrem Leben beginnen, das groß mit dem Wort LUST überschrieben ist! Was macht das schon, dass sie so gut wie nichts über ihn weiß? Mehr als Grace denkt. Zum Beispiel ahnt sie nicht, in wessen Auftrag er in New York ist ...

*Carly Phillips*

# Verliebt, skandalös und sexy

MIRA® TASCHENBUCH
Band 25137
5. Auflage: August 2008

MIRA® TASCHENBÜCHER
erscheinen in der Cora Verlag GmbH & Co. KG,
Axel-Springer-Platz 1, 20350 Hamburg
Deutsche Taschenbucherstausgabe

Titel der nordamerikanischen Originalausgaben:
Simply Sinful/Simply Scandalous/Simply Sensual
Copyright © 2000/2001 by Karen Drogin
erschienen bei: Harlequin Enterprises Ltd., Toronto
Published by arrangement with
Harlequin Enterprises II B.V., Amsterdam

Konzeption/Reihengestaltung: fredeboldpartner.network, Köln
Umschlaggestaltung: pecher und soiron, Köln
Titelabbildung: by GettyImages, München
Autorenfoto: © by Harlequin Enterprise S.A., Schweiz
Satz: D.I.E. Grafikpartner, Köln
Druck und Bindearbeiten: CPI – Ebner & Spiegel, Ulm
Printed in Germany
ISBN 978-3-89941-176-8

www.mira-taschenbuch.de

*Carly Phillips*

# Einfach verliebt
Roman

Aus dem Amerikanischen von
Roswitha Enright

## 1. KAPITEL

*S*o werden Sie Ihre Herzensdame gewinnen!" hatte es im Prospekt geheißen. „Kommen Sie zu CHARME, und Ihr ganzes Leben wird sich verändern."

Kane McDermott spähte durch einen winzigen Spalt zwischen den zugezogenen Vorhängen ins Innere des Hauses. Er konnte wenig sehen, lediglich einen Hinterkopf mit kinnlangem blonden Haar und einen schlanken, wohlgeformten Körper, der den Vergleich mit einem Playboy-Model nicht zu scheuen brauchte. Obwohl es ein kalter Frühlingstag war, wurde ihm plötzlich ganz heiß.

Es könnte zwar Spaß machen, die Frau zum Essen auszuführen und mit ihr zu flirten, aber dennoch war er mit seinem jetzigen Auftrag sehr unzufrieden. Sicher, er hatte einen schwierigen Fall hinter sich, und sein Vorgesetzter war der Meinung gewesen, er brauche mal eine Pause. Reid hatte zwar das Wort „ausgebrannt" nicht benutzt, aber Kane hatte sehr gut herausgehört, was er eigentlich meinte. Das war alles Unsinn. Es stimmte zwar, dass die letzte Drogenfahndung danebengegangen war, aber das bedeutete nicht, dass er unbedingt eine Pause brauchte. Er hatte eine harte Kindheit in Boston verlebt und wusste sehr genau, wann er nicht mehr belastbar war. Und diese Grenze war noch lange nicht erreicht.

Er konnte sich noch so sehr wünschen, dass das unschuldige Kind bei dem Schusswechsel nicht getroffen worden wäre, aber es war nun einmal passiert. Nicht von Kanes Kugel – der Junge war von seinem eigenen Bruder erschossen worden. Kane wusste, dass er nicht die Verantwortung dafür trug, aber er fühlte sich dennoch schuldig. Keiner hatte vorhersehen können, dass der kleine Bruder des Dealers ihnen plötzlich in die Quere kommen würde, aber die

Schreie der Mutter würde Kane sein Leben lang nicht vergessen. Er lehnte es ab, Urlaub zu nehmen, denn das würde die Erinnerungen nicht auslöschen, und so hatte der Captain ihm diesen ungefährlichen Undercover-Auftrag gegeben.

Jeder Anfänger konnte herausfinden, ob es sich bei „Charme" um eine Art Benimmschule für Männer handelte oder ob sich dahinter ein Callgirl-Ring verbarg. Für Kane war jeder, der Tipps für den Umgang mit Frauen brauchte, genauso wenig ernst zu nehmen wie dieser ganze windige Auftrag. Wie blöd musste man sein, wenn man einen Kursus brauchte, um zu wissen, wie man bei Frauen ankam? Und dann noch bei einer, die so aussah wie diese.

Was für eine Verschwendung! Aber wahrscheinlich war diese Art des Unterrichts besser als die anderen Dienste, die sie möglicherweise ihren zahlenden Kunden leistete. Da sie für ihre Tante und ihren Onkel gearbeitet hatte, die inzwischen verstorben waren, wusste sie sicher, was hier gespielt wurde.

Aber egal, was auch immer sie tat, er hatte keine Lust zu diesem albernen Job. Normalerweise arbeitete er Undercover mit Drogendealern, und jetzt mutete man ihm zu, sich bei der Inhaberin von „Charme" anzubiedern. Nach wie vor hatte er seine Zweifel, dass er die Rolle des Hilfe suchenden Tölpels glaubhaft spielen konnte, und hatte sich deshalb noch einen anderen Plan zurechtgelegt. Aber genau würde er das natürlich erst wissen, wenn er es ausprobiert hatte.

Er legte die Hand auf den Türknopf. War sie nun ein Callgirl oder nicht? Das musste er als Erstes herausfinden.

Kayla Luck warf einen wütenden Blick auf die alte Heizung, der mit normalem Menschenverstand nicht beizukommen war. Ihre Putzfrau hatte gestern die Heizung an-

*Einfach verliebt*

gemacht, und als Kayla nach Hause kam, war es heiß gewesen wie in einer Sauna. Kayla hatte dann zwar mit Mühe an dem verrosteten Schalter gedreht, um sie wieder abzustellen, aber die Heizung lief weiter, und die Temperatur stieg unablässig. Unter diesen Bedingungen musste Kayla heute den Unterricht ausfallen lassen, und sie hoffte, dass alle Kursteilnehmer die Nachricht erhalten hatten.

Ihr war heiß, und sie zog sich schnell die Jacke ihres Hosenanzugs aus. Darunter trug sie ein Seidentop, aber selbst darin war ihr heiß. Das alte zweistöckige Haus, das sie zusammen mit dem Geschäft geerbt hatte, hatte schon seine Tücken. Während ihre Schwester Catherine sich mit ihrem Erbteil einen Traum erfüllen und eine Ausbildung zur Gourmetköchin machen konnte, hatte Kayla vorerst darauf verzichtet, ihre Träume wahrzumachen, und das Geschäft übernommen, damit sie Geld verdienen konnte. Das altmodische Sandsteinhaus war sehr gemütlich, aber es hatte viel zu viele Zimmer. Früher hatte ihre Tante eine Art Tanzschule gehabt, hatte also Tanzstunden gegeben und auch Unterricht darin, wie man sich bei Verabredungen mit Freundinnen verhielt. Zu der Zeit mochte das vielleicht ja noch seinen Sinn gehabt haben, aber heutzutage war kaum einer mehr daran interessiert. Kayla hatte gehofft, Tante und Onkel zu einigen Modernisierungen zu bewegen, aber bis zu deren Tod im letzten Jahr war ihr das nicht gelungen.

Kayla versuchte sich auf die neuen Erfordernisse einzustellen. Heutzutage mussten Männer nicht mehr darin unterwiesen werden, wie sie sich Frauen gegenüber benehmen sollten. Aber viele Geschäftsleute waren unsicher in Fragen des guten Benehmens, vor allen Dingen, wenn sie mit ausländischen Geschäftsfreunden umgehen mussten. Da Kayla sprachlich sehr begabt war, hatte sie das Unternehmen tatsächlich modernisieren können. Amerikanische Geschäftsleute und Touristen waren nicht länger den fremdländi-

11

schen Speisekarten hilflos ausgeliefert, und dank der gezielten Werbung erhielt Kayla inzwischen auch Anfragen von größeren Unternehmen in der City, die Niederlassungen im Ausland hatten.

Ihr eigenes Leben hatte sich auch sehr verändert. Obwohl keineswegs reich, war sie in einem der mieseren Viertel Bostons aufgewachsen. Während ihre Schulkameraden immer nach der neuesten Mode gekleidet waren, mussten sie und ihre Schwester ihre Sachen tragen, bis sie ihnen buchstäblich vom Leib fielen. Als Heranwachsende hatte Kayla sich sehr unwohl gefühlt, denn da sie körperlich für ihr Alter ziemlich weit entwickelt war, war sie immer dem Spott der Klassenkameraden ausgesetzt. Die Mädchen machten sich über sie lustig, und die Jungen meinten, dass sie mit Absicht so enge Sachen anzöge. Und so vergrub sie sich in ihre Bücher und hatte nur einen einzigen Menschen, dem sie vertraute – ihre Schwester.

Kayla fröstelte trotz der Hitze, wenn sie an diese Zeit dachte. Aber das alles war jetzt vorbei, und „Charme" hatte überlebt. Es war ein richtiges Dienstleistungsunternehmen geworden, das eine sinnvolle Aufgabe zu erfüllen hatte. Sie hatte zwar mal mit dem Gedanken gespielt, Dolmetscherin zu werden, wollte aber die Interessen der Familie nicht zu kurz kommen lassen. „Charme" war ein Familienunternehmen, und alles, was die Familie betraf, war Kayla und Catherine heilig.

Sie griff nach ihrem Notizblock. Der Heizungsmonteur hatte noch nicht zurückgerufen, sie würde es also alle halbe Stunde wieder versuchen und machte sich eine entsprechende Notiz.

Im nächsten Jahr würde sie einen ordentlichen Gewinn machen, und dann brauchte sie auch den Tanzsaal mit den großen Spiegeln an den Wänden nicht mehr an Aerobic-Gruppen zu vermieten. Eine wunderbare Vorstellung. Ihre freie Zeit jetzt sollte sie nutzen, die Buchhaltungsunterlagen von Tante und Onkel durchzusehen. Aber erst musste sie mal frische Luft in das Haus lassen. Sie ging nach vorn, um die Türen und Fenster zu öffnen. Da ging die Türglocke. Offensichtlich hatte einer der Kursteilnehmer die Nachricht nicht erhalten.

Sie trat in den Flur und blieb wie angewurzelt stehen. Vor ihr stand ein großer, schlanker Mann in einem konservativen Anzug und sah sie mit seinen dunklen Augen durchdringend an. Kayla war froh, dass sie heute nichts zum Mittag gegessen hatte, denn ihr wurde plötzlich ganz flau im Magen.

Ihr Atem ging schneller, und sie spürte, wie eine brennende Hitze in ihr aufstieg, die nichts mit der kaputten Heizung zu tun hatte.

Er sah genauso aus wie die Manager, die sie so gern für ihre Kurse gewinnen wollte. Außerdem war er so attraktiv, dass es ihr beinahe die Sprache verschlug.

„Kann ich etwas für Sie tun?"

Er nickte und lächelte linkisch. „Miss Luck?" Er hob die Hand, überlegte es sich wieder, streckte sie Kayla dann aber doch mit so viel Schwung entgegen, dass er fast ihren Brustkorb traf.

Sie legte den Kopf schief. Was für ein merkwürdiges Benehmen, schoss es ihr durch den Kopf. „Ja. Kann ich Ihnen helfen?"

„Bin ich hier richtig bei ‚Charme'?" Seine Stimme war tief und sexy, was so gar nicht zu seiner ungeschickten Begrüßung passte.

„Ja, das sind Sie." Sie lächelte. „Ich bin Kayla Luck, die Inhaberin." Sie gab ihm die Hand.

„Ich freue mich, Sie kennen zu lernen, Miss Luck." Ohne Vorwarnung schüttelte er ihr die Hand, heftig und lange. „Oder Mrs.?" Er hielt kurz inne. „Entschuldigen Sie, ich hätte vorher fragen sollen, ich meine, es ist sehr unhöflich und beleidigend für eine Dame ..."

„Miss oder Mrs., das ist mir egal", unterbrach sie ihn und entzog ihm schnell die Hand, bevor er ihr den Arm auskugeln konnte. Wieder fand sie sein Verhalten irgendwie merkwürdig.

„Nicht verheiratet", sagte er und grinste. „Heute ist mein Glückstag." Er schüttelte den Kopf. „Entschuldigen Sie, das war dumm. So was hören Sie doch sicher dauernd."

„Das kann man wohl sagen. Was kann ich ... also, ich meine, was kann ‚Charme' für Sie tun, Mr. ...?"

„McDermott. Kane McDermott."

„Kommen Sie wegen des Wein-Kurses? Der musste heute nämlich leider ausfallen."

Er wischte sich mit dem Handrücken über die Stirn. „Ich kann mir vorstellen, warum. Es ist hier ja heiß wie in einem Backofen. Nun verstehe ich auch, weshalb Sie so sommerlich angezogen sind." Jetzt wirkte er überhaupt nicht linkisch, sondern sah sie mit einem sehr eindeutigen Blick von oben bis unten an.

Sie wusste, dass ihr das Top eng am Leib klebte, und verschränkte verlegen die Arme vor der Brust. Sie kannte diesen Blick und hatte ihn hassen gelernt, aber zum ersten Mal in ihren fünfundzwanzig Lebensjahren genoss sie die offene Bewunderung, die daraus sprach.

Ein merkwürdiger Mann. Einerseits benahm er sich tölpelhaft und ungeschickt, andererseits wie der perfekte Verführer. Wer war er wirklich? Und was wollte er hier?

Er sah aus, als hätte er einen Termin mit einem Fotografen, so korrekt gekleidet, wie er war, das dunkelblonde Haar straff nach hinten gekämmt, wenn er es auch etwas länger trug, als es sonst bei leitenden Angestellten üblich war. Das gab ihm ein etwas verwegenes Aussehen, was durch seinen sehr direkten Blick noch unterstrichen wurde.

*Einfach verliebt*

Sein unsicheres Verhalten passte überhaupt nicht zu dem attraktiven Äußeren. Mr. Kane McDermott hatte in seinem Leben offensichtlich schon einiges durchgemacht.

Er war ganz anders als die Männer, die sonst zu ihr kamen. Aber er war ein potenzieller Kunde, und sie sollte aufhören, ihn zu analysieren, und stattdessen mit ihm über das Geschäftliche reden.

„Möchten Sie etwas Kaltes trinken?"

Er lehnte sich gegen die Wand und ließ sie nicht aus den Augen. „Wie wäre es, wenn ich Sie zu einem Glas einlade?" fragte er mit dieser leisen, verführerischen Stimme. „Ich meine, ach, verdammt, ich kann das nicht."

„Was können Sie nicht?"

„Ich kann nicht so tun, als sei ich ein schüchterner Tollpatsch, der lernen muss, wie man mit Frauen umgeht."

Sie hob langsam eine Augenbraue. „Und Sie meinen, das können Sie hier lernen?"

„,So werden Sie ihr Herz gewinnen!' Das stand wenigstens in dem Prospekt, das mein Freund mir gab."

„Ach so. Also, ein bisschen was verändert hat sich hier schon. Natürlich können wir Ihnen die grundlegenden Benimmregeln beibringen, sollten Sie sie nötig haben, aber weshalb sind Sie nun wirklich gekommen?"

„Ein Freund hat mir Ihre Adresse gegeben. Er hatte im letzten Jahr hier einen Kursus in Standardtänzen belegt."

„Wie heißt Ihr Freund?"

„John Fredericks. Er sagt, er sei letztes Jahr beinahe rausgeflogen."

„Ach der!" Sie lachte. „Der Arme hatte zwei linke Füße und bemühte sich verzweifelt, jemanden zu finden, der mit ihm Silvester feiern wollte." Dass dieser gutmütige und schüchterne Mann ein Freund von Kane McDermott war, konnte sie sich nicht vorstellen. Aber der äußere Eindruck konnte eben täuschen. Wenn die beiden wirklich Freunde

15

waren, war ihr Misstrauen gegen Kane vielleicht doch nicht gerechtfertigt. „Wie geht es ihm?" fragte sie.

„Er ist nach Europa versetzt worden. Er wollte Ihre Tante noch um Tipps bitten in Bezug auf die Französinnen. Das nächste Mal, wenn er hier ist, wird er sie anrufen."

Kayla wurde das Herz schwer, als sie an ihre Tante dachte. „Sie hätte ihm sicher auch ein paar gute Ratschläge geben können. Sie mochte John."

„Was ist mit ihr?"

„Sie und mein Onkel starben vor ein paar Monaten."

„Zusammen?"

„Ja." Bei der Erinnerung an den Unfall traten ihr die Tränen in die Augen, und sie senkte schnell den Blick. „Die Polizei meinte, der Wagen sei auf der regennassen Straße ins Schleudern gekommen und gegen einen Baum geprallt."

„Es muss schrecklich für Sie gewesen sein, beide auf einmal zu verlieren. Und John wird auch traurig sein."

„Danke für Ihre Anteilnahme. Ich habe meinen Onkel nicht sehr gut gekannt. Die beiden waren erst etwas über ein Jahr verheiratet, als sie verunglückten. Nun, wenigstens hat er meine Tante glücklich gemacht." Sie straffte die Schultern. „Aber das hat nichts damit zu tun, dass Sie mir etwas vormachen wollten."

Kane spannte sich an. „Ich weiß, das war nicht richtig. Aber John hat gemeint, Sie und ich, wir würden gut zueinander passen." Er blickte auf seine Hände.

„Warum haben Sie das nicht gleich gesagt?"

„Weil ich nicht wusste, ob ich John trauen konnte. Es ist ja fast wie bei einem Date mit einer Unbekannten. Und deshalb wollte ich Sie mir erst einmal ansehen", erwiderte er und sah sie treuherzig an.

„Ihr Gespräch mit John muss aber schon lange zurückliegen."

„Warum?"

*Einfach verliebt*

„Weil ‚Charme' schon seit langem keine Kennenlern-Kurse mehr anbietet und auch in unserem Prospekt nichts davon steht. Wir arbeiten jetzt mehr mit internationalen Geschäftsleuten zusammen."

Er blickte sie verlegen an. „Schon als ich durch die Tür trat, wusste ich, dass ich Ihnen nichts vormachen könnte."

„Weshalb sind Sie also wirklich gekommen?" Warum beeindruckte sie dieser Mann nur so? Es gab doch genügend gut aussehende Männer auf der Welt.

„Sie sind noch hübscher, als ich gehofft hatte."

Das ist ein bisschen zu billig, dachte sie mit Bedauern. Also ist er doch nichts Besonderes.

„Hinzu kommt noch etwas anderes. Wenn Sie wirklich all diese Kurse geben, dann müssen Sie einiges auf dem Kasten haben. Und ich gebe gern zu, dass ich kluge Frauen äußerst anziehend finde." Er grinste schief.

Gegen ihren Willen musste sie lachen.

„Bedeutet das, dass Sie mit mir ausgehen?" hakte er gleich nach.

Nur zu gern hätte sie Ja gesagt, aber mit einem Fremden auszugehen war sicher nicht besonders klug. Er wirkte sehr entschlossen, und sie wusste, ein einfaches Nein würde er nicht akzeptieren. „Sehr gern, aber ich kann mich nicht aus dem Haus rühren wegen des Heizungsmonteurs."

Er knöpfte das Jackett auf, zog es aus und hängte es über eine Stuhllehne. „Entschuldigen Sie, aber ich habe das Gefühl, bei lebendigem Leib geröstet zu werden." Er wandte sich wieder zu ihr um. „Wo waren wir stehen geblieben? Ach ja, Sie gehen mit mir aus."

Sie wollte gerade protestieren, als das Telefon klingelte. Das wird der Monteur sein, dachte sie und nahm den Hörer ab. Nach einem kurzen Wortwechsel legte sie verärgert wieder auf. „Es war der Monteur. Aber er kann erst morgen kommen. Zumindest hofft er das."

„Okay." Kane knöpfte die Manschetten auf und begann die Ärmel hochzurollen. „Dann wollen wir uns mal an die Arbeit machen."

„Wir?"

„Ja, Sie und ich. Oder sehen Sie hier sonst noch jemanden?"

„Kennen Sie sich denn mit Heizungen aus?"

„Nein, aber wenn man eine Altbauwohnung hat, dann lernt man alles Mögliche zu reparieren. Also, dann mal los."

Er hatte den einen Ärmel aufgekrempelt und nahm sich jetzt den zweiten vor. Er hatte sehr muskulöse Unterarme und eine bronzefarbene Haut. Sie hatte immer schon braun gebrannte Männer bewundert, aber dass sie so stark auf Kane reagierte, hatte nichts mit der Tönung seiner Haut zu tun. Kayla konnte kaum den Blick von ihm lösen, und ihr wurde der Mund trocken. Sie griff schnell nach einer Flasche Wasser, die neben ihr auf dem Schreibtisch stand, und befeuchtete sich die Lippen.

Sie räusperte sich. „Brauchen Sie einen Schraubenschlüssel?"

„Bringen Sie ihn auf alle Fälle mit."

Sie folgte ihm in den rückwärtigen Raum. Er kniete sich vor der Heizung auf den Boden und sah sie prüfend an.

„Die Temperatur ist bereits runtergedreht", sagte er.

„Ja, das habe ich gemacht. Offensichtlich hatte die Putzfrau die Heizung aus Versehen angestellt, und als ich kam, waren fast 35 Grad. Ich habe sie dann abgedreht, aber die Temperatur sinkt einfach nicht."

„Wahrscheinlich ist die Notsicherung so eingestellt, dass erst eine bestimmte Temperatur erreicht werden muss, bevor sich die Heizung automatisch abschaltet."

„Sie meinen, es muss noch wärmer werden?" Sie strich sich die feuchten Haare aus der Stirn.

„Da bin ich ziemlich sicher." Er sah ihr in die Augen, und

*Einfach verliebt*

wieder überlief es sie heiß. Sie blickte schnell zur Seite und wusste einfach nicht, wie sie mit den Gefühlen umgehen sollte, die seine männliche Ausstrahlung bei ihr auslöste.

„Es gibt noch eine Möglichkeit", sagte er jetzt. „Wir können den Sicherungsknopf drücken und hoffen, dass das Ganze nicht in die Luft fliegt."

Sie schüttelte den Kopf. „Nein, vielen Dank. Ich kann mir keine neue Heizung leisten."

„Dann müssen wir den Dingen ihren Lauf lassen. Haben Sie einen Eimer?"

„Ja."

„Und einen Vierkantschlüssel?"

„Wozu brauchen Sie den denn?"

„Ich will das Wasser ablassen. Dann besteht immerhin die Möglichkeit, dass sich die Sache von allein reguliert."

Sie fand einen Vierkantschlüssel in dem alten Werkzeugkasten ihres Onkels und reichte Kane den Putzeimer. Er ließ das Wasser ab und richtete sich dann zufrieden auf.

„So, nun sollte die Heizung eigentlich auch ohne Reparatur wieder abkühlen."

„Vielen Dank, Sie haben mir ein Vermögen erspart."

Er lächelte sie an. „Gern geschehen. Darf ich Sie nun zu einem Drink einladen?"

Sie schüttelte den Kopf. „Ich ..."

„Dann möchte ich bei Ihnen Stunden nehmen. Ich weiß, dass Sie den üblichen Dating-Unterricht nicht mehr geben, aber dies ist ein Notfall. Ich muss morgen mit meinem Chef zum Essen gehen, und er hat vor, seine Tochter mitzubringen. Das Mädchen interessiert mich nicht, aber ich möchte einen guten Eindruck machen und nicht in irgendwelche Fettnäpfe treten. Gehen Sie mit mir heute zum Essen, dann können Sie mir beibringen, wie man sich mit Charme und Intelligenz in einer solchen Situation verhält." Er lächelte vielsagend.

19

„Ich glaube, an Charme und Intelligenz mangelt es Ihnen nicht", erwiderte sie amüsiert.

„Dann tun Sie mir bitte den Gefallen. Ich gebe Ihnen doch eine Begründung für etwas, das Sie selbst gern wollen, oder?" Seine leise Stimme klang tief und rau.

„Ich glaube, Sie bilden sich da eine ganze Menge ein. Ich kann aber versuchen, eine meiner Kursleiterinnen zu erreichen, die sich dann um Sie kümmern kann." Jahrelang hatte sie mit Erfolg daran gearbeitet, sicher und selbstbewusst aufzutreten. Aber bei Kane McDermott fühlte sie sich unangenehmerweise wieder wie ein kleines Schulmädchen.

„Ich möchte lieber mit Ihnen ausgehen." Er sah sie bittend an.

Sie schüttelte den Kopf.

„Wie schade." Das klang richtig enttäuscht. Er wies auf das Telefon. „Dann muss ich mich heute Abend eben mit einer Fremden treffen."

Sie sah ihn überrascht an. „Ich bin doch auch eine Fremde für Sie."

„Ja, aber ich habe das Gefühl, als kennten wir uns schon lange." Wieder blickte er ihr direkt in die Augen, und wieder konnte sie seinem Blick nicht ausweichen.

Er hatte Recht. Sie ließ sich in den Drehsessel fallen, und Kane setzte sich auf eine Schreibtischecke und beugte sich vor, bis sein Mund nur noch zehn Zentimeter von ihrem entfernt war. „Wollen Sie einen willigen Schüler wie mich wirklich enttäuschen, Miss Luck?"

„Kayla." Sie fuhr sich schnell mit der Zunge über die trockenen Lippen.

Überrascht richtete er sich auf. „Es sieht so aus, als machte ich Fortschritte, Kayla."

Das war ohne Zweifel der Fall. „Ich fände es albern, wenn Sie mich den ganzen Abend Miss Luck nennen würden."

Er lächelte triumphierend. „Sehr gut. Ich weiß schon, in welches Restaurant wir gehen. Ich kenne mich zwar in der Stadt noch nicht besonders gut aus, weil ich außerhalb wohne, aber ich habe viel Gutes über das Lokal gehört."

„Einverstanden. Und wie stellen Sie sich das Ganze vor?"

„Sie helfen mir bei der Weinbestellung und bei der Auswahl der Speisen und sagen mir, was ich sonst noch für das Essen mit meinem Chef wissen muss. Interessieren Sie sich übrigens für Baseball?"

„Ja, das tue ich."

„Ich habe Karten für ein Spiel heute Abend. Wir könnten nach dem Essen hingehen."

„Aber da brauchen Sie doch ganz sicher nicht meine Unterstützung."

„Nein, aber ich würde gern noch etwas länger mit Ihnen zusammen sein. Einverstanden?"

„Ja." Viel zu sehr, dachte sie.

„Dann ist ja alles geklärt."

Kayla nickte stumm.

„Sie werden bestimmt nicht enttäuscht sein."

Das bezieht sich ganz sicher nicht nur auf die Essenseinladung, dachte sie.

Er nahm ihre Hand, ließ sie aber schnell wieder los, denn sie waren beide wie elektrisiert von der Berührung.

Schnell griff er in die Hosentasche und zog seine Brieftasche heraus. „Akzeptieren Sie American Express oder Visa?"

„Beides, aber ..." Was sollte sie darauf sagen? Dass sie ein schlechtes Gewissen hätte, von ihm für einen Abend in seiner Gesellschaft Geld zu nehmen?

Sie sah ihn an. Er gefiel ihr sehr. Außerdem konnte sie es gut gebrauchen, mal einen Abend nicht nur über das Geschäft nachzudenken.

„Ich kann auch bar bezahlen, wenn Ihnen das lieber ist", schlug er vor.

„Nein." Sie konnte kein Geld dafür nehmen, mit diesem Mann auszugehen. „Lassen Sie uns doch erst einmal abwarten, wie alles läuft. Wir können uns später immer noch über Geld unterhalten."

„In Ordnung." Er steckte die Brieftasche wieder ein und wandte sich zum Gehen. „Ich wohne im Summit Hotel und melde mich noch bei Ihnen, Miss ... pardon, Kayla."

## 2. KAPITEL

„Sie sehen scharf aus!" rief eine seiner Kolleginnen, die ihn zum ersten Mal in einem schicken Anzug sah. Kane ignorierte die anerkennenden Pfiffe und Rufe und eilte in sein Büro, wo er sich aufatmend in den Schreibtischsessel fallen ließ. Er streckte die Beine aus und starrte nachdenklich aus dem Fenster.

Was war mit ihm los? Ein Blick in dieses engelsgleiche Gesicht hatte genügt, und er wusste, dass er die Trottel-Nummer nicht abziehen konnte. Er hatte es zwar versucht, denn dadurch wäre es sehr viel einfacher gewesen, Abstand zu halten zu dieser Frau.

Kane stöhnte leise auf. Noch nie hatte er solche Augen gesehen, groß und grün und vertrauensvoll, und nie eine derart aufregende Figur. Und nur als Heranwachsender hatte er so schnell so stark auf eine Frau reagiert. Es war beinahe unheimlich, was diese Frau mit ihm gemacht hatte.

„Na? Hat der McDermott-Charme mal wieder gewirkt?"

Kane richtete den Blick auf den Mann, der ins Zimmer getreten war. Da er den Fall so kurzfristig hatte übernehmen müssen, hatte er keine Gelegenheit gehabt, mit Reid die Strategie zu besprechen. „Sie hat nicht Nein gesagt, wenn du das meinst. Hast du die Karten für das Baseballspiel?"

Reid strich sich über den kahlen Kopf. „Du bist eine Nervensäge, McDermott. Ja, ich habe meinen Schwager angerufen und ihm gesagt, mein bester Mann gehöre neuerdings zu den Leuten, die man bestechen muss, damit sie tun, was man von ihnen verlangt."

„Ach ja? Du hast mir doch gar keine Wahl gelassen. Außerdem wolltest du doch, dass ich etwas kürzer trete."

Reid blickte ihn ernst an. „Das will ich immer noch. Mach mir nichts vor, McDermott. Ich kenne dich. Ausgerechnet du willst mir erzählen, der Tod des Kindes hätte dich nicht mitgenommen? Seit deinem ersten echten Treffer habe ich dich nicht mehr so aufgewühlt gesehen."

Kane antwortete nicht. Reid hatte Recht. Als Anfänger damals hatte er einen Verdächtigen im Zuge einer Drogenrazzia tödlich verwundet. Reid hatte ihn zu sich nach Hause mitgenommen und getröstet, und seitdem waren die Reids so etwas wie ein Familienersatz für Kane.

Der Captain kannte ihn gut. Und er akzeptierte ihn so, wie er war. Auch wenn Kane gern den Einzelgänger aus Überzeugung herauskehrte, nahm Reid ihn immer wieder zu Familientreffen mit und lud ihn an Festtagen ein. Kane war ihm für seine Zuneigung sehr dankbar, obwohl er versuchte, sich diesen Einladungen hin und wieder zu entziehen. Aber er wusste, dass er bei den Reids immer ein Zuhause haben würde.

„Hoffentlich nützen uns die Karten nun auch etwas", bemerkte Reid und grinste anzüglich. „Außerdem soll es kalt werden heute Abend, da sucht die Dame vielleicht jemanden, der sie ein bisschen wärmt. War sie denn interessiert?"

Kane verschränkte die Hände hinter dem Kopf. Ja, war sie interessiert? Er dachte an ihr Lächeln, die sanft geschwungenen vollen Lippen und ihre vorsichtige Bemerkung, sie sollten abwarten und sehen, wie es lief. Sie war interessiert, ganz sicher, und bei dieser Vorstellung wurde ihm schon wieder ganz heiß. Aber mit sexueller Anziehung konnte er umgehen, denn mit Lust und Verlangen kannte er sich aus.

Verwirrender waren Kaylas andere Eigenschaften. Trotz ihres verführerischen Körpers wirkte sie auf rührende Weise unschuldig. Sie war nicht die gewiefte Geschäftsfrau, die

*Einfach verliebt*

er erwartet hatte, sondern machte eher einen unsicheren und schüchternen Eindruck.

„Betreibt die Dame nun noch ein anderes Geschäft oder nicht?" fragte Reid.

Kane überlegte. War ihre Zurückhaltung nur gespielt? War das ihre Art, sich an jemanden heranzumachen? Oder war sie wirklich so naiv und offen, wie sie tat? Er zuckte mit den Schultern. „Das werden wir noch sehen."

„Was heißt hier ‚wir'? Du wirst es sehen. Und ich hoffe, du wirst deine Aufmerksamkeit mehr auf Miss Luck richten als auf das Spiel. Außerdem will ich dich vor Mitte nächster Woche hier nicht wieder sehen."

„Okay, Captain. Ein schönes Wochenende. Und viele Grüße an Marge."

„Die kannst du auch mal persönlich überbringen", erwiderte Reid brummig und öffnete die Tür. „Sie findet, du besuchst uns viel zu selten."

Kane dachte wieder über seinen Fall nach. Reids Bemerkung, er solle sich mehr auf seine Begleiterin konzentrieren als auf das Spiel, war überflüssig. Eine Frau wie Kayla Luck konnte man einfach nicht links liegen lassen. Jeder Mann wäre stolz, mit ihr ausgehen zu dürfen.

Mit Ausnahme eines Polizisten, der einen Callgirl-Ring ausheben sollte, sofern der existierte. Vielleicht wusste die Schwester ja mehr über sie. Aber nach ihren Informationen hatte Catherine Luck Kayla alle Besitzrechte an „Charme" übertragen und kümmerte sich nur noch um die eigene Ausbildung. Woher das Geld kam, war ihr offenbar egal.

Er wippte mit dem Stuhl hin und her. Konnte es wirklich sein, dass der unschuldige Ausdruck in den grünen Augen nur gespielt war, um Kunden anzulocken?

Sie waren einander nicht gleichgültig, daran gab es keinen Zweifel. Bei dem starken sexuellen Begehren, das er ihr gegenüber empfand, würde es nicht leicht sein, sich zurück-

25

zuhalten. Er setzte sich auf und rief sich energisch zur Ordnung. Es wurde wirklich Zeit, dass er seine Gefühle beiseite schob und sich wieder auf seinen Verstand besann. War „Charme" nur eine Scheinfirma, hinter deren ehrbarer Fassade Sex gegen Geld geboten wurde? Das war hier die Frage. Und er würde es herausfinden.

„Es ist ein Baseballspiel und kein Ball."

„Es ist ein Rendezvous und kein Essen beim Chinesen mit deiner Schwester", erklärte Catherine energisch. Sie warf einen missbilligenden Blick auf Kaylas altes Sweatshirt und die Jeans, die sie trug. „Willst du den Mann denn vergraulen, bevor er feststellen kann, wie charmant und klug du bist?"

Kayla musste wieder an Kanes Bemerkung denken, dass kluge Frauen ihm gefielen. Nach dem kurzen Treffen konnte er gar nicht wissen, ob sie klug war. Er hatte sich einfach nur auf seinen ersten Eindruck verlassen. „Ich möchte nicht so aussehen, als sei ich hinter ihm her."

Catherine lächelte nur, nahm die Schwester bei der Hand und zog sie in ihr eigenes Schlafzimmer, das am selben Korridor lag wie Kaylas. Sofort öffnete sie den Schrank und ging ihre Sachen durch.

„Deine Sachen passen mir nicht", sagte Kayla mürrisch.

„Du hast wahrscheinlich eine andere BH-Größe, aber es wäre doch nicht das erste Mal, dass du etwas von mir anziehst." Ohne auf die Schwester zu achten, nahm sie einen weißen Rollkragenpullover und ein Blouson aus glänzendem hellblauen Satin aus dem Schrank. „Hier. Lass die Jeans ruhig an, das passt zusammen."

Kayla zog den Pulli über und hängte sich das Blouson über die Schultern. Catherine sah sie von oben bis unten an und nickte dann zufrieden. „Perfekt. Besser als diese ewigen Seidenblusen und Tuchhosen. Das sieht zu spießig aus. Selbst Mom wäre so nicht aus dem Haus gegangen."

„Mom hatte ja nun ganz spezielle Vorstellungen, wie man sich anziehen sollte." Kayla dachte an die Mutter, die ihre beiden Töchter allein aufgezogen hatte. Sie hatte ein Herz aus Gold gehabt, aber leider wenig Glück in ihrem Leben.

„Und die Männer haben immer hinter ihr her gepfiffen."

„Schade, dass sie darauf keinen Wert legte. Vielleicht wäre dann manches anders gekommen."

„Du meinst, Mom hätte dann besser verkraftet, dass ihr Mann sie verließ, und wäre nicht an Überarbeitung gestorben?" Catherine schüttelte den Kopf. „Ich weiß nicht. Sie hat selbst die Entscheidung getroffen."

„Sie hat sich immer nach Daddy gesehnt, das steht fest. Ob er sich auch nach ihr gesehnt hat?" Kayla sah die Schwester traurig an.

„Ich glaube nicht. Außerdem konnte er Kinder nicht ausstehen. Eins war schon schlimm genug, aber zwei waren mehr, als er ertragen konnte."

„Bist du immer noch so voller Hass?"

„Ich hasse ihn nicht, er ist mir gleichgültig." Catherine sah die Schwester plötzlich alarmiert an. „Komm bloß nicht auf die Idee, es seien alle Männer wie er. Das wäre fatal."

„Nicht, was Liebe und Verantwortung betrifft, aber bestimmt im Hinblick auf ihr sexuelles Interesse. Sie können einfach nicht ihre Finger von den Frauen lassen." Der Altersunterschied zwischen den beiden Schwestern betrug nicht mal ein Jahr.

Catherine legte sich auf ihr Bett. „Weißt du, Kayla, dieses sexuelle Interesse kann ja auch etwas sehr Angenehmes sein."

Vielleicht, wenn man Catherines Selbstvertrauen besaß.

Kayla sah die Schwester nicht an. „Gehst du heute Abend weg?"

„Allerdings. Ich gehe zum Tanzen. Mit Nick."

Nick war seit Jahren Catherines bester Freund. Er war sicher auch mal in sie verliebt gewesen, aber als Catherine darauf nicht einging, hatte er sich mit der Rolle des guten Freundes zufrieden gegeben.

Kayla sah die Schwester liebevoll an. Catherine trug einen Minirock und ein Stretchoberteil. Doch trotz ihres forschen Auftretens hatte auch sie ihre Unsicherheiten, das wusste Kayla genau. Sie waren beide von ihrer schwierigen Kindheit geprägt.

Beide hatten unterschiedlich darauf reagiert. Kayla hatte sich angewöhnt, Männer zurückzustoßen, obgleich sie sich auch nach Liebe und einem Zuhause sehnte, während Catherine viel auf Partys ging und sich sehr kontaktfreudig gab.

Catherine lachte leise. „Weißt du was, Kayla? Du wirst nie den Richtigen finden. Er muss dich finden."

„Meinst du denn, es gibt ihn überhaupt?" Merkwürdigerweise musste sie sofort an Kane denken. Er war der erste Mann, der sie körperlich anzog und den sie nicht zurückstoßen wollte. Außerdem gab er ihr das Gefühl, etwas Besonderes zu sein.

„Ich habe keine Ahnung. Aber so wie deine Augen leuchten ... Und ich möchte nicht, dass du ihn aus deiner alten Angst heraus vergraulst."

Kayla lächelte. „Ja, Kane ist irgendwie anders. Er ist sexy, und er hört mir zu. Ich bin sicher, ich bin ihm nicht gleichgültig, aber genau kann ich das nicht sagen. Ich habe so wenig Erfahrung in diesen Dingen."

„Du brauchst doch keine Erfahrungen zu haben, um zu spüren, dass er in dir etwas Besonderes sieht. Vielleicht ist er ja der Richtige."

*Einfach verliebt*

„Ich kenne ihn doch gar nicht."

„Aber du würdest ihn gern besser kennen lernen." Catherine konnte wie schon so manches Mal Kaylas Gedanken lesen. „Und es wird Zeit, dass du mal wieder mit einem richtigen Mann zusammen bist und nicht mit diesen verklemmten Typen, die zu dir in den Unterricht kommen. Du hast ja beinahe vergessen, dass du eine Frau bist."

„Er braucht meinen Rat", sagte Kayla, aber sie wusste genau, dass dies nur ein vorgeschobener Grund war und dass Kane McDermott es auch wusste.

„So? Aber mit den anderen Schülern bist du nie ausgegangen. Nun, ich bin froh, dass er dich aus deinem Schneckenhaus geholt hat, und wünsche ich dir einen schönen Abend. Komm, ich setze dich an dem Restaurant ab, dann kann ich mir den Mann auch mal ansehen."

„In Ordnung, Mom." Kayla lachte. Kane hatte sie nachmittags angerufen und ihr den Weg zu dem Restaurant beschrieben.

Kayla schwieg auf dem Weg dorthin. Er war schon da und stand auf der obersten Treppenstufe, gegen das Messinggeländer gelehnt. Ihr Herzschlag beschleunigte sich, als sie ihn in der schwarzen Lederjacke sah.

Catherine stieß leise einen anerkennenden Pfiff aus, und Kayla musste lachen. Sie fuhr sich schnell mit den Fingern durch das Haar und stieg aus. Sofort war Kane an ihrer Seite. Und während des kurzen Gesprächs zwischen ihm und Catherine gingen Kayla viele Fragen durch den Kopf. Hatte ihre Schwester Recht? War dies eine Gelegenheit, die sie beim Schopf packen musste? Lohnte es sich, etwas mit ihm anzufangen?

Kane hatte Kayla die Hand auf den Rücken gelegt und führte sie aus dem Stadion. Er bewunderte sie, denn das ganze lange Spiel hatte sie klaglos neben ihm gesessen, obgleich die Temperatur ordentlich gefallen war. Unter normalen Umständen wäre er mit dem Verlauf des Abends sehr zufrieden gewesen. Aber es waren keine normalen Umstände. Schließlich durfte er nicht vergessen, dass er für sie ja nur ein Schüler sein sollte, der dringend ihren Rat benötigte.

„Habe ich Ihnen schon gesagt, wie gut mir das Restaurant gefallen hat?" fragte sie.

Mindestens zehn Mal, dachte er lächelnd. „Das Essen oder die Atmosphäre?"

Sie lachte, und ihr Lachen wärmte ihn mehr als seine dicke Lederjacke. „Beides. All die deckenhohen Bücherregale – ziemlich ungewöhnlich für ein Lokal." Sie breitete die Arme aus und stieß gegen zwei junge Männer, die auch aus dem Stadion eilten. Sie musste lachen. „Oh, Verzeihung!"

Ihr Lachen war so ansteckend, und ihre Liebe zu Büchern gefiel ihm gut.

„Die Idee, eine Buchhandlung in ein Restaurant zu verwandeln, die Ausstattung mit den Regalen aber beizubehalten, ist einfach toll. Ich lebe nun schon so lange hier, aber ich hatte noch nie etwas davon gehört. Wie sind Sie denn darauf gekommen?"

„Ich habe so meine Quellen", erwiderte er nur und lächelte geheimnisvoll. Dennoch schlug ihm ein wenig das Gewissen. Es war alles andere als ein Zufall, dass er sie dorthin geführt hatte. Er hatte herausgefunden, dass sie sich für Bücher interessierte und viele Abende in der Bücherei verbrachte. Eigentlich merkwürdig, dass er ein schlechtes Gewissen hatte, weil er sich diese Information zu Nutze gemacht hatte. Schließlich gehörte es zu seinem Job, möglichst viel über eine verdächtige Person herauszufinden und dieses Wissen entsprechend einzusetzen. Aber sie war so vertrauensselig, dass er sich auch der kleinsten List schämte.

An diesem Abend hatte er schon eine ganze Menge über

*Einfach verliebt*

sie herausgefunden. Sie war eine Frau, der die Familie wichtig war, die tief empfand und die ihre eigenen Wünsche zugunsten ihrer Schwester zurückgestellt hatte. Die Unschuld, die aus ihren Gesten und allem, was sie sagte, sprach, rührte ihn auf eine Art und Weise an, die für ihn neu war.

Gefühlsmäßig war er überzeugt, dass Kayla lediglich das Geschäft ihrer Tante weiterführte, und das vermutlich mehr aus Pflichtgefühl als aus Freude an diesem Job. Da Gefühle aber keine Beweiskraft hatten, musste er auf andere Art und Weise versuchen zu beweisen, dass sie nicht noch ein anderes Gewerbe betrieb.

„Ich weiß nicht, warum, aber ich hatte das Gefühl, Ihnen würde das Restaurant gefallen", sagte er.

„Vollkommen richtig."

Er hatte es gewusst. Nach einer Stunde hatte er bereits mehr über sie herausgefunden, als in den Unterlagen stand. Sie war ganz offen zu ihm gewesen, hatte ihm erzählt, dass ihr Vater die Familie verlassen hatte, was sie sehr verletzt hatte, und dass die beiden Mädchen von der geliebten Mutter nur wenig Unterstützung hatten erwarten können. So war Kayla ebenso wie er mehr oder weniger auf sich selbst angewiesen gewesen. Außer zu der Schwester hatte sie kaum enge Beziehungen zu anderen Menschen. Auch hierin war er ihr ähnlich. Und als sie das Restaurant verließen, wusste er alles über sie. Er wusste, wann er ihr Komplimente machen sollte und wann nicht. Er wusste, dass er jede Art von sexueller Annäherung vermeiden musste, weil sie sich sonst gleich wieder in ihr Schneckenhaus zurückziehen würde. Aber er wusste auch, wie er sie zum Lachen bringen konnte, ja, er hatte den Eindruck, er kannte Kayla Luck. Unabhängig von seinem Auftrag fühlte er sich irgendwie mit ihr verbunden, und das machte ihn ziemlich nervös.

Als sie um die nächste Hausecke bogen, traf sie plötzlich

ein eiskalter Windstoß. Er rieb sich die Hände. „Und jetzt ...“

„Eine Tasse heiße Schokolade mit Schlagsahne“, vollendete Kayla seinen Satz, aber er hatte etwas ganz anderes sagen wollen. Er hatte eher an Whiskey gedacht. Irgendetwas, das ordentlich in der Kehle und im Magen brannte und ihn daran erinnerte, dass es sich hier um einen Fall handelte und nicht um eine private Verabredung mit einer aufregenden Frau.

Reid würde klare Beweise sehen wollen. Es wurde Zeit, dass er endlich weiterkam mit diesem Fall und sie dann nicht wiedersah. Das wäre für sie beide das Beste.

Bisher hatte er in Bezug auf den Callgirl-Ring noch nichts herausfinden können, was bedeutete, er musste die Sache etwas direkter angehen. Er verabscheute die Idee, sie zu verführen, sosehr sein Körper auch danach verlangte. Trotz des eisigen Windes wurde ihm bei dieser Vorstellung heiß vor Erregung.

„Ich dachte eigentlich mehr an Kaffee“, sagte er, „aber Hauptsache heiß.“

„Das stimmt.“ Kayla verschränkte die Arme vor der Brust. Offensichtlich war ihr kalt, aber sie beschwerte sich nicht. Das war eine Frau nach seinem Herzen. Nein, nicht nach seinem Herzen, das hatte er schon lange gegen jegliches Gefühl immun gemacht. Denn er hatte sehr früh festgestellt, dass er sich durch nichts von seinem Job ablenken lassen durfte, wenn er sich nicht selbst in Gefahr bringen wollte.

Er war immer vollkommen auf sich selbst angewiesen gewesen, denn sein Onkel hatte ihn nur unter der Bedingung aufgenommen, dass er ihn möglichst selten zu Gesicht bekam. Es kam darauf an zu überleben, das hatte Kane schon früh gelernt. Sex war in Ordnung, Liebe nicht.

Aber jetzt hatte er einen Job auszuführen. Ihr war kalt?

*Einfach verliebt*

Gut, dann sollte er Kayla wenigstens wärmen. Er sah sie an und begegnete ihrem Blick. Süß schaute sie aus mit den grünen Augen, den blonden Haarsträhnen, die der Wind ihr ins Gesicht blies, und den geröteten Wangen. Er musste sie einfach haben, gleichgültig, ob das für seinen Job gut war oder nicht.

Er umschloss ihre kalten Finger mit seinen Händen und ging mit ihr in eine kleine Nebenstraße. Er strich ihr über die Unterarme, und als er ihr Zittern spürte, wusste er, dass das nichts mit der Kälte hier draußen zu tun hatte, sondern nur mit der Erregung, die auch sie fühlte.

Er schob sie gegen eine Mauer und presste sich mit dem ganzen Körper an sie.

„Kane?"

Er las die Frage in ihren Augen und wusste nicht, was er darauf antworten konnte. Er wollte auch nicht nachdenken, er wollte nur fühlen – seinen Mund auf ihren Lippen, auf ihrer nackten Haut. Er wollte wissen, wie es war, wenn sie sich mit ihrem weichen Körper ganz dicht an ihn schmiegte und ihm zärtliche Worte ins Ohr flüsterte.

Halt! ermahnte er sich streng. Er würde seinen Job nicht aufs Spiel setzen, indem er sich mit ihr einließ, und wenn der Informant Recht hatte, dann würde sie auch nichts in dieser Richtung unternehmen, zumindest nicht ohne Bezahlung.

Aber als er ihr wieder in die Augen sah, die ihn vertrauensvoll anblickten, wusste er genau, dass es ihr nicht um Geld ging, wenn sie weitere Annäherungsversuche seinerseits zurückwies. Sie war kein Callgirl, das spürte er, doch er musste es noch beweisen. Und deshalb musste er weitermachen. Er würde sie küssen und ihr dann Geld anbieten. Wenn sie ihn daraufhin zurückstieß, würde er sich entschuldigen und sie heimfahren. Dann nichts wie nach Hause unter die kalte Dusche, und wenn er seinen Bericht ge-

33

schrieben hatte, wäre der Fall Kayla Luck für ihn abgeschlossen.

Er packte sie fester bei den Armen, und als sie sich nicht wehrte, zog er sie an sich und presste die Lippen ihren Mund. Sie kam ihm entgegen, als hätte sie schon lange auf diesen Kuss gewartet, und Kane spürte, dass er verloren war.

Er drückte sich mit dem ganzen Körper an sie, und sie stöhnte leise und lehnte den Kopf gegen die Wand. Er umfasste ihr Gesicht mit beiden Händen und blickte ihr in die glänzenden grünen Augen.

„Ich will dich", flüsterte er.

Sie legte ihm die kleinen Fäuste auf die Brust. „Warum?"

Die Frage überraschte ihn, mehr aber noch seine spontane Antwort. „Nicht nur, weil du wunderschön bist." Ihre Wangen röteten sich noch ein wenig mehr, und er strich zärtlich mit den Daumen darüber. „Und auch nicht, weil dein Körper selbst einen Heiligen in Versuchung führen würde." Er legte eine Hand unter ihre vollen Brüste, die er durch die Kleidung hindurch spüren konnte. Wieder stöhnte sie leise auf, und Kane wurde plötzlich klar, dass er die Wahrheit sagte.

Sie legte den Kopf leicht zur Seite und schmiegte die heiße Wange in seine Hand. „Warum dann?"

„Weil du klug und mutig bist und ich dich dafür bewundere."

Sie lächelte, und ihre Augen leuchteten.

Kane schüttelte über sich selbst den Kopf. Wie war es möglich, dass er so gegen seine Prinzipien verstieß?

Eine Nacht mit ihr. Das Verlangen wurde immer stärker. Er sehnte sich nach ihr. Wenn er sie gehabt hatte, war noch genug Zeit, sich über die Folgen Gedanken zu machen. „Wir haben einen wunderschönen Abend miteinander verbracht, und alles an dir interessiert mich. Reicht das?"

*Einfach verliebt*

Sie lächelte zufrieden. „Ja." Sie legte ihm die Arme um die Hüften.

„Ich betrachte das als Zustimmung." Er wagte kaum zu atmen.

„Das ist es auch, wenn der Preis stimmt", sagte sie leise.

Er erstarrte und zwang sich dann zu einem Lächeln. Er hatte heute Abend Köder ausgelegt, und nun sah es so aus, als sei sie in die Falle gegangen. Und dennoch war er maßlos enttäuscht, als er ihr jetzt in die klaren grünen Augen sah. „Und der wäre, Miss Luck?"

Sie berührte sein Gesicht mit ihren eiskalten Fingern und grinste. „Heiße Schokolade, Kane." Sie strich ihm sanft über das Gesicht und lachte leise. „Was hast du denn gedacht?"

„Keine Ahnung, aber vielleicht kannst du mir das zeigen."

Sie sah ihn an, stellte sich auf die Zehenspitzen und strich ihm leicht mit den Lippen über den Mund. Eine grenzenlose Erleichterung überfiel ihn und gleichzeitig eine Erregung, die kaum noch zu ertragen war. Er nahm Kayla schnell bei der Hand und lief mit ihr die Straße herunter. Sein Hotel war ganz in der Nähe. Über die Auswirkungen seines Tuns würde er morgen nachdenken. Diese Nacht gehörte Kayla und ihm.

35

## 3. KAPITEL

*K*ayla betrat die Hotelhalle, die gerade kürzlich renoviert worden war. Sie versuchte, sich nicht vorzukommen wie eine Frau, die im Begriff war, die Nacht mit einem Fremden zu verbringen. Sie betrachtete die künstlichen Blumen und den Portier, der herzhaft gähnte. Es war ein ganz normales Hotel, und dennoch fragte sie sich, wie viele Männer hier wohl fremde Frauen mit aufs Zimmer nahmen.

Sie blieb auf dem Weg zu den Fahrstühlen stehen und berührte Kanes Arm.

„Hast du es dir anders überlegt?" fragte er.

„Nein, aber ich kenne dich doch gar nicht. Vielleicht bist du gar kein Geschäftsmann. Vielleicht bist du ein ..."

„Serienkiller?" Er lächelte sie entwaffnend an.

„Nein, aber vielleicht verheiratet oder gebunden." Sie lachte nervös. „An etwas Schlimmeres habe ich gar nicht gedacht."

„Keine Sorge. Ich habe keine Leichen im Keller. Und auch keine Ehefrauen, weder verflossene noch gegenwärtige. Und fest liiert bin ich auch nicht." Er legte ihr den Arm um die Schultern, um sie zu beruhigen, aber ihr Körper reagierte ganz anders auf die Berührung.

Das sind nur die Hormone, dachte sie, mehr steckt nicht dahinter. Aber diese rationale Argumentation war keine ausreichende Erklärung für ihre Reaktion auf Kane McDermott. Es war verständlich, dass ihr bei ihm heiß wurde und ihr Puls sich beschleunigte, aber dass sie sich bei ihm geborgen fühlte und ihr ganz warm ums Herz geworden war, als er sie ansah, während sie ihm von ihrer Kindheit erzählte, das hatte sicher nichts mit verrückt spielenden Hormonen zu tun.

Über ihn hatte sie zwar nicht sehr viel erfahren, aber er

*Einfach verliebt*

hatte sich so ernsthaft für ihr Leben interessiert wie noch kein Mann zuvor. Als sie ihm von ihren Plänen für den Ausbau von „Charme" erzählte, hatte er besonders gut zugehört, so als ob sie ihm wirklich etwas bedeutete.

Catherine hatte Recht. Zwischen diesem Mann und ihr hatte es nicht nur gefunkt, es sah auch ganz danach aus, als ob ihn das, was sie beschäftigte, wirklich interessierte. Dennoch war sie unsicher, denn sie befand sich in einer für sie völlig neuen Situation und brauchte seine Unterstützung. Sie musste zum Beispiel ganz sicher sein, dass es keine andere Frau in seinem Leben gab und dass sie nichts tat, was sie später bereuen würde.

Sein Blick war ernst, nachdenklich und gleichzeitig voller Verlangen. Kane begehrte sie, aber er war rücksichtsvoll genug, sie nicht in Verlegenheit zu bringen. Doch er wusste genau, wie sie auf ihn reagierte. In seiner Gegenwart fühlte sie sich das erste Mal wieder lebendig und als Frau. Wer weiß, vielleicht würde sie nie wieder einem Mann begegnen, der sie nicht nur begehrte, sondern der auch ihren inneren Wert erkannte und sie als Person schätzte.

Sie sah ihn an. Er war ungebunden, voller Energie und gehörte ihr, wenigstens für eine Nacht. Sie lächelte. „Damit wäre wohl alles geklärt."

„Ja?" Er steckte die Hände in die Hosentaschen seiner engen Jeans, in der sich seine Erregung deutlich abzeichnete.

Sie befeuchtete die Lippen mit der Zunge. „Es sei denn, du hast deine Meinung geändert."

„Du hattest so lange nichts gesagt, dass ich dich schon das Gleiche fragen wollte."

Kayla holte tief Luft und streckte die Hand aus.

Er umfasste ihre Hand mit seinen warmen Fingern. „Einen Augenblick noch." Er blieb an der Rezeption stehen, sprach mit dem Portier und drückte ihm etwas in die Hand. Dann drehte er sich wieder zu ihr um. „Alles in Ordnung?"

37

„Ja", brachte sie kaum hörbar heraus.

Wie in Trance fuhr sie mit dem Fahrstuhl nach oben, ging mit Kane Hand in Hand durch einen langen, schlecht beleuchteten Flur, und plötzlich standen sie in seinem Zimmer. Kayla sah sich um. Auf dem Tisch stand eine offene Aktentasche, überall lagen Hosen, Socken und Hemden herum, und der Koffer war nachlässig in eine Ecke geschoben. Die Unordnung ist typisch Mann, dachte sie. Und wohl auch typisch für Kane.

„Alles in Ordnung?" fragte er wieder.

Sie nickte.

„Du zitterst ja."

Sie sah sich noch einmal um. In der Mitte des Raumes stand ein breites Bett. In ihrer Fantasie sah sie sich in diesem Bett mit Kane, eng umschlungen auf zerwühlten Laken. Und diese Vorstellung beunruhigte sie erstaunlicherweise nicht, denn es war genau das, was sie wollte.

Sie sah ihn an. „Nein, es geht mir gut."

„Kayla ..."

„Ja?"

Er räusperte sich verlegen. „Ist es dein erstes Mal?"

Sie sah ihn empört an. „Natürlich nicht. Ich bin schließlich kein unerfahrenes Mädchen mehr."

„Ich glaube dir nicht."

„Das ist mir egal." Sie wandte sich zur Tür. Die Situation war einfach zu peinlich. Wenn er ihr jetzt schon anmerkte, dass sie wenig Erfahrung hatte, wie enttäuscht würde er dann später sein?

Aber sie kam nicht weit. Kane umfasste ihre Taille mit einem kräftigen Arm und presste sie an seinen schlanken, muskulösen Körper. Unwillkürlich schloss sie die Augen und genoss die Berührung, seinen männlichen Duft, die eigene Erregung, die ihren Körper durchflutete.

„Wohin willst du denn?" fragte er leise.

*Einfach verliebt*

„Weg."

„Warum denn?"

Sie versuchte sich von ihm zu lösen. „Lass mich gehen."

„Nicht, bevor du meine Frage beantwortet hast. Dann bringe ich dich nach Hause, wenn du nicht bleiben willst. Also, hast du so was schon früher getan?"

„Mit einem Fremden auf sein Zimmer zu gehen? Nein. Bist du jetzt zufrieden?"

„Das wollte ich gar nicht wissen, und du weißt das auch genau."

„Gut." Sie seufzte leise. „Einmal in dem letzten Schuljahr und einmal vor einigen Jahren." Das erste Mal war sie zu jung und zu naiv gewesen und hatte wirklich geglaubt, der junge Mann liebte sie. Er hatte lange auf sie eingeredet, und nach dem kurzen Erlebnis in seinem Auto hatte er überall damit angegeben. Nie wieder hatte sie etwas von ihm gehört. Und auch das zweite Mal war ein Reinfall gewesen, und sie hatte sich nur darauf eingelassen, weil sie so einsam war.

So etwas wollte sie ganz sicher nicht noch einmal erleben. „Was wollen Sie noch wissen, Officer? Namen, Daten?"

Er zuckte zusammen, ließ sie aber nicht los.

„Was ist? Willst du mich weiter ausquetschen wie ein richtiger Polizist, oder lässt du mich jetzt nach Hause gehen?"

Er wirkte sichtlich erleichtert. „Weder das eine noch das andere."

Sie war überrascht. War er etwa auch nervös? Männer waren doch in solchen Situationen meistens ziemlich gelassen. „Warum ist das dann alles so wichtig für dich?"

Er strich ihr liebevoll über das Haar, und sie spürte, wie erregt er war, als er sie wieder fest an sich presste. „Ich sehne mich so nach dir, dass ich es kaum noch aushalte. Des-

39

halb musste ich dich fragen. Ich will dir doch nicht wehtun."

Sie lehnte den Kopf gegen seine Schulter und fing langsam an, sich zu entspannen.

Er lockerte den Griff, und sie drehte sich in seinen Armen um und sah ihm fest in die Augen. „Das hätte dir etwas
ausgemacht?"

„Aber selbstverständlich. Ist das so verwunderlich?"

„Bei anderen Männern würde es mich schon erstaunen.
Bei dir wundert es mich irgendwie nicht. Ich ...".

Es klopfte.

„Ich geh schon." Er öffnete die Tür und ließ den Kellner
eintreten, der ein Tablett mit einer Thermoskanne auf den
Tisch stellte. „Das hat ja schnell geklappt. Vielen Dank."

„Was ist das?" fragte sie, als der Kellner den Raum wieder verlassen hatte.

„Der Preis." Sie sah ihn erstaunt an. „Für das, was kommen wird." Er öffnete den Deckel und hielt ihr die Kanne
hin.

„Heiße Schokolade!" Sie sah ihn mit leuchtenden Augen an. „Du hast es nicht vergessen!"

„Der Wunsch einer intelligenten Frau ist mir Befehl.
Und wie könnte ich eine solch einfache Bitte nicht erfüllen,
wenn ich dadurch erreichen kann, was ich will?" Sein Lächeln war unverschämt und verführerisch zugleich.

Sie musste lachen. „Ja, ich bin vielleicht etwas zu leicht
zu haben." Sie strich sich nervös über die Hüften, und als
sie den glutvollen Blick bemerkte, mit der er ihrer Bewegung folgte, sah sie auf den Boden.

„So, bist du das?" fragte er leise und stellte sich direkt
vor sie. Sanft umfasste er ihr Kinn und schob ihren Kopf
nach hinten, sodass sie ihn ansehen musste. Dann öffnete er
den Reißverschluss ihrer Jacke. Er zog ihr das Blouson von
den Schultern und strich ihr dabei langsam über die Ober-

*Einfach verliebt*

arme. Dann spürte sie, wie er ihr mit seinen kräftigen Fingern durchs Haar fuhr, was ein wunderbares Prickeln auf ihrer Kopfhaut hervorrief.

Das Zusammensein mit diesem Mann würde aufregend und wild sein, und genauso wollte sie es. Sie wollte sich ihm hingeben, ohne nachzudenken, hemmungslos und ohne falsche Scham, das wusste sie jetzt, und sie fing an, diese Gefühle zu akzeptieren.

Die Berührungen anderer Männer hatten sie immer kalt gelassen, sodass sie glaubte, keine sexuellen Bedürfnisse zu haben. Nun erkannte sie, dass dies ein Irrtum gewesen war. Durch Kane hatte sie ihre Sinnlichkeit entdeckt und damit auch ihre ureigenen Wünschen. Es war ihr jetzt auch ganz egal, dass sie ihn erst so kurz kannte, gefühlsmäßig war er ihr vollkommen vertraut. Sie begehrte ihn und konnte ihr Verlangen nicht länger unterdrücken.

Was hatte er zuletzt gefragt? Ob sie leicht zu haben war? „Für dich wohl schon", sagte sie leise, stellte sich auf die Zehenspitzen und gab ihm einen Kuss.

Er stöhnte auf und zog sie schnell an sich. „Weißt du eigentlich, was du mit mir machst?" stieß er mit rauer Stimme hervor.

Sie lächelte. „Nein, aber du kannst es mir zeigen."

Kane erwiderte ihr Lächeln. Sie hatte offensichtlich keine Ahnung, wie verrückt sie ihn machte mit dieser Mischung aus Bereitwilligkeit und Scheu. Er war außer Stande, das süße Spiel jetzt abzubrechen, auch wenn es ihm in mehr als einer Hinsicht gefährlich werden konnte. Er griff nach ihrer Hand und zog sie zwischen seine Schenkel.

„Oh!" sagte Kayla nur.

Wenn sie klug war, würde sie jetzt ganz schnell kehrtmachen, bevor es zu spät war. Das wäre sicher vernünftiger. Aber sie ließ ihre Hand, wo er sie hingelegt hatte, streichelte und reizte ihn.

41

Kane schloss die Augen und versuchte an etwas anderes zu denken, um seine Erregung zu dämpfen. An das Baseballspiel heute Abend. Aber er konnte sich nicht darauf konzentrieren, wenn ihre Hand ihn so zärtlich berührte. Jetzt griff Kayla nach dem Knopf, um seine Hose zu öffnen. Verdammt, das sollte sie lieber nicht tun.

„Halt!" Er hielt ihre Hand fest.

Überrascht sah Kayla ihn an.

„Es geht zu schnell", stieß er keuchend hervor. Sie war so ungeheuer sexy. Der enge weiße Pullover spannte sich über den vollen Brüsten, die harten Spitzen waren unter dem dünnen Material gut zu sehen. Die Jeans lagen eng an und umschmiegten Hüften und Po wie eine zweite Haut. Kane hatte reichlich Frauen gekannt, aber eins war ihnen allen gemeinsam gewesen: Sie machten eine Diät nach der anderen und gingen mehrmals in der Woche ins Fitness-Studio, nur damit sie dünn wie Models blieben.

Kayla dagegen hatte heute Abend mit gutem Appetit gegessen, es hatte richtig Spaß gemacht, ihr zuzusehen. Ob ihr sexueller Appetit wohl auch so ausgeprägt war?

Zweimal war sie bisher mit einem Mann zusammen gewesen, und sie schien davon nicht besonders angetan gewesen zu sein. Aber die Art und Weise, wie sie ihn eben gestreichelt hatte, wirkte nicht gänzlich unerfahren. Andererseits war sie so frisch und natürlich, dass ihm der Gedanke kam, sie sei viel zu „normal" für jemanden wie ihn, der die Schattenseiten der Menschen nur zu gut kannte. Aber er konnte nicht mehr zurück. Er sehnte sich unbändig nach ihr, auch wenn es ihm schwer fiel, sich das einzugestehen.

Wieder sah sie ihn an, mit diesem vertrauensvollen Blick, in dem jetzt auch sexuelles Verlangen stand. Sie vertraute ihm, obgleich er sie belogen hatte. Aber er hatte ja auch nie geglaubt, dass sie ihm dermaßen unter die Haut

*Einfach verliebt*

gehen würde. So etwas geschah doch immer nur anderen, nicht ihm. Da sie davon ausging, dass er morgen früh abreiste, sollte er die heutige Nacht nutzen, damit sie sich später an etwas Schönes erinnern konnten.

Er nahm sie bei der Hand, führte sie zu einem der großen Sessel, setzte sich und zog sie auf seinen Schoß, sodass sie rittlings auf ihm saß. „Ist dir immer noch kalt?"

Sie beugte sich vor und kuschelte sich an ihn. „Nicht mehr." Sie lachte leise. „Oder sollte ich lieber Ja sagen, damit du mich wärmst?"

Er legte ihr die Hände um die Taille. „Sag lieber gar nichts." Er beugte sich vor und küsste sie.

Es war wunderbar, sie zu küssen. Und noch aufregender als vorher. Schnell zog er ihr den Pullover aus der Hose, und sie hob die Arme, damit er ihn ihr über den Kopf ziehen konnte.

Beinahe andächtig strich er mit den Händen über ihren dünnen Satin-BH und spürte die festen Brüste unter den Fingerspitzen. Sie atmete schneller, sah ihm aber unentwegt in die Augen.

„Du bist unbeschreiblich schön."

Sie hielt den Atem an, als er jetzt den BH öffnete und die Körbchen auseinander schob. Sein Puls raste. „Ist dir jetzt warm?" flüsterte er und strich sacht mit den Daumen über die harten Spitzen.

Kayla keuchte leise.

„Das bedeutet wohl Ja, oder? Also ist nichts mehr mit heißer Schokolade."

Sie blickte ihn unter halb geschlossenen Lidern an.

„Aber ich habe Hunger." Neben der Thermoskanne stand eine Sprühdose mit Schlagsahne. Er schüttelte sie ein paar Mal und tupfte dann die cremige Substanz auf Kaylas Brüste. Kayla schloss die Augen und seufzte.

„Ist etwas?" fragte er betont unschuldig.

43

„Ja." Sie lachte. „Mir ist kalt."

„Das können wir ändern." Er legte die Hände unter ihre Brüste, beugte sich vor und leckte die Schlagsahne ab.

Kayla stöhnte auf, wand sich verführerisch auf seinem Schoß und legte die Beine um seine Hüften. Alle Bedenken schienen vergessen, und sie lieferte sich ihm ganz aus.

Das bedeutete, dass sie ihm vertraute. Dass er für sie die Verantwortung übernehmen musste. Auf ihre rhythmischen Bewegungen antwortete sein Körper ganz automatisch. Doch bevor er vollkommen die Kontrolle über sich verlor, schaffte Kane es gerade noch, Kayla hochzuheben und aufzustehen. Taumelnd fielen sie aufs Bett, und unter Lachen, Stöhnen, Streicheln und Küssen befreiten sie sich gegenseitig von ihrer Kleidung. Kane zog schnell ein Kondom aus seiner Hosentasche und legte sich dann neben sie.

Ihre Augen funkelten übermütig, sie hatte jede Scheu verloren. „Ich hätte nie gedacht, dass Sex auch lustig sein kann."

Sie war nackt und wunderschön und bereit für ihn. Bisher hatte er in einer solchen Situation auch noch nie gelacht. Er grinste. „Dabei haben wir ja noch nicht einmal angefangen." Er schob seine die Hand zwischen ihre Oberschenkel.

Sie war genauso, wie er sich eine Frau wünschte in dieser Situation, ebenso erregt wie er und voller Ungeduld, der Leidenschaft freien Lauf lassen zu können.

Er drang mit einem Finger weiter vor.

„Kane?"

„Ja?" Er fühlte, dass die Spannung, die sich in ihm aufgebaut hatte, sich entladen wollte, und zog die Hand wieder zurück.

„Ich möchte lieber, dass du ... ich meine, dass wir ..."

Er wusste, was sie wollte. Aber sie sollte es länger aus-

*Einfach verliebt*

kosten können, sollte mehr davon haben als nur die schnelle Raserei der Begierde, sollte sich auch später noch daran erinnern als an etwas ganz Besonderes. Er schob die Hand wieder zu ihrer empfindsamsten Stelle.

„Geduld ist eine Tugend", stieß er zwischen zusammengebissenen Zähnen hervor.

„Dann kann mir die Tugend gestohlen bleiben." Sie strich ihm mit der Hand über den Bauch und umfasste den harten pulsierenden Beweis seines Verlangens.

„Überredet."

Schnell streifte er den hauchdünnen Schutz über, dann packte er sie bei den Handgelenken und hielt sie fest, während er langsam in sie eindrang. Er durfte nicht vergessen, dass sie lange nicht mit einem Mann zusammen gewesen war. Aber er selbst hatte das Gefühl, als sei er das erste Mal mit einer Frau vereint, so wunderbar harmonierten ihre Körper. Und kurz bevor er den Höhepunkt erreichte, schoss ihm durch den Kopf, dass er so etwas vielleicht nie wieder erleben würde.

Kane wachte auf, als er das Rascheln von Stoff hörte. Er rollte sich auf den Rücken und sah, dass Kayla sich anzog. Schlagartig war die Erinnerung an letzte Nacht wieder da, und schon war er hart vor Erregung. Er begehrte sie, noch stärker als beim ersten Mal.

Es sah so aus, als wollte sie sich heimlich davonschleichen, bevor er aufwachte. Das hatte er selbst oft genug getan, und erst jetzt erkannte er, wie weh ein solches Verhalten tat. Das Gefühl des Verlustes traf ihn wie ein Schlag.

Bereute Kayla, was passiert war? War es ihr peinlich, oder war es für sie wirklich nicht mehr gewesen als ein flüchtiges Abenteuer?

„Wohin willst du?"

Sie fuhr herum und starrte ihn an. „Ich wollte ..."

45

„Gehen?"

„Mich anziehen, bevor du aufwachst. Ich glaube, eine schnelle Trennung ist das Beste für uns beide. Du musst doch heute sowieso nach New Hampshire zurück, was sollen wir uns da den Abschied schwer machen?" Sie lächelte.

Er setzte sich auf, zog seine Hose vom Stuhl und suchte nach seiner Brieftasche. Was bedeutete er ihr? Sie hatte anfangs nicht mit ihm ausgehen wollen, sondern erst, als er behauptete, er brauche ihren professionellen Rat. Was war er nun für sie, lediglich ein Schüler, den sie aufregend fand, oder mehr?

Schon bevor er mit ihr schlief, war ihm klar, dass sie keine Prostituierte war und auch nichts von einem Callgirl-Ring wusste, sollte es tatsächlich einen geben. Aber sie war eine Frau, die ihm gefährlich werden konnte, weil sie so war, wie sie war – sanft, liebevoll und leidenschaftlich. Er würde seinen Job nicht machen können, wenn er sich nicht eine gewisse innere Härte erhielt und sich stattdessen durch die Liebe einer Frau beeinflussen ließ.

Er musste sie gehen lassen. Und dennoch musste er wissen, was sie wirklich für ihn empfand.

Er öffnete das Portemonnaie und wandte sich zu ihr um. „Wir haben uns zwar nie über den Preis unterhalten, aber das hier wird wohl ausreichen für die Unterrichtsstunden von gestern." Vielleicht war sie der Meinung, dass sie ihm nichts beigebracht hatte, aber das stimmte nicht. Er hatte die qualvolle Lektion begriffen. Er durfte eine Frau wie sie nicht an sich heranlassen. Er warf ein paar Geldscheine auf das Bett.

Bitte, lass das Geld liegen, dachte er nur. Er verabscheute sich selbst für das, was tat, aber er konnte nicht anders, er musste ihre Reaktion testen.

Sie war gerade dabei, sich das Blouson überzuziehen, und hielt mitten in der Bewegung inne. „Was soll das?"

*Einfach verliebt*

„Du hattest gesagt, wir wollten erst mal abwarten, wie alles läuft." Er zeigte auf das Geld. „Das hier ist für die geleisteten Dienste."

## 4. KAPITEL

Kayla starrte ungläubig auf das Geld. „Für geleistete Dienste?" wiederholte sie benommen. „Du hast doch gesagt, wir wollten sehen, wie es läuft."

Das stimmte, und sie hatte es gesehen. Es war unbeschreiblich schön gewesen. Deshalb hatte sie auch heimlich verschwinden wollen, denn er musste ja sowieso fort. Und sie wollte den traurigen Abschied vermeiden, das gezwungene Lächeln, die Verlegenheit. Außerdem wusste er ja, wo sie zu finden war.

Wie dumm sie gewesen war! Wie naiv! Kane war zwar der bessere Liebhaber, aber alles lief ab wie bei ihrem letzten Erlebnis vor einigen Jahren. „Sei vernünftig, Kayla, ich komm bei Gelegenheit mal wieder vorbei." Nie hatten die Männer sie, Kayla Luck, wirklich gewollt.

Aber Kane sollte nicht merken, wie tief er sie verletzt hatte. Sie nahm die Schultern zurück. „Du hast Recht, wir haben uns nie über den Preis unterhalten." Sie konnte ihm nicht in die Augen sehen und blickte über ihn hinweg auf einen imaginären Punkt an der Wand. Sie hätte Kane am liebsten ins Gesicht geschlagen und ihn angeschrien, dass die letzte Nacht nicht gut genug war, um Geld dafür zu nehmen, aber sie brachte es einfach nicht über sich. Andererseits musste sie ihm eine Lektion erteilen, denn kein Mann hatte das Recht, sie wie ein Flittchen zu behandeln.

Sie blickte ihm in die Augen. „Wissen Sie was, McDermott? Sie und Ihr Geld können mich mal!" Der Ausdruck in seinen Augen veränderte sich. War es Erleichterung oder Bedauern, was sie darin las? Auf keinen Fall das, was sie gehofft hatte zu sehen. Egal. Trotz seines Charmes war McDermott auch nicht besser als alle anderen.

Sie zog die Jacke über und stürzte aus der Tür.

Kane versuchte nicht, sie zurückzuhalten.

„Kein Geld hat den Besitzer gewechselt letzte Nacht? Okay, McDermott, dann würde ich sagen, der Fall ist abgeschlossen." Reid lehnte sich gegen Kanes Schreibtisch.

„Kayla Luck ist sauber, Chef."

„Verdammt." Reid zerknüllte ein Stück Papier und warf es in den Papierkorb. „Die reine Zeitverschwendung!"

„Sieht so aus."

„Und dennoch klang der Informant zuverlässig. Und die Hinweise, die er uns gegeben hat, trafen auch zu. Ich hätte schwören können, dass dieses Etablissement von einer Reihe unserer bekanntesten Politiker aufgesucht wurde. Könnte es sein, dass in dem Laden irgendwelche krummen Geschäfte liefen, bevor Miss Luck ihn übernommen hat?"

„Das ist unwahrscheinlich", entgegnete Kane. „Sie hat ja schon mit Tante und Onkel zusammengearbeitet und ihnen außerdem die Bücher geführt. Jetzt leitet sie die Schule selbst. Sie würde wissen, wenn da etwas Illegales läuft oder früher gelaufen ist."

„Könnte es sein, dass sie einen Tipp bekommen und dich reingelegt hat?"

„Nein, sie ist unschuldig. Den Eid nehme ich auf meine Dienstmarke."

„So?" Reid sah ihn erstaunt an. „Das ist ja mal etwas ganz Neues."

„Wieso, ich habe mich doch immer auf meinen Instinkt verlassen."

„Aber du hast nie einem anderen Menschen vertraut, schon gar nicht einer Frau." Er musterte Kane kurz. „Bis jetzt. Na gut." Er stand auf und verließ den Raum.

Ins Schwarze getroffen, dachte Kane. Er konnte der Wahrheit nicht länger ausweichen, sosehr er es auch versuchte, seit Kayla ihn heute Morgen verlassen hatte.

Der Captain hatte Recht. Kane hatte ihr vertraut und damit seine Unverwundbarkeit aufgegeben. Für einen Moment hatte er sich vorgestellt, wie anders das Leben sein könnte. So lange hatte er keine echte Beziehung zu einem anderen Menschen gehabt. Kayla hatte ihm gezeigt, dass es mehr gab als Essen, Schlafen und Arbeiten. Zum ersten Mal seit langer Zeit hatte er sich wieder voller Leben gefühlt, und er sehnte sich nach diesem Zustand zurück. Aber was hatte er ihr schon zu bieten?

Er hatte ihr Geld angeboten, das war widerlich und durch nichts wieder gutzumachen. Er wollte beweisen, dass sie kein Flittchen war, und hatte sie doch genauso behandelt. Ihren Blick, als sie ging, würde er nie vergessen.

Letzten Endes aber hatte er ihnen beiden damit einen Gefallen getan. Zwischenmenschliche Beziehungen waren nicht sein Ding, und das wusste sie nun auch. Außerdem konnte sie ihm und seiner Arbeit gefährlich werden, und das konnte er sich nicht leisten. Die Trennung war hart, aber notwendig.

„McDermott.“

Kane blickte durch die gläserne Trennwand in Reids Büro.

Der Captain wedelte mit einem Stück Papier. „Ich erwarte deinen Bericht heute Abend, der Fall ist abgeschlossen.“

„Okay.“

„Außerdem siehst du fürchterlich aus. Also sorg dafür, dass du schnell damit fertig wirst, und dann ab nach Hause. Vor Mitte nächster Woche will ich dich nicht wieder sehen.“

Kane nickte. Er spannte ein Blatt Papier in die Schreibmaschine ein. Durch den Bericht war er gezwungen, alles noch mal zu rekapitulieren, auch wenn er die intimen Einzelheiten natürlich ausließ. Kayla war wunderbar gewesen

*Einfach verliebt*

... Energisch haute er in die Tasten. Verdammt nochmal, es war eine Bettgeschichte für eine Nacht gewesen, und er sollte Kayla dankbar sein, dass sie zuerst gegangen war.

Das alles wäre nicht passiert, wenn er seinem Instinkt vertraut hätte. Er hatte zu oft miterlebt, wie Kollegen wegen einer Frau in Schwierigkeiten kamen. Und er hatte immer geglaubt, das könnte ihm nicht passieren, weil er zu tieferen Beziehungen gar nicht fähig war.

Sein Vater war verschwunden, als Kane fünf Jahre alt war. Sechs Jahre später wurde seine Mutter von einem Autobus überfahren. Und sein Onkel hatte ihn nur aufgenommen, um die Waisenrente zu kassieren. Aber so brauchte der kleine Kane zumindest nicht ins Waisenhaus.

Im Grunde war er immer auf sich allein angewiesen gewesen, und das, so hatte er bisher gefunden, war auch gut so. Doch seit er Kayla kannte, zweifelte er daran.

Kayla hatte keine Lust, sich den bohrenden Fragen ihrer Schwester auszusetzen. Aber sie wusste, dass Arbeit das Einzige war, was sie ablenken konnte. Sie nahm sich ein Taxi und fuhr zu „Charme". Bei jeder Bewegung schmerzten ihre Glieder, und das erinnerte sie an Kane. Der Gedanke an ihn weckte sofort wieder Begierde in ihr. Was war bloß mit ihr los? Der Mann hatte ihr schließlich Geld angeboten, da wusste sie doch, was er von ihr hielt.

Ob das Haus wohl inzwischen ausgekühlt war? Wahrscheinlich ja, wenn Kane so gut Sachen reparieren wie Frauen verführen konnte. Sie öffnete die Tür. Tatsächlich, es war kühl. Sie streckte die Hand aus und suchte nach dem Lichtschalter.

Doch bevor sie Licht machen konnte, packte sie jemand beim Arm, riss sie in den dunklen Nebenraum, legte ihr einen Arm um den Hals und presste ihr die Hand auf den Mund. Sie versuchte zu schreien und sich zu wehren, aber

51

je mehr sie sich bewegte, desto fester wurde die Umklammerung.

„Bleiben Sie ganz ruhig, Lady", flüsterte eine Männerstimme. Der Mann roch nach Alkohol und Zigaretten. „Wo ist das Geld?"

Sie schüttelte nur den Kopf, und der Mann nahm kurz die Hand von ihrem Mund. „Ich weiß es nicht ..."

Sofort spürte sie wieder seinen würgenden Griff. „Gut", stieß sie hervor, „hier im Haus ist kein Geld, aber ..."

„Kayla?" Das war Catherines Stimme. „Bist du wieder da? Komm raus aus deinem Versteck. Du musst mir alles erzählen!"

Mit einem Fluch ließ der Mann sie los und schleuderte sie von sich, sodass sie hart mit der Stirn auf dem Boden aufschlug. Dann hörte sie, wie sich seine Schritte entfernten.

„Kayla, ich weiß, dass du hier bist." Die Tür öffnete sich, und Catherine knipste das Licht an. „Oh mein Gott, was ist passiert?"

Nur mit Mühe konnte Kayla den Kopf heben und sah sich in dem Raum um. „Er hat alles verwüstet."

Catherine kniete neben ihr nieder. „Wer? Was ist los?"

„Ich weiß es nicht." Kayla versuchte aufzustehen, aber ihr wurde schwarz vor Augen, und sie musste sich gegen die Wand lehnen.

„Bleib sitzen. Ich ruf die Polizei."

Kayla nickte und schloss die Augen. Sie hatte keine Ahnung, wie der Einbrecher hereingekommen war.

Catherine kam zurück und kniete sich wieder neben sie. Sie legte Kayla einen kalten, nassen Lappen auf die Stirn. „Die Polizei kommt gleich."

„Wie kam er bloß auf die Idee, dass wir hier Geld versteckt haben, Cat?"

„Ich habe nicht den blassesten Schimmer, aber das ist

*Einfach verliebt*

jetzt auch ganz egal." Catherine setzte sich neben die Schwester, und Kayla legte ihr den Kopf auf die Schulter.

Dies war der einzige Mensch, dem sie vertrauen konnte, und so erzählte sie ihr alles über Kane McDermott, von dem Essen angefangen bis zu ihrer hastigen Flucht aus seinem Hotelzimmer. Es tat so unendlich gut, die Last mit jemandem zu teilen, und Catherine unterbrach sie nicht, sondern hielt sie nur in den Armen und ließ sie reden.

„Ich habe Ihnen doch schon erzählt, dass er mich von der Seite angegriffen hat, als ich durch die Tür trat." Kayla presste sich den kalten Lappen gegen die Stirn. Ihr war immer noch übel.

„Der Krankenwagen kommt gleich", sagte Catherine leise und legte ihr den Arm um die Schulter.

„Also, wenn ich Sie richtig verstanden habe, suchte er nach Geld, und Sie wollen behaupten, Sie hätten kein Geld?"

Jetzt konnte Catherine nicht länger an sich halten. „Sagen Sie mal, Sie sind wohl neu bei der Polizei? Sonst würde Ihnen ja wohl klar sein, dass sie das Opfer ist. Gehört das zu den neuen Polizeimethoden, hilflosen Menschen so zuzusetzen? Ich werde mich bei Ihrer vorgesetzten Dienststelle beschweren. Wie ist Ihre Dienstnummer?"

Jetzt geht Catherine zu weit, dachte Kayla, obgleich sie das Verhalten des Polizisten auch nicht verstand.

Der Polizist ging in die Hocke und sah Kayla durchdringend an. „Der Kerl hat immerhin diesen Raum verwüstet und Sie angegriffen. Er hat ganz eindeutig nach Geld gesucht. Warum ausgerechnet hier? Na los, warum wollen Sie mir nicht helfen?"

Catherine sprang auf. „Können Sie mir mal sagen, warum Sie meine Schwester wie eine Verbrecherin behandeln anstatt als Opfer?"

53

„Das würde mich auch interessieren", erklärte eine Kayla nur allzu vertraute Stimme.

Kane war zu ihr gekommen. Sie stand schwerfällig auf und wandte sich zu ihm um. Ihr Kopf dröhnte.

„Was wollen Sie denn hier?" fuhr Catherine ihn an.

Kane stand im Türeingang und sah wütend und gefährlich aus. So hatte Kayla ihn noch nie erlebt. Er achtete nicht auf Catherine, sondern sah Kayla an, und sein Blick wurde weich.

Er trat auf sie zu und streckte die Arme aus. Erleichtert warf sie sich ihm an die Brust. „Was ist los, Sergant? Seit wann geht die Polizei so ruppig mit harmlosen Bürgern um?"

Der junge Polizist wurde rot. „Tut mir Leid, Detective, aber ..."

„Detective?"

Kayla machte sich schnell von Kane los, und er sah sie unglücklich an. Dass sie auf diese Weise die Wahrheit über ihn herausfinden musste, passte ihm ganz und gar nicht. Aber nichts schien nach Plan zu gehen, seit er Kayla Luck kennen gelernt hatte.

Er hatte das Polizeigebäude schon fast verlassen, als der Notruf eintraf, und der Captain hatte ihn zurückgerufen. Er hätte den Auftrag ablehnen sollen, aber er hatte große Angst um Kayla.

Sie sah leichenblass aus, und an der Stirn hatte sie eine große Beule. Gegen ihren Widerstand ergriff er Kayla beim Arm.

„Wo wollen Sie mit ihr hin?"

Kane warf Catherine einen kurzen Blick zu. „Zum nächsten Stuhl. Wer sind Sie denn, ihre Schwester oder ihr Wachhund?"

Catherine wollte schon aufbrausen, aber Kayla hob beschwichtigend die Hand. „Lass, Catherine, er hat Recht. Ich muss mich unbedingt setzen."

*Einfach verliebt*

Kane führte sie aus dem Raum, und als sie sich schwer auf ihn stützte, musste er an gestern Nacht denken. Er konnte sie nicht vergessen, das war ihm jetzt ganz klar. Er wünschte, es hätte diese böse Szene zwischen ihnen nie gegeben.

Sowie Kayla auf dem Sessel saß, machte sie sich mit einer schnellen Bewegung von ihm los.

Er hockte sich neben sie. „Kayla, bitte ...“

„Was ist, Detective?“ So, wie sie das Wort aussprach, klang sein Dienstrang wie ein Fluch. Sie hielt die Augen geschlossen. Er wusste, jede Erklärung konnte die Situation nur noch verschlimmern, und schwieg.

Der Krankenwagen war da. Zwei Männer mit einer Trage kamen durch die Tür. Sie untersuchten Kayla, und währenddessen hatte Kane Zeit, über seine Situation nachzudenken. Er hatte seine Gefühle wichtiger genommen als den Fall, den er zu klären hatte. Schlimm genug, dass er mit ihr geschlafen hatte, aber dass er die Hoffnung gehabt hatte, daraus könnte sich mehr entwickeln, war absolut leichtsinnig. Und Leichtsinn konnte er in seinem Beruf nicht gebrauchen. Er hatte mit dem Grundsatz gebrochen, sich nie gefühlsmäßig zu binden.

Wenn er inneren Abstand gewahrt hätte, hätte er sehr viel nüchterner reagieren können. Nie hätte er sie heute Morgen einfach so gehen lassen dürfen. Denn dass Kayla nichts von eventuellen illegalen Aktivitäten wusste, bedeutete ja nicht, dass es sie nicht gab. Der Captain hatte Recht. Dadurch, dass er sich gefühlsmäßig engagiert hatte, hatte er nicht nur die Klärung des Falls, sondern auch Kaylas Sicherheit gefährdet.

Der junge Arzt richtete sich wieder auf. „Das sieht ganz nach einer Gehirnerschütterung aus. Außerdem hat sie Blutergüsse in der Halsregion.“

Kayla hielt immer noch die Augen geschlossen, und

Kane sah deutlich die Druckspuren an ihrem Hals. Offensichtlich war sie heftig gewürgt worden. Kane presste die Zähne aufeinander. Keiner hatte das Recht, sie anzufassen. Wenn er den Kerl erwischte, dann ...

Reid kam herein, aber Kane wandte sich erst an den Arzt. „Muss sie ins Krankenhaus?"

„Sie will nicht, und es ist auch nicht nötig, solange jemand da ist, der auf sie aufpassen kann."

„Das ist kein Problem", sagte Catherine schnell.

Kane ignorierte sie. „Worauf muss denn geachtet werden?"

„Sie muss absolute Bettruhe haben", sagte der junge Mann, „außerdem muss alle zwei Stunden ihr Zustand überprüft werden, Sie wissen schon – Pupillenerweiterung, Reaktionsvermögen und so weiter."

„Ich weiß." Kane nickte ernst.

„Kein Problem", sagte Catherine wieder und warf Kane einen finsteren Blick zu.

Der Arzt nickte ihnen noch einmal zu und ging, während sich Reid mit dem jungen Polizisten unterhielt.

Kane machte Catherine gegenüber eine knappe Verbeugung. „Sie sind Catherine. Wir haben uns gestern kurz vor dem Restaurant gesehen."

„Und Sie sind der Kerl, der meine Schwester verführt hat."

Kane wollte schon erwidern, dass die Verführung auf Gegenseitigkeit beruht hatte, aber dann unterließ er es. „Sie wissen doch nicht, wovon Sie reden."

„Ich weiß genug, und ich habe meine Zweifel, ob der Captain da hinten glücklich wäre, wenn er erführe, dass Sie mit einer Verdächtigen geschlafen haben."

„Wie kommen Sie darauf, dass Kayla unter Verdacht steht?"

„Durch die Art und Weise, in der Ihr Kollege vorhin mit ihr umgesprungen ist."

*Einfach verliebt*

„Hören Sie auf, Catherine."

„Warum sollte ich? Weil Sie es sagen?"

„Weil ich Ihnen verspreche, dass das nicht wieder passieren wird."

Catherine kniff die grünen Augen zusammen und sah ihn prüfend an. „Das werden wir ja sehen."

Obwohl sie ihm mit ihrer Hartnäckigkeit auf die Nerven fiel, bewunderte er doch ihre feste Entschlossenheit, ihre Schwester zu schützen. Er hatte nie jemanden gehabt, der sich so sehr für ihn einsetzte. „Bitte sehen Sie nach Kayla", sagte er leise.

„Ich werde sie nicht aus den Augen lassen, McDermott, falls Sie wirklich so heißen." Catherine warf ihm einen misstrauischen Blick zu und ging dann zu der Schwester hinüber.

Kane begrüßte Reid. „Die Sache gewinnt an Brisanz."

„Das glaube ich nicht", meinte Reid. „Das sieht mir nach einem missglückten Einbruch aus. Sie ist zu früh nach Hause gekommen."

„Aber es fehlt nichts", sagte der junge Polizist und blickte auf seinen Notizblock. „Der Mann wollte offenbar nur Geld."

„Okay. Dann sind Sie hier erst mal fertig. Wir sprechen uns nachher noch."

„In Ordnung, Captain." Der junge Polizist machte kehrt und verließ das Haus.

„Das könnte reiner Zufall sein", meinte Reid nachdenklich.

Kane schüttelte den Kopf. „Das glaube ich nicht. Da steckt mehr dahinter."

Reid wies mit dem Kopf auf Kayla. „Hat sie dir weiterhelfen können?"

„Nein."

„Und du bist ganz sicher, dass sie keinen Tipp bekommen und deshalb für gestern alle Termine abgesagt hat?"

57

„Überzeug dich doch selbst. Sprich mit ihr."

„Das werde ich tun." Reid ging zu den Schwestern hinüber. Als er nach zehn Minuten wieder zurückkam, zuckte er mit den Schultern. „Du hast Recht."

Kane vergrub die Hände in den Hosentaschen. „Sie tappt ebenso im Dunkeln wie wir."

„Ja, sieht so aus. Sie ist eine intelligente junge Frau und weiß ihre Worte zu wählen, aber sie lügt nicht. Und auch die Schwester sagt die Wahrheit, da bin ich ganz sicher."

„Kayla ist in Gefahr." Bei dem Gedanken daran wurde Kane ganz elend zu Mute, allerdings nicht nur wegen der Tatsache an sich, sondern ebenso, weil ihm immer mehr bewusst wurde, wie wichtig sie ihm war. Er hatte Catherine versprochen, dass ihrer Schwester nichts passieren würde, und er würde dieses Versprechen halten.

„Davon bin ich noch nicht überzeugt", meinte Reid. „Dies könnte auch nur ein ganz normaler Einbruchversuch gewesen sein. Vielleicht ein Junkie, der schnell Bargeld für den nächsten Schuss brauchte."

Kane schüttelte den Kopf. „Du musst sie bewachen lassen."

„Ich kann keinen einzigen Mann mehr entbehren, McDermott. Ich kann höchstens veranlassen, dass alle Stunde ein Streifenwagen vorbeikommt."

„Das genügt nicht."

„Mehr ist nicht drin."

„Gut. Dann werde ich jetzt den Urlaub nehmen, zu dem du mich doch schon seit langem hast überreden wollen."

Reid sah ihn erstaunt an. „Was hast du vor?"

„Ich werde selbst auf sie aufpassen, wenn es sein muss. Ich habe das Gefühl, sie ist in Gefahr. Und bisher habe ich mich immer auf mein Gefühl verlassen können."

„Aber in diesen Fall bist du viel zu sehr persönlich engagiert."

*Einfach verliebt*

Kane schüttelte nur den Kopf.

„Nun gut, du hast eine Woche Zeit. Allerdings bist du in dieser Zeit offiziell im Urlaub. Und was ist mit der Schwester?"

„Da sie nichts mit dem Geschäft zu tun hat, ist sie nach meiner Einschätzung auch nicht in Gefahr."

„Der Meinung bin ich auch."

„Aber ich möchte, dass sie von der Bildfläche verschwindet."

Reid warf einen kurzen Blick auf die beiden Schwestern, die eng nebeneinander saßen. „Dann versuch mal dein Glück."

## 5. KAPITEL

Allmählich tat der Eisbeutel seine Wirkung, und Kaylas Kopf hämmerte nicht mehr ganz so stark wie anfangs. Auch die Übelkeit hatte ein wenig nachgelassen.

„Ich bringe dich nach Hause."

Das war Kanes Stimme, so tief und sinnlich, wie Kayla sie in Erinnerung hatte. Dennoch schüttelte sie vorsichtig den Kopf. „Ich gehe nirgendwo mit dir hin." Das Gespräch mit Captain Reid hatte zwar schon manches geklärt, aber immer noch wusste sie zu wenig von Kane.

Kanes Vorgesetzter hatte offenbar keine Ahnung, was in der letzten Nacht passiert. Er hatte sie nach dem Unternehmen und ihren Schülern gefragt, hatte aber kein Wort darüber verloren, warum die Polizei so an „Charme" interessiert war. Ihr das zu erklären wolle er seinem besten Mann überlassen, hatte er gesagt. Sie hätte beinahe zynisch aufgelacht. Bester Mann, das stimmte in mehr als einer Hinsicht.

Kane hockte sich hin, sodass er mit ihr auf Augenhöhe war. Seine Wangen waren dunkel und unrasiert, was ihm etwas Düsteres, Gefährliches verlieh. Doch obwohl er heute ganz anders aussah als gestern, fühlte sie sich von ihm genauso angezogen. Gestern hatte er sich als Geschäftsmann ausgegeben. War das heute sein wahres Selbst?

Kane blickte sie ernst an. „Vielleicht bin ich dir im Augenblick nicht sehr sympathisch. Ich kann mich selbst momentan nicht besonders gut leiden. Aber du wirst heute nicht allein nach Hause fahren. Das ist zu gefährlich."

„Stimmt." Catherine verschränkte die Arme vor der Brust.

„Haben Sie nicht etwas zu tun? Ich möchte mit Ihrer Schwester allein sprechen."

Catherine sah die Schwester an. „Ist schon in Ordnung,

Cat", sagte Kayla beschwichtigend, und Catherine stand auf und verließ den Raum.

„Übernimmt sie immer die Mutterrolle?" fragte Kane.

„Nur, wenn ich bedroht werde."

„Und du meinst, ich sei eine Bedrohung für dich?"

„Ich weiß es nicht, und ich weiß auch nicht, wer du bist. Letzte Nacht hast du offensichtlich eine Show abgezogen." Das schmerzte, aber sie fasste sich wieder. „Du stellst über mich und mein Unternehmen Nachforschungen an. Warum?"

Er holte tief Luft. „Es geht um Prostitution im großen Stil."

Ohne sich darüber im Klaren zu sein, hatte sie ausgeholt und ihn ins Gesicht geschlagen. Dann brach sie in Tränen aus. Kane rührte sich nicht, aber für den Bruchteil einer Sekunde hatte sie in seinen Augen so etwas wie Zuneigung und Sorge gesehen. Dann wurde sein Blick wieder ausdruckslos.

Sie wischte sich schnell die Tränen ab. Er hatte sie nicht nur wie eine Prostituierte behandelt, er hatte sie auch allen Ernstes für eine gehalten. „Ich habe gar nicht gewusst, dass Kriminalbeamte in ihrem Diensteifer so weit gehen."

„Das, was letzte Nacht zwischen uns war, hatte nichts mit den Nachforschungen zu tun."

Kayla schwieg.

„Die Verabredung, das Essen, der Besuch des Baseballspiels, das alles gehörte zu meinem Job", gab er zu. „Das, was danach kam, hatte nichts damit zu tun." Er sah sie an, und sie erkannte in seinen Augen Verlangen und Zärtlichkeit, die auch sie empfand. „Als wir mit dem Essen fertig waren, wusste ich bereits, dass du unschuldig warst."

Wie sollte sie ihm glauben, wo er sie doch so geschickt belogen hatte? Sie hatte sich ihm gestern Nacht hingegeben, hatte ihm rückhaltlos vertraut. Und er hatte sie dafür in ei-

61

ner Art und Weise verletzt, wie sie es nie für möglich gehalten hätte. Und dennoch wollte sie ihm so gern glauben.

„Bietest du den Frauen, mit denen du geschlafen hast, immer Geld an?" Und als er schwieg, fuhr sie fort: „Wie beruhigend. Nein, vielen Dank, meine Schwester wird mich nach Hause bringen."

„Wenn du möchtest, dass sie sich einer großen Gefahr aussetzt ..."

„Ach was, wer soll uns schon was tun? Sieh dich doch um. Hier gibt es nichts zu stehlen. Der Kerl hat nichts gefunden. Er kommt bestimmt nicht zurück." Sie wollte mit Kane nichts mehr zu tun haben. Er sollte nur verschwinden und mit ihm seine Lügen.

„Kommt drauf an. Habt ihr deshalb kein Alarmsystem? Weil es nichts gibt, was für irgendjemanden von Interesse sein könnte?"

Sie nickte.

„Hast du zu Hause eine Alarmanlage?"

„Nein, wozu auch? Der Kerl hat nicht gefunden, was er suchte, und wird mich nicht mehr belästigen."

„Da bin ich ganz anderer Meinung. Und wenn ich Recht habe und deine Schwester verletzt wird, könntest du mit dem Gedanken leben?"

Er wusste, dass er Kaylas schwachen Punkt getroffen hatte. Sie würde nie Catherines Leben riskieren, nur weil sie Kane McDermott los sein wollte. „Du bist eine echte Plage, Detective. Du möchtest also bei mir den Beschützer spielen? Gut. Stell dein Auto in die Einfahrt, aber vergiss nicht, die Heizung anzumachen. Ich möchte nicht an deinem Tod Schuld sein, wenn du da draußen erfrierst."

„Vorsicht, Kayla", sagte er leise und lächelte. „Ich könnte beinahe den Eindruck gewinnen, ich sei dir nicht gleichgültig."

„Keine Sorge."

*Einfach verliebt*

„Außerdem brauchst du jemanden, der dich beobachtet. Du hast gehört, was der Arzt gesagt hat."

„Und das willst ausgerechnet du sein? Kommt nicht in Frage."

„Aber wenn du deine Schwester keiner Gefahr aussetzen willst, was willst du dann tun? Was ist, wenn der Kerl nun wiederkommt?"

„Du bist eine Nervensäge, McDermott."

„Dem habe ich nie widersprochen, Miss Luck."

Captain Reid trat zu ihnen. „Ich bin jetzt fertig. Geht es Ihnen besser, Kayla?"

„Wenn ich mich nicht bewege, ja."

Er wandte sich an Kane. „Denk dran, was ich gesagt habe. Sag Bescheid, wenn es ernst wird. Ansonsten, viel Vergnügen."

Kayla sah ihm hinterher. „Wobei?"

„Ich habe mir freigenommen, um auf dich aufpassen zu können. Und das werde ich jetzt auch Catherine sagen."

Im Grunde hatte er Recht. Sie konnte nicht allein bleiben, und wenn sie Catherine nicht in Gefahr bringen wollte, brauchte sie Kane.

Dieses Haus ist ja der Traum eines jeden Einbrechers, dachte Kane, als er sich in der Küche und dem kleinen Wohnzimmer umschaute. Kayla und Catherine wohnten nicht in dem Schulungsgebäude, sondern im ersten Stock eines Zweifamilienhauses, das viele Fenster hatte und von allen Seiten leicht einzusehen war. Hier konnte er Kayla unmöglich allein lassen. Er hatte außerhalb ihres Schlafzimmers gewartet, während sie sich im Bett ein sauberes T-Shirt anzog, das er in einer Schublade gefunden hatte. Ihre Schubladen waren voller Spitzen- und Seidenwäsche, und der Duft ihres zarten Parfüms erinnerte ihn wieder an gestern Nacht. Er kannte ihren Körper, die vollen Brüste und die zarte

Haut, und ihm war klar, dass er die nächsten Tage in ständiger sexueller Erregung und in unerfülltem Verlangen verbringen musste.

Er hatte sie ins Bett gebracht und vorsichtig auf die dicken pastellfarbenen Kissen gebettet. Und wieder dachte er daran, dass er dieses Gefühl von Vertrautheit und Geborgenheit, das er bei ihr empfand, nie gekannt hatte.

Sie war der Luxus, den er sich nicht leisten konnte. Für beide war es kein flüchtiges sexuelles Abenteuer gewesen, und genau das beunruhigte ihn, da sein Job seine gesamte Aufmerksamkeit erforderte.

Er durchsuchte die alten hölzernen Küchenschränke und fand eine Dose Suppe. Sie musste irgendetwas essen, und eine Suppe aufwärmen, das konnte er gerade noch. Aber vorher wollte er noch mal schnell nach Kayla sehen.

Er betrat leise das Schlafzimmer und blieb an ihrem Bett stehen. Sie hatte die Augen geschlossen, das blonde Haar fiel ihr über die blassen Wangen. Sie sieht aus wie ein Engel, dachte er. Mein Engel. Doch dann biss er sich auf die Lippen. Er musste sich auf seine Arbeit konzentrieren. Seine Arbeit als verdeckter Ermittler erforderte den totalen Einsatz, und so war es kein Wunder, dass die Zahl der gescheiterten Ehen und Beziehungen in dieser Berufsgruppe besonders hoch war.

Vorsichtig setzte er sich auf die Bettkante. Die Matratze gab unter seinem Gewicht etwas nach, und Kayla rutschte in seine Richtung. Sie stöhnte leise.

„Hast du Schmerzen?"

„Hm ..." Sie hielt die Augen weiterhin geschlossen und zog die Bettdecke fest um sich.

„Ich kann dir nur ein paar Kopfschmerztabletten geben."

„Danke, die habe ich schon genommen." Sie zitterte. „Kannst du die Heizung bitte etwas höher stellen?"

*Einfach verliebt*

„Das habe ich bereits getan." Er hatte diese Reaktion vorhergesehen, eine typische Nachwirkung des Schocks.

„Dann funktioniert die Heizung wohl nicht."

„Wie wäre es mit einer Tasse heißer Suppe?"

„Ich kann mich nicht aufsetzen."

„Dann komme ich dich wärmen." Ohne nachzudenken hatte er das gesagt, und als er jetzt neben sie unter die Bettdecke glitt, wurde ihm erst bewusst, was er da tat. Mit einem zufriedenen Seufzer schmiegte sie sich an ihn, und sofort war er voll erregt. Gleichzeitig aber fühlte er ein starkes Bedürfnis, sie zu beschützen.

Er sagte sich immer wieder, dass sie nur seine Körperwärme brauchte, und nahm sie in die Arme. „Besser?"

„Viel besser."

Es war still im Raum. Ein Gefühl der Zufriedenheit breitete sich in Kane aus, das er nicht akzeptieren wollte. Auf irgendeine geheimnisvolle Weise schaffte es Kayla, dass er sich in ihrer Gegenwart nach etwas sehnte, das er nie gehabt hatte und nie haben würde. Tief atmete er ihren Duft ein und fühlte, dass er ihrem Zauber immer mehr erlag.

„Bleib bei mir", flüsterte sie.

„Ich bin bei dir und passe auf dich auf", sagte er. Mehr konnte er nicht versprechen.


Helles Sonnenlicht fiel durch das Schlafzimmerfenster, sodass Kane die Augen zusammenkneifen musste. „Das ist ja schlimmer als ein Kater", murmelte er und drehte sich auf den Bauch.

Kayla alle zwei Stunden aufzuwecken und ihre Reaktionen zu überprüfen hatte ihm nichts ausgemacht. Er hatte in seinem Beruf gelernt, mit kurzen Schlafperioden auszukommen. Aber neben ihr zu liegen und sie nur in den Armen halten zu dürfen war die Hölle gewesen. Er blickte auf die Uhr. Noch eine Stunde bis zum nächsten Check.

65

Da erst fiel ihm auf, dass sie nicht mehr neben ihm lag. „Kayla?" Er stand schnell auf und ging zum Badezimmer. Als er Wasser rauschen hörte, schüttelte er nur den Kopf. Was für ein Leichtsinn.

Glücklicherweise hatte sie nicht abgeschlossen. Er öffnete die Tür einen Spaltbreit. „Alles in Ordnung?"

„Nicht ganz ..." Das klang recht kläglich.

Kane stieß die Tür auf. Das Badezimmer war voller Wasserdampf. Kayla saß auf dem Boden der Duschkabine und ließ den Kopf hängen. Er stellte schnell das Wasser ab. „Kannst du aufstehen?"

„Nicht allein."

„Was hast du dir bloß dabei gedacht?" Er stieg barfuß in die Duschwanne und versuchte Kayla auf die Beine zu stellen.

„Ich wollte so gern duschen."

„Das sehe ich." Wasser perlte von ihrer nackten Haut, und er hatte plötzlich das Verlangen, jeden einzelnen Tropfen abzulecken. Stattdessen strich er ihr das nasse Haar aus der Stirn und hielt sie dabei mit dem anderen Arm fest. Sie konnte nicht aus eigener Kraft stehen, das merkte er sehr schnell. Er hob sie auf die Arme, griff rasch nach einem Handtuch und trug sie zurück in ihr Bett. Sein T-Shirt und der obere Teil seiner Jeans waren im Nu durchnässt, als sie sich an ihn schmiegte und den Kopf an seine Schulter legte.

Sie vertraute ihm, auch wenn er sich nicht vorstellen konnte, warum. Wahrscheinlich, weil sie jemanden brauchte und er als Einziger zur Verfügung stand.

„Du solltest dir etwas überziehen", sagte er leise und legte ihr das Handtuch um die Schultern.

Ihr war kalt, und sie zitterte. In einer Kommodenschublade fand er saubere Unterwäsche, und er half Kayla beim Anziehen. Dabei berührte er ihre Brüste, als er ihr den BH zumachte, und sie errötete. „Kannst du das allein?" Er reichte ihr einen Slip.

„Ja, natürlich", flüsterte sie, und er drehte sich um und atmete ein paar Mal tief durch. Dann hatte er sich wieder in der Gewalt.

„Danke, Kane."

Er wandte sich um. „Ist schon in Ordnung."

Sie saß gegen die Kopfkissen gelehnt und lächelte ihn scheu an. Das blonde Haar fiel ihr weich um das Gesicht, und wieder verspürte er den Drang, sie in die Arme zu nehmen.

„Der heiße Dampf hat mich ganz benommen gemacht", sagte sie leise.

„In Zukunft verlässt du das Bett nur noch mit meiner Erlaubnis." Es hatte ihn zu Tode erschreckt, als er sie da auf dem nassen Fliesenboden sitzen sah.

„Ich möchte jetzt schlafen."

„Gleich. Erst einmal musst du etwas essen."

Wieder lächelte sie. „Vorsicht, McDermott, bei all der Fürsorge könnte ich beinahe den Eindruck gewinnen, ich sei dir nicht gleichgültig."

„Keine Sorge."

„Im Übrigen aber habe ich es gar nicht gern, wenn mich jemand herumkommandiert." Das klang entschiedener, als sie sich fühlte. Aber er bewunderte sie für ihren festen Willen, sich nicht gehen zu lassen. Kayla war eine Kämpfernatur, aber sie musste einsehen, dass sie in einer Situation war, in der sie Hilfe brauchte.

„Gut, dann musst du aber auch vernünftig sein, oder aber ich muss dich da ans Bett fesseln." Er wies auf das eiserne Kopfteil des Bettgestells.

Jetzt grinste sie. „Erst die Nummer mit der Schlagsahne und jetzt sogar fesseln. Bist du pervers, Detective?"

„Warte ab, das wirst du schon noch herausfinden." Er sah

sie amüsiert an. Es schien ihr ja schon wieder ganz gut zu gehen, und sofort sah er sie vor sich, nackt an das Bett gefesselt ...

Sie blickte ihn unverwandt an, und er hatte den Eindruck, als sei ihr genau der gleiche Gedanke gekommen. Er stand schnell auf, aber sie hielt ihn am Handgelenk fest.

„Wohin willst du?"

„Dir etwas zu essen holen." Anstatt sich auf sie zu werfen und mit ihr das zu tun, wonach er sich schon seit Stunden sehnte.

Kane verschwand im Flur, und Kayla lehnte sich wieder zurück in die Kissen. Der kleine Wortwechsel mit Kane hatte sie angestrengt. Ihr war zwar nicht mehr schwindlig, aber Kane hatte Recht. Sie musste unbedingt etwas in den Magen kriegen. Sonst würde sie nie wieder auf die Füße kommen, und es gab doch einiges, worum sie sich kümmern musste. Das Unternehmen zum Beispiel oder ihr Verhältnis zu Kane.

„Lunch." Wie er da so mit dem Tablett in der Tür stand, verkörperte er alles, was sie sich jemals von einem Mann erhofft hatte. Er war stark, intelligent, liebevoll, sexy, und er sorgte sich um sie.

Sie schob sich das Kissen im Rücken zurecht. „Gemüsesuppe?"

„Ich habe nichts anderes gefunden." Er stellte ihr das Tablett mit der Suppentasse auf den Schoß.

Sie griff nach dem Löffel. „Hm, Dosensuppe vom Allerfeinsten."

Er lachte. „Außer Dosensuppen kann ich leider nichts kochen. Komm, iss auf." Er strich ihr zärtlich über die Wange, und sie schloss die Augen bei der Berührung.

Das Telefon klingelte. „Das ist sicher Catherine, die glaubt, mich vor dir beschützen zu müssen."

„Ich kann sie gut verstehen." Er warf ihr einen langen Blick zu und ging dann zur Tür. „Grüß sie schön."

68

*Einfach verliebt*

Sie nahm den Hörer ab. „Mir geht es gut", sagte sie, ohne sich zu melden.

„Das kann sich schnell ändern, wenn Sie nicht tun, was ich sage. Ich will die Bücher", erklärte eine Männerstimme.

Kayla riss die Augen auf. „Wer ist da?"

„Haben Sie mich schon vergessen?" Der Mann am anderen Ende der Leitung lachte höhnisch.

„Sie haben mich überfallen!" rief Kayla.

Kane wandte sich in der Tür um und war mit ein paar Schritten wieder neben ihr. Er legte ihr die Hand auf die Schulter, und als sie ihn ängstlich ansah, nickte er ihr zu, als wollte er sagen, sie solle das Gespräch auf keinen Fall abbrechen.

„Das war nur ein Vorgeschmack auf das, was Ihnen noch bevorsteht", fuhr der Mann fort.

Kanes Gegenwart machte Kayla Mut. „Was wollen Sie?"

„Tun Sie doch nicht so naiv. Meinen Anteil und die Wiederaufnahme unseres Geschäftes."

„Ich weiß nicht ..."

„Ich lass mich nicht einfach ausbooten. Beschaffen Sie das Geld. Ich melde mich wieder." Es klickte in der Leitung.

Kane ging schnell zum Telefon und tippte eine Reihe von Nummern ein, wartete kurz und legte dann den Hörer mit einem Fluch wieder auf. „Die Spur lässt sich nicht zurückverfolgen. Wahrscheinlich hat er aus einer Telefonzelle angerufen. Was hat er gesagt?"

Sie traute sich nicht, ihn anzusehen. „Es sieht so aus, als hättest du Recht. ‚Charme' scheint das Aushängeschild für irgendetwas Illegales zu sein." Sie drängte die Furcht zurück, die sie zu überwältigen drohte. Sie musste der Sache auf den Grund gehen. Mit einer raschen Armbewegung warf sie die Bettdecke zur Seite. Ihr Kopf dröhnte, aber darauf konnte sie keine Rücksicht nehmen.

„Warte." Kane legte die Hand auf ihren nackten Oberschenkel.

Er sagte nichts, und auch sie schwieg, aber beide spürten die sexuelle Spannung. Kayla hatte das Gefühl, seine warme Hand versenge ihre nackte Haut.

„Wohin willst du?" fragte er schließlich.

Kayla räusperte sich. „Ins Büro. Es gibt da noch Kartons mit Unterlagen von meiner Tante, die ich bisher nicht durchgesehen habe." Zwar war sie absolut sicher, dass die Schwester ihrer Mutter nichts mit Prostitution zu tun gehabt hatte, aber irgendetwas war da vorgegangen, wovon sie keine Ahnung hatte.

„Ich werde jemanden beauftragen, die Kartons hierher zu bringen und bei der Gelegenheit gleich ein paar Sachen zum Anziehen aus meiner Wohnung zu holen. Wir können die Unterlagen dann gemeinsam durchgehen."

„Gemeinsam", hatte er gesagt. Ihr wurde warm ums Herz. Wie wunderbar sich das anhörte! Und wieder hatte er Recht. Ihr Schwächeanfall in der Dusche hatte gezeigt, dass sie sich eine Fahrt zum Büro noch nicht zumuten sollte. „Danke."

Immer noch lag seine warme Hand auf ihrem Oberschenkel. Jetzt bewegte er die Finger und streichelte sanft ihre Haut, eine tröstende Geste, die auf sie aber eine ganz andere Wirkung hatte. Erregung stieg in ihr auf, und sie spürte ein vertrautes Kribbeln im Bauch.

Aber ihr Verstand behielt die Oberhand. Kane hatte sie benutzt und mit ihr geschlafen, um sie auszuhorchen. Sie sah ihn kurz von der Seite her an. Er setzte sich jetzt stärker für sie ein, als sein Beruf es erforderte, das musste sie zugeben. Er hatte sich extra freigenommen, um für sie zu sorgen. Er hatte ihre Schwester überredet, bei einer Freundin zu übernachten. Und er hatte sich heute Nacht neben sie gelegt, um sie zu wärmen.

*Einfach verliebt*

„Wie gut, dass du noch da warst, als er anrief."

Er sah sie an. „Ich wusste, dass da irgendetwas nicht stimmt."

„Ist das der einzige Grund, weshalb du geblieben bist?"

„Wenn ich meinem Instinkt gefolgt wäre, hätte ich dich auch gestern nicht allein gelassen und du wärest nicht überfallen worden."

„Du fühlst dich schuldig?"

Er schwieg. Dann nahm er die Hand von ihrem Oberschenkel und stand auf. „Als ich mit dir schlief, habe ich alles andere vergessen. Das wird nicht wieder vorkommen."

„Ich verstehe", sagte sie leise. Sie begriff, dass ihm das bisher noch nicht passiert war. Offenbar war sie die erste Frau, die den schützenden Panzer um sein Herz durchbrochen hatte.

Plötzlich war ihr klar, dass sie sich mehr von ihm wünschte als wilden und aufregenden Sex, auch wenn das mit einem Mann wie Kane schon eine ganze Menge war. Sie lächelte leicht, als sie sich erinnerte, wie deutlich sie seine Erregung gespürt hatte in der letzten Nacht, immer wenn sie sich an ihn schmiegte. Aber sie wollte sehen, ob es für sie nicht die Chance gab, eine richtige Beziehung aufzubauen.

Und sie war bereit, dafür jedes Risiko einzugehen.

## 6. KAPITEL

Kayla spürte, dass Kane sie bei ihren Bemühungen, ihn besser kennen zu lernen, nicht gerade unterstützen würde. Sie musste viel Geduld haben.

„Kane?"

Er stand am Fenster und drehte sich jetzt um. „Ja?"

„Danke."

„Wofür?"

„Komm her, dann sage ich es dir."

Er trat zu ihr und setzte sich auf die Bettkante. Kayla rutschte näher an ihn heran und legte ihm die Hand auf den Arm. Sie spürte, wie sich seine Muskeln anspannten. „Ich bin froh, dass du hier bist."

„Warum? Ich habe dich doch von Anfang an belogen."

„Nur, weil du einen Auftrag zu erfüllen hattest. Das ist mir jetzt klar geworden."

„Wenn ich meinen Job richtig gemacht hätte, wärst du nicht überfallen worden."

„Manchmal haben wir falsche Vorstellungen von dem, was das Beste für einen anderen ist. Ich erinnere mich noch gut an einen Abend vor einigen Jahren. Catherine wollte unbedingt mit irgendwelchen Freunden weggehen, und ich wusste, dass diese Freunde nicht gut für sie waren. Deshalb habe ich ihr das Portemonnaie weggenommen, aber sie ist trotzdem gegangen. Und hinterher konnte sie die Rechnung nicht bezahlen, und der Restaurantbesitzer holte die Polizei."

Er strich ihr leicht über die Wange. „Was willst du damit sagen?"

„Wir sind zusammen aufgewachsen. Es war meine Aufgabe, auf sie zu achten, und ich habe sie schlecht erfüllt. Andererseits war sie damals schon erwachsen und konnte auf

*Einfach verliebt*

sich selbst aufpassen. So wie gestern, als ich das Hotelzimmer verließ. Da warst du für mich nicht mehr verantwortlich."

„Was Catherine betrifft, gebe ich dir Recht. Bei mir ist es anders, ich habe einen Fall aufzuklären."

„Und deshalb musstest du mit mir schlafen?"

„Dreh mir nicht das Wort im Munde herum."

„Dann hör endlich auf, dich schuldig zu fühlen."

So hatte noch keine Frau mit ihm gesprochen, und es tat ihm gut. Er hatte viele Frauen gehabt, doch alle hatten ihn lediglich sexuell interessiert. Er hatte schon früh angefangen, mit Frauen zu schlafen, und nie hatte er hinterher Skrupel gehabt. Das alles war bei Kayla anders. Er machte sich Gedanken um sie, und er begann ihr zu vertrauen.

„Ich will damit nur sagen, dass du nicht für mich verantwortlich bist." Sie zog die Beine an, und die Bettdecke verrutschte.

Kane starrte auf ihre nackte Haut und sehnte sich danach, Kayla noch einmal zu lieben. „Und ob ich das bin!" stieß er hervor. Sie sah ihn ruhig an. „Ich trage für dich die Verantwortung, bis dieser Fall abgeschlossen ist. Und nun Schluss mit diesem Thema!"

„In Ordnung."

Das hatte er nicht erwartet. „Dann bist du nicht wütend?"

„Nein."

„Auch nicht über das, was nachher im Hotelzimmer ..."

„Hormone."

„Was?"

„Eine rein körperliche Reaktion. Hormone sind daran Schuld, dass ein Mann und eine Frau sich voneinander angezogen fühlen und alles um sich herum vergessen. Das gilt für mich ganz genauso."

„Und das bedeutet?"

73

„Ich wollte dich auch." Sie sah ihn nicht an.

„Und jetzt willst du mich nicht mehr?"

Sie zuckte mit den Schultern und lehnte sich wieder gegen das Kissen. „Das ist jetzt gleichgültig. Du stehst zu deinem Wort. Und du hast gesagt, dass es nicht wieder vorkommen wird. Da ist es doch egal, was ich will."

„Alles, was du willst, ist für mich wichtig." Er hätte sie gern in die Arme genommen, denn er wusste nur zu genau, was er wollte. Aber er musste ihr Recht geben. Er hatte gesagt, es würde nicht mehr passieren. Und er durfte ihr Vertrauen nicht wieder enttäuschen.

„Und du, Kane, was möchtest du?" fragte sie ihn jetzt ganz leise.

Er blickte sie an, und in ihren Augen stand das gleiche Verlangen, das er empfand. Er umschloss ihr Gesicht mit den Händen und strich ihr zärtlich mit den Daumen über die Wangen. „Willst du das wirklich wissen?"

„Ja." Sie streichelte sein unrasiertes Kinn. „Auch du bist wichtig, Kane, selbst wenn dir das bisher vielleicht noch niemand gesagt hat."

Er beugte sich vor und küsste sie, und sie kam ihm entgegen und erwiderte voller Hingabe seinen tiefen, verlangenden Kuss. Sie war so weich, so süß und wirkte auf ihn wie eine Droge, von der er nicht lassen konnte. Er warf sich halb auf sie, presste sich an sie, schob sich zwischen ihre Schenkel und rieb sich an ihr. Es genügte ihm nicht. Er war so erregt, dass er ihr am liebsten den Slip heruntergerissen und sie genommen hätte. Erst ihr leises Stöhnen riss ihn aus seiner sinnlichen Benommenheit und brachte ihn wieder zur Vernunft. Verdammt, beinahe hätte er einen Fehler gemacht. Und er verachtete sich dafür.

Es würde nicht wieder geschehen. Er rollte sich schnell zur Seite und blickte Kayla an. „Alles in Ordnung?"

„Ich kann noch nicht", flüsterte sie.

*Einfach verliebt*

Er legte ihr den Arm um die Taille und zog sie an sich. „Ruh dich aus."

„Entschuldige." Sie lag steif wie ein Brett in seinen Armen.

„Wofür?"

„Ich wollte dich wirklich nicht scharf machen, auch wenn du vielleicht den Eindruck hattest."

Er dachte an ihre bisherigen Erfahrungen mit Männern und konnte verstehen, wie sie auf diese Idee gekommen war. „Nein, ich hatte nicht diesen Eindruck."

„Was hast du dann gedacht?"

„Dass ich mich über eine hilflose und schwache Frau hergemacht habe."

Sie lachte.

„Ich habe gedacht", er strich ihr leicht über das seidige Haar und drückte sie sanft an sich, „dass ich mich selten so gut gefühlt habe wie jetzt." Einfach bei ihr zu sein war schon unbeschreiblich schön. Und trotzdem wusste er, dass er sie eines Tages verlassen musste. Aber bis dieser Fall geklärt war, würde er sie beschützen und notfalls auch sein Leben für sie riskieren.

Nachdem Kayla geduscht und sich angezogen hatte, ging sie ins Wohnzimmer. Dort saß Kane bereits vor einem geöffneten Karton. „Ich habe die Türklingel gar nicht gehört."

Er sah hoch. „Du solltest dich hinlegen."

„Aber ich habe doch gestern den halben Tag geschlafen, dann heute die ganze Nacht. Es geht mir gut." Das war etwas übertrieben, denn die drohende Stimme des Mannes konnte sie nicht vergessen. Und die Möglichkeit, dass mit ihrem Unternehmen etwas nicht stimmte, war auch nicht gerade beruhigend.

Auch Kane hatte geduscht und sich umgezogen. Also

75

hatte man seine Sachen wohl zusammen mit den Kartons gebracht. Die engen Jeans betonten seine muskulösen Oberschenkel, und das weiße Polohemd stand ihm bei seinem dunklen Teint ausgesprochen gut.

Als Kayla sich neben ihn auf den Boden setzte, berührten sich kurz ihre Knie. Röte stieg ihr in die Wangen.

„Du hast wenigstens wieder ein bisschen Farbe", sagte er.

„Mir geht es auch besser. Gut genug, um mich mit den Kartons da zu beschäftigen."

„Und geduscht hast du auch." Er fuhr ihr durch das frisch gewaschene Haar.

Sie lachte. „Und diesmal bin ich nicht dabei zusammengeklappt." Sie wies auf den offenen Karton. „Hast du schon irgendetwas Interessantes gefunden?"

„Nein. Insgesamt sind es drei Kartons."

„Ja, zwei davon habe ich selbst gepackt. Onkel und Tante hatten in einer Mietwohnung gelebt, und der Vermieter wollte die Wohnung möglichst bald wieder vermieten. So haben Catherine und ich schnell alles zusammenräumt. Das Meiste haben wir sowieso der Heilsarmee gegeben. Den Rest wollten wir später genauer durchsehen."

„Hier sind jede Menge Kreuzworträtsel."

„Ja, meine Tante und meine Mutter liebten Kreuzworträtsel, und meine Tante war besonders gut darin."

„Wie alt warst du eigentlich, als deine Mutter starb?"

Sie sah ihn erstaunt an. „Warum willst du das wissen?"

„Mich interessiert alles, was dich betrifft."

Das glaubte sie ihm. Auch, dass er nicht an seinen Auftrag gedacht hatte, als er mit ihr schlief, nahm sie ihm ab. Als Captain Reid abgelehnt hatte, einen Mann zu ihrem Schutz abzustellen, hätte auch Kane aus ihrem Leben verschwinden können. Stattdessen hatte er Urlaub genommen, um bei ihr zu sein.

*Einfach verliebt*

„Wie ist es mit den Buchhaltungsunterlagen?" fragte er, um das Thema zu wechseln, denn offenbar wollte Kayla nicht über den Tod ihrer Mutter reden.

„Ich war zwanzig und Catherine einundzwanzig. So brauchten wir keinen Vormund."

„Das war sicher trotzdem nicht leicht."

Sie zuckte mit den Schultern. „Nein, aber ich denke, du hast Schlimmeres durchgemacht."

Er ging nicht darauf ein, und sie akzeptierte sein Schweigen.

„Die Geschäftsbücher befinden sich alle bei mir im Büro. Wieso fragte der Mann am Telefon danach? Daran ist wirklich nichts Besonderes. Ich habe sie selbst in den letzten Jahren geführt."

„Vielleicht haben dein Onkel und deine Tante gemogelt und heimlich Geld beiseite geschafft."

Kayla packte Kane beim Arm. „Ausgeschlossen! Kane, du musst mir glauben, es gab bei ihnen keine schwarze Kasse. Sie hatten bestimmt nichts zu verheimlichen."

„Das will ich auch gar nicht behaupten. Aber Tatsache ist doch, dass irgendjemand etwas von dir will und in der Wahl seiner Methoden nicht gerade zimperlich ist."

„Ich weiß", sagte sie leise.

Er ergriff ihre Hände. „Kayla, du brauchst keine Angst zu haben, aber wir müssen herausfinden, was diese Leute suchen, damit dieser Fall endgültig abgeschlossen werden kann."

Und dann würde sie ihn nie mehr wiedersehen. Das musste sie verhindern, sie wusste nur noch nicht, wie.

Seufzend stand Kayla auf, und Kane folgte ihr mit den Blicken. Der kurze schwarze Pullover mit dem V-Ausschnitt umschloss eng ihre Brüste, und Kayla war sich ihrer Wirkung auf Kane wohl bewusst. Offensichtlich führte der Weg zu seinem Herzen nur über Sex, und sosehr Kayla die-

77

se Methode im Grunde verabscheute, schien ihr die besondere Situation, in der sie sich befand, den Einsatz dieses uralten weiblichen Tricks durchaus zu rechtfertigen. Wie sollte sie sonst zu diesem Mann durchdringen, der seinen eigenen Gefühlen nicht traute?

Sie ging um ihn herum und hockte sich ihm gegenüber vor den offenen Karton.

„Ich hatte gehofft, etwas in den Rätselbüchern zu finden", meinte er.

„Was denn?" Sie beugte sich vor, damit er ihr in den Ausschnitt sehen konnte. Mit einem schnellen Blick überzeugte sie sich davon, dass ihre Strategie funktionierte. Kane starrte mit einem beinahe verträumten Ausdruck auf ihre Brüste.

Sie lächelte leicht, nahm ein Buch aus dem Karton und blätterte es durch. Sie musste daran denken, wie ihre Mutter und ihre Tante Stunden mit diesen Rätseln zugebracht hatten. „Ich kann nichts finden."

„Die Rätsel in den Büchern, die ich durchgesehen habe, waren alle ausgeraten", stellte Kane fest.

„Ja, in diesem auch."

„Wir wollen die Bücher trotzdem genau durchblättern, damit wir nichts übersehen."

Eine halbe Stunde später waren sie immer noch nicht weiter. Kayla stöhnte laut auf. „Muss das wirklich sein?"

„Ja. Mach weiter, bitte."

Sie setzte sich bequemer hin und griff aus einem Impuls heraus nach einem Bleistift, um die Rätsel zu vervollständigen, was ihr ausgesprochen leicht fiel. Dieses Talent hatte sie sicher von ihrer Tante geerbt, die selten Fehler gemacht hatte. Sie warf das Buch in den Karton zurück und griff nach dem nächsten. Bei dem dritten Buch wurde sie stutzig. Die Eintragungen wiesen Fehler auf, die ihrer Tante mit Sicherheit nie unterlaufen wären. Es sei denn, sie hätte es mit

*Einfach verliebt*

Absicht getan. Als Kayla feststellte, dass in den Rätseln Namen versteckt waren, die dort gar nichts zu suchen hatten, stieß sie einen leisen Pfiff aus.

Kane sah hoch. „Hast du etwas gefunden?"

„Ja. Merkwürdige Fehler. Namen zum Beispiel, nach denen gar nicht gefragt war."

„Lass sehen."

Sie reichte ihm zwei der Bücher und zeigte ihm die Stellen.

Er sah Kayla lächelnd an. „Immerhin etwas!"

„Was für ein Datum steht in dem Buch?"

„Datum?"

„Ja. In jedem Buch ist doch vorne handschriftlich vermerkt, wann es angefangen wurde", erklärte sie leicht ungeduldig.

„Das habe ich noch gar nicht bemerkt. Auf alle Fälle handelt es sich hier um eine Art Codierung, die man entschlüsseln muss."

„Damit wir die Beweise dafür finden, dass meine Tante einen Callgirl-Ring führte, und ich meinen Laden zumachen kann? Ich denke nicht daran. Tante Charlene war die Einzige, die jemals für mich Verständnis hatte."

„Nein, damit wir sie von dem Verdacht befreien können und den guten Ruf von ‚Charme' retten." Er blickte auf das Datum des Buches, das die ersten Fehler und Ungereimtheiten aufwies. „Dieses Buch wurde vor acht Monaten angefangen. Aber ‚Charme' gibt es doch schon seit fünfzehn Jahren."

Sie nickte.

„Deine Tante hat deinen Onkel doch erst vor knapp einem Jahr geheiratet und hat ihn dann bald darauf als Partner in das Unternehmen aufgenommen."

Sie fragte ihn nicht, woher er das wusste. „Ja. Das Datum hier in dem Buch passt erstaunlich gut zu Charles Bishops Eintritt ins Unternehmen." Sie sah Kane aus weit aufgerissenen Augen an. „So hatte er alle Möglichkeiten!"

„Hast du Grund, dem Mann zu misstrauen?"

Kayla schüttelte den Kopf. „Eigentlich nicht, außer dass Tante Charlene sich so wahnsinnig in ihn verknallt hatte. Aber die ersten Namen stammten aus der Zeit, als er in das Unternehmen einstieg."

„Was ihn verdächtig macht." Kane nahm ihre Hand. „Du musst dich darauf einstellen, dass deine Tante vielleicht nicht nur das arme unschuldige Opfer ist."

„Nur bei absolut hieb- und stichfesten Beweisen." Kayla wollte zwar nicht glauben, dass ihr Onkel seine Frau belogen und betrogen hatte, aber mit seiner Schuld würde sie sich eher abfinden, als wenn sie herausfänden, dass ihre Tante in die Sache verwickelt war.

„Gut." Kane sah sie besorgt an. „Kayla, ich glaube ja auch nicht, dass deine Tante etwas zu verbergen hatte, aber wir brauchen Beweise. Verstehst du das?"

Sie nickte und legte ihm die Arme um den Nacken. „Ich danke dir, dass du mir glaubst und mir vertraust." Sie schmiegte sich an ihn.

Er zog sie fest an sich. „Darauf habe ich so lange gewartet", stieß er hervor und ließ sie spüren, wie sehr er sie begehrte.

Er durfte jetzt nicht zum Nachdenken kommen, sonst würde er sich eventuell aus Rücksicht wieder zurückziehen. Sie musste ihm ganz nahe kommen, musste ihn an sich fesseln, damit er irgendwann akzeptieren konnte, dass er zu ihr gehörte. Und dazu musste sie auch über ihren eigenen Schatten springen.

Zögernd trat Kayla zwei Schritte zurück, und mit zitternden Fingern griff sie nach dem Pulli, zog ihn über den Kopf und warf ihn auf den Boden.

## 7. KAPITEL

Kane starrte Kayla an, als wäre sie eine himmlische Erscheinung.

Das Sonnenlicht fiel in Streifen durch die Jalousien und tauchte Kaylas schlanken, wohlproportionierten Körper in ein warmes goldenes Licht. Er sah, dass sie zitterte, aber sicher nicht vor Kälte.

„Sag doch etwas", bat sie leise. „Oder tu etwas."

Er war kein Heiliger, war nie einer gewesen. Was sie ihm anbot, konnte er nicht ausschlagen. Ihre weiche helle Haut schimmerte zu verführerisch, ihre Brüste waren zu aufregend. Alles an ihr weckte sein Verlangen, und er wusste, er musste sie haben, auch wenn er dafür später in der Hölle schmoren müsste.

„Kane?" Sie hob langsam die Arme, um ihre Blöße zu bedecken, und mit einem rauen Fluch stürzte er auf sie zu, packte sie bei den Armen und riss sie an sich. Im nächsten Moment schob er sie auf Armeslänge von sich weg und sah sie bewundernd an, überwältigt von dem Geschenk, das sie ihm machen wollte, und sei es auch nur für eine Nacht.

Er strich zärtlich über die dunklen Druckstellen an ihrem Hals. „Das hätte nie passieren dürfen."

„Es ist nicht deine ..."

Er ließ sie nicht aussprechen, sondern zog sie wieder an sich und presste fordernd die Lippen auf ihren Mund. Er wollte keine weiteren Worte mehr hören, nur noch ihr lustvolles Stöhnen ...

Sie öffnete sofort die Lippen, ging voller Begeisterung auf das wilde Spiel seiner Zunge ein. Dabei schmiegte sie sich ganz fest an ihn, und er spürte ihre harten Brustspitzen durch das Hemd hindurch. Schnell zog er sich das Hemd über den Kopf, und endlich berührten sie einander Haut an Haut.

Kayla warf den Kopf zurück und schloss die Augen, während sie seine Schultern umklammerte und die Brüste an ihn presste. „Liebe mich, Kane."

Ihre Stimme kam wie aus weiter Ferne und rief ihn in die Realität zurück. Er durfte nicht auf seinen Körper hören, sondern musste den Verstand einschalten. Er durfte nicht noch einmal mit Kayla schlafen, denn das würde ihn nur noch mehr an diese Frau fesseln. Sie störte seine Konzentration und ließ ihn alle Prinzipien vergessen, nach denen er bisher gelebt hatte. Er hob den Kopf und sah bedingungsloses Vertrauen und grenzenlose Zärtlichkeit in ihren grünen Augen – Gefühle, mit denen er nicht umgehen konnte, ja, die ihm Angst machten.

Sanft strich er ihr mit dem Daumen über die vollen Lippen. „Tut mir Leid, ich habe nichts dabei." Und sie war ganz klar keine Frau, die Kondome in der Nachttischschublade hatte.

„Oh ..."

Sich selbst Befriedigung zu versagen war eine Sache – er konnte sich mit einer kalten Dusche behelfen. Was ihm viel mehr zu schaffen machte, war Kaylas Enttäuschung, denn er hätte so gern ihr Verlangen gestillt.

Aber vielleicht konnte er ihr zeigen, was Mann und Frau in diesem Punkt sonst noch für Möglichkeiten hatten. Sie hatte bisher nur schlechte Erfahrungen mit Männern gemacht, er selbst war da leider auch keine Ausnahme gewesen.

Als er ihre Brüste umfasste und mit den Daumen die harten Spitzen rieb, stöhnte sie auf und hielt sich an ihm fest. „Aber du hast doch gesagt ..."

„Ich habe nur gesagt, dass ich nichts mithabe, um mich zu schützen. Das bedeutet aber nicht, dass wir aufhören müssen."

Sie riss die Augen weit auf, und er sah, dass sie verstan-

*Einfach verliebt*

den hatte. Doch bevor sie noch etwas sagen konnte, hob er sie hoch und legte sie auf die Couch. Zärtlich strich er ihr das Haar aus der Stirn. „Geht es dir wirklich wieder gut?"

„Mir ginge es noch sehr viel besser, wenn du endlich aufhören würdest zu reden", sagte sie und errötete, als ihr klar wurde, was sie gesagt hatte.

Er lachte und kniete sich neben sie. „Du hast Glück, dass ich ein gehorsamer Mensch bin", erwiderte er und machte ihre Gürtelschnalle auf. Er sehnte sich danach zu sehen, wie Kayla sich in seinen Armen vor Lust wand, wie sie durch ihn den Höhepunkt erreichte. Er öffnete den Reißverschluss und zog ihr die Jeans aus.

Ganz automatisch hob Kayla die Hüften an, damit er sie schnell von der engen Hose befreien konnte. Es lief nicht ganz so ab, wie sie es geplant hatte, aber Kane wirkte entspannter als sonst, weniger misstrauisch, und das Wesentliche war, dass er hier bei ihr und ganz für sie da war.

Dann fühlte sie seine Finger an ihrem sensibelsten Punkt, und ohne dass es ihr bewusst wurde, schmiegte sie sich seiner liebkosenden Hand entgegen, voller Begierde nach mehr von diesen zarten Berührungen, die pulsierende Hitze durch ihren Körper sandten.

„Du fühlst dich so gut an!" stieß er hervor, und sie sah ihn an. Er hatte die Augen geschlossen und wirkte genauso entflammt wie sie. Er war wunderbar und ihr so vertraut, und sie wollte ihm alles geben, Wärme und Nähe, Sex und Liebe.

Sie legte den Kopf zurück und konzentrierte sich ganz auf seine Hand und die Erregung, die in immer stärkeren Wellen ihren Körper durchlief. Leise stöhnte sie auf und warf den Kopf hin und her, bis sie schließlich einladend die Schenkel spreizte.

Kane atmete schneller. Er hatte Kaylas Wirkung auf ihn unterschätzt. Er hätte wissen müssen, dass er auf diese Wei-

83

se selbst dem Höhepunkt gefährlich nahe kam, und auch, dass er sich so von ihr nicht befreien konnte. Im Gegenteil, Kayla so vor sich zu sehen, ihm willig ausgeliefert und voller Vertrauen, berührte ihn noch viel mehr, als wenn er mit ihr schlief, und band ihn nur noch fester an sie.

Er beugte sich vor und umschloss eine ihrer Brustspitzen mit den Lippen. Mehr war nicht nötig, Kayla bäumte sich auf, und er wusste, dass auch er sich nicht mehr lange beherrschen konnte. Und dabei hatte sie ihn noch nicht einmal angefasst.

„Oh, Kane!" rief sie.

Dieses glückliche Lächeln ... Er konnte sich nicht länger zurückhalten. Er warf sich auf sie, spreizte ihre Beine wieder, drängte sich in wilder Hast an sie. Sekunden später war alles vorbei, und er rollte sich zur Seite, beschämt und voller Abscheu vor sich selbst.

„Oh, Kane, das war ..."

„Sag nichts", stieß er leise hervor. Wieder hatte er bei ihr vollkommen die Kontrolle über sich verloren.

„... unglaublich!" Sie drehte sich zu ihm um und sah ihn mit glänzenden Augen an. Das war mehr, als er ertragen konnte. Er stand schnell auf.

„Halt!"

Er blieb wie angewurzelt stehen.

„Wenn du mich jetzt verlässt, McDermott ..."

„Du brauchst Abstand von mir."

„Du meinst wohl, du brauchst Abstand." Sie zog sich schnell an und fuhr sich mit den Fingern durch das zerzauste Haar. „Sowie du mal für eine Sekunde dein Misstrauen abgelegt hast, möchtest du weglaufen."

Er war überrascht, wie gut sie ihn kannte, obgleich er damit eigentlich hätte rechnen sollen. Von der ersten Minute an hatte es zwischen ihnen eine besondere Verbindung gegeben. „Du hast mich durchschaut", erwiderte er.

*Einfach verliebt*

Sie stand unbeweglich vor ihm, die Hände in die Hosentaschen geschoben, und sah ihn misstrauisch an.

Er legte die Arme um sie und küsste ihre Lippen.

„Wirklich?" fragte sie leise und sah ihn ernst mit ihren großen Augen an.

„Ja", sagte er nur. Dann umschloss er ihr Gesicht mit beiden Händen. „Aber du solltest dich nicht zu sehr an mich gewöhnen."

Sie wich seinem forschenden Blick nicht aus. „Du bist an das Alleinsein gewöhnt?"

Er nickte.

„Aber du musst nicht allein sein."

Sie irrte sich, denn so war es sicherer für ihn und für sie.

Sie legte die Hand auf seine Hose. Er war bereits wieder erregt, doch diesmal würde er die Beherrschung nicht verlieren. Er fasste nach ihrem Handgelenk, aber statt sie wegzuschieben, presste er ihre Hand fester auf den harten Stoff.

„Es gibt auch Menschen, die dich nicht verlassen, Kane." Ihre leise Stimme drang bis in den hintersten Winkel seines Bewusstseins.

Kayla zog die Hand zurück. Offenbar hatte sie einen Entschluss gefasst. Beide spürten sie die starke gegenseitige Anziehungskraft, und sie schien alles tun zu wollen, um ihn festzuhalten.

Umso wichtiger war, dass er auf die nötige Distanz achtete, damit die Trennung später nicht zu schmerzlich wurde. „Willst du dir nicht die Bücher noch mal vornehmen, während ich eben schnell dusche?"

Sie nickte. „Einverstanden."

Er war verblüfft, dass sie so schnell nachgab. Aber es war nur ein vorübergehender Aufschub, und Kane wusste es.

Kayla ging in ihr Schlafzimmer und blieb lächelnd vor Kanes Kleidung stehen, die er achtlos auf den Boden geworfen hatte. Darin lag eine gewisse Vertrautheit, auch wenn sie sich vollkommen klar darüber war, dass er nie mit ihr zusammenleben würde. Aber vielleicht gab es andere Möglichkeiten für sie.

Sie bückte sich und hob die Sachen auf. Wenn der Fall geklärt war, dann würde er vielleicht wenigstens den Unterschied begriffen haben zwischen jemandem, der freiwillig allein lebt, und einem, der das aus Not tat.

Kayla warf sich seine Jeans über den Arm, und etwas rutschte aus der Hosentasche und fiel auf den Boden. Sie hob das kleine, in Folie eingeschweißte Päckchen hoch. Das war doch ...

Und Kane hatte sich so viel Mühe gegeben, nicht mit ihr zu schlafen, weil er nicht wollte, dass sie die seelische Mauer, die er um sein Herz errichtet hatte, durchbrach. Er weigerte sich noch immer, sie an sich heranzulassen. Sie hatte sich geirrt. Sie war ihm nicht nahe gekommen, nicht einmal andeutungsweise. Wie auch die Männer vor ihm war er nur an ihrem Körper interessiert. Das hätte sie sich eigentlich denken können.

Doch jetzt war nicht die Zeit, sich selbst zu bemitleiden. Fast wütend wischte sie sich eine Träne von der Wange. Es gab Wichtigeres als ihr Liebesleben. Sie ging schnell ins Wohnzimmer und steckte die fünf Rätselbücher mit den seltsamen Eintragungen in eine große Tasche. Vielleicht hatte Kane bisher bestimmt, wie vorzugehen war. Damit war jetzt Schluss.

Das Geheimnis um „Charme" musste aufgedeckt werden. Das konnte sie auch ohne Detective McDermott. Und je eher sie alles aufklärte, desto eher konnte sie ihr altes, vertrautes Leben wieder aufnehmen – ein Leben ohne Kane.

Sie rief Catherine an und verabredete sich mit ihr an ihrem Lieblingsplatz. Als sie den Hörer auflegte, hörte sie,

*Einfach verliebt*

wie die Dusche abgestellt wurde. In wenigen Minuten würde Kane wieder vor ihr stehen, mit feuchtem Haar und Tropfen auf der braunen Haut. Ihr Herz pochte schneller, doch sie drehte sich um und verließ schnell das Haus.

Kane trat aus der Badezimmertür und rubbelte sich mit einem Handtuch das Haar trocken. Plötzlich blieb er stehen. „Kayla?"

Keine Antwort.

Er stieß schnell die Tür zu ihrem Schlafzimmer auf und sah sich um. Seine Kleidung war vom Fußboden verschwunden, und er hörte im Nebenraum die Waschmaschine laufen. Aber Kayla war nicht da.

Wie ein Hieb in den Magen überfiel ihn die Erinnerung, was das letzte Mal passiert war, als sie ihn verlassen hatte. Sie hätte wissen sollen, dass es für sie allein zu gefährlich war. Und er hätte wissen sollen, dass er ihr nicht trauen konnte, jetzt, wo es ihr wieder besser ging. Aber wie immer, wenn er mit ihr zusammen war, hatte er nicht mehr auf seine innere Stimme gehört.

Verdammt. Er durchsuchte schnell die Wohnung. Nichts fehlte – bis auf die Rätselbücher. Ihm war klar, wohin sie gegangen war, mit den Beweisen in der Hand. Eine lebende Zielscheibe.

Kane fluchte leise. Wenn er sie in die Finger bekam, würde er sie schütteln, dass ihr Hören und Sehen verging. Obwohl er sie eigentlich lieber auf das nächste Bett werfen würde, um mit ihr ...

Er ließ das Handtuch fallen, zog sich schnell an und griff nach den Autoschlüsseln. Die Haustür fiel krachend ins Schloss. Im Wagen nahm Kane seine Dienstpistole und die Handschellen aus dem Handschuhfach. Das nächste Mal würde er Kayla ans Bett fesseln, um sie in Sicherheit zu wissen.

87

Als sie den Geruch von alten Büchern in der Nase spürte, fühlte Kayla sich sicher. Da hinten wartete Catherine schon auf sie. „Hallo, Cat."

Catherine umarmte sie kurz. „Ich bin so froh, dass dir nichts passiert ist. Die Sache mit dem anonymen Anruf hat mich zu Tode erschreckt." Sie blickte sich um. „Wo ist denn dein selbst ernannter Wachhund?"

Kayla zuckte mit den Schultern. „Ich weiß es nicht, und es ist mir auch ganz egal." Lügnerin. Es war ihr alles andere als egal, und genau deshalb war sie in diesen Schlamassel geraten.

„Er hat dich allein gehen lassen? Nachdem er versprochen hat, auf dich aufzupassen? Ich hätte wissen sollen, dass dem Kerl nicht zu trauen ist."

„Ich bin einfach abgehauen. Im Übrigen warst du doch von ihm ziemlich begeistert, als du ihn kennen lerntest."

„Das war, bevor er meiner unschuldigen Schwester so übel mitspielte."

„Ist das nicht ein bisschen übertrieben?"

Catherine strich ihr leicht über die Wange. „Du siehst aus, als habe man dir das Herz gebrochen. Nein, ich glaube nicht, dass ich übertreibe."

Sie hatten den dritten Stock erreicht, und dort in der historischen Abteilung der Bibliothek, die meist wenig besucht war, gab es einen gemütlichen Sitzplatz. Die Schwestern setzten sich.

„Wusstest du schon, dass Männer immer alles sehr wörtlich meinen?" fragte Kayla.

„Wieso?"

„Sie sagen, was sie meinen, und sie meinen, was sie sagen. Wenn ein Mann sagt, er will sich nicht binden, dann will er sich auch nicht binden. Es gibt kein Happy End, etwa in der Art, dass die richtige Frau einen sturen Mann ändern könnte."

*Einfach verliebt*

„Ich könnte den Kerl umbringen."

„Warum? Er hat mich nie angelogen. Aber darum geht es jetzt nicht. Ich muss dringend etwas mit dir besprechen." Mit Kane und ihren Gefühlen für ihn musste sie selbst fertig werden. „Was weißt du über ,Charme', außer dass es eine Schule ist, die den Leuten gesellschaftlichen Schliff verleiht?"

„Was meinst du damit?"

„Sieh dir das hier an." Sie zog ein Buch aus der Tasche und legte es aufgeschlagen vor Catherine hin. „Fällt dir nichts auf? Die Namen, Daten ..."

„Mach das Buch zu, Kayla!"

Sie fuhr herum. Kane!

„Der Wachhund", murmelte Catherine. Dann wandte sie sich zu Kane um. „Was darf sie mir nicht sagen?"

„Alles." Kane starrte Kayla wütend an und nahm Catherine kaum wahr.

„Geheimnisse, Detective?" fragte Catherine.

„Das geht Sie nichts an", stieß er hervor, ohne Kayla aus den Augen zu lassen.

„Na dann ..." Catherine sah die beiden an, griff nach ihrer Tasche und stand auf. Sie war hier wohl überflüssig.

Kayla legte ihr schnell die Hand auf den Arm. „Du kannst gern bleiben." Sie hatte zwar keine Angst davor, sich mit Kane allein auseinander zu setzen, aber sie wollte nicht, dass er die Schwester vertrieb.

„Ich glaube, es ist besser, wenn ich gehe. Über ,Charme' weiß ich sehr viel weniger als du. Tante Charlene hielt mich doch immer für total ausgeflippt und hat mir kaum etwas erzählt."

Kayla musste lachen. Es stimmte, ihre Tante hatte zu ihr immer eine engere Beziehung gehabt, aber Kayla wusste, dass sie an beiden Nichten gehangen hatte.

„Und nun zu Ihnen", sagte Catherine und fixierte Kane

89

mit düsterer Miene. „Ich weiß zwar nicht, was zwischen euch beiden vorgeht, aber wenn Sie meiner Schwester wehtun, werden Sie wünschen, den Namen Luck nie gehört zu haben."

„Davon bin ich überzeugt", sagte Kane ernst.

Catherine beugte sich zu Kayla und senkte die Stimme. „Sei nicht zu streng mit ihm. Den Mann hat es erwischt. Er weiß es nur noch nicht. Er wird auf dich aufpassen."

„Ich brauche ihn nicht ..."

„Oh, doch." Sie küsste die Schwester auf die Wange. „Du weißt ja, wo du mich erreichen kannst."

Kayla sah ihr lächelnd nach. Sie liebte die Schwester, auch wenn sie sich irrte in Bezug auf Kane. Auch sie selbst hatte ja fälschlicherweise geglaubt, dass Kane sich nach Liebe und Verständnis sehnte. Da durfte sie sich nicht wundern, dass Catherine ihm genauso auf den Leim gegangen war. Aber Catherine war ihre Familie und der wichtigste Mensch in ihrem Leben, etwas, das Kane nie verstehen würde. Sie warf ihm einen kurzen Blick zu. Er hatte sich abgewandt und stand aufgerichtet da, die Hände in den Hosentaschen, ganz der einsame Wolf, der er auch sein wollte.

Sie wartete, bis die Schwester außer Sicht war. „Wie bist du darauf gekommen, dass ich in der Bibliothek bin?"

„Instinkt. Du konntest nur hier oder mit deiner Schwester zusammen sein. Diesmal traf sogar beides zusammen."

„Kane, Cat verdient es, dass wir sie einweihen. Außerdem ist das meine Entscheidung."

„Ja", sagte er, „das stimmt. Aber je mehr sie weiß, desto gefährlicher ist es für sie. Ich habe genug damit zu tun, dich zu beschützen, da kann ich mich nicht auch noch um Cat kümmern."

Er trat näher, und die kleine Leseecke wirkte durch seine Gegenwart plötzlich zum Ersticken eng. Sein typischer

*Einfach verliebt*

Duft erinnerte Kayla an Stunden, in denen sie sich ganz nah gewesen waren.

Unsinn, korrigierte sie sich energisch. Sie allein hatte diese Nähe gefühlt, er hatte sich hinter seinem schützenden Panzer verschanzt. „Du brauchst mich nicht länger zu bewachen", sagte sie und sah ihn kühl an. „Ich verlange nicht mehr von dir als du von mir."

„Wenn es so ist, mein Schätzchen, dann sind wir in großen Schwierigkeiten."

Ihre Augen weiteten sich vor Überraschung, und sie öffnete leicht die Lippen.

Kane konnte den Blick nicht von ihr lösen. Er begehrte sie mehr denn je. „Gib mir die Rätselbücher", sagte er rau.

„Nein", entgegnete Kayla. „Ich will sie selbst durchgehen und eine genaue Liste aufstellen. Hier kann ich mich besser konzentrieren."

Er wusste, was sie damit meinte – ohne ihn. Und das schmerzte. Aber wie konnte sie nur so leichtsinnig sein? „Du weißt, dass du eine lebende Zielscheibe abgibst."

„Dies ist eine öffentliche Bibliothek, was soll mir hier passieren?"

Er sah sich um. Kein Mensch war zu sehen oder zu hören. „Das sieht mir hier verdammt privat aus. Hat dich überhaupt jemand gesehen außer Catherine?"

Sie schwieg.

„Ich glaube dir ja, dass du den Code ohne fremde Hilfe entschlüsseln kannst", fuhr er fort. „Aber ein Freund von mir auf dem Revier ist Fachmann auf dem Gebiet, und ich möchte die Bücher an einem sicheren Ort wissen."

„Gut." Sie nahm die Bücher mit einer zornigen Bewegung aus der Tasche und schleuderte sie über den Tisch. „Hier hast du sie." Dann sprang sie auf. „Ich verschwinde jetzt besser."

Mit zwei Schritten war er bei ihr und packte sie beim

Arm. Er konnte sie so nicht gehen lassen. Gegen ihren Widerstand zog er sie an sich und sog ihren vertrauten Duft ein. Himmel, ihr durfte nichts geschehen. Er brauchte sie.

„Lass mich gehen, Kane."

„Ich kann nicht."

„Du willst doch gar nichts mehr von mir."

„Glaubst du das wirklich?"

„Ja, wenn ich an das kleine Folienpäckchen denke, das ich gefunden habe."

Er erstarrte. „Wovon redest du überhaupt?"

„Ich habe dich erwischt, Kane. Vielleicht hättest du deine Sachen lieber nicht bei mir im Schlafzimmer liegen lassen sollen. Und vielleicht hätte ich sie nicht aufheben dürfen."

„Verdammt noch mal!" fuhr er sie an. „Willst du damit sagen, dass du das Haus verlassen und damit dein Leben riskiert hast, weil ..."

„Weil es Zeit wird, dass ich selbst für mich die Verantwortung übernehme." Sie sah ihn kühl an. „Und auf dein Mitleid kann ich verzichten. Ich wollte mit dir schlafen, aber du hattest keine Lust. Und weil du ein Gentleman bist und außerdem die Geschichte nicht noch komplizierter machen wolltest, hast du ..."

„Was sagst du da? Ich hätte keine Lust gehabt?" Das war ja einfach absurd. Noch nie hatte er eine Frau so verzweifelt begehrt wie Kayla. Er musste ständig an sie denken und konnte sich auf seine eigentlichen Aufgaben immer weniger konzentrieren. Das musste unbedingt ein Ende haben, aber er konnte sie auch nicht in dem Glauben lassen, sie bedeute ihm nichts.

Er empfand ein ihm unbekanntes Gefühl der Zärtlichkeit, wenn er an sie dachte, und ging keineswegs innerlich auf Abstand.

Sie griff in ihre Tasche und zog ein kleines, in schwarze

*Einfach verliebt*

Folie eingeschweißtes Päckchen heraus. „Das beweist ja wohl genug", sagte sie triumphierend.

„Und das hier?" fragte er leise, nahm ihre andere Hand und ließ sie fühlen, wie erregt er schon wieder war.

Überraschung, dann Freude, dann wieder Zweifel sprachen aus ihrem Blick. Was ihn nicht weiter verwunderte, denn er hatte ihr nicht viel Grund gegeben, ihm zu vertrauen.

Sie legte den Kopf schief und sah ihn nachdenklich an. „Das ist nur eine rein körperliche Reaktion, Kane. Irgendwo habe ich mal gelesen, dass Männer nicht mit ihrem Kopf, sondern mit einem ganz anderen Körperteil denken."

Er lächelte verkrampft. „Du musst mir glauben, dass mein Verstand im Augenblick nicht besonders gut arbeitet."

„Genau das meine ich ja. Du begehrst mich."

„Ja, das kannst du doch fühlen."

„Aber das genügt mir nicht." Sie nahm die Hand fort.

„Ich weiß." Sie wollte mehr als Sex. Und er durfte ihr doch nicht mehr geben.

Er nahm ihr das Kondom aus der Hand. Wenn er mit ihr nicht mehr schlafen würde, so hatte er gehofft, würde er sich innerlich wieder von ihr befreien können. Wenn er sie nur mit der Hand befriedigte, würde er den inneren Abstand wahren können. Aber er hatte sich gründlich getäuscht. Und als er aus der Dusche gekommen war und befürchten musste, dass ihr etwas passiert war ...

Kane schüttelte den Kopf. Was auch immer er für sie empfand, er wusste, wo seine Grenzen waren. „Mehr kann ich dir nicht geben."

„Ich weiß." Sie lächelte übertrieben freundlich. „Gut, Detective, dann wissen wir wenigstens, woran wir sind."

Ja, dachte er, wir stecken in einer Pattsituation. In einem Kampf, der noch längst nicht vorbei ist.

## 8. KAPITEL

Auf dem Polizeirevier war es ruhig. Kayla betrat hinter Kane das Gebäude und wartete im Flur, während er mit Captain Reid sprach. Sie wollte nicht dabei sein, während die beiden darüber diskutierten, wie sie als Nächstes vorgehen wollten. Sie wollte sich lieber selbst einen Plan überlegen. Denn sie musste sich endlich überlegen, wie ihr Leben weitergehen würde.

Die Kopfschmerzen hatten nachgelassen, und Kayla konnte wieder klar denken. Der Mann, der sie überfallen hatte, wollte die Bücher und war der Meinung, in dem Haus sei Geld versteckt. Er wusste etwas, das sie nicht wusste, und war vielleicht zu einem Tausch bereit – Bücher gegen Information.

Sie sprang auf, klopfte kurz und öffnete dann die Tür zu Reids Büro. „Ich habe die Lösung!" rief sie.

„Ich kann mich nicht erinnern, Sie danach gefragt zu haben", sagte Reid trocken und erhob sich hinter seinem Schreibtisch.

„Wir bieten ihm ein Geschäft an", erklärte sie ungeduldig. „Er wird wieder anrufen, und dann werde ich ihm die Bücher anbieten."

„Im Tausch gegen was?"

„Im Tausch gegen Informationen. Ich weiß, dass meine Tante unschuldig ist, und das möchte ich beweisen."

„Nein", hörte Kayla Kane sagen. Sie drehte sich zu ihm um. Er stand gegen die Wand gelehnt und sah sie unverwandt an. Sie hätte sich gleich denken können, dass er mit ihrem Vorschlag nicht einverstanden war.

„Wenn sie bereit ist, McDermott, ist das unsere beste Chance", meinte Reid. „Bitte setzen Sie sich doch, Miss Luck."

Wenigstens der Captain war bereit, ihr zuzuhören. Kay-

*Einfach verliebt*

la setzte sich. „Ich möchte, dass mein Unternehmen und meine Familie von jeglichem Verdacht befreit werden." Und sie wollte endlich wieder ihr eigenes Leben leben.

„Sicher", warf Kane ein, „aber das ist mein Job." Auch wenn er dabei bisher nicht besonders erfolgreich gewesen war. Aber jetzt musste etwas passieren. Auf keinen Fall durfte Kayla den Lockvogel spielen. „Wir können ihm eine Falle stellen oder eine Polizistin als Spitzel einsetzen."

„Dann kriegen wir doch nur den einen Kerl, nicht aber seine Hintermänner", sagte der Captain.

„Den werde ich schon zum Sprechen bringen", stieß Kane zwischen zusammengebissenen Zähnen hervor.

„Er wird eher etwas sagen, wenn er sich nicht bedroht fühlt", widersprach ihm Kayla. „Und was könnte harmloser sein als eine verängstigte Frau?"

Kane warf ihr schnell einen Blick zu. Ihre Wangen waren gerötet, die grünen Augen funkelten vor Entschlossenheit. Seit es ihr wieder gut ging, schien sie den Kampf mit der ganzen Welt aufnehmen zu wollen. War das wirklich die ruhige, beinahe schüchterne Frau, die gemütliche Restaurants und Bücher liebte und sich für einen biederen Manager interessiert hatte?

Er kannte die Antwort. Ja, auch diese Seite war Teil ihres Wesens, denn sie war ein vielschichtiger Charakter. Und die aufregende Frau in den engen Jeans und dem knappen Top gehörte ebenso dazu. Die Kayla, die genau wusste, was sie wollte, hatte die gleiche elektrisierende Wirkung auf ihn wie die zurückhaltende Geschäftsfrau, die ihn empfangen hatte, als sie mit der Heizung nicht klarkam. Er hatte noch nie eine Frau gekannt, die so wandlungsfähig war wie sie und die es wagte, sich gegen ihn zu stellen. Sosehr er aber ihren Mut und ihre Eigenständigkeit bewunderte, er würde nicht zulassen, dass sie ihr Leben aufs Spiel setzte.

„Kommt nicht in Frage", erklärte er.

Wütend sprang Kayla auf. „Das hast du gar nicht zu bestimmen!" Sie wandte sich an seinen Vorgesetzten. „Das entscheiden doch Sie, oder?"

„Letzten Endes, ja."

Kane hätte Reid am liebsten erwürgt, aber der Captain zuckte nur mit den Schultern. „Die junge Dame hat mir eine Frage gestellt, McDermott, und ich habe sie beantwortet."

Kayla strahlte ihn an. „Dann mache ich es."

Kane schlug mit der Hand auf den Schreibtisch. „Was soll das heißen, verdammt noch mal? Dies hier ist kein Krimi, das ist das wirkliche Leben!"

„Eben. Es ist mein Leben, und ich will tun, was ich für richtig halte."

„Was du für richtig hältst!" Kane sah Reid an, aber den Captain schien die ganze Auseinandersetzung eher zu amüsieren. „Nein und noch mal nein."

„Und ich tue es doch." Kayla verschränkte die Arme vor der Brust.

Kanes Blick folgte ihren Bewegungen. Er sah, wie sich ihre Brüste hoben, der Ansatz ihrer Brüste wurde in dem Ausschnitt des engen Pullis sichtbar. Oh, er wusste genau, wie sie sich anfühlte. Die sanfte Haut, die festen Brüste, die harten Spitzen ...

Reids Stimme holte Kane wieder in die Gegenwart zurück. „Tut mir Leid, dass ich euch unterbrechen muss, aber wir müssen ein paar Entscheidungen treffen. Erst einmal muss der Code entschlüsselt werden."

„Das kann ich machen", sagte Kayla schnell.

„Tucker auch", warf Kane ein.

„Warum sollten wir die kostbare Zeit eines Polizisten vergeuden, wenn ich es genauso gut selbst machen kann?" Kayla warf Reid einen fragenden Blick zu.

„Da hat sie Recht, McDermott. Außerdem, was kann

*Einfach verliebt*

ihr schon passieren, wenn du sie rund um die Uhr bewachst?"

Wenn du wüsstest, dachte Kane. Denn immerhin hatte er sie eine gute Stunde aus den Augen verloren, weil er ihr vertraut hatte. Aber das würde nicht wieder geschehen.

„Und dann?" fragte Kayla eifrig. „Wenn der Kerl nun wieder anruft?"

„Das lass nur meine Sorge sein."

„Wir überwachen Ihr Telefon und werden ihn schon erwischen", meinte Reid.

„Der letzte Anruf kam aber aus einer Telefonzelle." Kane war sicher, dass der Mann immer von einer Zelle aus anrufen würde.

Der Captain zuckte mit den Schultern. „Dann müsst ihr euch eben etwas einfallen lassen und improvisieren." Er blickte Kane an. „Wenn du Hilfe brauchst, sag mir Bescheid."

„Okay." Kane warf sich die Tasche mit den Büchern über die Schulter und griff nach Kaylas Hand. „Bis dann." Er zog Kayla aus der Tür. Normalerweise akzeptierte er Reids Entscheidungen, aber dieser Fall lag anders. Vielleicht war die Sache mit Kaylas Hilfe tatsächlich am schnellsten aufzuklären, aber er würde sie nicht als Lockvogel auf ein paar Gangster ansetzen. Schon bei der Vorstellung wurde ihm ganz kalt vor Angst.

Er beschleunigte seine Schritte, bis Kayla sich mit einem kräftigen Ruck gewaltsam von ihm losmachte. „Was soll das? Wohin schleppst du mich?"

Kane ging langsamer. „Nach Hause."

„Damit du mich da weiter herumkommandieren kannst?"

Er blieb stehen, drehte sich um und sah sie an.

Sie wich seinem Blick nicht aus. „Wenn du mit mir streiten willst, bitte. Aber du kannst mir die Sache nicht ausreden."

97

„Ich will doch gar nicht mit dir streiten, Schätzchen."

„Was denn dann?"

Er musste wieder an ihr Gespräch in der Bibliothek denken. Sie war der Meinung gewesen, er hätte sie nicht gewollt. Mit einer sanften Geste strich er ihr das Haar aus dem erhitzten Gesicht. Was wollte er wirklich? Er begehrte sie und musste mit ihr schlafen, obwohl er wusste, dass sie mehr wollte.

Er wurde ernst. „Ich möchte das zu Ende bringen, was wir angefangen haben."

Dieser arrogante, selbstgefällige, eingebildete Kerl!

Kayla schlug mit dem Messer auf das Holzbrett und schnitt die Zutaten für den Salat mit mehr Schwung als nötig. „Zu Ende bringen, was wir angefangen haben" – als ob das so selbstverständlich wäre. Nicht, dass sie nicht mit ihm schlafen wollte. Ihr Körper reagierte sofort auf ihn, wenn Kane nur ins Zimmer trat. Aber es gab momentan wichtigere Dinge als Hormone, die verrückt spielten. Ihr Leben, ihr Unternehmen und nicht zuletzt ihre Zukunft standen auf dem Spiel.

Er wollte offenbar wieder Macht über sie gewinnen. Erst verweigerte er sich ihr. Dann wollte er sie davon abhalten, Licht in die mysteriöse Angelegenheit zu bringen, in die „Charme" verwickelt war. Und dann informierte er sie so nebenbei darüber, dass er beabsichtigte, da weiterzumachen, wo sie aufgehört hatten. Was wohl eher bedeutete, dort, wo er aufgehört hatte.

Immer ging es nur um ihn. Aber damit war jetzt Schluss. Irgendjemand musste ihm endlich mal zeigen, dass er nicht alles bestimmen konnte. Auch wenn er mit ihrem Plan, die Machenschaften ihres Onkels aufzudecken, nicht einverstanden war, sein Vorgesetzter war ihrer Meinung gewesen. Kayla hatte nicht die Absicht gehabt, sich Kane aus purem

*Einfach verliebt*

Trotz zu widersetzen, obwohl es so aussah. Und sie würde sich jetzt auch nicht grundsätzlich anders verhalten. Aber er würde schon merken, dass sie sich nicht mehr so leicht verführen ließ.

Immer noch hoffte sie, ihm auf einer anderen, tieferen Ebene nahe zu kommen, aber sie hatte eingesehen, dass Sex kein geeignetes Mittel war. Er allein hatte alles unter Kontrolle gehabt, hatte sie befriedigt, ohne dass sie ihrerseits etwas tun konnte. Aber das würde sich ändern. Der Detective würde bald herausfinden, dass sie nicht alles mit sich machen ließ.

Sie stellte den Salat auf den Tisch. „Das Essen ist fertig, Kane!" Sie musste laut rufen, denn er war vor dem Fernsehapparat eingeschlafen. Sie hatten beide in den letzten Nächten nicht viel Schlaf gekriegt.

Kane kam in die Küche, und schon bei seinem Anblick begann ihr Herz schneller zu schlagen. Kein gutes Zeichen, wo sie doch auf Distanz gehen wollte. Er konnte einfach alles tragen, und selbst in dem zerknitterten T-Shirt sah er unglaublich sexy aus.

Er setzte sich und sah sich überrascht um. „Du hast gekocht? Das war aber nicht nötig. Ich dachte, wir lassen uns was kommen."

„Du weißt doch, dass ich lieber selbst koche." Sie hatte das dringende Bedürfnis gehabt, sich abzulenken, und irgendwie wollte sie Kane auch zeigen, wie gemütlich so ein Essen sein konnte. Zwei Menschen saßen gemütlich zu Hause zusammen, aßen und unterhielten sich. So etwas kannte er wahrscheinlich gar nicht.

„Ich hoffe, du magst ein gutes Stück Fleisch", sagte sie und stellte die Teller auf den Tisch.

„Das duftet wunderbar. Das letzte selbst gekochte Essen hatte ich Weihnachten bei Captain Reid."

Das konnte sie sich kaum vorstellen. Er war wohl wirklich jemand, der sehr einsam war. Er hatte gesagt, dass seine Mutter sich das Leben genommen hätte, aber von seinem Vater hatte er kaum etwas erzählt. Irgendwann würde sie ihn darauf ansprechen, wenn auch nicht gerade jetzt.

„Ich habe oft nicht die Zeit zum Kochen", sagte sie und schnitt ihr Fleisch an, „aber manchmal hängt mir das fertige Essen zum Halse heraus, und dann greife ich selbst zum Kochlöffel."

Er nahm den ersten Bissen und kaute mit Genuss. „Das ist sehr gut. Warum aber überhaupt fertiges Essen? Ich dachte, deine Schwester ist die Köchin."

„Ja, das schon, aber sie jobbt noch nebenher, und da kommt sie oft erst spät nach Hause. Doch sie kocht sehr gern, im Gegensatz zu mir."

Er sah sie lächelnd an. „Ihr seid ziemlich unterschiedlich, was?"

Bei seinem Blick stieg ihr wieder die Röte in die Wangen, und ihr Mund wurde trocken. Sie trank hastig einen Schluck Wasser. „Das schon. Cat und ich haben unterschiedliche Interessen, aber ..."

Sein Blick ließ sie nicht los, er ging ihr durch und durch. Was Kane wollte, war eindeutig, und sie genoss es. Schnell nahm sie noch einen Bissen, ohne etwas zu schmecken.

Auch er aß weiter, sah sie aber weiterhin unentwegt an. „Unglaublich", stieß er leise hervor.

„Ich habe mir schon gedacht, dass du Steak magst", sagte sie mit einem kleinen nervösen Lachen.

„Du scheinst mich gut zu kennen."

Nur oberflächlich, dachte Kayla. Und das war nicht ausreichend. Sie wollte mehr von ihm wissen. Sie zuckte leicht mit den Schultern. „Das war purer Instinkt. Ihr Polizisten kennt das ja."

„Ja, mein Instinkt hat mir schon einige Male das Leben gerettet."

*Einfach verliebt*

„Und meiner sorgt für das richtige Essen." Kayla lächelte und wies mit der Gabel auf ihren Teller. „Ich weiß, es ist nichts Besonderes. Meine Mutter konnte kaum etwas anderes als Fertiggerichte aufwärmen, aber irgendwie haben wir überlebt. Catherine hat schon damals meistens gekocht." Sie warf ihm einen schnellen Blick zu. „Und wer hat bei euch zu Hause gekocht?"

„Ich habe dafür gesorgt, dass wir nicht verhungerten, mein Onkel hat dafür gesorgt, dass wir nicht verdursteten."

Sie sah ihn verständnislos an.

„Ich rede von Alkohol, Schätzchen. Der Mann soff wie ein Loch." Kanes Gesicht blieb unbewegt.

„Und dein Vater?"

„Keine Ahnung. Er machte sich davon, als ich fünf war. So ähnlich wie deiner."

Sie nickte. Auch wenn sie nicht viel von seiner Familie wusste, hatte sie immer vermutet, dass er unter ziemlich ungünstigen Bedingungen aufgewachsen war. Aber sie hätte nicht gedacht, dass sie so vieles gemeinsam hatten.

Doch sie hatte wenigstens noch ihre Tante gehabt und ihre Schwester, also schon so etwas wie eine Familie, zu der sie gehörte. Er dagegen hatte niemanden. „Es war nicht immer einfach, aber wir sind zurechtgekommen."

„Ich auch." Er hatte aufgegessen und lehnte sich jetzt zurück. „Vielleicht ist deine Schwester die Köchin der Familie, aber du bist auch sehr gut." Er wollte offensichtlich das Thema wechseln.

„Danke."

„Gern geschehen." Er stand auf und begann den Tisch abzuräumen.

„Lass doch, Kane. Das kann ich machen."

„Nein. Bleib du nur ruhig sitzen. Wir haben noch eine anstrengende Nacht vor uns."

„Ja, ich weiß", sagte sie leise, „die Bücher."

Er warf ihr einen schnellen Blick zu. „Ja", sagte er dann, „die Entschlüsselung der Eintragungen."

Kayla nahm ihren Teller und brachte ihn zur Spüle. Nachdenklich betrachtete sie Kanes muskulösen Rücken. Wie wunderbar sich seine glatte braune Haut angefühlt hatte! Sie seufzte leise. Ja, die Nacht würde anstrengend werden, da hatte er Recht.

Plötzlich drehte er sich um und sah sie ernst an. „Eins möchte ich festhalten", sagte er, und sie erschauerte unter seinem Blick. „Ich bin hier, weil ich einen Auftrag zu erledigen habe."

„Darauf wäre ich gar nicht gekommen", entgegnete sie ironisch.

„Aber das bedeutet nicht, dass ich nicht auch gern bei dir bin."

„Ich weiß, du willst mit mir schlafen." Kayla lächelte gezwungen. „Darüber haben wir doch früher schon gesprochen."

„Ja. Aber da ich für deine Sicherheit verantwortlich bin, bedeutet das auch, dass ich Abstand wahren muss, auch wenn ich früher etwas anderes gesagt habe."

„Ich weiß nicht, was das eine mit dem anderen zu tun hat." Erst vor zwanzig Minuten hatte Kayla sich im Stillen alle Gründe aufgezählt, weshalb sie nicht mit Kane ins Bett gehen würde. Aber es kränkte sie, dass er auch gar nicht die Absicht hatte. Dieses ständige Hin und Her fing an sie zu zermürben. Beide hatten sie einen starken Willen und würden nicht nachgeben.

Merkwürdig, dachte sie. Seit Jahren hatte sie darunter gelitten, dass sie nur wenig Selbstbewusstsein besaß. Doch kaum war sie mit Kane zusammen, fühlte sie sich stärker und entwickelte mehr Selbstvertrauen. Und unabhängig davon, was aus ihrer Beziehung wurde, dafür würde sie ihm immer dankbar sein.

*Einfach verliebt*

„Das eine hat sogar sehr viel mit dem anderen zu tun", erklärte er.

Kayla schwieg. Sie wusste, dass diese Aussage von großer Bedeutung war, dass er damit etwas von sich preisgab.

„Alle wichtigen Dinge meines Lebens habe ich durch Einsatzbereitschaft und meine Fähigkeit, schnell und überlegt zu reagieren, erreicht. Wenn ich diese Eigenschaften verliere, bin ich weder als Polizist noch als Mensch etwas wert. Immer, wenn ich mich ablenken lasse, geht alles schief."

Immer noch litt er unter Schuldgefühlen. Kayla schüttelte den Kopf. „Du bist nicht für mich verantwortlich, Kane. Ich mache dir doch keine Vorwürfe."

„Aber vielleicht solltest du das tun", sagte er leise. „Vielleicht solltet ihr es beide tun."

„Wir beide?" fragte sie sanft. „Wer denn noch außer mir?"

Er schloss die Augen. „Ich bin normalerweise von der Schule immer direkt nach Hause gegangen. Meine Mutter war kränklich, und sie verließ sich darauf, dass ich immer zu einer bestimmten Zeit heimkehrte. Auch als mein Vater noch bei uns lebte, war die Regelmäßigkeit im Tagesablauf für sie sehr wichtig. Sie stand auf, wusch sich die Hände, frühstückte, wusch sich die Hände, sah fern, wusch sich die Hände, dann kam ich von der Schule und sie ..."

„Wusch sich die Hände", sagte Kayla.

Er sah sie überrascht an.

„Sie muss eine Zwangsneurose gehabt haben."

Er zuckte mit den Schultern. „Vielleicht, aber damals kannte ich den Fachausdruck noch nicht. Sie hatte ihre guten und ihre schlechten Tage." Er holte tief Luft. „Ja, und immer, wenn ich nach Hause kam, nahm sie ihre Medikamente. Und als ich den einen Tag nicht ...", er stützte den Kopf in beide Hände, „... da hatte sie ihre Medikamente

103

nicht rechtzeitig genommen. Sie war verzweifelt, und der Bus fuhr sehr schnell." Er brach ab und räusperte sich.

Seine Mutter war vor einen fahrenden Bus gelaufen. Kane musste es nicht aussprechen, Kayla verstand auch so, was er sagen wollte. Sie nahm seine Hand.

Er fühlte sich für den Tod der Mutter verantwortlich. Was für eine entsetzliche Last trug er schon seit seiner Kindheit mit sich herum!

„Sie hatte ihre guten und ihre schlechten Tage, wie du sagst. Könnte es nicht auch sein, dass sie sich gar nicht das Leben nehmen wollte, sondern dass sie einfach nicht wusste, was sie tat? Hat sie einen Brief hinterlassen?"

Er schüttelte den Kopf. „Aber das ändert nichts an der Tatsache, dass es nicht passiert wäre, wenn ich pünktlich zu Hause gewesen wäre."

Kayla streichelte stumm seine Hand.

„Und wenn ich mich ganz auf meinen Job konzentriert hätte und mich nicht von meinen Gefühlen zu dir hätte ablenken lassen, dann wärst du nicht überfallen worden."

Kayla konnte ihn nur zu gut verstehen. Auch sie hatte schon sehr früh die Verantwortung für sich übernehmen müssen, aber sie und Catherine hatten sich wenigstens gegenseitig unterstützen können. Kane hingegen war allein gewesen, und er fühlte sich immer noch wie der elfjährige Junge, auf dem alles lastete.

Seine Anstrengung, seine Gefühle zu unterdrücken, sein Bemühen um Abstand und der Zwang, alles zu kontrollieren, erschienen vor diesem Hintergrund durchaus verständlich. Wie gern würde sie ihn von diesen Albträumen aus der Vergangenheit befreien, aber ob ihr das jemals gelingen würde?

„Mehr kann ich dir nicht geben", hatte er in der Bibliothek zu ihr gesagt. Das musste genügen. Wenn der Fall abgeschlossen war und er bei ihr bleiben wollte, würde sie ihn

*Einfach verliebt*

mit offenen Armen aufnehmen. Wenn er gehen wollte, würde sie ihn gehen lassen.

Er musste wissen, dass er diese Freiheit hatte.

## 9. KAPITEL

*S*ie hatte sich die Fußnägel in Pink lackiert. Verrückt, dass ihm das auffiel, während sie dabei war, die Bücher zu dechiffrieren, die immer noch eine große Gefahr für sie darstellten. Aber alles war friedlich momentan, und so lehnte Kane sich zurück und betrachtete Kayla.

Gedankenverloren kaute sie auf dem Bleistift, ihre Lippen glänzten. Kane verspürte den Drang, ihr einen kleinen Kuss zu geben. Nur eine flüchtige Berührung ihrer Lippen, mehr nicht. Kane schüttelte über sich selbst den Kopf. Das würde alles nur verschlimmern, die ständige Erregung, wenn er in ihrer Nähe war, und den Druck auf der Brust, den er seit ihrer letzten Unterhaltung spürte.

Wann hatte er das letzte Mal an seine Mutter gedacht? Das war schon lange her, und es würde auch so bald nicht wieder vorkommen. Aber wenn das, was er von seiner Kindheit und seiner Mutter erzählt hatte, für Kayla Erklärung genug war für seine Haltung ihr gegenüber, dann war es die Sache wert. Dann wusste sie, es lag nicht an ihr, und sie musste den Fehler nicht bei sich suchen.

„Sullivan, John", sagte sie.

Kane schreckte hoch. „John Sullivan? Das ist auch ein dicker Fisch. Besitzt jede Menge Grundstücke in der Stadt." Seit zwei Stunden saßen sie jetzt an den Büchern.

Er beobachtete Kayla. Wenn sie die Beine übereinander schlug, musste er an das verlockende Dreieck dazwischen denken. Wenn sie die Stirn runzelte und die Lippen spitzte, dann sehnte er sich danach, sie zu küssen. Aber er hielt sich eisern vor Augen, dass sein Job an erster Stelle rangierte und er sich auf keinen Fall wieder ablenken lassen durfte.

In dem ersten Buch fanden sie eine Reihe von Frauennamen, die weder Kayla noch er kannten. Kane vermutete,

*Einfach verliebt*

dass es sich hier um Frauen handelte, die für das illegale Zweiggeschäft von „Charme" arbeiteten. In den anderen Büchern entdeckten sie die Namen von vielen Männern, die in der Stadt sehr gut bekannt waren. Dank Kaylas Intelligenz und Hartnäckigkeit konnten sie jetzt eine fast vollständige Liste aller Callgirls und ihrer Kunden zusammenstellen.

Und dafür bewunderte Kane Kayla sehr, auch wenn er vorher absolut dagegen gewesen war, dass sie sich mit der Sache befasste.

Er war sicher, dass diese Männer, die dazu noch meistens verheiratet waren, alles tun würden, um einen Skandal zu vermeiden.

„Ich muss eine Pause machen." Kayla legte den Bleistift aus der Hand, streckte die Beine aus und bewegte ihre Zehen.

„Es ist genug für heute", sagte er eindringlich. „Du hast gerade eine Gehirnerschütterung überstanden und musst unbedingt schlafen." Nachdem er sie den ganzen Abend betrachtet hatte, würde er selbst wohl nicht viel Schlaf finden.

„Ich weiß. Aber ich bin auch gleich fertig, nur noch ein schneller Durchgang. Ich möchte die Sache unbedingt heute Nacht abschließen." Sie griff nach dem untersten Buch in dem Stapel, in dem die ersten Namen auftauchten, und blätterte es durch. „Die Liste wird immer länger, aber wir sind der Lösung noch nicht ... Kane!"

Er setzte sich schnell auf. „Ja?"

„Hier ist etwas verändert worden. Ich weiß nicht, warum mir das nicht früher aufgefallen ist. Sieh mal her. Alle früheren Rätsel wurden mit Bleistift ausgefüllt."

Er nickte. Sie hatte diese seltsame Angewohnheit ihrer Familie schon vorher erwähnt.

„Aber hier, hier hat man beides benutzt, Bleistift und

107

Kugelschreiber." Sie nahm das nächste Buch in die Hand und überflog die Seiten. „Hier auch."

Er sprang auf und sah ihr über die Schulter.

„Hier. Schwarzer Kugelschreiber statt Bleistift. Warum ist mir das bloß nicht früher aufgefallen?"

„Mir auch nicht." Er blätterte die anderen Bücher schnell durch. „Hier, hier auch."

„Kane, das ist die Lösung. Danach habe ich gesucht. Das ist ein Hinweis meiner Tante."

„Was?"

„Sie wollte uns dadurch wissen lassen, dass sie das nicht freiwillig tat. Ich könnte schwören, dass es so ist."

„Gut, gehen wir im Moment mal davon aus, dass du Recht hast."

„Ich weiß, dass ich Recht habe. Bei dem Überfall, da sagte der Kerl doch was von Geld, und am Telefon erwähnte er irgendwelche Bücher – womit er garantiert diese Rätselbücher meinte." Kayla sah Kane mit blitzenden Augen an. „Er wusste bestimmt etwas von den Namen, und vielleicht hatte er auch den Verdacht, dass Tante Charlene irgendeine Andeutung gemacht hat."

„Vielleicht."

„Aber warum finden wir dann keinen Hinweis auf das Geld?" Sie warf frustriert das Buch wieder auf den Tisch.

„Es gibt viele Möglichkeiten, Geld zu verstecken, ohne dass es durch die Bücher gehen muss. Konten im Ausland zum Beispiel. Ohne Nummer sind sie nicht aufzufinden."

„Aber der Kerl war doch der Meinung, ich wüsste, wo das Geld sei. Wie kam er darauf?"

Kane zuckte mit den Schultern. „Keine Ahnung, was in denen vorgeht. Aber sie wollen ihren Anteil, das ist sicher. Und in den Büchern steht auch nichts, was auf das Geldversteck schließen lässt?"

Sie schüttelte den Kopf. „Nein. Da sind nur die Namen,

*Einfach verliebt*

noch nicht einmal Telefonnummern, denn dieses sind reine Buchstabenrätsel."

„Vielleicht werden wir das Geld nie finden. Es sei denn, dass sich zum Schluss alles auflöst. Wahrscheinlich haben die Männer ja auch Kontakt mit ‚Charme' aufgenommen und nicht umgekehrt, denn das wäre viel zu gefährlich gewesen. Ich vermute, dass dein Onkel die Anrufe entgegengenommen hat."

„Mein Onkel?" Sie sah ihn an. „Dann glaubst du mir endlich, dass man Tante Charlene irgendwie gezwungen hat, da mitzumachen."

„Wie ich schon sagte, es ist alles denkbar. Aber bei der langen Liste muss deine Tante zumindest davon gewusst haben." Auch wenn es ihm Leid tat, er musste Kayla wenigstens auf die verschiedenen Möglichkeiten aufmerksam machen, sonst würde sie später vielleicht enttäuscht werden.

„Das bedeutet aber nicht, dass sie freiwillig mitgemacht hat. Sie hatte wahrscheinlich keine andere Wahl."

Sie vertraute ihrer Tante, und das konnte er gut verstehen. Wenn er wenigstens einen Menschen hätte, dem er vertrauen könnte, dann würde er die Hoffnung auch nicht aufgeben wollen.

Er sah Kayla an. Er wollte ihr so gern glauben, aber sein Beruf war es, Beweise herbeizuschaffen. Und was der Wechsel vom Bleistift zum Kugelschreiber eigentlich bedeutete, war noch völlig rätselhaft. „Wer auch immer mit ihnen in Kontakt stand, diese Kunden haben wahrscheinlich bar bezahlt. Dein Onkel hat die Frauen beschafft, bekam seinen Anteil, und den Rest nahm sein Partner."

„Der Mann, den wir suchen."

„Vielleicht ist es auch eine Frau."

„Kann sein. Sie wollen auch diese Bücher." Sie hob eins hoch.

109

„Das war das Druckmittel deines Onkels", sagte Kane. „Solange er die Aufzeichnungen hatte, war ihm sein Anteil sicher."

Sie sah auf die Uhr. „Der letzte Anruf ist schon Stunden her."

„Das Ganze ist ein Geduldsspiel. Je mehr Zeit verstreicht, desto nervöser wirst du. Das hoffen sie wenigstens."

„Das ist leider auch so. Ich bin mehr als nervös. Wenn ich nur daran denke, was hätte passieren können, wird mir ganz schlecht vor Angst."

„Dann ist dir wohl auch klar, wie gefährlich es wäre, wenn du dich noch mehr in die Sache reinziehen lässt." Vielleicht kam sie ja doch noch zur Vernunft. Der Druck auf seiner Brust löste sich etwas. „Mach dir keine Gedanken um Reid. Dem ist das egal. Wir bereiten alles vor und benutzen eine Polizistin als Lockvogel. Du musst nur daran denken, möglichst lange mit dem Kerl zu reden, wenn er anruft. Dann können wir herausbekommen, von wo aus er angerufen hat. Mach einen Platz mit ihm aus, wo die Bücher hinterlegt werden. Es muss ja keine persönliche Übergabe sein und außerdem ..."

„Ich habe meine Pläne nicht geändert", unterbrach sie ihn mit leiser, aber bestimmter Stimme.

„Aber du hast doch gerade gesagt ..."

„Ich habe zugegeben, dass ich Angst habe. Ich bin auch nur ein Mensch. Das kannst du mir zum Vorwurf machen, aber meine Meinung habe ich nicht geändert."

„Wenn du unsicher bist, wird er es merken, und alles kann schief gehen. Vertrau deinem Instinkt und lass die Finger davon."

„Genau das tue ich, und mein Instinkt sagt mir, dass ich das durchziehen muss."

„Aber warum, um Himmels willen?" Er schlug wütend

*Einfach verliebt*

mit der Faust auf den Tisch. Kayla zeigte keine Bereitschaft, auf ihn zu hören und nachzugeben. „Kayla, hör mir zu." Er setzte sich auf die Tischecke. „Es gibt erfahrene Leute, die das für dich tun können, ohne dass damit irgendein Risiko verbunden wäre. Warum willst du das nicht ausnutzen?"

Sie strich sich mit beiden Händen durchs Haar. Die blonden Strähnen fielen weich um ihr Gesicht und ließen sie zart und verwundbar aussehen, was, wie er jetzt wusste, nur halb der Wirklichkeit entsprach. Sie war härter, als sie von außen wirkte, und das war einer der Gründe, weshalb er sie so anziehend fand.

„Es handelt sich hier um mein Leben, das völlig durcheinander geraten ist, und ich möchte es auch sein, die es wieder in Ordnung bringt." Sie blickte ihn mit ihren klaren grünen Augen an. „Solange ich denken kann, bin ich für mich selbst verantwortlich gewesen. Da geht es mir so wie dir. Und es liegt mir nicht, diese Verantwortung an jemand anderen abzugeben, wenn es brenzlig wird."

„Gefährlich", korrigierte er.

„Meinetwegen auch das."

„Du würdest die Aufgabe Menschen übertragen, deren Job es ist. Das ist doch etwas ganz anderes."

„Nicht für mich. Ich habe nicht nur einen ordentlichen Job mit einem ordentlichen Gehalt aufgegeben, sondern auch meinen Traum zu studieren, und stattdessen dieses Familienunternehmen übernommen. Weil ich trotz allem meine Familie liebe. Nun stellt sich heraus, dass meine Schule vielleicht nur das Aushängeschild für einen Callgirl-Ring war. Kannst du nicht die bittere Ironie in der ganzen Sache sehen? Ich muss das durchfechten, und ich muss den Namen meiner Tante wieder reinwaschen."

Aus ihrer Stimme klang die gleiche Entschlossenheit, die auch er jedes Mal empfand, wenn er einen Fall zu lösen hatte. In ihren Augen stand der gleiche Wille, dieses Ziel zu erreichen. Er konnte ihre Haltung respektieren, aber er musste mehr wissen. „Was meinst du mit Ironie?"

Sie stand auf und stellte sich vor ihn hin. „Es ist der Beweis", flüsterte sie und kam ihm so nahe, dass er ihren zarten Duft wahrnehmen konnte. Sie sah ihm in die Augen, hob dann eine Hand und strich sich langsam über den Körper, wobei sie die volle Rundung ihrer Brüste und die Kurve ihrer Hüften betonte. Ihre Brustspitzen richteten sich auf und waren unter dem dünnen T-Shirt nicht zu übersehen.

Er starrte sie an und folgte ihrer Hand mit den Blicken. Sein Atem ging schneller, und sein Mund wurde trocken. Dass er sie begehrte, war für ihn nichts Neues. Dass sein Körper sofort auf sie reagierte, damit musste er leben. Aber gerade jetzt, in dieser Situation, musste er einen kühlen Kopf bewahren.

„Der Beweis wofür?" stieß er hervor.

„Dafür." Wieder strich sie sich langsam über den Körper. „Dafür, dass vieles nur äußerer Schein ist."

„Aber manchmal ist der äußere Schein wunderschön." Er musste an ihr erstes Treffen denken, und plötzlich wusste er, was sie meinte. Er erinnerte sich, dass ihr jedes Kompliment peinlich war und dass sie sich sofort zurückzog, wenn er sie zu lange angesehen hatte oder ihr zu nahe gekommen war. Er hatte diese Barrieren schließlich überwinden können, aber es war nicht einfach gewesen.

Er musterte sie von oben bis unten. „Doch darauf kommt es nicht an."

„Du bist der erste Mensch, der das bemerkt." Sie sah ihn anerkennend an und lächelte. „Du bist der Erste, der hinter meiner attraktiven Fassade auch den Menschen sieht."

Er zuckte zusammen. Wie konnte sie so von sich sprechen?

„Für jemanden, der aussieht wie ich, ist es eine Sache,

*Einfach verliebt*

eine Art Benimmschule zu führen, aber es ist etwas ganz anderes, mit einen Callgirl-Ring oder Ähnlichem zu tun zu haben. Sieh mich doch an. Ich komme nicht aus gutem Hause. Dass jemand wie ich, die schon auf der Schule eine Außenseiterin war und viele schlimme Sprüche über sich ergehen lassen musste, mit Prostitution zu tun haben soll, passt doch wunderbar ins Bild. Und wenn gleich die ganze Familie darin verwickelt ist, umso besser." Kayla lachte bitter.

Kane hätte am liebsten die Zeit zurückgedreht. Dann würde er jeden zusammenschlagen, der abfällig über sie redete, auf sie herabsah oder mit dem Finger auf sie zeigte.

Sie hob die Hand und strich ihm sanft über die Stirn, wie um die Zornesfalten zu glätten. Dann lächelte sie. „Guck doch nicht so finster." Ihre Stimme klang jetzt beinahe heiter. „Ich bin es gewöhnt, denn ich bin damit aufgewachsen. Worte können mich nicht mehr verletzen." Sie wurde ernst. „Aber wenn man mir nichts zutraut, wenn man glaubt, dass ich dumm bin und nichts kann, das verletzt mich. Du kannst mir wehtun."

Er wusste genau, was sie meinte. Noch nie hatte er jemanden getroffen, der es auf diese beeindruckende Art und Weise mit ihm aufnehmen konnte, ja, der ihn an Hartnäckigkeit und Einsatzbereitschaft sogar noch übertraf. Er schüttelte den Kopf. Einerseits lehnte er ihr Engagement in diesem Fall total ab, andererseits bewunderte er sie dafür. Wenn er weiter versuchte, sie davon abzubringen, wäre er nicht besser als die anderen Männer, die nur auf ihren Körper scharf waren und sie nicht ernst nahmen.

Kane wusste es besser. Sie war eine Herausforderung für ihn. Sie gab ihm Rätsel auf. Und obwohl er sie auch sexuell außerordentlich verführerisch fand, wusste er genau, dass sie nicht zu unterschätzen war. Und so konnte er gar nicht anders, als sie in dem, was sie vorhatte, zu unterstützen und ihr Rückendeckung zu geben.

113

Dabei konnte er sich keine Fehler leisten. Und keine Ablenkungen.

Nach der Dusche ging Kayla nervös in ihrem Schlafzimmer auf und ab. Die Sonne war untergegangen, und der Raum wurde nur durch eine kleine Lampe erhellt. Kayla schüttelte die Kissen auf, dann setzte sie sich auf die Bettkante. Allein.

Sie hörte, wie Kane in der Küche hin und her ging. Da sie mit ihrer Schwester zusammenlebte, war sie eigentlich daran gewöhnt, dass eine zweite Person im Haus war. Aber wenn sie sich bewusst machte, dass es Kane war, den sie da hörte, überfielen sie ganz neue Empfindungen. Ein Gefühl der Vertrautheit, aber auch Aufregung und freudige Erwartung.

Was sollte sie zur Nacht anziehen? Das verblichene Football-T-Shirt, das Kane ihr letzte Nacht gegeben hatte, oder das durchsichtige Negligee, das sie in einer von Catherines Schubladen gefunden hatte?

Wieder musste sie eine Entscheidung treffen, keineswegs das erste Mal, seit sie Kane begegnet war. Verführen oder nicht verführen ...

Die Türklingel riss sie aus ihren Gedanken. Schnell strich sie sich das feuchte Haar zurück, warf sich den Bademantel über und ging zur Tür.

Doch noch bevor sie die Tür öffnen konnte, hörte sie Catherine schon durch den Flur rufen. „Sparen Sie sich Ihre Worte, Detective. Schließlich habe ich das Recht, mir ein paar saubere Sachen zum Wechseln zu holen."

„Haben Sie noch nie etwas von einer Waschmaschine gehört?" rief Kane zurück.

„Sie sind mich gleich wieder los. Ich brauche höchstens fünf Minuten." Die Schritte kamen näher. „Vielleicht auch zehn. Ich möchte die Gefangene gern noch sprechen."

114

*Einfach verliebt*

Kayla lachte laut los. Es würde ihr gut tun, mit ihrer unerschrockenen, freimütigen Schwester zu reden. Das ständige Zusammensein mit Kane auf engem Raum machte sie mürbe, und sie wollte doch auf keinen Fall ihr Ziel aus den Augen verlieren. Aber hoffentlich machte ein Gespräch mit einer anderen Person, die ihre eigene vorgefasste Meinung hatte, die Dinge nicht noch komplizierter.

Sie öffnete die Tür in dem Moment, als Catherine von außen dagegen drückte. Catherine stolperte vorwärts und hielt sich am Türrahmen fest. „Immerhin schließt er dich nicht ein", sagte sie laut.

Das war für Kane bestimmt. Er war Catherine sympathisch, das wusste Kayla. Die Schwester wollte nur nicht, dass er sich zu sicher fühlte und Ansprüche stellte. Kein Gedanke, dachte Kayla. Catherine machte sich nicht klar, dass McDermott gar nicht Teil ihrer kleinen Familie sein wollte.

„Er würde mich nicht einsperren können, auch wenn er es wollte." Kayla zog sich die Spange mit dem langen Metalldorn aus dem Haar und grinste. „Gute Waffe."

„Haben Sie das gehört?" rief Catherine und drehte den Kopf nach hinten. „Ich habe ihr einiges beigebracht, McDermott. Wenn Sie sie wollen, müssen Sie schon etwas dafür tun!"

Kayla packte die Schwester beim Handgelenk, zog sie in den Raum und knallte die Tür zu. „Bist du verrückt geworden?"

„Ich mache ihm nur ein bisschen den Mund wässrig", sagte Catherine leise. „Das solltest du eigentlich tun. Ich habe mir vorgestellt, ich platze hier mitten in eine heiße Sexgeschichte, und was ist? Du bist in deinem Schlafzimmer und hast diesen alten Bademantel an, und er ist hinten in der Küche, flucht vor sich hin und knallt die Schubladen zu."

„Deshalb hast du geklingelt."

„Natürlich. Im Grunde bin ich ein sehr diskreter Mensch, wenn es sein muss." Cat ließ sich auf das Bett fallen. „Und warum war nun meine ganze Diskretion gar nicht nötig?" Sie stützte sich auf und riss die Augen auf. „Oh, was haben wir denn hier?" Sie hob das Negligee hoch und sah die Schwester grinsend an. „Jetzt wird es interessant. Da war ich wohl etwas voreilig mit meiner Einschätzung der Situation. Du brauchst meine Ratschläge gar nicht."

Kayla war die Lage ausgesprochen peinlich. „Du irrst dich. Bitte, steh auf."

Cat runzelte die Stirn. „Warum? Ich fühl mich sehr wohl hier."

„Bitte, steh auf."

Catherine stand auf und hob das T-Shirt auf, auf dem sie gesessen hatte. „Schwesterherz, dieses unmögliche Ding hattest du doch schon als Teenager. Wenn du mit mir rumhängst, ist das ja okay, dass du so etwas trägst, aber um einen Mann zu verführen ..."

Kayla musste daran denken, wie Kane sie geküsst hatte, das letzte Mal, als sie dieses Hemd anhatte. Wie er sich auf sie schob und ihr so nahe kam, wie es nur möglich war, wenn man bedachte, dass sie beide angezogen waren. Sie wandte sich ab, damit Catherine nicht sah, wie ihr die Hitze in die Wangen stieg. Und dann erinnerte sie sich daran, wie Kane sich sofort von ihr gelöst hatte, als ihm einfiel, dass sie verletzt war, und wie er sie die ganze Nacht in den Armen hielt, um sie zu trösten. Er war jemand, in dessen Armen sie nicht nur die größte sexuelle Erfüllung fand, sondern auch Entspannung und Frieden. Eine sehr überzeugende Kombination.

„Hallo, Kayla, hier bin ich!" Catherine wedelte ihr mit der Hand vor den Augen herum. „Keine Ahnung, wo du

*Einfach verliebt*

warst, aber es muss wunderschön dort gewesen sein." Sie hob das durchsichtige Nachthemd hoch und hielt es ihrer Schwester vor die Nase.

Ja, das Negligee ist typisch Cat, dachte Kayla, aber es passt nicht zu mir. Sie lächelte versonnen. Das hatte sie immer schon gewusst, und es war auch richtig so. Zwischen ihr und Kane bestand etwas anderes. Sinnlichkeit, ja, Leidenschaft, aber auch Aufrichtigkeit. Sie brauchte sich nicht sexy anzuziehen, um für ihn attraktiv zu sein. Zumindest eins hatte sie in den letzten Tagen gelernt, nämlich sich so zu akzeptieren, wie sie war.

Das hatte sie nur Kane zu verdanken. Er hatte ihr die Augen geöffnet, hatte ihr Mut gemacht, zu ihrer Persönlichkeit zu stehen. Wenn sie wollte, war sie durchaus in der Lage, ihn zu verführen, auch ohne das Negligee. Wenn sie wollte.

Die Frage war nicht, was sie im Bett tragen sollte, sondern ob sie mit Kane das Bett teilen wollte. Auf Grund seines Schweigens ging sie davon aus, dass er es aufgegeben hatte, sich mit ihr wegen des „Charme"-Falles zu streiten. Er akzeptierte ihre Entscheidung, selbst an der Aufklärung mitzuarbeiten, wenn auch gegen seine Überzeugung und nur, weil er ihr vertraute. Aber die ganze Geschichte passte ihm nicht, und er machte sich Sorgen um ihre Sicherheit und um seine eigene Kaltblütigkeit und Konzentrationsfähigkeit, die ihn bisher als Polizisten immer ausgezeichnet hatten.

Sie liebte ihn zu sehr, als dass sie seine Karriere gefährden wollte. Sie liebte ihn. Der Himmel steh ihr bei! All ihre Bemühungen und Anstrengungen waren umsonst gewesen. Sie hatte sich in einen Mann verliebt, der ein Einzelgänger war und niemanden an sich heranließ. In letzter Konsequenz bedeutete das, dass sie jetzt ganz auf sich gestellt war.

Denn ihre ganze Zukunft hatte mit Kanes Vergangenheit zu tun. Wenn bei dem Treffen mit dem Mann, der sie überfallen hatte, irgendetwas passierte, würde Kane sich total dafür verantwortlich fühlen, so wie er es damals bei seiner Mutter getan hatte. Und er würde seinen Job aufgeben und verschwinden, da war sie ganz sicher.

Sie sollte sich nichts vormachen. Wahrscheinlich würde sie ihn so oder so verlieren. Aber noch hatte sie Chancen, und die würde sie nutzen. Sie nahm der Schwester das Nachthemd aus der Hand.

Catherine sah sie überrascht an und lächelte dann. „Das ist besser." Sie blickte auf die Uhr. „Fünf Minuten sind vorbei. Gleich klopft der Gefängniswärter an die Tür." Sie drückte Kayla kurz an sich. „Ich hole mir nur eben ein paar Sachen zum Anziehen und verdrücke mich dann wieder."

„Pass auf dich auf, Cat. Die Sache ist noch nicht ausgestanden."

„Ich weiß. Sei bitte auch vorsichtig." Sie ging zur Tür und warf der Schwester schnell noch einen Blick über die Schulter zu. „Viel Spaß noch!" Sie grinste.

„Tschüss." Kayla schloss die Tür. Sie starrte nachdenklich auf das dünne Stück Seide in ihrer Hand und steckte es dann ganz hinten in eine ihrer Schubladen.

Sie brauchte keinen Seidenfummel, um den Mann zu verführen. Aber sie war entschlossen, alles zu tun, was in ihrer Macht stand, damit er wusste, was er aufgab, sollte er sich entschließen, von ihr wegzugehen.


Er konnte nicht die ganze Nacht hier in der Küche herumhängen. Außerdem war das alles andere als gut für ihn. Als Kayla in der Dusche war, hätte Kane sich am liebsten die Ohren zugehalten. Denn während er das Wasser rauschen hörte, ging wieder seine Fantasie mit ihm durch. Diese Vorstellung, wie das klare Nass sie umspülte, an ihr abperlte ... Er umklammerte die Tischkante und stöhnte leise.

*Einfach verliebt*

„Ist irgendetwas nicht in Ordnung?"

Er biss die Zähne zusammen, als er Kaylas dunkle leise Stimme hörte, und drehte sich langsam um. Wen hatte er erwartet? Eine aufregende Sirene, eine verführerische Schlange? Damit wäre er wahrscheinlich sogar besser zurechtgekommen als mit der Frau, die jetzt vor ihm stand. Das alte Football-T-Shirt war nicht sexy, erinnerte ihn aber sehr genau an bestimmte Situationen, und obgleich es fast alles verhüllte, war seine Wirkung genau entgegengesetzt.

Kayla sah ihn liebevoll und einladend an.

Er fühlte sich plötzlich geborgen und verstanden. Zwei Empfindungen, die für ihn neu waren, zumindest im Zusammenhang mit einer Frau. „Was machst du hier?"

„Ich wohne hier. Und da mir nach dem Duschen kalt war, wollte ich sehen, ob ich nicht etwas Heißes zu trinken finde."

Sie setzte sich neben ihn an den Küchentresen. Ihr Haar duftete wieder nach Zitrone, und Kane rutschte ein Stückchen zur Seite. „Kaffee? Du hast Pulverkaffee im Schrank."

Sie schüttelte den Kopf, und die feuchten Haarsträhnen fielen ihr in die Stirn. Verdammt, er begehrte sie so. „Tee?" brachte er heraus.

Sie lächelte. „An so etwas habe ich eigentlich nicht gedacht."

„An was denn?"

Ohne etwas zu sagen, griff sie an ihm vorbei in das Küchenregal. Mit dem Arm strich sie ihm dabei über die Schulter, und ihm war, als hätte er einen elektrischen Schlag bekommen. Er sog scharf die Luft ein und zählte bis fünf.

„Heiße Schokolade scheint es zu bringen ... wenn mir kalt ist." Sie sah ihn an. Ihre Augen drückten Unsicherheit und Verlangen aus, eine unwiderstehliche Mischung für Kane. Er hatte genügend Erfahrungen, um zu wissen, wann eine Frau ihn manipulieren wollte. Aber Kaylas Versuch,

119

ihn zu verführen, war etwas vollkommen anderes. Sie war unschuldig und sinnlich zugleich, und dieser Kombination hatte er noch nie widerstehen können.

Er hatte eindeutig klargemacht, dass er keine ernsthafte Beziehung wollte, und Kayla wusste es. Er war sicher, dass sie seine Entscheidung respektierte, Abstand zu wahren, und sei es auch nur, weil er ihren Entschluss akzeptiert hatte, sich mit Reid um den Fall zu kümmern. Aber jetzt spielte sie ein gefährliches Spiel, indem sie ihn in Versuchung führte. Offenbar wollte sie sehen, wie weit sie gehen konnte.

Er wusste es selbst nicht. In Kaylas Gegenwart funktionierte seine Selbstbeherrschung ausgesprochen schlecht. Er konnte nur versuchen, den Spieß umzudrehen, damit sie möglichst bald einen Rückzieher machte.

Er stand auf. „Möchtest du etwas Schlagsahne oben drauf? Ich meine mich zu erinnern, dass dir das gut gefiel." Er griff an ihr vorbei nach der Tür des hohen Kühlschranks und streifte dabei absichtlich ihre Brüste. Dabei spürte er die harten Spitzen an seiner bloßen Haut so deutlich, als sei sie nackt.

Sie stöhnte leise auf. Er presste die Lippen zusammen. Dieser erregende Laut und die Berührung ihrer Brüste war eigentlich mehr, als er ertragen konnte. Seine sowieso schon engen Jeans wurden verdammt unbequem. Er drehte sich zu ihr um und stand so nah vor ihr, dass sie die Hitze seines Körpers spüren musste, so wie er ihren Duft wahrnahm.

Kane fing an, diese Art der Folter zu genießen, vor allen Dingen, als er sah, dass seine Nähe sie keineswegs kalt ließ. Kayla griff nervös nach dem Schokoladenpulver und packte so fest zu, dass sie den Karton eindrückte.

Er beugte sich zu ihr herunter. „Schlagsahne, Kayla?" Seine Augen wirkten noch dunkler und verwirrender als sonst.

*Einfach verliebt*

„Ich ...", sie räusperte sich, „... ich glaube, ich habe keine. Schlagsahne hat zu viele Kalorien, und irgendwo muss man ja mal anfangen." Sie verstummte.

„Warum sprichst du nicht weiter?" Kane nahm ihr den Karton aus der Hand. Kayla atmete schneller, aber er selbst musste sich auch sehr bemühen, ruhig zu bleiben. Es wurde höchste Zeit, die Sache zu Ende zu bringen, bevor die Situation gänzlich außer Kontrolle geriet. „Komm, beruhige dich", sagte er leise und strich ihr über die Wange. Ganz automatisch schmiegte sie sich an seine Hand, eine unschuldige Geste, die auf ihn eine völlig gegensätzliche Wirkung hatte.

Er zog die Hand weg, als hätte er sich verbrannt. „Dein Gesicht ist gerötet. Wie geht es deinem Kopf? Vielleicht hast du zu niedrigen Blutzucker. Setz dich, ich mache dir etwas zu trinken." Er legte ihr den Arm um die Taille, um sie zu einem Stuhl zu führen. Sie sollte sich wirklich einmal wieder ausruhen.

Froh, das Thema gewechselt zu haben, atmete er ein paar Mal langsam durch. Bei ihrem aufregenden Körper, mit dem sie sich vertrauensvoll gegen ihn lehnte, war allerdings an eine echte Entspannung nicht zu denken.

Kayla sah ihn von der Seite an. Nun war es an ihr, den nächsten Schritt zu tun, um Abstand zwischen ihnen beiden herzustellen, es sei denn, sie wollte mit ihm im Bett enden. Doch auch, wenn sie es beide wollten, so wussten sie doch sehr genau, was auf dem Spiel stand. Sie würde vernünftig sein.

Kurz vor dem Stuhl blieb sie stehen. „Ich habe keinen Durst. Ich glaube, ich gehe jetzt lieber ins Bett." Er war erleichtert. Offensichtlich akzeptierte sie seine Bedingungen. Er würde zwar heute Nacht wenig Schlaf finden, aber zumindest hatte er sich wieder im Griff.

Kayla ging zur Tür, wandte sich dann jedoch nach ihm um. „Kommst du?"

„Wohin?"

„Ins Bett. Willst du nicht mitkommen?"

Verdammt. Solange er sich in Kaylas Nähe befand, war Selbstbeherrschung wohl nur eine Illusion. Wie konnte er bloß auf die Idee kommen, dass er die Kontrolle über eine Situation hatte, an der Kayla Luck beteiligt war?

Ein Grund mehr, diesen ganzen Fall möglichst bald abzuschließen und zu verschwinden. Aber erst einmal musste er diese Nacht überstehen. „Ich schlafe auf der Couch." Er verschränkte die Arme vor der Brust. Wie würde sie darauf reagieren?

Kayla warf ihm einen amüsierten Blick zu. Sie sah genau, wie erregt und verspannt er war, und das nur ihretwegen. Ihre direkte Art brachte ihn offenbar aus dem Konzept. Und das war wirklich erstaunlich für einen sonst so sicheren, beherrschten Mann wie Kane.

Hatte sie es schon jemals erlebt, dass ein Mann sich in ihrer Gegenwart hilflos und unbehaglich fühlte? Vielleicht hatte sie diese Macht immer schon besessen, hatte sich aber nie getraut, sie auch auszuspielen? Mit Kane zusammen fühlte sie sich sicher und selbstbewusst. Und das genoss sie.

„Gut, dann schläfst du eben auf der Couch", sagte sie lächelnd. „Aber ich garantiere dir, sie ist ungemütlich und unbequem. Du wirst nicht besonders gut schlafen können."

Er wies auf ihre Schlafzimmertür. „Und wie kommst du darauf, dass ich bei dir besser schlafen könnte?"

„Weil ich müde bin und immer noch nicht ganz fit, wie du weißt." Sie strich sich eine blonde Strähne hinter das Ohr. „Ich möchte nur schlafen, nichts weiter. Und etwas anderes erwarte ich auch nicht von dir."

Er grinste schief, und seine Augen funkelten verheißungsvoll. „Wenn du einen Mann in dein Bett einlädst, solltest du dich lieber auf etwas anderes gefasst machen."

Bei diesen Worten wurden ihr die Knie weich, und hei-

*Einfach verliebt*

ßes Verlangen stieg in ihr auf. Wenn sie jetzt ihrer Leidenschaft nachgab, würde sie alles verlieren, das wusste sie genau. Kayla griff nach Kanes Hand und verschränkte die Finger mit seinen. Es fühlte sich so gut und so richtig an.

Sie hatte in ihrem Leben schon immer die Erfahrung gemacht, dass sie für alles hart kämpfen musste, ob es nun die Zuneigung der Mutter war, die eigene Selbstachtung oder das Familienunternehmen, für das sie sich immer eingesetzt hatte und dessen Zukunft sehr unsicher war. Es war ihr nichts leicht gemacht worden.

Aber Kane und ihre Liebe zu ihm war das Wichtigste in ihrem Leben, das wusste sie jetzt mit absoluter Klarheit. Sie würde darum kämpfen, und wenn es zu Ende war, würde sie nichts bedauern. Sie konnte nicht anders handeln. Sie zog leicht an seiner Hand.

„Tu das nicht", sagte er leise.

Sie tat so, als hätte sie nichts gehört. „Ich bin es so gewöhnt, in deinen Armen zu schlafen. Ist das denn zu viel verlangt?"

## 10. KAPITEL

*M*itternacht. Kane blickte von der Uhr auf dem Nachttisch auf die Frau, die neben ihm lag. Sie atmete gleichmäßig und schlief fest. Wenn er dasselbe doch nur auch von sich selbst sagen könnte! Aber das war unmöglich, hier so dicht neben ihr, wo er ihren zarten Duft wahrnahm und die Wärme ihres Körpers spürte. Beides war ihm schon so vertraut.

Wenn er daran dachte, dass auch sie ihn begehrte, war er kurz davor, sie in seine Arme zu ziehen und sie zu nehmen. Wenn nicht dieses verdammte Verantwortungsgefühl wäre, das Wissen, was falsch und was richtig war. Es ging ihm gar nicht mehr darum, auf keinen Fall die Kontrolle über sich zu verlieren, es ging ihm nur noch um Kaylas Gefühle. Wenn der Fall abgeschlossen war, würde er sowieso wieder aus ihrem Leben verschwinden. Warum sollte er ihr noch mehr wehtun, als er es ohnehin schon getan hatte?

Er schob sich vorsichtig aus dem Bett und stand auf. Kayla bewegte sich nicht. Er trat an das Fenster und zog die Jalousien auf. Ein leuchtender Vollmond stand am nächtlichen Himmel und tauchte das Zimmer in weiches silbriges Licht.

„Kane?" Laken raschelten.

Er drehte sich um. „Entschuldige, ich wollte dich nicht aufwecken." Oder vielleicht doch. Allein mit seinen Gedanken zu sein war ein quälender Zustand.

Sie schlug die Decke auf seiner Seite zurück. „Komm wieder ins Bett."

Wusste sie eigentlich, was sie da von ihm verlangte? Sein Körper schmerzte vor Verlangen. Wenn er wieder ins Bett ging, dann nicht, um zu schlafen.

Sie stützte sich auf und sah ihn lächelnd an. „Ich erzähle

*Einfach verliebt*

dir auch eine Gutenachtgeschichte." Einladend klopfte sie auf seine Bettseite.

Er konnte ihr nicht widerstehen. Er legte sich neben sie, und sie bettete den Kopf auf seine Schulter. „Was war dein Lieblingsmärchen?" fragte er. „Dornröschen? Aschenputtel?"

„Das hässliche Entlein", sagte sie leise.

Er spielte mit ihrem weichen Haar. „Das hätte ich mir gleich denken können."

„Warum denn?" Sie gähnte herzhaft.

„Weil du dich wie das kleine Entchen in einen wunderschönen stolzen Schwan verwandelt hast."

Sie schüttelte den Kopf.

„Oh, doch." Er drehte sich auf die Seite, sodass er sie ansehen konnte, und berührte sanft ihre Wange. „Du bist wunderschön."

„Nein, ich bin ...",

„Doch, das bist du. Und jetzt sag: ‚Danke, Kane.'"

Selbst im schwachen Licht des Mondes konnte er sehen, dass sie errötete. „Danke, Kane."

Er grinste. „So, das war die erste Lektion zum Thema ‚Komplimente akzeptieren'."

„Ich wusste gar nicht, dass ich in dieser Beziehung Nachhilfe brauche."

Kane strich ihr über die Wange. Und ob sie das brauchte. Dringend. Sie hatte zwar schon einige Fortschritte gemacht, seit sie sich kannten, aber mit ihrer Selbstsicherheit war es noch nicht weit her. Vielleicht würde sie eines Tages zufrieden sein mit ihrem Aussehen, aber dann wäre er nicht mehr da. Und ein anderer würde sich an ihr erfreuen ...

War das seine Absicht? Wollte er sie wirklich für den Tag vorbereiten, an dem ihr endlich der richtige Mann begegnen würde? Den Gedanken konnte er nicht ertragen, und um sich abzulenken, beugte er sich über Kayla und strich ihr zart mit den Lippen über den Mund. Er durfte nicht an die Zukunft denken, er wollte Kayla küssen, hart und leidenschaftlich, damit er nicht mehr darüber grübeln musste, was später sein würde. Aber sie ging nicht darauf ein.

Sie erwiderte zwar seinen Kuss, aber sie tat es auf ihre Art und Weise und in ihrem Tempo. Ihre Lippen, ihre Zunge waren sanft und verlockend, reizten ihn, spielten mit ihm und erregten ihn. Wieder spürte er, wie sehr er sie begehrte, wie sehr er diese Frau immer zu brauchen schien.

Sie legte ihm die Hand auf die Brust, und die Wärme ihrer Finger ging auf ihn über. Und eine andere Hitze breitete sich in ihm aus und machte sich unübersehbar bemerkbar.

„Kane."

Er hauchte kleine Küsse auf ihre Wange und strich mit der Zunge über ihr Ohrläppchen.

Kayla stöhnte auf. „Nein, Kane."

„Nein?"

„Nein." Obwohl es ihr schwer fiel, drehte sie den Kopf weg. Sie durfte nicht weitergehen, sosehr sie sich auch danach sehnte, sich ihm hinzugeben. Denn sie würde es sich nie verzeihen, wenn er hinterher, nachdem sie sich geliebt hatten, bedauern würde, wieder seinem Verlangen erlegen zu sein.

Er stöhnte enttäuscht und legte sich so dicht neben sie, dass sie seine Erregung durch die Boxershorts spüren konnte. Sofort durchzuckte es sie heiß, und Begierde drohte sie zu überwältigen, aber sie versuchte es zu ignorieren. Sie durfte jetzt nicht schwach werden. Nicht, wenn sie wollte, dass Kane sich änderte und sich ihr endlich öffnete.

„Du hast doch selbst gesagt, dass du Abstand halten wolltest."

„Ich habe meine Meinung geändert."

*Einfach verliebt*

„Das waren wohl eher deine Hormone. Deine innere Einstellung hat sich nicht geändert, das spüre ich."

„Ja, einer von uns muss wohl vernünftig sein."

„Wahrscheinlich", flüsterte sie. Und doch wünschte sie, dass es nicht so wäre. Aber sie wusste, dass sie sein Herz gewinnen und ihn zum Umdenken bringen wollte. Mit weniger würde sie sich nicht zufrieden geben. Also musste sie jetzt stark sein.

Sie kuschelte sich an ihn. „Ist schon in Ordnung, Kane."

„Was?"

„Ich habe aufgehört, bevor du etwas tun konntest, das du später bereuen würdest. Aber eins musst du wissen: Ich würde es nie bereuen."

„Soll das bedeuten, dass du deine Meinung geändert hast?" Er griff ihr ins Haar und massierte ihr die Kopfhaut, etwas, das sie immer sehr erregte. Das wusste er genau.

„Nein. Deine ursprüngliche Entscheidung hat für mich nach wie vor Gültigkeit. Aber ich möchte dir noch etwas sagen." Sie machte eine kurze Pause und holte tief Luft. „Ich habe keinerlei Erwartungen an dich. Wenn alles vorbei ist, kannst du gehen, ohne dich noch einmal umzusehen. Ich werde dich nicht aufhalten."

Das Telefon klingelte, und beide zuckten zusammen. Kayla blickte auf den Wecker. „Wer kann das denn sein? Ich kenne niemanden, der noch so spät anrufen würde."

Er presste kurz die Lippen zusammen. „Nimm ab."

Sie nahm den Hörer ab. „Hallo?"

„Ich habe keine Lust mehr auf Ihre Spielchen, Lady."

Automatisch fasste sie nach den blauen Flecken an ihrem Hals. „Was meinen Sie damit?"

Keine Antwort. Sie sah Kane an. „Weiter, weiter, lass ihn reden", formte er lautlos mit den Lippen und rückte näher heran.

„Ich habe vielleicht etwas, das Sie wollen", sagte Kayla langsam.

127

„Sind Sie dazu bereit, mit mir ins Geschäft zu kommen?"

Sie wusste nicht so schnell, was sie darauf antworten sollte. „Ich bin bereit, das zu tun, was ich tun muss. Für wen, sagten Sie noch, arbeiten Sie?"

Der Mann am anderen Ende der Leitung lachte hämisch, und ihr wurde wieder ganz kalt vor Angst. „Für wie blöd halten Sie mich eigentlich? Hier geht es nicht um Arbeit. Meine Mutter ist krank und möchte gern die Kreuzworträtsel weitermachen, die Ihre Tante angefangen hat. Ich bin sicher, dass wird die kranke alte Dame gut beschäftigen."

„Ich habe sie."

„Gut. Dann sehen wir uns morgen. Hängen Sie Ihren Freund ab, und seien Sie morgen um Punkt zwölf vor dem Silver Café." Damit hängte er ein.

„Das war nicht lang genug", stieß Kane zwischen zusammengebissenen Zähnen hervor.

„Ich habe getan, was ich konnte." Kayla sah ihn verzweifelt an.

„Ich weiß." Er nahm ihr den Hörer aus den verkrampften Fingern. Jetzt bemerkte sie, dass sie den Hörer viel zu fest umklammert hatte. So, wie die plötzliche Angst ihr Herz umklammert hielt. Aber sie würde damit fertig werden. Sie musste es.

„Was hat er gesagt?" Kane legte ihr die Hände auf die Schultern.

Bei seiner Berührung wurde sie ruhiger. Sie sammelte sich und versuchte sich genau zu erinnern. „Er weiß von den Rätselbüchern und dass meine Tante damit etwas zu tun hatte. Und er möchte mich morgen treffen, vor dem ..." Plötzlich dämmerte ihr, was das bedeutete. „Er hat mich verfolgt!"

„Wie kommst du darauf?"

„Er will mich in dem Restaurant treffen, in dem du mit

*Einfach verliebt*

mir warst. Das ist kein Zufall. Ich bin vorher nie da gewesen, hatte nie etwas davon gehört. Er sagte, ich solle dich abhängen und allein kommen. Woher weiß er denn von dir? Wie lange beobachtet der Kerl mich schon?" Ihre Stimme war lauter geworden vor Entsetzen.

„Kayla." Kane schüttelte sie leicht. „Immer mit der Ruhe. Er will dich nur einschüchtern."

„Das ist ihm auch gelungen."

„Dann steig aus der Sache aus. Keiner wird dir deshalb einen Vorwurf machen, und ich wäre verdammt froh darüber."

„Ich kann nicht, das weißt du genau." Sie sah ihm in die Augen.

„Dann lass ihn nicht die Oberhand gewinnen. Er darf dir nicht das Gefühl geben, dass du nicht sicher bist." Er zog sie in die Arme. Seine Wärme tröstete sie, und seine Stärke machte ihr Mut. „Denn solange ich bei dir bin, hast du nichts zu befürchten."

Kane wusste nicht, wie lange er Kayla so gehalten hatte. Irgendwann hatten sie sich auf das Bett gelegt, und es hatte lange gedauert, bis Kayla sich wieder entspannen konnte. Das erste Mal, als er sich vorsichtig von ihr lösen wollte, hatte sie sich an ihn geklammert. Dann war er wohl selbst eingeschlafen, denn plötzlich war es die Sonne, die durch das Fenster schien, und nicht mehr der Mond.

Er rief Reid von der Küche aus an. Der Captain war beim ersten Klingelzeichen am Apparat. „Das Treffen steht fest", sagte Kane knapp. „Heute Mittag um zwölf." Er hatte ein schlechtes Gewissen dabei, aber er hatte keine andere Wahl.

Er hatte keine Einflussmöglichkeiten mehr, was Kayla betraf. Sie hatte ihn freigegeben, und er hatte nichts dagegen gesagt. Selbst wenn der Telefonanruf nicht dazwischengekommen wäre, hätte er nicht protestiert. Sie hatte ihm seine Freiheit gegeben, etwas, das er sowieso besaß. Aber aus irgendeinem Grund meinte sie, dass sie ihm die Erlaubnis geben musste zu gehen, wann er wollte.

In diesem Punkt hatte sie sich sehr eindeutig ausgedrückt. Sie wollte und erwartete nichts von ihm. Obwohl er genau das brauchte, um jede Art von Schuldgefühl loszuwerden, konnte er den Gedanken nicht verwinden: Warum will sie denn nichts mehr von mir? Und warum war es ihm überhaupt so wichtig?

„He, McDermott, hast du mich so früh aus dem Schlaf geholt, damit ich mir anhöre, wie du ins Telefon schnaufst, oder willst du mit mir dein weiteres Vorgehen absprechen?"

Konzentration, befahl Kane sich. Am frühen Nachmittag würde alles vorbei sein, und er war wieder sein altes Selbst. „Entschuldige, Captain." Kane gab Reid schnell die Einzelheiten des Telefongesprächs durch. „Treffpunkt ist das Restaurant, wo ich die erste Verabredung mit Miss Luck hatte. Über Mittag ist es da brechend voll, und so sollte ich mit ein paar Beamten in Zivil dort rechtzeitig Mittag essen, um sicherzugehen, dass sie nicht allein mit ihm ist."

„Kommt gar nicht in Frage. Wenn der Kerl Miss Luck neulich Abend tatsächlich ins Silver Café gefolgt ist, dann erkennt er dich sofort."

Er musste dem Captain Recht geben, aber er konnte Kayla nicht sich selbst überlassen. „Entweder ich kann in ihrer Nähe sein, oder das Treffen findet nicht statt."

Reid als sein Vorgesetzter hätte ihn zur Ordnung rufen und sich durchsetzen können, aber er kannte Kane gut genug. „Du benimmst dich ja wie der Chef, McDermott", sagte er lachend. „Willst du vielleicht meinen Job übernehmen?"

*Einfach verliebt*

„Lieber möchte ich verfaulen, als meine Zeit im Büro abzusitzen", sagte Kane mürrisch.

Wieder musste Reid lachen. Dann wurde er ernst. „Also gut. Aber du darfst dich auf keinen Fall blicken lassen. Achte darauf, dass sie die Bücher übergibt und dann möglichst schnell verschwindet. Sowie er die Bücher hat, schnappen wir ihn uns. Das wär's dann schon."

„Ich werde mit ihr alles genau durchgehen. Sie wird keinen falschen Schritt machen, das verspreche ich dir."

„Gut, ich vertraue darauf, dass du alles im Griff hast. Bist du bereit, die Sache zum Abschluss zu bringen?"

Kane wusste genau, dass Reid sich bei seiner Frage nicht nur auf den Fall bezog. Reid empfand sich als sein väterlicher Freund, und Kane war ihm dankbar dafür. Aber im Augenblick hatte er wirklich keine Antwort parat, die Reid oder ihn zufrieden stellen konnte.

Kayla sah schon zum dritten Mal ihren Schrank durch. Seidenblusen, Leinenhosen und vernünftige Schuhe. Hatte sie wirklich geglaubt, dass sie plötzlich etwas anderes in ihrem Schrank finden würde, nur weil sie selbst sich verändert hatte? Selbst als sie als Buchhalterin gearbeitet hatte und immer im Kostüm und spießigen Blusen herumlaufen musste, hatte sie auch am Wochenende nichts anderes angezogen. Sie besaß nur eine einzige Jeans, und das war vollkommen ausreichend gewesen, weil sie gar keine Lust gehabt hatte, Jeans anzuziehen.

Bis sie Kane begegnet war.

Keinesfalls wollte sie aus dem Haus gehen und so aussehen wie die Frau, die er vor drei Tagen kennen gelernt hatte. Denn sie fühlte sich jetzt so ganz anders. Vielleicht konnte sie ja bei Catherine etwas Passendes finden. Das war die Lösung.

Sie fand schwarze Cowboystiefel, die sie zu den Jeans

131

anzog. Dazu eins von Catherines Tops mit V-Ausschnitt, gelb wie eine Butterblume. Sie betrachtete sich im Spiegel und knetete sich dann noch etwas Gel ins Haar. Jetzt war sie zufrieden, und sie drehte sich lächelnd zu Kane um, der im Eingang auf sie wartete.

„Ich bin fertig. Es kann losgehen. Wie sehe ich aus?"

Er runzelte die Stirn. „Das ist kein Rendezvous. Was hast du dir denn dabei gedacht, dich so anzuziehen?"

Er war wütend, das war nicht zu übersehen. Sie hatte erreicht, dass er seinen Gleichmut verlor, und genau das war ihre Absicht gewesen. Sie lächelte ihn strahlend an. „Ich fasse es als Kompliment auf. Du magst es also?" Sie strich sich mit einer langsamen Bewegung über die Hüften.

„Da hast du verdammt Recht. Ich mag es. Du siehst toll aus." Er musterte sie von oben bis unten.

„Vielen Dank, Kane", erklärte sie und neigte den Kopf wie ein Schauspieler, der auf der Bühne den Applaus entgegennimmt.

Jetzt musste auch er lächeln. „Dann stimmt also das, was in den Akten über dich steht. Du lernst schnell."

„Sehr schnell sogar."

„Ich weiß", stieß er leise hervor. Dann hob er die Stimme. „So, und nun zieh dich um."

„Wie bitte?"

„Du willst doch den Kerl nicht verführen. Du willst die Sache möglichst schnell hinter dich bringen. Du willst ihn davon überzeugen, dass du mit dieser Art Geschäft nichts zu tun haben willst. Wenn du so daherkommst, vermittelt er dich gleich an seinen nächsten Kunden."

„Aber Kane! Jeans und ein Baumwolltop, das trägt doch jede Frau heutzutage."

„Du bist aber nicht jede Frau", sagte er leise und bestimmt. „Bitte, tu mir den Gefallen. Du willst doch nicht, dass der Kerl scharf auf dich wird, oder?"

*Einfach verliebt*

„Entschuldige, daran habe ich nicht gedacht." Sie hatte weniger an die Reaktion anderer Männer als an Kanes gedacht.

„Genau das ist der springende Punkt. Du nimmst dieses ganze Treffen nicht ernst genug."

„Wenn du damit meinen Aufzug meinst, ich gehe mich gleich umziehen."

Kayla wollte nicht mit ihm streiten, auch wenn sie sein Ton ärgerte. Denn dies war eine einmalige Chance für sie. Sie konnte Kane beweisen, dass er sich gefühlsmäßig engagieren konnte, ohne dass das gleich schlimme Auswirkungen hatte. Alles würde so ablaufen, wie er es geplant hatte. Sie würde sich genau nach seinen Anweisungen richten, aber sie würde ihm trotzdem zeigen können, dass sie es allein schaffte.

„Wenn du meinst, ich nehme alles zu leicht, muss ich dir mal was sagen. Würde sich denn an dem Ergebnis irgendetwas ändern, wenn du das alles weniger verbissen sehen würdest? Du hast mich gründlich vorbereitet, und ich bin bestens präpariert. Ich habe ein Mikrofon bei mir, und ich weiß, dass du ganz in meiner Nähe sein wirst. Es kann mir doch gar nichts passieren."

„Und du rührst dich nicht vom Platz. Entweder will er die Bücher haben oder nicht. Hast du das verstanden?"

„Ja, du hast es mir ja mindestens zehn Mal erklärt. Beruhige dich, Kane. Und lass dir eins gesagt sein ..." Nach dem ersten Entsetzen letzte Nacht war ihr klar geworden, dass keiner seinem Schicksal entgehen konnte, was auch immer es für den Einzelnen bereithielt. Seitdem war sie ruhiger geworden und hatte keine Angst mehr. „Ich weiß nicht, was in der Zukunft sein wird, und ich habe auch keinen Einfluss darauf. Aber ich kann das, was ich jetzt habe, genießen."

Er nahm ihre Hand, und sie war überrascht, als wie tröstlich sie diese einfache Berührung empfand und wie si-

133

cher sie in ihren Gefühlen war, obwohl sie ihn erst kurze Zeit kannte.

„Tust du das gerade?" fragte er. „Den Augenblick genießen?"

„Was sonst?"

„Du scheinst dich vor meinen Augen zu verändern." Er zog sie näher an sich heran, und sie schmiegte sich an ihn und spürte seine Körperwärme. Jetzt spreizte er leicht die Beine, legte ihr die Arme um die Taille, presste sie an sich und ließ sie seine wachsende Erregung fühlen.

Kayla umschlang seinen Oberkörper und stöhnte leise. In diesem Augenblick wusste sie, dass sie ihn noch einmal lieben würde. Ein einziges letztes Mal. Sie befeuchtete sich die trockenen Lippen mit der Zunge. „Du führst mich in Versuchung, Kane."

„Das ist nur gerecht, denn ich bin kurz davor, den Verstand zu verlieren." Er neigte den Kopf und berührte ihre Lippen. Dieser Kuss war weder voll drängender Leidenschaft noch langsam und sanft mit dem Ziel, sie zu verführen. Er küsste sie tief und gründlich, spielte mit ihr, neckte sie, zog sich wieder zurück, und sah ihr dabei unentwegt in die Augen, als wollte er sich ihr Gesicht für immer einprägen.

Kayla war sicher, dies war Kanes Art und Weise, von ihr Abschied zu nehmen.

Wie abgesprochen bestellte Kayla sich etwas zu trinken. Kane hatte den Atem angehalten und stieß ihn jetzt erleichtert aus. Das Mikrofon übertrug ihre Stimme klar und deutlich. Nun musste er warten.

Um fünf Minuten nach zwölf waren fast alle Tische von Lunchgästen besetzt, meist Polizisten mit einem guten Appetit und geschärften Sinnen für das, was um sie herum vorging. Kane war in dem Büro des Geschäftsführers neben

134

*Einfach verliebt*

dem Restauranteingang untergebracht, was ihm gar nicht passte.

„Los. Es wird Zeit." Eine Männerstimme unterbrach Kane in seinen Gedanken.

„Sie sind spät dran. Ich sitze hier schon seit Punkt zwölf, wie Sie es verlangt haben." Kaylas Stimme klang ein wenig nervös. Immer mit der Ruhe, Sweetheart, beschwor Kane sie im Stillen.

„Die Pläne haben sich geändert. Ich kann nicht lange bleiben."

„Wie schade." Das war wieder Kayla. „Ich habe mir gerade etwas zu trinken bestellt und hoffte, dass Sie mir dabei Gesellschaft leisten würden."

Sehr gut, dachte Kane. Halte ihn möglichst lange im Gespräch fest. Gespannt beugte er sich vor.

„Das hätte ich gern getan, Honey. Wenn man so aussieht wie Sie, kann man einen Mönch in Versuchung führen. Aber ich bin in Eile, vielleicht ein anderes Mal."

„Das wäre nur möglich, wenn ich das Geschäft in der alten Art und Weise weiterführen würde. Die Absicht habe ich keineswegs."

„Ich habe keine Ahnung, wovon Sie reden. Wie ich Ihnen schon am Telefon sagte, meine Mutter ist krank, und ich möchte die Rätselbücher haben, damit sie sich ablenken kann."

Verdammt. Der Kerl hatte Verdacht geschöpft. Hoffentlich hielt sich Kayla bloß an das, was sie abgesprochen hatten. „Gib ihm, was er will", stieß Kane leise hervor.

„Wissen Sie, meine Tante hing wirklich sehr an diesen Büchern, und ich möchte sie niemandem geben, der sie nicht so zu schätzen weiß wie sie. Ich nehme an, Sie verstehen, was ich damit sagen will." Kane sah förmlich vor sich, wie sie dabei mit ihren großen grünen Augen zu dem Kerl aufsah, der sie fast erwürgt hätte.

135

Kane unterdrückte ein Stöhnen. Auch wenn Kayla sich sehr gekonnt bemühte, ihre Tante zu entlasten, und alles im Grunde nach Plan lief, dauerte ihm das Ganze viel zu lange.

„Ihre Tante trieb ja gerne ihre Spielchen", fuhr der Mann leise fort. „Das scheint bei Ihnen in der Familie zu liegen. Selbst meine kranke Mutter ist nicht abgeneigt."

„Das freut mich. Sagen Sie mir nur noch, wie sehr meine Tante an diesen Spielen beteiligt war, dann können Sie die Bücher gern für Ihre kranke Mutter mitnehmen. Mit meinen besten Wünschen für eine baldige Genesung."

„Nicht hier. Mein Auto steht draußen. Sie bringen mir die Bücher zum Auto, und ich kann Ihnen in der Zeit erzählen, wie viel Ihre Tante und meine Mutter gemein haben."

Denk an den Plan, dachte Kane. Gib ihm die Bücher und bleib sitzen. Wenn er keine andere Wahl hat, wird er die Bücher nehmen und verschwinden. Kane hatte Kayla bereits versprochen, dass sie sich den Kerl vornehmen und ihn gründlich verhören würden, bis sie wussten, inwiefern ihre Tante in die Sache verwickelt gewesen war. Sie brauchte also ihr Leben nicht zu gefährden, um die Ehre ihrer Tante zu retten.

„Ich bin sicher, Sie haben noch Zeit für einen Drink." Ihre Stimme klang sanft und einladend. Nur Kane konnte hören, dass dabei auch so etwas wie Panik mitschwang.

„Kommt nicht in Frage. Gehen wir lieber."

„Gib ihm die Bücher!" stieß Kane zwischen zusammengebissenen Zähnen hervor. Stattdessen hörte er, wie Stühle zurückgeschoben wurden.

Kane schlug mit der Faust gegen die Wand. Der Schweiß stand ihm auf der Stirn.

Am liebsten wäre er in das Restaurant gestürzt, um Kayla aufzuhalten. Aber dann wäre die ganze Sache aufge-

*Einfach verliebt*

flogen. Auch draußen waren überall Polizisten stationiert. Ihr würde nichts passieren. Das durfte es einfach nicht.

Seine Gedanken wanderten zurück zu dem Tag, an dem seine Mutter gestorben war. Seine Schulkameraden hatten nach dem Unterricht noch ein bisschen Football spielen wollen. Kane konnte nicht, weil er nach Hause musste wegen seiner Mutter. „Nur zehn Minuten, McDermott", hatten sie gedrängt. „Sie wird es gar nicht merken." Er hatte sonst immer abgelehnt, aber diesmal ließ er sich überreden. Aus den zehn Minuten wurde eine halbe Stunde, dann eine Stunde. Während er nach Hause hetzte, sagte er sich immer wieder, dass seiner Mutter nichts zugestoßen war. Das durfte es einfach nicht.

„Da ist mein Auto. Jetzt nehme ich die Bücher." Die kalte Stimme riss Kane aus seinen düsteren Erinnerungen.

„Gut. Aber ich bin da raus. Ich habe mit dieser Art von Geschäft nichts zu tun. Lassen Sie mich in Zukunft in Ruhe."

Wie mutig sie war. Aber das nützt ihr jetzt alles nichts, dachte Kane. Da draußen hat sie viel weniger Schutz. Aber immerhin hielt sie sich im Übrigen an das, was sie verabredet hatten.

Wenn der Kerl bloß jetzt die Bücher nehmen und in sein Auto steigen würde! Wenn Kanes Leute ihn sich dann schnappen könnten, dann wäre alles in Ordnung. Wenn, wenn ... verdammt, warum war sie bloß nicht im Restaurant geblieben?

„Da verlangen Sie aber zu viel, da brauchen Sie nur Ihre Tante zu fragen." Der Mann lachte und musste dann husten. Typisch Raucher. „Ach ja, das geht ja nicht mehr. Und wissen Sie, warum nicht? Sie wollte nichts damit zu tun haben, na ja, und Sie kennen ja das Ergebnis."

„Dann war es also kein Unfall!" Das Entsetzen in Kaylas Stimme traf Kane wie ein Hieb in den Magen. Er konnte

137

sich genau vorstellen, wie ihr zu Mute war. Sie hatte immer an die Unschuld ihrer Tante geglaubt, und sie hatte verdammt Recht gehabt. Und Kane hätte ihrem Gefühl trauen sollen, so wie er sich auf sein eigenes Gefühl verließ.

Ein Auto hupte in der Ferne, dann hörte Kane wieder die leise drohende Männerstimme. „Das habe ich nicht gesagt, aber wenn Sie meinen ... Jetzt her mit den Büchern."

„Sie haben Tante Charlene umgebracht!"

Verdammt, gib ihm die Bücher! flehte Kane innerlich.

„Die Bücher, Lady."

„Au! Lassen Sie das. Sie tun mir weh", stieß Kayla hervor. „Hier!"

Der Mann stöhnte laut auf, und Kane dachte daran, wie Kayla ihm in der Bibliothek die Bücher entgegengeschleudert hatte. Fast musste er lachen. Nerven hatte sie ja.

Plötzlich hörte er einen Schuss, und ohne nachzudenken, rannte er zur Tür.

## 11. KAPITEL

„Sie dürfen nicht schießen, wenn Zivilisten verwickelt sind!" Kane schrie so laut, dass die Fußgänger stehen blieben.

„Doch, wenn der Schuss sicher platziert werden kann", gab der junge Polizist zurück.

„Lernt ihr denn überhaupt nichts auf der Polizeischule? So etwas wie einen sicheren Schuss gibt es nicht. Den nächsten Monat werden Sie Streife gehen, da haben Sie genug Zeit, darüber nachzudenken."

Kayla richtete sich auf und setzte sich auf die Bordsteinkante. Irgendein Polizist hatte etwas zu früh die Waffe gezogen und auf den Verdächtigen geschossen, gerade als dieser Kayla in das Auto zerren wollte. Sie sollte ihm wahrscheinlich dankbar sein, aber Kane war so wütend, dass sie wusste, da würde auf sie beide noch etwas zukommen, denn sie hatte sich nicht genau an seine Anweisungen gehalten.

Der junge Polizist hatte den Mann ins Bein getroffen, und der hatte Kayla mit sich gerissen, als er zu Boden ging.

„Und nun zu dir." Kane drehte sich zu ihr um und starrte sie unter zusammengezogenen Augenbrauen an.

Unter seinem Blick wurde ihr abwechselnd heiß und kalt, und ihr Puls schlug schneller.

„Ich dachte, ich hätte dir befohlen, dich nicht von der Stelle zu rühren und auf keinen Fall das Restaurant zu verlassen. Aber Anweisungen auszuführen passt dir wohl nicht." Er beugte sich zu ihr herunter, groß, stark und sexy trotz seiner Wut.

Sie stützte sich auf die Bordsteinkante. „Nicht, wenn ich auf mich allein angewiesen bin und improvisieren muss. Er sagte, ich solle aufstehen, und ich stand auf. Ich habe nicht geglaubt ..."

Kane presste die Lippen fest zusammen, und sie wusste, dass nun gleich ein Donnerwetter losbrechen würde. „Du hast verdammt Recht, du hast nicht geglaubt, dass er dich packen würde, hast nicht geglaubt, dass er dich in sein Auto ziehen würde, hast nicht geglaubt, dass irgendein Anfänger schießen würde, weil er scharf auf eine Beförderung ist."

Sie hatte sich selbst in Gefahr gebracht, während er hilflos zusehen musste, so wie damals bei seiner Mutter. Kayla begriff plötzlich, weshalb er so zornig war, aber es war zu spät, ihn zu stoppen. Er schrie sie an, weil seine ganze qualvolle Vergangenheit ihm wieder vor Augen stand.

„Ich bin nicht verletzt, Kane."

„Aber du musstest ihn ja so weit treiben!" Offenbar hatte er sie nicht gehört. „Du musstest unbedingt selbst herausfinden, was mit deiner Tante war. Du wolltest dich nicht darauf verlassen, dass ich meinen Job gut mache ..." Plötzlich brach er ab und schüttelte den Kopf. „Aber warum solltest du auch?"

Kayla sah ihn ernst an. Sie vertraute ihm von ganzem Herzen. Das war nicht der Punkt. Aber er wollte das nicht glauben, und er wollte auch die Wahrheit nicht wissen. Das Einzige, was ihn interessierte, war sein Beruf, nicht aber, was sie für ihn empfand. Daran hatten auch die letzten Ereignisse nichts ändern können. Wer weiß, wenn der Polizist nicht geschossen hätte ...

Kane hatte alles sauber geplant, wollte eine fehlerlose Ausführung des Plans als Beweis dafür, dass er nicht von Gefühlen beeinflusst war. Und nun war alles anders gekommen. Das muss er erst einmal verarbeiten, dachte Kayla. Der Mann hatte durchaus Gefühle, und es war höchste Zeit, dass er das akzeptierte.

Sie hatte noch nicht einmal eine Schürfwunde, und so stand sie schnell auf. „Au!" Sie knickte leicht ein. Ihr Knöchel tat weh. Dennoch lächelte sie. „Alles in Ordnung."

*Einfach verliebt*

Er strich ihr leicht über die Wange, und sie genoss die liebevolle Berührung. „Du bist vorhin zusammengezuckt." Seine leise dunkle Stimme ließ sie unvernünftigerweise wieder hoffen. Vielleicht würde er ja doch nicht einfach aus ihrem Leben verschwinden.

„So?" Sie schüttelte den Kopf. „Das habe ich gar nicht gemerkt. Der Kerl war schwer, und ich habe seinen Fall aufgefangen. Oh, sieh mal, da ist Captain Reid!" Sie hoffte ihn abzulenken, damit sie ihren schmerzenden Knöchel massieren konnte.

Kane legte ihr die Hand auf den Rücken, damit sie vorgehen konnte. Sie holte tief Luft, machte einen Schritt und sackte zusammen. Kane fluchte und hob sie schnell auf die Arme.

„Was tust du?"

„Ich bringe dich weg von hier."

Sie legte ihm den Arm um den Nacken und hielt sich fest. Seine kräftigen Muskeln fühlten sich so wunderbar an, und trotz der Schmerzen im Fuß war ihr heiß vor Verlangen. „Lass mich runter. Ich kann selbst gehen. Das ist peinlich." Und erregend, setzte sie im Stillen hinzu. Und viel zu schön, um zu Ende zu sein.

Captain Reid kam auf sie zu.

„Was Sie momentan von ihr wissen müssen, ist auf dem Band. Sie kommt morgen, um ihre Aussage zu machen", sagte Kane.

Reid nickte, und Kayla hatte den Eindruck, als könne er nur schwer ein Lächeln unterdrücken.

Das war alles zu unangenehm. Sie errötete. „Ich kann gehen, Kane."

„Du hast gehört, was die Lady gesagt hat, McDermott."

Kane schüttelte den Kopf. „Kommt nicht in Frage. Entweder der Knöchel wird im Krankenhaus geröntgt, oder ich mache ihr zu Hause kalte Wickel, bis ich weiß, was los ist."

Obwohl sie seinen Befehlston ja schon gewöhnt sein sollte, sah Kayla Kane empört an. Aber sie wusste auch, dass es momentan wenig Sinn hatte, sich dagegen zu wehren. „Lieber die kalten Wickel zu Hause." Zumindest könnten sie dann in privater Umgebung Abschied nehmen.

Kaylas Gefrierschrank war so leer wie Kanes Apartment. Sein Zuhause, in das er heute Abend wieder zurückkehren musste, allein. Er knallte die Tür zu.

„Lass deine Wut bitte nicht an meinem Gefrierschrank aus!" rief Kayla aus dem Nebenzimmer. „Ich kann mir nicht so schnell einen neuen kaufen."

„Ich kann den Eisbeutel nicht finden."

„Ich habe keinen, habe noch nie einen gebraucht, auch wenn du dir das vielleicht nicht vorstellen kannst. Ich meine, nach all dem, was in den letzten Tagen passiert ist. In der obersten Schublade sind Plastiktüten. Du kannst die Eiswürfel da reintun."

Als er mit dem Beutel in das Wohnzimmer kam, blieb er kurz an der Tür stehen. Der Raum war ihm bereits so vertraut, und als er Kayla da lächelnd auf der Couch sitzen sah, musste er daran denken, wie schön es wäre, zu jemandem zu gehören. Mit ihr gemütlich vorm Kamin zu sitzen, mit ihr im Bett zu liegen, eng aneinander geschmiegt, voller Leidenschaft, aber auch voller Wärme und Vertrauen ... Es würde schwer sein, sie zu verlassen, aber er hatte keine andere Wahl. Sie hatte jemand Besseren als ihn verdient, er war nicht gut genug für eine Frau wie sie.

Kayla lag auf der Couch und hatte den verletzten Fuß hochgelegt. Vorsichtig tastete Kane den Knöchel ab und stellte zu seiner Erleichterung fest, dass alles weitaus weniger schlimm war, als er befürchtet hatte. Höchstens ein Bluterguss, aber etwas Eis war sicher trotzdem gut.

Sie fuhr erschauernd zusammen.

*Einfach verliebt*

„Ist dir kalt?" fragte er.

Sie nickte.

Er könnte sie wärmen. Der Gedanke kam ihm sofort und war nicht ganz selbstlos. Kane ging in die Hocke und schob sich dann dicht neben Kayla auf die Couch. Das war nicht ganz einfach, denn die Couch war sehr schmal.

„Es ist ein bisschen eng, aber mir gefällt's", sagte Kayla.

Er kannte sie gut genug, um den sinnlichen Unterton wahrzunehmen, der wahrscheinlich nicht beabsichtigt, aber eindeutig war. Er rührte etwas in ihm an, wahrscheinlich, weil er genau das Gleiche empfand.

„Mir ist jetzt wärmer", sagte sie leise.

„Ich weiß." Er schloss die Augen und genoss es, sie so dicht neben sich zu haben, dass ihre Brust seinen Arm berührte.

Doch dann verlor er das Gleichgewicht und war kurz davor, von der Couch zu rutschen, konnte sich aber gerade noch im letzten Moment oben halten.

Kayla lachte. „Selbst schuld, Kane."

Auch er musste lachen. „Ich weiß." Sie mussten sich nichts mehr vormachen. Er hatte nicht vorgehabt, in dieses Haus zurückzukehren, aber dann war alles anders gekommen, als er es geplant hatte. Als er aus dem Büro auf die Straße gestürzt war, hatte er für einen Sekundenbruchteil das Bild vor Augen gehabt, wie Kayla blutüberströmt dort auf dem Pflaster lag, wie damals, als seine Mutter ... Aber glücklicherweise gab es hier keine Tote. Kayla lebte, und sie war bei ihm.

Ihr Angebot konnte er annehmen oder ablehnen. Es war an keine Bedingungen geknüpft, denn sie hatte ausdrücklich betont, dass sie nichts erwartete. Selbstsüchtig, wie er war, konnte er ein solches Angebot nicht ablehnen. Dafür begehrte er sie viel zu sehr. Diesen Kampf gegen sich selbst hatte er verloren, aber den letzten, der darin bestand, sich von ihr zu lösen, den musste er unbedingt gewinnen.

Er verlagerte sein Gewicht so, dass er jetzt halb auf ihren leicht gespreizten Beinen lag, und bei dem unmissverständlichen Druck seufzte sie zufrieden. Der leise sinnliche Laut beschleunigte seinen Puls.

Er streckte die Hand aus, um ihre hochgeschlossene Bluse aufzuknöpfen, die sie auf seinen Wunsch angezogen hatte. Die Hände zitterten ihm, während er die ersten Knöpfe öffnete. Er musste daran denken, wie er als Teenager das erste Mal mit einem Mädchen im Auto saß. Damals war er sehr nervös gewesen, heute zitterten seine Hände ebenso vor Erregung und Verlangen. Ungeduldig griff er schließlich nach den beiden Vorderseiten der Bluse und riss sie auseinander, sodass die Knöpfe absprangen. Kayla sah ihn empört an, aber als sie sein fassungsloses Gesicht sah, musste sie lächeln. Er starrte auf ihre Brüste, die aus dem weißen Spitzen-BH herauszuquellen schienen, die harten dunklen Spitzen drängten sich gegen den dünnen Stoff. Langsam strich er mit den Daumen darüber, und Kayla schmiegte sich verlangend an ihn.

Bevor er noch darauf reagieren konnte, packte sie ihn beim Hemd und zog ihn auf sich. Sofort umfasste er ihr Gesicht mit beiden Händen und küsste sie, Besitz ergreifend und gleichzeitig verzweifelt. Und genauso fühlte er sich, seit er Kayla Luck das erste Mal begegnet war. Er sehnte sich verzweifelt nach ihrer Liebe und Anerkennung und wusste doch, dass er beides nie würde besitzen dürfen.

Sie schmiegte sich an ihn, als sei dies der Platz, an den sie gehörte und nach dem sie immer gesucht hatte. Dann küsste sie ihn, tief und leidenschaftlich, bis die Erinnerungen an seine Kindheit und der Gedanke an die bevorstehende Trennung ihn nicht mehr quälten und er nur noch Kayla wahrnahm, ihre Berührung, ihre Haut, ihren Duft.

*Einfach verliebt*

Ungeduldig wand sie sich unter ihm. Immer noch hielt sie den Hemdstoff zwischen den Fäusten. Plötzlich ging ein wildes Beben durch ihren Körper, offensichtlich war sie kurz vor dem Höhepunkt.

„Kane", flüsterte sie dicht an seinen Lippen.

„Ja." Er hob den Kopf und blickte in ihre großen grünen Augen, die er nie vergessen würde. „Was ist, Sweetheart?"

„Mein Fuß ist taub."

„Was?" Damit hatte er nun wirklich nicht gerechnet.

„Das Eis. Nimm es bitte von meinem Fuß." Sie lachte nervös und schüttelte den verletzten Fuß, um den Eisbeutel loszuwerden.

Er hob den Eisbeutel hoch.

„Ah!" Sie dehnte die Silbe und schloss befriedigt die Augen. „Das ist wunderbar."

Er lachte. „Und ich dachte, es sei meine Aufgabe, dich zu verwöhnen und zu befriedigen. Aber wenn das schon mit Eis geht ..." Er öffnete den Plastikbeutel, nahm einen Eiswürfel heraus und hielt ihn über ihre Brüste. Während er mit dem schmelzenden Stück Eis die Umrisse ihres BHs nachzeichnete und zärtlich die Wassertropfen von ihrer heißen Haut ableckte, beobachtete sie ihn lächelnd. Ihre Augen glänzten vor Vergnügen, und die kleinen erstickten Laute der Lust, die sie ausstieß, erregten ihn mehr als alles andere. Sein Körper schmerzte vor Verlangen, und nachdem sie ihm das Hemd aus der Hose gezerrt hatte, zog er es schnell über den Kopf und warf es auf den Boden. Doch als sie nach dem Reißverschluss seiner Hose griff, hielt er ihre Hand fest. Er wollte zwar nichts sehnlicher, als sich von seiner Jeans zu befreien und das zu Ende zu bringen, was er gerade angefangen hatte, doch genau das war der springende Punkt. Er hatte gerade erst angefangen. Und wenn dies das letzte Mal sein sollte, dann wollte er sich ganz viel Zeit nehmen und jede kostbare Sekunde auskosten.

Er hatte feuchte Finger und hielt immer noch den Rest des Eiswürfels in der Hand. Er strich Kayla über die Lippen und steckte ihr das Stückchen Eis in den Mund. Dann küsste er sie, und die Wirkung war aufregend und explosiv, eine Mischung aus heiß und kalt.

Aber immer noch lag ein Eiswürfel in dem Plastikbeutel. Kane umfuhr ihre harten Brustspitzen damit und folgte der eiskalten Spur mit den Lippen, bis Kayla den Kopf zurückwarf und sich stöhnend aufbäumte.

„Schluss mit den Spielchen, Kane!" stieß sie keuchend hervor.

„Ich spiele nicht mit dir."

„Oh, doch." Sie fuhr sich mit der Zunge über die Lippen. „Aber nun musst du damit aufhören. Nicht, dass es mir kein Vergnügen macht, aber ich kann nicht länger warten."

Im Grunde war er nicht überrascht, dass sie ihn durchschaute. Sie hatte immer ziemlich genau gewusst, was er vorhatte. Und jetzt wollte er sie, sehnte sich nach ihr so sehr, dass sein Körper bebte und schmerzte. Und diese Sehnsucht, das war ihm plötzlich ganz klar, würde ihn sein ganzes Leben lang verfolgen. Bei Kayla würde es anders sein, sie würde darüber hinwegkommen und ihn vergessen. Aber daran mochte er jetzt nicht denken.

Er richtete sich ein wenig auf und entfernte die letzten Kleidungsstücke, die ihre nackten Körper noch voneinander trennten. Sie hatte die Beine bereits gespreizt und war heiß und bereit, als er sich endlich über sie schob und tief in sie eindrang.

Kaylas Haut war immer noch empfindlich, dort, wo das Eis sie berührt hatte, und ihr Herz klopfte immer noch schnel-

146

ler als normal. Kane war ein wunderbarer Liebhaber, und Kayla hatte alles erlebt, wovon sie jemals geträumt hatte. Und noch viel mehr.

Er hatte sich vollkommen seiner Leidenschaft überlassen und war eins mit ihr geworden. Und doch wusste Kayla, dass sie ihn jetzt verloren hatte.

Schweigend zogen sie sich wieder an, wie zwei Fremde, die sie einst gewesen waren, und nicht wie die Freunde und Liebenden, als die sie sich jetzt fühlten. Aber sie hatte ihm ein Versprechen gegeben. „Ich habe keinerlei Erwartungen an dich. Wenn alles vorbei ist, kannst du gehen, ohne dich noch einmal umzusehen. Ich werde dich nicht aufhalten." Nun musste sie ihr Wort halten, und wenn es ihr noch so schwer fiel.

Er zog sich das Hemd über den Kopf und steckte es in die Hose. In der Stille war deutlich zu hören, wie er den Reißverschluss zuzog.

Er drehte sich zu ihr um. „Wenn der Knöchel anschwillt ..."

„Werde ich den Arzt rufen", versicherte sie ihm. Wenn Kane schon gehen musste, dann sofort.

Er nickte. „Gut. Heute Nacht könntest du vielleicht noch etwas Eis ..." Er verstummte.

Kayla rieb sich die Arme. Eis ... Schon bei der Erwähnung des Wortes prickelte ihre Haut. Daran würde sie sich wohl gewöhnen müssen.

Sie erhob sich vorsichtig von der Couch, um ihren Fuß nicht zu sehr zu belasten. Zum Abschied wollte sie Kane wenigstens aufrecht gegenüberstehen. Sie wusste, er war sehr hilfsbereit und würde vielleicht bleiben wollen, wenn er sah, dass sie noch Schmerzen hatte. Das aber wollte sie auf keinen Fall.

In der kurzen Zeit hatte sie Kane McDermott gut kennen gelernt, und sie verstand seine Beweggründe. Leider half ihr das nun auch nicht weiter.

In jedem Fall, den er zu lösen hatte, sah er die Möglichkeit, etwas wieder gutzumachen, das er seiner Mutter angetan hatte, und sich immer wieder zu beweisen, dass er jetzt sein Leben im Griff hatte. Immer Haltung bewahren, nie die Kontrolle über sich aufgeben und das Ziel aus den Augen verlieren. Und sich vor allen Dingen nie gefühlsmäßig engagieren, denn sonst würde er die Fehler der Vergangenheit wiederholen. Wenn er liebte, würde er wieder verlieren. Zu lange hatte Kane schon nach dieser Maxime gelebt, als dass er dieses Risiko noch einmal eingehen konnte.

Kayla hatte das mehr als einmal erfahren. Immer, wenn er sich ihr ein bisschen geöffnet hatte, gewann die alte Furcht die Oberhand, und er wurde wieder verschlossen wie eine Auster. Sie warf ihm einen kurzen Blick zu. So wie jetzt.

Den Kampf mit der Vergangenheit konnte sie für ihn nicht aufnehmen. Sie hatte gerade mit Mühe die eigene Vergangenheit bewältigt. Und deshalb wusste sie auch, dass sie ihn gehen lassen musste.

„Denk daran, dass du morgen ins Revier kommen musst, um deine Aussage zu machen."

Ach ja, das hatte sie ganz vergessen. Sie würde Kane noch einmal begegnen müssen.

Er lächelte leicht. „Ich mache meine Aussage noch heute Abend, und den Rest der Woche werde ich nicht da sein. Reid wird sich um dich kümmern."

Er schien wirklich Gedanken lesen zu können. Sie zuckte mit den Schultern. „Meinetwegen. Wenn du mir sonst nichts weiter zu sagen hast, würdest du dann bitte ...", sie wies zur Tür und versuchte ihrer Stimme eine gewisse Festigkeit zu geben, „... einfach gehen?"

Er nickte ihr kurz zu, das Gesicht undurchdringlich wie eine Maske. Wenn sie nur nicht wüsste, wie herzlich er lachen konnte, wie gelöst er aussah, wenn sie sich geliebt hatten, dann könnte sie die Situation besser ertragen.

Er stand neben ihr und strich ihr zärtlich über die Wange. „Wenn du irgendetwas brauchst ...“

Sie atmete tief ein, und sein sehr spezieller Duft umgab sie wie ein schützender Mantel. Doch das war nur eine Illusion. „Ich werde nichts brauchen.“

Wieder nickte er, sah sie noch einmal an und ging dann zur Tür.

„Leb wohl, Kane.“

Die Tür schloss sich hinter ihm. Ein ruhiger Abschied und ein beeindruckender Mann, dachte sie. Mit Tränen in den Augen begann sie alles wegzuräumen, was sie an Kane erinnerte.


„Es ist schon eine Woche her, seit wir unsere Freunde aus der Unterwelt tüchtig aufgemischt haben“, sagte Reid. Er ging um Kanes Schreibtisch herum, ließ sich auf einen Stuhl fallen und legte mit einem zufriedenen Seufzer die Füße auf die Schreibtischkante.

„Bescheidenheit war ja nie deine Stärke, Chef.“ Aber in diesem Fall konnte Kane Reids Stolz verstehen.

Sosehr Kane auch um Kaylas Wohl besorgt gewesen war, er hatte nie daran geglaubt, dass ihr Unternehmen etwas mit dem organisierten Verbrechen zu tun hatte. Es gab einfach keine Anhaltspunkte. Aber Kaylas Onkel war durchaus daran interessiert gewesen, Geschäfte mit den großen Bossen zu machen. Er hatte mit seinem Callgirl-Ring viel gewagt und die Gangster an seinem Gewinn beteiligt, in der Hoffnung, so seine Zuverlässigkeit zu beweisen. Aber er hatte nicht damit gerechnet, dass seine Frau, Kaylas Tante, kalte Füße kriegen würde. Sie hatte damit gedroht, die Bücher, die sie geführt hatte, um sich abzusichern, der Polizei zu übergeben. Das Ergebnis war, dass beide umgebracht wurden. Mit der naiven Nichte glaubten die Gangster leichtes Spiel zu haben, denn die würde sicher Geld brauchen, um das Familienunternehmen aufrechtzuerhalten, und das kleine lukrative Nebengeschäft würde weitergehen.

Sie war in größerer Gefahr gewesen, als irgendjemand für möglich gehalten hatte. Wenn Kane sich das klarmachte, wurde ihm immer noch ganz elend vor Entsetzen. Den ganzen Tag musste er an sie denken, und nachts träumte er von ihr und warf sich unruhig im Bett hin und her. Am nächsten Morgen war er unkonzentriert und fahrig.

„Gönn mir meine Freude, McDermott."

Kane sah seinen Chef an.

„Nach all den Jahren habe ich das wirklich verdient. Ich bin kurz vor der Pensionierung, und ich hätte nie geglaubt, dass ich zum Schluss noch einmal einen solch dicken Fisch an Land ziehen würde."

Kane freute sich über Reids Begeisterung. „Sowie er das Wort Mord hörte, hat unser Mann gesungen wie ein Vögelchen und hat Namen und Daten zu Fällen ausgespuckt, die wir glaubten, nie lösen zu können. So konnten wir endlich ein paar üble Typen überführen."

Reid grinste. „Erstaunlich, wie sehr sich das Kronzeugen-Schutzprogramm auf die Loyalität seinen Auftraggebern gegenüber auswirkte."

„Aber er war doch loyal, wenigstens sich selbst gegenüber."

Reid sah Kane lauernd an. „Und was ist mit dir?"

Kane sprang so hastig auf, dass sein Schreibtischstuhl gegen die Wand knallte. „Was, zum Donnerwetter, soll das heißen? Zweifelst du etwa an meiner Loyalität?"

Reid sah ihn ruhig an. „Nicht in Bezug auf die Polizei, aber dir selbst gegenüber."

Kane fuhr sich durch das Haar und ließ sich wieder in

*Einfach verliebt*

seinen Sessel fallen. Der Captain wollte wohl wieder die Vaterrolle spielen. „Weißt du was? Du kümmerst dich um deine Pensionierung, und ich kümmere mich um mich selbst."

„Tust du das wirklich? Seit deine Mutter vor den Bus gelaufen ist, hast du es vermieden, über dich nachzudenken."

Kane hatte zwar keine Ahnung, woher Reid das mit seiner Mutter wusste. Aber natürlich stand über ihn alles genau in den Akten. Er selbst hatte niemandem von seiner Kindheit erzählt, von Kayla abgesehen. Reid hatte zwar ein väterliches Interesse für Kane gezeigt, aber Kane hatte trotzdem nie persönliche Dinge mit ihm besprochen.

„Wenn du es nicht wärst, würde ich dir dafür eine runterhauen", stieß er zwischen den Zähnen hervor. Und wenn er sich nicht so elend fühlen würde, seit er Kayla vor einer Woche verlassen hatte, könnte er wie sonst seine undurchdringliche Maske aufsetzen. Aber er konnte sich nicht zusammennehmen und sah so schlecht aus, wie er sich fühlte. Vielleicht würde es ja helfen, mit Reid zu sprechen.

„Hast du sie gesehen?" fragte Reid.

„Wen?"

Der Captain stand auf. „Weißt du was, McDermott? Ich bin mit dem Bezirksstaatsanwalt zum Lunch verabredet, und ich habe keine Lust, meine Zeit mit dir zu vertrödeln. Wenn du wie bisher wie ein einsamer Wolf leben willst, habe ich nichts dagegen. Wenn du willst, dass sie statt mit dir mit einem anderen schläft ...."

„Jetzt mach aber mal einen Punkt."

„Wieso? Ich habe dir doch gerade erzählt, dass ich mich nicht länger für dumm verkaufen lasse." Er stützte sich auf dem Schreibtisch ab und sah Kane direkt in die Augen. „Kayla macht aus dir ein menschliches Wesen, McDermott."

„Geh zu deinem Staatsanwalt. Ich brauche deine Ratschläge nicht."

„Aber du brauchst Kayla." Reid richtete sich wieder auf. „Übrigens, du hast sehr gute Arbeit geleistet. Dir war von Anfang an klar, dass Kayla in Gefahr war. Du hast sie perfekt geschützt und sie sehr gut auf den Coup vorbereitet. Ich bin stolz auf dich, mein Sohn."

Bevor Kane etwas dazu sagen konnte, war Reid aus der Tür.

Kayla hängte das Schild mit der Aufschrift „Vorübergehend geschlossen!" an die Tür.

„Charme" existierte nicht mehr. Kayla und Catherine hatten das Unternehmen verkauft.

„Und nun?" fragte Catherine.

„Keine Ahnung. Die Gebühren für die Gourmetkochschule sind für das ganze Jahr bezahlt, da gibt es also keine Probleme."

Catherine runzelte die Stirn. „Das meine ich nicht. Wenn ich im September gewusst hätte, dass die Sache so enden würde ..."

„Das Geld hätte dir trotzdem zugestanden. Und du wirst deine Ausbildung zu Ende machen. Ich habe ja einen Beruf, in den ich jederzeit zurückkehren kann."

„Buchhaltung? Dass du dir überhaupt vorstellen kannst, dich wieder nur noch mit Zahlen zu beschäftigen, wo sich dein Leben doch so aufregend verändert hat."

„Aufregend ist etwas übertrieben", meinte Kayla. Aufregend waren nur die Tage mit Kane gewesen, und er war nicht mehr da. Es wurde Zeit, dass sie ihr Leben wieder in die Hand nahm, auch wenn es ihr schwer fiel. „Gegen Buchhaltung ist doch nichts einzuwenden, und ich kann damit erst einmal meinen Lebensunterhalt verdienen."

„Durch den Verkauf des Unternehmens haben wir doch

etwas Geld. Buchhaltung passt nicht mehr zu dir. Du bist nicht mehr die Frau, die du früher warst. Die brave Buchhalterin, die Tuchhosen und hochgeschlossene Blusen trägt." Erst jetzt sah sie, was Kayla anhatte: eine schwarze Flanellhose und eine spießige hellblaue Seidenbluse.

„Ich habe doch nur eine Jeans, Cat", erwiderte Kayla, als wollte sie sich entschuldigen. „Sie ist schmutzig. Kannst du mir was leihen?"

„Nur, wenn du dir bald etwas Vernünftiges zum Anziehen kaufst."

„Wenn ich es mir leisten kann." Sie hatten zwar für „Charme" einen guten Preis erzielt, aber es waren auch noch einige Rechnungen zu begleichen und Kredite abzuzahlen. Da konnte sie keine großen Sprünge machen.

„Ich kann doch mit der Schule aussetzen, und wenn wir dann das Schulgeld zurückbekommen ..."

„Kommt nicht in Frage. Du beendest die Schule."

„Einverstanden, aber nur unter einer Bedingung. Ich koche und du rechnest, und wenn ich fertig bin, werde ich das Geld verdienen, und du machst noch eine Ausbildung."

Kayla schüttelte langsam den Kopf. „Schule, Lernen, Examen, ich habe einfach keine Lust mehr dazu. Das war mir nie so klar, bevor ich ..." Kane kennen gelernt habe, fügte Kayla im Stillen hinzu.

Catherine lächelte sie verständnisvoll an.

„Mach dir keine Sorgen um mich, Cat", fuhr Kayla fort. „Es kommt alles in Ordnung."

„Ich weiß. Und solange du noch keine Pläne für die Zukunft hast, möchte ich dir einen Vorschlag machen. Was hältst du von einem Catering-Service? Wir können ja ganz klein anfangen und bieten alles Mögliche an. Essen, Dekoration, Bedienung, Planung. Wir können doch erst einmal mit dem Geld arbeiten, das noch vom Verkauf übrig ist." Sie hielt inne und sah die Schwester mit leuchtenden Augen an. „Ich kann kochen, und du machst die Organisation. Wir fangen mit kleinen Aufträgen an, und vielleicht können wir später beide davon leben. Wenn wir erst genügend Kunden haben ...“

Kayla lachte. „Immer mit der Ruhe, Schwesterherz.“ Aber sie musste zugeben, dass der Plan sehr viel reizvoller war, als sich den ganzen Tag mit nüchternen Zahlen zu beschäftigen. „Das hört sich sehr anspruchsvoll an.“

„Aber es wird dir gefallen. Außerdem können wir deine momentane Popularität ausnutzen. Dein Name ging doch durch alle Zeitungen, nachdem du die ganze Bande hast hochgehen lassen.“

„Du übertreibst.“

Catherine lachte. „Vielleicht, aber immerhin hast du eben das erste Mal seit einer Woche wieder gelächelt. Ich meine, seit dieser verdammte Kerl dich verlassen hat.“

„Er hat nur getan, was er tun musste.“ Kane litt immer noch unter seinen Schuldgefühlen in Bezug auf den Tod seiner Mutter. Kayla hatte in der letzten Woche viel nachgelesen über Selbstmord und die Hinterbliebenen, die danach mit ihren Schuldkomplexen nicht fertig wurden. Sie hatte Kane in vielen Fallbeispielen wiedererkannt.

Das Wissen linderte zwar nicht ihre Trauer und das Gefühl der Einsamkeit, aber es half, den Mann besser zu verstehen, den sie liebte und verloren hatte. Kane würde sich vielleicht nie aus der Verstrickung von Schuld, Zorn und Furcht lösen können.

„Du bist zu nachsichtig.“ Catherine griff nach dem Brieföffner. „Ich würde ihm am liebsten den Hals abschneiden. Oder den anderen Körperteil, mit dem er offensichtlich dachte, wenn er mit dir zusammen war.“

„Hör auf, das ist ungerecht. Mir geht es ohne ihn sehr gut.“

„Wenn du dir das lange genug sagst, glaubst du es eines

*Einfach verliebt*

Tages vielleicht wirklich. Er hat dich verletzt, und das musst du dir eingestehen. Lass deinen Ärger und deinen Frust raus, dann wird es dir besser gehen."

Es klingelte. Jemand öffnete die Tür, und wegen des einfallenden grellen Sonnenlichts konnten die Schwestern nicht sehen, wer hereinkam.

„Guten Tag, ihr beide."

Kayla schloss halb die Augen. Die Stimme, tief und vertraut. Sie träumte wohl wieder, so wie in der letzten Nacht, als sie erregt und benommen aus einem sehr erotischen Traum aufgewacht war.

„Will mich denn keiner hereinbitten?" fragte Kane.

„Ich glaube, Sie verschwinden lieber, bevor Ihnen etwas Schlimmeres passiert. Ich werde nicht zulassen, dass Sie meiner Schwester noch einmal wehtun."

„Wie schön, Sie wiederzusehen, Catherine."

Kayla öffnete die Augen. Da stand Kane, gegen das Bücherregal gelehnt, und sah sie unsicher an. Ganz offensichtlich war er nicht davon überzeugt, dass er willkommen war. Und trotzdem strahlte er so viel Kraft und Überlegenheit aus.

„Möchtest du, dass ich gehe?"

Ihr Magen krampfte sich zusammen. Natürlich wollte sie nicht, dass er ging. Und im Grunde war es egal, ob er gleich ging oder ihr erst sagte, weshalb er gekommen war, und sie dann wieder verließ. Er hatte ihr nie etwas vorgemacht. Und leiden würde sie so oder so.

Kayla versuchte ihre Fassung wiederzugewinnen. Sie liebte ihn und würde ihm zuhören, auch wenn er nur aus beruflichen Gründen hier war. Sie sah die Schwester an. „Catherine, ich glaube, du solltest uns allein lassen."

Catherine zuckte mit den Schultern und ging zu dem Schreibtischstuhl, auf den sie ihren Mantel gelegt hatte. „Du musst wissen, was du tust. Ich hoffe nur, er ist es wert."

Kane sah erst Catherine und dann Kayla an. „Wird deine Schwester mein ganzes Leben lang so mit mir umspringen?" fragte er und grinste.

Kayla wollte ihn so gern küssen, und gleichzeitig wollte sie, dass er ging, bevor er sie noch mehr verletzen konnte. Sie ballte die Hände zu Fäusten. „Vielleicht."

Catherine griff nach ihrer Schultertasche und warf Kane einen betont zornigen Blick zu. „Wenn Sie das schon beunruhigt, dann haben Sie mich noch nicht kennen gelernt."

„Auf Wiedersehen, Cat." Kaylas Ton war drängend.

„Ich geh ja schon. Aber das scheint hier zur Gewohnheit zu werden. Er kommt, du wirfst mich raus, er kommt, du wirfst mich raus ..." Doch sie konnte ihr Lächeln nicht ganz verbergen, und sie blinzelte Kane zu, als sie aus der Tür schlüpfte.

„Sie meint es nur gut", sagte Kayla leise.

„Ich weiß. Setzt du dich auch so für mich ein, wenn ich nicht da bin?"

Sie feuchtete sich kurz die Lippen an. „Ja. Das ist eine schlechte Angewohnheit von mir."

„Was?"

„Mich für Menschen einzusetzen, die ich lie..." Nein. Sie durfte ihm nicht zeigen, was sie fühlte. „Was willst du, Kane? Ich habe meine Aussage gemacht, der Captain hat mich über alles informiert, und wir haben uns verabschiedet."

„Genau darum geht es. Nicht wir haben uns verabschiedet."

„Lass diese Spielchen. Ich bin wirklich nicht dazu aufgelegt."

„Es ist kein Spiel, glaube mir. Erinnere dich. Du hast dich verabschiedet, nicht ich."

„Bist du deshalb zurückgekommen? Um dich zu vergewissern, dass ich mir auch ja keine falschen Hoffnungen mache? Ich bin doch nicht blöd."

*Einfach verliebt*

„Das weiß ich sehr genau."

Das stimmte. Kane hatte ihre Intelligenz immer sehr bewundert. Aber was wollte er dann?

„Du musst es nicht aussprechen. Ich weiß auch so, dass du nicht zurückkommst und dass ich von dir nichts erwarten kann." Sie musste ein paar Mal langsam durchatmen, um ihrer Stimme genügend Festigkeit zu geben. „Wir haben das alles doch schon besprochen."

„Nicht alles." Er machte einen Schritt auf sie zu, ruhig und entschlossen. So wie damals, als sie ihn das erste Mal traf und sich ihr Leben für immer veränderte.

Er griff nach ihrer Hand und hielt sie fest. „Bist du jemals auf die Idee gekommen, dass ich mich deshalb nicht mit einem Lebewohl verabschiedet habe, weil ich das Endgültige dieser Worte nicht so meinte?"

Sie seufzte leise. Sie hatte sie so satt, diese Doppeldeutigkeiten und Wortspielereien, die ihre Qualen nur verlängerten. „Du meinst, so wie du auch nicht sagen kannst, dass du mich liebst, weil du es nicht so meinst?" Sie hätte sich am liebsten auf die Zunge gebissen, aber vielleicht war es gut, dass sie endlich ausgesprochen hatte, was sie empfand. Sie versuchte ihm die Hand zu entziehen, aber er hielt sie mit einem eisernen Griff fest. Seine Wärme ging auf sie über, und sie spürte, wie ihr die Knie weich wurden. Sie genoss seine Nähe, und gleichzeitig verachtete sie sich dafür.

„Kane, ich habe deine Bedingungen akzeptiert. Bitte akzeptiere du jetzt auch meine. Du weißt genau, wie ich dir gegenüber empfinde, und ich bitte dich nur, mich in Ruhe zu lassen. Es ist besser für uns beide."

Er hielt ihren Blick fest. „Genau das habe ich mir auch immer gesagt. Aber es stimmt nicht. Ich bin ein anderer, ein besserer Mensch, wenn du bei mir bist." Er sah sie jetzt so zärtlich an, dass plötzlich so etwas wie eine verrückte Hoffnung in ihr aufkeimte. Sie versuchte zwar sofort, diese Ge-

157

danken zu unterdrücken, aber immerhin war Kane gekommen, und das war mehr, als sie zu hoffen gewagt hatte. „Und selbst, wenn du meinst, dass du ohne mich besser dran bist, möchte ich dich bitten, bei mir zu bleiben."

Kayla stockte der Atem. Kane hatte noch nie über die Zukunft gesprochen.

„Aber was ist mit deinem Job?" Sie wagte kaum weiterzusprechen, aber sie musste es tun. „Du sagst doch, ich lenke dich von deiner Arbeit ab, und wenn das geschieht, könntest du deinen Job vergessen."

„Ich habe mich geirrt. Nur mit dir kann ich besonders gut sein." Er reichte ihr die andere Hand, und sie nahm sie. „Du hattest Recht. Ich war wie besessen von meinen alten Schuldgefühlen und habe unbewusst bei jedem neuen Fall versucht, etwas wieder gutzumachen. Aber ich habe mir nie erlaubt, so etwas wie Erleichterung zu fühlen."

Plötzlich öffnete sich vor Kayla eine wunderbare Zukunft voller herrlicher Möglichkeiten und voller Liebe. Sie hatte ihre ganze Hoffnung auf diesen Mann gesetzt, und jetzt zeigte sich, dass sie Recht behalten hatte. Sie würde ihm ewig dafür dankbar sein und ihn ein Leben lang lieben und achten. Sie lächelte ihn zärtlich an. „Sie war deine Mutter. Es wäre bestimmt nicht in ihrem Sinne, dass du dich dein Leben lang quälst."

Kane nickte nachdenklich. Er hatte sich das Gleiche gesagt. „Ja, das weiß ich jetzt." Reids unverbrüchliches Vertrauen in ihn all die Jahre hindurch hatte Wirkung gezeigt. Er fühlte sich nicht mehr so wertlos und schuldig. Er hatte an dem Tag, an dem seine Mutter vor den Bus gelaufen war, seine Fähigkeit zu fühlen verloren und sie erst wiedergefunden, als er hier das erste Mal durch die Tür getreten war.

Er blickte in Kaylas leuchtend grüne Augen, und das erste Mal dachte er voller Hoffnung an die Zukunft. „Ich habe nur deshalb nicht gesagt, dass ich dich liebe, weil ich

*Einfach verliebt*

glaube, dich nicht zu verdienen. Ich hatte Angst, dir nicht das geben zu können, was du brauchst."

„Und nun?" Eine leichte Röte war ihr in die Wangen gestiegen.

„Ich verdiene dich nach wie vor nicht, aber ich werde dich auf keinen Fall wieder gehen lassen."

„Aha, du willst wieder alles kontrollieren", sagte Kayla lachend.

Mit einem Mal spürte er, wie alle Anspannung von ihm abfiel, die ihn die ganze Woche gequält hatte.

„Nun gut, dieses Mal sei dir noch verziehen." Sie legte ihm die Hände auf die Schultern. „Aber du musst jetzt die magischen drei Worte sagen, Kane."

Er sah sie beinahe feierlich an. „Ich liebe dich."

Sie warf sich ihm an die Brust, und er nahm voller Glück ihren zarten Duft wahr und zog sie fest an sich. „Daran könnte ich mich direkt gewöhnen", sagte er und lachte.

„Das solltest du auch. Denn ich habe nicht die Absicht, dich jemals wieder fortzulassen."

„Wie wunderbar, das zu hören."

Sie strich ihm über den Rücken und steckte die Hände in die Gesäßtaschen seiner Jeans. Dann drückte sie sich an ihn.

„Ich hoffe, du hast dieselbe Idee wie ich", sagte er leise. „Wenn nicht, spielst du mit dem Feuer."

Sie lachte nur und sah ihn voller Verlangen an. „Worauf wartest du noch, Detective?"

Danach sagten sie für eine sehr lange Zeit nichts mehr.

*- ENDE -*

*Carly Phillips*

# Einfach skandalös
Roman

Aus dem Amerikanischen von
Roswitha Enright

# 1. KAPITEL

*S*chau mal, die flotte Blondine könnte 007 auch gefallen!"

Logan Montgomery sah seine achtzigjährige Großmutter an und stöhnte. „Du hast schon wieder zu viele James-Bond-Filme gesehen, Grandma."

„Nur die mit Sean Connery. Diesen Pierce Brosnan kennt doch keiner, und der andere ist ein Schlappschwanz. Er würde nicht wissen, wie man es mit einer richtigen Frau anstellt."

„Also wirklich, Grandma." Logan tat schockiert. Und als sie ihn schelmisch anlächelte, fügte er hinzu: „Ich glaube, das reicht jetzt."

„Du bist doch sonst nicht prüde."

Logan unterdrückte ein Lachen. „Und du führst doch sonst nicht so lockere Reden. Sei vorsichtig."

Die weißhaarige alte Dame verzog das Gesicht zu einer wenig damenhaften Grimasse. „Und wenn du nicht aufpasst, dann wirst du genauso ein Stockfisch wie dein Vater."

„Bei deinem Einfluss? Das glaubst du doch selbst nicht." Er trank von dem exquisiten Champagner, fand aber, dass er nach nichts schmeckte. Was für eine Geldverschwendung! Ein kaltes Bier wäre ihm an diesem ungewöhnlich warmen Mainachmittag lieber gewesen. „Warum war es dir denn nun so wichtig, dass ich zu der Gartenparty komme?"

Am liebsten hätte er die formelle Einladung zu der Gartengala einfach wie jedes Jahr ignoriert. Aber seine Großmutter hatte auf seiner Anwesenheit bestanden, und Logan betete seine Großmutter an.

„Ihretwegen." Emma Montgomery zeigte mit einem knochigen Finger auf einen Fliederbusch. „Sie hat die ganze Party allein ausgerichtet. Sie hat wirklich Talent."

Logan folgte ihrem Finger mit den Augen, konnte aber in der Flut der geblümten Kleider der weiblichen Gäste und der schwarz-weißen Uniformen der Kellner nicht erkennen, wen sie meinte.

Er beugte sich zu seiner Großmutter. „Übrigens, könntest du den Richter nicht mal dazu bringen, dass die Bekleidungsvorschrift für die Bediensteten ein wenig gelockert wird? Sie sehen ja wie die Pinguine aus. Schließlich ist dies doch eine Frühlingsparty."

„Dein Vater hat eben seine festen Vorstellungen." Emma ahmte die überhebliche Stimme ihres Sohns, Richter Edgar Montgomery, perfekt nach. „Seiner Meinung nach gehören die Bediensteten in diese Folterkostüme. Schrecklich." Sie schüttelte den Kopf. „Aber genug von Edgar. Siehst du sie denn nicht?"

Logan zog die Augenbrauen zusammen und sah wieder in die Richtung, in die Emma gedeutet hatte. Dort hinten auf dem makellosen Rasen vor dem Poolhaus war eine Bar aufgestellt worden, und hinter der Bartheke stand eine entzückend aussehende junge Frau. Als sie jetzt hinter der Bar hervortrat, wurde deutlich, dass die strenge Uniform ihre hübschen Kurven nicht verdecken konnte. Die Frau strahlte dazu Wärme und Freude aus.

Sie drehte sich um, um die schmutzigen Gläser abzuräumen, und Logan konnte ihre Figur von hinten bewundern. Sie trug bequeme schwarze Schuhe und schwarze Strümpfe. Ihre Beine waren schlank, aber nicht dünn, und als sie sich vorbeugte, um die Theke abzuwischen, rutschte ihr schwarzer Minirock höher und gab den Blick auf einen Streifen weißer Spitze frei. Logan fühlte, wie ihm plötzlich heiß wurde. Er versuchte seinen engen Kragen mit dem Finger zu lockern.

Jetzt richtete sich die junge Frau wieder auf. Sie war nicht groß, wahrscheinlich knapp einssechzig, schlank, und

164

*Einfach skandalös*

hatte die blonden Haare hochgesteckt. Ihre weiße Bluse war korrekt bis oben hin zugeknöpft, lag aber so eng an, dass ihre Brüste deutlich hervortraten. Ihre schmale Taille wurde durch einen Gürtel betont. Logan lächelte, als er die weißen Socken bemerkte, die sie über die schwarzen Strümpfe gezogen hatte.

Sie war alles andere als eine typische Kellnerin.

Unwillkürlich musste er lächeln.

„Hör auf, so zu grinsen, und sag mir lieber, was du siehst."

„Einen Pinguin, der verdammt sexy aussieht."

„Nenn sie, wie du willst", sagte Emma und seufzte leise, „auf alle Fälle ist sie die Lösung für deine Probleme."

„Ich wusste gar nicht, dass ich Probleme habe." Wieder sah er zu der jungen Frau hinüber.

„Wirst du denn den Montgomerys jetzt ein für alle Mal klarmachen, dass du andere Pläne hast, oder willst du dich weiterhin von deinen Eltern und ihren reichen Freunden in die Politik drängen lassen? Dann wirst du nie Ruhe und Frieden finden. Und den ehrenwerten, aber nicht gerade Karriere fördernden Job als Pflichtverteidiger kannst du auch vergessen. Ab nächsten Samstag kannst du nicht mehr bestimmen, was mit deinem Leben passiert."

„Musst du wirklich so schonungslos direkt sein?" stieß Logan leise hervor. Aber sein Gefühl sagte ihm, dass seine Großmutter ihn nicht nur schockieren wollte. Emma lebte schließlich in diesem Mausoleum zusammen mit seinen Eltern, und so war sie über manches informiert, was er nicht wusste.

„Du kannst ihnen noch so oft sagen, dass du nicht in die Politik willst." Emma strich sich kurz über ihre Hochfrisur, die trotz der Luftfeuchtigkeit perfekt saß. „Dein Vater ist so störrisch wie ein Maultier und hat schon als ganz kleines Kind immer versucht, seinen Kopf durchzusetzen."

165

Logan unterdrückte ein Lachen. „Sei vorsichtig mit dem, was du sagst."

„Unsinn. Im Alter darf ich endlich all das sagen und tun, was mir in der Jugend nicht erlaubt war."

Er grinste. „Ich weiß jetzt, warum Daddy dich gern in ein Heim abschieben möchte." Er sah die Großmutter liebevoll an, die ihn und seine Schwester immer vorbehaltlos geliebt hatte. Sie hatte beständig die Anstrengungen seiner Eltern unterminiert, aus den Kindern absolute Ebenbilder ihrer selbst zu machen, Erwachsene also, für die die gesellschaftliche Stellung das Wichtigste auf der Welt war. Bei der Schwester war Emma das auch gelungen.

Aber mit Logan, dem einzigen Sohn, war es nicht so einfach gewesen. Er hatte zwar seinen eigenen Kopf, war aber in mancher Beziehung, etwa hinsichtlich der Wahl des College, des Jurastudiums und seiner Tätigkeit als Bezirksstaatsanwalt, in die Fußstapfen des Vaters getreten.

Deshalb glaubte auch keiner daran, dass er seinen eigenen Weg gehen wollte. Für alle Montgomerys stand fest, dass Logan die Tradition der Familie fortführen und ein politisches Amt übernehmen würde. Nur seine Großmutter bezweifelte das.

Logan kam auf das zurück, was sie vor ein paar Minuten gesagt hatte. „Gut, lass schon hören. Was passiert am Sonnabend?"

Sie stieß Logan leicht in die Seite. „Komm mit." Er zuckte resigniert die Schultern und folgte ihr. Vor der großen Terrasse blieb sie stehen und wies auf Logans Vater, der dort Hof hielt. „In einer Woche wollen dein Vater und seine konservativen Freunde ankündigen, dass du dich für die Wahl zum Bürgermeister unserer Stadt aufstellen lässt. Der untadelige Sohn der ehrenwerten Familie Montgomery am Beginn einer großen politischen Karriere."

„Das wird nie passieren", erklärte Logan.

166

*Einfach skandalös*

„Richtig, und ich werde dir auch sagen, warum nicht. Wir werden dich öffentlich unmöglich machen. Dann kannst du so leben, wie du es willst."

Er unterdrückte ein leises Stöhnen. „Aber Grandma, ich brauche keinen Skandal, um mich von der Familie zu befreien. Von mir aus können sie gern ihre politischen Träume spinnen, aber ohne einen Kandidaten werden sie nicht sehr weit kommen."

„Du solltest mich wenigstens bis zu Ende anhören, wenn du schon den langen Weg bis nach Hampshire gemacht hast."

Logan verschränkte die Arme vor der Brust. „Du sagtest etwas von einem Plan. Auf welche Art und Weise kann denn sie ...", er wies mit dem Kopf in Richtung der Blondine, „... mich retten?"

„Du musst öffentlich unmöglich gemacht werden, und wer wäre besser dazu geeignet als eine Frau, die aus armen Verhältnissen kommt und deren Familie mit Prostitution zu tun hatte?"

Er nahm einen Schluck Champagner. „Du übertreibst." Dann sah er wieder zu der Blondine hinüber.

Sie war hinter dem Bartresen hervorgekommen und ging mit schnellen Schritten zwischen den Gästen umher, lächelte und sprach leise mit dem Mädchen, das die Vorspeisen servierte. Sie strahlte Selbstbewusstsein und Autorität aus und war ganz eindeutig die Chefin. Als Einzige trug sie einen Minirock, während die anderen Aushilfen offensichtlich schwarze Hosen bevorzugten. Sie hatte eine kleine schwarze Fliege umgebunden, die ihr herzförmiges Gesicht betonte.

„Catherine Luck und ihrer Schwester gehört ‚Potluck', die Catering-Firma. Sie ist nicht bei allen Veranstaltungen dabei, die sie ausrichten, aber dieses Mal habe ich darauf bestanden. Erinnerst du dich noch an diese Benimm-

167

Schule, die im letzten Jahr von der Polizei geschlossen wurde?"

„Nur vage. Ich war damals außer Landes." Erst nach Emmas leichtem Herzinfarkt war er wieder nach Hause zurückgekehrt. Er wollte mehr Zeit mit der Familie verbringen können, das heißt mit Emma, die außer seiner Schwester Grace das einzige Familienmitglied war, das ihn interessierte.

„Sie und ihre Schwester", sagte Emma und sah wieder zu der jungen Frau hinüber, „hatten damals das Familienunternehmen geerbt. Es stellte sich heraus, dass ihr Onkel, der frühere Besitzer, dort heimlich einen Callgirl-Ring aufgezogen hatte."

„Aber sie hat damit nichts zu tun gehabt."

„Das nicht, aber der Skandal traf die ganze Familie. Stell dir doch bloß mal die Reaktion deiner Eltern vor, wenn du mit einem Mädchen nach Hause kommst, dessen Familie in einen Prostitutionsskandal verwickelt war."

„Ich bringe nie Mädchen mit nach Hause", sagte er nur.

„Du wirst es tun, wenn du die Richtige gefunden hast", sagte seine Großmutter lächelnd. Ein gewisses Funkeln in ihren Augen beunruhigte Logan.

Die alte Dame führte etwas im Schilde, das spürte er. Er kannte sie zu gut, um seine Wachsamkeit aufzugeben, aber er würde erst einmal auf sie eingehen. „Mein Privatleben ist bestens ausgefüllt, Gran. Es kommt für mich nicht in Frage, das alles für eine einzige Frau aufzugeben."

Es stimmte, sein Privatleben war ausgefüllt, wenn auch vielleicht nicht so, wie seine Großmutter vermutete. Wie jeder andere Mann hatte natürlich auch er seine Verabredungen mit jungen Frauen, die ihm gefielen, aber bisher hatte er noch keine kennen gelernt, mit der er sich eine längere Beziehung vorstellen konnte. Viele Frauen, mit denen er von Berufs wegen in Kontakt kam, schienen mehr an dem Na-

*Einfach skandalös*

men Montgomery als möglicher Karrierehilfe interessiert zu sein als an dem Menschen Logan Montgomery. Das traf auch auf die Frauen zu, die er privat durch seine Eltern und ihre Freunde kennen lernte.

Eine konventionelle Ehe, wie seine Eltern sie führten, kam für ihn nicht in Frage. Es war eine lieblose Verbindung, und die Kinder schienen immer nur zum Vorzeigen da zu sein. Sie wurden von Bediensteten aufgezogen und von den Eltern kaum wahrgenommen.

„Mach die Augen auf, Junge. Du siehst den Wald vor lauter Bäumen nicht. Nun zu deinem Vater und seinen Plänen. Wenn er durch deine unpassende Liaison privat nicht abzuschrecken ist, können wir uns immer noch auf die Schlagzeilen verlassen. Ich sehe es schon vor: ‚Der Sohn von Richter Montgomery und die Exprostituierte!' Sie hat allerdings etwas Besseres verdient." Wieder sah sie zu der jungen blonden Frau hinüber. „Du weißt doch, wie die Zeitungen alles aufbauschen, was nur irgendwie mit Sex zu tun hat. Als Kandidat für den Bürgermeisterposten wärest du sofort erledigt."

Logan schüttelte den Kopf. „Tut mir Leid, dich enttäuschen zu müssen, Gran, aber Sexskandale haben heutzutage kaum noch eine negative Wirkung auf die Wahlergebnisse."

Emma zuckte mit den Schultern. „Mag sein, aber warum lässt du es dann nicht darauf ankommen und sorgst dafür, dass man dich erwischt? Wenn mich nicht alles täuscht, wäre das für deinen Vater so peinlich, dass er die Sache von sich aus abblasen wird."

Logan lächelte. „Du hast wirklich eine blühende Fantasie. So weit müssen wir gar nicht gehen. Eine Pressekonferenz, zu der der potenzielle Kandidat nicht erscheint, wird alle Erwartungen im Keim ersticken. Ich freue mich, dass du dir Gedanken um mich machst, aber ich schaffe es auch ohne Sexskandal, mich der Kandidatur zu entziehen."

169

*Carly Phillips*

Wie auf Stichwort fühlte Logan plötzlich eine schwere Hand auf der Schulter. „Wie schön, dich zu sehen, mein Sohn. Ich wusste, du würdest die Gelegenheit nutzen, mit deinen Anhängern in Kontakt zu kommen."

Mit einer winzigen Bewegung, die sie über die Jahre vervollkommnet hatte, hob Emma eine Augenbraue und nickte Logan zu, um ihm zu signalisieren: Hab ich es dir nicht gesagt?

Er sah seinen Vater an. „Natürlich. Das sind doch alles sehr wichtige Leute." Wenigstens für Emma, fügte Logan im Stillen hinzu.

Sein Vater warf sich in die Brust und strahlte. Er hatte Logans Zustimmung ganz offensichtlich falsch verstanden. Aber Logan hatte keine Lust, es richtig zu stellen. Der Richter würde sowieso nicht zuhören.

„Ich bin froh, dass du mit mir einer Meinung bist. Und dass du heute gekommen bist, sagt mehr als viele Worte." Er zupfte an seinen Jackettaufschlägen.

Logan trat neben seine Großmutter und legte ihr den Arm um die Schultern. „Ich bin nur gekommen, weil ich Grandmas Gartengala nicht versäumen wollte. Davon abgesehen habe ich keine besonderen Absichten." Er drückte die alte Dame liebevoll an sich. Ihre körperliche Zerbrechlichkeit beunruhigte ihn, aber dann sagte er sich, dass sie geistig rege und humorvoll wie immer war.

„Ich habe ihm versprochen, dass er sich gut amüsieren würde, etwas, das du ja nie konntest." Sie sah ihren Sohn mit einem abschätzigen Lächeln an.

Der Richter warf seiner Mutter einen warnenden Blick zu, dann wandte er sich wieder an seinen Sohn. „Ich muss mit dir reden."

Logan betrachtete den Vater nachdenklich. In seinem dunklen Anzug und mit seiner selbstbewussten Ausstrahlung machte Richter Montgomery den Eindruck, als habe er alles total unter Kontrolle. Aber Logan hatte sich seinem

170

*Einfach skandalös*

Einflussbereich entzogen und ließ sich nicht länger manipulieren. „Ich wüsste nicht, worüber."

Der Richter schüttelte den Kopf. „Aber, Logan, ich möchte nur das Beste für dich. Und das bedeutet, dass du ein öffentliches Amt übernehmen musst."

„Das willst du doch nur für dich. Du willst, dass ich die Familientradition fortführe und in die Politik gehe. Aber ich möchte selbst über mein Leben bestimmen."

„Du bist noch jung." Er schlug dem Sohn kräftig auf die Schultern. „Du wirst es dir schon noch überlegen."

„So?" Logan hob leicht die Augenbrauen. „Ich glaube, ich habe mein Leben bisher auch ohne dich ganz gut gemeistert. Ich habe mir ein Haus gekauft, obwohl du bereits die Anzahlung für eine Penthouse-Wohnung in Boston geleistet hattest. Und ich habe die Stelle als Pflichtverteidiger übernommen, obgleich du bereits mit der einflussreichen Anwaltsfirma Fitch und Fitzwater alles für mich arrangiert hattest." Er zuckte mit den Schultern. „Ja, ich glaube, ich gehe ganz gut meinen eigenen Weg."

Edgar kniff verärgert die Augen zusammen. „Das ist nur dein Einfluss", zischte er seiner Mutter zu.

„Wenn das der Fall ist, dann bin ich stolz darauf", sagte Emma. „Und du solltest es auch sein. Schäm dich, Edgar, dazu habe ich dich nicht erzogen."

„Logan, sieh zu, dass deine Großmutter sich etwas ausruht. Sie hat schlechte Laune. Wir reden dann später." Damit drehte Edgar sich um und ging zu seinen Freunden.

„Er ist fest entschlossen", sagte Emma.

„Ich auch." Dennoch hingen Logan diese ganzen Auseinandersetzungen zum Halse heraus.

„Bist du immer noch der Meinung, du könntest auf meine Hilfe verzichten?" fragte Emma.

„Ich danke dir für dein Angebot, aber mit Vater werde ich schon allein fertig."

171

„Aber wenn du dir von ihr helfen lassen würdest, hätten wir mehr Spaß." Emma sah wieder zu dem Bartresen hinüber.

Logan folgte ihrem Blick. Die junge Frau stand auf einem Stuhl und versuchte einen Lautsprecher zu befestigen. Emma hatte Recht. Aber so attraktiv diese Vorstellung auch war, er würde niemals eine unschuldige junge Frau in seine Familienquerelen hineinziehen.

Das bedeutete allerdings nicht, dass er sie nicht näher kennen lernen könnte. Wie seine Großmutter wahrscheinlich vorhergesehen hatte, faszinierte Catherine ihn. Er stellte sein Champagnerglas ab.

„Ich bin hier, falls du Hilfe brauchst", sagte Emma.

Er küsste sie auf die gepuderte Wange. „Ich werde damit schon allein fertig", sagte er nur. Er sah zu Catherine hinüber, die jetzt wieder Getränke ausschenkte.

Mit sicheren und anmutigen Bewegungen hantierte sie mit Flaschen und Gläsern. Als eine ihrer Angestellten ihr etwas ins Ohr flüsterte, nickte sie nur, trat hinter dem Tresen hervor und ging schnell ins Haus.

Logan seufzte leise. Er würde warten müssen. Ihr niedlicher runder Po und die schmale Taille waren wirklich sexy.

Ein ausgesprochen attraktiver Mann hatte Catherine die letzte Viertelstunde beobachtet. Er hatte dunkles Haar, sah aus wie einem Modemagazin entsprungen und hatte sie so auffällig angestarrt, dass sich ihr Puls beschleunigte und sie sich nur noch schwer auf ihre Aufgaben konzentrieren konnte. Wieso beobachtete er gerade sie so genau, obwohl doch viele schöne Frauen hier anwesend waren, Frauen in schimmernden Seidenkleidern und fließenden Chiffonröcken, die mit ihren makellos manikürten Händen und raffinierten Frisuren aussahen, als kämen sie direkt aus einem Schönheitssalon?

*Einfach skandalös*

Catherines flache Schuhe, ideal, wenn sie den ganzen Tag auf den Beinen war, quietschten auf dem glänzenden Marmorfußboden. Sie zuckte zusammen, aber sie ging schnell weiter. Seit Jahren hatte sie sich nicht so fehl am Platze gefühlt. Sie sah an ihrer Arbeitskleidung herunter, die sie immer trug, wenn sie bei einem von ihrer Firma ausgerichteten Fest persönlich anwesend war.

Catherine schüttelte kaum merklich den Kopf und strich sich eine Strähne aus der Stirn. Es ließ sich nicht leugnen, die Reichen waren einfach anders. Aber sie würde diese Party zu Ende bringen, zumindest solange es nicht regnete und ihr der Koch nicht weglief.

„Potluck" konnte sich keinen Misserfolg leisten. Da Kayla, ihre Schwester und Geschäftspartnerin, schwanger war und auf Anweisung des Arztes im Bett bleiben musste, musste Catherine sich um alles kümmern.

Sie hatte gern viel zu tun, aber sie sehnte sich nach Zeiten, in denen sie sich nur noch um solche Partys wie diese zu kümmern brauchten, für die sie rundum verantwortlich war. Vorläufig nahm „Potluck" noch jeden Auftrag an. Wenn ihre Firma eines Tages fest etabliert war und ihr Bankkonto ein dickes Plus aufwies, würde sie es sich leisten können, eine Auswahl zu treffen, und Catherine könnte sich dann auch mehr auf die exquisite Zubereitung besonderer Delikatessen konzentrieren.

Die Montgomery-Party war ein ganz dicker Fisch, und Catherine hatte ohne Zögern alles so umarrangiert, dass sie diesen Auftrag annehmen konnte. Wenn hier alles erfolgreich ablief, hätte sie beste Referenzen für die reichsten Leute und die angesehensten Unternehmen in Hampshire. Diese Chance würde sie sich durch nichts und niemanden verderben lassen, vor allem nicht durch ihren temperamentvollen Koch, mit dem sie schon ewig lange befreundet war.

Sie kam in die perfekt ausgestattete Küche, die vor Stahl

173

und Chrom nur so glänzte. „Nick, du hast dich selbst übertroffen!" Sie ging um die Kochinsel herum und drückte ihm einen Kuss auf die glatt rasierte Wange.

„Warte ab, noch ist die Party nicht zu Ende." Er machte eine abwehrende Handbewegung und bearbeitete dann wieder ein großes Stück Fleisch mit dem Messer.

„Aber die Gäste sind von den Vorspeisen bereits begeistert." Sie sah ihn von der Seite an. Er schmollte. Sie war mit Nick zusammen aufgewachsen und wusste, wann sie sich wirklich Sorgen machen musste und wann er mit wenigen Worten zu besänftigen war. Sie sah kurz in den großen Backofen und sog das würzige Aroma ein. „Das duftet ja himmlisch. Ich kenne niemanden, der das so köstlich zubereiten kann wie du." Sie stellte sich wieder neben ihn. „Das Essen sieht fast so gut aus wie du."

Das Messer krachte wieder auf das Brett, und Nick warf ihr einen misstrauischen Blick zu. „Spar dir deine Schmeicheleien, Cat." Dann richtete er sich auf und sah sie genauer an. „Du bist ja ganz rot im Gesicht." Liebevoll strich er ihr über die Wange.

„Es war heute immer bedeckt, da habe ich vergessen, mir etwas aufs Gesicht zu tun." Sie lächelte. „Außerdem können wir ja nicht alle so schön bronzebraun sein wie du."

„Du bist blond, du musst vorsichtig sein mit deiner Haut."

„Ja ja." Seit sie denken konnte, hatte Nick sich für sie interessiert. Er hatte die klassische Schönheit eines Latin Lovers, und die meisten Frauen hätten sich nicht lange bitten lassen. Aber Catherine dachte da anders. Liebhaber kamen und gingen, einen guten Freund hatte man für das ganze Leben.

„Wie sieht es denn aus da draußen?" fragte Nick jetzt. „Ist endlich dein Traummann unter den Gästen?"

„Hör auf, Nick. Nur weil du dich verlobt hast, muss doch nicht jeder mit einem goldenen Ring herumlaufen."

*Einfach skandalös*

„Warum willst du dich nicht mal ein wenig umsehen? Es gibt hier jede Menge Männer, große und dünne, dicke und kahlköpfige, und alle sind reich. Du brauchst dir nur einen auszusuchen."

Sie musste wieder an den sexy aussehenden Fremden mit dem dunklen Haar und dem bohrenden Blick denken. Schnell schob sie den Gedanken beiseite. Als sie dieses Riesenhaus mit all den eleganten Frauen betreten hatte, wurde sie wieder an ihre ärmliche Jugend mit den schmerzlichen Entbehrungen erinnert.

Sexuelle Anziehungskraft, die über den Raum hinweg spürbar war, hatte nichts zu bedeuten, solange sie und der Fremde offensichtlich in völlig verschiedenen Welten lebten. „Du weißt genau, dass die Gäste hier für mich tabu sind", sagte sie leise zu Nick.

„Vielleicht. Aber du bist zu oft allein."

Catherine zuckte mit den Schultern. „Der Firma geht's wenigstens gut."

Nick seufzte laut.

„Kann ich etwas dafür, dass nie der Richtige unter den Männern ist, mit denen ich ausgehe?" Catherine hatte sich geschworen, sich nur noch mit einem Mann einzulassen, der für sie alles riskierte. Und den würde sie ganz sicher nicht hier finden, gleichgültig, was Nick dachte.

„Du flüchtest doch schon, bevor der andere überhaupt beweisen kann, ob er der Richtige ist. Wie war es denn schließlich bei mir?"

Sie musste lachen. „Bei dir? Ich habe dich abserviert, als wir sechzehn waren, und du hast es überlebt." Sie blickte auf die Uhr. „Ich muss jetzt wieder gehen." Sie rückte ihre Fliege gerade und lief schnell aus der Küche.

Draußen musste sie feststellen, dass die Wolken sich dichter zusammengezogen hatten. Es sah nach Regen aus, und der Wind war stärker geworden. Sie stellte sich wieder

*Carly Phillips*

hinter den Tresen, schloss kurz die Augen und atmete ein paar Mal tief durch, um sich zu beruhigen. Es durfte einfach nichts schief gehen, zu viel hing davon ab.

Eine tiefe Stimme riss sie aus ihren Gedanken. „Weshalb machen Sie ein so bekümmertes Gesicht?"

Sie hatte die Stimme noch nie gehört, aber ihr Körper regierte ganz unwillkürlich. Sie wusste sofort, zu wem die Stimme gehörte.

## 2. KAPITEL

Catherine starrte in zwei tiefbraune Augen. Sie bemühte sich um ein professionelles Lächeln. „Was kann ich Ihnen bringen?"

„Die Spezialität des Hauses. Und was ist Ihre?" Er grinste sie frech an und sah dabei so sexy aus, dass es ihr fast den Atem verschlug.

Vorsicht! dachte sie und genoss gleichzeitig das erregte Pulsieren ihres Blutes. Wie viele Frauen dieser Mann wohl allein durch sein Aussehen betört hatte?

Er trug einen Anzug von Armani und machte den Eindruck, als sei er in diesem Herrenhaus aufgewachsen. Und als er ihr direkt in die Augen sah, konnte sie nicht mehr wegblicken. Selbst als eine Gruppe auf der anderen Seite des Gartens in lautes Gelächter ausbrach, hielt er ihren Blick fest.

Sie räusperte sich. „Warum sagen Sie mir nicht einfach, was Sie wollen?"

Er legte die Ellbogen auf den Bartresen und beugte sich vor. Der Duft seines Eau de Cologne erinnerte sie an kostbare Gewürze, an Verführung und Komplikationen. „Irgendetwas, um mich abzukühlen", sagte er.

Die Wolken waren jetzt tiefgrau, und ein heftiger Wind kam vom Meer. Die Schwüle des Tages wich. Catherine wusste, worauf er anspielte. Einerseits fühlte sie sich geschmeichelt, andererseits war sie auch irgendwie enttäuscht.

„Ein Guss kaltes Wasser wäre da wohl das Beste", sagte sie mehr zu sich selbst, aber als sein Blick sich plötzlich verdunkelte, wusste sie, dass er sehr wohl verstanden hatte.

Er grinste. „Ich kann mir so einiges vorstellen, was besser wirken würde."

Er war zu sicher … und zu sexy. Und Catherine war

nicht so selbstbewusst, wie sie gern alle Welt glauben machen wollte. Die harten Realitäten des Lebens hatten sie gezwungen, nichts und niemandem zu vertrauen, schon gar nicht einem attraktiven Mann, der viel Charme hatte und wusste, wie er ihn einzusetzen hatte.

Sie sah ihn misstrauisch an und beschloss, sich auf keinen Flirt einzulassen. „Wie wäre es dann mit einem kalten Bier?"

„Das hört sich schon besser an." Er setzte sich auf einen Barhocker, viel zu nah nach Catherines Empfinden. Sicher, der Tresen lag zwischen ihnen, aber das war nicht viel und auf keinen Fall genug. Und da die Serviererinnen überall herumgingen und Champagner anboten, kam kaum noch ein Gast wegen eines Drinks an die Bar. In der letzten halben Stunde hatte sie nichts mehr zu tun gehabt. Sie waren allein.

Sie griff nach einer Flasche Bier und schenkte ihm ein Glas ein.

„Möchten Sie nicht auch etwas trinken?"

„Ich bin im Dienst", sagte sie und wischte mit einem Tuch über den bereits glänzend polierten Tresen.

„Dann spreche ich mit Ihrem Boss."

„Ich bin mein eigener Boss, und ich bin es gewöhnt, Arbeit und Vergnügen strikt zu trennen." Vor allen Dingen dann, wenn das Risiko größer ist als das Vergnügen, dachte sie. Und wie groß das Vergnügen sein würde, das konnte sie sich durchaus vorstellen bei der Nervosität und Erregung, die sie jetzt schon empfand.

„Miss ... darf ich mal unterbrechen? Scotch und Soda, bitte." Die Stimme kam von dem anderen Ende des Tresens.

„Oh, Entschuldigung." Catherine ging schnell zu dem wartenden Gast hinüber. Während sie den Drink zurechtmachte, fühlte sie sich von dem Blick des dunklen Fremden wie durchbohrt. Als sie lautes Stimmengewirr hörte, sah sie

178

hoch. Eine ihrer Serviererinnen hatte Schwierigkeiten mit einem betrunkenen Gast, und Catherine lief schnell hin, um den Streit zu schlichten.

Das hat mir gerade noch gefehlt, dachte sie, als Richter Montgomery sie auf dem Rückweg zur Bar abfing. Obwohl Catherine nach dem Gespräch mit Emma den Eindruck gehabt hatte, dass es Emmas Party war, machte Montgomery jetzt eindeutig klar, dass er die Rechnung bezahlte. Er verlangte, dass die Serviererinnen häufiger Getränke herumreichten, und verbot ihr, sich mit den Gästen zu unterhalten. Catherine war wütend, aber sie nickte und lächelte freundlich.

Es hatte sicher keinen Sinn, dem Mann, der für das alles hier zahlte, zu sagen, dass sein Gast sie angesprochen hatte. Er würde ihr sowieso nicht glauben. Wenn dieser Tag doch nur schon vorbei wäre!

Ihr Gast saß immer noch am Tresen. Er hatte die Arme vor der Brust verschränkt und sah sie ernst an. „Sie brauchen unbedingt mal eine Pause", sagte er. Trotz der zusammengezogenen Augenbrauen sah er leider immer noch sehr gut aus.

„Eine Pause ist nicht drin."

„Sie haben einen sehr anstrengenden Tag. Kommen Sie und setzen Sie sich", sagte er und klopfte auf den Barhocker neben sich. „Wollen Sie mir nicht sagen, was Sie bedrückt? Ich kann gut zuhören."

Wenn sie es zuließ, würde er sie mit seiner Freundlichkeit einwickeln, da war sie ganz sicher. Doch obgleich sie sich über seine Strategie so genau im Klaren war, beschleunigte sich ihr Puls. Oder war eher seine warme und verführerische Stimme daran schuld, dass ihr ganz heiß wurde? „Ich glaube, Sie vertauschen hier unsere Rollen. Ich bin der Bartender und sollte ein offenes Ohr für meine Gäste haben."

179

Er berührte leicht einen ihrer silbernen Ohrringe und damit auch wie zufällig ihr Ohr. „Aber ich brauche keine Schulter, um mich auszuweinen."

Sie spürte die Wärme seiner Hand und schloss schnell die Augen. Aber auch wenn sie ihn nicht ansah, war sie sich seiner Gegenwart ganz stark bewusst.

Sie nahm den Kopf leicht zurück und öffnete die Augen. „Übrigens ist es mir verboten, mich mit den Gästen zu unterhalten."

„Sie machen Ihre Sache ausgezeichnet", stellte er fest. „An Ihrer Arbeit ist nichts auszusetzen."

Offenbar hatte er keine Ahnung, wie es war, wenn man die eigenen Rechnungen bezahlen und deshalb seinen Auftraggeber zufrieden stellen musste.

„Sie sind doch alt genug, um zu wissen, dass wir alle uns einer Autorität unterordnen müssen", bemerkte sie mit einem knappen Lächeln.

Er grinste. „Aber nur, wenn diese Autorität ehrlich und aufrichtig ist und sich nicht nur aufplustert."

Catherine musste lachen, zwang sich aber schnell wieder, ernst zu sein. Richter Montgomery hatte seinen Unwillen eindeutig klargemacht. Und Catherine wollte nicht nur, dass heute alles perfekt klappte, sondern sie hoffte auch, dass man sie weiterempfahl. Damit konnte sie sicher nicht rechnen, wenn sie den Nachmittag damit verbrachte, mit einem attraktiven Mann zu flirten, der für sie sowieso unerreichbar war.

„Ich bin hier, um zu arbeiten", erinnerte sie ihn.

„Sie wissen genau, dass die Party ein voller Erfolg ist. Achten Sie doch nicht auf den Mann. Warum lassen Sie sich von ihm Anweisungen geben?"

„Weil er die Rechnung bezahlt. Außerdem", Catherine hob die Augenbrauen, „hat er mir befohlen, Ihnen fern zu bleiben. Das ist vielleicht gar kein so schlechter Vorschlag."

*Einfach skandalös*

Er schüttelte langsam den Kopf. „Zynisch zu sein steht Ihnen nicht."

„Es ist ehrlich. So bin ich nun mal."

Er sah sie aufmerksam mit seinen dunklen Augen an. „Das werde ich mir merken."

Er will nur mit mir flirten, sagte sich Catherine. Mehr nicht. Sie nahm den Kopf zurück und strich sich das Haar aus der Stirn. Sein fast schwarzes Haar war nach der neuesten Mode geschnitten. Ja, er hatte beides, Geld und Stil.

Auf dem Rasen hinter ihm gingen Frauen vorbei, liebenswürdig lächelnd und fantastisch gekleidet, Frauen aus seiner Gesellschaftsschicht. Warum saß er dann bei ihr an der Bar und unterhielt sich mit ihr?

Sie wusste nicht, was er von ihr wollte. Vermutlich wäre sie mal eine nette Abwechslung für ihn. Bei diesem Gedanken überfielen sie wieder die schlimmsten Ängste, dass sie wie ihre Mutter enden würde. Sie war immer allein geblieben, eine Frau mit zwei Töchtern und einem Mann, der sie verlassen hatte.

Dass das hier nicht ihre Welt war, machte Catherine nicht gerade ruhiger, sondern steigerte noch die Ängste, die sie normalerweise unterdrückte. Anders als die reichen Montgomerys waren die Lucks kaum über die Runden gekommen und hatten im Wesentlichen von Sonderangeboten gelebt.

Auch wenn ihr Leben heute anders aussah, war Catherine nicht so naiv zu glauben, dass jemand, der früher immer nur Secondhand-Kleidung getragen und in den Slums von Boston gelebt hatte, irgendetwas gemein hatte mit diesem eleganten und attraktiven Mann.

„Wenn Sie mir wirklich nicht Ihr Herz ausschütten wollen, dann werden Sie wohl weiterhin Ihren Job tun müssen. Ich würde gern noch etwas zu trinken haben." Seine tiefe Stimme vibrierte leicht. „Mein Glas ist leer."

„Ihr Vorrat an Sprüchen wohl auch", sagte sie und grinste.

„Hör gut zu, Sonnyboy." Das war eindeutig Emma Montgomerys Stimme.

„Lass mich in Ruhe. Ich versuche die Lady zu überzeugen, dass sie mir eine Chance geben muss."

„Für mich hörte es sich gerade so an, als seist du dabei nicht sehr erfolgreich."

Catherine musste laut lachen.

„Der heimliche Lauscher hört immer nur einen Bruchteil der Geschichte. Sie war kurz davor, mit mir nach der Party noch einen Schluck trinken zu gehen."

„Ich war was?"

Er streckte den Arm aus und strich ihr ganz leicht über die Schulter. „Sie waren doch einverstanden."

Catherine erbebte und sah ihm in die Augen. Ein Drink? Warum eigentlich nicht.

„Ich wusste immer schon, dass mein Enkelsohn einen guten Geschmack hat." Bei dieser Bemerkung der alten Dame konnte Catherine nicht mehr ablehnen.

Es war eine Sache, mit einem gut aussehenden Mann einen Drink zu nehmen, eine andere, sich irgendwelchen Illusionen hinzugeben in Bezug auf ein Familienmitglied der reichen Montgomerys. Sie verstand jetzt, warum der Richter ihr gegenüber so ablehnend gewesen war. Er wollte nicht, dass sie mit seinem Sohn in näheren Kontakt kam.

Emma tätschelte ihr anerkennend die Hand. „Es ist eine wunderbare Party, Catherine. Sie haben meine Erwartungen bei weitem übertroffen."

Noch vor kurzer Zeit hätte Catherine ihr zugestimmt. Aber nach den letzten zehn Minuten war sie nicht mehr so sicher. Und wenn sie etwas hasste, dann waren es Selbstzweifel und Selbstmitleid. Sie durfte mit diesen Menschen nichts mehr zu tun haben, oder sie würde das verlieren, was

*Einfach skandalös*

ihr das Wichtigste war: den Glauben an sich selbst. Schwer genug hatte sie darum gekämpft.

Sie räusperte sich und blickte auf die Uhr. Bald hatte sie es geschafft. „Ich muss wieder an die Arbeit."

„Soll das heißen, dass Ihnen meine Gesellschaft lästig ist?" Er sah sie enttäuscht an und wirkte beinahe wie ein kleiner Junge, dem man sein Spielzeug weggenommen hatte.

Sie sah Emma Montgomery hinterher, die majestätisch über den Rasen schritt. Dann wandte sie sich wieder dem privilegierten Junior zu. „Ich weiß nicht, was Sie von mir wollen."

„Was ist daran so kompliziert? Ich suche Gesellschaft. Ihre Gesellschaft."

Sie kniff die Augen zusammen und sah ihn prüfend an. Er starrte jetzt auf ihre Brüste. Sie wandte sich ab. „Tut mir Leid, ich habe keine Zeit."

Er hob resigniert die Hände. „Da kann man nichts machen. Aber ich möchte noch etwas trinken, das können Sie mir nicht abschlagen."

Das war ihr Job. „Selbstverständlich bekommen Sie Ihren Drink. Wie jeder andere auch."

„Das schmerzt."

„Sie werden es überleben." Ihre Stimme zitterte. Je schneller er seinen Drink bekam, desto eher würde er gehen. „Okay, Mister, was kann ich für Sie tun?"

Seine Wünsche waren eindeutig, aber er hatte seine Zweifel, ob Catherine sie wirklich hören wollte: zwei nackte Körper in horizontaler Position auf einem weißen Laken. Oder in den Umkleidekabinen im Poolhäuschen gleich hinter der Bar.

„Bitte, beeilen Sie sich, ich muss Champagner nachschenken", sagte sie leise.

Ihr Atem kitzelte ihn am Ohr. Ihr Duft, eine verführeri-

183

sche Mischung aus orientalischen Kräutern, reizte seine Sinne. Trotz der vielen anderen Düfte war Catherines Parfüm eindeutig wahrzunehmen – spritzig und einzigartig wie die ganze Person selbst. Wieder blickte er auf ihre Brüste.

Sie räusperte sich und klopfte ungeduldig mit den Fingern auf den blanken Metalltresen. „Ich warte."

„Immer mit der Ruhe", stieß er leise hervor. „Ich möchte sicher sein, auch das zu bekommen, was ich will." Er warf ihr einen langen Blick zu. Es musste doch zu schaffen sein, dass sie an ihm genauso interessiert war wie er an ihr.

„Ich habe eher den Eindruck, als suchten Sie nach einer Entschuldigung, um hier noch länger herumzuhängen. Allerdings habe ich keine Ahnung, warum." In ihren grünen Augen stand immerhin eine gewisse Neugier.

Das war besser als Verachtung oder Langeweile. Sie hatte Recht, er wollte noch nicht gehen. Er wollte hier nur sitzen und sie ansehen, blond und hübsch, wie sie war. Was für einen wunderschönen Mund sie hatte! Sie ahnte sicherlich, dass es ihm nicht nur um ihre Gesellschaft zu tun war, und damit hatte sie durchaus Recht. Aber sosehr er sie auch begehrte, dafür war es noch viel zu früh.

Er musste das Ganze behutsamer angehen. „Ich möchte gern etwas Besonderes", sagte er, „etwas anderes als ein ganz normales Bier." Er blickte auf ihre Hände und bemerkte, dass sie die Nägel kurz geschnitten und farblos lackiert hatte. Einfach und natürlich, dachte er. Wie angenehm. Er lehnte sich über den Tresen. „Ich möchte, dass Sie für mich etwas Köstliches zaubern", sagte er mit leiser dunkler Stimme.

„Sie sind doch zu alt, um noch an Magie zu glauben."

„Ich bin alt genug, um genau zu wissen, was ich will. Aber ich bin nicht zu alt für Sie."

„Wollen wir wetten?"

„Ich bin ein Spieler." Er streckte die Hand aus und

*Einfach skandalös*

strich ihr eine Haarsträhne hinter das Ohr. Dabei berührte er einen ihrer kleinen silbernen Ohrringe. Irgendwie empfand er den zierlichen Schmuck als einen sehr reizvollen Gegensatz zu ihrer scharfen Zunge und ihrem kratzbürstigen Verhalten. Er streichelte sacht ihre Wange.

Sie sog scharf die Luft ein und musste dann husten. „Denken Sie sich nichts dabei, ich habe mich nur verschluckt."

Er lachte. „Sie sind wirklich ein harter Brocken für das männliche Selbstbewusstsein." Keine Sekunde glaubte er ihr das vorgeschobene Desinteresse. Denn ihre Halsschlagader pulsierte schnell, und eine verräterische Röte war ihr in die Wangen gestiegen.

„Das tut mir aber Leid." Sie lächelte und zeigte dabei nicht nur strahlend weiße Zähne, sondern auch zwei kleine Grübchen, wie Logan fasziniert feststellte. Ich muss sie heute noch küssen, schwor er sich.

„Also, entweder bestellen Sie jetzt etwas, oder Sie verschwinden", sagte Catherine. „Was möchten Sie, Mr. Montgomery?"

Er hatte nicht mehr viel Zeit. Er sah ihr direkt in die Augen, beugte sich dann vor und flüsterte ihr etwas ins Ohr.

„Ich möchte Ihre Träume wahr machen", hatte Logan gesagt. Immer noch fühlte Catherine ein Kribbeln auf der Haut. Selbst jetzt, wo die Party zu Ende ging, hatte sie Schwierigkeiten, die Erregung zu unterdrücken, die Logans Worte in ihr ausgelöst hatten. Seine dunkle raue Stimme hatte ihr verraten, was er wollte. Aber die Ernsthaftigkeit in seinen Augen ließ sie hoffen, dass er nicht nur auf eine billige Affäre aus war. „Und jetzt müssen Sie sich um Ihre anderen Gäste kümmern", hatte er dann abschließend erklärt, war aufgestanden und im Haus verschwunden, ohne sich noch einmal umzusehen.

Ihr Gefühl hatte sie nicht getäuscht. Natürlich war sie für ihn nichts anderes als eine interessante Abwechslung. Als sie nicht gleich bereit war, hatte er das Interesse verloren. Sie zuckte mit den Schultern. Na und? Sie hatte doch selbst die Sache im Keim ersticken wollen.

Warum war sie trotzdem so enttäuscht?

Zweifellos war Logan Montgomery ein Mann, der all ihre Träume wahr machen und ihre sexuellen Fantasien Wirklichkeit werden lassen konnte. Sie brauchte bloß an ihn zu denken, und schon erbebte sie. Er war bestimmt ein wunderbarer Liebhaber, und sie hätte sicher mit ihm viel Spaß, aber sie wusste genau, dass er auch ihrem Herzen gefährlich werden konnte.

Das Ganze hatte keinen Sinn. Einer würde leiden müssen. Sie musste vernünftig sein. Eine fantastische Nacht war es nicht wert, dafür ihre innere Gelassenheit und das Selbstvertrauen zu opfern.

Und an mehr war er offenbar nicht interessiert.

Die Wolken verdichteten sich, und die Gäste machten sich langsam auf den Heimweg. Catherines Budget war so reichlich bemessen, dass sie eine Reinigungscrew hatte bestellen können. Die Frauen warteten bereits, und da Catherines Assistentin die Aufsicht übernehmen würde, konnte Catherine gehen. Sie konnte sich darauf verlassen, dass in wenigen Stunden alles wieder tipptopp sein würde.

Sie ging in die Halle und durch einen kleinen Flur in die Garderobe. Wieder fuhr sie zusammen, als ihre Schuhe auf dem blank polierten Marmor ein quietschendes Geräusch machten. Die Garderobe war größer als das Zimmer, das sie früher daheim mit ihrer Schwester geteilt hatte. Sie knipste die kleine Wandlampe an. Da es ein sonniger Tag gewesen war, hatten die meisten Leute auf Jacken oder Mäntel verzichtet, und so war der Raum leer.

„Gran!"

*Einfach skandalös*

Die tiefe Stimme war ihr vertraut. Catherine wandte sich schnell um und sah Logan, der den Kopf zur Tür hereinstreckte.

„Gran!" rief er wieder. „Bist du da?"

„Ich glaube nicht, es sei denn, die Party hat mich um Jahrzehnte altern lassen", sagte Catherine und trat aus dem Schatten heraus.

Er strahlte und kam auf sie zu. „Keine Spur." Sein Blick umfasste ihre ganze Gestalt. „Hübsch und nicht auf den Mund gefallen, eine gefährliche Kombination."

Sie ging darauf nicht ein. „Ich dachte, Sie seien schon gegangen."

„Haben Sie mich so genau beobachtet?" Er grinste frech.

„Es gehört zu meinen Aufgaben, mich um die Gäste zu kümmern."

„Ich habe den Eindruck, als versteckten Sie sich hinter Ihrem Job."

„Was soll das denn heißen?" fragte sie, obwohl sie genau wusste, was er meinte.

Er kam näher. Sie spürte seine Körperwärme und den angenehmen Duft, der ihn umgab, und ihr Herz schlug schneller.

„Das heißt, dass Sie jedes Mal, wenn ich mich Ihnen nähere, Ihren Job vorschieben. Haben Sie Angst vor mir, Cat?" fragte er mit verschwörerisch gesenkter Stimme. Er ließ sie nicht aus den Augen. Sein Blick war warm, ja, beinahe zärtlich, und trotzdem machte er ihr Angst. „Denn das möchte ich auf keinen Fall", fügte er hinzu.

„Was möchten Sie dann, Mr. Montgomery?"

Er lachte leise auf. „Mit der förmlichen Anrede können Sie mich auch nicht auf Abstand halten. Sagen Sie Logan zu mir."

„Ich ..."

187

„Los, sagen Sie es."

Sie fuhr sich leicht mit der Zunge über die trockenen Lippen. Sein Blick war auf ihren Mund gerichtet. „Logan", sagte sie zögernd.

„Sehr schön. Mir liegt viel daran, dass Ihre schönen grünen Augen nicht mehr misstrauisch und zynisch blicken. Ich möchte, dass Ihre Träume wahr werden."

Seine Worte trafen sie mitten ins Herz. Aber immer noch war sie sicher, dass er in ihr nicht mehr sah als eine interessante Abwechslung nach all den eleganten Schönheiten, mit denen er sich normalerweise umgab. Frauen, die alles dafür tun würden, um sich diesen begehrten Junggesellen zu angeln.

„Sie möchten sich amüsieren", sagte sie.

Er hatte die Unverschämtheit zu lächeln. „Das auch."

Sie musste gehen. Allein in ihrem Apartment würde sie in Sicherheit sein und wieder zur Ruhe kommen.

„Logan", sagte sie, um ihm zu zeigen, dass es ihr nichts ausmachte, ihn beim Vornamen zu nennen, „ich glaube ..."

Peng! Mit einem lauten Knall fiel die Garderobentür zu. Catherine zuckte zusammen.

Er ging zur Tür und versuchte sie zu öffnen. Metall schlug auf dem Marmorboden auf. Er fluchte leise.

„Was ist denn los?"

„Nichts Schlimmes, wenn Sie keine Angst vor geschlossenen Räumen haben." Er hielt den Türknauf in der Hand. „Sieht so aus, als hätte die alte Dame ihre eigenen Pläne. Nicht, dass mir das etwas ausmachen würde."

Sie sah ihn misstrauisch an. „Was meinen Sie damit?" Dann blickte sie auf den Türknauf in seiner Hand und schüttelte verwirrt den Kopf.

Er schlug mit der Faust gegen die Tür. „Mach auf, Gran."

Sie hörten Emma Montgomery leise lachen. „Warum

*Einfach skandalös*

hast du es denn so eilig? Du bist doch in netter Begleitung, und wie es aussieht, wird das Ganze noch eine Weile dauern. Ich muss erst mal jemanden finden, der sich auf Schlösser versteht. Ich fürchte, ich habe hier etwas kaputtgemacht. Bis bald!" Mit klappernden Absätzen entfernte sie sich.

„Das kann doch nicht wahr sein." Catherine starrte auf die Tür. Sie litt nicht unter Klaustrophobie, aber sie hasste es, eingesperrt zu sein, vor allen Dingen mit diesem Mann.

„Oh, doch." Logan hob resigniert die Schultern. „Entschuldigen Sie, aber Gran hat manchmal ihren sehr eigenen Kopf."

Sie sah ihn skeptisch an.

„Sie glauben doch nicht, dass ich daran schuld bin?" Er lachte ungläubig auf. „Ich kann meine Frauen ohne Grans Hilfe bekommen."

„Ihre Frauen?" Sie stieß empört die Luft aus. „Sie leben wohl noch in der Steinzeit."

„Ich hätte nichts dagegen."

„So. Dann brechen Sie doch mal die Tür auf, Tarzan."

„Wenn ich es versuche, werden Sie dann mit mir was trinken gehen?"

„Sie würden Ihre Großmutter nicht manipulieren, aber gegen Erpressung haben Sie nichts?" Sie war im Grunde davon überzeugt, dass er mit dieser Situation nichts zu tun hatte. Der exzentrischen alten Dame war so etwas schon eher zuzutrauen. Aber warum? Sie konnte doch nicht glauben, Catherine sei die richtige Wahl für ihren Enkelsohn, oder er sei nicht fähig, eine Frau dahin zu bringen, sich mit ihm zu verabreden.

Apropos verabreden, was sollte sie tun? So groß ihr die Garderobenraum anfangs vorgekommen war, jetzt schien er mit jeder Minute kleiner zu werden. Bei jedem Atemzug nahm sie den herb-frischen Duft wahr, der Logan umgab

189

und der auf sie wie eine verführerische Droge wirkte. Ein Drink in einem öffentlichen Lokal war bestimmt sicherer, als hier noch länger mit ihm auf engem Raum zusammengesperrt zu sein.

Sie sah ihn an und hob leicht die Schultern. „Okay, ein Drink."

Hoffentlich würde sie das nie bereuen.

*Einfach skandalös*

## 3. KAPITEL

Logan sah Catherine erstaunt an. „Soll ich mich nun geschmeichelt fühlen, dass Sie einverstanden sind? Oder beleidigt, dass Sie so dringend hier raus wollen?"

„Weder noch. Ich habe Durst, das ist alles. So, und nun versuchen Sie mal Ihr Glück."

In ihrer Gegenwart würde kein Mann an Selbstüberschätzung leiden, das war ihm jetzt schon klar. Aber er würde gern herauszufinden, was hinter ihrer rauen Schale steckte.

Er fixierte die Tür, nahm einen kleinen Anlauf und rammte mit Schwung seine Schulter dagegen. Seine schlimme Schulter. Verdammt, das hatte er ganz vergessen! Nachdem er viele Jahre auf dem College Baseball gespielt hatte, hatte er Probleme mit der Schulter. Er schloss die Augen und stöhnte laut auf.

Sofort war Catherine neben ihm. „Was ist los?"

„Es ist nicht Ihre Schuld", stieß er zwischen zusammengebissenen Zähnen hervor.

Da fühlte er, wie sanfte Hände ihm das Jackett von den Schultern zogen. Wenn sie unbedingt Florence Nightingale spielen wollte ... er hatte nichts dagegen!

Sie ließ sich auf den Fußboden nieder und lehnte sich mit dem Rücken gegen die Wand. „Setzen Sie sich."

Logan setzte sich neben sie.

Sie drehte sich zu ihm um und fing an, die schmerzenden Partien behutsam zu massieren. Das tat gut, und er seufzte zufrieden. „Danke. Übrigens, wollen wir uns nicht duzen, wo wir es gezwungenermaßen noch eine Zeit lang miteinander aushalten müssen?"

Sie zögerte kurz. „Einverstanden. Aber nur, wenn du mir erklärst, wie wir überhaupt in diese Situation gekom-

191

men sind. Wie bist du übrigens auf die Idee gekommen, Emma könnte hier sein?"

Er lehnte sich mit dem Kopf gegen die Wand und konzentrierte sich auf den rhythmischen Druck ihrer Finger. „Das Mädchen, das mit den Cocktails herumging, hatte mir gesagt, meine Großmutter würde auf mich bei der Garderobe warten." Er schloss kurz die Augen. „Hm, das tut gut. Etwas tiefer, bitte."

„So?"

„Ja, wunderbar." Logan fühlte sich wie verzaubert ... von ihrem Duft, ihrer Berührung, von ihr.

„Besser?" fragte sie.

„Ja, viel besser." Er seufzte zufrieden.

„Irgendjemand müsste ja nun bald mal kommen", sagte sie.

„Da kennst du meine Großmutter schlecht."

„Das kann schon sein, aber da draußen muss doch jemand sein, der mit so etwas Einfachem wie einem abgebrochenen Türknauf umgehen kann. Die Reinigungscrew hat sicher keine Probleme damit."

„Sofern sie gefragt wird oder den Auftrag erhält. Und das bezweifle ich." Er wandte den Kopf zur Seite und blickte sie an. Verlangen sprach aus seinen Augen, sein ganzer Körper war unter Spannung. „Wir haben Zeit." Er schwieg kurz. „Irgendwie habe ich das Gefühl, dass Emma etwas vorhat", sagte er dann. „Die Party war doch schon am Ausklingen. Der Richter war bereits dabei, sich von seinen Leuten zu verabschieden, und hat jedem eingeschärft, zu dem offiziellen Frühstück zu kommen, das er morgen geben wird."

Logan wusste das so genau, weil er seinem Vater gesagt hatte, dass er morgen nicht dabei sein würde, dass er sich nicht mit irgendwelchen möglichen Sponsoren treffen würde und dass er mit ihm auf keinen Fall bei der Pressekonfe-

*Einfach skandalös*

renz am nächsten Sonnabend rechnen könnte. Aber er hatte wie gegen eine Wand angeredet.

„Sagst du immer ‚der Richter' zu deinem Vater?" fragte sie.

Wenn ich überhaupt mit ihm spreche, dachte Logan. Laut erwiderte er: „Er ist doch Richter."

„Aber er ist auch dein Vater."

„Er glaubt, hier das Regiment wie im Gerichtssaal führen zu können."

„Und ich habe immer geglaubt, jeder Vater sei besser als gar keiner."

Also war sie ohne Vater aufgewachsen. Die Tatsache hatte sie sicher entscheidend geprägt und erklärte manches.

„Nicht unbedingt. Versteh mich nicht falsch, er war immer da, solange wir taten, was er sagte."

„Wer ist wir?" fragte Catherine.

„Ich und meine Schwester Grace."

„Ich habe auch eine Schwester. Erzähl mir, wie es war, hier aufzuwachsen." Sie machte eine weite Geste mit dem Arm. Offensichtlich meinte sie das ganze Anwesen der Montgomerys.

Normalerweise erinnerte sich Logan nicht gern an seine Kindheit. Er hatte in diesem einen Gespräch mit Catherine sowieso schon mehr von sich preisgegeben als in den letzten einunddreißig Jahren. Und mit den Erinnerungen setzte auch immer wieder die Furcht ein, er könne mal so einsam enden wie sein alter Herr. Der Richter war oft von Menschen umgeben, ließ aber nie jemanden wirklich nahe an sich heran. Auch nicht seine Kinder.

Aber Catherine gegenüber, die seine Herkunft und seinen Wohlstand mit Misstrauen betrachtete, wollte Logan aufrichtig sein. „Ich war sehr einsam."

„Wie traurig." Sie drückte ihm leicht die Hand und legte den Kopf kurz auf seine Schulter.

193

Erstaunt blickte Logan auf ihre Hände. Diesmal hatte sie den ersten Schritt gemacht. Offensichtlich war ihre Verteidigungshaltung mit der schlichten Wahrheit am besten zu durchbrechen. Geld und gesellschaftliche Stellung schienen ihr überhaupt nicht zu imponieren. Nur Ehrlichkeit. Er sah sie bewundernd an.

Catherine erwiderte seinen Blick. „Wie kann man einsam sein, wenn man ständig so viele Menschen um sich hat?"

„Weil sich keiner um uns Kinder gekümmert hat ... mit Ausnahme meiner Großmutter."

Ihr Lächeln wärmte ihm das Herz. „Ich mag sie", sagte sie leise.

„Ich auch." Wahrscheinlich hatte er es ja auch ihr zu verdanken, dass er hier auf ungewöhnliche Art und Weise die Gelegenheit hatte, Catherine etwas genauer kennen zu lernen.

„Erzähl mir, wie du meine Großmutter kennen gelernt hast."

„Bei einer Wohltätigkeitsgala in Boston, die wir ausrichteten. Ihr gefielen unsere kleinen Vorspeisen, und sie drang bis in die Küche vor."

Er lachte laut los. „Das ist typisch Emma."

Catherine grinste. „Ich habe sie dabei überrascht, und wir haben uns dann eine Zeit lang unterhalten. Und dann hat sie mich für die Gartenparty heute engagiert."

Er sah Catherine lächelnd von der Seite her an. Wie froh er war, zu dieser Party gekommen zu sein. „Sie ist schon eine tolle Frau."

„Weil sie uns hier eingeschlossen hat?"

„Nein, weil sie dich offensichtlich mag ... genau wie ich." Sein Blick ließ sie nicht los, und beide spürten die sexuelle Spannung.

Er umschloss ihr Gesicht mit den Händen ... und warte-

*Einfach skandalös*

te. Bei dem geringsten Zeichen der Ablehnung würde er sie loslassen. Sie schüttelte leicht den Kopf, und enttäuscht ließ er die Hände sinken. Da packte sie ihn an den Handgelenken. „Nicht."

„Das ist kein Spiel für mich, Cat. Ich will dich, und ich weiß, dass du mich auch willst." Er hörte, wie ihr kurz der Atem stockte, und wusste, dass er Recht hatte.

„Was ich möchte und was gut für mich ist, das sind zwei verschiedene Dinge", flüsterte sie.

Er strich ihr mit den Lippen leicht über den Mund, langsam und ohne mehr zu verlangen. Sie umklammerte seine Handgelenke und stöhnte leise.

Seine Zurückhaltung wurde belohnt. Sie zuckte nicht zurück, sondern genoss ganz offenbar das Gefühl, seine Lippen auf ihren zu spüren. Er musste Geduld aufbringen, wenn er irgendwann das erreichen wollte, wonach er sich sehnte. Aber sie war es wert, davon war er schon jetzt überzeugt.

Catherine gab sich ganz ihren Gefühlen hin. Logans Lippen waren fest, die Berührung sanft. Sie spürte seine Leidenschaft und auch eine Art von Achtung, die sie bisher bei Männern selten bemerkt hatte. Auch sie empfand diese Sehnsucht, der sie kaum noch Widerstand entgegensetzen konnte.

Ein lautes Scheppern von Metall ließ beide auseinander fahren.

„Hört sich an, als würden wir gerettet", sagte er.

„Ja." Mehr brachte sie nicht heraus. Sie stand schnell auf. Ihr Herz klopfte hart, und sie hielt den Blick immer noch gesenkt. Sie hatte vollkommen den Kopf verloren, hatte nur ihrem Verlangen nachgegeben. Weiß der Himmel, was passiert wäre, wenn sie nicht unterbrochen worden wären.

Sie ging in Richtung Tür, aber als sie seine Hand auf dem

Rücken spürte, blieb sie stehen. „Du hast nichts falsch gemacht, Cat", sagte er leise.

„Wer sagt das denn? Ein Kuss ist ja nun nicht die Welt."

Er hob eine Augenbraue. „Ein Kuss?"

„Ja, es sei denn, du kannst nicht zählen."

Er grinste. „Da keiner von uns Luft geholt hat, hast du wohl Recht."

Sie errötete. „Ein Gentleman hätte das nicht gesagt."

„Wer behauptet, dass ich ein Gentleman bin?" Sanft berührte er ihre Unterlippe, die sie leicht vorgeschoben hatte.

Sie zuckte zusammen.

„Ich habe damit angefangen, Cat. Und eigentlich sollte ich sagen, dass es mir Leid tut. Aber das stimmt nicht." Er trat an ihr vorbei und ging zur Tür. Sie starrte auf seinen Rücken, dann auf ihre zitternden Hände und schloss kurz die Augen. Wenn sie wenigstens nichts als sexuelle Leidenschaft für Logan Montgomery empfinden würde.

Sex war etwas rein Körperliches und war leicht wieder vergessen. Logan nicht. Sie hatte den echten Logan Montgomery gesehen, der sich unter dem Maßanzug und dem Playboy-Charme verbarg. Den kleinen Jungen, der einsam in einem Mausoleum aufgewachsen war, so wie sie einsam in einer Mietwohnung groß wurde. Schlimmer noch, sie hatte festgestellt, dass sie ihn mochte. Ernsthaft schätzte. In der Zeit, die sie hier in dieser Garderobe verbracht hatte, war er für sie wichtig geworden. Es überlief sie eiskalt, als ihr klar wurde, was das bedeutete.

Sie blickte an Logans breiten Schultern vorbei auf die geschlossene Tür. Den Geräuschen nach zu urteilen, wurden die Türangeln abgeschraubt, und wenige Sekunden später wurde die Tür herausgehoben. Ohne Logan noch einmal anzusehen, lief Catherine schnell aus der Garderobe. Der helle Glanz der Kandelaber stach ihr in die Augen, und blinzelnd sah sie sich um.

*Einfach skandalös*

„Wahrscheinlich versteckt sich Gran im oberen Stockwerk."

Er wandte sich an ihre Retter, um ihnen zu danken. Es war die Reinigungscrew, wie Catherine vorhergesagt hatte.

Sie räusperte sich. „Also dann ... auf Wiedersehen." Sie streckte ihm die Hand hin, obgleich sie sich dabei ziemlich albern vorkam.

Er ergriff ihre Hand. „Nicht so hastig, Cat. Du hast noch etwas vergessen."

„Was denn?"

„Du hast versprochen, mit mir noch einen Drink zu nehmen."

„Aber nur, wenn du es schaffen würdest, uns zu befreien", erinnerte sie ihn.

„Das ist nicht wahr. Ich habe nur gesagt, ich würde es versuchen, und das habe ich getan." Er rieb sich die Schulter und sah sie anklagend an.

Er hatte Recht mit seiner Wortklauberei. Sie schuldete ihm einen Drink. Aber das musste ja nicht heute sein. So hatte sie Zeit, sich über die Situation klar zu werden. Das Ganze war ein harmloser Flirt, nichts weiter.

Sie blickte auf ihre Arbeitskleidung. „In diesem Aufzug möchte ich nirgendwo hingehen."

„Ich finde, du siehst prima aus." Er sah sie lächelnd an und streckte die Hand aus. „Komm, du kannst mir vertrauen, Cat."

Sie blickte ihm in die verführerischen braunen Augen. Ihm vertrauen? Beinahe hätte sie laut losgelacht. Genau das hatte ihr Vater zu ihrer Mutter gesagt, bevor er auf Nimmerwiedersehen verschwand. Warum glaubten gut aussehende Männer nur immer, die Welt müsse ihnen schon wegen ihres Sexappeals zu Füßen liegen? Sie sah Logan misstrauisch an. „Ich kann jetzt mit dir nicht weggehen. Der Firmenwagen steht draußen, und ich kann ihn nicht hier lassen."

197

„Ich gehe mit dir jede Wette ein, dass er nicht da ist. Wenn ich mich irre, kannst du gehen, wohin du willst. Wenn ich Recht habe, musst du mit mir einen Drink nehmen und zum Essen gehen."

„Okay, einverstanden." Sie klopfte sich auf die Rocktasche, steckte dann die Hand hinein und zog triumphierend die Autoschlüssel heraus. Noch fünf Minuten, und sie würde auf dem Weg nach Hause sein.

Das Gefühl der Enttäuschung und auch die sexuelle Erregung, die sie immer noch spürte, würde sie später überwinden. Und den Ärger über das ungerechte Schicksal, das sie mit dem perfekten Mann zusammenbrachte, der nicht in ihr unperfektes Leben passte.

„Ist der Wagen nun da oder nicht? Das müssen wir jetzt herausfinden." Logan griff nach den Schlüsseln, und sie spürte, wie seine warme Hand ihre kalten Finger umschloss. Warm und vertrauensvoll. Sie schüttelte unmerklich den Kopf. Ihr sexuelles Verlangen hatte ganz offenbar ihre Denkfähigkeit stark eingeschränkt. Wie war es sonst möglich, dass sie alle möglichen wunderbaren Fantasien hatte, obgleich sie sich geschworen hatte, ihm nicht in die Falle zu gehen?

Sie folgte ihm nach draußen. Es hatte nun doch angefangen zu regnen. Logan legte ihr den Arm fürsorglich um die Schultern und führte sie zum Hinterausgang, vor dem die Wagen geparkt waren. Sie nahm ihm diese lockere Geste ebenso übel wie die Tatsache, dass er es in kürzester Zeit geschafft hatte, sie für sich einzunehmen. Denn ob der Firmenwagen nun da war oder nicht, ein Typ wie Logan Montgomery wollte nichts weiter als eine kurze leidenschaftliche Affäre und einen schnellen Abschied.

Logan stellte die Heizung in seinem Jeep an. Catherine saß neben ihm und hatte sich fest in ihren Regenmantel gewi-

*Einfach skandalös*

ckelt. Sie starrte geradeaus auf die Straße. Der Regen hatte sich zu einem Wolkenbruch entwickelt, sodass die Scheibenwischer kaum mithalten konnten.

Logan warf ihr einen schnellen Blick zu. „Wenn du dich ärgerst, wird es auch nicht besser."

„Ich ärgere mich nicht, ich bin wütend!"

„Worüber?"

„Erst mal über deine Großmutter. Und dann über meine Assistentin."

„Du hast doch gehört, was die Mädchen gesagt haben. Emma hat ihnen erzählt, du würdest dir das Haus ansehen, und hat versprochen, dich dann nach Hause zu fahren, was ich nun übernommen habe ... wie sie es geplant hatte", fügte er noch unhörbar hinzu.

Eine Großmutter, die ihre eigenen Pläne verfolgte, konnte er jetzt ganz und gar nicht gebrauchen. Nicht, wo Catherine so misstrauisch war. Er wollte, dass sie ihm vertraute ... und ihn in ihr Bett ließ.

„Dann war dieser Umweg also nicht geplant?" fragte sie.

„Es gab keinen Plan. Zumindest nicht, was mich betrifft." Und mit der Flirterei musste jetzt auch Schluss sein. So gern er auch länger mit Catherine zusammen gewesen wäre, sie wollte offenbar lieber nach Hause. Allein. Nur ein mieser Kerl würde sich einer Frau aufdrängen, die nicht wollte.

Er umfasste das Lenkrad fester und hatte Mühe, bei dem heftigen Regen die Straße zu erkennen. Er verlangsamte die Geschwindigkeit. „Wohin soll ich fahren?"

„Das solltest du doch wissen."

Er fuhr an den Straßenrand, hielt an und legte den Arm über das Steuerrad. „Ich fahre dich nach Hause, Cat."

Sie sagte nichts, sondern sah ihn nur von der Seite her an. „Warum?" fragte sie schließlich.

199

„Du bist offensichtlich nicht freiwillig hier. Ich hoffte, es würde dir trotzdem gefallen, aber ich habe mich getäuscht. Ich will dich nicht zwingen, länger mit mir zusammen zu sein, als notwendig ist."

Wieder sah sie ihn lauernd an. „Bist du immer so edel, oder tust du das jetzt nur mir zuliebe?"

Er zuckte mit den Schultern. „Bist du immer so zynisch, was Menschen betrifft?"

„Jemand, der eine Frage mit einer Gegenfrage beantwortet, kann nur Polizist oder Anwalt sein. Was bist du?"

„Rechtsanwalt, ein übler Blutsauger nach Meinung der meisten Leute. Also, sei vorsichtig." Er hatte bisher noch nie das Schoßhündchen für eine Frau gespielt, doch er merkte, dass er bereit war, für Catherine nahezu alles zu tun. Aber nie würde er das zugeben, denn schon bei dem Gedanken daran krampfte sich in ihm alles zusammen.

Catherine lachte. „Keine Sorge, Logan, ich weiß, wie du bist."

„So? Wie denn?"

Überrascht wandte sie sich zu ihm um, und als er ihren so typischen Duft wahrnahm, wurde ihm plötzlich die Hose zu eng.

Er sah, dass sie errötet war. Verdammt, er liebte diese weibliche Reaktion, die zeigte, wie verletzlich sie im Grunde war. Er sollte dieses Spielchen beenden. „Wohin?" fragte er.

Bevor Catherine antworten konnte, streckte er die Hand aus und stellte das Radio lauter. Der Wetterbericht brachte gerade Unwetterwarnungen.

Anschließend stellte er das Radio wieder leiser. „Also, wohin?" Es wurde Zeit, wenn er sie sicher nach Hause bringen wollte, auch wenn er selbst wohl kaum mehr zurückfahren konnte.

Der Regen schlug in wilden Böen gegen die Wind-

200

*Einfach skandalös*

schutzscheibe, und es sah so aus, als sei die Wettervorhersage diesmal korrekt. Ob Catherine ihm wohl anbieten würde, bei ihr zu übernachten? Er warf ihr einen kurzen Blick zu. Nach ihrem misstrauischen Gesichtsausdruck zu urteilen würde sie ihm wahrscheinlich noch nicht einmal ein Notbett im Flur anbieten. Und daran war seine Großmutter mit ihren Kuppelversuchen nicht ganz unschuldig. Sicher musste er sich ein Motelzimmer nehmen, und ihn ärgerte diese unnütze Geldausgabe.

Er hatte nie Schwierigkeiten gehabt, mit seinem Gehalt auszukommen. Aber als er sich entschloss, ein altes Haus zu kaufen und es zu renovieren, da war es finanziell doch ziemlich eng geworden. Allerdings machte die einsame Lage und der Blick aufs Meer alles wieder wett. Und nie würde er seine Unabhängigkeit aufgeben und Geld aus dem Treuhandfond beanspruchen, der für ihn schon eingerichtet worden war, als er noch ein Kind war.

Wieder sah er seine Mitfahrerin an. „Ich möchte, dass du trocken und heil nach Hause kommst, Cat."

Sie seufzte, musste dann aber wider Willen lächeln.

„Worüber amüsierst du dich?" fragte er.

„Du machst es mir sehr schwer, dich nicht zu mögen."

Er strich ihr liebevoll über die Wange. „Ich bin nicht böse darüber."

Sie zog die Beine auf den Sitz und drehte sich zu Logan um. Sie hatte ihn für charmant gehalten, aber das war eigentlich eine Untertreibung. „Ungeheuer faszinierend" passte schon eher. Er wusste genau, wie er eine Situation zu seinem Vorteil nutzen konnte, ohne dass sie sich manipuliert fühlte. Immer wenn sie sich gerade gegen seinen Charme und sein betörendes Lächeln gewappnet hatte, kam er mit etwas Neuem, auf das sie nicht vorbereitet war. Plötzlich war er um ihr Wohlergehen besorgt und war bereit, das zu tun, was sie wollte. Aber sie war immer noch nicht sicher, ob sie ihm trauen konnte. Schlimmer noch, sie wusste nicht, ob sie sich selbst trauen konnte.

Er fuhr wieder auf die Fahrbahn zurück. „Wo wohnst du?"

„In der Innenstadt von Boston."

Er stöhnte. „Da brauchen wir ja fast eine Stunde."

„Deshalb wollte ich heute bei meiner Schwester übernachten."

„Ich wohne zehn Autominuten von hier entfernt. Wie weit ist es zu deiner Schwester?"

„Mindestens eine halbe Stunde", stieß sie leise hervor.

Er hob nur eine Braue, behielt die Straße aber weiter fest im Blick. „Dann fahren wir zu mir."

„Wo ist das genau?" fragte sie.

„Ich habe ein kleines Haus direkt am Strand. In ein paar Minuten sind wir da."

„Ein kleines Haus?" Sie lachte laut auf. „Da bin ich aber gespannt." Catherine lehnte sich zurück. Einerseits freute sie sich darüber, noch ein paar Stunden mit ihm zusammen sein zu können. Andererseits lag es auf der Hand, dass sie nur einen kurzen Blick auf sein so genanntes kleines Haus werfen müsste, um zu erkennen, dass es für sie beide keine Zukunft gab.

Der Rest der Fahrt verlief schweigend. Schließlich fuhr Logan in eine private Einfahrt, die parallel zum Strand verlief. Ganz am Ende stand ein richtiges Cottage, jedoch kleiner, als Catherine gedacht hatte. Logan hatte nicht untertrieben.

Er ließ den Wagen ausrollen und stellte den Motor ab. Ohne das Motorengeräusch war der Regen laut und deutlich zu hören, der gegen die Windschutzscheibe schlug.

„Es ist bescheiden, aber es ist mein Zuhause."

Ein Haus, wie man es traditionell seit dem letzten Jahrhundert an den Küsten Neuenglands baute, gemütlich und

*Einfach skandalös*

vertraut, verführerisch und verlockend. Wie der Mann selbst. Sie atmete tief durch. Catherine Ann, du steckst höchstwahrscheinlich in großen Schwierigkeiten, dachte sie.

„Gefällt es dir?" fragte er.

„Es ist wunderschön", sagte sie leise.

Logan sah in den schwarz-grauen Himmel. Der Regen kam jetzt beinahe waagerecht. „Ich hoffe, dass das auch deine ehrliche Meinung ist." Er sah sie unsicher von der Seite her an. „Denn wenn das mit dem Regen so weitergeht, dann sitzen wir hier womöglich fest. Die Straßen hier an der Küste sind sehr schnell überflutet."

„Ich kann mir Schlimmeres vorstellen", sagte Catherine. Sie sah ihn nicht an. Das Schicksal hatte ihr ihren Herzenswunsch erfüllt. Eine Nacht allein mit Logan Montgomery, wenn sie mutig genug war, die Gelegenheit zu ergreifen. Sie schloss die Augen und hörte dem schweren Regen zu, der auf das Auto prasselte. Ihr Herz schlug schnell, und sie spürte, wie ihre Erregung wuchs.

Ein Donner krachte, und sie fuhr in ihrem Sitz zusammen. Sie hatten relativ weit vom Haus entfernt geparkt, und Catherine konnte das Meer sehen und die Wellen mit den weißen Schaumkronen, die in schneller Folge auf den Strand schlugen. Da sie selbst in der Stadt aufgewachsen und selten ans Meer gefahren war, war sie von der heftigen Brandung fasziniert, aber auch geängstigt.

Plötzlich spürte sie Logans warme Hand auf der Schulter. „Alles in Ordnung?" fragte er.

Er wollte sie offensichtlich beruhigen, aber seine Berührung hatte genau die gegenteilige Wirkung. Sie musste unbedingt raus aus diesem Auto, oder sie würde noch verrückt werden. „Kannst du ein bisschen näher heranfahren?" fragte sie.

„Leider nicht." Er legte den Arm über ihre Rückenleh-

203

ne. „Hier sind wir gerade noch auf der gepflasterten Straße. Danach kommt nur noch Schlamm."

Sie starrte aus dem Fenster. Die Sicht war schlecht, aber er hatte sicher Recht. „Gut, ich kann eine ganze Menge aushalten. Regenwasser soll ja gut für die Haut sein, und frische Luft tut immer gut. Außerdem habe ich Turnschuhe an."

Er grinste. „Das ist die richtige Einstellung. Aber sei vorsichtig, es ist ziemlich glitschig." Er stieg aus und ging um das Auto herum, um ihr die Tür zu öffnen. Sie ergriff seine Hand. „Okay?" fragte er.

Wieder krachte ein Donnerschlag, und kurz danach blitzte es. Sie zitterte. „Ja."

Sie rannten zum Haus, was nicht einfach war. Cat geriet in tiefe Pfützen, rutschte beinahe auf dem Schlamm aus und umklammerte dabei so fest Logans Hand, dass auch er ein paar Mal strauchelte. Der Regen prasselte auf sie herab, und im Nu waren sie bis auf die Haut durchnässt. Aber als sie das Haus erreicht hatten, mussten sie lachen.

Logan steckte den Schlüssel ins Schloss, doch bevor er ihn umdrehte, sah er Catherine noch einmal lange an. Beide spürten die knisternde Spannung zwischen ihnen, und eine kleine Stimme in ihrem Kopf warnte Catherine, dass hinter der Tür die Schwierigkeiten beginnen würden.

## 4. KAPITEL

Der Sturm, der draußen tobte, war nichts im Vergleich zu dem Aufruhr, der in Catherine herrschte. Sie trat in das Haus ein und hatte nicht nur sofort Schutz gegen den Regen, sondern konnte damit auch einen Blick in Logans Seele tun.

„Bitte, bleib kurz hier stehen. Ich bin gleich zurück." Logan verschwand, und Catherine sah sich in dem warmen, gemütlichen Raum um.

Wie das Haus sagte auch dieser Raum viel über seinen Besitzer aus. Die Wände waren mit Holzbrettern verkleidet, was ihnen etwas Schlichtes, Raues gab. Das braune Ledersofa und die alten Holzmöbel verliehen dem Haus rustikalen Charme.

Auch wenn sie selbst nur in einem kleinen Apartment wohnte, hatten Logan und sie offensichtlich einen ähnlichen Geschmack. Beide liebten sie warme Brauntöne. Die Sachen aus Catherines Apartment hätten sich ohne weiteres hier gut eingefügt.

Es gab in diesem Haus keine offizielle Eingangshalle, keine Marmorböden und keine Kronleuchter, wie man es vielleicht hätte erwarten können. Stattdessen herrschte eine entspannte gemütliche Atmosphäre. Es war eben ein richtiges Zuhause, ohne all den Luxus, auf den die übrigen Montgomerys so viel Wert legten.

Was wollte Logan damit ausdrücken? Wollte er sich damit lediglich bewusst von seiner Familie absetzen, oder entsprach ein solches Haus seinen eigenen Bedürfnissen, seiner Liebe zum Meer und zur Natur ganz allgemein?

Was seine Familie wohl von diesem Haus hielt? Wahrscheinlich kamen sie sowieso höchst selten hierher, und der Gedanke machte Cat irgendwie traurig. Obwohl sie selbst nicht gerade in einer stabilen, liebevollen Familie groß geworden war, sehnte sich Logan sicher genauso wie sie danach.

„Hier hast du ein Handtuch", sagte Logan.

Catherine schreckte aus ihren Gedanken auf. „Danke." Sie zog sich den Regenmantel aus und sah sich nach einer Garderobe um.

„Gib ihn mir." Logan hängte den Mantel auf einen hölzernen Garderobenständer, der bereits überladen war mit allen möglichen Kleidungsstücken. „Besser, als ihn auf die Couch zu legen", meinte er grinsend.

Sie erwiderte sein Lächeln. „Dass du als Mann überhaupt einen Garderobenständer hast, finde ich schon bemerkenswert."

„Ja, du solltest mit deinem Urteil vorsichtig sein", gab er lachend zurück. „Du könntest noch manche Überraschung erleben."

„Willst du damit sagen, dass du kein typischer Mann bist?"

„Das wirst du schon noch herausfinden."

Wieder spürte sie, wie heiße Erregung in ihr aufstieg. Sie befeuchtete sich kurz die trockenen Lippen. „Du bist also ordentlich. Ich bin beeindruckt."

„Das will ich hoffen", sagte er mit leiser, tiefer Stimme. „Aber davon abgesehen, einiges war in meiner Kindheit einfach nicht erlaubt, etwa, die Kleidung überall herumliegen zu lassen."

„Du willst mir doch nicht sagen, dass ihr niemanden hattet, der hinter dir herräumte."

„Nein. Aber ein leichter Schlag auf den Hinterkopf von Emma, und man war von schlechten Angewohnheiten schnell kuriert."

Catherine glaubte ihm. Emma machte ihre Wünsche sehr deutlich und bekam das, was sie wollte. Ein Kribbeln überlief ihre Haut, als ihr klar wurde, was das bedeutete.

*Einfach skandalös*

Logan war von seiner Großmutter erzogen worden, und auch er sagte sehr genau, was er wollte. Und bekam es wohl auch meistens.

„Emma hatte Recht, wie meistens." Aus seinen Augen sprach eine große Liebe zu seiner Großmutter, und Catherines Respekt ihm gegenüber wuchs. Einen Mann, der fähig war, sich selbst nicht so ganz ernst zu nehmen, musste man einfach gern haben.

„Unsere Bediensteten hatten genug damit zu tun, die Wünsche meiner Eltern zu erfüllen, und wollten sich nicht noch mit zwei verwöhnten Kindern abplagen."

„Du bist also jemand, dem es nicht schwer fällt, eigene Fehler zuzugeben."

Er sah sie lächelnd an. „Ich habe dir doch schon gesagt, ich bin einzigartig. Außerdem, so viele Fehler habe ich nun auch wieder nicht."

„Überheblichkeit ist eine typisch männliche Eigenschaft", sagte sie warnend.

„Ich habe nie abgestritten, ein Mann zu sein."

Das glaubte sie auch ohne diesen Hinweis. Sie fuhr sich mit dem Handtuch über das nasse Haar. „Emma hat sicher darauf geachtet, dass du den Kontakt zur Wirklichkeit nicht verlierst."

„Das kannst du wohl sagen." Auch er rubbelte sich jetzt das Haar trocken und legte sich dann das Handtuch um die breiten Schultern.

Diese einfache Geste brachte ihr seine Männlichkeit besonders zu Bewusstsein. Die Krawatte hing ihm lose um den Hals, und er öffnete den obersten Kragenknopf. Mit dem noch feuchten und ungekämmten Haar wirkte er irgendwie verwegen und noch aufregender als vorher.

Ihre Blicke begegneten sich, und Catherine konnte plötzlich keinen klaren Gedanken fassen. Er trat näher und sah sie unablässig an. Dann nahm er ihr das Handtuch aus der Hand und stellte sich vor sie. Sie spürte seine Körperwärme, als er jetzt näher kam und anfing, ihr das Haar zu trocknen. Bei der kräftigen rhythmischen Berührung musste sie einfach die Augen schließen und den Kopf gegen seine Brust lehnen.

Da sie die Augen geschlossen hatte, nahm sie ihre Umgebung umso deutlicher mit den anderen Sinnen wahr. Sie hörte, wie der Regen weiter gegen die Fenster schlug, oder war das ihr Herzschlag? Und sie spürte ein so starkes Verlangen in sich erwachen, wie sie es noch nie empfunden hatte.

Sie überließ sich ganz ihren Gefühlen. Ihr war, als massiere Logan nicht nur ihre Kopfhaut, sondern auch andere Teile ihres Körpers. Er strich ihr das Haar aus der Stirn, und allein diese Berührung ließ ihre Brüste voll und schwer und die rosigen Spitzen hart werden. Ein tiefes Sehnen überwältigte sie, und unbewusst stöhnte sie leise auf.

Einem grellen Blitz folgte ein krachender Donnerschlag. Catherine fuhr zusammen und machte zwei schnelle Schritte zurück. Ihr Herz raste, aber nicht aus Angst vor dem Gewitter.

„Ich kann jetzt weitermachen", sagte sie, sah Logan dabei aber nicht an.

„Gleich, ich will erst noch ..." Er nahm einen Zipfel des Handtuchs und wischte ihr damit über das Gesicht. „Wimperntusche", sagte er lächelnd und zeigte ihr die schwarzen Flecken auf dem Handtuch.

„Oh. Danke."

„Es war mir ein Vergnügen." Er legte ihr die Hände leicht auf die Schultern. „Warum ziehst du dir nicht die nassen Sachen aus?"

Sie legte den Kopf auf die Seite. „Findest du nicht, dass du etwas zu forsch vorangehst?"

Er lachte. „Ich habe nicht gesagt, dass ich dir die Sachen

*Einfach skandalös*

ausziehen werde, obwohl ich mich in dem Punkt wohl überreden lassen würde."

„Schlechter Mensch", sagte sie mit gespielter Empörung.

„Möchtest du herausfinden, wie schlecht?" Bevor sie noch antworten konnte, nahm er sie bei der Hand. „Komm. Deine Sachen sind nass, und du frierst sicherlich. Ich werde bestimmt irgendwo etwas haben, das du anziehen kannst."

„Das wäre wunderbar."

Fünf Minuten später stand sie in einem kleinen Badezimmer mit einer altmodischen Badewanne und einer Dusche, die noch älter aussah. Auf einem kleinen Hocker lag ein flauschiger Jogginganzug von Logan.

Sie nahm das weiche Sweatshirt hoch, drückte es gegen ihr Gesicht und atmete tief seinen Duft ein. Es roch sauber und frisch gewaschen und dennoch ganz leicht nach Logans Eau de Cologne. Aber vielleicht bildete sie sich das auch nur ein. Ein Zittern überlief ihre Haut, was nichts mit Kälte und Nässe zu tun hatte, sondern nur mit Logan Montgomery.

Sie war in seinem Haus, trug seine Sachen und ließ sich von ihm gefühlsmäßig verführen, und zwar nicht nur durch sein attraktives Äußeres, sondern auch durch seine Widersprüchlichkeiten.

Logan war nicht so steif und zugeknöpft, wie er nach der Tradition der Montgomerys hätte sein sollen. Er durfte sich eigentlich nicht für eine Frau interessieren, die in seiner Welt nichts zu suchen hatte. Seit sie allerdings sein Haus gesehen hatte, war Catherine nicht mehr so sicher, was denn nun eigentlich seine Welt war. Und was ihn an ihr, Catherine, so anzog. Vielleicht konnten Träume ja doch einmal wahr werden?

Ein gefährlicher Gedanke, aber sehr verführerisch. Sie stellte die Dusche an. Sie musste sich über ihre Situation klar werden. Auch wenn er hier lebte, so war er doch im Luxus und mit ganz anderen Menschen aufgewachsen. Und selbst wenn er aufrichtig war und sich wirklich für sie interessierte, so würde dieses Interesse wahrscheinlich sehr schnell verfliegen.

In dem kleinen Haus konnte Logan das Rauschen der Dusche auch in der Küche hören, was ihn bei dem Prasseln des Regens und dem heulenden Sturm überraschte. Oder auch nicht, denn ihm war überdeutlich bewusst, dass es Catherine war, die da in der Dusche stand und der das Wasser über die nackte Haut perlte. Er stützte sich auf einer Arbeitsplatte auf und stöhnte laut.

Als er ihr den Kopf massiert hatte, hatte sie reagiert, als berühre er sie ganz woanders. Sie schien auch die Hemmungen vor ihm zu verlieren, aber er musste langsam vorangehen, um die Fortschritte, die er gemacht hatte, nicht wieder zu verlieren.

Die Dusche wurde abgestellt. Die ganze Nacht lag noch vor ihm, in der er ihr Vertrauen gewinnen konnte, und vielleicht auch noch etwas mehr. Hoffentlich sehr viel mehr. Obgleich es wichtiger war, ihr Misstrauen abzubauen, als sie ins Bett zu ziehen. Er musste über sich selbst den Kopf schütteln, als ihm dieser Gedanke kam.

„Hallo", sagte Catherine.

„Oh, hallo." Logan schloss die Kühlschranktür und wandte sich um. Ihm stockte der Atem.

Das blonde Haar, das sie bisher hochgesteckt getragen hatte, fiel ihr in sanften Wellen um das frisch gewaschene Gesicht. Sie hatte eine makellose helle Haut, auf ihren Wangen lag ein rosa Schimmer. Ihre aufregende Figur hielt sie jetzt unter dem weichen Baumwollstoff verborgen. Sie hatte die Ärmel hochgekrempelt und auch die Hosenbeine und wirkte zart und verletzlich.

*Einfach skandalös*

Er hatte sie in ihrer Arbeitskleidung gesehen, auch durchnässt nach dem Regen. Jedes Mal war sie ihm anziehender vorgekommen, aber bei diesem Aufzug jetzt war er sprachlos und tief im Inneren gerührt.

„Kann ich helfen?" fragte sie. „Ich kenne mich in Küchen gut aus."

„Wie jede typische Frau?" zog er sie auf.

Sie sah ihn mit gespielter Empörung an. „Ich bin alles andere als eine typische Frau."

Er musste lachen. „Das glaube ich gern, denn sonst wärst du nicht hier. Du bist etwas Besonderes, Cat."

Sie errötete. „Du machst mich verlegen."

„Eine Frau, der Komplimente peinlich sind? Das ist aber ungewöhnlich."

Sie hob leicht die Schultern. „Das hört sich so an, als hättest du immer die falschen Frauen kennen gelernt."

„Aber jetzt habe ich die Richtige gefunden. Übrigens, ich wusste zwar, dass du ein Catering-Unternehmen hast, aber mir ist neu, dass du auch selbst mit vorbereitest."

Sie schob die Ärmel hoch, die jedoch wieder herunterrutschten. „Du wirst dich wundern. Ich habe lange Jahre in Restaurants gearbeitet, und ich rede nicht nur vom Geschirrspülen."

„Wir haben noch die ganze Nacht Zeit, und du kannst mir alles erzählen. Setz dich doch hin, diesmal werde ich mich um alles kümmern."

„Gut." Catherine setzte sich auf einen Stuhl, der am Küchentisch stand. „Ein Mann, der kochen kann. Auch sehr untypisch für einen Mann."

„Tut mir Leid, dich enttäuschen zu müssen." Er öffnete den Kühlschrank, holte eine zugedeckte Schüssel heraus und stellte sie auf die Anrichte. „Aber ich habe keine andere Wahl. Diese Lasagne ist das Beste, was Emmas Koch zubereiten kann."

211

Catherine legte die Hand aufs Herz. „Du nimmst mir alle meine Illusionen."

Er schüttelte den Kopf und ging zu ihr. Er stützte sich auf den Armlehnen ihres Stuhls ab und beugte sich zu ihr herunter, so nah, dass er sie hätte küssen können. Aber er hatte den Eindruck, dass es dafür noch zu früh war. „Ich werde deine Illusionen nicht zerstören, im Gegenteil. Ich werde sie Wirklichkeit werden lassen."

Bevor sie noch etwas sagen konnte, hatte er sich wieder aufgerichtet und ging zu der Anrichte hinüber. Er atmete tief durch. Er musste sich zusammennehmen, oder er würde alles verderben.

„Du hast wenigstens Emma. Sie achtet darauf, dass du nicht verhungerst."

„Das muss ich zugeben, auch wenn es mir peinlich ist. Aber ich habe sehr selten Zeit zum Kochen."

Sie stützte das Kinn in die Hand und sah ihn an. „Es ist schön, dass sie ein bisschen auf dich aufpasst."

„Ja, das stimmt." Er stellte die Schüssel in die Mikrowelle, seine einzige Konzession an die modernen Küchengeräte.

„Warum hast du eigentlich den Beruf als Pflichtverteidiger übernommen?"

„Statt irgendeine hoch bezahlte Position in irgendeiner berühmten Anwaltskanzlei in Boston?" Sein Tonfall hatte an Schärfe zugenommen. „Die der Richter selbst ausgesucht hat, und zwar auf Grund ihres gesellschaftlichen Prestiges?" Sein Vater hätte seinen ganzen Einfluss geltend gemacht, um Logan in einer der renommierten Kanzleien unterzubringen, ohne Rücksicht darauf, was Logan selbst wollte. Wenn er an den Weg dachte, den seine Karriere nach Wunsch des Vaters hätte nehmen sollen, konnte Logan seine Verachtung nicht ganz unterdrücken.

Catherine sah überrascht hoch. „Ich dachte eigentlich

*Einfach skandalös*

eher an eine eigene Kanzlei oder eine Beratung auf privater Basis. Was hast du? Habe ich da etwa einen Nerv bei dir getroffen?"

„Ja, um es deutlich zu sagen." Er ärgerte sich, dass er die eigene Frustration über die Haltung des Vaters nicht besser verbergen konnte und dass er sie damit belastet hatte. „Aber das war mein Fehler. Entschuldige."

Sie blickte ihn lächelnd an. „Ich wollte dir nicht zu nahe kommen. Oder dich beleidigen. Ich bin nur überrascht, welchen Weg du eingeschlagen hast."

„Weshalb erstaunt dich das? Kannst du dir nicht vorstellen, dass ich denen helfen will, die am Rande der Gesellschaft leben? Oder dass jemand mit dem Namen Montgomery nicht zu den selbstsüchtigen Snobs gehört?" Er zog sich einen Stuhl heran, setzte sich zu ihr an den Küchentisch und streckte die Hand aus.

„Entschuldige." Sie lächelte vorsichtig. „Ich glaube, du hast mich bei meinen Vorurteilen den oberen Zehntausend gegenüber erwischt."

„Vielleicht solltest du lieber nach dem urteilen, was du bisher über mich aus eigener Anschauung weißt."

Sie blickte auf seine einladend geöffnete Hand. „Aber ich weiß so wenig von dir."

„Das glaube ich nicht." Er ließ sie nicht aus den Augen. „Vertrau mir, Cat."

Sie zögerte. Für Logan wurden die Sekunden zu einer Ewigkeit, bis sie endlich ihre Hand in seine legte.

Ihre Haut war glatt und weich, wie Seide. Er strich mit dem Daumen über ihren Puls. Sie blickte ihn nur an, bewegungslos, und wartete darauf, was er als Nächstes tun würde.

„Erzähl mir doch etwas von dir."

Seine Frage überraschte sie, aber Logan hatte sie nicht ohne Grund gestellt. Er wollte keine Sekunde der kostba-

213

ren Zeit vergeuden, die er mit ihr allein hatte. „Von deiner Familie vielleicht", hakte er nach.

Sie machte eine abwehrende Geste. „Da gibt es nicht viel zu erzählen. Ich habe auch eine Schwester, genau wie du. Das Unternehmen führen wir gemeinsam, aber jetzt ist sie schwanger und muss die meiste Zeit im Bett bleiben. Sie ist mit einem Polizisten verheiratet, der sehr von sich selbst überzeugt ist." Aber ihr Lächeln machte deutlich, dass sie den Mann durchaus schätzte.

„Und sonst?"

Sie schüttelte den Kopf. „Meine Mutter ist schon vor vielen Jahren gestorben, und mein Vater hat uns verlassen, als wir noch klein waren. Ich kann mich kaum an ihn erinnern. Dann hatte ich noch eine Tante und einen Onkel, aber sie starben im letzten Jahr."

Er verstand gut, dass sie ihm nichts Näheres erzählen wollte. Was er von Emma über den Onkel erfahren hatte, empfand Catherine wohl als zu beschämend, als dass sie es ihm gleich beim ersten Mal offenbaren wollte. Das machte ihm nichts aus. Sie hatten genügend Zeit, und Catherine würde es schon noch lernen, ihm zu vertrauen.

„Da hast du viele Menschen verloren", bemerkte er.

„So ist das Leben."

Er fragte sich, woher diese zynische Haltung kam. War das Leben so hart mit ihr umgesprungen, oder war sie einfach zu einsam? „Ist deine Schwester älter oder jünger?"

„Kayla ist jünger, wenn auch nur zehn Monate. Aber sie ruht mehr in sich selbst."

Logan beobachtete sie genau aus leicht zusammengekniffenen Augen. Der selbstkritische Tonfall gefiel ihm nicht. „Ich habe den Eindruck, dass du mit dir selbst zu streng bist."

Sie legte den Kopf leicht zur Seite und musterte ihn prüfend. „Ich glaube, ich kenne mich besser als du."

*Einfach skandalös*

Er blickte auf ihre Hand, die immer noch in seiner lag. Dann drehte er sie um und fuhr mit der Fingerspitze die feinen Handlinien nach. Er fühlte, wie Catherine zusammenzuckte. „Das kann schon sein", sagte er dann lächelnd. „Aber ich habe immerhin einen ganzen Nachmittag beobachten können, welche Leistungen du unter stressigen Bedingungen gebracht hast, und ich war beeindruckt. Ich finde nicht, dass du dich hinter deiner Schwester verstecken musst."

„Das ist auch nicht der Fall, aber ich kenne meine Schwächen und Stärken sehr genau. Das ist die einzige Möglichkeit, um im Leben erfolgreich zu sein. Man muss sich genau kennen."

„Weißt du, was mich noch interessieren würde? Warum warst du während der Party so angespannt, obgleich alle Gäste doch ganz begeistert waren?"

Widerstreitende Gefühle kamen in ihr hoch. Einerseits freute sie sich, dass Logan ihre Arbeit so schätzte, andererseits fragte sie sich, warum er ihr so viele Komplimente machte. Schließlich waren sie hier allein im Haus, und er würde die Gelegenheit doch sicher nutzen wollen. Sie selbst konnte ja auch schon kaum mehr an etwas anderes denken.

Er hielt ihre Hand weiterhin fest, und allein diese Berührung ließ sie innerlich erbeben. „Partys auszurichten ist mein Beruf. Davon lebe ich. Diese war eigentlich nicht anstrengender als sonst." Das war eine Lüge, und Catherine hasste sich dafür. Aber sie mochte ihm nicht sagen, dass die Missbilligung seines Vaters ihr den Tag verdorben hatte. Weil sie befürchten musste, dass er „Potluck" auf eine schwarze Liste setzen würde anstatt die Firma zu empfehlen.

„Das glaube ich dir nicht."

Glücklicherweise klingelte das Telefon, sodass sie nichts mehr dazu sagen musste. Logan warf ihr einen bedauern-

215

den Blick zu und stand zögernd auf. Er löste die Hand langsam von ihrer, und sie hatte plötzlich das Gefühl, als sei ihr etwas Wertvolles genommen worden.

Mit schnellen festen Schritten ging er durch den Raum zum Telefon. Catherine sah ihm hinterher und seufzte leise. Er strahlte so viel Sicherheit aus und wirkte dabei so sexy, dass jede Frau sich wie elektrisiert fühlen musste.

Beim dritten Klingeln nahm er den Hörer hoch. „Hallo." Er zögerte kurz. „Ja, Gran, ich habe Cat gut nach Hause gebracht." Pause. „Zu wem nach Hause?" Logan sah zu Catherine hinüber und blinzelte ihr zu. „Was meinst du denn? Also, mach dir keine Sorgen, ja? Sie ist heil und sicher nach Hause gekommen. Ich auch."

Catherine hörte zu, wie Logan mit seiner Großmutter sprach und sich dabei bemühte, diskret zu sein. „Nein, ich möchte nicht mit dem Richter sprechen." Logans energischer Tonfall ließ sie aufhorchen. „Gran? Ich habe Nein gesagt. Bestell ihm ... Oh, hallo, Dad."

Catherine blickte auf.

„Nein. Ich komme nicht zum Frühstück. Ich werde bestimmt keinen Hunger haben."

Sie musste lachen.

„Ich soll mich für die Wahl zum Bürgermeister aufstellen lassen? Dazu bin ich morgen sicher viel zu erschöpft. Also ich lege jetzt auf. Auf Wiederhören." Logan knallte den Hörer auf, noch bevor sein Vater die Gelegenheit hatte, etwas zu entgegnen.

Er drehte sich zu Catherine um und grinste. „Emmas goldene Regel. Wenn du jemandem sagst, du würdest jetzt auflegen, dann kann er nicht beleidigt sein, wenn du es tust."

„Deine Großmutter ist eine tolle Person." Catherine mochte die alte Dame, und je mehr sie über sie erfuhr, über Logans Kindheit und seine Beziehung zu ihr, desto mehr

*Einfach skandalös*

bewunderte sie sie. Wenn Logan ein gerader und aufrechter Mann war, und Catherine war davon mehr denn je überzeugt, dann war das ohne Zweifel Emmas Verdienst.

Logan nickte. „Das finde ich auch. Sie ist immer wieder für Überraschungen gut, und man muss ständig auf der Hut sein."

Catherine konnte ihm nur Recht geben. „Sie hat uns in der Garderobe eingesperrt. Wahrscheinlich ist es nicht leicht, sich von ihr nicht austricksen zu lassen."

„Manchmal lohnt es auch nicht. Heute hatte sie die Nase vorn, und das Ergebnis ist doch nicht gerade schlecht?" Er blickte ihr in die Augen, und in seinem Blick stand etwas, das sie nicht missverstehen konnte.

„Was für ein Ergebnis?"

„Dass wir allein sind. Und zusammen, wenn du es zulässt."

Sie sollte also den nächsten Schritt tun. Das konnte sie eigentlich nicht überraschen. Logan hatte sich von Anfang an wie ein Gentleman verhalten, und daran würde sich auch nichts ändern, nur weil sie hier allein in seinem Haus waren.

Er hatte Catherine vieles entgegengebracht, was sie bisher immer vermisst hatte, Respekt, Bewunderung, und er schien sie so zu akzeptieren, wie sie war. Dass er sie begehrte, war offensichtlich. Aber dass er ihr überließ, ob und wann was passierte, das war schon etwas ganz Besonderes.

„Die Entscheidung liegt bei dir, Cat." Seine Stimme klang warm und zugleich verführerisch.

Sie schwieg, bis sie die Spannung nicht mehr aushielt. Nichts konnte sie davon abhalten, mit Logan zusammen zu sein, es sei denn ...

Die Mikrowelle piepte, das Essen war fertig. Catherine war gerettet, zumindest für den Augenblick.

## 5. KAPITEL

Catherine saß auf der Couch und blätterte in einer Zeitschrift. Die vordere Längsseite des Hauses hatte viele Fenster, von denen aus man einen wunderbaren Blick auf das Meer hatte. Catherine liebte das Prasseln des Regens und das Rauschen des Meeres, diese typischen Naturgeräusche.

Sie schloss die Augen und nahm nun alles noch sehr viel intensiver wahr, auch ihren schnellen Pulsschlag, der von ihrem Verlangen nach Logan ausgelöst wurde. Sie presste die Knie zusammen und stellte sich vor, wie sie sich liebten, ein Geben und Nehmen in perfekter Harmonie, ein sich stetig steigernder Rhythmus bis zum Höhepunkt.

Catherine zwang sich, die Augen wieder zu öffnen, und bemerkte, dass sie vor Begierde zitterte. Schnell warf sie einen Blick in Richtung Küche. Glücklicherweise war sie allein. War es schon so weit mit ihr gekommen, dass sie bereits durch sexuelle Fantasien mit Logan den Höhepunkt erreichen konnte?

Logan hatte versprochen, seinen Lieblingsnachtisch zuzubereiten, aber sie durfte nicht zugucken.

Das Telefon klingelte. „Kannst du mal abnehmen?" rief Logan aus der Küche.

Sie hob den Hörer ab. „Hier bei Logan Montgomery. Wer spricht?"

Jemand lachte leise. Das war doch Emma. „Sie ist heil und sicher nach Hause gekommen", zitierte sie mit tiefer Stimme. „Hat Logan wirklich geglaubt, dass ich ihm das abkaufen würde? Das kann er seinem Vater erzählen, aber nicht mir. Frauen sind schlauer als Männer, vergessen Sie das nie, meine Liebe."

„Ja, Ma'am." Catherine lachte und war zu ihrer eigenen Überraschung überhaupt nicht verlegen, dass Emma sie bei

*Einfach skandalös*

Logan erwischt hatte. „Ich bin heil und sicher, nur eben nicht zu Hause."

„Das ist nicht so wichtig. Hauptsache, Sie sind im Trocknen und raus aus dem Gewitter."

„Und raus aus dem Garderobenraum, wenn auch nicht mit Ihrer Hilfe."

„Tja, leider sind diese Drehknöpfe heutzutage auch nicht mehr so zuverlässig, wie sie früher waren. Das Ding ging einfach ab, stellen Sie sich das vor."

„Wer ist am Telefon?" Logan trat ein und trug ein Tablett.

„Deine Großmutter. Wir unterhalten uns gerade über das dumme Missgeschick mit der Garderobentür."

„Gut. Dazu möchte ich auch noch ein paar Takte sagen."

„Emma? Logan möchte auch noch ein paar Worte mit Ihnen ..."

„Tut mir Leid, meine Liebe. Meine Bridgedamen warten, ich muss los."

„Aber ..."

„Ich lege jetzt auf." Es machte klick in der Leitung.

Catherine betrachtete nachdenklich den Hörer. „Bridge nach einer großen Party? Das kommt mir komisch vor." Langsam legte sie den Hörer auf.

Er stellte das Tablett auf ein Tischchen vor den Kamin. „Mir auch." Er lachte. „Aber Emma ist um Ausreden nie verlegen. Wie wäre es jetzt mit etwas Nachtisch?"

„Wunderbar. Ich bin schon so neugierig, deine Kochkünste kennen zu lernen." Catherine kniete sich neben den kleinen Tisch und beugte sich vor. Auf dem Tablett standen zwei Glasschalen mit ... ja, das sah beinahe so aus wie ... „Schokoladenpudding?"

„Der beste, den du je gegessen hast", sagte er und schlug in gespielter Bescheidenheit die Augen nieder. Er nahm ei-

219

nen Löffel von der cremigen Masse und hielt ihn ihr zum Kosten hin.

Catherine öffnete den Mund, und Logan schob den Löffel vorsichtig hinein und sah sie dabei unverwandt an. Sie schloss schnell die Augen und schluckte.

„Hm, köstlich!" Dann machte sie die Augen wieder auf. Immer noch starrte er sie an. Sie leckte sich die Lippen. „Pudding aus der Tüte?"

Er legte eine Hand auf sein Herz. „Nie würde ich es wagen, einer Frau wie dir einen einfachen Pudding aus der Tüte anzubieten. Du beleidigst mich. Du traust mir einfach nichts zu, Cat." Er schwieg kurz und grinste dann. „Es ist Tütenpudding."

Sie lachte. „Den mag ich am liebsten. Als ich auf der Kochakademie war, haben sie mich immer damit aufgezogen. Für jemanden mit meinen Fähigkeiten hätte ich gerade im Hinblick auf die raffiniertesten Nachspeisen einen sehr ordinären Geschmack."

„Hast du eben Kochakademie gesagt?"

„Ja."

„Um Himmels willen, ich habe einer Profiköchin Tütenpudding serviert?"

„Ja. Aber mach dir nichts draus. Ich wusste doch, dass du nichts vorbereiten konntest, und Milch und Puddingpulver hat man immer zu Hause. Ich habe doch nicht so etwas erwartet wie Tiramisu, wenigstens nicht bei unserer ersten Verabredung." Sie sah ihn forschend an. „Was ist los? Du siehst ja ganz grün aus."

„Wohl eher verletzt. Die Seele eines Mannes ist etwas sehr Sensibles."

Sie lachte und aß mit gutem Appetit ihren Pudding auf. „Das war der beste Pudding, den ich je gegessen habe. Besser als jede Mousse au Chocolat." Sie kicherte. „Dein Talent in der Küche ist unübertroffen. Ich ..."

*Einfach skandalös*

Er legte ihr den Finger auf die Lippen, und sie schwieg sofort.

„Du hattest noch Pudding an den Lippen. Hier." Er zeigte ihr den Finger.

Sie nickte nur und brachte kein Wort heraus. Irgendwie ahnte sie, was als Nächstes passieren würde. Sie sah ihn an. Seine Augen, braun wie die köstliche Schokoladencreme, funkelten vor Verlangen.

„Möchtest du das ablecken?" fragte er leise.

Sein Blick und seine tiefe Stimme verfehlten nicht ihre Wirkung. Ohne Zögern kam Catherine ihm entgegen und umschloss seinen Finger mit den Lippen. Der leicht salzige Geschmack seiner Haut mischte sich mit der Süße des Puddings. Logan schloss kurz die Augen und versuchte, seine Erregung nicht zu deutlich zu zeigen.

„Das ist besser als die Schüssel auszulecken, was?" stieß er mit rauer Stimme hervor und zog widerstrebend die Hand wieder zurück.

„Viel besser", flüsterte sie. Sie hatte ihre Stimme kaum in der Gewalt. Ihr Körper war heiß und bereit, ihre empfindlichen Brustspitzen sehnten sich nach Logans Berührung.

Ob er wohl Gedanken lesen konnte? Ob er wusste, wie sehr sie ihn begehrte? Wenn er jetzt ihre Brüste mit den Händen umfassen würde, hätte sie absolut nichts dagegen. Im Gegenteil. Sie wollte ihm nahe sein, wollte seine Haut, seine Lippen, seine Hände fühlen ...

Sie wandte sich schnell ab und atmete tief durch. „Ich sollte wohl mal die Küche aufräumen."

„Du willst weg?" Er atmete genauso schnell wie sie.

„Ich brauche eine Pause."

Er lehnte sich zurück, verschränkte die Hände im Nacken und sah sie unentwegt an. „Aber komm bald wieder."

221

Als Catherine ins Wohnzimmer zurückkehrte, war Logan gerade dabei, den Kamin vorzubereiten. Er knüllte Zeitungspapier zusammen und steckte es unter die Holzscheite. Dann riss er ein Streichholz an, und bald prasselte ein helles Feuer im Kamin. Catherine starrte in die Flammen und dachte an das Feuer, das Logan in ihr entfacht hatte und das mit ein paar zärtlichen Berührungen nicht mehr zufrieden gestellt werden konnte.

Da er gekocht hatte, war es nur gerecht, dass sie das Aufräumen der Küche übernommen hatte, auch wenn er protestierte. Aber sie hatte auch dringend Abstand gebraucht, musste für eine gewisse Zeit seiner Anziehungskraft entkommen.

Sie blickte Logan schweigend an. Während sie in der Küche war, hatte er geduscht und sich umgezogen. Die kräftigen Rückenmuskeln waren unter dem dünnen T-Shirt gut zu sehen, und immer, wenn er nach einem Stück Holz oder dem Zeitungspapier griff, wurde ihr Blick auf seine breiten Schultern gelenkt.

Sie sehnte sich danach, die Muskeln unter den Fingern zu spüren, besser noch, ihm das Hemd auszuziehen und sich an seine heiße Haut zu pressen. Sie wollte ihm gehören. Bei dem Gedanken biss sie kurz die Zähne zusammen. Wie hatte sie nur in eine solche Situation kommen können? „Ich bin wieder da", sagte sie schließlich leise.

Er warf ihr über die Schulter einen kurzen Blick zu. „Ich bin gleich fertig."

Sie ging zu dem Kamin und setzte sich vor das Feuer, mit dem Rücken gegen die Couch gelehnt. „Im Frühling machst du den Kamin an?"

„Warum soll man nicht das tun, wozu man Lust hat?"

„Dann kannst du vielleicht auch Schnee im Sommer machen?"

Er lachte. „Du hast aber auch ausgefallene Wünsche."

*Einfach skandalös*

Er blickte wieder auf das Feuer. „Das ist einer der Vorteile, wenn man am Strand wohnt." Er stützte die Hände auf die Oberschenkel und stand auf. „Normalerweise ist es hier immer kühler als anderswo. Das ist an heißen Tagen angenehm. Und nachts ist es oft so, dass man gern den Kamin anmacht."

Er sah sie an, mit einem eindeutigen Blick, und die Hitze, die sie spürte, hatte nichts mit dem Feuer zu tun.

„Möchtest du Musik hören?" fragte er.

Sie nickte. „Ja. Irgendetwas Langsames, Beruhigendes." Sie begann sich die Schläfen zu massieren.

„Geht es dir nicht gut?" Er kniete sich neben sie.

„Nein, nein. Ich habe nur ein wenig Kopfschmerzen. Das kenne ich schon, nach jeder größeren Veranstaltung tut mir der Kopf weh."

„Also immer, wenn der Stress vorbei ist, was? Und dabei hast du doch behauptet, dass du gar nicht gestresst seist." Er ging zur Stereoanlage und legte eine CD auf. Ein leiser, langsamer Blues ertönte. Logan setzte sich neben Catherine auf den Fußboden. „Gefällt dir die Musik?"

„Ja, sie ist wundervoll." Er hatte genau das Richtige ausgesucht, und Catherine fühlte, wie sich die Verkrampfungen in Nacken und Schultern allmählich lockerten. Erst die Party und dann die sexuelle Anspannung wegen Logan, das war einfach zu viel für sie gewesen.

„Wie geht es deinem Kopf?"

„Der tut noch weh", musste sie zugeben.

Er lehnte sich mit dem Rücken gegen die Couch, spreizte die Beine und sah Catherine auffordernd an. „Komm her", sagte er, als er sah, dass sie zögerte, „dagegen habe ich ein todsicheres Mittel."

Logan wirkte aufrichtig und vertrauenswürdig. Ihre anfängliche Skepsis verflüchtigte sich, obwohl es ihr eigentlich gar nicht ähnlich sah, sich auf jemanden zu verlassen, den sie gerade kennen gelernt hatte. Catherine atmete tief durch und setzte sich zwischen seine Beine. Sie spürte seine festen Oberschenkel, und als er sie um die Taille fasste, um sie in eine bequemere Position zu bringen, wurde ihr heiß und kalt zugleich.

„Du musst dich entspannen. Deine Kopfschmerzen können nicht weggehen, wenn du dich weiterhin verkrampfst."

„Wenn du deine Hände dort lässt, kann ich mich garantiert nicht entspannen."

Er lachte leise, und sie spürte seinen warmen Atem im Nacken. „Okay. Noch einen Moment." Er ließ sie los, zog dann die Beine an zum Schneidersitz. „Leg dich hin", sagte er und klopfte auf seine Schenkel. „Den Kopf hierher. Mach's dir gemütlich."

Sie sah ihn misstrauisch an, ließ sich dann aber doch nieder und legte den Kopf zwischen Logans Knie.

„Gut. Und nun mach die Augen zu." Er blickte lächelnd auf sie herunter.

„So ist es richtig. Und nun atme tief durch und konzentriere dich ganz auf das Knacken des Feuers." Wie auf Befehl fing das Feuer zu knistern und dann zu prasseln an, was in dem kleinen Raum gut zu hören war. Der Geruch von brennendem Holz stieg ihr in die Nase. Und bei jedem Atemzug schien sich ein Muskel nach dem anderen zu entspannen, und sie hatte den Eindruck, als sinke die Wärme des Feuers tief in sie ein. Aber vielleicht war es auch Logans Wärme und die Hitze seines Körpers, die sie tief in ihrem Inneren spürte. Er legte ihr die Hände an die Schläfen und fing an, sie mit langsamen, gleichmäßigen Bewegungen zu massieren.

„Kannst du den Rhythmus des Regens hören?" fragte er leise.

„Ja. Bitte, hör nicht auf."

*Einfach skandalös*

„Fällt mir nicht im Traum ein." Er lachte, und sie spürte dieses Lachen bis in die Fußspitzen.

„Erzähl mir doch mal, wie du diese Entspannungsmethode entdeckt hast", sagte sie und hielt die Augen fest geschlossen.

„Oh, die stammt noch aus meiner Kindheit." Während er sprach, presste er die Fingerspitzen sanft in kreisenden Bewegungen gegen ihre Schläfen und massierte ihr die Kopfhaut. Es fühlte sich einfach wunderbar an.

„Wie meinst du das?"

„Meine Schwester hatte oft Migräne, eigentlich schon seit der Kindheit. Am Wochenende ging es ihr immer gut, weil meine Eltern meist nicht da waren, aber an den Wochentagen war es oft sehr schlimm."

„Warum denn das?"

Er strich ihr jetzt mit den Fingerspitzen sanft über die Stirn. „Wenn unsere Eltern abends nach Hause kamen, fingen sie regelmäßig an zu streiten, sodass wir aufwachten. Sie waren allerdings der Meinung, dass keiner sie hören könnte."

Catherine musste daran denken, dass sie als Kind immer der Meinung gewesen war, mit Geld sei alles leichter. „Das war sicher schlimm für euch."

„Ja, besonders für Grace. Sie kam dann immer zu mir ins Zimmer, und meistens hatte sie schreckliche Kopfschmerzen. Aus Stress." Sein Tonfall war schärfer geworden.

Er liebte seine Schwester, das war deutlich zu hören, und das konnte Catherine gut nachempfinden, denn ihr ging es nicht anders. „Warum haben sich deine Eltern nicht getrennt?"

„Das kam nicht in Frage. Die Montgomerys lassen sich nicht scheiden, sie halten durch."

„Und Grace und du, ihr habt darunter gelitten."

225

„Ja. Wenn sie Kopfschmerzen hatte, rieb ich ihr die Stirn, bis sie einschlief", sagte er leise.

Aus der Haltung seiner Schwester gegenüber konnte Catherine erkennen, was für ein Mann Logan war. „Ich hoffe, sie war dir auch entsprechend dankbar", murmelte sie.

„Ja, und sie ist es auch heute noch."

„Ich jedenfalls bin dir sehr dankbar." Catherine seufzte zufrieden, als er mit den Fingerspitzen sanft gegen eine besonders empfindliche Stelle drückte.

Was immer Logan für seine kleine Schwester getan hatte, war aus brüderlicher Liebe geschehen. Was er mit Catherine machte, hatte eindeutig eine erotische Komponente. Seine Berührungen waren sinnlich und hatten etwas Intimes. Sein Ziel war klar, er wollte mit ihr schlafen. Und sie wollte es auch. Sie hatte nur die heutige Nacht. Morgen musste sie dieses Haus wieder verlassen und sich dem neuen Tag stellen.

Langsam öffnete sie die Augen und sah Logan an. Sie wollte so gern mehr über ihn wissen. „Wo ist Grace jetzt?"

„Sie lebt in einem Loft in New York und macht schöne Fotos. Jeder engeren Beziehung mit Männern geht sie aus dem Weg, aus Angst, mal so wie unsere Eltern zu enden." Er lachte kurz und böse auf. „Sie lebt von ihrem Treuhandfond, weil sie der Meinung ist, dass Mutter und der Richter ihr das schuldig sind, nach all dem Elend, das sie in der Kindheit hat durchmachen müssen."

„Ist das auch deine Meinung?"

Er schüttelte den Kopf. „Nein. Ich lebe nur von meinem Gehalt. Wenn ich das Geld in meinem Treuhandfond anrühren würde, hätte ich das Gefühl, meine Selbstständigkeit aufzugeben, und das will ich auf gar keinen Fall. Ich glaube, Grace wäre auch glücklicher, wenn sie so leben könnte wie ich." Er lächelte Catherine liebevoll an, und sofort reagierte

226

*Einfach skandalös*

ihr Körper, als hätte Logan einen magischen Hebel betätigt. Ihr Herzschlag beschleunigte sich, ihr Atem kam schneller, und tief in ihr breitete sich Hitze aus. Sie wollte sich ihm hingeben, diesem Mann, der so viel Charme und Sexappeal besaß, aber auch viel Verständnis und Mitgefühl hatte.

„Grace und ihr Leben sind ein Thema für einen anderen Tag. Diese Nacht gehört uns, Cat. Wenn du willst." Er schwieg kurz. „Du hast die Wahl."

Sie setzte sich zu schnell auf, und ihr war schwindlig. Als der Schwindel vorbei war, merkte sie, dass auch die Kopfschmerzen vergangen waren. Der Mann hatte wirklich magische Hände.

„Geht es dir besser?" fragte er.

„Viel besser." Sie kniete sich vor ihn hin und sah ihn an. „Aber ich vermute, das war der Sinn der Sache."

„Das verstehe ich nicht."

„Du kannst eine Frau nicht verführen, wenn sie Kopfschmerzen hat."

Seine dunklen Augen blickten ernst. „Ach so. Und du hast gerade zugegeben, dass deine Kopfschmerzen weg sind."

„Ja. Ganz und gar."

Das lodernde Feuer im Kamin und der Aufruhr der Naturgewalten waren nichts im Verhältnis zu dem Gefühlssturm, den Logan in ihr entfesselt hatte. Und sie fragte sich: Ist eine Nacht genug?

## 6. KAPITEL

Catherine sah nachdenklich auf ihre Hände. Logan überließ ihr die Entscheidung, ob sie miteinander schlafen würden. Ihr Körper sagte Ja, aber ihr Kopf war noch nicht ganz entschlossen.

„Was willst du noch wissen, Cat? Du kannst mich alles fragen."

„Du bist also nicht nur ein exzellenter Masseur, du kannst auch noch Gedanken lesen."

„Ich habe dir doch schon gesagt, dass ich viele verschiedene Talente habe. Also, was ist los?"

Catherine schwieg, und nichts war zu hören außer dem Prasseln des Regens. Dann sagte sie: „Eine Sache muss ich erst noch klären."

Er strich ihr zärtlich über die Wange. „Was denn?"

„Also ...", Catherine zögerte, „... es geht mir nicht um irgendein Versprechen."

„Sondern?"

„Ich möchte wissen, ob das mehr ist für dich als ein kurzes Abenteuer." Sie sah ihn ernst an.

„Vertrau mir", sagte er mit leiser, tiefer Stimme. „Es bedeutet mehr für mich. Ich habe zu viel Achtung vor dir, als dass ich ein Mal mit dir schlafen und mich dann nie wieder melden würde."

„Das ist doch immerhin etwas", erwiderte sie leicht spöttisch. „Heißt das, du wirst mich anrufen, wenn das hier vorbei ist?" Es fiel ihr schwer, ihren beiläufigen Ton beizubehalten.

Logan nickte. „Ja, bald."

„Bald – so wie Männer das im Allgemeinen verstehen?"

Sein Lächeln verschwand, und er sah sie sehr eindringlich an. „Bald, so wie Logan Montgomery es versteht."

Wieder schwiegen sie, und Catherine wusste, dass sie

*Einfach skandalös*

nicht mehr erwarten konnte. Entweder sie vertraute ihm oder nicht.

Sie holte tief Luft. „Wie lange willst du denn eigentlich noch warten?"

Ohne dass es ihm bewusst gewesen war, hatte Logan den Atem angehalten. Er atmete tief aus. Minutenlang hatte er befürchtet, sie würde einen Rückzieher machen. Sie hatte gesagt, ihr ginge es nicht um ein Versprechen. Sie hatte keine Ahnung, dass er durchaus bereit war, ihr etwas zu versprechen.

Er spürte seinen schnellen Herzschlag. Ohne noch eine Sekunde länger zu warten, hob er Catherine auf die Arme und ging mit ihr zu der breiten Fensterfront. Das Meer und der Strand bedeuteten ihm so viel, und er wollte es mit ihr teilen.

Sie legte ihm die Arme um den Nacken.

„Sieh doch nur", sagte er.

Sie wandte den Kopf und blickte aus dem Fenster. Tief sog er den Duft ihres Haars ein und drückte sie fester an sich.

„An klaren Tagen muss man von hier einen tollen Blick haben."

„Es ist der schönste Blick, den es gibt."

„Es ist schon jetzt nicht schlecht." Catherine schloss die Augen und schmiegte sich an ihn. „Den ganzen Abend habe ich dem Regen zugehört."

Er auch. Das Toben der Naturgewalten passte zu dem Aufruhr, der in seinem Inneren herrschte.

„Ich habe nur eine kleine Wohnung. Manchmal, wenn ich Glück habe und mir große Mühe gebe, kann ich den Sturm hören in der Nacht. Normalerweise wird alles vom Verkehrslärm übertönt."

„Und du hast keine Angst vor Gewitter?"

Sie schüttelte den Kopf. „Nein. Ich gehöre zu den wenigen Menschen, die den Regen lieben."

229

Er schloss die Augen und stellte sich vor, wie sie allein im Bett lag und dem Regen lauschte.

„Und du? Wie ist es mit dir?" fragte sie. „Du kannst das Meer hören, das ist viel schöner. Das Rauschen des Meeres und immer wieder das Krachen der Brecher, die auf den Strand schlagen. Das ist fantastisch."

„Allerdings", murmelte er und ließ sie langsam auf den Boden nieder, wobei ihre Brüste mit den harten Spitzen sich an seinem Oberkörper rieben. Als Catherine stand, legte er ihr die Arme um die Taille und presste sie fest an sich, sodass ihre Körper sich in ganzer Länge berührten. „Du fühlst dich verdammt gut an", stieß er rau hervor.

„Du aber auch." Das war eher ein zufriedenes Schnurren als ein Flüstern.

„Was möchtest du, Cat?" Er fuhr mit den Händen durch ihr volles Haar und widerstand nur mit Mühe der Versuchung, sie an sich zu ziehen und zu küssen. Aber er hatte versprochen, sich nach ihren Wünschen zu richten.

Sie packte ihn bei den Schultern, und er spürte ihre Fingernägel durch das T-Shirt hindurch auf der nackten Haut. „Ich will, dass du mich liebst. Ich will alles vergessen und nur noch Lust empfinden."

Mehr brauchte Logan nicht zu hören. Er umfasste ihr Gesicht mit beiden Händen und küsste sie, lange und tief und voller Verlangen. Catherine stöhnte leise auf, und er ahnte, dass sie sich genauso danach gesehnt hatte wie er. Sie wussten nicht mehr, was um sie herum vorging, hörten nicht mehr das Prasseln des Feuers und nicht mehr das Heulen des Sturms. Sie spürten nur noch einander, die Hitze ihrer Körper und die Begierde nacheinander.

Catherine presste die Hüften gegen ihn in einer fordernden Geste, und sofort griff er nach dem Saum des langen Sweatshirts, zog es ihr über den Kopf und warf es weg.

Ihm stockte der Atem, als er den Blick nach unten rich-

*Einfach skandalös*

tete. Ihre festen vollen Brüste mit den harten dunklen Spitzen schienen den pfirsichfarbenen Spitzen-BH fast zu sprengen. Catherine drängte sich an ihn, und sofort schob Logan die dünne Spitze beiseite, strich mit den Lippen über die glatte weiche Rundung und umschloss die aufgerichtete Brustspitze. Ein Beben ging durch Catherines Körper, und sie stöhnte laut auf. Immer wieder drängte sie sich ihm entgegen, zeigte ihm ganz ohne Scham, was sie wollte.

Er hob den Kopf und sah ihr in die halb geschlossenen Augen. Ihr Blick war verschleiert, fast schien sie ihn gar nicht wahrzunehmen. Doch als er sich ihr mit dem Gesicht näherte, stellte sie sich auf die Zehenspitzen und küsste ihn. Ihre Lippen waren weich und warm, aber der Kuss war nicht sanft, sondern wild und leidenschaftlich. Zu lange hatte sich in ihnen beiden die Sehnsucht nacheinander aufgestaut.

Logan umfasste ihre nackte Taille und presste Catherine an sich, um sie ganz nah zu fühlen, aber ihm war noch sein T-Shirt im Weg.

„Lass mich das machen", flüsterte sie. Logan trat einen halben Schritt zurück, und sie zerrte schnell das Hemd aus seiner Jeans und zog es ihm über den Kopf. Dabei strich sie ihm mit den Fingern über die nackte Haut und lachte leise.

Er stöhnte auf. „Du willst mich wohl foltern."

„Aber nein, wie kommst du denn darauf?" Sie liebkoste seinen Rücken, die kräftige Brust und fuhr ihm immer wieder mit den Daumen über die kleinen harten Brustwarzen.

Logan hatte Schwierigkeiten, sich zurückzuhalten. Und er durfte die Kontrolle nicht verlieren, denn er hatte versprochen, dass sie das Tempo bestimmen sollte. Aber die Heftigkeit, mit der er auf ihre leichtesten Berührungen reagierte, hatte nichts mehr mit normalen sexuellen Reaktionen zu tun. Er war bereits hart und bereit, und sein Lächeln wirkte etwas verkrampft.

231

„Was hast du vor?"

„Das wirst du gleich sehen", sagte er und zog das Band auf, das ihre Jogginghose in der Taille zusammenhielt. Die weiche Baumwollhose fiel sofort auf den Boden, und bewundernd musterte Logan Catherine von oben bis unten. Ihr kleiner Slip war aus demselben Material wie der BH, und die durchsichtige Spitze verbarg kaum, was darunter war.

Und dabei soll ich noch meine Fassung bewahren? dachte er. Aber er wusste, dass sie ihm vertraute, und so hob er sie wieder auf die Arme.

„Das ist leichtsinnig von dir, denn daran könnte ich mich direkt gewöhnen", sagte sie und biss ihn leicht in das Ohrläppchen.

„Wäre das denn so schlimm?"

Sie lachte. „Und was passiert nun?"

„Ich mache deine Träume wahr." Er versuchte, nicht daran zu denken, dass er ihren fast nackten Körper in den Armen hielt. Aber ihre schimmernde Haut, die wohlproportionierten Kurven und die Wärme ihres Körpers brachten ihn an die Grenze seiner Selbstbeherrschung.

„Meine Träume? Ich hätte dir wohl sagen sollen, dass ich nicht an den Märchenprinzen glaube."

Ihre Augen funkelten zwar vergnügt, aber er wusste, dass das die Wahrheit war. „Dann muss ich dich wohl mal eines Besseren belehren." Und bevor sie noch etwas sagen konnte, setzte er sie auf die Ledercouch und kniete sich zwischen ihre Beine.

Catherine wusste, was er vorhatte. Und plötzlich war sie nicht mehr so mutig. „Logan ..." Er legte ihr die Hände auf die Oberschenkel. Sie hatte den Eindruck, ihre Haut müsse verbrennen. „Irgendwie glaube ich nicht, dass der Märchenprinz ... an so was gedacht hatte."

„Aber Cat", er sah hoch und grinste sie frech an, „willst

232

*Einfach skandalös*

du jetzt wirklich mit mir diskutieren?" Dabei schob er die Hände weiter nach oben, bis er mit den Fingerspitzen die Beinausschnitte ihres Slips berührte.

Sie hatte den Atem angehalten und stieß jetzt die Luft aus. Bei der Berührung seiner Hände konnte sie keinen klaren Gedanken mehr fassen. Sie konnte nur noch fühlen, das glatte Leder an der nackten Haut, als er sie sanft nach unten zog, die feuchte Hitze seiner Zunge auf ihrer Haut und das brennende Begehren. Was er auch tat, alles fühlte sich gut und richtig an.

Als sie seine Zunge durch den dünnen Stoff spürte, vergaß sie alle Hemmungen und überließ sich vollkommen ihren Lustgefühlen. Seine fordernden Berührungen steigerten nur ihre Wünsche, und ohne dass es ihr bewusst war, hob sie die Hüften an, damit er ihr den Slip herunterziehen konnte. Logan schien zu verstehen, wonach sie sich sehnte, und fuhr fort, sie zu liebkosen, diesmal mit der Hand. Und Catherine schmiegte sich wieder und wieder seinen streichelnden Fingern entgegen, bis sie wild erbebend Erfüllung fand.

Doch das war nicht genug. Sie wollte, dass er zu ihr kam, wollte ihn ganz in sich spüren und mit ihm gemeinsam den Höhepunkt erleben.

Nur mit Mühe konnte Catherine den Kopf heben. Sie sah Logan in die Augen, und sie erkannte darin Leidenschaft und Sehnsucht ... und noch etwas anderes.

Er stand auf. Dann zog er sie hoch und zeichnete mit dem Daumen sanft ihre feuchten Lippen nach. „Ich will mehr, Cat."

„Ich auch."

„Glaubst du immer noch nicht an den Märchenprinzen?" Er strich mit den Lippen über ihre festen Brüste, die kaum mehr von dem BH gehalten wurden.

„Ich bin nicht sicher, ob der Märchenprinz das tun würde, was du getan hast."

233

„Und warum nicht?"

„Weil ... so unglaublich es auch war, es ist typisch für eine kurze leidenschaftliche Affäre. Der Märchenprinz, wie ich ihn verstehe, ist dagegen mehr auf eine langfristige Beziehung aus." Schnell presste Catherine die Lippen zusammen. Was war nur in sie gefahren, so etwas zu sagen? Sie wollte doch auf keinen Fall, dass er glaubte, sie wolle ihn einfangen, und er dann panikartig die Flucht ergriff. Noch dazu in einer solchen Nacht!

Er legte ihr die Hand zärtlich an die Wange. „Es muss doch nicht bei einer Nacht bleiben, Cat."

Sie glaubte ihm nicht, genauso wenig, wie sie jemals an die Zahnfee geglaubt hatte. „Uns trennen Welten", erinnerte sie ihn.

Er machte eine weit ausholende Armbewegung. „Ist das hier denn so fremd für dich, eine andere Welt?"

Natürlich nicht, denn in den wenigen Stunden hatte sie das Haus schon lieb gewonnen. Und von dem Richter, dessen Zurechtweisung sie immer noch ärgerte, durfte sie nicht auf Logan schließen. Logan wusste selbst, was er wollte. Sonst würde er nicht in diesem Haus wohnen und seinen Lebensunterhalt als Pflichtverteidiger verdienen.

Wenn er der Meinung war, dass sie eine Chance hatten, sollte sie ihm glauben. Und Klassenunterschiede sollten ihnen nichts anhaben können, wenn er selbst nicht nach ihnen lebte und nicht an sie glaubte.

Sie gehörte nicht zu den Menschen, die schnell jemandem vertrauten und sich leicht verliebten, aber mit Logan schien alles so einfach und selbstverständlich zu sein. Sie legte ihm die Arme um die Hüften, und bei der Berührung seiner straffen Muskeln fühlte sie wieder das heiße Sehnen, dort, wo er sie bereits liebkost hatte.

Sie blickte ihm in die warmen braunen Augen. „Es ist die Erfüllung meiner Träume."

*Einfach skandalös*

Sofort hob er sie wieder hoch, und ehe sie wusste, wie ihr geschah, lag sie auf dem Teppich vor dem Kamin und sah zu, wie er sich die Jeans auszog. Er trug einen ganz gewöhnlichen weißen Slip, aber bei einem Mann mit seiner Figur sah nichts gewöhnlich aus. Breite Schultern, flacher Bauch und eine glatte Haut von einem tiefen Bronzebraun, ein vollkommener Männerkörper vom Kopf bis zu den Zehen. Und er war voll erregt, das war nicht zu übersehen.

Ohne den Blick von ihr zu nehmen, zog er sich langsam den Slip aus und streckte sich dann neben ihr aus. Er drückte sich gegen ihren Oberschenkel, und sie fühlte, wie heiß und hart er war. Catherine legte ihm den Arm auf die Brust. Wie herrlich, ihm so nah zu sein.

„Ich habe gerade erst angefangen", sagte Logan. Er zog sie näher zu sich heran. Was für eine glatte Haut sie hatte, und wie biegsam und weich ihr Körper war!

„Womit?" fragte sie.

„Damit, deine Träume wahr werden zu lassen."

„In deiner Gegenwart halte ich alles für möglich", sagte sie leise.

Er sah sie überrascht an und schob sich dann langsam über sie, bis er ganz auf ihr lag. Mit den Armen stützte er sich ab, damit sie nicht sein ganzes Gewicht zu tragen hatte, aber dennoch passten ihre Körper wunderbar zusammen. Sie hatte die Beine leicht gespreizt und fühlte ihn zwischen den Schenkeln.

Sie stöhnte leise auf und schloss die Augen. Beinahe hätte Logan schon jetzt die Kontrolle verloren, aber er presste die Zähne zusammen und beherrschte sich. Das war sicher nicht in ihrem Sinn, und außerdem ging es ja um ihre Wünsche, die er erfüllen wollte, und nicht um seine.

Er verlagerte das Gewicht auf einen Arm und legte ihr die andere Hand auf die Brust. Die Haut war straff und glatt, und die harte Spitze kitzelte ihn in der Handfläche. Er

235

spielte mit ihr, reizte sie, rieb sie, umschloss sie mit den Lippen, bis Catherine sich ungeduldig unter ihm wand.

Er sah sie an, sie hatte die grünen Augen weit aufgerissen, als könne sie nicht glauben, was mit ihr geschah. Er drückte ihr einen kleinen Kuss auf die Nasenspitze.

„Und wer foltert jetzt wen?" stieß sie schwer atmend hervor.

Statt ihr zu antworten, beugte er sich wieder vor und liebkoste jetzt die andere Brust mit Händen, Lippen und Zunge, und Catherine warf den Kopf hin und her, griff in Logans dichtes Haar und stöhnte laut auf.

„Bitte komm zu mir. Ich brauche dich", hauchte sie.

„Ist das ein Befehl?"

Catherine lächelte. „Nenn es, wie du willst." Sie hob leicht die Hüften an.

Unfähig, noch länger zu warten, legte er sich schnell neben sie und strich ihr über die festen Brüste, den flachen Bauch, die wohlgerundeten Hüften bis zu dem Dreieck zwischen ihren Beinen. Wieder wand sie sich verführerisch, besiegt von dem gleichen rastlosen Verlangen, das auch ihn quälte. Schon seit ihrer ersten Begegnung auf der Gartenparty heute Nachmittag hatte er gehofft, sie so zu sehen, wie sie jetzt neben ihm lag, nackt und hungrig nach Liebe. Und ihm wurde klar, dass er mehr wollte, als sie nur für diese eine Nacht zu besitzen. Selbst wenn er körperlich momentan befriedigt wäre, würde die Sehnsucht nach ihr ihn nicht loslassen.

Er zog die Jeans zu sich heran und holte ein Kondom aus der Tasche, das er kurz zuvor noch schnell eingesteckt hatte, auf alle Fälle. Besser gesagt, für den Glücksfall, dass sich eine Gelegenheit ergab, mit dieser atemberaubenden Frau zusammen zu sein.

Er konnte nicht länger warten, schob sich schnell wieder auf sie und drang mit einem tiefen Stoß in sie ein. Sie kam

*Einfach skandalös*

ihn entgegen und nahm ihn mit einem beglückten Stöhnen in sich auf.

Logan griff nach ihren Händen und hielt sie oberhalb ihres Kopfes fest. Es war mehr als eine körperliche Vereinigung, das spürte Catherine. Sie waren auch seelisch eins. Doch sie schob diese spontane Erkenntnis rasch wieder beiseite. Denn solche Gedanken konnten sie nur unglücklich machen, auch wenn Logan sie voller Leidenschaft ansah und sie im Augenblick nur Glück empfand.

Er küsste sie zärtlich und sehnsüchtig zugleich und begann sich langsam in ihr zu bewegen. Es war ein ebenso aufregendes wie sanftes, ein ebenso wildes wie süßes Gefühl, und Catherine empfand eine tiefe Freude, die über pure Lust weit hinausging.

Auf einmal ließ Logan ihre Hände los und fasste sie bei den Schultern. „Sieh mich an", flüsterte er.

Sie tat es. In seinen Augen stand alles, was er empfand, Begierde und Lust, Vertrauen und Sehnsucht nach ihr. Sie war ihm verfallen. Dass er so offen seine Gefühle zeigte, berührte sie tief.

Nun drang er in einem zunehmend schnelleren Rhythmus immer wieder in sie ein, wurde fordernder und dann aber wieder langsamer. Sie schloss die Augen und gab sich ganz diesem Wechsel hin. Langsam und beinahe vorsichtig drang er jetzt vor, zog sich dann wieder zurück und verlängerte so ihre köstlichen Qualen, bis sie ihn anflehte, sie härter zu nehmen. Aber dann wieder steigerte sich ihre Erregung zu schnell, und sie sehnte sich nach den langsamen Bewegungen, die intimer und zärtlicher waren.

Logan hatte sich in der Kontrolle. Er wollte sie so lange lieben, bis er sicher sein konnte, dass sie diese Nacht nie vergessen würde. Es sollte eine ganz besondere Nacht für sie sein und nicht nur eine Liebeserfahrung wie andere.

Wieder verlangsamte er seine Bewegungen. „Mach die Augen auf."

„Was willst du von mir?" sagte sie leise und wie in Trance.

„Alles." Er küsste sie und drang dann wieder in sie ein, schnell und tief, und diesmal zog er sich nicht zurück, sondern nahm sie in einem wilden, rauschhaften Wirbel. Und sie kam ihm entgegen, hob die Hüften an, wieder und wieder. Und dabei sahen sie sich unablässig in die Augen, bis sie beide laut aufschrien und gemeinsam einen ekstatischen Höhepunkt erlebten.

Logan rollte sich zur Seite und blickte Catherine an, die genauso befriedigt und erfüllt aussah, wie er sich fühlte. Ihre Wangen waren gerötet, die Lider lagen schwer auf ihren grünen Augen, und ihr Atem ging noch schnell und flach.

Er streckte die Arme über dem Kopf aus, ein großer Fehler, wie er sofort feststellte. Denn Catherine rollte sich auf den Rücken, sodass ihre Körper sich nicht mehr berührten. Schlagartig setzte seine Vernunft wieder ein.

Er konnte respektieren, dass sie eine gewisse Distanz brauchte. Aber er musste unbedingt noch ein paar Dinge klarstellen. Er hatte sich bisher noch nie so in jemandem verloren, und er war sicher, dass sie das Gleiche empfand. Wieder streckte er den Arm aus, und statt auszuweichen, kam sie diesmal näher und kuschelte sich an ihn.

„Das war unglaublich schön", flüsterte er.

„Ja. Ich habe so etwas noch nie erlebt."

Er hoffte, sie meinte damit nicht nur den sexuellen Akt selbst, sondern auch die Gefühle, die damit verbunden waren. Er wartete, aber sie sagte nichts weiter. Offensichtlich brauchte sie Abstand.

Ihre nächsten Worte bestätigten seine Vermutung. „Es wird kalt, findest du nicht?"

*Einfach skandalös*

„Mir ist wunderbar warm." Er küsste sie auf den Hals.

Sie lachte. „Du weißt, wie ich das meine."

Ja. Jetzt, wo sie es erwähnte, bemerkte er auch, dass der Kamin nicht mehr viel Wärme verbreitete. „Weißt du was? Ich mache das Feuer im Kamin aus, und wir ziehen ins Schlafzimmer um."

Sie nickte. „Hört sich sehr gut an."

Logan stand auf. Er hatte das Gefühl, dass sie jetzt Raum für sich und Ruhe brauchte. Er war froh, dass sie auch ohne Worte deutlich machte, was sie wollte. Das war eins der vielen Dinge, die er an ihr liebte.

Allerdings ließ ihn die Angst nicht los, sie könne vor dem, was sie miteinander erlebt hatten und noch erleben könnten, davonlaufen anstatt es akzeptieren. Endlich hatte er die Frau gefunden, die das liebte, was ihm in seinem Leben wichtig war, und die nicht mit dem Status und dem Reichtum der Montgomerys zu beeindrucken war. Und er wollte sie nicht gehen lassen.

## 7. KAPITEL

Als Catherine erwachte, schien die Sonne hell ins Zimmer. Sie warf einen Blick zur Seite, aber das Bett neben ihr war leer. Sie hörte die Dusche rauschen und kuschelte sich wieder in die Kissen. Nach der gestrigen Nacht spürte sie jeden Muskel, ein wunderbares Gefühl.

Sie war so erschöpft, dass sie nicht mehr erinnerte, wie sie den Weg in sein Schlafzimmer gefunden hatte. Als er das Feuer gelöscht und zu ihr ins Bett gekommen war, hatte sie sich an ihn geschmiegt und war sofort in tiefen Schlaf gefallen. So war sie gar nicht mehr zum Nachdenken gekommen.

Aber jetzt hatte sie genügend Zeit. Eins würde sie nie tun: bedauern, dass sie mit Logan geschlafen hatte. Er war ein wunderbarer Liebhaber, war auf ihre Bedürfnisse und ihre Wünsche eingegangen. Aber das war ja typisch.

Der einzige One-Night-Stand ihres Lebens, und dazu musste sie sich ausgerechnet den falschen Mann aussuchen. Nein, er war in jeder Hinsicht vollkommen, nur eben nicht für sie. Sie war wie versteinert vor Angst, wenn sie sich vorstellte, dass ihre Welten aufeinander treffen könnten und alles zerstört würde, was sie miteinander erlebt hatten und was sie verband.

Das Telefon klingelte und riss sie aus den Grübeleien. Sie war ganz froh darüber, denn die Richtung, in die ihre Gedanken gingen, gefiel ihr nicht. Sie ließ es klingeln, und nachdem sich der Anrufbeantworter eingeschaltet hatte, hörte sie Emmas Stimme: „Logan? Cat? Los, nehmt ab. Ich weiß, dass ihr da seid."

Catherine griff nach dem Telefonhörer. „Hallo?"

„Sind Sie zu müde, um mir fröhlich einen guten Morgen zu wünschen? Das ist ein gutes Zeichen."

*Einfach skandalös*

„Oh, Emma, Sie sind es." Catherine kuschelte sich behaglich sich in die Kissen. Kein Wunder, dass es Logan aufgegeben hatte, es mit der alten Dame aufzunehmen. Sie hatte wahrscheinlich mehr Nerven und Durchsetzungsvermögen als sie beide zusammen.

„Wie schön, dass Sie meine Stimme wieder erkennen, meine Liebe. Manchmal kann man nach langen Nächten nicht mehr ganz klar denken. Wie fühlen Sie sich denn heute Morgen?"

Catherine tappte nicht in die Falle. „Danke, gut. Und Sie, Emma?"

„Nur ‚gut‘ bedeutet, dass mein Enkel Nachhilfestunden braucht."

Ein heißer Schauer überlief Catherine. Wenn jemand keine Nachhilfestunden in Sachen Sex brauchte, dann war es Logan. Aber das ging seine Großmutter nichts an. Und sie fragte sich, wann jemand Emma jemals wirklich Kontra gegeben hatte. Sie bewunderte die alte Dame, doch es wurde Zeit, dass ihr mal eine Lektion erteilt wurde.

„Sie haben Recht", sagte Catherine. „Ich weiß auch nicht, woran es lag. Vielleicht war es die lange Fahrt oder der ewige Regen, auf alle Fälle war er nicht so ... temperamentvoll, wie er es wohl normalerweise ist."

Emma hüstelte. Und Catherine hatte gehört, dass sich die Badezimmertür geöffnet hatte, sodass Logan sicher zumindest ihre letzte Bemerkung gehört hatte. Er stand jetzt vor dem Bett, die Jeans hing ihm locker um die Taille, der Oberkörper war noch nackt, ein Handtuch hing ihm über die Schulter, und er starrte sie ungläubig an.

Catherine hielt die Hand über die Sprechmuschel. „Emma", sagte sie leise.

Logan legte den Finger auf die Lippen und stellte sich ganz dicht neben sie, sodass er mithören konnte.

„Manchmal ist es leider so, dass Männer das erste Mal

241

mit einer Frau nicht besonders gut sind, aber es wird sicher mit der Zeit besser, meine Liebe", meinte Emma tröstend.

Catherine prustete los vor Lachen.

Emma klang leicht pikiert. „Ich weiß, dass du dran bist, Logan, und heimlich mitzuhören ist eine sehr schlechte Angewohnheit. Habe ich dir nicht beigebracht, wie man sich anständig benimmt?"

Logan hatte Mühe, ernst zu bleiben. „Alles, was ich in dieser Beziehung weiß, weiß ich von dir. Hat man dir nie beigebracht, dass es sehr unhöflich ist, seine Nase in anderer Leute Angelegenheiten zu stecken?"

„Ich habe mich doch nur nett mit Catherine unterhalten, nicht wahr, meine Liebe?"

Catherine unterdrückte ihr Lachen. „Ja, das stimmt. Aber ich bin nur wegen des Sturms hier geblieben. Sonst ist nichts passiert in der letzten Nacht." Sie kreuzte dabei die Finger hinter dem Rücken.

Als sie die letzte Nacht erwähnte, fing sie Logans amüsierten Blick auf. „Lügnerin!" flüsterte er und legte sich neben sie auf das Bett.

Sein Duft nach Seife und Aftershave erregte sie sofort wieder. Sie wickelte sich in ihr Betttuch, aber zu spät, er hatte bereits gesehen, dass ihre rosigen Spitzen sich aufgerichtet hatten.

„Natürlich ist nichts passiert. Ich habe meinen Enkel schließlich zu einem Gentleman erzogen. Und Sie sind die richtige Frau für ihn", fügte Emma hinzu. „Nun muss ich aber los. Ich lege jetzt auf. Adieu!"

Logan und Catherine prusteten los.

„Ob sie wohl etwas begriffen hat?" fragte Catherine, als sie sich wieder etwas beruhigt hatte.

„Das bezweifle ich. Du kannst dir nicht vorstellen, was sie sich für uns ausgedacht hatte."

„Uns?"

*Einfach skandalös*

Er nickte. „Emma hatte schon Pläne gemacht, bevor wir beide, du und ich, uns überhaupt kennen lernten. Sie liebt es, überall mitzumischen."

„Ja, es sieht ganz so aus. Aber sie hatte auch einen sehr starken Einfluss auf dich und auf deinen Charakter."

„Wie hast du das denn herausgefunden?"

„Zum Teil ist es ganz offensichtlich, zum Teil lässt sich das an Kleinigkeiten ablesen." Catherine ließ den Blick den Raum schweifen, in dem der Junggeselle Logan Montgomery lebte, und machte eine ausholende Geste mit der Hand. „Hier ist beinahe alles von deiner Persönlichkeit geprägt. Die Holzmöbel sind alt und wirken männlich-rustikal, der ganze Raum ist in Brauntönen gehalten. Das Holz ist unpoliert und wirkt warm und gemütlich. Aber hin und wieder fällt mir etwas auf, das du dir allein sicher nicht ausgesucht hättest. Da scheint mir der Einfluss von Emma spürbar zu sein."

Er grinste amüsiert. „Was denn zum Beispiel?"

„Bestimmte Kleinigkeiten, für die ein Mann normalerweise keinen Sinn hat. Etwa der kleine Teppich da vor dem Bett. Er macht den Raum behaglicher. Die hübsche Schale auf dem Nachtisch für die Schlüssel. Ich wette, du würdest deine Schlüssel nur einfach so auf den Tisch werfen. Du würdest dir doch nie eine Zinnschale kaufen. Und die antiquarischen Bücher mit den Buchstützen aus Marmor? Die sind doch sicher auch ein Geschenk von Emma."

Catherine war nicht ganz sicher, ob sie damit Recht hatte. Vielleicht brachte er auch häufiger junge Frauen hierher, die ihn dann mit Geschenken verwöhnten.

„Zum Teil hast du Recht. Emma hat tatsächlich den kleinen Teppich und die alten Bücher mitgebracht."

„Und die anderen Sachen?" Catherine hielt den Atem an.

„Eine schöne Frau mit zu viel Geld hat mir die Buchstützen und die Zinnschale geschenkt."

Es gab Catherine einen Stich. „Sie hat einen guten Geschmack", gab sie widerwillig zu.

„Den sollte sie wohl haben. Ihre smarte Großmutter hat
ihr in dieser Beziehung alles beigebracht. Und Grace hat
schnell gelernt." Er lachte, als er ihr verdutztes Gesicht sah.

„Du Schuft!"

Er legte sich neben sie, und weil die Matratze unter seinem Gewicht nachgab, rutschte Catherine leicht in seine
Richtung. Sofort beugte er sich vor und gab ihr einen zärtlichen Kuss. „Aber doch wohl ein sehr liebenswürdiger."

Das stimmte. „Du bist ein arroganter Schuft", sagte sie,
damit er nicht noch mehr Oberwasser bekam.

„Das sagt Grace auch."

„Wie oft seht ihr euch?" fragte Catherine.

„Zu selten. Aber einmal die Woche telefonieren wir miteinander, meistens am Sonntagabend. Für mich ist es wichtig zu wissen, dass es ihr gut geht, und sie will erfahren, was
hier in Hampshire so passiert ist. Selbst wenn sie es nie zugeben würde, sie vermisst ihre Freunde. Sie vermisst sogar
einzelne Mitglieder der Familie."

„Ja, dich und Emma." Das konnte Catherine sich sofort
vorstellen.

„Und Mutter. Die beiden haben erstaunlicherweise eine
ziemlich enge Beziehung. Dad ist derjenige, den sie nicht
ertragen kann."

„Vielleicht wird sie eines Tages wieder nach Hampshire
ziehen."

„Bis dahin müsste sich noch viel ändern." Er sah Catherine ernst an. „Aber man weiß es nie. Es geschehen immer
wieder Wunder."

Ein leichtes Kribbeln überlief Catherine, und sie holte
tief Luft. Sein männlicher Geruch ließ ihr Herz wieder

244

*Einfach skandalös*

schneller schlagen. Sie sah schnell zur Seite. „Wie spät ist es?"

„Zehn."

„Du liebe Zeit!"

„Schläfst du denn am Wochenende nie länger?"

„Nein, aber deinetwegen bin ich vollkommen erschöpft."

Er grinste. „Das betrachte ich als Kompliment."

Sie griff hinter sich, zog das Kopfkissen hervor und schlug ihm damit auf die Schulter. „Das glaube ich sofort."

„Außerdem habe ich mein erstes Versprechen gehalten."

Sie hob überrascht die Augenbrauen. „So? Welches denn?"

„Es ist schon Vormittag, also sind wir länger zusammen als nur eine Nacht." Sein strahlendes Lächeln nahm ihr den Wind aus den Segeln.

Obwohl sie zu den Menschen gehörte, die sich nicht schnell überzeugen ließen, war er kurz davor, sie glauben zu lassen, dass er seine Versprechen auch einhielt. „Es muss doch nicht bei einer Nacht bleiben, Cat", hatte er gesagt. Er glaubte wirklich an Wunder. Wie konnte sie dann so misstrauisch sein?

Aber hatte ihre Mutter nicht auch geglaubt, ihr Vater würde bei ihr bleiben, so wie er es ihr versprochen hatte? Und dann war er nur so lange geblieben, bis er zwei Kinder gezeugt hatte, und war dann auf Nimmerwiedersehen verschwunden. Aber Logan war nicht so wie ihr Vater. Dank seiner Großmutter stand er mit beiden Füßen fest auf der Erde. Wer bereit war, einen Kredit aufzunehmen, um ein heruntergekommenes Haus zu kaufen und renovieren zu lassen, der sehnte sich nach einem Heim und Wurzeln.

Nicht, dass sie so naiv war, auf eine längerfristige Beziehung mit Logan Montgomery zu hoffen. Zumindest jetzt

245

noch nicht. Aber sie fürchtete, dass sie genau das tun würde, wenn sie länger mit ihm zusammen war.

„Die Sonne scheint", sagte sie, „es wird wirklich Zeit, dass ich zu meiner Schwester komme." Bloß raus hier, dachte sie. Zurück in die Normalität. Ihre realistische Schwester und ihr superschlauer Ehemann würden ihr den Kopf schon wieder zurechtrücken und ihr begreiflich machen, warum sie sich nicht irgendwelchen Träumen hingeben durfte.

„Ich dachte, wir könnten irgendwo was frühstücken, und ich liefere dich dann bei deiner Schwester ab."

Er hatte es nicht verdient, dass sie unfreundlich zu ihm war, auch wenn sie es vielleicht später bedauern würde. „Weißt du was? Ich dusche schnell und mache uns dann hier etwas zum Frühstück. Dann kannst du mich zu Kayla bringen."

„Das hört sich gut an." Er kam wieder näher, und sie wartete darauf, dass er sie küssen würde. „Aber ich habe nichts zu essen im Haus", sagte er stattdessen.

„Das ist schlecht, aber ..." Diesmal spürte sie seine Lippen, fordernd und zärtlich zugleich. Und sie vergaß, was sie hatte sagen wollen.

Wenigstens vorübergehend.


Catherine hatte ihm gesagt, wie er fahren sollte, und so erreichte Logan ohne Umwege Kaylas hübsches Haus. Es war in freundlichen Gelbtönen gestrichen und wirkte im hellen Sonnenlicht sehr einladend. Die halbe Stunde Fahrzeit war sehr schnell vergangen. Catherine hatte die ganze Zeit geredet, und Logan wusste nun alles über ihre Schwester und deren Mann.

Es war sehr deutlich, dass Catherine die Schwester sehr liebte, und trotz ihrer ironischen Bemerkungen hatte er den Eindruck, dass sie auch den Schwager sehr schätzte. Aber

*Einfach skandalös*

wahrscheinlich hatte sie auch deshalb ununterbrochen geredet, weil sie Angst vor einem bestimmten Thema hatte. Würden sie sich wiedersehen?

Ihm war klar, dass sie davon überzeugt war, ihre Beziehung hätte keine Zukunft. Und er war fest entschlossen, sie eines Besseren zu belehren.

Denn Catherine sehnte sich nach einem ganz normalen Familienleben, wie ihre Schwester es führte, das war ihm immer deutlicher geworden, auch wenn sie es nie zugeben würde. Er konnte es deshalb so gut beurteilen, weil es ihm ganz genauso ging. Auch er sehnte sich nach einem richtigen Zuhause, doch war ihm das erst bewusst geworden, als er Catherine kennen lernte.

„Wir sind da."

Er legte einen Arm aufs Lenkrad und wandte sich ihr zu. „Ja. Das sind wir." Er sah, dass sie aussteigen wollte. „Wohin willst du, Cat?"

„Ins Haus gehen", sagte sie.

„Ohne ein Abschiedswort?"

Sie wollte etwas sagen, schwieg dann aber doch.

„Wie wäre es mit ‚bis bald'?" schlug er vor.

Sie schüttelte den Kopf. „Ich weiß nicht, warum ich mich von dir immer aus der Fassung bringen lasse", sagte sie ein wenig ärgerlich. „Das passiert mir sonst nie. Noch nicht einmal bei Nick."

„Wer ist Nick?" fragte er sofort.

„Mein Koch. Und ein sehr guter Freund aus der Kindheit. Wir waren zusammen auf der Kochakademie, und er war hinter mir her, seit wir Teenager waren. Aber seit ich ihn das erste Mal vors Schienbein getreten habe ..."

„Hat er es nie wieder versucht?"

Catherine lachte. „Oh, doch!"

„Und dieser Nick? Er ist ein ..."

247

„Ein guter Freund", sagte sie leise. Als wüsste sie, was in Logan vorging, fügte sie ernst hinzu: „Er ist verlobt."

Er begegnete ihrem klaren Blick und wusste, dass er sich nicht geirrt hatte. Sie hatte ihn verstanden und versuchte ihn zu beruhigen. Er war ihr dankbar dafür. Bisher war er noch nie eifersüchtig gewesen, aber mit Catherine Luck war alles anders. Keine Frau hatte ihn bisher so beeindruckt.

Sie senkte den Blick. „Leb wohl, Logan", sagte sie und öffnete die Tür, bevor Logan noch etwas sagen konnte.

„Cat, warte."

Sie ließ los und sah ihn an. Ihre grünen Augen schimmerten feucht. „Was ist?"

„Leb wohl hört sich zu endgültig an." Er wollte ihr so vieles sagen. Sie mussten sich wiedersehen.

Sie holte tief Luft. „Wir hatten viel Spaß miteinander, aber ..."

„Es war mehr als das."

„Es darf nicht mehr sein." Sie schüttelte energisch den Kopf.

„Warum nicht? Weil ich ein Montgomery bin?"

„Deshalb auch." Catherine traute sich nicht, mehr zu sagen, aus Angst, ihre wahren Gefühle zu verraten. Sie war gefährlich nahe daran, sich hoffnungslos in einen Mann zu verlieben, den sie noch nicht einmal vierundzwanzig Stunden kannte.

Es gibt keine Liebe auf den ersten Blick, sagte sie sich. Wenn sie erst mal aus diesem Auto heraus war, würde ihr das auch wieder klar sein.

„Wir leben in einer modernen Welt, Cat. Klassenunterschiede spielen heute keine große Rolle mehr."

Sag das mal dem Richter, dachte sie. Logan hatte sich durch seinen Lebensstil so weit von seiner Familie und deren Lebensstil entfernt, dass er fest von dem überzeugt war, was er sagte. Aber er machte sich nicht klar, was es bedeutete, wenn ihrer beiden Welten zusammenstießen.

Außerdem war sie sicher, dass sie für ihn bald nur noch eine schöne Erinnerung sein würde, wenn er erst wieder zu Hause war. „Können wir nicht einfach sagen, dass wir eine schöne Zeit hatten ...“

„Und uns irgendwann wiedersehen werden?“ vollendete er den Satz.

„So ungefähr.“

Er grinste, und sie wusste, dass sie einen Fehler gemacht hatte. „Das hört sich gut an. Ich hole dich am Freitag ab. Wir können in Boston essen gehen und fahren dann wieder ans Meer. Vielleicht ist das Wetter diesmal besser, und ich kann dir ein paar schöne verborgene Plätze zeigen.“

„Du bist ja sehr direkt“, meinte sie.

„Ich bin nur ehrlich“, gab er zurück. „Ich dachte, du magst das.“

„Ja, das tu ich auch“, flüsterte sie. Ihre eigenen Worte hatten ihr eine Falle gestellt. Sie wusste nicht, was sie noch sagen sollte, ohne die Dinge weiter zu verkomplizieren, und umfasste den Türgriff fester.

„Dann glaub mir doch, wenn ich sage, dass ich dich unbedingt wiedersehen möchte. Zwischen uns hat sich etwas entwickelt, das man nicht so einfach aufgeben kann.“

Ihr Puls beschleunigte sich. Logan konnte sehr gut mit Worten umgehen. Aber noch besser gelang es ihm, immer wieder ihre abwehrende Haltung zu durchbrechen und sie glauben zu machen, das Unmögliche könnte Wirklichkeit werden.

Sie blickte aus dem Fenster und sah ihren Schwager aus der Haustür kommen. Wahrscheinlich wollte er nachsehen, was das für ein Auto war, das da schon so lange in seiner Einfahrt hielt.

Sie hatte keine Lust, die beiden Männer einander vorzu-

stellen und sich später Kanes bohrenden Fragen zu stellen.
„Ich muss gehen."

„Was ist mit Freitag?" fragte Logan. „Du schuldest mir
noch ein Frühstück", fügte er hinzu, als sie nicht antwortete.

Sie sah ihm in die Augen. Sein Blick war aufrecht. Sie
hatte mit ihm geschlafen, hatte sich ihm geöffnet, und sie
vertraute ihm. Nur sie selbst war es, gegen die sie ankämpf-
te.

Sie lächelte vorsichtig.

„Du hast meinen Lieblingsjogginganzug an", sagte er.
„Und den möchte ich mir gern persönlich abholen." Er war
hartnäckig, und das gefiel ihr. Er konnte nicht wissen, dass
sie sich bereits entschieden hatte.

„Ruf mich an", sagte sie, und bevor er noch etwas sagen
konnte, war sie ausgestiegen und schlug die Tür zu. „Jetzt
bist du wieder dran", sagte sie laut vor sich hin.

Er wusste weder, wo sie wohnte, noch hatte er ihre
Telefonnummer. Aber natürlich konnte er sie über die
Firmenadresse leicht ausfindig machen, und auch Emma
hatte ihre Nummer. Aber immerhin musste er sich bemühen, und das würde er nur tun, wenn er ernsthaft interessiert war. Sie wollte sich nicht zickig benehmen, und
sie wollte ihm auch nichts vormachen, aber sie musste
wissen, ob es ihm Ernst war, bevor sie sich mit ihm einließ.

Das Problem war nur, dass sie sich schon längst mit ihm
eingelassen hatte.


„Du hast mit Logan Montgomery geschlafen?" Kaylas
Stimme klang laut in dem kleinen Schlafzimmer.

Catherine zuckte zusammen. „Bitte, sag das doch nicht
in einem solchen Ton. Wieso bist du so aufgebracht?"

Ihre Schwester griff nach einem Stapel Zeitschriften, die

*Einfach skandalös*

auf dem Tisch neben dem Bett lagen. „Das ist doch hier irgendwo drin. In der neuesten Ausgabe ..."

„Was ist das denn?" Catherine starrte die Schwester an. Das konnte doch nicht wahr sein. Kayla las normalerweise nur gute Bücher, interessierte sich für Literatur und medizinische Fachzeitschriften, und nun das hier! „Du liest solche üblen Klatschblätter? Für mich bricht eine Welt zusammen."

Kayla wurde rot. „Seit der Arzt sagte, ich solle im Bett bleiben, fühle ich mich wie eingesperrt. Meine Bücher habe ich schon alle durchgelesen. Kane geht zwar nach dem Dienst oft in die Bücherei, aber auch das ist nur ein Tropfen auf dem heißen Stein. Und so lese ich alles, was mir unter die Finger kommt, selbst all diesen Schrott ..."

Catherine setzte sich auf die Bettkante und strich ihrer Schwester liebevoll über die Hand. „Willkommen in der Welt der normalen Sterblichen." Kayla war klüger als jeder andere Mensch, den sie kannte, und sie hatte außerdem ein fantastisches Gedächtnis. Stunden konnte sie in der Bücherei zubringen, und sie interessierte sich für die ausgefallensten Themen.

„Sehr witzig." Kayla blätterte schnell die Zeitschriften durch. „Hier. Hier ist es. Sieh doch mal."

Catherine griff zögernd nach dem Blatt, denn sie wusste, ihr würde nicht gefallen, was sie gleich lesen würde. Ein ganzseitiges Foto von Logan fiel ihr sofort ins Auge, das gestern auf der Gartenparty aufgenommen worden war. Er sah hinreißend aus, und sofort musste sie wieder an gestern Nacht denken, an seine leise tiefe Stimme, die warmen Hände auf ihrer Haut ... Schnell legte sie die Zeitschrift zur Seite.

„Nein, du musst noch den Artikel lesen", sagte Kayla.

Catherine nahm sich die Illustrierte und las vor: „Logan Montgomery, Sohn von Richter Edgar Montgomery und

*Carly Phillips*

seiner Frau Annette, soll Gerüchten zufolge schon bald seine Kandidatur für den Bürgermeisterposten bekannt geben. Auch wenn der begehrte Junggeselle alles abstreitet, rät uns Richter Montgomery, am Ball zu bleiben. Das würden wir auch ohne diese Aufforderung tun, denn Logan Montgomery ist viel zu attraktiv, als dass wir ihn vergessen könnten. Bedauerlicherweise wird er sich wohl bald mit einer passenden ..."

Catherine warf die Illustrierte aufs Bett. „Ich ertrage diesen Unsinn nicht!"

„Du liebe Zeit, du hast dich ja in ihn verliebt!" Kayla musterte sie aus zusammengekniffenen Augen.

Catherine schüttelte heftig den Kopf. Nie würde sie das zugeben, noch nicht einmal sich selbst gegenüber. Sie wäre zu hilflos, zu leicht zu verletzen. „Was soll ich tun?" Sie unterdrückte ein Schluchzen und warf sich über das Fußende des Bettes.

„Du könntest mal versuchen, dich wenigstens äußerlich in Ordnung zu bringen."

Catherine rollte sich auf den Rücken und blickte den Schwager an, der in der Tür stand.

„Geh weg", befahl Kayla sanft.

„Nur wenn sie da ist, sagst du so etwas zu mir." Er runzelte die Stirn und blickte seine Frau an.

Catherine musste nun doch lächeln. „Dann hast du wenigstens meinetwegen hin und wieder zu leiden, McDermott."

„Bevor ihr zwei wieder anfangt, möchte ich auch noch etwas sagen", warf Kayla schnell ein.

Catherine seufzte leise. Sie hatte Kane kennen gelernt, kurz nachdem er das erste Mal mit ihrer Schwester geschlafen hatte, und zwar, weil er Kayla aushorchen wollte. Das zumindest hatte Catherine damals geglaubt, und obwohl Kane inzwischen längst bewiesen hatte, dass er es ehrlich

*Einfach skandalös*

meinte, kam es regelmäßig zwischen Schwager und Schwägerin zu solchen Frotzeleien. Catherine schätzte den Detective sehr, was vor allem damit zu tun hatte, dass er Kayla liebte und auf Händen trug. Aber das würde Catherine natürlich nie zugeben.

„Sag schon." Catherine nickte der Schwester aufmunternd zu.

Kayla sah ihren Mann an. „Cat braucht Ruhe, um über einiges nachzudenken."

Catherine war verblüfft. „Was brauche ich?"

„Und sie wird hier bei uns wohnen, bis sie sich über Verschiedenes im Klaren ist."

„So? Wird sie das?" Kane sah nicht gerade erfreut aus.

Catherine grinste ihn frech an. „Allerdings." Sie verschränkte die Arme vor der Brust. Erst als Kayla diesen Vorschlag machte, war ihr bewusst geworden, wie sehr sie den Rat und die Hilfe der Schwester brauchte. Außerdem wollte sie nicht allein sein. Sie würde sonst nicht aus dem Grübeln herauskommen.

Dankbar sah sie Kayla an, über deren Bauch sich die Bettdecke gewaltig wölbte. Ihr Baby sollte sehr bald kommen, und dann wollte Catherine sowieso am liebsten bei ihr sein.

Kane trat an das Bett seiner Frau und setzte sich auf die Bettkante. „Hast du zu Hause nichts zu tun?" fragte er Catherine.

„Ich kann nach Hause fahren und meine Unterlagen holen. Dann kann ich auch von hier aus alles erledigen. Der nächste Termin ist erst am nächsten Wochenende. Unsere neue Kraft wird den Sonnabend übernehmen, ich bin dann für den Sonntag zuständig, kann also durchaus noch etwas bleiben."

„Auch das noch", sagte er leise vor sich hin. „Au!" Kayla hatte ihn in die Seite geboxt. „Ich meine, fühl dich ganz

253

wie zu Hause. Allerdings bitte ich dich, diesmal nichts um-
zuräumen oder anders zu dekorieren."

„Wer Tierfotos an den Wänden nicht mag, muss irgendwie ein psychisches Problem haben", sagte Catherine lachend. „Dadurch wirkt doch alles viel wärmer ..."

„Dafür gibt es lebende Haustiere."

„Also, wenn du gern eins hättest, werde ich sofort beim
Tierheim vorbeifahren ..."

„Ich gehe ja schon", sagte er zu den beiden Schwestern.

Catherine lachte. „Genau das habe ich beabsichtigt.
Aber ehrlich, Kane, ich danke dir sehr, dass ich bleiben
kann."

„Gern geschehen." Er lächelte die Schwägerin herzlich
an.

„Ich bin sehr froh darüber. Denn ich möchte nicht gern
allein sein."

„Du kannst so lange bleiben, wie du willst. Hauptsache,
du gehst mir aus dem Weg."

„Das meint er nicht so", sagte Kayla schnell.

„Selbstverständlich meine ich das so, Liebste ... wenn
ich allein mit dir sein will", fügte er zärtlich hinzu.

Das gab Catherine einen Stich, und zum ersten Mal
empfand sie so etwas wie Neid. Sie war oft mit Kayla und
Kane zusammen, die sehr glücklich verheiratet waren. An
allen Feiertagen wie Thanksgiving oder Weihnachten war
sie selbstverständlich bei ihnen, und immer war es für sie
eine große Freude zu sehen, wie sehr die Schwester von ihrem Mann geliebt und geachtet wurde. Aber sie hatte die
beiden noch nie beneidet. Denn ein solches Leben war für
sie nie in Frage gekommen.

Bis sie Logan kennen lernte.

Den begehrtesten Junggesellen von Hampshire.

Der dazu bestimmt war, eine reiche Partie zu machen,
selbstverständlich innerhalb seiner Gesellschaftsschicht,

*Einfach skandalös*

dachte sie, und rief sich damit die letzten Worte des Artikels ins Gedächtnis, die sie nicht mehr hatte laut vorlesen wollen.

## 8. KAPITEL

Am Montag stand Logan um die Mittagszeit an einem öffentlichen Fernsprecher innerhalb des Gerichtsgebäudes. Seit er morgens das Büro betreten hatte, hatte sein Chef ihn mit Beschlag belegt, so dass er zu nichts anderem gekommen war. Einer seiner Kollegen war krank, und so musste Logan dessen wichtigen Fall übernehmen, weil der Richter eine Verschiebung der Verhandlung ablehnte.

Er steckte Geld in den Schlitz und tippte Catherines Telefonnummer ein. Es klingelte und klingelte, bis sich schließlich der Anrufbeantworter einschaltete. Verdammt. Sie war nicht zu Hause, und er würde später keine Gelegenheit mehr haben, es noch einmal zu versuchen, da er den ganzen Tag mit seinem Klienten zusammen sein musste.

„Montgomery, der Richter will Sie sprechen", rief der Gerichtsdiener über den Flur. „Sieht so aus, als mache Ihr Klient wieder Schwierigkeiten."

Logan fluchte und hängte den Hörer wütend wieder auf. Manchmal war es schon verdammt schwer, seinen Pflichten nachzukommen.

Es war nicht sehr schlau, sich einfach zu verstecken, denn das zeigte, dass sie nicht fähig war, sich der Sache zu stellen. Aber Catherine wollte sich auch gar nicht stellen. Sie wollte nur vergessen, mehr nicht. Vergessen, dass sie mit Logan geschlafen hatte und dass er nicht angerufen hatte.

Seit Sonntag war sie bei Kayla, und heute war Dienstag. Auch wenn sie ihm nicht gesagt hatte, wo sie zu erreichen war, der Mann war schließlich Anwalt und sollte in der Lage sein, sie zu finden. Wenn er wollte.

Auch wenn sie sich immer wieder sagte, dass sie nichts erwarten durfte und dass sie auch gar nichts von ihm woll-

*Einfach skandalös*

te, war sie verletzt, dass er sich nicht meldete. Denn obwohl ihr Verstand die Wahrheit kannte, so wünschte sich ihr Herz doch, dass sie für ihn doch etwas Besonderes war. Nicht nur eine Frau wie jede andere, mit der man mal eine leidenschaftliche Nacht verbrachte.

Sie wollte Logan vergessen, und dass sie sich jetzt um ihre hochschwangere Schwester kümmerte, war die beste Kur. Außerdem konnte Kane aus dem Haus gehen, wann immer er wollte, ohne sich um seine Frau Gedanken machen zu müssen. Das war das Mindeste, was sie für die beiden tun konnte, die sie so selbstverständlich in ihr Haus aufgenommen hatten. Sie stellte etwas zu trinken und zu essen auf ein Tablett, trug es in den ersten Stock und klopfte an die Schlafzimmertür.

„Komm mir bloß nicht wieder mit Muffins! Ich kann sie nicht mehr sehen."

„Nein, diesmal bringe ich dir Eierpfannkuchen mit Zimt", rief Catherine und stieß die Tür mit dem Fuß auf.

Kayla setzte sich im Bett auf.

„Ich habe sie so gemacht, wie du sie am liebsten isst. Nur wenige Rosinen und ein Hauch von Rum."

„Cat, bitte setz dich."

Catherine stellte das Tablett auf dem Frisiertisch ab und setzte sich auf die Bettkante. „Ich sitze. Was ist los? Ist was mit dem Baby?" Sie blickte auf Kaylas Bauch und musste lächeln, als das dünne Betttuch sich leicht bewegte. „Ein lebhafter kleiner Junge."

„Oder ein Mädchen. Cat, ich wollte mit dir reden ... über das viele Essen."

„Die Küche ist wieder blitzblank, glaub mir. Und ich habe eine Menge eingefroren. Du und Kane, ihr habt genug zu essen, bis ..."

„Bis das Kind zehn Jahre alt ist. Catherine, was ist mit dir los? Ich kenne dich besser als irgendjemand sonst. Wenn

257

es dir nicht gut geht, dann kochst du wie eine Verrückte. Seit zwei Tagen hast du ihn nicht mehr erwähnt, aber du hast auch die Küche kaum verlassen."

„Wen?" Catherine sah die Schwester nicht an.

„Aber Cat, du weißt genau, wen ich meine. Stress ist nicht gut für das Baby." Sie strich sich über den Bauch. „Und wenn ich mir um dich Sorgen machen muss, dann ist das Stress für mich. Also tu nicht so naiv, sondern sag mir, was los ist."

Catherine zwang sich zu einem Lächeln. „Erinnerst du dich an Weihnachten, als wir Kinder waren? Alle Kinder in der Nachbarschaft wurden überhäuft mit Geschenken, auch wenn es manchmal nur gebrauchte Fahrräder waren oder Secondhand-Puppen. Alle fanden hübsch eingewickelte Pakete unter dem Weihnachtsbaum. Zu ihnen kam der Weihnachtsmann."

„Aber nicht zu uns."

„Genau. Wie oft habe ich mir zum Geburtstag gewünscht, dass mein Daddy wieder nach Hause kommt, wie oft war das der einzige Wunsch auf meinem Wunschzettel zu Weihnachten."

„Davon hast du mir nie etwas erzählt. Du hast immer so getan, als machte es dir nichts aus, im Gegensatz zu mir. Aber ich hätte ahnen sollen, dass das nicht stimmte."

Catherine schüttelte den Kopf. „Das ist wieder typisch Kayla. Immer fühlst du dich für Sachen verantwortlich, auf die du keinen Einfluss hast." Sie strich der Schwester über die Wange. „Ich habe etwas Zeit gebraucht, aber nach ein paar Jahren begriff ich. Er würde nicht wiederkommen. Und ich hörte auf zu glauben."

„Und das nicht nur an den Weihnachtsmann."

Catherine nickte. „Und dann lernte ich Logan kennen. Ich wusste, dass wir aus verschiedenen Welten kommen. Ich wusste, dass ich für ihn nur eine interessante Abwechs-

258

*Einfach skandalös*

lung war. Und doch ..." Ihr stiegen die Tränen in die Augen, und sie wischte sie schnell mit dem Handrücken fort.

„Und du hast ihm geglaubt."

Sie nickte.

„Aber meinst du nicht, dass du ihm dann deine Adresse hättest geben sollen und deine Telefonnummer?"

„Ich weiß, das klingt schrecklich, aber ich dachte ... also, wenn er ein bisschen was dafür tun müsste, um mich zu erreichen, dann würde ich wissen, dass er es ernst meint. Es ist ja nicht schwierig. Seine Großmutter weiß genau, wie man mich erreichen kann."

„Hast du deinen Anrufbeantworter abgehört?"

Jede Stunde. „Ja. Nichts. Außerdem hat er mich ja hier abgeliefert. Er weiß zumindest, wie er dich erreichen kann." Sie machte eine resignierte Handbewegung. „Vergiss es."

„Er hat vielleicht momentan besonders viel zu tun."

„Ein Telefongespräch ist doch eine kurze Sache." Um herauszufinden, wo er sie am Freitag abholen sollte, zu einer Verabredung, die nicht stattfinden würde.

Die Türklingel unterbrach sie in ihren Gedanken. „Erwartest du jemanden?" fragte sie die Schwester.

„Vielleicht ist es die Frau von Kanes Chef. Ich meine von seinem früheren Chef, der letztes Jahr pensioniert wurde. Sie kommt jede Woche ... und auch sie bringt mir immer was zu essen!"

„Ich habe schon verstanden. Allerdings weißt du genau, dass keiner so gut kocht wie ich." Catherine lächelte der Schwester aufmunternd zu und ging dann zur Tür, um zu öffnen.

Wenn sie die Schwester wirklich unterstützen wollte, dann musste sie darauf achten, dass sie sie nicht beunruhigte. Beide Schwestern neigten dazu, sich ständig gegenseitig zu bemuttern. Zu lange hatten sie nur einander gehabt.

259

Catherine öffnete die Tür. Es war nicht die Frau von Kanes ehemaligem Chef, sondern der Postbote.

„Eine Sendung für Catherine Luck."

Sie runzelte die Stirn. „Das ist ja seltsam."

Er zuckte mit den Schultern. „Sind Sie das? Bitte, unterschreiben Sie hier."

Catherine unterschrieb, und der Mann reichte ihr ein Päckchen, das in braunes Papier eingewickelt war. Auf der Rückseite des Päckchens stand der Absender. Die Schrift war ihr fremd.

Sie kannte seine Handschrift nicht, fiel ihr ein. So vieles wusste sie nicht von Logan Montgomery. Zu vieles. Aber dieses kleine Päckchen schien das alles wettzumachen. Sie riss das Papier auf und hoffte von ganzem Herzen, dass sie nicht enttäuscht würde.


Logan warf das Schlüsselbund auf den metallenen Schreibtisch, stieß den Papierkorb mit dem Fuß zur Seite und legte einen großen Stapel Akten auf den Fußboden. Auf seinem Schreibtisch türmten sich Mappen und Ordner, genug Arbeit für das ganze nächste Jahr. Da er Dienstagnacht auch noch Bereitschaft hatte, hatte er noch nicht einmal Zeit zum Schlafen.

Oder um Catherine zu erreichen, obwohl er immer wieder versucht hatte, sich mit ihr telefonisch in Verbindung zu setzen. Emma hatte ihm Catherines Nummer gegeben, und wann immer er im Gericht eine Pause hatte, hatte er bei ihr angerufen. Aber es hatte sich nur der Anrufbeantworter gemeldet. Und nach all dem, was sie miteinander erlebt hatten, bei der Nähe, die sie geteilt hatten, war es ihm nicht möglich, in sechzig Sekunden das zu sagen, was er ihr sagen wollte.

Er sehnte sich so danach, sie wiederzusehen. Alles an ihr zog ihn an, ihr Charme ebenso wie ihre Unsicherheit.

*Einfach skandalös*

Er hatte versprochen, sie bald anzurufen. Am Sonntag hatte er sie zu ihrer Schwester gebracht. Und jetzt war schon Dienstagabend. Er rieb sich die brennenden müden Augen und griff zum Telefonhörer. Er wählte, es klingelte, wieder der Anrufbeantworter.

„Verdammt noch mal!" Er warf den Hörer auf die Gabel.

„Fällt dir nichts Besseres ein, als zu fluchen?"

Er schreckte hoch. Das war die Stimme seiner Großmutter. Er blickte zu der offenen Tür. „Und hat man dir nicht beigebracht, dass man anklopft, bevor man eintritt?"

„Warum sollte ich? Die Tür war doch offen."

Er stand auf und ging um den Schreibtisch herum auf sie zu. „Schön, dich zu sehen, Gran. Ich freue mich immer, wenn du kommst, das weißt du." Er küsste sie auf die gepuderte Wange. Warum kam sie wohl so spät am Abend noch hierher zu ihm ins Büro?

„Ja, das weiß ich. Aber ich wäre auch gekommen, wenn das nicht so wäre. Wir müssen miteinander reden." Ihre Augen leuchteten, und er wurde misstrauisch. Sicher führte sie wieder irgendetwas im Schilde.

„Wie bist du denn hergekommen?" fragte er.

Sie stieß einen langen Seufzer aus. „Ich habe mich von Ralph herfahren lassen. Obwohl ich nach wie vor nicht verstehe, warum sie mir meinen Führerschein abgenommen haben. Ich fahre besser Auto als manch anderer." Immer noch war sie empört.

Er hatte ihr nie gestanden, dass er es gewesen war, auf dessen Veranlassung sie einen Sehtest machen musste. Das war, nachdem sie mitten in das Rosenbeet gefahren war. Man hatte ihr daraufhin den Führerschein abgenommen, und Logan war froh darüber, denn er hatte Angst um sie. „Gut, dass du vorsichtig warst", sagte er, denn er wusste genau, dass sie manchmal heimlich in der Nachbarschaft herumfuhr, wenn es keiner merkte.

261

„Es blieb mir ja gar nichts anderes übrig. Dein Vater hätte mich glatt verhaften lassen, wenn er mich erwischt hätte. Mich, seine eigene Mutter. Stell dir das nur vor."

„Ich kann mir das gut vorstellen." Er grinste. „Ich muss nur mal eben Cat anrufen, dann können wir reden."

Emma blickte zum Telefon. „Lass uns erst reden, dann kannst du telefonieren." Sie schien es plötzlich sehr eilig zu haben und wirkte nervös. „Ich habe noch nichts gegessen. Lass uns in das nette kleine Lokal hier unten im Haus gehen."

„Das nette kleine Lokal ist eine Bar."

„Umso besser. Los, komm." Sie ergriff ihn beim Arm. Für eine so zerbrechlich wirkende alte Dame hatte sie erstaunliche Kräfte. Natürlich hätte er nicht auf sie zu hören brauchen, aber er hatte auch keine Lust, sein erstes Telefongespräch mit Catherine in Gegenwart seiner Großmutter zu führen. Und er wusste genau, dass Emma nicht draußen warten würde. Also war es besser, sie erst einmal anzuhören und sie dann wieder nach Hause zu schicken. Dann würde er es wieder bei Catherine versuchen und zur Not eine Nachricht hinterlassen, wenn er sie nicht erreichte.

Emma zog ihn aus der Tür, und fünf Minuten später saßen sie sich in der Bar gegenüber, in der man auch Kleinigkeiten zu essen bestellen konnte.

„Möchtest du die Karte sehen?" fragte er und winkte gleichzeitig der Kellnerin.

Emma schüttelte den Kopf. Keine Haarsträhne lockerte sich bei ihrer perfekten Hochfrisur. Solange er denken konnte, hatte seine Großmutter sich nicht verändert, und er liebte sie dafür, selbst wenn sie ihm mehr als einmal auf die Nerven gegangen war.

„Ich nehme das, was du nimmst."

„Ich möchte ein Bier, aber du hast doch noch nichts gegessen."

*Einfach skandalös*

Sie sah an ihm vorbei. „Ich habe plötzlich keinen Hunger mehr."

„Na gut. Zwei Bier", sagte er zu der Kellnerin.

„Sofort."

Logan lehnte sich zurück und blickte zu dem dicht besetzten Bartresen hinüber. „Jetzt hast du mich da, wo du mich haben wolltest. Nämlich an einem öffentlichen Ort, wo ich dir keine Szene machen kann. Was ist los?"

„Richtig geraten."

Die Kellnerin kam zurück und stellte zwei Flaschen Bier und zwei Gläser auf den Tisch.

Er schenkte Emma ein. Was hatte sie vor? Er hatte ohne Zweifel Recht, sie hatte ihn mit Absicht hierher geführt, damit er sich beherrschen musste. Gleich würde sie die Bombe platzen lassen.

Das kalte Bier tat ihm gut. „Also, was ist los?"

„Was soll denn los sein? Kann ich nicht einfach mal meinen Lieblingsenkel besuchen?"

„Ich bin dein einziger Enkel. Nun sag schon."

Sie seufzte leise. „Hast du viel zu tun?"

„Ja, es ist eine hektische Woche."

„Und so gar keine Freizeit", sagte sie.

„Spionierst du hinter mir her, Gran?"

„Um zehn Uhr abends treffe ich dich noch in deinem Büro an, das ist doch deutlich genug." Sie legte den Kopf leicht zur Seite. „Die Frauen in deinem Leben können doch nicht immer Verständnis dafür haben, dass sie dich nie zu Gesicht bekommen."

Es gibt keine Frauen in meinem Leben, das war eigentlich immer seine Standardantwort gewesen, wenn Emma es wieder nicht lassen konnte, sich in sein Privatleben einzumischen. Aber diesmal konnte er es nicht sagen, denn sie wussten beide, dass es eine Lüge war.

Sosehr er auch seine Privatsphäre liebte, sich Emma ge-

263

genüber zu öffnen machte ihm nichts aus. Sie verstand ihn besser als irgendjemand sonst auf der Welt. Und sie wusste, dass er sich für Cat interessierte. Und, was noch wichtiger war, sie mochte Cat selbst sehr gern.

Er beugte sich vor. „Ich weiß nicht, wie sie zu mir steht. Ich habe sie bisher noch nicht erreichen können, obwohl ich es oft versucht habe."

„Du hattest noch keine Zeit dazu, meinst du wohl." Emma wiegte langsam den Kopf hin und her. „Das ist sehr schlecht. Du weißt, wie ungesund es ist, wenn man immer nur arbeitet und sich nie entspannt. Du musst Catherine unbedingt finden, um dich ein wenig zu amüsieren. Du wirkst schrecklich verkrampft."

Diesmal hatte er wenig Geduld mit seiner Großmutter, denn ihm gefiel nicht, wie sie über Catherine sprach. Schließlich war Cat viel mehr für ihn als lediglich eine nette Abwechslung im Bett. Er schüttelte den Kopf. „Das geht dich gar nichts an, und ich will nicht, dass du so über sie sprichst."

Sie strahlte ihn an und schlug die Hände zusammen. „Dem Himmel sei Dank."

„Was soll das heißen?"

„Logan, ich habe dich aufgezogen, und ich liebe dich, aber manchmal muss man dich wirklich mit der Nase drauf stoßen. Glücklicherweise macht es dir etwas aus, was man über sie sagt. Und wenn du nicht magst, wie ich über sie spreche, dann bedeutet das, dass ich Recht habe und es endlich passiert ist!"

„Ich habe keine Ahnung, wovon du sprichst", stellte er stirnrunzelnd fest. „Was ist endlich passiert?"

„Es hat dich erwischt. Ich habe es ja gleich gewusst. Also, ich würde Folgendes vorschlagen." Emma redete schnell weiter, wahrscheinlich, damit er sie nicht unterbrechen konnte. „Als mir klar wurde, dass du jetzt zwei Tage

*Einfach skandalös*

keine Zeit haben würdest, habe ich mir selbst ein paar Freiheiten herausgenommen."

Sie war wirklich unmöglich, machte mit seinem Leben, was sie wollte, und er konnte nur zusehen. Logan runzelte die Stirn. „Das erinnert mich daran, dass wir uns noch nicht über deine Einsperraktion neulich unterhalten haben."

„Oh, in dem Fall, glaube ich, habt ihr mir schon eine Lektion erteilt, Catherine und du."

„Vielleicht. Aber bitte, hör mir jetzt einmal zu, Gran. Sosehr ich auch deine Gründe zu schätzen weiß, es kann so nicht weitergehen. Ich bin jetzt einunddreißig Jahre alt und möchte dich von Herzen bitten, dich nicht mehr in mein Leben einzumischen. Kannst du das verstehen?"

„Aber natürlich, mein Junge. Aber dazu ist es jetzt leider zu spät. Und ich werde dir auch sagen, warum."

„Ich höre."

„Während der Party hast du gesagt, dass du Catherines Träume wahr machen wolltest. Nein, unterbrich mich nicht, ich weiß, was du sagen willst. Du fragst dich, woher ich das weiß. Um ehrlich zu sein, auch wenn es mir ein bisschen peinlich ist, ich habe die Mithöranlage beim Pool angelassen, da, wo die Gartenbar installiert war." Sie sah ihn nicht an.

Er starrte sie fassungslos an. „Willst du damit sagen, dass du drinnen im Haus warst und zuhörtest, wie wir uns unterhielten?" Das durfte doch nicht wahr sein!

„Ja", sagte sie nur.

Emma war nicht bösartig, und sie wollte ihm auch bestimmt nicht schaden. Aber das war ihm im Augenblick ganz egal. Er schloss die Augen und zählte bis zehn, um seine Fassung wiederzugewinnen.

„Ich wollte doch nur wissen, ob meine Wahl die richtige war", fügte sie erklärend hinzu. „Du hättest mir doch nie die Wahrheit erzählt, das weiß ich ganz genau."

„Nur, weil du immer wieder so was machst." Er ballte die Fäuste. Die Vorstellung, dass sie Cat und ihn belauscht hatte, ließ ihn rot sehen. „Vielleicht meinst du es ja gut, aber diesmal bist du wirklich zu weit gegangen."

„Das weiß ich, Logan, und es tut mir auch Leid." Sie betrachtete ihr Bierglas. „Der Herzanfall war daran schuld, er hatte mich zu Tode erschreckt, bildlich gesprochen, meine ich natürlich. Aber ich wollte es doch so gern noch erleben, dass du eine nette Frau findest und glücklich wirst, bevor ich das Zeitliche segne. Das verstehst du doch."

Ja, er verstand sie nur zu gut. Und der Grund dafür, dass er immer wieder nachsichtig mit ihr war, war einfach der, dass er sie so sehr liebte und dankbar war, dass sie noch da war, auch wenn sie sich in sein Leben einmischte.

Aber diesmal hatte sie wirklich die Grenze des Akzeptablen überschritten, vor allen Dingen, weil Catherine noch in die Sache verwickelt war. „Ich habe dir bereits gesagt, dass ich Catherine nicht dazu missbrauchen werde, die Pläne des Richters zu durchkreuzen. Du solltest dich schämen. Du tust so, als magst du Cat, und dann spannst du sie ein in deine Machenschaften ..."

Sofort stand Emma auf und sah ihren Enkelsohn entrüstet an. „Nie habe ich so etwas getan."

„Setz dich, Gran."

Sie setzte sich wieder. „Gut, ich habe euch zusammengebracht, wenn du das meinst. Aber du solltest mir dafür dankbar sein. Ausgenutzt habe ich sie nie. Ich kann doch nichts dafür, wenn dein Vater sich über ihre Herkunft aufregen wird, weil er deshalb seine politischen Ziele in Bezug auf dich nicht verwirklichen kann. Aber nicht deshalb wollte ich, dass du zu meiner Party kommst. Ich wollte lediglich, dass du sie kennen lernst. Mehr nicht."

„Und wenn es nun nicht gefunkt hätte zwischen uns?"

*Einfach skandalös*

„Dann hätte ich mich wieder zurückgezogen", versicherte sie würdevoll.

Logan fuhr sich nervös durch das Haar. Als ob er in den letzten beiden Tagen nicht schon genug um die Ohren hätte! „Dann tu es jetzt, bitte." Er versuchte in seine Stimme möglichst viel Entschlossenheit zu legen, ohne die alte Dame zu verletzen.

Sie strich ihm leicht über die Hand, so wie sie es immer getan hatte, eine wunderbar tröstliche Geste. Aber diesmal stimmte sie ihn eher misstrauisch, und nicht zu Unrecht, wie Emmas nächste Worte deutlich machten.

„Es gibt da nur noch eine winzig kleine Sache."

„Wie romantisch, Cat." Kayla strahlte, mehr als sowieso schon während ihrer Schwangerschaft.

Catherine wusste, dass ihre Schwester von den kleinen Geschenken begeistert war, die Logan ihr täglich schickte. Genauso wie sie selbst. Sie blickte auf die drei Geschenke, die sie auf die Bettdecke gelegt hatte, und wusste nicht, was sie sagen sollte. Es hatte ihr buchstäblich die Sprache verschlagen, was bei ihr sehr selten vorkam.

„Du wolltest Aufrichtigkeit. Genau die beweist er doch mit den Geschenken."

Catherine nickte nur. Jeden Tag war ein anderes Päckchen gekommen. Am Dienstag eine Schachtel mit winzigen Glitzersternchen, die aussahen wie Feenstaub. „Damit Deine Träume wahr werden", stand auf dem beiliegenden Kärtchen.

Am Mittwoch eine Schneekugel. Für einen Außenstehenden hatte das keine Bedeutung. Aber die zwei winzigen Kanus, die auf einem Fluss fuhren, im Schneetreiben, wenn man die Kugel schüttelte, die machten schon Sinn. Schnee im Sommer und dazu die Worte auf dem Kärtchen: „Es gibt Wunder."

267

Er war ihr Wunder, und sie sehnte sich danach, sich in seine Arme zu schmiegen und sich geborgen zu fühlen. Die Geschenke, die Worte, alles war genau richtig, eine ganz besondere Art der Verführung. Würde ein Mann, der mit ihr lediglich noch einmal ins Bett gehen wollte, sich so viel Mühe geben?

Ein Mann, der mich lieben möchte, korrigierte sie sich im Stillen. Wenn sie sich mit ihm heute traf, würde genau das geschehen. Das wusste sie nicht erst, seit sie heute Morgen das dritte Päckchen geöffnet hatte. Er hatte ihr eine CD geschickt, und zwar mit der Bluesmusik, die sie in der Nacht gehört hatten, in der sie sich das erste Mal liebten. „Bis wir wieder zusammen sein können", lautete der Text dazu.

Sie klappte die CD-Hülle auf. Sie sehnte sich danach, diese Musik wieder zu hören, während er bei ihr war und sie küsste und streichelte. Ein heißer Schauer überlief sie, und sie kreuzte die Arme vor der Brust, um ihr Zittern zu unterdrücken.

„Cat, ist alles in Ordnung?"

„Was? Ach so, ja, alles in Ordnung."

„Du warst eben vollkommen abwesend."

„Entschuldige. Ich bin einfach überwältigt. Diese Geschenke sind ...“

„Hübsch? Überlegt? Du brauchst es nicht in Worte zu fassen. Überlass dich doch einfach deinen Gefühlen."

Catherine musste lachen. „Das war genau das, was ich dir sagte, bevor du dich das erste Mal mit Kane trafst."

„Und du siehst, was für Folgen das hatte." Kayla strich liebevoll über ihren dicken Bauch.

„Mach nur weiter so, wenn du mich ängstigen willst." Aber Catherine musste vor sich selbst zugeben, dass die Vorstellung, Logans Frau zu sein und mit ihm Kinder zu haben, sehr reizvoll war.

*Einfach skandalös*

Sie sollte sich Zeit lassen. Vorläufig wollte er mit ihr eine weitere Nacht zusammen sein. Von einer gemeinsamen Zukunft war bisher nie die Rede gewesen.

„Das glaube ich dir nicht", sagte Kayla. „Du kannst mir doch nicht erzählen, dass du an all dem kein Interesse hast." Sie machte eine umfassende Armbewegung. „Ehemann, Liebe, Sicherheit, ein Heim, Kinder …"

„Ein Hund und ein weißer Gartenzaun? Aber Kayla! Wir sprechen doch hier von mir und nicht von dir. Ich bin nicht der Typ, bei dem ein Mann gleich an Haus und Herd denkt." Sie selbst hatte sich so etwas bei ihren früheren Beziehungen auch nicht vorstellen können. Aber jetzt.

„Ich etwa? Bevor ich Kane kennen lernte, haben die Männer mit mir doch nur ihr Vergnügen haben wollen und sich später nie wieder gemeldet. Warum willst du einfach nicht daran glauben, dass es jemanden gibt auf der Welt, der für dich bestimmt ist? Und dass du all das hier verdienst?" Kayla war ärgerlich geworden.

„Weil ich nicht so eine hoffnungslose Romantikerin bin wie du. Und selbst wenn ich es wäre – es geht hier um Logan Montgomery. Du hast sein Elternhaus nicht gesehen, ein richtiges Herrenhaus. Der Raum, wo die Gäste ihre Garderobe ablegen, ist größer als unser Kinderzimmer früher."

„Na und? Du hast doch gesagt, dass sein kleines Cottage dein Traumhaus ist. Du kannst sagen, was du willst, ich werde alles widerlegen."

„Nur eins nicht. Kannst du dir mich als Frau eines Bürgermeisters vorstellen?" Catherine stand auf und sah an sich herunter. Das schwarze T-Shirt, die weißen Jeans und die Sandaletten im Leoparden-Look waren sicher nicht das, was man unter konservativer Kleidung verstand.

„Ich kann mir das durchaus vorstellen, schließlich bist du sehr anpassungsfähig. Außerdem habe ich gehört, dass

269

Logan alle derartigen Vermutungen zurückgewiesen hat. Cat, er ist hinter dir her. Ihm ist alles andere offensichtlich egal. Warum machst du dir darum Gedanken? Die Vergangenheit liegt hinter uns. Du verdienst einen Mann wie ihn, es sei denn, du suchst nach einem Vorwand, um aus der Sache rauszukommen."

„Hoffentlich kommt das Baby bloß bald, damit du etwas anderes hast, um das du dir Sorgen machen kannst." Catherine sah die Schwester liebevoll an.

„Und wenn ich zehn Kinder hätte, ich würde mir trotzdem Sorgen um dich machen."

„Ich weiß." Tränen traten Catherine in die Augen. Ohne Kayla wäre sie ganz allein.

Sie sagte sich immer wieder, dass sie nicht so naiv sein durfte zu glauben, die Sache mit Logan würde von Dauer sein. Sie blickte auf seine liebevoll ausgesuchten Geschenke, und ihr Gefühl sagte ihr etwas ganz anderes.

## 9. KAPITEL

Catherine brauchte nicht darüber nachzudenken, was sie eigentlich von Logan wollte. Er hatte die Antwort selbst gegeben.

Sie wollte ihn.

Jedes seiner Geschenke, jede Karte hatten sie dieser Entscheidung näher gebracht, das musste sie sich eingestehen. Sie schüttelte die Schneekugel und sah zu, wie der Schnee auf die sommerliche Szene fiel.

Den ganzen Nachmittag hatte sie die CD gehört, und bei den langsamen Rhythmen spürte sie, wie ihr Körper sich nach Logans Berührung sehnte. Allmählich fing sie an zu glauben, dass er der Richtige war und dass sie eine Chance hatten.

Er hatte sie nicht angerufen. Auch das hatte er sicher absichtlich getan, um ihre Erwartung und Sehnsucht zu steigern. Mit Erfolg. Als die Türklingel ging, war Catherine nichts anderes mehr wichtig, weder Herkunft noch Gesellschaftsschicht noch Geld, sie wollte nur mit ihm zusammen sein. Er wirkte auf sie nicht nur sexuell erregend, sondern er hatte auch die Mauer niedergerissen, die sie aufgebaut hatte, um ihn innerlich auf Abstand zu halten. Sie liebte ihn, und nun war er gekommen.

Kane war schneller an der Tür als sie. Sie hörte, wie er Logan begrüßte, und als sie die Treppe herunterkam, unterhielten die beiden Männer sich angeregt. Vielleicht hatten sie herausgefunden, dass sie beide mit Recht und Gesetz zu tun hatten, obwohl Logans Aufgabe ja eigentlich darin bestand, die Menschen freizubekommen, die Kane hinter Gitter gebracht hatte.

Catherine sah ihn erst, als sie am Fuß der Treppe angekommen war. Er sah hinreißend aus in den engen Jeans und dem weiß-blau gestreiften Hemd, das seine breiten Schultern vorteilhaft betonte. Er hatte sich heute nicht rasiert, was ihm gut stand, und als sie ihm in die Augen sah, musste sie sich am Geländer festhalten. Er sah sie ernst von oben bis unten an, so, als wisse er, was sie dachte, und als könne er ihre geheimen Wünsche erraten.

Sie zitterte innerlich und musste tief durchatmen, als sie in seinen Augen genau das sah, was auch sie fühlte.

Während er sich weiter mit Kane unterhielt, streckte er die Hand nach ihr aus. Sie kam näher, und sofort ergriff er ihre Hand und zog Catherine mit einer schnellen Bewegung an sich. Seine Haut war warm, und er hielt sie an seiner Seite, als gehöre sie ganz selbstverständlich zu ihm.

Sie hatte nie einen Vater gehabt, der ihre Freunde begrüßte, und sie empfand es als lächerlich, jetzt mit den beiden Männern ein paar Floskeln zu wechseln. Sie räusperte sich. „So. Ihr zwei habt euch also schon kennen gelernt."

Kane nickte, und bevor Logan etwas sagen konnte, hörten sie Kaylas Stimme von oben. „Aber ich ihn noch nicht."

„Du sollst doch im Bett bleiben." Kane runzelte die Stirn, lächelte dann aber doch, als er seine Frau oben an der Treppe sah.

„Hättet ihr denn Mr. Montgomery zu mir hochgeschickt, damit ich ihm auch Guten Tag sagen kann?" fragte Kayla und wusste genau, dass weder Kane noch Catherine daran gedacht hatten.

„Ich bin Logan. Ich freue mich, Sie kennen zu lernen, Kayla." Er sah zu Kayla hinauf und war überrascht, wie ähnlich sich die Schwestern sahen.

„So, und jetzt wieder marsch ins Bett", kommandierte Kane. Er sah Logan kurz an. „Auf Befehl des Arztes."

„Nein, auf deinen Befehl. Du weißt ganz genau, dass der Arzt gesagt hat, jetzt, wo das Baby jeden Tag kommen kann, dürfe ich mich in vernünftigem Maße bewegen."

Kane streckte Logan die Hand hin. „Es war nett, Sie

*Einfach skandalös*

kennen gelernt zu haben, Logan. Ich werde jetzt meine Frau zurück ins Bett tragen."

„Versuch es nur, du wirst schon sehen, was du davon hast!" rief Kayla nach unten.

Catherine lachte, und ihr Lachen klang genauso sexy und erregend, wie Logan es in Erinnerung hatte. Sie war dieses liebevolle Geplänkel offensichtlich gewöhnt. Logan nicht. Er hatte Paare in seiner Verwandtschaft noch nie auf eine so spielerische Art und Weise miteinander umgehen sehen.

Aber vielleicht hatte er ja jetzt die Möglichkeit, so etwas zu erleben. Dank Catherine. Vielleicht würde sich auch zwischen ihnen so etwas entwickeln.

Auf der obersten Stufe wandte sich Kane noch einmal um. „Montgomery!"

Logan sah hoch.

„Wenn Sie meine Schwägerin unglücklich machen, bekommen Sie es mit mir zu tun." Dann hob er seine schwangere Frau auf die Arme, und die beiden verschwanden im Schlafzimmer.

Logan hatte Verständnis für Kanes Warnung. Aber er war nicht sicher, ob Catherine es tolerieren konnte, dass Kane sich in ihre Angelegenheiten mischte. Doch sie wirkte nicht zornig, sondern eher überrascht und gerührt.

„Und ich dachte immer, er hat mich nur um Kaylas willen in Kauf genommen", sagte sie leise.

Er sah sie zärtlich an. Wie einsam musste sie sich fühlen. Er konnte sich gut in sie hineinversetzen, denn ihm war es genauso gegangen. Wieder etwas, das sie gemeinsam hatten. Wieder etwas, das er in ihrem Leben ändern wollte.

Er nahm sie in die Arme. „Siehst du? Wieder hast du viel zu wenig von dir gehalten. Das gefällt mir nicht."

„Was gefällt dir denn, Logan?" Ihre Augen leuchteten, und sie schmiegte sich an ihn.

„Du." Er legte ihr die Hände um die Taille, und weil sie nur ein kurzes Hemdchen über der engen Hose trug, spürte er ihre nackte Haut. Er stöhnte leise.

Sie legte ihm die Arme um den Nacken. „Sag das noch mal."

Unsicherheit stand in den grünen Augen. Eine Woche lang hatten sie sich nicht gesehen. Er wickelte sich eine Strähne ihres blonden Haars um den Finger und zog leicht daran. „Du gefällst mir, Cat, und ich will dich ganz und gar."

Sie lächelte, und dieses Lächeln ging ihm unter die Haut. Und als sie sich fester an ihn drückte, durchzuckte es ihn heiß, und es war deutlich für sie spürbar, was er empfand.

Jetzt blickte sie ihm offen in die Augen, ohne Selbstzweifel und Zögern. Nur Verlangen sprach aus ihrem Blick. Nach ihm.

Er war unendlich erleichtert. Als Emma ihm erzählte, dass sie Catherine ein Geschenk geschickt hatte, kleine Glitzersternchen oder so was, hätte er fast einen Herzinfarkt gekriegt. Das war das Verrückteste, was sie bisher fertig gebracht hatte. Aber sie hatte nur gemeint, er könne entweder herumschreien und sich aufregen oder aber fortführen, was sie begonnen hatte.

Catherine konnte man nicht mit teuren Geschenken beeindrucken, Geld und materielle Werte bedeuteten ihr nicht viel. Aufrichtigkeit war wichtig für sie, daran erinnerte er sich noch aus dem Gespräch in der Garderobe.

Als er sie bei ihrer Schwester ablieferte, wirkte sie misstrauisch und nervös. Wenn er wollte, dass sie sich ihm wieder öffnete und vertraute, musste er erreichen, dass sie ihn anders einschätzte. Ihre Körper harmonierten wunderbar, da sah er kein Problem. So hatte er die anderen beiden Päckchen geschickt und gehofft, dass sie die Botschaft verstehen würde.

*Einfach skandalös*

Offensichtlich hatte er sein Ziel erreicht, denn sie zog ihm das Hemd aus der Hose und streichelte seinen nackten Rücken.

„Ich meine, wir sollte lieber woanders hingehen", sagte er, und sie nickte. „Kannst du denn jetzt daran glauben, dass wir vielleicht doch eine Chance haben?" fragte er. Auf keinen Fall wollte er die Nacht mit ihr verbringen, wenn sie es am nächsten Morgen wieder bedauerte.

Die Woche ohne sie hatte er nur schwer durchstehen können. Und wenn das körperliche Verlangen nacheinander so stark war, dann sollten sie dem auch nachgeben, das war schließlich etwas sehr Wichtiges in einer Beziehung. Aber er wünschte sich, dass auch sie an eine gemeinsame Zukunft glaubte. Er wartete.

„Ich glaube an dich", sagte sie nur.

Er wusste, wie schwer es für sie war, das zuzugeben. „Ich möchte am liebsten nach Hause fahren", sagte er und küsste sie auf die Nasenspitze. „In mein Zuhause", fügte er hinzu. „Und ich möchte, dass du eines weißt: Du bist die erste Frau, die ich dorthin mitgenommen habe."

Bevor Catherine etwas darauf erwidern konnte, küsste er sie sanft auf den Mund. Er hatte es mehr als Beruhigung gemeint, aber sie waren sofort erregt, und es fiel ihnen schwer, sich zu trennen.

„Du kannst wirklich sehr überzeugend sein", stieß Catherine schwer atmend hervor.

„Das finde ich auch." Logan grinste. „Nun wollen wir nach Hause fahren."


Das Cottage zeichnete sich bereits in der Ferne ab, gemütlich und einladend, wie Catherine es in Erinnerung hatte. Logan fuhr bis vor die Haustür und stellte den Motor ab. Die Sonne ging gerade unter, und Catherine folgte Logan ins Haus. Sie hatte ein Gefühl, das sie noch nie empfunden hatte, das Gefühl, hierher zu gehören.

275

Während der vergangenen Woche hatte sie sich verlassen und einsam gefühlt und das, obgleich sie Logan erst so kurze Zeit kannte. Aber er hatte die Woche genutzt und durch seine kleinen Gaben in ihr das Gefühl von Zuversicht und Vertrauen wachsen lassen. Und Verlangen. Vielleicht hatte sie deshalb den Eindruck, ihn schon ihr Leben lang zu kennen.

Als die Tür hinter ihnen zufiel, waren all diese Gefühle auf einmal wieder da. Sie konnte hinterher nicht mehr sagen, wer sich zuerst umgedreht und den anderen an sich gezogen hatte. Dass er sie umarmte und küsste, war das Einzige, was wichtig war. Sie erwiderte seinen Kuss begierig und schmiegte sich an ihn.

Sein Haar war dicht und kräftig, und sie umfasste seinen Kopf, als wollte sie ihn bitten, nie aufzuhören und sie nie zu verlassen. Logan stöhnte laut auf und presste sie fester an sich, sodass sie fühlen konnte, welche Wirkung sie auf ihn hatte.

Catherine stieß einen leisen Laut aus, und er legte die Hand auf ihre intimste Stelle. „Logan ... nicht ..." Ihre Beine schienen nachgeben zu wollen, und nur mit Mühe hielt sie sich aufrecht. Doch er nahm die Hand nicht weg, sondern strich mit dem Daumen immer wieder über den festen Baumwollstoff, bis sie sich heftig atmend an seinen Schultern festklammerte.

„Was willst du, Cat? Wonach sehnst du dich?"

Sie wollte, dass sich die lustvolle Spannung löste, die sich in ihr aufgebaut hatte, und gleichzeitig wünschte sie sich, dass dieser süße Schwebezustand am Rand der Ekstase nie aufhörte.

Sie wollte Logan.

Sie lehnte den Kopf zurück und stieß gegen etwas. Logan hatte sie gegen die Wand geschoben, ohne dass sie es gemerkt hatte. Ihre Beine waren zwischen seinen muskulösen

*Einfach skandalös*

Oberschenkeln gefangen. Er sah sie aus halb geschlossenen Augen an. „Bitte, sag es mir."

Mit einer Fingerspitze strich er langsam über ihre feuchten Lippen, was auf sie eine beinahe hypnotische Wirkung hatte. Sie konnte kaum einen klaren Gedanken fassen, aber er wartete auf eine Antwort. „Ich weiß nicht ... Ich meine, normalerweise bin ich nicht so ..." Ihr versagte die Stimme, als er ihr mit dem Finger über die Wange, dann über das Schlüsselbein strich und die Hand schließlich in den Ausschnitt ihres Tops schob.

Während er ihr unentwegt in die Augen sah, schob er den Ausschnitt nach unten und konnte nun ihre Brüste berühren. Als er spürte, wie sich die Spitzen unter seinen Fingern aufrichteten, presste er Catherine mit dem Unterkörper noch stärker gegen die Wand.

„Ich habe so etwas auch noch nicht erlebt ...", stieß er hervor.

So etwas Ähnliches hatte sie auch sagen wollen. Oder doch lieber nicht? Sie war sich nicht sicher, und im Grunde war es auch ganz egal. Noch nie hatte sich alles so richtig angefühlt, als ob es gar nicht anders sein könnte. Und genau das war das Problem. Das Leben war nicht vollkommen. Für das, was man bekam, musste man auch zahlen. Alles im Leben hatte seinen Preis.

„Nicht grübeln, Cat. Nicht jetzt." Er beugte sich vor und küsste sie sanft. Ein harter fordernder Kuss wäre ihr jetzt lieber gewesen. Mit Begehren konnte sie umgehen, mit Verständnis und Zärtlichkeit nur schwer.

Ihr ganzes Leben lang hatte sie dagegen angekämpft, ihr Herz an einen Mann zu verlieren. Sie glaubte nicht an Märchen, und so hatte sie ihre Wünsche und Fantasien unterdrückt. Und nun wurden Vorbehalte und Misstrauen beiseite gefegt, und sie überließ sich Logans Träumen von Dauer und Zukunft.

277

Er umfasste ihre Schultern, um sie zu halten. „Wir werden über alles sprechen. Später."

Nachdem wir uns wieder ganz nahe fühlen, dachte er. Nachdem sie wieder erfahren hatte, wie gut sie zusammenpassten. Wenn sie ihm nur glauben würde.

Sie seufzte leise und legte den Kopf an seine Brust. „Ja", flüsterte sie und drängte sich mit den Hüften an ihn.

Wieder schob er die Hand in ihren Ausschnitt und bemerkte erst jetzt, dass sie keinen BH trug. Überrascht sah er sie an, und sie errötete.

„Durch den festen Stoff kann man nichts sehen", sagte sie.

Er zog den Ausschnitt tiefer, bis er ihre Brüste nackt vor sich sah. Die dunklen Spitzen waren hart und kitzelten ihn an den Handflächen, als er die verlockenden Rundungen umfasste. Schnell beugte er sich vor und umschloss eine Knospe mit den Lippen, saugte an ihr und strich mit der Zungenspitze darüber, widmete sich der anderen Brust mit der gleichen Leidenschaft, bis Catherine ungeduldig aufstöhnte. Er selbst war ebenfalls kurz davor, die Kontrolle zu verlieren. Schnell zog er ihren Reißverschluss auf und streifte ihr mit einer Hand die Hose herunter. Mit einer hastigen Bewegung schleuderte Catherine sie fort. Bevor Logan aus seiner Jeans stieg, holte er aus der Hosentasche noch ein kleines Päckchen. Dann fielen ihre Slips zu Boden. Kurz wandte er sich ab, dann hob er Catherine hoch.

„Leg die Beine um meine Hüften, Liebste." Mit einer vorsichtigen Bewegung ließ er sie ein wenig herunter und schob sich dann geschmeidig vor, bis er tief in ihr war.

Es war unbeschreiblich schön, wieder mit ihr vereint zu sein. Er wollte es auskosten, so lange es ging, und zügelte bewusst das Tempo seiner Bewegungen.

Catherines Beine umklammerten ihn fester, sie hielt sich an seinen Oberarmen fest und kam ihm immer wieder rhythmisch entgegen.

278

*Einfach skandalös*

Logan stöhnte vor Wonne. Lange würde er sich nicht mehr bremsen können. „Oh Darling, du bist einmalig."

Sie lächelte glücklich. Mit aller Macht versuchte er, sich jetzt langsamer zu bewegen.

„Logan?" flüsterte sie.

„Hm?" Er atmete schwer.

„Wenn du noch langsamer machst, bringe ich dich um." Sie griff in sein Haar.

Er grinste. „Immer mit der Ruhe ..." Aber auch er konnte sich nicht mehr beherrschen.

Was dann kam, hatte er bisher noch nie erlebt. Nicht er bestimmte die Bewegungen, sondern Catherine gab das Tempo an. Sie warf sich immer wieder gegen ihn, drehte und wand sich in seinen Armen, riss ihn an sich und stieß ihn zurück, bis er von ihr überwältigt war und irgendwie in dem Sinnentaumel spürte, dass sie sich ihm ganz hingab, mit Körper und Seele. Als sie gemeinsam den Höhepunkt erreichten, klammerten sie sich aneinander, als wollten sie sich nie wieder loslassen.

Wann war sie eingeschlafen? Catherine schaute blinzelnd in das Sonnenlicht, das durch die geöffneten Jalousien fiel. Träge rekelte sie sich. Es war wunderbar, hier in Logans Bett aufzuwachen. Sie lächelte, als sie daran dachte, wie die Nacht verlaufen war. Sie drehte den Kopf zur Seite. Logan hatte ein Bein über ihre Hüfte gelegt, als wollte er sie festhalten. Dabei hatte sie gar nicht die Absicht, ihn zu verlassen, zumindest nicht vor zwölf Uhr mittags. Dann musste sie nach Hause und die Party am Sonntag vorbereiten, bei der „Potluck" für die Dekoration zuständig war. Das war nicht besonders schwierig und würde nicht viel Zeit in Anspruch nehmen.

„Worüber freust du dich denn?" fragte Logan.

„Du bist ja schon wach."

Er griff nach ihrer Hand und führte sie zu seinem Bauch. „In mehr als einer Hinsicht."

Seine verführerische raue Stimme und seine offenkundige Erregung verfehlten nicht ihre Wirkung. „Du bist schrecklich", flüsterte Catherine.

„Das liebst du doch." Mit einer fließenden Bewegung schob er sich auf sie und stützte sich auf beiden Händen ab.

Sie liebte ... Oh, nein. Auf keinen Fall. Nicht so schnell. Nicht jetzt. Nicht diesen Mann. Sie versuchte ihn abzuschütteln, aber er hielt sie unter sich gefangen. Und je mehr sie sich wehrte, desto intensiver spürte sie seine harte Erregung und begehrte ihn immer mehr.

„Hör auf, dich zu wehren, Cat." Seine Stimme klang ernst und bestimmt. „Bevor etwas passiert, das du offenbar nicht willst, musst du mir sagen, was dich erschreckt hat."

Sie hielt in der Bewegung inne, dann schüttelte sie den Kopf. Auch wenn sie diesem Mann ihren Körper auslieferte, die Seele würde sie ihm nicht offenbaren. Diese Macht über sich durfte sie ihm nicht einräumen.

„Okay, dann werde ich dir erst einmal sagen, was mich erschreckt hat. Du bist dann als Nächste dran."

„Einverstanden." Wieder flüsterte sie nur. Sie würde Zeit haben, ihr inneres Gleichgewicht wiederzugewinnen und sich etwas auszudenken, das sie ihm erzählen konnte. Alles, nur nicht die Wahrheit.

Was für ein Wahnsinn. Catherine Luck, Tochter einer Kassiererin und eines Mannes, an den sie sich nicht erinnern konnte, verliebte sich in Logan Montgomery, den einzigen Sohn des einflussreichsten Richters des Bundesstaats. Es war einfach albern, und am liebsten wäre sie in hysterisches Gelächter ausgebrochen. Oder in Tränen, aber Catherine weinte nicht mehr, seit sie festgestellt hatte, dass der Weihnachtsmann nicht existierte und dass ihr Vater nie zurückkommen würde.

*Einfach skandalös*

„Sieh mich an."

Sie zwang sich dazu, ihm direkt in die Augen zu blicken. Sie konnte ihre Ängste nur dadurch überwinden, dass sie sich ihnen stellte. Das war immer ihre Strategie gewesen, warum sollte es ihr jetzt nicht gelingen? Sie zwang sich zu einem künstlichen Lächeln. Das war schwieriger. „In Ordnung, fang an."

„Du läufst vor mir davon. Was ich auch versuche, wie aufrichtig ich auch zu dir bin und wie viel ich auch von mir selber preisgebe, du fliehst vor mir."

Das konnte sie nicht abstreiten. Er öffnete sich ihr gegenüber nicht nur mit Worten, sondern er gab sich auch ganz hin, wenn sie sich liebten. Aber wenn sie auch nicht so sehr viel Erfahrung in diesem Punkt hatte, sie war nicht so naiv zu glauben, dass eine heiße Liebesnacht irgendeine Bedeutung für das Leben außerhalb des Schlafzimmers hatte. Ihre Mutter hatte immer darauf gehofft und hatte sich Hals über Kopf in einen Mann verliebt, der nur mit ihr schlafen wollte und nichts weiter.

Catherine schüttelte den Kopf. Das würde ihr nicht passieren. „Ich laufe nicht vor dir davon, Logan. Ich ..." Sie dachte blitzschnell über alles Mögliche nach, was sie in diesem Zusammenhang sagen könnte, entschied sich aber dann doch für die Wahrheit. „Ich laufe vor dem davon, was danach kommt."

Er rollte sich auf die Seite. „Das alte Thema? Unsere unterschiedliche Herkunft? Die Vorstellung, dass unsere Beziehung nicht von Dauer sein kann?"

Auch das konnte sie nicht abstreiten. „Ja."

„Gut. Wir machen es, wie du willst. Wir nehmen jeden Tag so, wie er kommt. Wenn es klappt, dann klappt es, wenn nicht, dann nicht. Willst du das?"

„Nein", musste sie zugeben.

„Sehr gut." Er grinste breit. „Dann bedeute ich dir also etwas?"

„Ja", sagte sie leise.

„Ich bewundere deine Aufrichtigkeit."

„Wer solche Geschenke schickt wie du, verdient wenigstens Ehrlichkeit. Denn es zeigt mir, dass meine Träume für dich wichtig sind, Logan."

Er blickte verlegen zur Seite. Sie sah ihn forschend an. „Was ist los?"

„Deine Träume sind für mich sehr wichtig, daran darfst du nie zweifeln. Aber ..."

„Aber ...?"

Er fuhr sich durch das wirre Haar. „Glaubst du wirklich, dass jemand wie ich dir Glitzersternchen schickt?"

„Das warst nicht du?"

Er schüttelte den Kopf, und sie hatte den Eindruck, als verkrampfe sich ihr Herz. „Und die Schneekugel?" fragte sie.

„Die kam von mir. Auch die CD und die Kärtchen."

Ihr wurde etwas leichter ums Herz. „Und die Glitzersternchen?"

Er senkte den Blick und legte die Hand über die Augen. „Die waren von Emma", murmelte er. „Und wenn du irgendetwas für mich empfindest, dann frag mich jetzt nicht, woher sie uns so gut kennt."

Catherine nickte langsam. Vielleicht wollte sie es selbst auch gar nicht wissen. „Dann möchte sie, dass wir zusammenbleiben?"

„Es sieht so aus."

Das war etwas, das Catherine von Anfang an nicht verstanden hatte. Warum hatte Emma Montgomery, und sei sie noch so exzentrisch und verschroben, eine Frau wie Catherine Luck für ihren geliebten Enkelsohn ausgesucht?

Catherine wusste, dass sie im Leben etwas erreicht hatte, das wollte sie gar nicht leugnen. Und sie war stolz darauf. Aber sie war sich ihrer Herkunft sehr wohl bewusst. Ihre

*Einfach skandalös*

Familie entsprach nicht dem, was die Montgomerys als passende Verbindung einstufen würden. Und selbst wenn sie vergessen könnte, woher sie kam, so blieb immer noch die Tatsache bestehen, dass in der jüngsten Zeit Dinge vorgefallen waren, die ein schlechtes Licht auf die Lucks warfen.

Ihre Tante hatte einen Mann geheiratet, der in Kontakt mit der Mafia stand und mit Prostitution zu tun hatte. Schlimmer noch, als beide starben, hinterließen sie Catherine und Kayla eine Schule für Etikette und stilvolles Auftreten namens „Charme", die der Onkel als Deckmantel für einen Callgirl-Ring missbraucht hatte. Und auf diese schmutzige Geschichte hatten sich die Zeitungen natürlich begierig gestürzt. Logan hatte die Sache nie erwähnt, aber vielleicht war er einfach zu gut erzogen, um das zu tun. Und solange er die Sprache nicht darauf brachte, wollte Catherine diese peinliche Angelegenheit auch nicht erwähnen.

„Ich verstehe es einfach nicht", sagte sie laut.

Er fuhr ihr durch das Haar, und ein Kribbeln überlief ihre Haut. „Du verstehst nicht, warum sie dich mag?" fragte er.

„Man kann mich schon mögen", sagte sie lächelnd. „Das ist es nicht. Es gibt nur so viele Frauen, die sicher auch nach Emmas Meinung besser zu dir passen würden. Ich kann dir keine Namen nennen, denn ich verkehre nicht in diesen Kreisen. Aber es macht für mich keinen Sinn, dass sie sich solche Mühe gibt, um uns zusammenzubringen."

„Das macht einen perfekten Sinn für mich." Sein warmer Atem kitzelte sie an der Wange. „Wir machen einen perfekten Sinn."

Logan hatte viel von seiner Großmutter, das war Catherine gleich aufgefallen, den Charme, die Persönlichkeit, die Entschiedenheit, mit der er seine eigenen Ziele verfolgte. Vielleicht war ihre Verbindung deshalb für Emma doch nicht so abwegig.

*Carly Phillips*

Er legte seine Wange an die ihre. Es war lächerlich, aber allein die Nähe steigerte schon wieder die Sehnsucht nach ihm. Und wenn er von ihnen beiden sprach, so als gebe es keine Hindernisse, keine Probleme, dann wollte sie ihm so gern glauben, auch die unausgesprochenen Versprechen. Ohne dass es ihr bewusst war, rückte sie eng an ihn heran.

„Nun bist du dran, Cat. Sag mir, was dich beunruhigt."

Catherine lächelte. Sie musste es einfach, so besorgt, wie er sie ansah. Kein Wunder, dass sie sich in ihn verliebt hatte.

Aber der so genannte gesunde Menschenverstand stand ihnen im Weg, und zwar ihrer. Dass sie sich in ihn verliebt hatte, bedeutete ja nicht, dass sie ihm das auch sagen musste. „Mich beunruhigt überhaupt nichts. Ich habe nur fürchterlichen Hunger."

„Das glaube ich dir nicht", sagte er leise. „Aber Hunger habe ich auch."

„Gut. Dann streck dich noch mal lang aus, während ich uns etwas zu essen mache, wie ich es versprochen habe."

„Nur wenn du einverstanden bist, mit mir hinterher an den Strand zu gehen. Und außerdem möchte ich, dass du mit mir redest."

„Sie sind ja schrecklich hartnäckig, Mr. Montgomery."

Er grinste. „Das gehört zu meinem Charme."

Ja, er hatte Charme, das war wahr. Aber seit sie ihn kannte, hatte auch sie ein bisschen über den geschickten Umgang mit Wörtern gelernt. Er hatte gesagt, sie sollte mit ihm reden. Einverstanden.

Das bedeutete ja nicht, dass sie ihm sagen musste, was wirklich in ihr vorging.

## 10. KAPITEL

*L*ogan nahm Catherine bei der Hand und zog sie zum Strand. Der Sand war feucht und fühlte sich kalt unter seinen Füßen an. Ganz im Gegensatz zu seinem übrigen Körper, der sich schon wieder nach Catherine sehnte. Denn diesmal hatte sie nur seinen Hunger nach Nahrung gestillt.

Catherine hatte wirklich Wunder gewirkt. Er war nicht nur von ihrer Fähigkeit beeindruckt, aus dem Wenigen, was sie vorfand, etwas Besonderes zu zaubern. Noch mehr begeisterte ihn die Freude, die sie offensichtlich an der Zubereitung hatte.

„Wie ist es nun mit deiner Absicht, für das Amt des Bürgermeisters zu kandidieren?" fragte Catherine.

„Wie kommst du denn darauf?"

„Ich hörte, wie du letzte Woche irgendetwas zu dem Thema sagtest, als dein Vater ans Telefon musste, und außerdem habe ich was in der Zeitung gelesen."

Er blieb stehen. Catherine ging noch zwei Schritte weiter, bis er sie an der Hand zurückzog. Sie drehte sich zu ihm um.

„Wie fändest du das denn?" Ganz sicher wollte er sie nicht festnageln, aber er wollte gern wissen, wie sie darüber dachte. Er sah ihr ins Gesicht, aber ihr Ausdruck war schwer zu deuten. Er schwieg.

Sie hörten, wie die Wellen auf den Strand schlugen. Die leichte Brise wehte Catherine das Haar ins Gesicht und brachte den Duft des Salzwassers vom Meer. Logan atmete tief durch. Hier fand er den Frieden, nach dem er sein Leben lang gesucht hatte. Deshalb hatte er das Haus auch unbedingt kaufen müssen.

Wenn Catherine ihn mit ihren grünen Augen ansah, hatte er das gleiche Gefühl. Bei dieser Frau fand er die Zufriedenheit, nach der er sich immer gesehnt hatte. Auch sie brachte ihm Frieden.

Sie zuckte mit den Schultern. „Was du tust, ob du dich als Bürgermeister aufstellen lässt oder nicht, das ist allein deine Sache." Doch ihr aufmerksamer Blick strafte ihre Worte Lügen.

„Eins möchte ich klarstellen. Wenn mich etwas betrifft, dann betrifft es ab jetzt auch dich. Das nämlich bedeutet das Wort ‚wir'." Er zog sie an sich.

Ihre festen Brüste pressten sich an seinen nackten Oberkörper, und er stöhnte auf. Da dieser Abschnitt des Strandes noch zu seinem Grundstück gehörte, konnten sie ohne weiteres nur halb bekleidet herumlaufen. Logan trug lediglich ausgefranste Shorts, und Catherine hatte sich eins seiner Hemden über Slip und BH gezogen. Er schob die Hände unter das lose Hemd und strich ihr über den nackten Rücken.

„Wir", sagte sie leise. „Das hört sich wunderbar an. Für dich ist alles so einfach im Leben."

„Das Leben ist nicht so kompliziert, wie du denkst. Und noch eins. Ich werde nicht kandidieren. Das passt nicht zu mir."

Sie lächelte. „Ich bin zwar sicher, dass du deine Sache sehr gut machen würdest, aber irgendwie hast du Recht." Liebevoll strich sie ihm das Haar aus der Stirn.

Diese einfache zärtliche Geste empfand er als sehr sinnlich, und sein Körper reagierte prompt.

„Du als gesetzter Politiker, das kann ich mir auch nicht vorstellen."

„Ich bin froh, dass du mich so einschätzt. Wenn mein Vater das doch auch nur täte, dann bräuchten wir uns jetzt über dieses Thema gar nicht zu unterhalten." Aber Richter Montgomery hatte den Sohn nie als eigenständige Person akzeptieren können, sondern betrachtete ihn nur als Kopie seiner

*Einfach skandalös*

selbst. Er hatte sich nicht einmal darum bemüht herauszufinden, was der Sohn dachte und was er für wichtig hielt.

Und das tat weh. Logan lehnte sich zwar gegen die Familie und das autoritäre Verhalten seines Vaters auf, sehnte sich andererseits aber nach einer herzlichen Vater-Sohn-Beziehung.

„Aber du hast es ihm doch sicher schon gesagt?" fragte Catherine.

„Nicht nur einmal. Er will es einfach nicht akzeptieren und tut so, als sei noch alles offen. Ich muss einen Weg finden, ihn zu überzeugen."

„Und du willst auch sonst von ihm akzeptiert werden, oder?" Sie strich sich das Haar aus dem Gesicht.

„Ja. Es ist doch nur natürlich, dass ein Sohn sich nach der Anerkennung seines Vaters sehnt."

„Allerdings. Außerdem hast du so viel in deinem Leben erreicht, dass du diese Anerkennung mehr als verdienst. Da er aber leider andere Wertvorstellungen hat als du, wirst du darauf wohl lange warten können. Es ist zu traurig. Für euch beide."

„Du hast ja eine sehr genaue Beobachtungsgabe. Hat man dir das schon mal gesagt?"

„Nein, eigentlich nicht. Aber ich kenne dich schon gut genug und kann mir vorstellen, was in dir vorgeht."

Er grinste fröhlich. „Das sind ja Fortschritte."

Sie lachte. „Aber jetzt zu deiner Mutter. Kann sie denn nicht zwischen deinem Vater und dir vermitteln? Hast du jemals mit ihr darüber gesprochen?"

Er schüttelte den Kopf. „Nein, eigentlich habe ich es nie versucht. Ich habe sie wahrscheinlich nie als eigenständige Person betrachtet, sondern als jemanden, der das tut, was der Richter will. Aber im Grunde weiß ich nicht viel von ihr und auch nicht von ihrer Ehe, wenigstens nicht in den letzten Jahren."

„Vielleicht solltest du dich mal darum kümmern und mit ihr sprechen."

„Du bist eine weise Frau, Catherine Luck."

„Eine noch weisere Frau hat mir mal gesagt, dass Frauen klüger sind als Männer und dass ich das nie vergessen sollte. Vielleicht habe ich gerade bewiesen, dass sie Recht hat." Sie musste schmunzeln.

„Wenn du Emma damit meinst, kann ich dich nur um eins bitten. Du darfst ihr nie die Genugtuung geben und eingestehen, dass sie in irgendeiner Beziehung Recht hat. Dann wird sie absolut unberechenbar."

Catherine lachte. „Als unberechenbar würde ich sie heute schon bezeichnen. Aber noch zu deiner Mutter. Vielleicht würde ja sogar deine Schwester wieder nach Hampshire ziehen, wenn deine Mutter erfolgreich vermitteln kann." Sie berührte kurz seine Wange. „Das wünschst du dir doch, oder?"

Er umfasste ihr Handgelenk. „Ja. Aber noch dringender möchte ich wissen, was da in deinem Kopf vorgeht."

Sie legte ihm die Arme um die Hüften. „Nichts Besonderes, ehrlich."

„Du hast kein Vertrauen zu mir, Liebste."

„Das hat nichts mit Vertrauen zu tun. Außerdem ist es nicht so, dass ich dir nicht vertraue."

„Ich weiß. Du vertraust nur nicht darauf, dass das Leben es auch mal gut mit dir meinen könnte."

Sie lächelte vorsichtig. „Auch du scheinst mich schon ganz gut zu kennen."

„Ich hoffe." Für den Augenblick war es genug. Logan blickte in die Weite. Das Meer schimmerte tiefblau. Am Horizont standen ein paar leichte weiße Wölkchen in dem hellblauen Himmel. „Hast du jemals etwas Friedlicheres gesehen als diese Landschaft?"

Sie schirmte die Augen mit der Hand und sah über das

Meer. „Es ist wunderschön hier. Nicht nur das Meer, auch das Cottage und die Stille. Das reine Glück."

Er küsste sie sanft auf den Nacken. „Wie du." Er wollte am liebsten den ganzen Tag mit ihr zusammen sein. Aber sie musste heute noch arbeiten. Er sah auf seine Armbanduhr. „Es ist fast zehn. In einer Stunde muss ich dich wieder zurückfahren."

Er strich ihr über den Rücken und legte die Hände auf ihre Brüste, die nur von dem dünnen Hemdstoff bedeckt waren.

Sie stöhnte leise auf. „Eine Stunde. Das ist eine lange Zeit."

Er neigte den Kopf und küsste sie, tief und lange. Dabei liebkoste er ihre Brüste, reizte und streichelte die harten Spitzen, bis Catherine sich mit den Hüften an ihn presste und sich rhythmisch an ihm rieb. Schnell hielt er sie fest und schob sie leicht von sich. „Nicht jetzt", keuchte er. „Lass uns nach Hause laufen. Allerdings weiß ich nicht, ob eine Stunde lang genug ist für das, was ich vorhabe."

Ihr Gesicht war gerötet, und die Augen glänzten vor Verlangen. Sie sah aus wie eine Frau, die gerade geliebt worden war. Bei diesem Anblick konnte er sich kaum noch zurückhalten.

„Was hast du denn vor?" fragte sie.

Er nahm sie bei der Hand. „Komm mit mir ins Haus, und du wirst es herausfinden."

Sie musste verrückt sein. Diesem Mann, der sie so fest bei der Hand hielt, der sie mit Blicken und Worten und Berührungen liebkoste, diesem Mann vertraute sie. Und auch wenn sie wieder an das warnende Beispiel ihrer Mutter dachte, Thomas Luck war mit Logan Montgomery nicht zu vergleichen. Ihr Vater war alles andere als ein aufrechter, schwer arbeitender und treuer Mann gewesen. Deshalb waren beide Schwestern auch Männern gegenüber so misstrauisch. Aber selbst Kayla hatte schließlich ihre Meinung geändert und glaubte an einen Mann. Und an die Liebe und die Zukunft.

Vielleicht war es an der Zeit, dass Catherine das Gleiche tat.

Sie lief mit Logan den Strand entlang. Der Wind fuhr ihr durchs Haar, und sie atmete tief die würzige Salzluft ein. Seit sie mit Kopf und Herz daran glaubte, dass es für sie und Logan vielleicht doch eine Zukunft gab, wirkte die ganze Welt frisch, neu und verheißungsvoll.

Als sie das Haus erreicht hatten, war Catherine ganz außer Atem. Sie blieb lachend stehen und sah Logan an. Sein Blick war immer noch voll Verlangen, der Lauf schien sein Begehren nicht abgekühlt zu haben. Sofort spürte auch sie wieder, wie die Erregung tief in ihr aufstieg.

„Cat." Seine tiefe Stimme vibrierte leicht.

Er legte ihr die Arme um die Taille und schob ihr das Hemd bis über die Hüften hoch. Lachend legte sie ihm die Arme um den Nacken – und kniff geblendet die Augen zusammen.

Ein Fotoblitz. Sie waren nicht allein.

„Was, zum Donnerwetter ...?" Logan reagierte als Erster und schob sie schnell hinter sich, sodass sie nicht gesehen werden konnte. Aber es war zu spät, das Foto war bereits gemacht.

„Mr. Montgomery, ich möchte gern dabei sein, wenn Sie vor Ihren Anhängern Ihre Kandidatur als Bürgermeister bekannt geben." Die Reporterin blickte auf ihre Uhr. „Ich nahm an, dass die Pressekonferenz für zehn Uhr angesetzt war, aber ..."

„Eine Pressekonferenz?" wiederholte Catherine und trat hinter Logan hervor.

„Ja. Richter Montgomery sagte, dass sie um zehn stattfinden würde, aber ich kann mich auch irren."

*Einfach skandalös*

„Als ob das noch irgendwie von Bedeutung wäre", stieß Logan zwischen den Zähnen hervor. „Sie haben doch das, was Sie wollen."

Catherine zog das Hemd so weit es ging nach unten. Noch nie hatte sie sich so preisgegeben und verwundbar gefühlt. „Wollen Sie damit sagen, dass diese Pressekonferenz schon seit längerem geplant war?" Sie merkte, wie sie innerlich erstarrte.

„Ja, in der vergangenen Woche. Und Sie sind ...?"

„Das müssen Sie schon selbst herausfinden." Logan sah Catherine an. „Komm ins Haus. Wir müssen miteinander reden."

Sie starrte ihn an. „Ich wüsste nicht, worüber."

„Doch nicht hier!" Er wies auf die Reporterin, die gerade wieder ihren Fotoapparat hochhob.

Catherine drehte sich um und ging, ohne sich noch einmal umzusehen, ins Haus. Er folgte ihr, schloss schnell die Tür hinter sich und fasste nach Catherines Hand. „Cat ..."

„Das solltest du lieber nicht tun."

„Was? Dich anfassen oder dir erklären, warum ..."

Schnell wandte sie sich zu ihm um. Ihr Gesicht wirkte wie eine Maske.

„Wahrscheinlich beides", sagte er nur. Er wusste, es hatte keinen Sinn, weiter in sie zu dringen. Sein Magen krampfte sich schmerzhaft zusammen. Wenn er ihr nur erklären könnte, wie es zu diesem Missverständnis gekommen war.

„Eine Erklärung würde jetzt auch nichts ändern", sagte sie kühl, und ihre eigenen Worte schmerzten sie tief, obgleich sie sich nichts anmerken ließ. Ihr Herz, das gerade noch voller Wärme und Sonnenschein gewesen war, fühlte sich an wie ein Eisklumpen.

Diese Art von Leben verstand sie nicht, und nie würde sie sich daran gewöhnen können, immer im Licht der Öf-

291

fentlichkeit zu stehen. Ewig von der Presse verfolgt. Nie sicher vor den Kameras und den peinlichsten Situationen ausgesetzt.

„Tut mir Leid, aber du wirst mir trotzdem zuhören müssen. Nach all dem, was zwischen uns war, schuldest du mir ein bisschen Aufmerksamkeit."

„Ich höre." Sie sah ihn nicht an.

„So, wie ich die Sache verstehe, hat der Richter die Presse offensichtlich hierher eingeladen, denn er wusste genau, dass er mich sonst nicht zu fassen kriegen würde. Da er nichts von dir, von uns weiß, ist das Ganze tatsächlich nur ein böser Zufall."

Und auch der schlimmste Albtraum, den Logan sich ausmalen konnte. Aber das schien Catherine nicht wahrzunehmen. Wahrscheinlich war sie viel zu verletzt und beschämt, als dass sie sich in ihn hineinversetzen konnte.

Immer noch zerrte sie das Hemd nach unten, und erst allmählich begriff er, wie bloßgestellt sie sich fühlen musste. Und das alles seinetwegen. Er würde auf seinen Treuhandfond zurückgreifen, um zu verhindern, dass das Foto veröffentlicht wurde. Möglicherweise würde das auch nichts nützen. Er wusste genau, dass eine solche Story für die Geier von der Presse nicht mit Geld aufzuwiegen war.

„Ich weiß ja, dass dein Vater hinter all dem steckt, und es tut mir so Leid, dass er dich immer noch manipulieren will." Sie sah ihn wenigstens wieder an, und in ihren Augen standen Schmerz und Resignation. „Aber ich glaube, ich kann hier nicht länger bleiben, ein gefundenes Fressen für die Pressemeute." Sie blickte auf ihre nackten Beine, und er erinnerte sich, dass man ihren Slip sehen konnte, als die Aufnahme gemacht wurde. Was für eine entsetzliche Demütigung!

„Cat ..."

„Ich glaube, dass auch deine Großmutter an der Sache

*Einfach skandalös*

nicht ganz unschuldig ist. Sie hat uns in die Garderobe eingesperrt, und sie hat mir das erste Päckchen geschickt und richtig kalkuliert, dass ich mich in dich verknallen würde."

Da konnte etwas dran sein. Vielleicht hatte Emma hier wirklich ihre Finger im Spiel. Schließlich hatte sie ihm auf der Party ja genau dieses Szenario ausgemalt.

Aber er liebte die Großmutter zu sehr, als dass er ihr so etwas zutrauen konnte. „Ich gebe zu, dass sie ihren eigenen Kopf hat. Sie hatte auch irgendetwas vor, das habe ich dir ja neulich gesagt. Aber sie würde dich nie in eine solche Situation bringen."

Trotz all ihrer Fehler hatte die alte Dame ein großes Herz, und offenbar mochte sie Catherine. Logan musste der Großmutter vertrauen und an ihre Unschuld glauben. Sonst wäre auch noch das wenige Positive, woran er sich aus seiner Kindheit erinnerte, reine Illusion.

Catherine schlang die Arme um ihren Oberkörper. „Ob nun Emma oder dein Vater die Presse hierher gelockt hat, ist mir vollkommen egal. Ich will hier nur weg."

Er fluchte leise. Was für Gefühle versteckte sie nun wirklich hinter der Mauer, die sie wieder um ihr Inneres errichtet hatte? Das würde er jetzt nicht herausfinden können, denn sie hatte Recht. Sie musste hier weg, und das sofort.

Er warf einen schnellen Blick aus dem Fenster. Eine schwarze Limousine kam gerade die Kiesauffahrt herauf und hielt vor dem Haus. Logan rieb sich die Augen und stöhnte. Wie immer hatte sein Vater sein Erscheinen zeitlich perfekt abgepasst, und wie immer war er höchst unwillkommen. Hoffentlich würde der Richter nun begreifen, was er hier angerichtet hatte. Er behauptete zwar immer, dass Logan machen könne, was er wolle, aber dennoch versuchte er, ihn wie eine Marionette zu führen.

Damit musste Schluss sein, heute und ein für alle Mal.

293

Zorn und Frustration erfüllten Logan, und er ballte die Fäuste. Auf keinen Fall durfte er Catherine die Möglichkeit geben, aus seinem Leben zu verschwinden. Und doch war das vielleicht der einzige Weg. Nur wenn er sie jetzt gehen ließ, gab es für ihn überhaupt noch eine Chance, sie wieder für sich zu gewinnen.

Er griff nach den Jeepschlüsseln, die an einem Haken an der Wand neben der Tür hingen. „Das Auto steht gleich vor der Tür. Geh raus und sprich mit niemandem. Beantworte keine Fragen. Steig ins Auto und fahr los."

Sie nahm den Schlüssel. „Danke."

Warum hörten sich die beiden Silben nur genauso an wie „leb wohl"? Er blickte auf ihren Mund. Nur noch einmal wollte er sie küssen. Er ergriff sie beim Arm und zog sie an sich. Sie wehrte sich nicht, aber ihr Blick war nicht mehr offen und vertrauensvoll, sondern wieder misstrauisch und resigniert.

Jemand klopfte laut an die Tür. Logan neigte sich vor und strich Catherine sanft über die halb geöffneten Lippen. Wie weich sie sich anfühlte. Es durfte einfach nicht zu Ende sein. Sein Kuss wurde fordernder.

Wieder klopfte es, noch lauter diesmal.

Catherine fuhr zurück. Aber immer noch hielt Logan sie fest. „Ich mache jetzt die Tür auf, und du schlüpfst schnell an ihm vorbei und läufst zum Auto, okay?"

Sie nickte.

„Es ist nicht vorbei, Cat. Nicht mit uns."

„Du bist ein viel zu großer Optimist", sagte sie leise und strich ihm über die Wange.

„Nein." Er griff nach dem Türknopf. „Ich bin nur ein Realist, und wenn das hier alles vorbei ist, wirst du Teil meiner Wirklichkeit sein." Er drehte den Knopf. „So, jetzt los, schnell!"

Er öffnete die Tür und ging davon aus, dass sie sich an

*Einfach skandalös*

dem Richter vorbeiducken und verschwinden würde. Stattdessen blieb sie stehen.

„Guten Tag, Richter Montgomery."

Sein Vater starrte sie einen Augenblick verblüfft an und warf dann einen schnellen Blick auf die wartenden Reporter. „Miss ...?"

„Luck, Catherine Luck."

Dass sie ihm ihren Namen nannte, war Logan egal. Die Presse würde ihn sowieso herauskriegen. Aber er wusste, was für ein Snob sein Vater war. Sie hatte bei ihm lediglich eine Party ausgerichtet, und natürlich konnte man von Edgar Montgomery nicht verlangen, dass er sich an die Namen des Personals erinnerte. Aber diesen Namen würde er jetzt nicht mehr vergessen. Catherine Luck, das würde sich für ewig in sein Gedächtnis eingraben.

Sie reichte ihm die Hand, die der Richter nach kurzem Zögern ergriff. „Kennen wir uns?"

„Ich habe in der letzten Woche Ihre Party ausgerichtet", sagte sie lächelnd.

Logan sah, wie sich der Ausdruck der Neugier in den Augen seines Vaters in krasse Verachtung verwandelte. „Emma hat Sie angestellt", sagte Edgar. „Aber ich erinnere mich, dass wir uns über Ihr falsches Benehmen den Gästen gegenüber unterhalten haben."

„Ja, das stimmt."

„Ich muss ja wohl nicht fragen, was Sie hier zu suchen haben", sagte er mit schneidender Stimme.

Logan war kurz davor, sich einzumischen, um Catherine zu verteidigen, aber er hielt sich zurück. Sie würde es ihm nie verzeihen, denn sie war durchaus fähig, mit dieser Situation allein fertig zu werden. Er konnte schon von Glück sagen, wenn sie später mit ihm überhaupt noch ein Wort wechselte.

Sie blickte seinem Vater unverwandt und ohne Furcht in

295

die Augen, was umso erstaunlicher war, weil sie nach wie vor nur Logans Oberhemd trug und normalerweise selbst gestandene Männer von Richter Montgomery eingeschüchtert wurden.

„Nein, das brauchen Sie nicht. Aber da ich ja nicht mehr von Ihnen bezahlt werde, geht Sie das auch gar nichts an. Doch bevor ich gehe, möchte ich Ihnen noch etwas sagen." Sie sah dem Richter direkt in die Augen. „Je mehr Sie die Menschen, die Sie lieben, versuchen zu manipulieren, desto schneller werden Sie sie verlieren." Sie räusperte sich. „Auf Wiedersehen, Sir."

Bevor Edgar Montgomery noch begriff, was sie gesagt hatte, schlüpfte sie an ihm vorbei. Und als er fähig war zu reagieren, hatte sie sich bereits auf den Fahrersitz des Jeeps geschwungen und knallte die Tür zu. Der Motor heulte auf.

Stolz und Bedauern erfüllten Logan, als er sah, wie die Presseleute wild gestikulierend hinter dem Auto her liefen. Er war wütend auf seinen Vater und brauchte eine Minute, bis er sich wieder in der Gewalt hatte.

„Luck", murmelte der Richter vor sich hin. „Ich erinnere mich an den Skandal. Aber sie ist schlagfertig und hat Nerven, das muss man ihr lassen." Er bemerkte, dass Logan ihn musterte. „Könntest du mir jetzt vielleicht mal sagen, was da zwischen euch beiden vorgeht? Und wie du das der Presse erklären willst?"

Logan war immer noch wütend, aber er nahm sich ein Beispiel an Cat. Er musste sich zusammennehmen, denn der Richter verlor nie die Fassung. Er musste Entschiedenheit und Autorität ausstrahlen, damit kam er weiter, als wenn er die Nerven verlor. Das hatte er schon als Kind gelernt. Wenn er seinen Vater beeindrucken wollte, dann musste er ihm auf gleicher Ebene begegnen und ihn am besten mit den nackten Tatsachen konfrontieren.

„Ich habe der Presse nichts zu erklären. Oder dir. Und

*Einfach skandalös*

ich verbiete dir, in mein Leben einzudringen. Und in mein Haus." Er holte tief Luft. „Und ich nehme es dir sehr übel, wie du eben mit der Frau gesprochen hast, die ich liebe."

Der Richter schüttelte den Kopf. „Sohn, ich begreife dich nicht. Du bist jung, und ich verstehe, dass du von ihr angezogen bist. Aber wegen dieser so genannten Liebe kannst du doch nicht dein ganzes Leben zerstören. Liebe, so etwas gibt es nicht. Eine gleichberechtigte Partnerschaft, ja. Genau das braucht ein Politiker. Eine Frau, die gut aussieht und ihrem Mann zur Seite steht. Und keine Skandale provoziert."

Logan hob langsam die Augenbrauen. „Ich bin kein Politiker, und ich werde nie einer sein. Hörst du, was ich sage? Du kannst dir nicht länger etwas vormachen. Ich werde nicht für die Bürgermeisterwahl kandidieren. Und ich werde keine Stellung in einem renommierten Anwaltsbüro annehmen oder in ein Luxusapartment ziehen oder, schlimmer noch, zurück in mein Elternhaus."

Sein Vater seufzte. „Du möchtest also lieber in dieser ... Hütte wohnen. Gut, deine Mutter und ich haben das akzeptiert. Denn wir können ja doch nichts dagegen tun. Aber nur, weil du unter deinem Standard lebst, musst du dir ja nicht eine Frau aussuchen, die unter deinem Niveau ist."

Das ging zu weit. Logan ballte die Fäuste. Er wollte nicht länger hören, wie sein Vater eine Frau beleidigte, die er gar nicht kannte. Meine Frau, dachte Logan, und es wurde Zeit, dass der Richter das endlich begriff.

„Jetzt hör mir gut zu, denn ich werde das nur einmal sagen. Ich lasse nicht zu, dass du die Frau beleidigst, die ich heiraten werde. Verstehst du mich? Sie wird deine Schwiegertochter. Entweder du akzeptierst sie, oder du hast in meinem Leben nichts mehr zu suchen. Das ist mein voller Ernst."

Trotz all der Streitereien hatte er nie den Kontakt mit

der Familie ganz abgebrochen. Er war zwar ausgezogen, und er war auch beruflich andere Wege gegangen. Aber er hatte doch immer noch irgendwie an seinem Elternhaus gehangen und gehofft, dass sie eines Tages zu einer Familie würden, wie er sie sich immer gewünscht hatte.

Sein Vater wurde blass, trotz der sorgfältig kultivierten Bräune. Er griff hinter sich, um sich an der Wand abzustützen, und Logan streckte schnell den Arm aus, um ihn zu halten. „Dad?" Über die Gesundheit seines Vaters hatte er sich noch nie Gedanken gemacht, und plötzlich wurde ihm ganz elend vor Angst.

„Sei nicht albern." Sein Vater hatte sich schnell wieder gefangen und stieß Logans Hand zur Seite. „Sie hat sich bei einer senilen alten Frau eingeschmeichelt, damit sie genau da landen konnte, wo sie jetzt ist: in deinem Bett."

Enttäuschung und Bedauern erfassten Logan. Sein Vater sperrte sich gegen die Wahrheit, und er würde nie begreifen, was wirklich wichtig war im Leben. „Leb wohl, Vater."

„Denk an deine Zukunft, Sohn. Du brauchst dein Leben nicht zu ruinieren, nur weil du mir einen Strich durch die Rechnung machen willst. Denk darüber nach. Eine Familie muss zusammenhalten. Ich weiß das. Warum hätte ich mich sonst darum bemühen sollen, einen Weg zu finden, deinen Lebensstil zu deinem Vorteil zu nutzen? Die Pressekonferenz hier vor deinem bescheidenen Haus sollte dich dem Mann auf der Straße als geeigneten Kandidaten empfehlen. Wie üblich hast du meine Bemühungen zunichte gemacht. Aber ich habe dir helfen wollen. Ich habe es für die Familie getan."

Logan schüttelte den Kopf. „Wenn der Zusammenhalt der Familie für dich so wichtig ist, dann denk mal darüber nach, was ich heute gesagt habe, denn das ist mein voller Ernst. Hör auf, mich manipulieren zu wollen, und akzeptiere meine Art und Weise zu leben. Und die Frau, die ich liebe."

*Einfach skandalös*

Der Richter machte eine abwertende Handbewegung. „Ihre Attraktivität wird sich schnell abnutzen." Aber das erste Mal klang seine Stimme etwas unsicher.

„Nie."

„Du hast zu viel von deiner Großmutter", sagte der Richter. „Ist dir klar, dass draußen die Presse wartet? Was willst du ihnen sagen?"

„Die Wahrheit."

Ohne ein weiteres Wort wandte der Richter sich um und ging aus der Tür.

Logan strich sich das Haar zurück. Er wünschte sich, dass alles anders wäre, aber darüber konnte er sich jetzt keine Gedanken machen. Er wollte sein eigenes Leben führen. Bald würde jeder wissen, wer Logan Montgomery eigentlich war und welche Ziele er hatte.

Auch Catherine.

## 11. KAPITEL

Catherine hatte Kopfschmerzen, und sie wusste genau, weshalb. Vom Stress. Den ganzen Nachmittag hatte sie zusammen mit ihren Mitarbeitern die Tischdekorationen für die Party am nächsten Tag vorbereitet. Das kleine Studio, das Kayla und sie für „Potluck" gemietet hatten, war voll bis unter das Dach. Nach all der Arbeit sollte sie müde sein, vor allen Dingen, weil sie in der letzten Nacht auch kaum zum Schlafen gekommen war.

Aber noch kribbelte ihr Körper überall dort, wo Logan sie berührt hatte, und sie musste immer an ihn denken. Wahrscheinlich war sie noch nicht erschöpft genug.

Entschlossen stand sie auf, griff nach dem Mehltopf und holte Eier und Milch aus dem Kühlschrank. Dann brauchte sie noch Zucker und Wasser. Sie wollte Nick und seiner Verlobten etwas zu essen machen, die auch auf ihrem Stockwerk wohnten.

Sie mischte die Zutaten zusammen und schlug den Teig kräftig mit einem Schneebesen. Auch wenn Nick die besseren Crêpes machte, zu irgendetwas musste ihre überschüssige Energie ja gut sein.

Von dem Klingeln des Telefons ließ sie sich nicht aus der Ruhe bringen. Sie nahm nicht ab. Logan hatte bereits fünfmal angerufen. Er war besorgt, und nachdem sie seine Nachricht einmal angehört hatte, hatte sie den Ton abgestellt. Sie wollte nicht mit ihm sprechen, und sie konnte im Augenblick auch seine Stimme nicht ertragen.

Immer noch fühlte sie sich gedemütigt. Und immer noch konnte sie nicht verstehen, wie Mitglieder einer Familie so miteinander umgehen konnten. Logan und sie hatten sich bisher zwar nie ernsthaft über die Zukunft unterhalten, aber eins wusste sie bestimmt: Sie würde nicht so leben können, den Blicken der Öffentlichkeit ausgesetzt und im-

*Einfach skandalös*

mer in Angst davor, was als Nächstes passieren würde. Das einzig Positive an dem heutigen Tag war ihre Begegnung mit Richter Montgomery gewesen. Sie hatte ihm gezeigt, dass sie ihm durchaus gewachsen war.

Sie rührte weiter und fügte langsam die Milch hinzu. Was ihre Mutter wohl gesagt hätte, wenn sie gewusst hätte, dass Catherine von sich aus den Mann verlassen hatte, den sie liebte. Du bist verrückt, den Mann gehen zu lassen, Catherine Ann.

Für ihre Mutter war der geliebte Mann immer das Wichtigste im Leben gewesen. Und sie wollte keinesfalls so werden wie ihre Mutter und ihr Herz an einen Mann hängen, den sie nicht haben konnte. Das hieß in ihrem Fall, lieber nicht haben sollte. Es kam auf dasselbe heraus. Logan Montgomery bedeutete Kummer und Schmerz.

Es klingelte. Sie riss die Tür schwungvoll auf, froh, aus ihren trüben Gedanken gerissen zu werden. „Du musst ja großen Hunger haben, Nick. Ich wollte doch anrufen, wenn ..." Jetzt begriff sie erst, wer vor ihr stand. „Logan."

„Du hast wohl jemand anderen erwartet. Tut mir Leid, dass ich dich enttäuschen muss."

Er konnte sie nie enttäuschen. Auch wenn er unrasiert war und müde aussah, er war immer noch der Mann ihrer Träume. „Was willst du?"

„Darf ich reinkommen?"

Sie zögerte.

„Du hast mein Auto, und so musste ich mir ein Taxi nehmen. Du wirst doch einen hart arbeitenden Mann, der sein Geld schwer verdient, nicht zurückweisen?"

Nick hätte den Jeep morgen zurückgebracht, aber vielleicht sollte sie den Namen im Augenblick nicht noch einmal erwähnen. Und Logan einfach die Schlüssel zu geben, das brachte sie auch nicht fertig. „Gut, komm rein."

Sie ließ ihn eintreten, und er blickte sich neugierig um.

301

In seinem schwarzen Polohemd und den schwarzen Jeans passte er gut hierher. Der Gedanke kam ihr sofort, und sie schob ihn schnell wieder zur Seite. Als sein Blick auf ihren Lieblingsteppich fiel, hob er überrascht die Augenbrauen. Sie hatte sich gleich gedacht, dass das Leopardenmuster nicht nach seinem Geschmack war.

„Der würde auch in dem Cottage gut aussehen", sagte er.

Ihr stockte der Atem. „Was willst du von mir?" sagte sie dann. „Der heutige Tag hat doch bewiesen, dass es mit uns nicht geht." Aber er tat so, als hätte er nicht gehört, was sie sagte. Er zog sie an sich und schloss sie fest in die Arme. „Mehl?" Er wischte kurz über ihre Wange.

Sie nickte. „Ich will Crêpes backen."

„Hm. Das hört sich wunderbar an. Lass dich nicht aufhalten."

Sie trat hinter den Tresen, der die Küche von dem Wohnzimmer trennte. „Hoffentlich bist du nicht zu hungrig. Es ist nämlich nicht besonders viel."

„Ich bin mit allem zufrieden", sagte er und setzte sich auf einen der Barkocker. „Ich mag gern zusehen."

Sie griff nach der Schüssel, der Teig war noch zu fest.

„Das von heute Morgen hätte ich dir gern erspart", sagte er leise. Sie sah hoch. Sein Gesicht war ernst. „Ich weiß nicht, ob das Foto veröffentlicht werden wird."

Sie lächelte ironisch. „Was nicht zu ändern ist, sollte man vergessen." Man sollte es wenigstens versuchen. „Vielleicht bringen sie es ja nur auf Seite drei."

„Das glaube ich nicht. Ich wünschte, es wäre nicht passiert."

Jetzt sah sie ihm direkt in die Augen. „Das kann schon sein, aber immerhin hast du doch jetzt dein Ziel erreicht, oder?"

„Glaubst du wirklich, dass ich irgendetwas mit dieser Pressekonferenz zu tun habe?"

*Einfach skandalös*

„Nein, natürlich nicht." Ihre Finger schlossen sich fester um den Schneebesen. „Aber du musst zugeben, dass du halb nackt mit einer Frau erwischt wurdest, macht die Pläne deines Vaters zunichte."

„Ja, das muss ich zugeben."

„Und wie hat dein Vater es aufgenommen, dass du dich nicht für die Wahl aufstellen lassen willst?"

„Nicht besonders gut." Logan konnte unmöglich wiederholen, was der Richter gesagt hatte. „Ich habe ihn wie immer enttäuscht." Und er mich auch, dachte er. Immer wieder hatte er gehofft, dass sie sich doch noch einander annähern könnten. Aber diesmal würde der Riss nicht mehr zu kitten sein.

„Es tut mir so Leid. Meinst du, dass er darüber hinwegkommen wird?"

„Ich habe keine Ahnung."

„Aber du möchtest es gern, oder? Du würdest doch gern eine richtige Familie haben?"

„Nicht, wenn der Richter sich weiter so aufspielt, dieser aufgeblasene ..."

„Bitte nicht fluchen in der Küche", unterbrach sie ihn schnell.

Er musste lachen. „Du kennst mich schon sehr gut. Ja, ich würde mich freuen, wenn es zu einer Aussöhnung mit meiner Familie käme, ohne dass ich das aufgeben muss, was mir im Leben wichtig ist."

„Dann versuch doch, mit deiner Mutter zu sprechen. Vielleicht lohnt es sich."

Logan nickte langsam. Sie hatte Recht. Er hatte noch nicht alles ausprobiert. Als sein Vater blass geworden und sich gegen die Wand gelehnt hatte, hatte Logan plötzlich gemerkt, wie sehr er an ihm hing. Ihn vielleicht verlieren zu müssen erschreckte ihn. Aber der Vater hatte sich schnell wieder erholt und war genauso unnachgiebig gewesen wie vorher.

303

*Carly Phillips*

Erst als er seinem Vater sagte, dass er Catherine heiraten wollte, war ihm klar geworden, dass das sein Wunsch war. Im Inneren hatte er das schon immer gewusst. Bisher hatte sie diese Idee nicht besonders positiv aufgenommen. Aber das konnte sich ändern, sie brauchte Zeit. Und das war ihm ganz recht, denn so hatte er die Gelegenheit, sie genauer kennen zu lernen.

Plötzlich fühlte er Catherines Hand auf seinem Arm. „Familie ist Familie", sagte sie mit einem liebevollen Lächeln. „Glaubst du nicht, dass deine Mutter viel dafür tun würde, damit ihr euch besser versteht, du und dein Vater?"

Es war erstaunlich, dass sie sich immer noch für seinen Vater einsetzte, wenn man bedachte, wie der Richter sie behandelt hatte. Aber sie hatte keinen Vater und sogar eine noch kleinere Familie als er. Sie war darüber sehr traurig und wollte ihn davor bewahren, das Gleiche durchzumachen.

Aber er würde ihr die Familie ersetzen, das schwor er sich, und wenn die ganze Welt dagegen wäre. „Das kann sein, und ich will auch gern darüber nachdenken. Aber wenn er nicht aufhört, sich in mein Leben einzumischen, sehe ich keine Möglichkeit der Einigung."

„Aber du gibst zu, dass auch du dich nach einer Familie sehnst?"

„Oh ja." Er grinste. „Deshalb wird es Zeit, dass wir über uns sprechen."

„Du gibst wohl nie auf?"

„Nein." Nie. Erst sollte in ihren Augen wieder Vertrauen und Liebe stehen, wenn sie ihn ansah.

Catherine blickte ihn lange an. Dass er diesen Charme und eine solche Ausstrahlung besaß, war irgendwie nicht gerecht. Er konnte sie so leicht um den Finger wickeln. Viel zu leicht. Sie spielte nervös mit dem Schneebesen.

*Einfach skandalös*

„Cat, warum hast du so viel Angst, deinen Gefühlen zu vertrauen?"

Sie wich seinem forschenden Blick aus und fing wieder an, kräftig den Teig zu schlagen. „Weil ich es nicht kann. Ich habe dir doch sicher erzählt, dass mein Vater meine Mutter verlassen hat." Am liebsten hätte sie den letzten Satz wieder zurückgenommen. Ihre Kindheit ging nur Kayla und sie etwas an. Und dennoch schien es so selbstverständlich zu sein, mit ihm darüber zu sprechen.

„Du hast es angedeutet."

„Er hat nicht nur sie, sondern auch seine zwei Kinder im Stich gelassen."

„Und nun glaubst du, dass jeder Mann sich genauso verhalten wird?"

Sie schüttelte den Kopf. „Nein. Aber das Leben ist nicht einfach. Egal, ob man arm ist und kaum seine Rechnungen bezahlen kann oder ob man ein glückliches Paar ist, das sich gut versteht, es gibt immer wieder Probleme."

Sie schwieg und dachte nach. Logan sagte nichts und sah sie aufmerksam an. Er war ein wunderbarer Zuhörer, das hatte sie gleich bemerkt. „Wenn man sehr verschieden ist und dann Probleme auftauchen, hat man sowieso keine Chance." Sie seufzte leise. „Und deshalb haben wir keine Chance."

Logan schüttelte den Kopf. Sie hatten mehr gemeinsam, als sie zugeben wollte. Natürlich gab es ein paar Schwierigkeiten. Aber das größte Problem hatte er bereits in Angriff genommen. Es war jetzt klar, dass sein Vater die Einstellung des Sohnes nicht akzeptieren konnte.

Die Sache mit der Familie war also schon geklärt. Nun musste Catherine nur noch überzeugt werden. Sie schob die Klassenunterschiede vor. Im Grunde hatte sie aber nur davor Angst, wieder verlassen zu werden.

„Du bist fest davon überzeugt, dass wir keine Chance

305

haben, und räumst uns deshalb erst gar keine Chance ein", sagte er ernst.

„Du bist ein Träumer, Logan."

„Nein, ich bin durchaus realistisch. Es stimmt, Probleme kann es auch für das glücklichste Paar geben. Aber wenn beide Partner fest zusammenhalten und sich Mühe geben, können sie die Schwierigkeiten auch überwinden."

Hörte sie ihm überhaupt zu? Ihr Blick war starr auf ihn gerichtet, und sie spielte mit einem kleinen goldenen Anhänger, den sie an einer Kette um den Hals trug. Was er für Catherine empfand, war sehr viel mehr als sexuelle Leidenschaft, auch wenn sein Blick durch den kleinen Anhänger ganz automatisch auf ihren Ausschnitt gelenkt wurde und er sie am liebsten gleich hier geliebt hätte.

Er stand schnell auf. Er hatte gesagt, was er sagen wollte. Er würde sie jetzt allein lassen, damit sie Zeit hatte, über alles nachzudenken. Und er konnte nur hoffen, dass sie zu dem gleichen Ergebnis kam wie er.

„Willst du schon gehen?" fragte sie leise.

„Das ist sicher besser. Du musst morgen arbeiten."

„Ja." Sie kam hinter dem Tresen hervor und nahm die Autoschlüssel vom Tisch. „Logan, du warst so ..."

„Sag es lieber nicht."

Sie legte den Kopf leicht zur Seite. „Warum nicht?" fragte sie stirnrunzelnd. „Du weißt doch gar nicht, was ich sagen will."

„Das stimmt. Und das ist auch besser so." Statt dass sie etwas sagte wie „leb wohl", wollte er lieber gar nichts hören. Er steckte die Hand in die Hosentasche. „Aber ich möchte dir noch etwas geben, bevor ich gehe."

Sie schüttelte den Kopf. „Ich kann nichts von dir annehmen."

„Oh doch." Er nahm die Hand wieder aus der Tasche und hielt ihr einen kleinen knallroten Plastikring hin, den er

*Einfach skandalös*

neulich in einer Kartoffelchipstüte gefunden und gedankenlos in die Tasche gesteckt hatte.

Mit Juwelen und Geld war Catherine nicht zu beeindrucken. Er hatte das Gefühl, dass diese kleine Geste sie eher rühren würde.

„Was ist das?" Sie lächelte zögernd, und er musste all seine Willenskraft aufbringen, um sie nicht an sich zu ziehen und zu küssen.

„Mein Ring", sagte er grinsend. „Möchtest du meine feste Freundin sein?"

Wenn sie ihm nicht bereits verfallen gewesen wäre, hätte sie sich jetzt sofort in ihn verliebt. Sie blickte auf den kleinen Plastikring. So ein kleines wertloses Ding, und es bedeutete ihr so viel.

Vorsichtig griff sie nach dem Ring. Er war weder aus Gold noch mit Diamanten besetzt, doch es war eine so liebe Geste.

Sie musste ihn einfach annehmen, und sie konnte auch nicht länger leugnen, dass sie Logan liebte. Sie steckte sich den Ring an.

Beinahe ehrfürchtig folgte sein Blick dieser Bewegung. „Ich ruf dich an", sagte er mit leiser rauer Stimme, „noch heute Abend."

„Und wenn ich dich nun bitten würde zu bleiben?" fragte sie und griff nach seiner Hand.

Sein Blick drückte alles aus, was er empfand. „Dann würde ich dich fragen, ob du es auch ernst meinst."

Sie wollte mit ihm zusammen sein, das wusste sie genau. Aber war es auch richtig? Sie musste einfach das Risiko eingehen. „Ja, mir ist es ernst."

Er umfasste ihr Gesicht mit beiden Händen und küsste sie. Die Wärme und die Zärtlichkeit dieser Berührung ließ sie erschauern. Sie liebte ihn, und sie begehrte ihn, und alles andere war plötzlich unwichtig.

Sie wollte seine Hose öffnen, aber er hielt ihre Hand fest. „Deshalb bin ich nicht gekommen."

Sie sah ihn unsicher an, aber da sein Atem schwer ging und sie seine harte Erregung nur zu deutlich fühlte, wusste sie, dass auch er sie begehrte. „Du brauchst nicht zu glauben, dass du mich ausnutzt", sagte sie ruhig. „Ich weiß genau, was ich will, nämlich dich."

„Genauso wie ich dich."

„Wo liegt dann das Problem?"

Er stöhnte leise und lehnte seine Stirn gegen ihre. „Sexuelles Verlangen war nie ein Problem zwischen uns. Sexuell haben wir uns sofort verstanden."

Sie ahnte, wohin er das Gespräch lenken wollte. Er konnte wohl wirklich Gedanken lesen, aber wahrscheinlich drückte auch ihr Gesicht aus, was sie empfand. Sie konnte vor ihm nichts mehr verbergen, und sie wollte es auch nicht mehr. Sie sah ihn nur an.

„Wir können uns jetzt lieben, und am nächsten Morgen kämen dir wieder Bedenken."

„Und du bist sicher, dass es so ist? Dass wir uns wirklich lieben?" Ihre Stimme zitterte.

Mit dieser Frage hatte sie zugegeben, was sie wirklich empfand. Immer hatte sie in Angst gelebt, jemand würde ihre Gefühle mit Füßen treten, wenn sie sie offenbarte. Und die Macht, die sie Logan nun gegeben hatte, rührte ihn tief.

Er streichelte ihr sanft die Wange. „Wir haben nie etwas anderes getan, als uns zu lieben, Cat."

Sie hatte den Eindruck, als sollte ihr das Herz zerspringen vor Glück. Sie liebte ihn so und begehrte ihn.

„Aber heute Nacht werden wir nicht zusammen sein."

Obwohl ihr Körper dagegen zu protestieren schien, lächelte sie. „Sie sind ein Gentleman, Logan Montgomery."

„Und ein ganz großer Idiot", stieß er zwischen den Zähnen hervor, und sie musste lachen. „Aber was soll ich ma-

*Einfach skandalös*

chen? Meine Großmutter hat mich nun mal so erzogen." Er sah sie an, und sie bemerkte das gleiche Verlangen in seinen Augen, das auch sie empfand.

„Das kann man wohl sagen." Catherine drehte an dem Plastikring.

„Hast du schon jemals einen festen Freund gehabt?"

„Nur auf der High School." Und das auch nicht sehr oft. Sie hatte sich immer geschämt und wollte nie, dass jemand ihr Zuhause kennen lernte.

„Woran erinnerst du dich davon denn noch am besten? Und ich meine jetzt nicht die Erlebnisse auf dem Autorücksitz."

Sie hob überrascht die Augenbrauen und lächelte leicht. „Hat Logan Montgomery etwa Angst, mit irgendeinem Jüngling aus der High School verglichen zu werden? Der heute sicher längst keine Haare mehr hat und einen Bierbauch vor sich herträgt?"

„Ich hasse die Vorstellung, dass dich irgendjemand berührt hat außer mir."

Ihr gefiel, dass er offensichtlich nicht frei von Eifersucht war, und sie hätte diesem Gefühl gern noch mehr Nahrung geliefert. Aber sie konnte ihn nicht anlügen. „Leider erinnere ich mich nicht mehr an viel", gab sie zu. „Länger als ein bis zwei Tage hat selten etwas gedauert." Als Teenager war sie noch zu unreif gewesen, um sich fest mit jemandem zu befreunden. Und als sie dann über zwanzig war, war sie zwar mit einigen Männern ausgegangen, aber sie hatte sich nie ernsthaft auf etwas eingelassen. Sie hatte einige wenige sexuelle Erfahrungen, aber nie war sie wirklich verliebt gewesen.

Er drückte ihr die Hand. „Dann möchte ich der erste Mann sein, der dir zeigt, was es bedeutet, mit jemandem fest befreundet zu sein." Seine Augen funkelten vor Vergnügen.

„Okay."

*Carly Phillips*

Er hob sie auf die Arme und trug sie auf die breite Couch.

## 12. KAPITEL

*S*weet Sixteen, dachte Catherine und legte letzte Hand an die Tischdekoration. Dann trat sie einen Schritt zurück und bewunderte ihre Arbeit. Die weißen und rosa Luftballons passten zu den roten Rosen, ein Traum für ein junges Mädchen. Ihre Eltern mussten sie sehr lieben. Sie sah sich noch einmal genau in dem Saal um. Alle Tische waren gedeckt, und die kleinen Gastgeschenke standen auf einem Tisch bereit. Da das Restaurant selbst für das Essen sorgte, hatte sie hier nichts weiter zu tun. „Potluck" war nur für die Dekoration zuständig.

In dem einen kurzen Jahr hatten Kayla und sie mit ihrer Catering-Firma schon viel erreicht. Nach der Gartenparty bei dem Montgomerys hatten sie eine ganze Menge Anfragen erhalten, die sie sicher Emma zu verdanken hatten. Wie das Ganze nun nach dem Zusammenstoß mit dem Richter weitergehen würde, wusste sie nicht.

Aber es war ihr auch egal. Auch ohne die Montgomerys hatten sie schon gut zu tun gehabt, und so würde es auch bleiben. Sie war zufrieden mit ihrem Leben. Aber sie brauchte Logan, um wirklich glücklich zu sein, das war ihr nach der letzten Nacht wieder besonders klar. Sie lächelte, als sie an seine Liebkosungen dachte, die dann doch weiter geführt hatten, als sie eigentlich wollten. Er war ein wunderbarer Mann. Und Liebhaber.

Zu dem Restaurant gehörte eine Bar. Die Stühle sahen bequem aus, und sie setzte sich. Nur ein paar Minuten ausruhen, dann würde sie wieder nach Boston zurückfahren.

„Drink?" fragte der Mann hinter der Bar.

Catherine schüttelte den Kopf.

„Warum denn nicht? Ich habe doch gesehen, was Sie da alles in den Saal geschleppt haben. Geht auf Kosten des Hauses."

„Na gut. Mineralwasser bitte, mit ein bisschen Limone."
Der Barmann stellte den Fernsehapparat an. „Meine Freundin ist Moderatorin einer Nachrichtensendung", sagte er stolz.

„Toll. Sie ist sehr hübsch." Catherine blickte auf den Fernsehschirm. Nach der Ansage wurde ein Film eingeblendet. Logan vor seinem Cottage. „Können Sie den Ton etwas lauter machen?" Eine kalte Furcht stieg in ihr hoch.

Sie hatte heute mit Absicht nicht die Zeitung gelesen, aber an das Fernsehen hatte sie nicht gedacht. „Hampshires begehrtester Junggeselle", sagte die kultivierte weibliche Stimme, „Logan Montgomery, hat heute alle Gerüchte dementiert, er würde für den Bürgermeisterposten kandidieren. Das steht im Gegensatz zu den Äußerungen Richter Montgomerys."

Catherine lächelte. Logan stand da in Jeans und Pullover, ungekämmt und sexy. Jetzt war seine Stimme zu hören: „... und obwohl mich das Vertrauen Richter Montgomerys und anderer Anhänger ehrt, habe ich andere Ziele, als Bürgermeister zu werden."

„Zum Beispiel?" hakte einer der Reporter nach.

„Ich habe vor, eine eigene Kanzlei aufzumachen und den weniger bemittelten Klienten Rechtsbeistand zu einem vernünftigen Preis anzubieten."

Catherine ging das Herz auf, als sie ihn offen und ehrlich sprechen hörte. Sein Vater war nicht zu sehen. Was wohl nach ihrer überstürzten Abfahrt zwischen den beiden abgelaufen war?

„Aber die Montgomerys haben doch immer ein öffentliches Amt bekleidet. Macht es Ihnen nichts aus, mit dieser Tradition zu brechen?"

„Überhaupt nichts. Mir ist es wichtiger, die Zuneigung einzelner Menschen zu gewinnen." Dabei blickte er direkt

*Einfach skandalös*

in die Kamera, und Catherine hatte das Gefühl, als sehe er nur sie an.

In der letzten Nacht hatten sie sich geliebt, und sie hatte gefühlt, dass sie zusammengehörten. Aber es auch ausgesprochen zu hören, erfüllte sie mit tiefer Zuversicht. Das erste Mal hatte sie den Eindruck, ihre unterschiedliche Herkunft spiele tatsächlich keine Rolle.

Jetzt war die junge Moderatorin wieder im Bild. „Dass sich Mr. Montgomery von der Kandidatur zurückzog, kam genau zur richtigen Zeit. Denn kurz vor der angesetzten Pressekonferenz wurde diese kompromittierende Aufnahme gemacht."

Catherine starrte wie hypnotisiert auf den Schirm. Sie und Logan lagen sich lachend in den Armen, ihr Hemd bis weit über die Taille hochgeschoben, er in seinen abgeschnittenen Shorts und sonst nichts. Ein Albtraum.

„Oh, sind das nicht ..."

„Ja, das bin ich", sagte sie nur.

„Logan Montgomerys Begleiterin heißt Catherine Luck und besitzt zusammen mit ihrer Schwester eine Catering-Firma. Die beiden Schwestern waren in einen Skandal verwickelt um ‚Charme', einer Schule für Etikette, hinter der sich ein Callgirl-Ring verbarg, der beste Beziehung zum organisierten Verbrechen unterhielt."

Du lieber Himmel, was würde noch kommen?

„Catherine Luck stammt aus dem Arbeitermilieu und gehört nicht zu den Frauen, die man bisher an Logan Montgomerys Seite sah. Aber natürlich, eine kleine Affäre am Strand ist etwas anderes als eine lebenslange ..."

Genug. „Bitte, schalten Sie aus", brachte Catherine gerade noch heraus. Kayla, das war ihr erster Gedanke. Wegen ihrer Risikoschwangerschaft musste sie größtenteils liegen. Wenn sie die Nachrichten gesehen hatte, musste Catherine sie beruhigen. Wenn nicht, musste Catherine ihr al-

313

les möglichst schonend beibringen. Auf alle Fälle musste sie sofort zu ihrer Schwester. Kane würde außer sich sein.

„Sie geht nicht ans Telefon, aber ich könnte schwören, dass sie zu Hause ist." Logan ging nervös in seinem Büro auf und ab.

„Das gefällt mir gar nicht", sagte Emma, die kurz nach Logan gekommen war und ihn zu trösten versuchte.

„Mir auch nicht."

„Ruf noch mal an."

„Seit gestern Abend versuche ich es jede Stunde." Logan war sicher, dass Catherine den Hörer absichtlich nicht abnahm. Und er konnte es ihr kaum verdenken. Jede Zeitung hatte das Foto abgedruckt, jeder regionale Fernsehsender hatte die Geschichte breit ausgewalzt. Ausgerechnet Catherine, die einzige Frau, die Logan wirklich liebte, war Opfer der übelsten Verleumdungen.

Wieder griff er nach dem Telefon und wählte ihre Nummer.

Dieses Mal wurde der Hörer nach dem ersten Klingeln abgenommen. „Ist es schon soweit?" Das war Catherines besorgte Stimme.

„Cat?"

„Logan."

„Du hast geglaubt, es sei Kane?" fragte Logan.

„Ja." Sie schwieg kurz. „Ehrlich gesagt, dies ist keine günstige Zeit zum Telefonieren", sagte sie dann.

„Cat, ich wollte nur sagen, der ganze Klatsch ist widerlich, aber es hat nichts mit uns zu tun."

Es piepte. Offensichtlich hatte sie ein zweites Gespräch.

„Was hat sie gesagt?" Emma kam näher.

„Ich muss auflegen", sagte Catherine.

„Nimm doch das Gespräch an. Ich bleibe in der Leitung." Er wusste, wie wichtig ihr die Schwester war. Aber

314

*Einfach skandalös*

er würde sich nicht so einfach zurückziehen, er würde um sie kämpfen.

„Nein, das hat keinen Sinn. Ich kann jetzt nicht an mich denken." Ihre Stimme klang leise und resigniert.

„Cat, ich liebe dich. Bitte, denk wenigstens darüber nach."

„Ich kann nicht. Es tut mir Leid. Ich lege jetzt auf." Klick.

Langsam drehte er sich zu seiner Großmutter um. „Sie hat aufgelegt."

„Mach dir nichts draus, mein Junge. Ich habe eine fabelhafte Idee."

Nun musste er doch lächeln. „Ich liebe dich, Emma, aber diese Sache muss ich schon allein durchziehen."

„Na gut." Immerhin hatte Emma jetzt ein Gespür dafür, wann sie sich zurückziehen musste. „Dann gehe ich jetzt. Bitte, ruf mich an, wenn sich etwas Neues ergeben hat."

Er nickte nur und winkte ihr zu, als sie sein Büro verließ.

„Ich liebe dich. Denk wenigstens darüber nach", hatte er zu Catherine gesagt. Jetzt war es an ihr, den nächsten Schritt zu tun.

Kayla und Kane hatten jetzt einen kleinen Jungen. Catherine streckte die Beine aus. Sie war ganz steif nach den vielen Stunden, die sie in dem Warteraum des Krankenhauses verbracht hatte.

Ihre Schwester hatte nun ihre eigene Familie. Kayla würde sie zwar nie ausschließen, und Catherine war sicher die beste Tante der Welt, aber sie gehörte nicht mehr unmittelbar dazu.

Warum machte ihr das so viel aus? Und seit wann?

Seit sie Logan kannte. Er hatte ihre Vorbehalte wegen der gesellschaftlichen Unterschiede so beharrlich bekämpft,

*Carly Phillips*

dass sie jetzt selbst anfing zu glauben, sie könnte eine Familie gründen, selbst mit einem Mann aus einer reichen Familie. Und dann geschah das mit der missglückten Pressekonferenz.

Ein Baby war geboren. Plötzlich setzte Catherine sich senkrecht auf. Ein neues Leben bedeutete neue Möglichkeiten. Konnte man nicht jederzeit ein neues Leben beginnen? Die Vergangenheit lag hinter ihr, sie hatte ihre armselige Herkunft überwunden. Warum sollte sie in ihrem Leben nicht das erreichen, was die Schwester bereits hatte?

Ich liebe dich.

Sie liebte ihn auch, und sie würde es ihm beweisen.

„Die Anklage wird fallen gelassen. Die Verhandlung ist geschlossen." Der Richter ließ den Hammer fallen und verließ den Raum.

Logan schüttelte seinem begeisterten Klienten die Hand und atmete erleichtert durch. Der Fall war durchgestanden.

Er packte seine Sachen zusammen. Jetzt, wo die Spannung von ihm abgefallen war, musste er wieder an Catherine denken. Er hatte von ihr nichts gehört. Dennoch war ihm klar geworden, dass er nichts weiter unternehmen konnte. „Ich liebe dich." So etwas sagte er nicht einfach dahin. Und wenn sie ihn wirklich wollte, dann musste sie Kontakt mit ihm aufnehmen.

„Mr. Montgomery." Der Gerichtsdiener kam auf ihn zu. „Hier ist eine Nachricht für Sie."

Logan lockerte seine Krawatte und nahm den weißen Umschlag entgegen. „Von wem?"

„Von einer hübschen blonden Frau."

„Danke, Stan." Logan riss den Umschlag auf. Er entfaltete das Blatt Papier, und so etwas wie Konfetti fiel heraus. „Komm nach Hause."

Logans Herz fing wie wild an zu schlagen, und er sah

316

*Einfach skandalös*

sich schnell in dem Gerichtssaal um. Keiner war mehr da. Er griff nach seiner Aktentasche und trat in die milde Frühlingsluft hinaus.

Er verstand die Nachricht. Was hatte er zu Catherine gesagt, als sie das erste Mal zu seinem Cottage gefahren waren? „Es ist bescheiden, aber es ist mein Zuhause." Und sie hatte genickt und ihn mit ihren grünen Augen angesehen. Wahrscheinlich hatte er sich damals schon in sie verliebt.

Vor dem Cottage stand der Lieferwagen von „Potluck". Logan lief schnell die Stufen zum Eingang hinauf. Die Tür stand offen. Sein Atem ging schneller, als er sich vorstellte, dass sie hier war, in seinem Haus. Er trat ein und schloss die Tür hinter sich.

Hier an der Küste war die Luft noch kühl. Im Kamin knisterte ein Feuer, und es duftete nach Holz.

„Cat?" Keine Antwort. Logan blickte in die Küche. Auch dort war sie nicht, aber der Tisch war festlich gedeckt, und sie hatte auch gekocht, denn es roch delikat.

Jetzt ging er in Richtung Schlafzimmer und musste schmunzeln. Sie hatte ihm den Weg eindeutig gezeigt. Ihre Leoparden-Sandaletten lagen im Flur und auch ihr schwarzer Rock. An dem Türknopf hing ihr schwarzer Spitzenbody. Begierde durchzuckte Logan wie ein Stromstoß. Aber er würde seinem Verlangen nicht nachgeben, bis er nicht von Catherine gehört hatte, dass es ihr ernst war.

Er öffnete die Schlafzimmertür. Sanftes Kerzenlicht empfing ihn, es duftete nach Zimt und Rosen. Catherine lag auf dem Bett, kaum bedeckt von einem Laken, und ihre helle Haut schimmerte im Schein der Kerzen. Seine Träume waren wahr geworden. Er brauchte nur über den Teppich mit Leopardenmuster zu gehen ... Er stutzte und lächelte dann.

„Ich habe dir ja gleich gesagt, dass dein Teppich gut hier reinpassen würde", sagte er, trat an das Bett und setzte sich auf die Bettkante. Sein Blick umfing Catherine, ein Blick voller Liebe, Vertrauen und Verlangen. „Ich habe so sehr gehofft, dass du kommen würdest, selbst nach den entsetzlichen Geschichten in der Presse."

Sie legte ihm die Hand auf den Arm. „All das hat mir klargemacht, dass ich handeln musste. Dass ich endlich um das kämpfen musste, was ich wollte. Und das bist du."

Er legte sich halb auf das Bett und nahm sie in die Arme. Sie schmiegte sich an ihn.

„Du weißt, dass ich dich auch will. Aber das ist nicht genug."

Sie nickte langsam und legte den Kopf an seine Brust. „Nach den peinlichen Vorfällen wollte ich nur weg. Doch dann begriff ich, dass ich keinen Grund hatte wegzulaufen. Kein Mann ist zu gut für mich, auch nicht Logan Montgomery."

„Das habe ich ja immer gewusst." Er strich ihr sanft über das Haar. „Und der Richter weiß das auch, glaub mir, spätestens seit eurem Zusammenstoß. Und mein ganzes Leben lang will ich mich bemühen, dass du das nie vergisst."

„Ich liebe dich", flüsterte sie, und Tränen standen in ihren Augen.

„Du weinst?" fragte er leise.

„Ja, weil ich so glücklich bin."

„Ich dachte, du glaubst nicht an das Glück?"

„Doch, seit ich dich kenne." Sie streckte die Arme aus. „Willkommen zu Hause."

*Einfach skandalös*

## EPILOG

Im Hintergrund war eine kleine Band zu hören. Die Sonne schien, der Sand war warm. Catherine griff nach Logans Hand und drückte sie. „Ist es dir recht, wenn ich den nächsten Tanz nicht mit dir tanze?"

„Bist du müde?" Er legte ihr die Hand auf den noch flachen Bauch. Er schmunzelte. „Wir könnten reingehen und uns ein bisschen hinlegen."

Sie lachte. „Nicht an unserer eigenen Hochzeit. Nein, ich bin vollkommen in Ordnung, nur ein bisschen schwanger. Ich wollte jemand anderen auffordern."

„Wen?"

„Deinen Vater."

„Er ist zwar gekommen, und er trinkt auch ein Glas Champagner, aber ..."

„Du meinst, er würde nicht mit seiner Schwiegertochter tanzen wollen?"

„Doch, das schon, aber am Strand? Das wäre sicher unter seiner Würde."

Als sie sich daran erinnerte, was für ein Gesicht der Richter gemacht hatte, als er hörte, dass die Hochzeit am Strand stattfinden sollte, musste Catherine ihm Recht geben. „Eines Tages muss ihm klar werden, was er bisher im Leben alles versäumt hat. Und barfuß auf dem Sand zu tanzen gehört sicher dazu."

Logan musste lachen. „Gut, du kannst es ja versuchen. Wo ist eigentlich dein kleiner Neffe?"

„Hier, bei mir." Grace stand hinter ihnen und hatte den kleinen Jungen auf dem Arm. Sie war letzte Woche aus New York gekommen und wohnte in Catherines Apartment in der Stadt. Ihr Verhältnis zu den Eltern war nicht gut, und Catherine hatte den Eindruck, dass Grace sich

319

ebenso wie ihr Bruder nach mehr Harmonie in der Familie sehnte.

„Ach, Grace, es ist so schön, dich endlich kennen zu lernen." Catherine strahlte die Schwägerin an. „Willst du nicht wieder herziehen?"

Grace lächelte zögernd. „Das nicht. Aber ich werde sicher häufiger zu Besuch kommen."

„Das will ich dir auch geraten haben, mein Kind", sagte Emma.

„Oh, hallo, Gran." Logan nahm seine Großmutter liebevoll in den Arm.

„Grace, du bist meine letzte Aufgabe. Du ahnst nicht, wie schwierig es war, diese beiden zusammenzubringen. Logan, findest du nicht, dass Catherine das Baby ganz ausgezeichnet steht?"

Jetzt musste auch Grace lachen. „Untersteh dich, Gran, dich in mein Leben einzumischen."

„Ich wollte dich ja nur in New York besuchen kommen. Ich war schon ewig nicht mehr da. Hast du eigentlich nette Nachbarn?"

Logan zog Catherine schnell zur Seite. „Ich glaube, wir lassen die beiden jetzt lieber allein."

„Ja, und ich werde jetzt mit deinem Vater tanzen." Sie zeigte auf Logans Eltern, die etwas steif am Rande der Terrasse standen und über das Meer blickten. Der Richter hatte wie immer einen dunklen Anzug an, Logans Mutter trug immerhin ein leichtes, wenn auch elegantes Kleid. Und sie war barfuß.

Catherine musste lachen. „Wenn das kein gutes Zeichen ist."

„Geh nur", sagte Logan. „Ich warte hier auf dich."
Sie stellte sich auf die Zehenspitzen und küsste ihn.

*- ENDE -*

*Carly Phillips*

# Einfach sexy
Roman

Aus dem Amerikanischen von
Monika Paul

*Einfach sexy*

## 1. KAPITEL

Stirnrunzelnd betrachtete Ben Callahan die Tasse aus feinstem chinesischen Porzellan, die auf einem Tablett aus massivem Silber vor ihm stand. Er überlegte, wie er sie anheben sollte, ohne dass sie in tausend Stücke zersprang. Freiwillig hätte er eine derart zerbrechliche Kostbarkeit niemals angefasst. In diesem Fall blieb ihm jedoch keine andere Wahl. Die Dame, die ihm gegenüber auf einem Sofa saß und ihn scharf beobachtete, Mrs. Emma Montgomery, hatte ihm deutlich zu verstehen gegeben, dass sie nicht zum Geschäftlichen kommen würde, ehe Ben eine Tasse Tee mit ihr getrunken hatte.

Was in den Köpfen der Reichen vor sich ging, würde Ben wohl auf ewig ein Rätsel bleiben, ganz egal, wie oft er mit ihnen zu tun hatte. Er konnte damit leben, aber besonders sympathisch fand er die Vertreter dieser Gesellschaftsschicht nicht. Das lag vielleicht auch daran, dass seine Mutter sich jahrelang als Putzfrau verdingt hatte und am eigenen Leib erfahren musste, wie willkürlich die oberen Zehntausend mit ihren Bediensteten umsprangen.

Ben amüsierte sich oft darüber, dass er sich ausgerechnet in diesen Kreisen einen Namen als Privatdetektiv erworben hatte. Die meisten seiner Auftraggeber hatten wirklich Geld wie Heu und bezahlten seine Honorare, ohne mit der Wimper zu zucken. Er kam ganz gut über die Runden, ja er konnte sogar genug abzweigen, um seine Mutter in einem gepflegten Seniorenheim unterzubringen.

Gerade saß er wieder einer potenziellen Klientin gegenüber, der er offenbar mit besonderem Nachdruck empfohlen worden war. Sie hatte ihm sogar das Flugticket von New York nach Hampshire, Massachusetts, gezahlt, nur damit sie ihm höchstpersönlich erklären konnte, wozu sie seine Dienste benötigte.

323

*Carly Phillips*

Ben war schon gespannt, was ihn erwartete. Oft versuchten nämlich gerade Kunden, die sich ein ganzes Heer von Detektiven leisten könnten, die Spesenrechnung zu drücken oder sein Honorar zu kürzen. Nicht so Mrs. Montgomery. Sie hatte ihm ein Erfolgshonorar geboten, bei dem es ihm die Sprache verschlagen hatte, und – als wäre das noch nicht Ansporn genug – ihm freie Hand mit den Spesen gewährt.

Für jemanden ihrer Herkunft macht sie einen ganz netten Eindruck, fand Ben. Aber immer noch hatte er keinen Schimmer, was sie dafür von ihm erwartete. Unter den gegebenen Umständen allerdings war ihm das beinahe gleichgültig. Bens Mutter litt an einer unheilbaren Augenkrankheit. In nicht allzu ferner Zeit würde sie erblinden und nicht mehr im Stande sein, alleine für sich zu sorgen. Was dann? Natürlich konnte sie in ihrem Wohnheim auch rund um die Uhr betreut werden, nur würde ihn das eine hübsche Stange Geld zusätzlich kosten. Da kam das Honorar, das Mrs. Montgomery zu zahlen bereit war, gerade recht. Und um diesen Preis nahm Ben auch eine altmodische Prozedur wie diese Teezeremonie bereitwillig in Kauf.

Er merkte, dass ihn seine Gastgeberin über den Rand ihrer Tasse hinweg fixierte. Sie schien auf etwas zu warten. Natürlich, der Tee! Schnell hob Ben die Tasse und nippte von der dampfenden Flüssigkeit, die so heiß war, dass er sich die Zunge verbrannte.

Offenbar hatte die alte Dame wirklich nur darauf gewartet. Sie räusperte sich und begann zu sprechen: „Es geht um meine Enkelin. Sie braucht einen Babysitter. Fällt das in Ihr Ressort?"

Beinahe wäre Ben die wertvolle Teetasse doch noch aus den Fingern geglitten. So ein Batzen Geld für einen Babysitter? Ungläubig schüttelte er den Kopf. „Wie bitte?"

Emma griff sich an die Stirn. „Verzeihen Sie, ich habe

**324**

*Einfach sexy*

mich ungeschickt ausgedrückt. ‚Beschützer' trifft die Sache besser. Es ist so: Meine Enkelin befindet sich in einer Art Selbstfindungsphase. Deshalb sollen Sie sie beschützen."

Behutsam stellte Ben seine Tasse auf den Unterteller zurück, ehe er tatsächlich noch Schaden anrichtete. Eines musste er sofort klarstellen: Geld hin oder her, den Babysitter spielte er nicht. „Ich fürchte, da liegt ein Missverständnis vor, Mrs. Montgomery."

„Bitte nennen Sie mich doch Emma." Emma schenkte ihm ein strahlendes Lächeln.

„Also, Emma, um es vorweg zu sagen: Ich bin Privatdetektiv und nicht der Babysitter für irgendwelche verwöhnten Gören. Wie alt ist Ihre Enkelin denn?"

Statt einer Antwort nahm Emma ein Foto von einem Beistelltisch neben dem Sofa und reichte es ihm. Eine wunderschöne junge Frau mit honigblondem Haar, warmen braunen Augen und einem engelsgleichen Lächeln blickte ihm darauf entgegen. Bens Puls beschleunigte sich. Sie sah genauso aus wie seine Traumprinzessin!

„Eine richtige Schönheit, nicht wahr?" Emma konnte ihren Stolz nicht verbergen. „Sie wird in ein paar Tagen dreißig."

Unbehaglich rutschte Ben auf seinem Stuhl herum. In seinem Beruf brachte man es nicht weit ohne gute Menschenkenntnis. Von einem hübschen Gesicht ließ Ben sich nicht so leicht täuschen, und es war ihm bisher immer gelungen, Distanz zu den Menschen zu bewahren, über die er Erkundigungen einzog. Aber diese Frau faszinierte ihn vom ersten Moment an. Ihre Augen blickten dem Betrachter offen entgegen, doch Ben ahnte, dass dahinter Geheimnisse steckten, die nur darauf warteten, entschlüsselt zu werden. Wenn der Auftrag mit ihr zu tun hatte, musste er ihn annehmen, auch wenn ihn eine Stimme in seinem Inneren eindringlich davor warnte.

*Carly Phillips*

„Grace ist vor einiger Zeit nach New York gezogen", erklärte Emma. „Sie lebte bisher vom Einkommen aus einem Fond, den ihre Eltern für sie angelegt haben. Kein fester Job – kein fester Freund." Den letzten Satz betonte sie besonders auffällig und bedachte Ben dabei mit einem merkwürdigen Blick.

Siedend heiß fiel ihm ein, dass sein dunkles Haar dringend einen Schnitt vertragen hätte. Und erst die Stiefel! Hätte er sie bloß mal wieder eingekremt oder wenigstens ordentlich abgebürstet! „Ich verstehe trotzdem nicht, warum Sie meine Dienste benötigen", meinte er verlegen.

„Vor kurzem hat sie aus heiterem Himmel beschlossen, den Fond nicht mehr anzurühren, sondern aus eigener Kraft für ihren Lebensunterhalt zu sorgen."

„Bedrohlich klingt das nicht gerade." Im Gegenteil, Grace gefiel Ben immer besser, je mehr er über sie erfuhr.

„Ganz meine Meinung! Wissen Sie, ich habe meine Enkelin zur Selbstständigkeit erzogen, aber Sie sehen ja, wohin das geführt hat! Sie hat Hampshire einfach verlassen. Ich kann sie auch verstehen. Es war höchste Zeit, dass sie sich dem Einfluss ihres tyrannischen Vaters, meines Sohnes, entzieht. Aber ..." Emma lachte bekümmert.

Ben, der befürchtete, dass sie sich noch weiter vom eigentlichen Thema ihrer Unterhaltung entfernen würden, nutzte die kurze Atempause und warf ein: „Sie wollen also, dass ich Grace überrede, wieder nach Hause zu kommen?"

Emma schüttelte den Kopf. „Nicht, wenn sie sich in New York wohl fühlt. Leider habe ich keine Möglichkeit, das zu beurteilen. Ich höre zwar, es ginge ihr gut, ich solle mir keine Sorgen machen." Emma schnaubte empört. „Keine Sorgen, wenn ich weiß, dass Grace mit der Kamera um den Hals durch die Großstadt zieht und vor lauter Fotografieren ihre Umgebung nicht mehr wahrnimmt!"

*Einfach sexy*

„Sie ist erwachsen und kann auf sich selbst aufpassen", warf Ben ein.

„Liest man nicht jeden Tag in der Zeitung von Überfällen auf junge Frauen, gerade in New York? Grace behauptet, sie hätte einen Kurs in Selbstverteidigung belegt, aber ich glaube ihr kein Wort! Seit sie volljährig ist, versucht sie mich zu schützen, indem sie mir vieles verschweigt. Ich kann Ihnen sagen, das ist Gift für mein angegriffenes Herz."

Ben nickte stumm. Sein Vater war an einem Herzinfarkt gestorben, als Ben gerade acht Jahre alt war. Von seinem kleinen Angestelltengehalt hatte er keine Rücklagen gebildet, geschweige denn Vorsorge für einen Unglücksfall getroffen, sodass Ben und seine Mutter mittellos dastanden. Daraufhin musste sich Bens Mutter eine Arbeit suchen. Da sie keinen Beruf erlernt hatte, blieb ihr nichts anderes übrig, als in fremder Leute Häusern zu putzen.

Emmas Stimme holte Ben in die Gegenwart zurück. „Damit wir uns recht verstehen, Mr. Callahan: Ich bin sehr froh, dass Grace endlich auf eigenen Füßen stehen will. Es wurde wirklich Zeit, in ihrem Alter! Ich befürchte nur, dass sie mit der großen Freiheit nicht umgehen kann. Leider ist sie ein Mensch, der sich scheuen würde, um Hilfe zu bitten, wenn sie alleine nicht weiterkommt. Das ist der Grund, warum ich Sie engagieren will, verstehen Sie?"

Bens Gedanken überschlugen sich. Aus Emmas Worten folgerte er, dass diese Grace offenbar zu der Sorte Frauen gehörte, die Probleme magisch anzogen. Fragte sich nur, welche Art von Problemen. Außerdem musste er abwägen, ob er sich wegen möglicher Schwierigkeiten Emmas großzügiges Honorar durch die Lappen gehen lassen sollte.

Nein, ein derartiges Angebot schlug man nicht aus! Er würde den Fall übernehmen. Jeder hat etwas davon, redete er sich ein. Emma kann ruhig schlafen, weil sie weiß, dass

327

*Carly Phillips*

das Leben ihrer Enkelin nicht bedroht ist, und ich kann mit dem Geld, das ich für diese Information von ihr erhalte, meine eigenen Probleme lösen.

Emma hatte ihn genau beobachtet und schmunzelte. „In der Hoffnung, dass Sie den Auftrag annehmen, habe ich bereits ein paar Vorkehrungen getroffen. Grace wohnt in einem Apartmenthaus in Murray Hill, ganz in der Nähe der Third Avenue. Ich habe mir die Freiheit genommen, ein wenig mit dem Eigentümer zu plaudern, und erfahren, dass sein Bruder genau gegenüber von Grace lebt. Wie es der Zufall will, muss dieser Bruder für einen Monat geschäftlich ins Ausland, und sein alter Freund – ein gewisser Ben Callahan – hat sich bereit erklärt, die Wohnung bis zu seiner Rückkehr zu hüten. Sehr nett von diesem Mr. Callahan, finden Sie nicht?" Triumphierend schwenkte sie einen Schlüsselbund vor Bens Augen.

Ben, der von seinen Klienten schon allerhand gewöhnt war und sich eingebildet hatte, gegen jede Art von Überraschung gefeit zu sein, verschlug es die Sprache.

„Sie wissen, dass ich eine eigene Wohnung habe, Emma?" stieß er nach einer Weile mühsam hervor. Er musste wohl ein ausgesprochen dummes Gesicht dabei gezogen haben, denn Emma lachte hellauf.

„Ich gebe keine Ruhe, ehe ich nicht weiß, dass Grace glücklich, zufrieden und in Sicherheit lebt. Das können Sie nur herausfinden, wenn Sie sich in ihrer unmittelbaren Nähe aufhalten. Es heißt, dass Sie ein Meister Ihres Faches sind, Ben!" Sie beugte sich vor und nahm Bens Hand. In ihren Augen lag eine stumme Bitte, die Ben nicht leichtfertig ignorieren konnte.

Insgeheim bewunderte er die Dreistigkeit, mit der Emma ihn manipulierte. Obwohl er wusste, dass sie ihm den sprichwörtlichen Honig ums Maul schmierte, konnte er nicht ablehnen. Was war schon groß dabei, wenn er sich

328

*Einfach sexy*

mit der Enkelin anfreundete, damit die Großmutter besänftigt war? Das Honorar für diesen Auftrag käme ausschließlich seiner Mutter zugute, und die hatte sich, weiß Gott, ein paar Annehmlichkeiten verdient.

„Was ist?" fragte Emma erwartungsvoll.

Noch einmal betrachtete Ben nachdenklich das Foto. Wenn ihm schon beim Anblick eines Fotos der jungen Frau die Knie weich wurden, was würde dann erst geschehen, wenn er ihr leibhaftig gegenüberstand? Vor sich selbst konnte er ruhig zugeben, dass er die Distanz zu diesem Fall eingebüßt hatte, ehe er überhaupt daran arbeitete. Im Grunde musste er das Angebot ablehnen. Nur würde Emma dann im Handumdrehen einen anderen Privatdetektiv beauftragen, Erkundigungen über ihre Enkelin einzuholen. Und das ging Ben aus irgendeinem Grund massiv gegen den Strich.

Was für ein herrlicher Tag! Grace hatte den ganzen Nachmittag im Park zugebracht, immer auf der Suche nach Motiven für den Auftrag, an dem sie zurzeit mit vollem Einsatz arbeitete. Ihre Aushilfstätigkeit in einem Fotostudio füllte sie nicht aus. Passfotos und Porträtaufnahmen hatten wenig mit der Art von Fotografieren zu tun, die sie schätzte. Wirklich als Profi fühlte sie sich erst, wenn sie mit der Kamera bewaffnet im Park umherstreifte. Die Bilder, die sie dort aufnahm, würden über ihre Zukunft entscheiden, deshalb legte sie ihren ganzen Ehrgeiz in diese Streifzüge.

An diesem Tag hatte sie eine Reihe fantastischer Motive vor die Linse bekommen. Sie war sehr zufrieden mit ihrer Leistung. Nicht einmal die endlos lange Schlange vor der Kasse im Supermarkt konnte ihr die Stimmung vermiesen.

Nun stand sie schwer bepackt vor der Tür ihres Apartments und fischte unter mühsamen Verrenkungen nach dem Schlüssel. Sie trug einen weiten Poncho, der so weich

329

war, dass sich der Eingriff der nachträglich eingenähten Tasche jedes Mal aufs Neue ihren tastenden Fingern entzog. Verflixtes Ding, langsam kapierte sie, warum der Schneider sie gewarnt hatte, eine Tasche in den Umhang nähen zu lassen.

Grace betete, dass sie den Schlüssel zu fassen bekäme, ehe sich die Tüten, die ihre Einkäufe enthielten, selbstständig machten. Selbst schuld, dachte sie, warum hast du nicht einfach eine Jeansjacke angezogen, wie sie Hunderte anderer, vernünftiger Mädchen tragen.

Aber der Poncho war ihr erklärtes Lieblingskleidungsstück. Ihre Großmutter hatte ihn ihr vor langer Zeit geschenkt, damit Grace die Kamera aus dem Haus schmuggeln konnte, ohne dass der Rest der Familie, der weder für sie geschweige denn für ihre künstlerische Ader Verständnis aufbrachte, etwas bemerkte.

Auch aus diesem Grund war Grace in diese große Stadt in einem anderen Staat geflüchtet. Es war Zeit, dass sie das wirkliche Leben kennen lernte – und die wirkliche Grace Montgomery, sofern es die gab. Leider war es mit dem Umzug alleine nicht getan. Zunächst einmal hatte sich dadurch nämlich nicht viel verändert. Unbewusst suchte Grace wohl doch ständig nach Anerkennung durch ihre Eltern, obwohl sie genau wusste, dass das ein aussichtsloses Unterfangen war. Trotzdem hatte sie zunächst weiterhin vom Geld ihrer Eltern gelebt und sich, gutes Kind, das sie war, auch brav an deren Regeln gehalten.

Aber dann traf sie Catherine, das sympathische Mädchen aus einfachen Verhältnissen, das Grace' Bruder Logan gegen den erbitterten Widerstand seines Vaters zur Frau nahm. Der Kontakt zu ihrer Schwägerin, einer jungen Frau, die mit beiden Beinen fest auf dem Boden stand, rüttelte Grace auf und half ihr, sich über ihr Ziel klar zu werden: Sie wollte endlich auf eigenen Füßen stehen.

*Einfach sexy*

Wie so oft im Leben kam ihr der Zufall zu Hilfe. Obwohl Grace das Leben, das ihre Eltern führten, weit hinter sich lassen wollte, hielt sie Kontakt zu ihren Schulfreundinnen. Eine von ihnen, Cara Hill, arbeitete für „Chances", eine Wohlfahrtsorganisation, die sich für Kinder aus sozial schwachen Familien einsetzte. Cara war für die Mitgliederwerbung und das Auftreiben von Spendengeldern zuständig. Zu diesem Zweck plante sie, eine Artikelserie in einer der bekanntesten Illustrierten des Landes zu veröffentlichen. In eindringlichen Texten und mit bewegenden Fotos wollte sie die Notlage der Kinder schildern, um an die Spendenbereitschaft der Leserschaft zu appellieren.

Cara war begeistert, als sie erfuhr, dass Grace Fotografin war. Ohne lange zu fackeln, erteilte sie ihr den Auftrag, Bilder von Kindern aus den ärmeren Vierteln zu machen. Grace war sehr geschmeichelt über Caras bedingungsloses Vertrauen und schwor sich bei ihrer Berufsehre, die Freundin nicht zu enttäuschen.

Es gab einen zweiten Grund, weshalb die Fotos ein Erfolg werden mussten: Die Bilder würden ein breites Publikum erreichen und Grace möglicherweise Chancen eröffnen, von denen sie andernfalls nicht zu träumen gewagt hätte.

Endlich spürte sie das kalte Metall des Wohnungsschlüssels zwischen den Fingern. Doch zu spät: Eine der braunen Einkaufstüten rutschte ihr aus den Händen und ergoss ihren Inhalt auf den Boden. Bestürzt betrachtete Grace die Schweinerei auf dem Korridor und stöhnte bei genauerem Hinsehen entsetzt auf. „Ausgerechnet die Eier!"

„Damit wäre die Party wohl geplatzt", ertönte plötzlich eine Stimme hinter Grace. Was für eine Stimme: männlich, aufregend tief und sehr sexy. Bei ihrem Klang überlief Grace eine Gänsehaut, und in ihrem Magen kribbelte es. Sie schloss die Augen, um das Prickeln intensiver genießen zu

331

können. Das musste der neue Nachbar sein, den sie, wann immer sich die Gelegenheit ergab, heimlich vom Fenster aus beobachtete. Er war ihr vom ersten Tag an aufgefallen, als er in einem schwarzen, voll beladenen Mustang vorgefahren war. Da sie der Hausverwalter vorgewarnt hatte, wusste sie, dass es sich um den jungen Mann handeln musste, der vorübergehend in der Nachbarwohnung einziehen würde.

Langsam und bedächtig, um das Durcheinander nicht noch zu verschlimmern, aber auch um ein wenig Zeit zu gewinnen, stellte Grace ihre Tüten und Taschen auf den Boden. Dann erst drehte sie sich um. Er war es tatsächlich. Aus der Nähe betrachtet, so stellte Grace fest, war er noch weitaus attraktiver, als sie es aus der Ferne bereits vermutet hatte.

Er lehnte lässig an der Wand auf der gegenüberliegenden Seite des Korridors. Seine Jeans und das ausgewaschene blaue T-Shirt saßen wie eine zweite Haut an seinem durchtrainierten Körper. Sein Haar war so schwarz, dass es selbst gegen den schmuddelig grauen Farbton, den die Wand im Laufe der Zeit angenommen hatte, deutlich abstach. Es war verstrubbelt und reichte ihm bis auf die Schultern. Am liebsten hätte Grace die Hand ausgestreckt und Ordnung in die rabenschwarze Mähne gebracht.

Aber hallo! Grace stutzte. Wieso interessierst du dich auf einmal für die Frisur eines Kerls? Das ist ja ganz was Neues.

Nun, dieser junge Mann war in mehr als einer Hinsicht außergewöhnlich, ganz anders als die Softies mit manikürten Händen, die Grace von früher kannte. Einen Prachtburschen wie den hier fand man in Hampshire nicht. Einmal mehr gratulierte sich Grace im Stillen zu ihrem Entschluss, nach New York zu ziehen.

Sie hatte wirklich noch keinen Mann getroffen, der sie

*Einfach sexy*

auf Anhieb so beeindruckte. Er strahlte etwas aus, das eine Seite ansprach, die Grace an sich bislang noch gar nicht entdeckt hatte. Sie spürte, wie sich Gefühle in ihr regten, wie sie sie noch nie empfunden hatte.

Dieser Knabe war gefährlich. Er war ein Bild von einem Kerl und deshalb, das hatte man Grace jahrelang eingebläut, nicht der passende Umgang für eine junge Frau aus gutem Hause. Aber gerade das machte ihn so anziehend.

„Kann ich Ihnen helfen? Ich bin Ben Callahan, Ihr neuer Nachbar."

Der Klang seiner Stimme riss Grace aus den Gedanken. Automatisch reichte sie ihm die Hand und stellte sich vor, wie man es ihr beigebracht hatte: „Grace Montgomery, sehr erfreut." Im gleichen Moment verwünschte sie ihre gute Erziehung. Jetzt hält er mich bestimmt für einen schrecklichen Snob, dachte sie verärgert.

Doch der Neue überging den Patzer, lachte kurz und rau und schüttelte ihre Hand herzlich. „Nett, Sie kennen zu lernen."

Grace wurde es ganz flau im Magen, als sich ihre Finger trafen. Sein Händedruck war warm und fest, aber als sich ihre Handflächen berührten, war es, als spränge ein heißer Funke über. Der junge Mann schien es ebenfalls gespürt zu haben, denn er räusperte sich und ließ Grace' Hand schnurstracks wieder los und bückte sich nach den Tüten. „Sie werden sehen, das haben wir gleich."

Beneidenswert, wie schnell er die Fassung wiedergewinnt, fand Grace. Sie selbst brachte zunächst keinen Ton heraus, sondern schüttelte nur abwehrend den Kopf. „Danke, ich schaff das schon", stammelte sie schließlich. Die Tüten waren im Augenblick wirklich das geringste ihrer Probleme.

„Das glaube ich gerne, aber ich weiß, was sich für einen Gentleman schickt. Besonders", hier schenkte er

333

Grace ein strahlendes Lächeln, „wenn eine schöne Frau in Not ist."

Grace hielt immer noch den Schlüssel in der Hand. Ihre Finger zitterten, als sie ihn ins Schloss steckte und aufschloss. Die Nähe dieses Nachbarn beunruhigte sie.

„Wohin mit dem Zeug?" fragte er jetzt.

„Stellen Sie alles in die Küche." Mit einer fahrigen Geste wies Grace ihm den Weg durch den engen Flur in ihre kleine Küche.

Gehorsam deponierte Ben die ganze Ladung, einschließlich der zerbrochenen Eier, auf der Arbeitsplatte. „Echt schade um die Party", meinte er.

Spielt er auf mein Kaffeekränzchen gestern an, fragte sich Grace. Immer wenn ihr im Rahmen ihres Auftrages für „Chances" besonders gute Kinderfotos gelangen, machte sie davon Abzüge, die sie den Eltern schenkte. So viel war sie den Leuten schuldig, fand sie. Einmal die Woche trafen sich die Mütter bei einer Tasse Kaffee in ihrer Wohnung, bewunderten die Schnappschüsse und nahmen ihr Exemplar fürs Familienalbum in Empfang.

Aus welchem Grund sollte sich aber ihr Nachbar für das Kommen und Gehen in ihrem Apartment interessieren? Seltsam, aber vielleicht ein gutes Zeichen!

Hastig schüttelte Grace den Kopf. „Von wegen Party! Ich hatte vor, mich ganz gemütlich auf die Couch zu setzen und mich vom Fernseher berieseln zu lassen. Übrigens fürchte ich, dass ich Sie enttäuschen muss. Die große Sause, wie Sie anscheinend vermuten, hat auch gestern hier nicht stattgefunden."

„Gut zu wissen! Ich dachte nämlich schon, ich hätte die Party meines Lebens verpasst. Das wäre wirklich schade gewesen." Neugierig sah er sie an.

Grace wurde es ganz heiß unter seinem eindringlichen Blick. „Ihnen ist nichts entgangen, ehrlich."

*Einfach sexy*

Ben lachte hellauf. „Schade, ich hatte mich so auf ein zünftiges Willkommensfest gefreut."

„Was hatten Sie sich darunter denn vorgestellt?" fragte Grace.

Ben sah sie überrascht an, dann grinste er. „Ich würde Sie zum Beispiel gerne besser kennen lernen, Grace."

Das hatte sie von ihrer Neugier. Grace seufzte und atmete dabei den herben Duft ein, der Ben umgab, ein markanter und verführerischer Duft, der sie erregte, ein Duft nach Abenteuer und Gefahr, der so gar nicht in ihr ruhiges und beschauliches Leben zu passen schien.

Nachdenklich betrachtete sie den jungen Mann. Er hatte alles, was sie am anderen Geschlecht faszinierte. Nicht wie die langweiligen Typen, mit denen sie sich früher verabredet hatte, Milchknaben in Anzug und Krawatte, denen mehr daran gelegen war, Grace' Vater zu beeindrucken, als Grace zu gefallen. Und selbst in New York, wo sie nur mehr eine unter Tausenden von gut aussehenden, ungebundenen Frauen war, hatte sie ziemlich bald die Nase voll von Verabredungen. Alle Männer, die sie dank wohlmeinender Freundinnen kennen gelernt hatte, hatten sich nämlich als grässliche Nieten entpuppt. Ben dagegen war nichts weniger als langweilig. Bei ihm stimmte einfach alles, und es wäre ein Jammer, solch ein Musterexemplar seiner Art einfach entwischen zu lassen. Obendrein konnte ihr Privatleben eine Veränderung vertragen. Ob sie überhaupt noch wusste, wie man einen Mann umgarnt? Nun, einen Versuch war dieser Ben Callahan auf jeden Fall wert.

Grace erwiderte sein Lächeln. Seine direkte Art gefiel ihr. Die Typen, die ihre wahren Absichten hinter penetranter Höflichkeit verschleierten, gingen ihr auf den Wecker. Wie erfrischend war da doch ein Mann, der geradeheraus sagte, was er wollte. Er wollte sie kennen lernen. Was nun?

335

Sie konnte ihm ja wohl schlecht verraten, dass sie sich ihrerseits brennend für ihn interessierte.

Ihre Lippen waren ganz trocken geworden, deshalb befeuchtete sie sie mit der Zunge. Überrascht bemerkte sie, wie Bens Blick gebannt die Bewegung ihrer Zungenspitze verfolgte.

Auch Grace konnte die Augen kaum von Ben abwenden, denn nett anzusehen war ihr Herr Nachbar, ein regelrechter Adonis. Wenn sie ihn so ansah, fielen ihr Dinge ein, die ihr die Schamesröte auf die Wangen trieben.

Plötzlich senkte er den Blick und kehrte Grace abrupt den Rücken zu, um mit unverhohlener Neugier die Wohnung zu mustern. „Zwei Zimmer, Küche und Bad?" fragte er. Er hörte sich an wie jemand, der vorhatte, eine Wohnung zu mieten, und Grace fragte sich, ob sie den Flirt von eben nur geträumt hatte.

„Richtig."

„Sie haben Geschmack, das sieht man." Er deutete ins Wohnzimmer, das Grace mit farbenprächtigen Perserteppichen ausgelegt hatte.

„Danke." Das Kompliment machte sie verlegen. Sie hatte die Wohnung eingerichtet, als sie noch von ihrem Vermögen lebte, und das konnte man nicht übersehen. Angefangen von den Teppichen über die Möbel bis zu den kostbaren Vasen zeugte alles vom Reichtum ihrer Familie. Aber das musste sie ja ihrem neuen Bekannten nicht gleich auf die Nase binden. Sie hatte ohnehin ihre liebe Not, das Tempo, mit dem er von heißem Flirt zu nichts sagendem Small Talk wechselte, mitzuhalten. Was ging bloß in ihm vor? War er von ihrer ersten Begegnung genauso aufgewühlt wie sie?

„Ich bin leider ziemlich beschäftigt", meinte Grace befangen und machte sich daran, die Tüten auszupacken. „Es war schön, Sie kennen zu lernen, Ben."

„Ganz meinerseits." Ben trat auf sie zu, zögerte kurz, hob dann die Hand und strich sanft über ihre Wange. Grace konnte keinen Muskel rühren, sie stand da wie gelähmt, nur in ihrem Kopf herrschte Chaos. Sie verstand die Welt nicht mehr. War jetzt wieder Flirten angesagt? Wie auch immer, auf jeden Fall ruhte Bens Hand einen Moment an ihrer Wange, ehe er sie, ebenso überraschend, wieder fallen ließ. Grace hatte den Eindruck, als sei er völlig überwältigt.

„Bis bald, Gracie", flüsterte er zum Abschied und ging. Grace stand mit hängenden Armen da und sah ihm nach, bis die Tür hinter ihm ins Schloss fiel.

Sie war stets eine gehorsame Tochter gewesen. Einmal nur hatte sie sich dem Willen ihres Vaters widersetzt, und es hatte ein Desaster gegeben: Sie hatte sich heimlich aus dem Haus geschlichen, um mit Freunden durch die Kneipen zu bummeln. Ihr Vater hatte Wind von der Sache bekommen und nicht nur Grace Hausarrest aufgebrummt, sondern auch dafür gesorgt, dass ihre Freunde nicht ungestraft davonkamen. Grace war unsterblich blamiert und wurde noch wochenlang von allen Bekannten geschnitten. Sie hatte danach nie wieder aufbegehrt.

Aber jetzt, mit fast dreißig Jahren, trug sie sich wieder mit dem Gedanken an Revolte. Es schien, als hätte ihr das Schicksal in der Gestalt dieses attraktiven Mannes noch einmal die Möglichkeit geboten, sich endgültig von der Familie abzunabeln, und Grace war wild entschlossen, diese Gelegenheit beim Schopf zu packen.

## 2. KAPITEL

Wütend schmetterte Ben die geballte Faust gegen die Wand. War er noch ganz bei Trost? Er hatte die Wirkung, die Grace aus der Nähe auf ihn ausüben würde, total unterschätzt. Dabei hatte er sie doch fünf Tage lang von weitem observiert, um ganz sicherzugehen. Und nun das! Ich würde Sie gern besser kennen lernen, Grace! Krasser konnte man kaum gegen eine der obersten Regeln seiner Zunft verstoßen, die da lautete: Lass dich nie von deinen Gefühlen leiten!

Er hatte Grace im Korridor abgepasst, weil er sich mit ihr bekannt machen wollte, und schon war es geschehen: Grace hatte ihn schlichtweg überwältigt. Der erste Blick aus ihren funkelnden braunen Augen hatte ihn mit einem Bann belegt. Ihre sanfte Stimme und der betörende Duft ihres Parfüms hatten ausgereicht, um ihn seiner fünf Sinne zu berauben und völlig willenlos zu machen. Als er die Kraft aufgebracht hatte, sich zu verabschieden, war es bereits zu spät. Jetzt stand er fluchend unter der Dusche, doch nicht einmal das eiskalte Wasser konnte die fatalen Folgen seiner ersten Begegnung mit der leibhaftigen Grace Montgomery mildern.

Es war nur ein schwacher Trost, dass er Emma, wenn sie ihn, wie jeden Tag, anrief, um seinen Bericht entgegenzunehmen, heute beachtliche Fortschritte melden konnte. Die Einzelheiten seiner ersten Begegnung mit ihrer Enkelin behielt er lieber für sich. Genauso wenig würde er ihr verraten, dass ihr Detektiv auf dem besten Wege war, sich unrettbar in die Person, der seine Nachforschungen gelten sollten, zu verlieben. Ben legte nämlich großen Wert darauf, dass seine Klienten mit dem Ergebnis seiner Bemühungen zufrieden waren und ihn weiterempfahlen. Ein Flirt mit der Enkelin einer Auftraggeberin passte ganz und gar nicht in sein Konzept.

*Einfach sexy*

Immerhin hatte er bereits zahlreiche unverfängliche Informationen gesammelt. Zum Beispiel konnte er fast lückenlos über Grace' Tagesablauf Rechnung ablegen. Sie arbeitete in einem Fotostudio in einem der Randbezirke von New York. Ihre Mittagspause verbrachte sie regelmäßig in einem Park in der Nähe des Studios, den sie offenbar auch am Wochenende gerne aufsuchte. Leider grenzte dieser Park an ein ziemlich heruntergekommenes Wohnviertel. Und das bereitete Ben Kopfzerbrechen.

Er war in einer ähnlichen Gegend aufgewachsen und kannte die Gefahren, die dort lauerten, zur Genüge. Die Kerle, die sich da herumtrieben, machten nicht viel Federlesens, wenn eine Frau sie interessierte. Und Grace war unbestreitbar eine ganz außergewöhnlich interessante Frau.

Aber auch diese Bedenken wollte er Emma gegenüber nicht sofort äußern. Sie hatte ein schwaches Herz und musste nach Kräften geschont werden. Zuerst wollte Ben herausfinden, was Grace ausgerechnet in diese zwielichtige Gegend zog. Dann würde er den Auftrag so schnell wie möglich zu den Akten legen und sich Grace aus dem Sinn schlagen. Andernfalls, so fürchtete Ben, würde er womöglich sein Herz an sie verlieren, und dieser Gedanke behagte ihm gar nicht.

Klar, Grace' Versuch, auf eigenen Füßen zu stehen, verdiente Anerkennung. Aber Ben hätte keinen Cent darauf gewettet, dass sie die Sache bis in die letzte Konsequenz durchziehen würde. Sicher würde sie sich bald nach den Annehmlichkeiten ihres früheren Lebens sehnen. Allein die Wohnung! Die teure Einrichtung des Apartments verriet deutlich, dass sie sich von den alten Lebensgewohnheiten nicht vollständig verabschiedet hatte. Nicht, dass sich Ben daran störte. Nur hatte er nicht die Absicht, sich auf eine Sache einzulassen, bei der schon von vornherein feststand, wer am Ende der Dumme war.

339

Mit schnellen Schritten verließ Grace die düstere U-Bahn-Station. Sie liebte diesen Moment, wenn sie mit der Kamera um den Hals ins Freie trat, die laue Frühlingsluft über ihre Arme streifte und die ersten Sonnenstrahlen warm auf ihre Haut schienen. Endlich frei!

Beschwingt lief sie an verfallenen Gebäuden vorbei zum Park. Einer Gruppe von Kindern, die sie von ihren täglichen Besuchen kannte, winkte sie fröhlich zu und erreichte schließlich hinter einer Kurve ihr Ziel, den Spielplatz, ihren Lieblingsort in diesem Park.

Wie immer in der Mittagspause, herrschte auf den Basketballfeldern reges Treiben. Grace blieb einen Moment an dem Zaun stehen, der die Felder abgrenzte, und sah zu. Der dumpfe Aufprall der Bälle auf dem schwarzen Asphalt vermischte sich mit den aufgeregten Rufen der Spieler zu einer bunten Geräuschkulisse. Die Sportler trugen fast ausnahmslos weiße T-Shirts, sodass Grace die jungen Leute kaum auseinander halten konnte. Nur ein graues Hemd stach deutlich aus der Menge hervor. Grace kniff die Augen zusammen, um seinen Träger besser auszumachen. Nanu? Das rabenschwarze, schulterlange Haar, die durchtrainierte Gestalt, das konnte doch nur ...

Genau in diesem Augenblick rief der Mann, dem ihre Aufmerksamkeit galt, seinen Mitspielern etwas zu, und Grace' Vermutung bestätigte sich. Da spielte doch tatsächlich ihr neuer Nachbar Ben Callahan in „ihrem" Park Basketball.

Schnell zückte sie die Kamera. Die Gelegenheit, einen derart attraktiven Mann in Aktion zu fotografieren, durfte sie sich nicht entgehen lassen. Herausfinden, welcher Zufall ihn ausgerechnet hierher verschlagen hatte, konnte sie später immer noch.

Mit geübten Griffen schraubte sie die Schutzkappe vom Objektiv, doch ehe sie auslösen konnte, wurde das Match

*Einfach sexy*

unterbrochen. Erschöpft ließen sich die Spieler auf den Bänken entlang des Zauns nieder, nur Ben blieb mit einem Jungen unter dem Korb stehen.

Von ihrem schattigen Standort am Rand des Spielfelds aus betrachtete Grace das Bild, das sich ihr bot: Ben stand im gleißenden Sonnenlicht. Er trug graue Shorts, unter denen sich die gut ausgebildeten Muskeln seiner langen Beine zeigten. Mit der Hand wischte er sich den Schweiß von der Stirn – eine typisch männliche Geste, fand Grace, aber auch das Einzige, was er mit dem Rest dieser Gattung gemein hatte. In jeder anderen Hinsicht unterschied er sich von allen Männern, die ihr jemals begegnet waren. Dieser Mann faszinierte sie, und sie nahm sich vor, das, was ihn so speziell machte, auf Film zu bannen.

Er verstand es hervorragend, sich in seine Umgebung einzufügen. Zum Beispiel jetzt: Er hob sich kaum aus der Menge der jugendlichen Basketballspieler auf dem Feld ab. Er war gekleidet wie sie, sprach ihre Sprache, verwendete ihre Gesten. Die Jugendlichen schienen ihn auch durchaus als einen der Ihren zu akzeptieren, obwohl Grace sicher war, ihn noch nie im Park gesehen zu haben. Wer war er, und was tat er hier? Woher kannte er die Kids?

Doch wozu sich den Kopf zerbrechen? Grace war hier, um zu fotografieren. Sie stellte scharf und drückte ab. Wieder und wieder löste sie aus, um jede Bewegung des Spielers einzufangen. Durch ihr Zoom-Objektiv war es, als befände sie sich mitten im Spiel. Ihr Herz raste, als tobte sie selbst übers Spielfeld, und ihr Puls hämmerte im gleichen Takt, wie Ben den Ball dribbelte. Nach wenigen Minuten machte er eine Pause und erklärte seinem Mitspieler einen Spielzug.

Gespannt verfolgte Grace im Sucher das Spiel der Muskeln an Bens Armen und Beinen. Dunkle Flecken zeichneten sich auf seinem T-Shirt ab. Grace fühlte, wie ihr selbst der Schweiß aus allen Poren drang und ihre Bluse auf der

341

Haut klebte. Ihr Atem ging schnell und unregelmäßig, doch ihr Finger drückte wie von selbst auf den Auslöser, bis sie die Kamera schließlich absetzen musste, um nach Atem zu ringen. Zufrieden verriegelte sie die Kamera. Sie hatte fantastische Bilder gemacht, voll Kraft und Schönheit. Allerdings würden diese Fotos niemals veröffentlicht werden, sondern waren für ihr ganz persönliches Album gedacht.

Ben stand immer noch auf dem Spielfeld. Eine Hand auf der Schulter des Jungen, erklärte er eine komplizierte Technik. Welcher Mann fand schon Zeit, um mit den Jugendlichen eines Armenviertels zu trainieren? Ben Callahan war also nicht nur ungemein attraktiv, sondern er besaß auch Verantwortungsgefühl. Er wirkte so aufrichtig und lebendig, ganz anders als die Menschen, die Grace sonst kannte.

In den Kreisen, aus denen sie stammte, galten andere Gesetze. Alles war erlaubt, solange nichts davon nach außen drang. Die Menschen ihrer Umgebung erachteten es als normal, wenn sie ihre Gefühle unterdrückten, ihre Ehepartner betrogen oder gar ihre Kinder vernachlässigten. Daher quälte sich Grace oft mit der Frage, was für ein Mensch sich wohl hinter der Fassade verbarg, die sie selbst nach außen zeigte?

Plötzlich schmunzelte sie. Tief in meinem Inneren schlummert auf jeden Fall eine gehörige Portion Sinnlichkeit, dachte sie, während sie Ben mit Blicken verfolgte. Und ich müsste mich gehörig täuschen, wenn Ben nicht genau der Richtige wäre, um diese Sinnlichkeit aus ihrem Dornröschenschlaf zu erwecken. Wenn das nicht überhaupt die Lösung war!

Entschlossen sprang sie auf und betrat das Spielfeld. Als Ben sie bemerkte, warf er dem Jungen den Ball zu. „Üb schon mal den Abwurf. Wir machen gleich weiter", forderte er ihn auf. Dann wandte er sich an Grace. „Was tun Sie denn hier?"

*Einfach sexy*

Seine Stimme klang überrascht, aber Grace meinte auch Ärger herauszuhören. Verwundert zog sie die Augenbrauen hoch. „Das Gleiche könnte ich Sie fragen. Ich komme sehr oft hierher. Und Sie?"

Statt einer Antwort deutete er auf den Fotoapparat. „Warum schleppen Sie denn dieses Ding offen mit sich herum?"

„Ich arbeite. Und was für eine Ausrede haben Sie sich ausgedacht? Nehmen Sie es mir nicht übel, aber ich halte es für äußerst merkwürdig, dass wir uns hier über den Weg laufen."

Ben hielt ihrem Blick stand, ohne die Miene zu verziehen, für Grace ein Zeichen, dass er die Wahrheit sagte. Sie war sich aber bewusst, dass sie ihn nicht gut genug kannte, um sich völlig sicher zu sein.

„Kein Grund zur Aufregung. Ich habe mich halt ein wenig erschrocken, als Sie so plötzlich aufgetaucht sind. Dieses Viertel ist nicht ungefährlich." Seine Stimme klang so sanft und einschmeichelnd, dass Grace nicht einmal merkte, wie dürftig seine Erklärung im Grunde war.

„Sicher, es ist nicht die feinste Wohngegend, aber wenigstens trifft man hier Menschen, die mit beiden Beinen fest auf dem Boden stehen." Sie deutete auf ihre Ausrüstung. „Deshalb die Kamera. Ich mache Fotos für einen Spendenaufruf für Kinder aus den ärmeren Vierteln ..." Sie verstummte vor Ärger, weil sie ihm gleich so viel verraten hatte.

„Warum tun Sie das?" fragte Ben leise. Wieder fiel Grace auf, wie aufregend seine Stimme klang. „Hat es damit zu tun, dass Sie aus einer wohlhabenden Familie stammen?"

Grace horchte auf. „Wie kommen Sie darauf?" Sie hatte ihre Familie bisher mit keinem Wort erwähnt. Hatte er den Möbeln angesehen, dass sie ein Vermögen gekostet hatten, oder wusste er mehr über sie, als sie ihm erzählt hatte?

343

Ben lachte, drehte ihr Gesicht zum Licht und tat, als würde er sie genau mustern. Grace' Wangen wurden glühend heiß. Erstaunlich, welche Kraft die Sonne um diese Jahreszeit bereits hat, redete sie sich ein.

„Ihre Art zu sprechen verrät Sie", sagte er, „und außerdem sieht man es Ihnen an der Nasenspitze an."

Grace stöhnte innerlich. Ausgerechnet der Mann, für den sie nicht das verwöhnte reiche Gör sein wollte, hatte sie also von Anfang an durchschaut.

„Woher haben Sie Ihre Menschenkenntnis?" fragte sie. Ihr wurde fast schwindlig, wenn Ben so nahe bei ihr stand. Der herbe Duft, den er verströmte, raubte ihr den Verstand.

„Die braucht man in meinem Beruf. Ich bin Privatdetektiv."

Interessant! „Arbeiten Sie gerade an einem Fall?" Grace warf einen verstohlenen Blick auf den Jugendlichen, den Ben unter seine Fittiche genommen hatte. Hoffentlich war er nicht auf diesen Jungen angesetzt und hatte sich mit ihm angefreundet, um ihn später in Schwierigkeiten zu bringen. Hier im Park stieß man an jeder Ecke auf Jugendliche, die mit Drogen handelten und früher oder später Bekanntschaft mit der Polizei machen würden. Genau diesen jungen Menschen sollte das Geld von „Chances" zugute kommen.

Das war mit ein Grund, warum Grace sich mit Feuereifer für „Chances" engagierte. Sie sah darin eine Möglichkeit, ihre Schuldgefühle zu lindern und Wiedergutmachung zu leisten. Ihr war so viel in den Schoß gefallen, während andere sich mit fast gar nichts begnügen mussten.

„Hallo, Grace, Sie haben meine Frage noch nicht beantwortet!"

Grace schmunzelte. „Aber, aber, lieber Sherlock Holmes: Ich habe Sie zuerst gefragt, aber bisher keine Antwort erhalten. Raus mit der Sprache, dann sehen wir weiter."

*Einfach sexy*

„Okay! Als ich eingezogen bin, habe ich mich beim Hausverwalter erkundigt, in welchen Stadtteilen man sicher ist, und wo man sich besser nicht herumtreibt. Vor diesem Viertel hat er mich besonders gewarnt: hohe Kriminalitätsrate, Drogenhandel, Straßenkinder und so weiter. Das hat mich neugierig gemacht. Wissen Sie, ich bin selbst in so einer Umgebung aufgewachsen. Deshalb zieht es mich in jeder Stadt, in die ich komme, als Erstes in diese Viertel. Ich hab's geschafft, der Armut zu entkommen, aber ich möchte denen helfen, die noch nicht so weit sind."

Grace' Herz tat einen Satz. Das war ja zu schön, um wahr zu sein: Der Mann ihrer Träume war nicht nur unglaublich attraktiv, er hatte obendrein ein Herz aus Gold.

„Jetzt aber zu Ihnen! Wie kommt's, dass sich ein Mädchen wie Sie mutterseelenallein und schutzlos in dieser verruchten Gegend herumtreibt?"

Grace musste lachen. „Schutzlos? Warum sollte mir jemand etwas antun?"

„Unterschätzen Sie niemals Ihren Wert, Grace."

Seine Worte jagten Grace einen Schauer über den Rücken. Er hatte ihren wunden Punkt getroffen, denn von jeher war es Grace' größte Furcht, nicht als Person geachtet zu werden, sondern nur wegen ihres Geldes.

„Wer sieht mich denn schon an, so schlampig, wie ich herumlaufe?" Sie deutete auf ihre abgewetzte Jeans und das unauffällige T-Shirt. „Ich trage weder Schmuck noch Makeup, nur damit ich keine unnötige Aufmerksamkeit errege", setzte sie achselzuckend hinzu.

„Aber eine Kamera mit allem möglichen technischen Schnickschnack, die jeder Hehler in Gold aufwiegt. Außerdem sieht man Ihnen, wie gesagt, die Herkunft an der Nasenspitze an." Wie zur Bestätigung versetzte ihr Ben bei seinen Worten einen sanften Nasenstüber. Sie empfand die Berührung seiner rauen Hände wie einen Schock, aber zu ih-

345

rem eigenen Erstaunen musste sie gleichzeitig daran denken, wie es sich wohl anfühlen würde, wenn diese Hände ihre Brüste streiften.

Entsetzt räusperte sie sich und sagte verlegen: „Nett, dass Sie sich Gedanken um meine Sicherheit machen, aber ich kann schon auf mich aufpassen. Jetzt muss ich weiter, sonst ist meine Mittagspause vorüber, ohne dass ich ein einziges Foto gemacht habe."

Zu ihrer großen Erleichterung trat Ben einen Schritt zurück und ließ ihr wieder Raum zum Atmen. „Sie schulden mir immer noch ein paar Antworten, Gracie."

Aber Grace hatte sich schon abgewandt und steuerte auf den Spielplatz zu. „Keine Angst, ich laufe Ihnen nicht davon", rief sie über die Schulter hinweg. Ich habe die Absicht, dir sogar noch näher zu kommen, fügte sie im Stillen hinzu.

Kopfschüttelnd blickte Ben hinter ihr her. Der Name passte hervorragend zu ihr, fand er: Grace, die Anmutige. Leider war Anmut in dieser Umgebung eher von Nachteil. Ben hasste diesen und alle anderen Parks, die ihn an seine Jugend erinnerten. Darin hatte er Grace nicht die Wahrheit gesagt. Er hatte den größten Teil seiner Jugend auf einem Basketballplatz in einem Park zugebracht, weil für kostspieligere Hobbys kein Geld vorhanden war. Wenn er den Ball gedribbelt hatte, konnte er für einen Moment vergessen, dass er am Ende des Tages in eine leere Wohnung zurückkehren würde, wo ihn nichts erwartete als das ständige Gekeife der Nachbarn.

Er konnte nachfühlen, was in diesen Jugendlichen vorging. Das war auch der Grund, weshalb er sofort Anschluss an die Basketballmannschaft gefunden hatte. Dieser Leon hatte ihn mächtig beeindruckt. Der Junge war ein echtes Naturtalent. Mit etwas Glück würde ihm seine Begabung eines Tages einen Weg aus den Slums weisen – vorausge-

*Einfach sexy*

setzt, dass es ihm gelang, die Versuchungen der Straße zu meiden. Ben wollte ihm gerne helfen, solange er in der Gegend zu tun hatte. So würde er zwei Fliegen mit einer Klappe schlagen: Während er mit dem Jungen trainierte, konnte er keinen Gedanken an Grace verschwenden.

Ben machte sich ernsthaft Sorgen um die Sicherheit der jungen Frau. So edelmütig ihr Engagement auch war, Ben wurde den Verdacht nicht los, dass gute Taten an Orten wie diesem nicht honoriert wurden. Wo bleibt denn da die Professionalität, fragte er sich beunruhigt und versuchte, sich wieder auf das Spiel zu konzentrieren. Dennoch überrumpelte ihn Leon mit dem ersten Pass. Nur mit einem gekonnten Satz erwischte Ben den Ball und dribbelte über den Platz.

„Bleib cool", flüsterte er, während er den Ball auf den harten Asphalt prellte. „Lass dich nicht auf etwas ein, das du später bereust." Dann setzte er zum Wurf auf den Korb an. Da hörte er einen gellenden Schrei! Die Stimme einer Frau, eine vertraute Stimme!

Bens Magen verkrampfte sich. Er ließ den Ball fallen und stürmte in die Richtung, aus der der Schrei gekommen war. Bereits nach wenigen Schritten bot sich ihm ein kurioser Anblick.

Grace lieferte sich mit einem jungen Mann von kräftiger Statur ein erbittertes Tauziehen um die Kamera. Sie hatte die Füße fest in den Boden gestemmt und umklammerte wild entschlossen den Gurt, an dem sie die Kamera um den Hals trug. Ganz klein und zerbrechlich wirkte sie neben dem bärenstarken Kerl im roten Sweatshirt, doch sie verteidigte ihre wertvolle Ausrüstung mit dem Mut einer Löwin. Viel hätte nicht gefehlt, und der Angreifer hätte die Kamera mitsamt Grace vom Boden hochgezerrt.

„Lass die Frau sofort los, du Schuft", brüllte Ben verzweifelt schon von weitem. Tatsächlich: Der Heranwach-

347

sende ließ von seinem Opfer ab und machte sich aus dem Staub. Als er so unerwartet losließ, verlor Grace das Gleichgewicht, fiel nach hinten um und schlug mit dem Kopf auf den Asphalt. Jetzt stand Ben vor der Wahl, den Übeltäter zu verfolgen oder sich um das Opfer zu kümmern. Fast augenblicklich entschied er sich für Grace.

Er kniete neben ihr nieder. „Haben Sie sich wehgetan?" Bei aller Besorgnis bemerkte er, wie seidig sich ihr Haar anfühlte, als er ihr ein paar Strähnen aus dem Gesicht strich.

Sie lächelte gequält und schüttelte den Kopf. „Sagen Sie jetzt bloß nicht: ‚Ich hab's ja gleich gesagt', sonst schrei ich", warnte sie.

„Keine Angst, Sie wissen's ohnehin", antwortete er lächelnd und wollte ihr aufhelfen. Grace zuckte zusammen. Behutsam nahm Ben ihre Hände und untersuchte die Handflächen. Sie waren böse aufgeschürft.

„Sieht übel aus, aber wir werden's wieder hinkriegen." Ben hoffte, dass seine Stimme ganz ruhig klang, auch wenn sich ihm beim Anblick ihrer Verletzungen der Magen umdrehte. Er durfte gar nicht daran denken, was alles hätte passieren können, wenn er nicht in der Nähe gewesen wäre.

Verstohlen wischte sich Grace eine Träne aus den Augen. Ben vermerkte es mit Genugtuung. Vielleicht konnte er sie ja doch überzeugen, dass sie den Park meiden musste, wenn er nicht in der Nähe war, um sie zu beschützen. Vorsichtig half er Grace auf die Beine.

„Die Kamera hätten Sie nicht freiwillig aus den Händen gegeben, oder?"

„Darauf können Sie Gift nehmen. Was glauben Sie, was so ein Gerät kostet. Im Augenblick kann ich es mir nicht leisten, Ersatz zu beschaffen. Was bildet sich dieser Kerl eigentlich ein? Glaubt er, er kann sich einfach nehmen, was ihm gefällt?"

*Einfach sexy*

Ihre Naivität amüsierte Ben. „Wie wollten Sie ihn denn daran hindern?"

„Er hat es ja gar nicht geschafft, mir die Kamera abzunehmen. Falls es zum Schlimmsten gekommen wäre, hätte ich ihm ganz schnell ein Bein gestellt."

„Der Schurke hätte Ihnen fast den Hals gebrochen."

„Hat er aber nicht." Zum Beweis schob sie die blonde Mähne zur Seite und präsentierte ihm ihren langen weißen Hals.

So leicht kam sie bei Ben nicht davon. Er zog den Kameragurt über ihren Kopf und erschrak über den Anblick, den ihre Haut an der Stelle bot, wo der Gurt in den Hals eingeschnitten hatte. „Das sieht übel aus, Grace. Haben Sie schon mal daran gedacht, einen Kurs in Selbstverteidigung zu belegen?"

„Schon, leider bin ich noch nicht dazu gekommen."

Hatte Emma also richtig getippt. Was hatte Grace wohl noch alles erfunden, um die alte Dame zu beruhigen? Und was, zum Teufel, hatte sie in diesem Elendsviertel wirklich verloren?

Langsam dämmerte Grace, welcher Gefahr sie gerade entronnen war. Sie fiel sichtlich in sich zusammen und zitterte am ganzen Körper. „Ich muss mich wirklich bei Ihnen bedanken, Ben", stammelte sie, machte kehrt und ging mit schleppenden Schritten davon.

Mit zwei Sätzen hatte Ben sie eingeholt. Er konnte verstehen, dass sie allein sein wollte, aber nach allem, was passiert war, konnte er sie jetzt nicht sich selbst überlassen. Jemand musste ihr doch beistehen, sie trösten, und wer könnte es wohl besser als er selbst, auch wenn ihn das in Teufels Küche bringen mochte.

Die Hände in den Hosentaschen, schlenderte er neben ihr her. Er hatte den Eindruck, dass Grace kein bestimmtes Ziel ansteuerte, sondern einfach in Bewegung bleiben

349

musste. Er wollte bei ihr sein, wenn sie aus ihrem Schock erwachte.

„Wohin gehen Sie?" fragte er schließlich.

„Zur U-Bahn."

Oje, ausgerechnet heute war er mit dem Auto in den Park gekommen, um ihr Treffen zufällig aussehen zu lassen.

„In der U-Bahn kann es ganz schön gefährlich werden", warf er ein.

Grace blieb stehen und sah ihn trotzig an. „Ich habe mich dort aber bisher immer sicher gefühlt."

„Das Gleiche haben Sie auch von dem Park behauptet. Bitte nehmen Sie doch Vernunft an. Mein Auto steht gleich um die Ecke, ich kann Sie nach Hause fahren."

Grace zögerte. Erst schien es, als würde sie sein Angebot ernsthaft in Erwägung ziehen, doch dann schüttelte sie den Kopf. „Das ist nett, aber ich komme auch alleine zurecht."

„Das glaube ich Ihnen aufs Wort." Ehe Ben wusste, was er tat, hatte er die Hand schon auf Grace' Wange gelegt, gerade als sie sich zu ihm drehte. Sie stockte, und eine Sekunde lang verharrten sie reglos.

„Sie vergeben sich nichts, wenn Sie gelegentlich die Hilfe anderer annehmen", murmelte er.

„Ist mir schon klar."

„Dann wäre jetzt nämlich so eine Gelegenheit. Ich bringe Sie heim, und dann dürfen Sie mich hinauswerfen." Ben lächelte zwar, als er das sagte, aber er meinte seine Worte bitterernst. Er wusste, dass ihm die Kraft fehlen würde, von allein zu gehen.

## 3. KAPITEL

Mit zittrigen Fingern kramte Grace die Schlüssel hervor und reichte sie Ben, damit er aufschließen konnte. Insgeheim war sie heilfroh, dass er darauf bestanden hatte, sie nach Hause zu fahren. Die Wunden an ihren Händen brannten höllisch. Sie fühlte sich zerschunden und zerschlagen und hatte nur noch einen Wunsch – sich auf dem Sofa auszustrecken und ausgiebig selbst zu bemitleiden. Aber die Drohung, die der Angreifer ausgesprochen hatte, ließ ihr keine Ruhe.

„Lass dich hier nie wieder blicken, sonst wirst du es schrecklich bereuen", hatte der Typ ihr zugeraunt, ehe er vor Ben geflüchtet war. Sein Tonfall hatte keinen Zweifel daran gelassen, dass mit ihm nicht zu spaßen war. Im ersten Augenblick war Grace zu Tode erschrocken. Doch allmählich gewann ihr Eigensinn wieder die Oberhand. Von so einem Kerl würde sie sich nicht einschüchtern lassen!

Aber zuerst musste Grace ihre Wunden verarzten und Ben abwimmeln. Ben! Leicht machte er es ihr wirklich nicht. Er wirkte so stark, und die Versuchung, sich von ihm beschützen zu lassen, war groß. Nur hieße das, die hart erkämpfte Unabhängigkeit aufgeben. War er das wert?

Ben hatte inzwischen die Tür geöffnet und ließ Grace den Vortritt. Im Vorbeigehen musterte Grace ihren Begleiter von neuem. Wie bei ihrer ersten Begegnung war er nachlässig gekleidet und unordentlich frisiert. Trotzdem, er war und blieb der attraktivste Mann, der ihr jemals unter die Augen getreten war.

Zum Teufel mit der Unabhängigkeit, lockte eine zarte Stimme in ihrem Kopf. Ben ist wie geschaffen für dich. Lass dir von ihm helfen, gib ihm das Gefühl, dass er dich beschützt. Dann warte ab, was geschieht!

Warum eigentlich nicht? Bei Ben fühlte sie sich geborgen: Nach dem Überfall hatte er ihr auf die Füße geholfen, den Arm um sie gelegt und sie auf dem Weg zu seinem Wagen gestützt. Seine Fürsorge faszinierte Grace nicht weniger als sein Aussehen.

An so viel Fürsorglichkeit war Grace nicht gewöhnt. Ihr Vater herrschte mit militärischer Strenge über die Familie. Es war verpönt, Gefühle zu zeigen. Jedes Mal, wenn ihre Mutter versucht hatte, Grace in den Arm zu nehmen, hatte ihr Vater sie davon abgehalten, aus Furcht, seine Tochter zu verwöhnen. Seinen Erziehungsmethoden verdankte Grace es auch, dass sie immer noch mit Unsicherheit und Minderwertigkeitsgefühlen zu kämpfen hatte. Nur ihr Bruder Logan und ihre Großmutter hatten ihr die Geborgenheit gegeben, nach der sie sich sehnte.

„Legen Sie die Schlüssel einfach dort drüben auf die Ablage." Grace wies auf eine Platte aus geätztem Glas, die ohne sichtbare Befestigung an der Wand zu schweben schien. Die Schlüssel klirrten laut, als Ben sie auf das Glas fallen ließ.

„Verbandmaterial finden Sie in der Küche, in dem Schränkchen links neben der Mikrowelle."

Grace folgte Ben in die kleine Küche und wartete geduldig, bis er ihren Bestand an Medikamenten durchforstet und eine Flasche Antiseptikum, eine Wundsalbe und ein Päckchen Heftpflaster gefunden hatte.

Schmunzelnd betrachtete er das Päckchen. „Was haben wir denn da? Kinderpflaster? Ernie und Bert höchstpersönlich?"

Grace errötete. „Es gab leider kein anderes mehr, und ich dachte, irgendwas muss man ja für Notfälle im Haus haben", gestand sie verlegen.

Ben lachte, und Grace bemerkte ein Grübchen auf seiner rechten Wange, das ihr bisher noch nicht aufgefallen war, eine aparte kleine Kuhle in seinem markanten Gesicht.

352

*Einfach sexy*

Ohne sich bewusst zu werden, was sie tat, hatte sie schon den Finger ausgestreckt und berührte die Stelle. Bens Haut fühlte sich heiß an, seine Bartstoppeln kratzten.

Überrascht zuckte Ben zurück. „Sie sollten nicht mit dem Feuer spielen, Gracie, sonst ..."

„Sonst verbrenn ich mir die Finger?" Grace blickte ihm fest in die Augen. „Das klingt interessant. Wissen Sie, ich habe lange genug das brave Mädchen gespielt. Warum sollte ich nicht langsam mal ein Wagnis eingehen?"

Es entstand eine peinliche Pause, ehe Ben sich wieder auf den Grund seiner Anwesenheit in Grace' Küche besann. „Ich muss mir Ihre Hände genau ansehen", meinte Ben dann etwas zu beflissen. Wenn er Grace' Wunden verarztete, konnte er sich eine Erwiderung sparen. Denn das, was Grace gerade so freimütig angedeutet hatte, brachte ihn völlig aus der Fassung.

Grace war selbst verblüfft über ihr Verhalten. Jedes Mal, wenn sie mit Ben zusammen war, tat sie die unglaublichsten Dinge. Sie erkannte sich selbst kaum wieder. War das vielleicht die echte Grace? Wenn ja, dann gefiel sie ihr ganz ausgezeichnet.

Grace war so in ihre Gedanken vertieft, dass sie gar nicht merkte, wie Ben sie hochhob und auf die Theke setzte, die die Küche vom Wohnzimmer trennte.

„Handflächen nach oben, bitte."

Grace gehorchte. Sorgfältig schrubbte Ben seine Hände unter fließendem Wasser, dann tränkte er ein sauberes Tuch mit der Jodtinktur. Sanft, aber gründlich reinigte er die Wunden. Beim ersten Kontakt mit der scharfen Flüssigkeit war Grace zusammengezuckt, danach aber ließ sie die schmerzhafte Prozedur klaglos über sich ergehen.

„Es scheint, Sie machen so etwas häufiger", bemerkte Grace.

„Warum fragen Sie denn nicht rundheraus, ob ich jünge-

353

re Geschwister habe? Die Antwort lautet Nein", entgegnete Ben trocken. Er tupfte die überschüssige Flüssigkeit ab und trug die Salbe auf. Mit leichtem Druck massierte er sie in die Haut ein. Es fiel ihm auf, wie zart und gepflegt Grace' Hände waren, wenn man mal von dem hässlichen Schorf absah, den die unsanfte Berührung mit dem harten Asphalt hinterlassen hatte.

„Haben Sie wenigstens Kinder?"

Ben hatte gerade überlegt, was wohl geschehen würde, wenn er Grace in die Arme nahm und versuchte, ihre Schmerzen wegzuküssen, so wie seine Mutter es getan hatte, als er ein kleiner Junge war. Grace' überraschende Frage weckte ihn unsanft aus diesen Gedanken. Unwillkürlich verstärkte er den Druck seiner Finger, bis Grace aufschrie.

„Tut mir schrecklich Leid, Grace. Aber Sie sind auch selbst schuld. Wenn Sie wissen wollen, ob ich verheiratet bin, fragen Sie mich bitte direkt danach."

Grace grinste verlegen. „Nicht sehr geschickt, wie?"

Ihre verdutzte Miene brachte Ben zum Lachen. „Drücken wir's mal so aus: Ihre Fragetechnik kann noch verbessert werden."

„Fein, bringen Sie's mir bei! Das heißt ... wenn Sie Ihre Freizeit nicht lieber mit Frau, Kindern oder Freundin verbringen."

War das bloß Neugier, oder steckte mehr hinter dem Verhör? Ben beschloss, die Antwort darauf später zu ermitteln.

„Weder Frau noch Exfrau oder Kinder, und eine Freundin habe ich auch nicht. Aber ich fürchte, Sie müssen noch viel üben, ehe Sie wissen, wie man die Leute richtig aushorcht."

Er schnitt einen breiten Streifen Pflaster zurecht – einfach lächerlich, diese Figuren aus der „Sesamstraße" –, zog

*Einfach sexy*

die Schutzfolie ab und bedeckte die Abschürfungen, so gut es ging.

„Später besorge ich Ihnen geeigneteres Verbandmaterial. Das Zeug taugt nur für kleine Wunden." Der Abstecher zur Apotheke würde ihm zudem die perfekte Ausrede liefern, um von ihr loszukommen, wenn alles getan war.

„Lassen Sie nur, ich mag Ernie." Grace drehte und wendete die Hände, um den Verband von allen Seiten bewundern zu können.

„Okay, dann ist jetzt der Nacken an der Reihe." Die Verletzungen durch den Kameragurt waren zum Glück nicht sehr schwer. Zur Sicherheit wollte Ben ein wenig von der Salbe auftragen. Dazu musste er allerdings Grace' langes blondes Haar beiseite schieben und sie bitten, die Beine zu spreizen, damit er nahe genug an sie herantreten konnte. Doch es war wie verhext: Kaum fühlte er die seidige Masse ihres Haares unter seinen Fingern, spürte die Wärme, die ihr Körper ausstrahlte, wurden ihm die Knie weich, und sein Atem ging schneller.

Ganz ruhig, ermahnte er sich und begann vorsichtig die Salbe aufzutupfen. Wieder fuhr Grace beim ersten Kontakt zusammen. Automatisch schloss sie dabei auch die Beine ... Und Ben saß fest.

Mit verzweifelter Anstrengung versuchte er sich auf einen Witz zu besinnen, um die Situation zu entschärfen, aber im letzten Moment versagte ihm die Stimme. Wie hypnotisiert starrte er in Grace' Gesicht, das sich nur wenige Millimeter vor seinen Augen befand. Lauf weg, befahl sein Verstand, doch sein Körper reagierte nicht. Das hatte fatale Folgen: Während Ben noch mit sich rang, hatte sich Grace bereits vorgebeugt und küsste ihn.

Ihr Mund war heiß, ihre Lippen schmeckten süß. Obwohl sie Bens Mund zunächst nur sanft berührte, schien sie Ben zu necken, ihn herauszufordern. Das weckte die wider-

355

sprüchlichsten Gefühle in ihm. Er versuchte krampfhaft, ihrem Drängen nicht nachzugeben, brachte aber von sich aus nicht die Kraft auf, sich von Grace zu lösen. Trotz ihrer verbundenen Hände klammerte sie sich an ihn wie eine Ertrinkende. Gegen Grace' Leidenschaft war Ben machtlos. Er erkannte, dass Widerstand zwecklos war, und fügte sich ins Unvermeidliche. Gierig wühlte er mit den Fingern durch ihr seidiges Haar und erwiderte den Kuss mit Inbrunst.

Das hartnäckige Schrillen der Alarmglocken in seinem Kopf versuchte er zu verdrängen, aber sie lärmten und lärmten – bis Ben merkte, dass es sich bei dem Geräusch in Wirklichkeit um das Läuten des Telefons handelte. Hastig schüttelte er Grace' Hände ab. Er packte sie beinahe grob an den Schultern und rüttelte sie, um sie auf das Klingeln aufmerksam zu machen. Da sie nicht weiter reagierte, wollte er zum Apparat eilen, um das Gespräch anzunehmen, doch weit kam er nicht: Immer noch steckte er in Grace' Umklammerung fest.

„Lass doch! Der Anrufbeantworter ist eingeschaltet", murmelte sie. Ihr Atem ging hastig, nicht anders als Bens. In der Tat sprang nach dreimaligem Läuten das Band an. Man hörte erst die rauchige Stimme von Grace, dann den Piepton, der den Beginn der Aufnahme anzeigte, und schließlich eine Stimme, bei deren Klang sich Bens schlechtes Gewissen unverzüglich meldete.

„Liebste Grace, schade, dass ich dich nicht erreiche. Du unartiges Ding, lässt gar nichts von dir hören, obwohl du weißt, wie sehr ich mich um dich sorge. Was treibst du in der großen Stadt? Hast du jemanden kennen gelernt? Vergiss trotzdem nicht, dich gelegentlich mal bei mir zu melden. Schließlich habe ich dich aufgezogen und ..."

Der zweite Piepton schnitt Emma glücklicherweise das Wort ab. Ben verkniff sich gerade noch einen Kommentar

356

*Einfach sexy*

über Emmas Schwatzhaftigkeit. Seine Bekanntschaft mit Emma durfte er vor Grace unter gar keinen Umständen erwähnen, genauso wie er vor Emma unbedingt die Tatsache verbergen musste, dass er Grace geküsst hatte.

„Das war meine Großmutter. Sie hatte schon immer eine Begabung dafür, zur Unzeit hereinzuplatzen. Kann man nichts machen!" sagte Grace und zuckte hilflos die Achseln. Dabei lockerte sie automatisch den Druck ihrer Beine. Ben zögerte nicht lange, sondern ergriff die Gelegenheit und brachte einen sicheren Abstand zwischen sich und Grace.

„Eine außergewöhnliche Dame", stellte er fest.

„Kann man wohl sagen. Man muss sie einfach gern haben."

„Ist es richtig, dass sie dich aufgezogen hat?"

„Meinen Bruder und mich. Meinen Eltern kam es ausschließlich darauf an, dass wir nach außen hin als glückliche Familie auftraten. Aber Großmutter wollte, dass wir glücklich waren. Ich liebe sie von ganzem Herzen. Nur manchmal kommt sie ungelegen." Grace kicherte verlegen.

Ben war anderer Meinung. Emmas Anruf hatte ihn gerade noch rechtzeitig an seine Pflichten erinnert, deshalb war er mehr als dankbar für die Unterbrechung.

„Sie macht sich Sorgen um dich. Nicht zu Unrecht, wie ich meine."

Grace warf ihm einen vernichtenden Blick zu.

„Wieso besuchst du sie nicht ab und zu? Sie würde sich sicher freuen."

„Sie lebt in der Nähe von Boston, das sind fast vier Stunden Fahrt."

„Ach so, dann bist du eine waschechte Neu-Engländerin. Daher dein Akzent." Ben verabscheute sich für das Theater, das er vor Grace spielte. Aber der Job verlangte es nun mal.

„Tja, was soll man machen? Ich habe fast mein ganzes Leben in Massachusetts verbracht. Ach, Ben, lass uns lieber von was anderem reden."

Ben zögerte. „Du musst mir aber versprechen, dass du das, was eben zwischen uns vorgefallen ist, mit keinem Wort erwähnst. So etwas wird nie wieder vorkommen, deshalb streichen wir es am besten gleich aus unserem Gedächtnis."

„Ach ja? Darf man erfahren, weshalb?" Grace schmunzelte und rutschte von der Arbeitsplatte. Sie schien kein bisschen empört.

„Du warst verletzt, und ich habe die Situation ausgenutzt."

„War's nicht eher umgekehrt?" Grace stützte eine Hand auf die Theke, vergaß aber, dass sie verletzt war. Laut schimpfend schüttelte sie die Hand.

„Zum Glück ist heute Freitag. Bis Montag ist alles verheilt", tröstete Ben. „Oder arbeitest du am Wochenende?" fügte er nicht ohne Hintergedanken hinzu.

„Das Studio ist auch samstags geöffnet, aber ich habe morgen frei. Da fällt mir ein, ich muss schleunigst anrufen und erklären, warum ich nach der Mittagspause nicht zur Arbeit erschienen bin."

Ben hörte die Nachricht mit Erleichterung. Zwei Tage lang brauchte er sich keine Sorgen um Grace zu machen! Leider hatte er die Rechnung ohne Grace gemacht. Sie hatte kaum den Hörer auf die Gabel gelegt, als sie auch schon begann, Pläne fürs Wochenende zu schmieden.

„Heute bleibe ich zu Hause. Ich muss mich von dem Schreck erst mal erholen. Mehr Zeit zum Ausruhen habe ich aber nicht zur Verfügung. Ich kann mein Projekt nicht wegen ein paar Schrammen vernachlässigen."

Überrascht hob Ben die Brauen. „Soll das heißen, dass du morgen wieder im Park arbeiten willst?"

*Einfach sexy*

„Kannst du mir einen triftigen Grund nennen, der dagegen spricht?" erwiderte Grace hitzig. Ihre Augen schossen wütende Blitze.

„Na ja", antwortete er vage. Die Frage, ob sie Begleitung wünschte, verkniff er sich unter diesen Umständen lieber.

„Von den Drohungen eines Minderjährigen lasse ich mich nicht einschüchtern."

„Drohungen? Der Kerl hat dir gedroht? Davon hast du bisher kein Wort erwähnt, Grace."

Grace wollte zu einer heftigen Erwiderung ansetzen, überlegte es sich im letzten Moment aber. Sie kniff die Lippen zusammen und schwieg verbissen. Heute würde Ben von ihr nicht erfahren, was sich wirklich im Park zugetragen hatte. Aber er würde schon dahinter kommen, schließlich war genau das sein Job.

Nachdenklich beobachtete er Grace, die missmutig auf der Unterlippe kaute. Er musste daran denken, dass er diese Lippen erst vor wenigen Augenblicken geküsst hatte, schob die Erinnerung daran aber hastig beiseite. Im Moment beschäftigten ihn dringendere Probleme. Wie Emma gesagt hatte: Grace brauchte jemanden, der auf sie aufpasste. Und egal, ob es ihr passte oder nicht, er, Ben, würde ihr auf den Fersen bleiben, bis er herausgefunden hatte, was hinter dem Überfall und den Drohungen, die sie gerade erwähnt hatte, steckte. Er hatte das dumpfe Gefühl, dass es jemand auf Grace abgesehen hatte.

„Wir wollten von was anderem sprechen, okay?" Grace ließ so leicht nicht locker. „Was hältst du davon, wenn wir jetzt mal über dich reden, Ben. Wer bist du, woher kommst du? Ich will alles über dich erfahren."

Ben seufzte, beschloss aber, auf ihr Spiel einzugehen. Er schuldete ihr den Gefallen, und es konnte nicht schaden, sie bei Laune zu halten. „Was willst du wissen?"

„Zuerst sag mir, wie lange du hier wohnen wirst."

Bens Kopf fuhr hoch. Alles hatte er erwartet, nur nicht diese Frage. Misstrauisch sah er Grace an und versuchte in ihrem Gesicht zu lesen. Aber er wurde nicht schlau aus dem Ausdruck ihrer Augen. „Wieso fragst du, Gracie?"

Langsam kam sie näher, bis sie ihn fast berührte. Sie blickte ihm tief in die Augen und hauchte: „Ich will wissen, wie viel Zeit mir bleibt, um dich zu verführen."

Noch am nächsten Morgen ging Ben die Szene in Grace' Küche pausenlos durch den Kopf. Nachdem Grace ihre Absichten angekündigt hatte, hatte er feige die Flucht ergriffen. Grace' schallendes Gelächter hatte ihn bis in den Korridor verfolgt. Mit klopfendem Herzen hatte er sich in seinem Apartment eingeschlossen und erfolglos versucht, seinen überstürzten Abschied vor sich selbst zu rechtfertigen.

Grace würde leichtes Spiel mit ihm haben. Ein Wink von ihr, und er wäre rettungslos verloren. Er wagte kaum sich auszumalen, was geschehen wäre, wenn Emmas Anruf sie nicht unterbrochen hätte. Wie er Grace einschätzte, würde sie alles daransetzen, um eine ähnliche Situation möglichst bald wieder herbeizuführen. Schließlich blieben ihr höchstens drei Wochen Zeit.

Ben verstand die Welt nicht mehr. In seinem Beruf hatte er häufig mit Frauen zu tun, die ihm gefielen oder die ihm offen zeigten, dass sie einer näheren Bekanntschaft nicht abgeneigt waren. Doch immer war es ihm gelungen, die gebührende Distanz zu wahren. Nur bei Grace lagen die Dinge anders. Sie war warmherzig, großzügig und mutig. Und vor allem unglaublich sexy. Aber mehr noch als ihre Schönheit bewunderte er ihre Charakterstärke. Anstatt das bequeme Leben zu führen, das ihr ihre finanzielle Situation ermöglichte, fühlte sie sich verpflichtet, etwas für die vom Schicksal benachteiligten Menschen zu tun.

*Einfach sexy*

Ben saß wirklich in der Klemme. Was sollte er antworten, wenn Grace ihn nach den Gründen für seinen hektischen Rückzug fragte? Ohne Emmas ausdrückliche Zustimmung durfte er weder über seinen Auftrag sprechen noch den Namen seiner Klientin preisgeben. Andererseits würde Grace es ihm niemals verzeihen, wenn herauskam, dass er sie belogen hatte. Schon jetzt fühlte er sich ganz elend, wenn er die Situation im Geiste durchspielte. Wenn das kein Zeichen war, dass er bis über beide Ohren im Schlamassel steckte.

Verdrießlich schloss er den Schlauch an den Wasserhahn und zog ihn zum Auto. Der Verwalter des Gebäudes, in dem Grace lebte, war ein ausgesprochener Autonarr. Es hatte Ben deshalb keine große Mühe gekostet, ihm die Erlaubnis abzuringen, seinen wertvollen Oldtimer, den schwarzen Mustang, der Grace am ersten Tag aufgefallen war, in der Auffahrt zum Eingang des Gebäudes von Hand zu waschen, anstatt ihn einer Waschstraße anzuvertrauen. Für Ben gab es keine bessere Ablenkung.

Mit geübten Bewegungen schraubte er den Sprühkopf auf den Schlauch und spritzte den Wagen ab. Dann bückte er sich nach dem Eimer mit Seifenwasser. Plötzlich lief es ihm kalt über den Rücken. Er wurde beobachtet! Verstohlen musterte er die Fassade, doch hinter den Fenstern des Hauses blieb alles ruhig.

Einbildung, nichts als Einbildung, sagte sich Ben und machte sich an die Arbeit. Doch das unbehagliche Gefühl blieb.

## 4. KAPITEL

Grace ließ die Kamera sinken. Ihr Herz klopfte zum Zerspringen, kleine Schweißperlen bedeckten ihre Stirn mit einem feinen Film. Das kommt davon, wenn man heimlich einen jungen Mann beobachtet, dachte sie. Sie gähnte herzhaft und streckte sich. Jede Bewegung schmerzte und erinnerte sie auf unangenehme Weise an ihr Abenteuer im Park.

Sie schauderte bei dem Gedanken, wie knapp sie davongekommen war. Aber nichts würde sie daran hindern, heute wieder in den Park zu gehen.

Wenn du vom Pferd fällst, musst du gleich wieder aufsitzen, hatte ihr ihr Reitlehrer eingetrichtert. In der Tat machte es keinen Sinn, sich in der Wohnung zu verschanzen. Sie hatte schon zu viel in das Projekt investiert, um es einfach hinzuwerfen, nur weil sie sich nicht mehr so unbefangen im Park bewegen konnte wie vorher. Ganz zu schweigen von den Kindern, die auf die Unterstützung durch „Chances" warteten.

Als kleines Zugeständnis an das schreckliche Erlebnis vom vergangenen Tag würde sie heute allerdings die Kamera zu Hause lassen. Für den Anfang wollte sie sich nur beweisen, dass sie sich immer noch im Park bewegen konnte – alleine.

Doch dazu musste sie erst einmal an Ben vorbeikommen. Der Moment schien günstig. Eben hatte Ben den Wagen dick mit Seife eingeschäumt. Eine Weile würde er sicher zu beschäftigt sein, um ihr nachzulaufen. Also verließ Grace zügig das Gebäude, nickte Ben freundlich zu und strebte, so schnell es ging, in Richtung U-Bahn. Zumindest hatte sie das vor. Doch wieder einmal kam es ganz anders.

Ben war heiß geworden. Er hatte sein T-Shirt abgelegt und arbeitete mit entblößtem Oberkörper. Jedes Mal, wenn

*Einfach sexy*

er ausholte, um den Schwamm über den schimmernden Lack des Autos zu führen, tanzten die Muskeln auf seinem Rücken, ein Anblick, der Grace nicht kalt ließ. Sie blieb wie gebannt stehen und sah ihm zu.

Wieder einmal fragte sie sich, was für ein Mann er eigentlich war, dieser attraktive Privatdetektiv. Dass er sich nicht scheute, in die Armenviertel, aus denen er stammte, zurückzukehren, wusste sie bereits, und sie bewunderte ihn dafür. Denn wer wüsste besser als sie, welche Überwindung es kostete, zu seinen Wurzeln zurückzukehren.

„Na, fleißig bei der Arbeit?"

Langsam drehte Ben sich zu ihr. Er hatte einen Arm lässig auf den Außenspiegel gestützt und schenkte ihr ein höfliches Lächeln.

„Arbeit würde ich das nicht nennen. Es ist einfach eine angenehme Beschäftigung an einem herrlichen Tag wie heute. Und was hast du vor?" Während er sprach, musterte er Grace von Kopf bis Fuß. Was er sah, gefiel ihm ganz und gar nicht.

Grace trug ihr Lieblingshemd, ein Baseballtrikot, das sie vor vielen Jahren ihrem Bruder abgeschwatzt hatte und dessen Farben im Lauf der Zeit ziemlich verblasst waren. Ihre Füße steckten in Turnschuhen, die auch schon bessere Zeiten gesehen hatten. Es war nicht schwer zu erraten, wohin sie unterwegs war.

Aber dieses eine Mal lag der Meisterdetektiv völlig daneben: Grace hatte ihre Pläne nämlich spontan geändert. Der Park konnte warten. Was sollte sie dort, wenn sich hier die Chance bot, einen strahlend schönen Frühlingstag mit einem netten jungen Mann zu verbringen?

Sie lächelte verschmitzt und inspizierte das Auto von allen Seiten. „Saubere Arbeit! Bist du innen schon fertig?"

„Noch nicht mal angefangen." Ben beobachtete sie erstaunt.

„Fein, dann lass mich mal ran." Ehe er sich's versah, krempelte Grace die Ärmel hoch und wollte sich den Schwamm nehmen.

„Pass auf! Deine Hände!"

„Die beschützt Ernie!"

Doch Ben hatte bereits ihre Hände gepackt und überprüfte den Sitz der Pflaster. Da, wo seine Finger Grace' Haut berührten, brannte sie wie Feuer. Grace hatte den Eindruck, als wollte er sie nie mehr loslassen. Da das ihren Absichten sehr entgegenkam, unternahm sie auch keinen Versuch, ihm die Hand zu entziehen.

Die langweilige, wohlerzogene Grace Montgomery existierte nämlich nicht mehr. An ihre Stelle war eine vorwitzige, kecke, mitunter sogar unartige junge Frau getreten. Hoffentlich schätzt Ben die Ehre, als Erster ihre Bekanntschaft zu machen, dachte Grace. Leider stand er ihr nur für kurze drei Wochen zur Verfügung. Höchste Zeit, etwas zu unternehmen!

Mit diesem Vorsatz begann Grace, erst zaghaft, dann immer mutiger, mit dem Daumen sanft über Bens schwielige Hand zu streichen. Ben zuckte zurück, erwähnte ihr Verhalten aber mit keinem Wort. Stattdessen wechselte er das Thema.

„Ich könnte wirklich Hilfe brauchen. Wenn du willst, kannst du das Wageninnere übernehmen."

Zufrieden schnappte sich Grace ein trockenes Tuch und eine Dose mit Reinigungsmittel und kletterte auf den Fahrersitz des Mustang. Sofort umhüllte sie der markante Duft, den sie inzwischen mit Ben verband. Zum ersten Mal bedauerte sie, dass sie im Chemieunterricht nie aufgepasst hatte und die heftigen chemischen Reaktionen, die zwischen Ben und ihr abliefen, weder verstehen noch beeinflussen konnte.

Während sie die Windschutzscheibe polierte, überlegte

*Einfach sexy*

sie angestrengt, wie sie Ben aus der Reserve locken konnte. Verstohlen warf sie einen Blick durch die Scheibe – und was entdeckte sie? Anstatt zu arbeiten, lehnte Ben am Kotflügel und beobachtete sie. Als er merkte, dass sie ihn ertappt hatte, gab er vor, beschäftigt zu sein. Doch kaum hatte sich Grace abgewandt, spürte sie schon wieder seine Blicke auf sich ruhen.

Nach einer Weile stieg sie aus. „Ganz schön heiß, was?" Sie fuhr sich mit der Hand über die Stirn.

„Genau das richtige Wetter für den Frühjahrsputz", entgegnete Ben, der so tat, als würde er die Radkappen polieren, und ihr demonstrativ den Rücken zuwandte.

„Ja, aber man kommt ganz schön ins Schwitzen, nicht wahr?" Grace packte den Saum ihres Trikots und verknotete es vor der Brust, sodass sie plötzlich mit nacktem Bauch vor ihm stand. Ben gönnte ihr keinen Blick, also beschloss sie, noch dicker aufzutragen.

„So ist's doch gleich viel besser." Mit hektischen Handbewegungen fächelte Grace sich Luft zu, und endlich wurde Ben aufmerksam. Er sah auf und stutzte. Die Augen fielen ihm schier aus dem Kopf, während er Grace von oben bis unten betrachtete – genauso, wie sie es sich erhofft hatte. Um auch kein Detail zu übersehen, nahm er zuletzt sogar die Sonnenbrille ab.

„Inspektion beendet?" fragte Grace übermütig. Ein Muskel in Bens Gesicht zuckte, und er schien schwer zu atmen. Auch Grace' Herz spielte plötzlich verrückt. Endlich hatte sie ihn da, wo sie ihn haben wollte. Und nun?

„Wie siehst du denn aus?" brummte Ben. „Steig schnell ein, ehe uns der Hausmeister wegen Erregung öffentlichen Ärgernisses von hier vertreibt."

Gehorsam kletterte Grace zurück ins Auto. Im Stillen gratulierte sie sich. Anscheinend hatte sie eine natürliche Begabung als unartiges Mädchen. Ihr erster Auftritt hatte sich jedenfalls als voller Erfolg erwiesen und zudem riesigen Spaß gemacht. Jetzt galt es, darauf aufzubauen.

„Ehrlich gesagt, habe ich schon ewig nicht mehr Auto gewaschen. Ich bin ein bisschen aus der Übung", erzählte sie, während sie weiterputzte. „Mein Bruder hat sein erstes Auto zum sechzehnten Geburtstag bekommen. Das war ein nagelneuer ..."

Entsetzt schlug sie die Hand auf den Mund und verwünschte ihre vorlaute Zunge. Wenn sie mit Ben sprach, begann sie sich oft für Dinge zu schämen, die ihr bislang ganz normal vorgekommen waren. Erbost schüttelte sie den Kopf. Nur nicht den Kopf hängen lassen, ermunterte sie sich, versuch, aus deinen Fehlern zu lernen.

Ben wunderte sich über ihr abruptes Schweigen. „Was für ein Auto war es denn?" fragte er neugierig.

Grace wäre vor Verlegenheit am liebsten im Boden versunken. Sie brachte den Namen der Nobelmarke kaum über die Lippen.

„Ein Porsche." Hoffentlich war das Thema damit abgehakt.

Weit gefehlt! „Nicht schlecht!" Anerkennend pfiff Ben durch die Zähne. „Und was schenkt man einer Prinzessin zum sechzehnten Geburtstag?"

„Welcher Prinzessin? Ich kann mich nicht entsinnen, dass von einer Prinzessin die Rede war", entgegnete Grace scharf. Zum Kuckuck, wieso verglich er sie mit einer Prinzessin? Sie war eine Frau, die mit beiden Beinen fest auf dem Boden stand, das musste er doch erkennen!

„Ich meine dich, Prinzessin Gracia."

Als Ben das sagte, beugte er sich zu ihr ins Wageninnere. Fast streiften seine Bartstoppeln ihre Wangen. Sofort erwachte in Grace der Wunsch, ihn zu berühren, das Feuer, das er in ihrem Inneren entfachte, zu schüren. Doch diesmal bremste sie sich.

*Einfach sexy*

Sie wusste auf einmal, dass sie mehr zu Ben hinzog als körperliche Begierde, auch wenn ihr schleierhaft war, woher diese plötzliche Einsicht kam. Sie bewunderte ihn und wünschte sich vor allen Dingen, dass er sie respektierte. Ben erinnerte sie immer mehr an den stolzen Ritter aus den Märchen ihrer Kindheit, der für die Rechte der Armen kämpfte und stets zur Stelle war, wenn es galt, ein edles Fräulein aus der Bedrängnis zu befreien.

Sie schmunzelte bei der Vorstellung. Vielleicht war das Bild doch etwas zu weit hergeholt. Denn eines war sicher: Den Part der unerreichbaren Jungfrau im Elfenbeinturm würde sie keinesfalls übernehmen.

„Hältst du den Vergleich für angemessen?"

Etwas am Klang ihrer Stimme zeigte Ben, dass er an eine empfindliche Saite gerührt hatte. „Gefällt er dir nicht?" fragte er enttäuscht.

„Nein", flüsterte Grace, berührte sanft seine Wange und sah ihm tief in die Augen, „denn in der Regel sind Prinzessinnen für gewöhnliche Sterbliche unerreichbar."

Ben konnte ihrem traurigen Blick nicht standhalten. Er hatte sich schon etwas dabei gedacht, als er Grace als Prinzessin bezeichnete. Zum einen konnte es nicht schaden, wenn er sich daran erinnerte, dass Grace in der Tat aus einer Familie stammte, die Leute wie ihn nur milde belächelte. Außerdem hatte sie es nicht besser verdient. Sie hatte ihn wieder einmal überrumpelt und in die Defensive gedrängt, eine Situation, die ihm überhaupt nicht behagte. Im Nachhinein schämte er sich jedoch für die unfeine Retourkutsche. Zu spät erkannte er, dass er Grace tiefer getroffen hatte als beabsichtigt.

„Ich hab's nicht so gemeint", entschuldigte er sich matt.

„Von wegen!" Grace' Betroffenheit hatte sich in blanke Wut verwandelt. Sie schnaubte. „Es ist ja nicht das erste Mal, dass du dich auf geradezu unfaire Weise über meine

Herkunft lustig machst. Damit du's ein für alle Mal weißt: Ich komme tatsächlich aus einer stinkreichen Ostküsten-Familie. Wir sind konservativ und bieder, stolz auf unseren Stammbaum und unseren guten Ruf. Schon seit Anfang des Jahrhunderts engagieren wir uns in der Politik, verabscheuen aber ansonsten jede Art von Aufsehen. Nicht einmal der Makel einer Scheidung befleckt das Ansehen der Familie. Willst du wissen, warum?"

Es schien Grace ungeheure Anstrengung zu kosten, darüber zu reden. Andererseits hatte es den Anschein, als wollte sie sich nun, da sie einmal begonnen hatte, darüber zu sprechen, alles von der Seele reden.

„Warum denn?" fragte Ben gehorsam.

„Weil ein Montgomery sich nicht scheiden lässt. Er schweigt und leidet. Es ist gute alte Familientradition, dass wir Montgomerys immer das tun, was von uns erwartet wird. Wir heiraten nur in Kreise ein, die zu uns passen. Dass wir dabei nicht glücklich sind, dem Partner untreu werden oder unseren Kindern das Leben zur Hölle machen, spielt keine Rolle, solange wir nach außen hin gut dastehen."

Ben konnte förmlich spüren, wie weh es ihr tat, über diese Dinge zu sprechen, aber er unterbrach sie nicht.

„Nur mein Bruder Logan hat es gewagt, mit dieser Tradition zu brechen. Er ist vermutlich der Einzige von uns, der ein wirklich glückliches Leben führt. Du kannst dir nicht vorstellen, wie ich ihn darum beneide. Aber ich bastle eifrig an meinem eigenen Glück, glaub mir! Wenn ich dir manchmal wie eine Prinzessin vorkomme, dann liegt es daran, dass mir von klein auf eingebläut wurde, wie man sich nach außen hin zu benehmen hat. Diese Kunst beherrsche ich perfekt. Zu perfekt! Meistens nehme ich gar nicht wahr, welchen Eindruck das auf andere macht."

Erschöpft schwieg sie. Eine Zeit lang saß sie stumm da

*Einfach sexy*

und ließ die Schultern hängen wie jemand, der lange eine schwere Bürde mit sich herumgeschleppt hatte.

Ben dachte über ihre Worte nach. Was sie über ihre Umgangsformen gesagt hatte, konnte er bestätigen. Auch die Art, wie sie etwas tat, zeugte von guter Erziehung. Von dem, was sie tat, konnte man das allerdings weniger behaupten, und dieser Widerspruch reizte ihn.

Wie war es möglich, dass er zwar die Kreise, aus denen Grace stammte, verachtete, Grace selbst aber so sehr begehrte? Wie kam es, dass er gerade in diesem Moment das dringende Bedürfnis verspürte, sie in die Arme zu nehmen und vor ihren Erinnerungen zu beschützen? Nur weil er wusste, dass er alles komplizieren würde, unterließ er es.

„Ich bin noch nicht fertig", kündigte Grace an.

Aber Ben hatte genug gehört und winkte ab. „Dein Vertrauen ehrt mich, aber ich seh, wie schwer es dir fällt, darüber zu sprechen. Du musst mir nichts mehr erzählen."

„Oh doch. Eines musst du unbedingt noch erfahren." Eine zarte Röte überzog ihre Wangen, und ihre Augen blickten trotzig. „Ich habe die Erfahrung gemacht, dass alles Geld der Welt nichts nützt, wenn du deine Seele dafür verkaufen musst."

Ben ließ sich ihre Aussage durch den Kopf gehen. Aus diesem Blickwinkel erhielt Grace' Geschichte, die er bereits von Emma kannte, eine völlig andere Bedeutung. Er war nun doch fast geneigt zu glauben, dass Grace der Familie Montgomery endgültig den Rücken gekehrt hatte. Fast! Es lag ihm fern, an Grace' gutem Willen zu zweifeln. Doch warum sollte sie, wenn sie ihre Ziele erst erreicht hatte, nicht zu ihrem gewohnten Lebensstil zurückkehren? Schließlich war er ihr, wie sie selbst sagte, in Fleisch und Blut übergegangen.

Doch wozu sich darüber den Kopf zerbrechen? Bis dahin war Grace längst aus seinem Leben verschwunden. Viel wichtiger war, dass Ben sich überlegte, wie er sich in der nahen Zukunft verhalten sollte.

Grace hatte eine Saite in seinem Herzen angerührt, von der er nicht einmal geahnt hatte, dass es sie gab. Sie hatte Gefühle in ihm geweckt, die er bei sich niemals vermutet hätte, und das verhieß nichts Gutes. Er musste unter allen Umständen verhindern, dass er sich in eine Beziehung verstrickte, die über das nachbarschaftliche Verhältnis hinausging. Ein Grund mehr, sich den Fall so schnell wie möglich vom Hals zu schaffen.

Wie zur Bekräftigung seiner Absicht suchte Ben Grace' Hand und drückte sie ganz fest. Dann richtete er sich auf. „Genug geredet, los, an die Arbeit", befahl er.

„Alter Sklaventreiber!" Obwohl sie protestierte, war Grace erleichtert, dass er das Thema fallen ließ.

Ben lachte rau. „Wenn's weiter nichts ist." Er konnte sich weitaus weniger schmeichelhafte Bezeichnungen für seine Person vorstellen. Das Wort Lügner zum Beispiel würde mindestens ebenso gut auf ihn zutreffen. Dieser Fall entwickelte sich in einer Art und Weise, die ihm Unbehagen bereitete.

Nur gut, dass ihn die Autowäsche vor längerem Grübeln bewahrte. Eine Stunde lang arbeiteten sie schweigend Seite an Seite – vielmehr, Grace schuftete, und Ben sah ihr bewundernd dabei zu. Ihm gefiel ihre Genauigkeit, die Sorgfalt, mit der sie jeden noch so winzigen Kaffeefleck vom Armaturenbrett wischte, und nicht zuletzt die Art, wie ihr knackiger Po wippte, wenn sie sich, wie gerade eben zum Beispiel, auf alle viere niederließ, um die Unterseite der Konsole zu schrubben.

Jede ihrer Bewegungen war genau berechnet und zielte nur darauf ab, seine Aufmerksamkeit zu gewinnen, darüber machte Ben sich gar keine Illusionen. Und, Ehre, wem Ehre gebührt, Grace machte ihre Sache nicht schlecht.

*Einfach sexy*

„Geschafft!" Verstrubbelt und verschwitzt, mit Schmutzstreifen auf der Wange, krabbelte Grace aus dem Auto.

Mit Grace Kelly, der Fürstin von Monaco, mit der Ben sie gerne verglich, hatte sie in diesem Moment nichts mehr gemein. Bens Grace war keine Märchenprinzessin, sondern eine Frau aus Fleisch und Blut, so echt, dass er in ihrer Gegenwart jedes Mal drauf und dran war, seine guten Vorsätze zu vergessen.

So wie in diesem Augenblick: Mit großer Sorgfalt wischte Grace die schmutzigen Finger an der Jeans ab. Wie unter einem Zauberbann folgte Bens Blick den Bewegungen ihrer Hände. Seine Augen wanderten von Grace' flachem Bauch zu ihren langen Beinen und wieder zurück, sein Mund wurde knochentrocken, und das Schlucken fiel ihm schwer.

Plötzlich riss sie den Schlag weit auf. „Wenn der gnädige Herr die Güte hätte, einen Blick hineinzuwerfen, um festzustellen, ob alles zu seiner Zufriedenheit ausgefallen ist?"

Sie verbeugte sich tief, als Ben einstieg. So tief, dass Ben, als er sich bückte, förmlich gezwungen war, einen Blick in ihren Ausschnitt zu werfen. Was er sah, raubte ihm den Atem: die sanften Rundungen ihrer Brüste, knapp verhüllt von einem Hauch feinster Spitze. Diesem Anblick hatten weder die blank geputzten Ledersitze noch der frische Limonenduft, der das Innere des Wagens erfüllte, etwas entgegenzusetzen. Es dauerte eine Weile und bedurfte gewaltiger Anstrengung, ehe Ben in die Gegenwart zurückfand. Schließlich richtete er sich auf.

„Glänzende Arbeit, Grace", lobte er.

Ein Leuchten ging über Grace' Gesicht. „Im Ernst? Findest du wirklich? Danke sehr!" Sie schien ehrlich erfreut über sein Kompliment.

War es möglich, dass sich hinter ihrem sicheren Auftreten in Wirklichkeit eine unsichere Persönlichkeit verbarg? Nun, das konnte Ben schnell herausfinden.

„Sag mal, du tust gerade so, als ob es was Besonderes sei, wenn man dich für gute Arbeit lobt", bemerkte Ben.

„Ist es ja auch. Daran, dass mich jemand lobt, dessen Meinung mir ... etwas bedeutet, kann ich mich gar nicht erinnern." Grace' Wangen färbten sich rosa bei diesem Geständnis.

Ben beglückwünschte sich zu seinen Instinkten. Mit einer kleinen Aufmerksamkeit hatte er Grace anscheinend eine echte Freude bereitet. Aber was mochte die Ursache für ihr eigenartiges Verhalten sein? Emma tat sicher alles in ihrer Macht Stehende, um das Selbstwertgefühl ihrer Enkelin aufzubauen. Lag es vielleicht an den Eltern? Nach dem, was Grace erzählt hatte, konnten sie in der Tat Nachhilfe in Sachen Erziehung vertragen. Voll Mitleid schüttelte Ben den Kopf. Grace hatte schon Recht: Liebe und Anerkennung konnte man mit Geld nicht kaufen.

Jäh wurden seine Gedanken unterbrochen. „Ich geh dann mal", hörte er Grace sagen. Eine dumpfe Ahnung beschlich ihn.

„Wohin denn?"

„Ich muss unbedingt auf den Spielplatz im Park. Der Wetterbericht hat für morgen Regen gemeldet, da muss ich die letzten Sonnenstrahlen nützen."

„So? Na gut, ich komme mit. In zehn Minuten bin ich startklar."

„Kommt nicht in Frage." Grace schüttelte den Kopf, dass ihre blonde Mähne nur so flog. „Ich muss das alleine durchstehen, das weißt du ganz genau. Glaub mir, ich kann auf mich selbst aufpassen."

„Du kannst da nicht alleine hingehen." Ben konnte ihren Wunsch durchaus nachvollziehen, nur durfte er sie nicht gewähren lassen. Das verbot ihm erstens Emmas Auf-

*Einfach sexy*

trag, und zweitens regte sich schon wieder dieser verwünschte Beschützerinstinkt.

„Kann ich wohl! Bis später, Ben." Trotzig winkte Grace ihm zu und wandte sich zum Gehen.

Nun war guter Rat teuer. In seiner Verzweiflung griff Ben zu dem Wasserschlauch, der hinter ihm auf dem Boden lag. Laut rief er Grace' Namen, und sie, wohlerzogenes Mädchen, das sie nun einmal war, blieb gehorsam stehen.

„Wie oft soll ich es dir noch erklären, Ben? Sieh mal, ich muss mich meinen Ängsten stellen, und zwar alleine, ohne Bodyguard im Hintergrund."

Im Stillen gab Ben ihr Recht, aber das änderte nichts an seinem Plan.

„Hast du nicht erzählt, dass du deinem Bruder früher beim Autowaschen geholfen hast?" fragte er.

„Wie kommst du denn jetzt darauf?" Grace wurde ärgerlich. Bens Ablenkungsmanöver waren so einfach zu durchschauen.

Ben grinste hinterhältig. „Hat das auch immer mit einer Wasserschlacht geendet?" fragte er, drehte den Wasserhahn voll auf und richtete den scharfen Strahl auf Grace.

Sie japste vor Schreck, als das eiskalte Wasser auf ihre Arme spritzte. Dann ging sie zum Angriff über: Mit einem Satz stand sie neben Ben und versuchte ihm den Schlauch aus den Händen zu reißen. Ben, der damit gerechnet hatte, wich der Attacke aus. Doch er hatte zu langsam reagiert: Grace hatte den Schlauch bereits gepackt.

Die Wut verlieh ihr ungeahnte Kräfte. Sie zog und zerrte, bis der Schlauch aus Bens Fingern glitt und auf den Boden fiel, wo er, durch den Druck des ausströmenden Wassers, wie eine Kobra über den Asphalt tanzte.

Ehe es Ben gelang, den Hahn abzudrehen, waren die beiden Kontrahenten bis auf die Haut durchnässt. Klatschnass standen sie da und sahen einander betroffen an. Dann begann Grace lauthals zu lachen, und Ben stimmte erleichtert ein. Sie löste den Knoten an ihrem Oberteil und wrang es aus, während Ben den Schlauch einrollte.

„Das hast du absichtlich gemacht", schimpfte sie gut gelaunt.

„Ich hatte keine andere Wahl." Ben lächelte verschmitzt. Eine Sekunde lang kreuzten sich ihre Blicke, doch plötzlich wanderten Bens Augen an Grace' Körper entlang.

Sie folgte seinem Blick und erstarrte. So etwas konnte dem Herrn Detektiv natürlich nicht entgehen: Nass geworden, klebte ihr T-Shirt eng am Körper, sodass jedes Detail ihres BHs deutlich zu erkennen war. Zu allem Unglück frischte ausgerechnet in diesem Moment der Wind auf, und Grace fröstelte in ihrer durchnässten Kleidung. Die Spitzen ihrer Brüste wurden hart und richteten sich – für jeden deutlich sichtbar – zu kleinen Gipfeln unter dem fast durchscheinenden Trikot auf.

Grace wand sich unter Bens durchdringendem Blick, zwang sich jedoch, die Arme nicht vor der Brust zu verschränken. Diese Blöße wollte sie sich vor ihm nicht geben, im Gegenteil.

Eigentlich sollte sie jetzt aufs Ganze gehen und die Situation zu ihrem Vorteil nutzen. Die Gelegenheit war günstig. Endlich bot sich die Chance, Bens Selbstbeherrschung auf die Probe zu stellen.

„Es gibt immer eine Alternative." Dass Grace sich nicht mehr auf den Spaziergang im Park bezog, wussten beide. Sie spielte auf die Möglichkeiten an, die sie Ben in Bezug auf sich selbst eröffnete, und darauf, was er daraus machen würde – oder auch nicht.

Ben schluckte. „Unter diesen Umständen wähle ich den Rückzug, ehe ein Unglück geschieht", kündigte er an und wollte zu seinem Auto gehen.

Aber so einfach ließ sich Grace nicht abspeisen. Sie

*Einfach sexy*

packte seinen Arm und hielt ihn zurück. „Wovor läufst du eigentlich davon?" wollte sie wissen.

Ben zögerte. Inzwischen herrschte ein reges Kommen und Gehen in der Auffahrt, und die Passanten warfen dem nassen Paar neugierige Blicke zu. Besonders Grace erntete einige Aufmerksamkeit.

„Was hältst du davon, wenn wir die Unterhaltung an einem Ort fortsetzen, wo wir ungestört sind?" meinte er schließlich mit einem beredten Blick auf ihr nasses T-Shirt.

„Wie du meinst." Ohne weiteren Kommentar öffnete Grace die Autotür und setzte sich auf die Rückbank. Natürlich hatte sie Bens Absicht sofort durchschaut: Er wollte sie verunsichern, sie dazu bringen, sich in ihr Apartment zurückzuziehen. Aber damit kam er bei ihr an die Falsche. „Was ist? Steig schon ein, ich will hier nicht versauern!" Ungeduldig klopfte Grace auf das Polster neben sich. „Oder sollen wir unser Gespräch auf ein andermal verschieben, damit du dir trockene Sachen anziehen kannst? Mir soll's recht sein, dann muss ich meinen Ausflug nicht verschieben."

Das konnte Ben nicht zulassen, zumal ihm überhaupt nicht gefiel, wie schnell Grace das Kommando wieder übernommen hatte.

„Das wagst du nicht, nass wie du bist!"

„Willst du es darauf ankommen lassen?"

Im Stillen hoffte Grace, dass sie nicht so weit zu gehen bräuchte. Sie hatte keineswegs vor, in ihren tropfnassen Klamotten durch die Straßen von New York zu wandern. Eigentlich wollte sie so schnell wie möglich in ihre Wohnung zurück. Am liebsten in Begleitung von Ben. Aber wenn der sich stur stellte und nicht zu ihr ins Auto stieg, damit sie endlich ein paar Dinge klären konnten, würde sie auch vor drastischen Maßnahmen nicht zurückschrecken.

375

*Carly Phillips*

Zum Glück lenkte Ben ein, ließ sich auf den Fahrersitz fallen und startete den Wagen.

„Wohin fahren wir?"

Er gab keine Antwort, sondern chauffierte sie schweigend um ein paar Ecken, bis er schließlich in einer ruhigen Seitenstraße gleich hinter ihrem Wohnblock parkte. Er stieg aus und setzte sich zu Grace auf den Rücksitz, achtete aber peinlich darauf, ihr nicht zu nahe zu kommen.

„Nun denn, verehrte Prinzessin. Wir sind allein, wie du es gewünscht hast. Was hast du jetzt mit mir vor?"

*Einfach sexy*

## 5. KAPITEL

Die Herausforderung in Bens Stimme war nicht zu überhören. Er hielt Grace für zu feige, den ersten Schritt zu tun. Unter normalen Umständen würde sie dem nicht einmal widersprechen. Aber jetzt hing alles von ihr ab. Sie wusste, eine zweite Chance würde sie nicht erhalten. Sie musste handeln. Grace fröstelte unter ihrem nassen T-Shirt.

„Ist dir kalt?" fragte Ben aus seiner Ecke des Wagens.

Grace nickte. „Keine Angst, ich weiß mir zu helfen." Mit dem Mut der Verzweiflung rutschte sie quer über die Rückbank und setzte sich auf Bens Schoß, sodass sie ihm in die Augen sehen konnte. Auch für eine Person war nur wenig Platz hinter dem Fahrersitz, aber Grace machte sich die beengte Situation zunutze und schmiegte sich ganz dicht an Bens Brust. „Körperwärme hilft am besten", erklärte sie.

Der arme Ben! Ihre Maßnahme hatte ihn völlig überrumpelt. Grace fühlte, wie hastig er atmete. Außerdem konnte sie sogar durch den dicken Stoff ihrer Jeans hindurch spüren, dass ihn ihre Nähe nicht unbeteiligt ließ. Das verlieh ihr neue Zuversicht, und sie drückte sich noch fester an ihn.

Doch so leicht gab sich Ben nicht geschlagen. Er versuchte die Signale, die sein Körper aussandte, zu ignorieren, so schwer es ihm auch fiel. Zwischen zusammengebissenen Zähnen stieß er hervor: „Ich sehe schon, die Prinzessin nimmt sich mal wieder das, was sie haben will."

Grace lachte nur. „Gib dir keine Mühe. Ein zweites Mal falle ich nicht auf deine Masche herein." Wie leicht er zu durchschauen war: Er nannte sie doch nur Prinzessin, eine Anspielung auf ihren schwachen Punkt, ihre Herkunft, um ihre Annäherungsversuche von vornherein abzublocken.

„Ach nein?"

„Nein, nur weil ich aus einer wohlhabenden Familie stamme, heißt das noch lange nicht, dass ich grundsätzlich immer das bekomme, was ich will. Ich habe eher das Gefühl, dass du derjenige bist, der es gewöhnt ist, seinen Willen durchzusetzen. Glaub mir, ich beneide dich! Ich bin sicher, dass deine Eltern dich sehr geliebt haben."

Ben nickte. Er war nachdenklich geworden.

„Siehst du, du bist derjenige, der eine schöne Kindheit hatte. Aber ich warne dich, ich beabsichtige, alles nachzuholen, was mir als Kind vorenthalten wurde."

Ben starrte sie unverwandt an. Der Ausdruck seiner Augen verriet, dass er die gleichen Gefühle empfand wie Grace. Doch anstatt ihnen nachzugeben, Grace in die Arme zu nehmen und sie zu küssen bis zum Wahnsinn, ballte er die Hände zu Fäusten.

Grace, die ihn genau beobachtete, erkannte mit leisem Bedauern, dass sie noch einmal die Initiative ergreifen musste. Auch gut, dachte sie. So lerne ich wenigstens, für meine Ziele zu kämpfen.

Sie seufzte laut und legte beide Hände auf Bens nackte Brust. Seine Haut war glatt und fühlte sich heiß an. Einen kurzen Augenblick lang schloss sie die Augen, um sich zu sammeln. Eine Chance wollte sie ihm noch geben.

„Sieh mal, Ben, warum machst du es mir so schwer? Wir wollen doch beide dasselbe, also warum sträubst du dich so? Der Ausgang der Geschichte steht bereits fest, du kannst daran ohnehin nichts ändern."

Als er auch darauf nicht einging, startete sie den Angriff. Sie begann, mit dem Daumen über Bens Brust zu streicheln, bis sie merkte, dass die Spitzen hart wurden.

Jetzt konnte Ben nicht länger stillhalten. Er rutschte unruhig auf seinem Sitz hin und her, und Grace fühlte, wie ihre Erregung wuchs. Aufreizend langsam fuhr sie mit der Zunge über ihre trockenen Lippen. „Ich seh schon, du

*Einfach sexy*

willst nicht. Dann muss ich eine härtere Gangart anschlagen."

Bens Mundwinkel zuckten. „Ich glaube kaum, dass das noch möglich ist, Prinzessin", frotzelte er mit kaum verhohlenem Vergnügen und legte ganz plötzlich die Hände um ihre Taille.

„Stimmt, ich bin, glaube ich, ziemlich forsch." Grace lächelte. Bis jetzt war sie sehr zufrieden mit der Entwicklung, die die Dinge nahmen. Während sie sprach, hatte Ben die Hände unter ihr T-Shirt geschoben und streichelte die nackte Haut knapp unterhalb ihres BHs.

Was hatte er vor? Wollte er sie auf die Probe stellen oder gar einschüchtern? Oder hatte er beschlossen, dem Spiel seine eigenen Regeln aufzuzwingen? Das musste Grace verhindern, so verlockend die Aussicht auch sein mochte. Sie hatte sich vorgenommen, Ben zu verführen, und würde nicht zulassen, dass er ihre Pläne durchkreuzte. Dennoch musste sie ihre ganze Selbstbeherrschung aufbieten, um nicht der Versuchung nachzugeben, die Augen zu schließen und sich ihm hinzugeben.

„Prima, ich steh auf Frauen, die wissen, was sie wollen." Bens Hände glitten noch weiter nach oben. Für einen kurzen Moment berührten seine Finger die Spitzen von Grace' Brüsten, eine flüchtige Liebkosung nur, aber sofort erwachte in Grace der Wunsch nach mehr.

„Wusste ich's doch, wir passen hervorragend zueinander." Grace bewegte die Finger sanft über Bens Wange und sah ihm tief in die Augen.

„Mhm", brummte er nur, ohne den Blick zu senken.

So weit, so gut, doch was würde ein unartiges Mädchen nun tun? Grace zermarterte sich das Gehirn, bis ihr schließlich die rettende Idee kam. Sie verstärkte den Druck ihrer Schenkel und begann sich sachte auf Bens Schoß hin und her zu wiegen. Ben stöhnte leise, machte aber nicht den

379

Eindruck, als wäre ihm die Berührung unangenehm, im Gegenteil. Und auch Grace entdeckte Gefallen an den Empfindungen, die die sanften Bewegungen in ihr weckten.

„Wie du siehst, beherrsche ich dieses Spiel fast ebenso gut wie du", hauchte sie ihm atemlos ins Ohr. „Ich werde dich so lange quälen, bis du um Gnade flehst, so lange, bis du zugeben musst, dass es zwischen uns beiden gefunkt hat."

„Da hast du dir mächtig was vorgenommen." Ben hoffte, dass seine Stimme zuversichtlicher klang, als er sich fühlte. Er war hin- und hergerissen zwischen der Verpflichtung gegenüber seiner Klientin und seinen Gefühlen für Grace und konnte sich nicht zu einer Entscheidung durchringen. Verständlich, dass Grace wissen wollte, woran sie war. Unter anderen Umständen hätte er sich über die eigenwillige Art, wie sie ihr Ziel zu erreichen versuchte, königlich amüsiert. Leider brachte sie ihn damit nur noch mehr in Bedrängnis. Aber sie machte ihre Sache gut, sehr gut sogar! Wenn nicht bald ein Wunder geschah, würde sie bekommen, was sie sich wünschte.

Zähneknirschend unterdrückte Ben einen Fluch. Inzwischen passte kein Blatt Papier mehr zwischen ihre Körper, und Grace hatte den Rhythmus ihrer Bewegungen beschleunigt. Es war nur noch eine Frage von wenigen Sekunden, bis sie Ben da hatte, wo sie ihn haben wollte. Er war nicht mehr Herr über sich selbst und würde alles verraten, obwohl er wusste, was er damit anrichtete.

„Ben?" Grace' warme Stimme weckte ihn aus seinen Gedanken. „Ich bin verrückt nach dir." Ihre sanften braunen Augen waren nur wenige Zentimeter von seinem Gesicht entfernt. Irgendwo in der Tiefe meinte Ben eine Spur Unsicherheit zu erkennen. Konnte es sein, dass sie nicht nur mit ihm spielte, sondern echte Gefühle für ihn hegte, Gefühle, deren Heftigkeit sie selbst erschreckte?

*Einfach sexy*

Ben atmete schwer. Kalter Schweiß stand auf seiner Stirn, er musste hart mit sich ringen, um Grace nicht doch in die Arme zu schließen, sie zu küssen, bis ihr die Sinne schwanden, ihr die nassen Kleider vom Leib zu streifen und ihr zu beweisen, was er für sie empfand. Er sah nur einen Ausweg, um sich aus der misslichen Lage, in die Grace ihn gebracht hatte, zu befreien.

„Ich muss dich warnen, Grace. Ich bin kein Mann, der feste Bindungen eingeht."

Das war nicht einmal gelogen. Keine Frau hielt es länger als einen Monat mit ihm aus. Wenn er nicht arbeitete, besuchte er seine kränkelnde Mutter. Zeit, um eine Beziehung zu festigen, war bei diesem Pensum nicht drin. Es könnte natürlich auch sein, räumte er mit einem Seitenblick auf Grace ein, dass ich bisher einfach noch nicht die Richtige getroffen habe.

Grace tat so, als ließe sie diese Ankündigung kalt. „Wer spricht denn gleich von einer festen Beziehung? Ich bin selbst nicht der Typ dafür." Damit war das Thema für sie erledigt, und sie wandte ihre Aufmerksamkeit wieder Bens Körper zu. Mit den Nägeln zog sie eine feine Linie von Bens Brust bis zu seinem Nabel. Gedankenverloren zupfte sie an den krausen Haaren, die in einer schmalen Linie von dort bis unter den Bund von Bens Jeans verliefen. Jede Berührung sandte Schauer durch Bens gemarterten Körper.

„Aber das wollt ihr Frauen doch in der Regel", stammelte Ben verdattert.

„Tatsächlich?" entgegnete Grace und machte sich zielstrebig an Bens Jeans zu schaffen. „Verzeih, wenn ich widerspreche." Schon hatte sie den Knopf geöffnet.

Ihr Tempo war zu viel für Ben. Mit eisernem Griff packte er ihre Handgelenke. Die Gedanken in seinem Kopf überschlugen sich. Sein Körper verzehrte sich nach Grace. Sie hatte ihm eindeutig zu verstehen gegeben, dass sie keine

381

Forderungen an ihn stellte. Aber konnte er es vor seinem Gewissen verantworten, wenn er sich mit einer Frau einließ, die er schamlos belog?

Vom beruflichen Standpunkt aus sprach alles für eine Beziehung mit Grace. Ihrem Liebhaber konnte sie es kaum abschlagen, sie auf ihren Ausflügen in den Park zu begleiten. Es würde viel einfacher sein herauszufinden, wer sie bedrohte und weshalb. Denn die Zeit drängte. Ihm blieben nur noch wenige Tage, und er wollte Grace in Sicherheit wissen, wenn sein Auftrag abgeschlossen war.

Das gab den Ausschlag! Ben flüsterte mit rauer Stimme: „Du verdienst nur das Allerbeste, Prinzessin."

Sofort schmiegte sich Grace noch enger an ihn und warf einen bedeutsamen Blick auf ihre Hände. „Dann lass mich los."

Ben gehorchte. Er löste das Band, mit dem Grace ihr Haar zusammengebunden hatte. Die seidigen blonden Strähnen fielen locker auf ihre Schultern und umrahmten ihr Gesicht mit einem goldenen Kranz.

„Ich stehe ganz zu deiner Verfügung", bekannte er und lehnte sich ins Polster zurück, gespannt, wie weit sie gehen würde.

Grace' Wangen waren von einem zarten Rot überzogen, ihre Augen glänzten vor Aufregung. Nach kurzem Zögern rutschte sie zurück, bis sie den Reißverschluss von Bens Hose erreichte. Langsam und bedächtig, Millimeter für Millimeter, öffnete sie ihn.

„Weißt du wirklich, was du da tust?" fragte Ben, dem die Sache langsam unheimlich wurde. Was sich hier abspielte, stellte alles in den Schatten, was er bisher mit dem anderen Geschlecht erlebt hatte. Und er war beileibe kein unbeschriebenes Blatt.

„Glaubst du, ich mache so was zum ersten Mal?" Aufgebracht blickte Grace ihn an. Ihre Stimme klang trotzig,

*Einfach sexy*

doch in ihren Augen entdeckte Ben dieselbe Unsicherheit wie eben.

Er versuchte sie zu beschwichtigen. „Sieht nicht danach aus, würde ich sagen."

Zitternd vor Erregung wartete er ab, was dieser überraschenden jungen Frau als Nächstes einfiel. Er musste sich nicht lange gedulden. Mit einem Ruck riss Grace den Reißverschluss vollständig auf und befreite Bens Männlichkeit endlich aus der drangvollen Enge seiner Jeans.

„Behaupte hinterher bloß nicht, du hättest nicht gewusst, worauf du dich einlässt", stöhnte er.

„Das ist inzwischen kaum mehr zu übersehen", murmelte Grace zweideutig und berührte ihn sanft. „Nur gut, dass du uns in diese menschenleere Gasse kutschiert hast. Hier wird uns niemand stören."

Ben stöhnte erneut, diesmal jedoch vor Schreck. Sie war wirklich zu allem entschlossen! Dann musste es wohl so kommen. An mir soll's nicht liegen, entschied er und gab jeden Widerstand auf.

Mit gegenseitiger Unterstützung befreiten sie sich aus ihren Jeans. Nur noch mit dem nassen Top und einem seidenen Slip bekleidet, saß Grace neben Ben auf dem Rücksitz. Ben konnte sich an ihrem herrlichen Körper nicht satt sehen. Alles an ihr war perfekt: ihr Haar, ihre makellose Haut und die weichen Rundungen ihrer Brüste, die sich unter dem T-Shirt deutlich abzeichneten. Unwillkürlich stieß er einen anerkennenden Pfiff aus.

„Soll das ein Kompliment sein?" fragte Grace mit kindlicher Überraschung.

Immer diese Unsicherheit! Die Draufgängerin von vor wenigen Minuten war verschwunden. Ihren Platz nahm jetzt das von Selbstzweifeln gequälte Mädchen ein, das er neulich erlebt hatte.

Ben schmunzelte, sah ihr tief in die Augen und nickte

bedächtig. „Du weißt genau, dass du mich in den Wahnsinn treibst, Gracie. Wie lange willst du mich noch schmachten lassen?"

Mit einem strahlenden Lächeln nahm Grace wieder ihren Platz auf seinem Schoß ein. Diesmal bremste nur noch eine Barriere aus hauchdünner Seide ihre Begierde. Ben fühlte die Hitze, die von Grace' Körper ausstrahlte. Als sie langsam, aber unaufhaltsam die Schenkel zusammenpresste, überflutete ihn eine Welle der Lust.

„Jetzt übernehme ich zur Abwechslung mal das Kommando", murmelte er heiser und presste die Lippen auf ihren Mund. Er schmeckte süß und verheißungsvoll und wartete nur darauf, eingehend erforscht zu werden. In diesem Augenblick klopfte es wütend an die Autotür.

Grace erschrak, doch Ben behielt einen kühlen Kopf. Geistesgegenwärtig peilte er die Lage. Zum Glück konnte, wer immer da draußen stand, praktisch gar nicht in das Auto einsehen. Ihre feuchte Kleidung, aber auch ihre Körper hatten so viel Feuchtigkeit abgestrahlt, dass die Fensterscheiben fast völlig beschlagen waren. Trotzdem musste der Störenfried ja nicht mehr zu sehen bekommen, als nötig war, und Ben bemühte sich, Grace mit seinem Körper von neugierigen Blicken abzuschirmen.

„Ist das denn die Möglichkeit?" schimpfte eine laute Stimme. „Müssen Sie sich in aller Öffentlichkeit vergnügen?"

Der Hausverwalter! Grace bückte sich hastig und fischte mit hochrotem Kopf nach ihrer Hose, und Ben ließ sich mit einem lauten Stöhnen gegen die Lehne fallen. Kaum auszudenken, was passiert wäre, wäre der Kerl eine Minute später vorbeigekommen.

Heiß? Kalt? Kalt? Heiß? Ratlos stand Grace in der Dusche. Heißes Wasser, um das Kältegefühl loszuwerden, das die

*Einfach sexy*

nasse Kleidung auf ihrer Haut hinterlassen hatte, oder lieber kaltes Wasser, von dem sie hoffte, dass es gegen das Feuer, das in ihrem Körper loderte, ankäme? In ihrer Verzweiflung wechselte Grace geschlagene fünf Minuten lang zwischen beiden Möglichkeiten, dann musste sie einsehen, dass es ein aussichtsloses Unterfangen war.

Sobald der kalte Strahl nämlich auf ihre Brüste prasselte, erwachte in ihrem Körper die Sehnsucht nach Bens Berührungen. Stellte sie das Wasser warm, erinnerte sie der Dampf, der daraufhin die Duschkabine erfüllte, schmerzlich an die schwüle Feuchtigkeit, die in Bens Wagen geherrscht hatte.

Es war wie verhext: Ihr Körper prickelte und bebte, und nichts konnte Abhilfe schaffen – außer vielleicht Ben selbst. Aber der hatte sich mit einer lahmen Ausrede verzogen. Duschen wollte er, dabei hätten sie genauso gut gemeinsam duschen können. Sollte angeblich ganz nett sein, und mit jemandem wie Ben hätte Grace das gerne einmal ausprobiert.

Nachdenklich nahm sie ein weiches Badetuch vom Haken und fing an, sich abzutrocknen. Ursprünglich war sie ja nur auf ein erotisches Abenteuer aus gewesen. Aber bei Ben hatte sie viel mehr gefunden. Erstens hatte sie entdeckt, dass es ihr Spaß machte, die Zügel in die Hand zu nehmen, zu verführen, statt sich verführen zu lassen. Und zweitens hatte ihr Ben endlich die Anerkennung und Zuwendung geschenkt, nach der sie sich ihr ganzes Leben lang sehnte.

Denk dran, ermahnte sich Grace, die Zeit läuft. Er hat dir von Anfang an erklärt, dass er sich nicht binden will. Schade eigentlich, denn ich hätte ihn gerne mit Logan und Catherine bekannt gemacht.

Verblüfft richtete sie sich auf. Was spinnst du dir denn da zusammen? Mal ganz abgesehen von dem, was Ben will, willst du denn überhaupt eine feste Beziehung eingehen?

Das schrille Läuten des Telefons erlöste sie aus ihren Gedanken. „Ja?"

„Na endlich! Du bist schwieriger zu erreichen als der Präsident."

„Granny! Tut mir Leid, dass ich nicht zurückgerufen habe. Ich war so beschäftigt." Grace schmunzelte, als sie daran dachte, womit sie sich die Zeit vertrieben hatte.

„Keine faulen Ausreden. Schließlich bin ich deine alte Großmutter und mache mir Sorgen um dich."

„Hast ja Recht, Granny. Du fehlst mir sehr."

„Wann besuchst du mich mal wieder? Weißt du, dass wir uns zum letzten Mal an Logans Hochzeit gesehen haben?"

Grace krümmte sich vor Verlegenheit. Sie hatte jede freie Minute in der nächsten Zukunft für Ben reserviert. Erst wenn er fort war, hatte sie Zeit für ihre Großmutter. Dann jedoch würde sie den liebevollen Trost der alten Dame nötiger haben denn je.

„Weißt du, ich fange gerade an, mich einzugewöhnen. Es hat sich so viel verändert."

„Das klingt spannend. Was gibt's denn Neues? Hast du eine Stelle? Einen Freund?"

„Vielleicht." Aus Erfahrung wusste Grace, dass es nicht ratsam war, Emma Einzelheiten aus ihrem Liebesleben anzuvertrauen.

Emma seufzte. „Undank ist der Welt Lohn! Findest du nicht, dass ich als deine Großmutter ein Anrecht darauf habe, informiert zu werden? Nun gut! Ich hoffe ja nur, dass dein Verehrer an deinen Geburtstag denkt und dich mal so richtig verwöhnt. Das muss ja kein teures Geschenke sein. Zum Beispiel hab ich mir sagen lassen, dass die Preise in den New Yorker Sexshops ganz vernünftig ..."

„Also, Granny!"

„Was denn? Ihr jungen Leute tut immer so prüde. Sag

*Einfach sexy*

bloß, du hast die Seifen und Kerzen, die ich dir letztes Jahr geschenkt habe, noch nicht benutzt?"

Grace kicherte beim Gedanken an all die ausgefallenen erotischen Spielereien, mit denen Emma sie seit Jahren zum Geburtstag beglückte. Um abzulenken, erkundigte Grace sich nach ihrem Bruder und seiner Frau.

„Denen geht's gut. Sie haben übrigens vor, dich zu besuchen, weil man dich anders ja nicht mehr zu Gesicht kriegt. Soll ich ihnen erzählen, dass du doch mal wieder heimkommst?"

„Alles zu seiner Zeit, Granny. Leider muss ich jetzt aufhören, aber du fehlst mir. Ich hab dich lieb!"

„Ich dich auch. Alles Gute, mein Schatz! Eines musst du mir zum Schluss aber noch versprechen: Wenn dir ein Mann gefällt, musst du ihm das zeigen. Spiel nicht die Spröde, sonst läuft er dir davon."

Grace schnitt eine Grimasse in den Hörer, als sie auflegte. Wenn sie es nicht besser wüsste, könnte man fast meinen, dass Emma Ben kannte. Die Spröde – pah! Grace dachte daran, was sie vor knapp einer Stunde nur spärlich bekleidet in Bens Wagen getrieben hatte, und lächelte. Nicht einmal Emma hätte dieses Verhalten als spröde bezeichnet. Insgeheim schmiedete Grace auch bereits Pläne für eine Fortsetzung.

Wäre ja noch schöner, wenn sie sich von ihrer achtzigjährigen Großmutter Tipps für ihr Liebesleben geben lassen müsste! „Ich werde dir alle Ehre machen, Granny", murmelte Grace, und ein hintergründiges Lächeln umspielte ihre Lippen.

## 6. KAPITEL

Nichts als Ärger mit Grace, schimpfte Ben. Er stand kaum unter der Dusche, als der Dienst habende Pförtner ihn anrief, um ihm mitzuteilen, dass Grace soeben nach dem Aufzug geklingelt hatte und auf dem Weg nach unten war.

Es ging ihm gehörig gegen den Strich, Tricks aus seiner Überwachungspraxis auf Grace anzuwenden, aber er sah keine andere Möglichkeit. Durch den Türspion beobachtete er, wie sie in den Lift stieg, dann raste er die Treppen hinunter.

Im Foyer wies ihm der Portier mit einem breiten Grinsen die Richtung, die Grace eingeschlagen hatte.

„Wenigstens einer, der sich amüsiert", brummte Ben. Immer auf Deckung bedacht, verfolgte er Grace, eine Aufgabe, die ihm nicht schwer fiel, da er den Blick ohnehin nicht von ihrem knackigen Po wenden konnte. Hinter einer Hausecke verborgen wartete Ben, während Grace ein Stehcafé betrat und es kurze Zeit darauf mit einem Pappbecher wieder verließ. Zielstrebig steuerte sie den Eingang zur U-Bahn an. Damit war für Ben alles klar. Kaum war sie außer Sichtweite, winkte er sich ein Taxi herbei und ließ sich in den Park bringen.

Um eine Konfrontation mit Grace von vornherein auszuschließen, nahm Ben sich vor, sich bedeckt zu halten. Auf diese Weise würde er es auch ziemlich schnell spitzbekommen, falls ihr noch jemand nachstellte. Wenigstens war Grace heute ohne Kamera unterwegs und bot somit kein ganz so augenfälliges Ziel für die Bösewichte, die sich hier herumtreiben mochten. Was aber nicht heißen sollte, dass Grace ohne Kamera wie eine graue Maus wirkte. Allein durch die Art, wie sie sich bewegte, hob sie sich aus der Menge der Spaziergänger hervor. Nun schien auch noch die

*Einfach sexy*

Sonne auf ihr blondes Haar und verlieh ihm einen Glanz, der alle Augen förmlich auf sich zog. Ben wurde es ganz flau im Magen: Grace war eine wandelnde Zielscheibe.

Sie ging direkt zum Spielplatz, wo etliche Mütter sich versammelt hatten und ihre Kinder beim Rutschen und Schaukeln beaufsichtigten. Da alle Bänke belegt waren, setzte sich Grace ohne Rücksicht auf ihre weiße Hose zu einer dunkelhaarigen Frau ins Gras.

Die Selbstverständlichkeit, mit der sie sich in diese Umgebung einfügte, überraschte Ben immer wieder. Wer hätte geglaubt, dass sich jemand mit Grace' Familienstammbaum im Staub eines New Yorker Spielplatzes wohler zu fühlen schien als auf dem frisch gebohnerten Parkett eines Herrenhauses in Neu-England? Selbst die Frauen, zu denen sie sich gesellt hatte, schienen sie als eine der Ihren zu akzeptieren.

Von seinem Versteck hinter einem Zaun aus sah Ben zu, wie Grace die Beine von sich streckte und sich entspannt zurücklehnte. Bens Nerven dagegen waren aufs Äußerste gespannt. Eine Frau wie Grace, so natürlich und zugleich so verführerisch, hatte er noch nie getroffen.

Da riss ihn ein spitzer Schrei aus seinen Überlegungen. Ein kleiner Junge baumelte kopfunter von der Sprosse eines Klettergerüsts und brüllte aus Leibeskräften. Schon war eine der Frauen aufgesprungen, doch Grace kam ihr zuvor. Mit ein paar Sätzen stand sie unter dem Spielgerät und befreite den Kleinen geschickt aus seiner misslichen Lage.

Sie stellte ihn vor sich auf den Boden und vergewisserte sich, dass er unversehrt war. Dankbar schlang das Kind die Arme um Grace' Hals und drückte sie an sich. Grace erwiderte die Umarmung und zerraufte dem Jungen liebevoll das Haar, ehe sie ihn zu seiner besorgten Mutter zurückbrachte.

Auch Ben hatte der Vorfall eigentümlich berührt. Ein

dicker Kloß saß plötzlich in seiner Kehle, und er musste sich heftig räuspern. Die Szene hatte ihn in seine Kindheit zurückversetzt. Wie erschöpft seine Mutter nach einer langen Woche sein mochte, immer hatte sie am Sonntag einen Picknickkorb gepackt und war mit ihm in den Park um die Ecke gepilgert. Sie hatte mit ihm gescherzt, ihm beim Ballspielen zugejubelt, ihn verarztet und hie und da eine heimliche Träne abgewischt, so wie Grace das eben bei dem kleinen Jungen getan hatte.

Mütterliche Instinkte hätte er Grace, der Frau, die sich so verzweifelt von ihrer Familie lösen wollte, nun wirklich nicht zugetraut. Vermutlich versuchte sie auch diese Regung zu unterdrücken. Dabei war Familiensinn in Bens Augen eine der wichtigsten Eigenschaften. Ben hatte Grace ja bereits in verschiedenen Rollen erlebt – mal als Nachbarin, als Kumpel, als Prinzessin. Aber nicht einmal, als sie ihn halb nackt auf dem Rücksitz seines Autos verführen wollte, war sie ihm so betörend vorgekommen wie in dem Augenblick, als sie das Kind bei der Hand nahm.

Ben wandte der Szene den Rücken. Er war schockiert über die eigenen Gedanken. Genau in diesem Moment blickte Grace in seine Richtung. Da die Sonne in seinem Rücken stand, konnte er nicht sicher sein, ob sie ihn erkannt hatte. Wenn ja, würde er das bald herausfinden.

Wieder und wieder las Grace die Nachricht auf dem schmuddeligen Stück Papier: „Das ist die letzte Warnung! Lass dich nie wieder hier blicken, sonst wirst du es bereuen!" Mit einem Schaudern zerknüllte sie den Zettel und warf ihn in den Papierkorb neben ihrem Bett. Was für ein Scheusal, das nicht davor zurückschreckte, ein Kind für seine Machenschaften einzuspannen. Die Nachricht hatte ihr nämlich der kleine Cal zugesteckt, gerade als sie Ben am Zaun bei den Baseballfeldern entdeckt hatte.

*Einfach sexy*

Aber mit dem Drohbrief würde sie sich später befassen. Heute Abend hatte sie etwas ganz anderes vor: Sie hatte sich vorgenommen, Ben zu erobern.

Natürlich hatte sie bemerkt, dass er ihr in den Park gefolgt war. Zu seinen Gunsten sprach, dass er sie nicht offen bewacht, sondern ihr den Freiraum gewährt hatte, den sie benötigte. Im Grunde war es ein beruhigendes Gefühl gewesen zu wissen, dass er sich in Rufweite aufhielt. Trotzdem hatte sie ihm den anonymen Brief lieber vorenthalten. Ben hätte ihn sicher als Vorwand benutzt, um ihr die Ausflüge zum Park endgültig auszureden. Dabei fühlte sie sich dort nach wie vor in keiner Weise bedroht.

Dennoch hatte er kein Recht, ihr nachzuspionieren. Sein Verhalten war unentschuldbar, und er hatte eine Lektion verdient, eine Lektion, die er so schnell nicht vergessen würde.

Nachdem sie von ihrem Spaziergang zurückgekommen war, hatte Grace erst einmal die Wohnung gründlich aufgeräumt. Danach hatte sie ausgiebig geduscht und Emmas Seifen und parfümierte Lotionen freizügig angewendet, auch wenn sie im Stillen an ihrem Nutzen zweifelte. Emma schwor ja Stein und Bein auf die anregende Wirkung dieser Mittelchen, aber Grace hätte gerne gewusst, woher ihre Großmutter diese Informationen bezog.

Sie machte sich sorgfältig zurecht und stellte mit viel Bedacht aus ihrer umfangreichen Garderobe ein Outfit zusammen, das den Erfolg ihrer Aktion garantieren würde. Ben würden die Augen aus dem Kopf fallen. Zufrieden und beschwingt verließ sie schließlich das Apartment.

Nicht schon wieder! Ben hatte sich noch nicht von Grace' letztem Ausflug erholt, als ihn der Anruf des Portiers erneut in Alarmbereitschaft versetzte. Zum ersten Mal in seinem Leben sehnte er den Montag herbei. Dann musste

Grace wieder zur Arbeit gehen und verfügte nur mehr in begrenztem Umfang über Freizeit. Aber bis dahin musste er ihr folgen, wann immer sie beschloss, auszugehen.

Diesmal wartete er, bis sich die Tür des Lifts hinter ihr geschlossen hatte, ehe er selbst auf den Knopf drückte. Wie versprochen hatte sich der Portier gemerkt, welche Richtung Grace eingeschlagen hatte. Natürlich wollte sie in die Stadt, ganz wie Ben befürchtet hatte.

Missmutig trat Ben aus dem Gebäude und blickte suchend in die Richtung, in die Grace verschwunden war. Er erhaschte gerade noch einen Blick auf ihren Rücken, als sie um eine Ecke bog, aber das genügte, um seinen Puls zu beschleunigen. Sie hatte sich wieder selbst übertroffen! Was dachte Grace sich dabei, in diesem Aufzug ohne Begleitung abends in der Stadt herumzuziehen? Sie war wirklich selbst schuld, wenn sie in Schwierigkeiten geriet.

Grace hatte die Haare hochgesteckt, nur ein paar blonde Strähnen umspielten neckisch ihre Schultern. Sie trug ein knappes Trägertop und einen aufregend kurzen Rock. Ihre samtige Haut, ihr geschmeidiger Körper, die langen schlanken Beine, all das wurde in dieser Aufmachung mehr enthüllt als verborgen. So konnte sie sich unmöglich alleine auf die Straßen von New York wagen, fand Ben und machte sich aufs Schlimmste gefasst. Wehe dem Mann, der es riskieren sollte, sie auch nur schief anzusehen! Er würde es mit ihm zu tun bekommen.

Unfähig, die Augen auch nur eine Sekunde abzuwenden, folgte Ben Grace bis in die U-Bahn. Seine Fantasie gaukelte ihm Bilder vor, in denen Grace die langen Beine um ihn schlang, doch diesmal trennte keine Barriere ihre erhitzten Körper. Schwer atmend fragte er sich, wohin sie in diesem Aufzug überhaupt wollte. Nach ihrer Kleidung zu urteilen hatte sie wohl ein Rendezvous. Aber das, so schwor sich Ben, würde er zu verhindern wissen.

*Einfach sexy*

Als Ben hinter Grace in den Waggon stieg, war sein ganzer Körper schweißbedeckt, aber heute lag das nicht nur an der feuchtwarmen Luft, die üblicherweise in der New Yorker U-Bahn herrschte. Von den Rücken seiner Mitreisenden verdeckt, beobachtete er Grace, die gedankenverloren eine blonde Strähne zwischen den Fingern zwirbelte. Er ertappte sich bei dem Wunsch, ihr Haar zu berühren, und ganz automatisch wanderten seine Gedanken zurück zu der Szene, die sich hinter den beschlagenen Scheiben des Mustang abgespielt hatte. Sein Atem ging immer schneller, während er sich vorstellte, was noch hätte geschehen können.

Erst als die Bremsen quietschten und der Zug zum Stillstand kam, zwang sich Ben in die Gegenwart zurück. Gerade noch rechtzeitig, denn Grace lief schon den Bahnsteig entlang auf den Ausgang zu. Doch anstatt, wie Ben es erwartet hatte, den Weg zum Park einzuschlagen, schlug sie ein paar Haken, betrat die U-Bahn durch einen anderen Eingang und fuhr in die Richtung zurück, aus der sie gerade gekommen waren. Erst als sie sich auf einem freien Sitz niederließ, sich zu Ben umdrehte und ihm mit einer Geste bedeutete, sich zu ihr zu setzen, fiel der Groschen. Sie hatte die ganze Zeit gewusst, dass er sie beschattete!

Mit verlegenem Grinsen winkte er zurück.

Grace lächelte. Ihre rot geschminkten Lippen glänzten einladend und weckten in Ben das Verlangen, sie zu küssen. Insgeheim hätte er nichts dagegen, eine Beziehung zu Grace einzugehen. Wie er die Sache mit seinem Gewissen klären würde, musste sich zeigen. Das Problem war, ob Grace überhaupt noch etwas von ihm wissen wollte. Sie hatte ihm jede erdenkliche Chance gegeben, und er hatte sie alle ungenutzt verstreichen lassen. Gut möglich, dass sie inzwischen die Nase voll hatte und sich auf die Suche nach einem anderen Glücklichen machte.

Doch da erhob sich Grace, kam auf ihn zu und ergriff

die Halteschlaufe, die neben seiner Schulter von der Decke baumelte. Ihr betörendes Parfüm übertönte die anderen, weniger angenehmen Gerüche, die in dem Waggon herrschten, und Ben war kurz davor, den Verstand zu verlieren.

„Hast du etwas vergessen?" stammelte er verwirrt.

„Nö."

„Wie, du fährst nur zum Spaß in der Gegend rum?"

Grace schwieg. Ben musterte stumm ihre hochhackigen Schuhe, die langen Beine und ihr gewagtes Outfit. Er fragte sich, ob sie überhaupt etwas darunter trug, und, wenn ja, ob diese Teile genauso erotisch waren wie alles andere an dieser Frau.

„Komm schon, du hast bestimmt eine romantische Verabredung", bohrte er nach.

Grace spielte mit ihrem Haar und sah Ben herausfordernd an. „Das hängt davon ab", antwortete sie schließlich.

Unwillkürlich musste Ben die Mühelosigkeit bewundern, mit der es Grace jedes Mal aufs Neue gelang, ihn zu fesseln und zu erregen.

„Wovon?"

„Na, von dir. Ich muss dir doch nicht erst sagen, dass ich ziemlich auf dich abfahre – außer zu den Zeiten, wo du mir auf ziemlich auffällige Weise nachspionierst."

Ben ignorierte die Spitze. Er grinste. „Du fährst auf mich ab?"

Auch Grace lachte, und einige Passagiere drehten sich nach ihr um. „Ich dachte mir schon, dass dir das gefällt", meinte sie.

Der Zug hielt an, und die meisten Leute stiegen aus. Jetzt waren sie fast alleine in dem großen Abteil. Ben schlug vor, sich hinzusetzen, aber Grace lehnte ab.

„Ich möchte lieber ganz nahe bei dir bleiben." In diesem Augenblick fuhr die Bahn mit einem heftigen Ruck an, und Grace wurde in Bens Arme geschleudert. Mit einer Hand

*Einfach sexy*

hielt er sie fest, während er mit der anderen verzweifelt mit der Schlaufe kämpfte. Seine Handflächen waren feucht geworden, und er drohte den Halt zu verlieren.

„Wo waren wir stehen geblieben?" fragte Grace und runzelte nachdenklich die Stirn. „Ach ja ... Ehrlich, du bist ein außergewöhnlich attraktiver Bursche." Sie streckte die Hand aus und zog mit einem ihrer frisch lackierten, feuerroten Fingernägel einen weiten Bogen von Bens Augenbrauen bis zu seinen Lippen. Ihr Finger verweilte einen Augenblick, dann ließ sie die Hand abrupt fallen.

Ben schluckte trocken. Um sich von dem brennenden Gefühl abzulenken, das ihr Finger auf seinen Lippen hinterlassen hatte, betrachtete er ihre Nägel. Die Farbe des Nagellackes stimmte genau mit der Farbe ihres Lippenstiftes überein. Es war ein sattes, verführerisches Rot. Diese Farbe trug sie heute zum ersten Mal, andernfalls hätte er es zweifellos bemerkt. Nein, Grace' Fingernägel oder ihre Lippen halfen ihm mit Sicherheit nicht über die Situation hinweg, im Gegenteil. Je länger sein Blick darauf verweilte, desto intensiver wurde er sich eines nicht unangenehmen Ziehens in seinen Lenden bewusst.

„Willst du mich auf diese Art dafür bestrafen, dass ich dir gefolgt bin?" fragte er mit heiserer Stimme.

„Hältst du mich für so kleinlich?"

Ben wusste überhaupt nicht, was er von ihr halten sollte. Sie hatte diese Begegnung sorgfältig geplant, so viel war klar. Aber weshalb? Schließlich dämmerte es ihm.

„Deine Verabredung, das bin doch nicht etwa ich?"

Grace warf ihm einen Blick zu, der die Glut, die in seinem Körper herrschte, noch anfachte. „Schon möglich", hauchte sie ihm ins Ohr, „wenn du versprichst, mich nicht wie ein Kind zu behandeln."

Sie musste sich vorbeugen, und Ben erhaschte einen

395

kurzen Blick auf den sanften Ansatz ihrer Brüste. Die Zunge wurde ihm schwer.

„Du bist kein Kind. Versteh doch, was ich tue, geschieht zu deinem Besten."

Grace betrachtete ihn nachdenklich, dann strich sie ihm mit der Hand über die Wange. „Ich weiß, du meinst es nur gut, Ben. Aber gelegentlich scheinst du zu vergessen, dass ich eine Frau bin, und dann muss ich dich eben wieder daran erinnern."

Nervös blickte Ben sich in dem Waggon um. Die übrigen Passagiere saßen in ihren Sitzen und unterhielten sich oder lasen die Zeitung. Niemand beachtete sie auch nur im Geringsten.

„Du täuschst dich, Grace. Ich bin mir sehr wohl bewusst, dass du eine Frau bist."

„Aber was bedeutet das für dich?"

„Soll ich es dir zeigen?" Langsam gewann Ben Spaß an diesem Spiel. Sie hatte ihn herausgefordert, warum sollte er nicht darauf eingehen? Er drängte sich ganz nahe an sie, bis sie spüren konnte, wie erregt er war.

Überrascht schnappte Grace nach Luft. Eine Hitzewoge flutete durch ihren Körper und staute sich da, wo ihre Körper sich berührten. Sie stand kurz vor dem Ziel, doch auf einmal wurde sie nervös.

„Du kannst es dir immer noch überlegen", flüsterte ihr Ben ins Ohr. „Ich wäre zwar enttäuscht, aber als echter Gentleman werde ich es überleben."

„Du, ein Gentleman?"

„Natürlich, dank der guten Erziehung meiner Frau Mama. Ich muss allerdings zugeben, dass man es mir nicht auf den ersten Blick ansieht."

Grace musterte ihn eindringlich. Dann schüttelte sie den Kopf. „Nun, du kannst ihr von mir ausrichten, dass sie gute Arbeit geleistet hat."

*Einfach sexy*

„Danke, das hört sie sicher gerne. Überhaupt freut sie sich, wenn sie etwas über das Leben um sie herum erfährt."

Grace horchte überrascht auf. Es war das erste Mal, dass er freiwillig von seiner Familie erzählte. Schnell hakte sie nach: „Das klingt, als lebte sie im Gefängnis."

„Die offizielle Bezeichnung der Einrichtung lautet ,Heim für betreutes Wohnen'. Nur leidet meine Mutter an einer unheilbaren Augenkrankheit und kommt daher kaum mehr unter die Leute."

Grace fiel auf, mit wie viel Wärme er von seiner Mutter sprach. Noch ein Punkt zu seinen Gunsten, fand sie. „Aber du besuchst sie regelmäßig?"

„Natürlich, jeden Sonntag und wann immer es meine Zeit sonst erlaubt."

„Du bist wirklich etwas ganz Besonderes", sagte Grace mehr zu sich selbst. Erst die Jugendlichen im Park, jetzt seine Mutter. Dieser Mann hat wirklich ein Herz aus Gold. Sie fühlte, dass sie viel mehr für ihn empfand als körperliche Anziehung.

„Du aber auch", erwiderte er.

„Wie bitte?"

„Na, du hast deine Fragetechnik in Rekordzeit verbessert."

„Schon wieder ein Kompliment! Hast du noch mehr davon?" Grace wusste, dass sie schamlos nach Lob heischte, aber was hatte sie schon zu verlieren? Ihrem Selbstbewusstsein konnte es nur gut tun.

„Lass mich nachdenken, dann fällt mir sicher noch was ein ... Genau, wie wär's damit: Du bist eine umwerfende Frau."

Grace' Herz tat einen Sprung. Dieser Mann war der Erste, der ihr das Gefühl vermittelte, dass er sie als eigenständige Person respektierte. Anders als alle anderen Männer, die Grace kennen gelernt hatte, war Ben Callahan

397

grundehrlich. Ihm durfte sie glauben, wenn er versicherte, dass weder ihre Herkunft noch ihr Vermögen eine Rolle spielten.

Mit einem harten Ruck blieb der Zug stehen. Grace verlor das Gleichgewicht und landete an Bens Brust. Sofort legte er schützend den Arm um sie, und in seinen Armen geborgen, eingehüllt in seinen Duft, fragte Grace sich für einen Moment, wer hier wen verführte.

„Wir sind da! Raus mit dir!"

Mit zitternden Fingern strich Grace ihren Rock glatt, dann stieg sie hastig aus und wartete mit klopfendem Herzen am Bahnsteig auf Ben. Er verkörperte das krasse Gegenteil von allem, was sie von früher kannte. Mit seinem Dreitagebart, der zerrissenen Jeans und dem ausgeleierten T-Shirt sah er aus wie ein Revoluzzer. Er verkörperte alles, wonach sie sich so lange gesehnt hatte, aber nie den Mut aufgebracht hatte, danach zu greifen. Bis jetzt.

Nervös fuhr sie mit der Zunge über die Lippen und stellte sich vor, sie könnte statt des Lippenstifts Bens Mund schmecken. Erwartungsvoll blickte sie ihm entgegen. Sie war nicht der Mensch, der sich auf Beziehungen für eine Nacht einließ, auch wenn sie das vor Ben behauptet hatte. Trotz seines blendenden Aussehens hätte sie sich niemals ernsthaft für Ben interessiert, wenn sie entdeckt hätte, dass sich hinter der hübschen Fassade ein mieser Charakter verbarg.

„Dann nichts wie los", meinte sie, und hoffte, dass ihre Stimme nicht verriet, wie nervös sie eigentlich war.

„Grace!" Beruhigend tätschelte Ben ihre Hand. „Du bist zu nichts verpflichtet. Du hast schon genug für mich getan. Du hast mich als deinen neuen Nachbarn willkommen geheißen und in deine Wohnung eingeladen."

Grace holte tief Luft und erteilte der neuen, vorlauten

*Einfach sexy*

Grace das Wort. „Deshalb bist zur Abwechslung mal du dran, oder? Willst du mich nicht endlich in dein Bett einladen?"

## 7. KAPITEL

Unter lautem Dröhnen fuhr der Zug ab, und Grace und Ben blieben allein am Bahnsteig zurück. Sanft nahm Ben ihre Hand. Ihre Handflächen waren klamm, aber das war das einzige Anzeichen, dass auch Grace nervös war. Sie wollte ihn, aber sie war sich über seine Gefühle nicht im Klaren, das spürte er. Höchste Zeit, ihr Gewissheit zu verschaffen. Stürmisch legte er die Arme um sie und hob sie hoch.

„Was soll denn das?" rief sie ungehalten, doch sie lächelte dabei.

Ben konnte den Blick nicht von ihren vollen Lippen wenden. „Das ist die Antwort auf deine Frage. Ich will nichts lieber, als dich in mein Bett einladen, und zwar so schnell wie möglich." Er senkte den Kopf und küsste sie.

Grace erwiderte den Kuss erst zögerlich, dann immer leidenschaftlicher. Ihre Lippen waren warm und feucht. Sie öffnete den Mund und fuhr mit der Zunge über Bens Lippen. Bei jeder Berührung zuckte ein Stromstoß durch seine Lenden.

Wenn Ben gehofft hatte, dass ihn dieser Kuss von seiner Begierde erlösen würde, so hatte er sich getäuscht. Er konnte gar nicht mehr aufhören, Grace' Mund zu erforschen. Nur die Tatsache, dass sie immer noch auf dem Bahnsteig standen und öffentliches Aufsehen erregten, bewegte ihn dazu, sich von Grace' Lippen zu lösen. Widerstrebend hob er den Kopf.

„Mmm, nicht schlecht für den Anfang." Grace konnte kaum mehr sprechen. Ihre Stimme klang heiser.

„Ich hab auch mein Bestes gegeben."

Plötzlich legte Grace den Kopf zurück, sah ihn scharf an und fing an zu lachen. „Ich werd verrückt", rief sie, „er hält tatsächlich!" Mit den Fingerspitzen zog sie die Konturen

*Einfach sexy*

von Bens Lippen nach und entfachte ein Feuerwerk an Gefühlen in seinem ohnehin schon empfindlichen Körper.

„Wovon sprichst du?"

„Von meinem Lippenstift, Ben. Ich habe ihn extra für dich gekauft, mit gewissen Hintergedanken natürlich. Die Hersteller werben nämlich damit, dass er nicht abfärbt. Und das hat sich eben bestätigt!"

Immer noch, wie um ihn zu necken, ruhte ihr Zeigefinger federleicht auf seiner Unterlippe. Da konnte Ben sich nicht mehr zurückhalten. Er öffnete den Mund, schloss die Lippen um den Finger und begann sanft daran zu knabbern, bis er den salzigen Geschmack ihrer Haut kostete.

„Lass uns von hier verschwinden", flüsterte Grace.

„Gute Idee." Unter den erheiterten Blicken der Umstehenden machte sich Ben, der Grace noch immer auf Händen trug, auf den Weg zum Ausgang. Möglich, dass er mit seiner Ritterlichkeit etwas übertrieb, aber diese Frau trieb ihn zum Äußersten.

Mit einiger Mühe quetschte er sich mit seiner süßen Last durch das Drehkreuz und erreichte über eine kurze Treppe endlich das Tageslicht.

„Lass mich runter", protestierte Grace. „Ich kann selbst laufen."

„Keine Chance!" Nicht, wenn sie so spärlich bekleidet war, dass alle Männer, egal welchen Alters, die an ihnen vorübergingen, sie mit Blicken förmlich verschlangen. Grace hatte mit ihrer kleinen Komödie einen tief verwurzelten Instinkt in ihm geweckt. Sie hatte das alles eingefädelt, um ihn zu verführen, jetzt musste sie auch mit den Konsequenzen leben. Bis zu ihrer Wohnung war es nicht weit, und je schneller sie dort eintrafen, desto besser.

„Na gut, wenn du darauf bestehst, dann lass ich mich gerne verwöhnen", erwiderte Grace und zerzauste sein Haar.

401

„Genau das habe ich vor", flüsterte Ben mit einem zweideutigen Lächeln.

Grace verstand die Anspielung und schmiegte ihren Kopf an seine Schulter. Ihr Haar duftete ganz frisch. Ihre Haut war warm und seidig, und ihr heißer Atem streifte seine Wange. Mit einem wonnigen Schauer dachte Ben an das, was sie zu Hause erwartete ...

Von dieser Vorstellung beflügelt, betrat er mit seiner Last die Eingangshalle ihres Apartmentgebäudes und stürmte mit großen Schritten an der Portiersloge vorbei. Der Dienst habende Pförtner blickte ihnen fassungslos nach.

„Meinen Ruf hast du jetzt rettungslos ruiniert", meinte Grace kichernd.

Ben lachte. „Aber mich nennt man von nun an sicher den Casanova des Gebäudes."

„Das wirst du mir büßen."

„Versprich mir nicht zu viel."

Der Lift wartete schon auf sie, und kaum hatten sich die Türen geräuschlos hinter ihnen geschlossen, drückte sich Grace enger an Ben und begann an seinem Ohrläppchen zu knabbern. Ihm wurde fast schwindlig vor Lust, seine Erregung wuchs ins Unermessliche. Sein Herz raste wie wild, und als der Aufzug sie auf der richtigen Etage entließ, konnte er kaum noch atmen vor Aufregung.

„Gehen wir zu mir?" fragte Grace leise.

„Gerne, meine Wohnung ist längst nicht so gemütlich." Er zog es vor, Grace an einem Ort zu lieben, wo ihn nichts an das Täuschungsmanöver erinnerte, das er in diesem Augenblick vollführte. Schnell schob er den unangenehmen Gedanken beiseite.

„Hast du die Schlüssel?" fragte er.

Grace biss sich auf die Lippen. „Ich hab nicht abgeschlossen", flüsterte sie schuldbewusst. „Kannst du mir vielleicht verraten, wo ich in diesen Klamotten meine

*Einfach sexy*

Schlüssel hätte aufbewahren sollen? Ich bin davon ausgegangen, dass du meine Wohnungstür von einer Videokamera überwachen lässt."

Ihre Worte erinnerten ihn unliebsam an seinen Auftrag. „Verlass dich lieber nicht auf mich", murmelte er verlegen und drückte die Klinke.

„Halt!"

Überrascht sah er sie an. Was mochte sie noch auf dem Herzen haben? „Hast du es dir anders überlegt?" So bedauerlich das auch wäre, es würde Ben eine Menge Schwierigkeiten ersparen.

Grace verneinte energisch. „Ich habe das alles natürlich genau geplant", gestand sie, und Ben bemerkte, dass ihre Wangen glühten. „Das ist dir sicher nicht entgangen. Aber das soll nicht bedeuten, dass ich ständig Männer aufreiße, verstehst du? Es mag abgedroschen klingen, aber für mich ist es wichtig, dass du mir morgen früh noch in die Augen sehen kannst."

„Mach dir deswegen keine Sorgen, Gracie." Ben musste sich eher mit dem Problem herumschlagen, ob er sich selbst am nächsten Tag noch im Spiegel betrachten konnte. Dennoch stieß er die Tür auf und trat in das kleine Apartment.

Was für eine Überraschung! Der Raum war abgedunkelt, aber überall brannten Kerzen und verbreiteten ihr geheimnisvolles Licht. Ein himmlischer Duft stieg ihm in die Nase. Was es war, wusste er nicht, aber es stieg ihm zu Kopfe und vergrößerte seine Begierde.

„Das ist unglaublich", hauchte er Grace ins Ohr. Er konnte sich nicht erinnern, dass sich eine Frau für das erste Beisammensein mit ihm jemals so viel Mühe gegeben hatte. Vorsichtig ließ er Grace aus seinen Armen gleiten, hielt sie aber fest an sich gepresst, um sie spüren zu lassen, wie sehr er sie begehrte.

„Du aber auch", flüsterte Grace und schmiegte sich an

403

seinen Körper. Eine prickelnde Hitze machte Ben das Nachdenken unmöglich, das Blut rauschte laut in seinen Ohren. Wenn er noch Bedenken gehabt hätte, in diesem Augenblick hätten sie sich aufgelöst.

„Wie schön du alles arrangiert hast." Er hob die Hand und löste ihre raffinierte Frisur. Was für ein Genuss, endlich in der seidigen Flut ihres Haares zu wühlen.

„Danke. Der Portier hat die Kerzen angezündet, während wir unterwegs waren. Deshalb war auch die Tür nicht abgeschlossen."

Grace trat einen Schritt zurück und griff nach Bens Hand. Es gefiel ihm gar nicht, dass er ihren Körper nicht mehr spüren durfte, aber er ließ sich willig tiefer in die Wohnung hineinführen.

Das flackernde Licht der Kerzen schuf eine warme und intime Atmosphäre im Raum. Die Fenster waren abgedunkelt, doch durch kleine Spalten in den Jalousien konnte man erahnen, dass draußen inzwischen die Dämmerung hereingebrochen sein musste. Bens Atem ging schnell, und mit jedem Zug sog er mehr von dem berauschenden Duft ein, der in der Luft lag.

Grace zog ihn zu einem kleinen Tisch, wo sie alles aufgereiht hatte, was nur irgendwie dazu dienen konnte, das Liebesspiel noch reizvoller zu gestalten. „Hier findest du alles, was die Sinne betört", erklärte sie. „Bitte bedien dich."

Aber Ben hatte keine zusätzliche Anregung nötig. Er war Grace vom ersten Augenblick an verfallen und musste seine Leidenschaft nicht durch irgendwelche Hilfsmittel anstacheln. Ohne einen weiteren Blick auf das Tischchen schloss er Grace in die Arme und küsste sie mit einer Intensität, die selbst Grace überraschte. Ihre Lippen empfingen ihn mit einer Wärme, die ihm fast die Sinne raubte. Nur mit Anstrengung konnte er sich lösen, um den Ver-

*Einfach sexy*

schluss von Grace' Oberteil zu öffnen. Langsam streifte er es über ihre Schultern und ließ es zu Grace' Füßen auf den Boden fallen. Schließlich wagte er es, den Blick auf Grace zu richten.

Ihre vollen Brüste schienen den cremefarbenen BH aus feinster Spitze fast zu sprengen. Der Schein der Kerzen verlieh dem seidigen Material einen unwirklichen Glanz. Ben hatte beinahe den Eindruck, das edle Stück wäre durchscheinend, denn die harten dunklen Spitzen von Grace' Brüsten zeichneten sich deutlich darunter ab. Schwer atmend hob er die Hand, um den dunklen Hof unter dem glatten Stoff nachzufahren. Immer wieder kreisten seine Finger über die spitze Erhebung.

Grace beobachtete ihn unverwandt. Auf ihrem Gesicht spiegelte sich blanke Begierde. Ben zwang sich, ruhig zu bleiben, um ihren Genuss nicht zu stören. Was er in diesem Moment empfand, hatte er noch nie zuvor gefühlt.

Schließlich umschloss er beide Brüste mit den Händen. Grace gab einen leisen Laut von sich, schloss die Augen und ließ die Hand langsam an Bens Körper entlanggleiten, bis sie sie auf den Reißverschluss seiner Jeans legte und Bens Erregung fühlte. Fest presste er die Hüften in ihre Handfläche. Immer noch standen sie neben dem Tischchen, aber nichts hätte in diesem Augenblick ihre Leidenschaft zu steigern vermocht.

Aufreizend langsam zog Grace Bens T-Shirt aus der Jeans. Sie ließ sich Zeit, kostete die Verzögerung aus, doch Ben konnte sich kaum noch zurückhalten. Ihre Finger streiften über seinen Brustkorb und seine Schultern. Dann hatte sie ihm das Hemd auch schon über den Kopf gezogen und warf es hinter sich. Nun neigte sie den Kopf und begann seine nackte Brust mit heißen, feuchten Küssen zu bedecken. Überall dort, wo die weichen Lippen oder ihre scharfen Zähne seine Haut berührten, setzten sie kleine

405

Wellen der Erregung frei, die sich durch Bens Körper bis in seine Lenden ausbreiteten.

Länger konnte er diese Qualen nicht ertragen. Er tastete nach dem Haken an Grace' BH und öffnete ihn. Endlich konnten sich seine Augen am Anblick ihrer vollen Brüste weiden, seine Finger sie ertasten und seine Lippen die dunklen Spitzen liebkosen, bis Grace vor Lust erzitterte. Ihre Finger suchten Halt in seinem Haar und drückten seinen Kopf fest gegen ihre Brust mit der stummen Bitte weiterzumachen. Ben tat ihr den Gefallen. Es erregte ihn zu beobachten, wie sie unter seiner Berührung in immer größere Ekstase geriet, bis sie sich schließlich kaum mehr auf den Beinen halten konnte. Sie taumelte.

„Sachte, sachte", murmelte Ben und nahm sie auf die Arme, ehe sie stürzte. „Wohin jetzt?"

Grace klammerte sich an ihn. Ihre Brüste rieben sich an seinem entblößten Oberkörper. „Wenn du willst, ins Schlafzimmer", flüsterte sie. „Aber es ist ein weiter Weg bis dahin. Zu weit für mich."

Mit einem rauen Lachen stellte Ben sie auf die Füße und half ihr, sich auf dem dicken Teppich auszustrecken. Dann ließ er sich behutsam auf ihr nieder. „Jetzt hast du's geschafft, meine Kontrolle zu durchbrechen, Gracie."

„Wurde auch langsam Zeit."

Mit hastigen Bewegungen knöpfte Grace seine Jeans auf und versuchte ihm die Hose zusammen mit dem Slip von den Beinen zu streifen. Zunächst verhaspelte sie sich dabei, aber mit seiner Hilfe hatte sie es bald geschafft. Endlich waren alle Barrieren beseitigt, und Grace konnte Ben von Kopf bis Fuß betrachten. Es war nicht zu übersehen, dass er sie mindestens ebenso sehr begehrte wie sie ihn. Ihr Herz klopfte zum Zerspringen.

Ben richtete sich auf. Ohne die Augen von Grace zu nehmen, tastete er nach dem Bund ihres Rockes und zog ihr

*Einfach sexy*

das Kleidungsstück vom Körper. Jetzt bedeckte nur noch ein Tangahöschen aus Seide ihre Blöße.

„Wenn ich geahnt hätte, was du drunter anhast, wären wir niemals aus der U-Bahn gekommen", murmelte er. Er schob die Hand unter das hauchdünne Material und begann Grace mit langsamen Bewegungen zu streicheln. Allmählich steigerte er den Rhythmus der Berührung, wurde schneller und immer drängender, bis Grace schließlich von einer Welle der Lust erfasst wurde und laut aufstöhnte.

Ben wartete, bis sie wieder zu Atem kam, dann begann er von neuem mit seiner erregenden Massage. Grace ließ es geschehen, obwohl sie bezweifelte, dass sie Ähnliches ein zweites Mal erleben konnte. Doch es schienen Zauberkräfte in seinen Händen zu schlummern. Mühelos erreichte sie erneut einen Höhepunkt von ungeahnter Kraft.

Ermattet lag sie schließlich da und betrachtete staunend diesen Mann, der ihr zu solch einzigartigen Empfindungen verholfen hatte. Sie merkte, dass er sie mit liebevollem Blick ansah, dann fühlte sie, wie sich seine Finger von neuem regten, und schon wieder überlief sie ein Schauer der Erregung.

„Noch einmal?" fragte sie ungläubig.

Ben schüttelte den Kopf. „Gemeinsam", flüsterte er. Seine Stimme war rau und kehlig, und ihr Klang jagte Wonneschauer durch Grace' Körper. Er setzte sich auf, beugte sich vor und presste seine warmen Lippen auf das Dreieck aus zartem Stoff, das an ihren Hüften klebte. Dann riss er es ihr mit einem Ruck von Leib. Er tastete nach einem der Kondome, die Grace vorsorglich ebenfalls auf dem Tisch bereitgelegt hatte, zerfetzte die Folie mit den Zähnen und streifte es sich über. Binnen weniger Sekunden lagen seine Hände wieder heiß auf ihren Schenkeln.

Grace hatte jede seiner Bewegungen gespannt verfolgt. Sie zitterte unkontrolliert und rief leise seinen Namen.

407

Ben verstand. Er streichelte ihre Schenkel, dann wanderten seine Hände immer höher und höher, bis sie schließlich die empfindsamste Stelle von Grace' Körper erreichten. Er beugte sich über Grace und küsste sie zärtlich. Dann drang er in sie ein.

Grace wagte kaum zu atmen. Ihre Körper klebten aneinander, untrennbar schienen sie ineinander verschmolzen. Sie hatte das Gefühl, als hätte Ben in diesem Augenblick nicht nur von ihrem Körper, sondern auch von ihrem Herzen Besitz ergriffen.

Ben musste Ähnliches empfinden, denn auch er verharrte zunächst regungslos. Schließlich aber siegte die Begierde. Er fühlte, wie Grace erschauerte, und wappnete sich innerlich.

„Tu mir einen Gefallen", hörte er da plötzlich Grace' Stimme ganz dicht an seinem Ohr. „Ich möchte, dass wir uns aufsetzen."

Überrascht sah er sie an.

„Bitte, Ben, vertrau mir."

Mit viel Geschick gelang es ihnen, sich zum Sitzen aufzurichten, ohne sich voneinander zu lösen. Grace saß rittlings auf Bens Schoß und hatte die Beine um seine Taille geschlungen. Ihre Brust berührte seinen Oberkörper, die Spitzen rieben über seine Haut. Für Ben war das eine völlig neue Position, die ihm bislang ungeahnten Genuss verschaffte.

„Wer dich zum ersten Mal sieht, käme nie auf den Gedanken, dass du solche Überraschungen parat hast", meinte er und strich ein paar Strähnen aus Grace' Gesicht.

Auch Grace schien überrascht von der Intensität der Gefühle, die in dieser Stellung möglich war. Sie errötete. „Ich habe zufällig in einer Zeitschrift darüber gelesen. Aber ich hätte nicht gedacht, dass es so fantastisch ist." Verlegen biss sie sich auf die Unterlippe.

*Einfach sexy*

„Mach mir nichts vor, mein Liebling. Ich fühle mich sehr geschmeichelt, dass du dich auf unsere Begegnung so gut vorbereitet hast." Genüsslich knabberte Ben an Grace' Lippen. Auch das war ein Vorteil der Stellung, die sie vorgeschlagen hatte: Ihr Gesicht war nur wenige Zentimeter von seinem entfernt.

Grace schlang die Arme um seine Taille. Ihre Pupillen waren geweitet, ihr Körper bebte – sie war für ihn bereit. Auch Ben konnte seine Leidenschaft kaum mehr zügeln und presste die Hände auf ihre Brüste. In diesem Augenblick bog Grace den Oberkörper weit zurück, um Ben noch tiefer in sich aufzunehmen. Sie stöhnte laut, warf den Kopf zurück und ließ die Hüften in immer wilderen Bewegungen kreisen. Ihre Ekstase riss Ben mit. Er ließ alle Hemmungen fallen und konzentrierte sich ganz auf den Rhythmus ihrer Körper. Plötzlich erfasste ein Schauer Grace' Körper, der auf Ben übergriff und ihn mitriss. Der Höhepunkt überwältigte sie beide.

Eine Weile hielten sie einander danach schwer atmend in den Armen. Grace war es, die das Schweigen schließlich brach. „Unglaublich", stieß sie hervor.

Ben wusste keine Erwiderung. Es war in der Tat eine unbeschreibliche Erfahrung für ihn gewesen, nicht zu vergleichen mit allem, was er bisher erlebt hatte. Genauso neu für ihn war, dass er jetzt, nachdem sein Körper befriedigt war, immer noch sehr starke Gefühle für Grace empfand, Zuneigung und Zärtlichkeit zum Beispiel, und noch vieles andere mehr, das er gar nicht erst lange ergründen wollte.

Bewusst zwang er sich zu einem lockeren Tonfall. „Stets zu Diensten, Gnädigste." Er wollte sich erheben, doch Grace hielt seine Taille fest umklammert. Sofort regte sich sein Körper von neuem.

„Lauf nicht gleich weg. Keine Sorge, ich erwarte nicht mehr von dir als vielleicht eine Wiederholung dessen, was wir eben gemeinsam erlebt haben ... Aber, um ehrlich zu sein, auch das wird schon ziemlich schwierig werden", meinte sie und kicherte.

„Ja, es war unvergleichlich", gab Ben zu. Doch statt froh zu sein, weil Grace es ihm so einfach machte, ärgerte er sich fast ein wenig über die Freiheit, die sie ihm ließ.

„Pass auf, warum entspannst du dich nicht und genießt den Rest des Abends? Oder hast du Angst, dass dich mein Vater gleich morgen mit vorgehaltenem Gewehr vor den Altar schleppt, weil du seine Tochter verführt hast?"

Ben stimmte in ihr Lachen ein, auch wenn ihn ihre Worte keineswegs beruhigten. Sie zwangen ihn auf schmerzliche Art, sich wieder auf die Kluft zu besinnen, die zwischen ihnen herrschte. Ihr Vater würde sie ihm nicht einmal dann zur Frau geben, wenn er sie entehrt hätte. Außerdem waren da noch die Lügen, mit denen er sich in ihr Leben eingeschlichen hatte und die sie ihm niemals würde verzeihen können.

Heftig schüttelte Ben den Kopf. Solche Gedanken passten gar nicht zu ihm. Warum konnte er nicht einfach den Augenblick genießen, ohne sich Sorgen um die Zukunft zu machen?

„Was ist los, Ben?"

„Nichts", log er und legte den Arm um sie. „Ich habe mir nur eben vorgestellt, was wir noch für Möglichkeiten haben. Wie wär's zum Beispiel mit einer Dusche?" Ben deutete auf die Fläschchen und Tuben, die auf dem kleinen Tisch standen.

Grace konnte aufatmen. „Hab ich's mir doch gedacht, dass du dich ganz leicht überreden lässt", triumphierte sie.

*Einfach sexy*

## 8. KAPITEL

Dicke Dampfwolken, die den betörenden Duft von Jasmin verströmten, hüllten das kleine Bad in dichten Nebel. Grace konnte kaum die Hand vor Augen sehen. Tief atmete sie das Parfüm ein, bis sie in eine Art Rausch verfiel und in den Nebelschwaden erregende Bilder ausmachte, die alle auf irgendeine Art mit Ben zu tun hatten. Nicht dass Grace es nötig gehabt hätte, ihren Appetit auf Ben künstlich zu stimulieren. Nein, diese Fantasien steigerten nur die gespannte Vorfreude auf die Genüsse, die Ben ihr versprochen hatte.

Warum war ihnen nur so schrecklich wenig Zeit gegönnt? Grace wurde es angst und bange, wenn sie daran dachte, wie Ben sie vorhin angesehen hatte. Die Panik in seinen Augen! Mit diesem Blick hatte er das letzte Fünkchen Hoffnung erstickt, das Grace allen widrigen Umständen zum Trotz für ihre Beziehung gehegt hatte. Ben war drauf und dran gewesen, sie zu verlassen.

Sie hatte keinen blassen Schimmer, warum er sich so gegen eine feste Bindung sträubte, aber sie hatte sofort erkannt, dass sie ihn keinesfalls drängen durfte. Wenn sie ihn nicht verlieren wollte, musste sie ihm zu verstehen geben, dass sie seine Gefühle respektierte. Die locker dahingesagten Worte, mit denen sie ihn daraufhin freigegeben hatte, wollten ihr in Wahrheit fast nicht über die Lippen kommen. Aber der Einsatz hatte sich gelohnt: Ben war immer noch da. Jetzt hieß es herausfinden, was hinter seinen Ängsten steckte. Wie gut, dass sie gerade erst einen Schnellkurs in Sachen Ermittlungstechnik absolviert hatte.

„Ich bin so weit", rief sie durch die halb geöffnete Tür. Ben war im Wohnzimmer zurückgeblieben, um die Kerzen auszublasen. Er hatte etwas über Brandgefahr gemurmelt, eine ziemlich fadenscheinige Ausrede, die Grace sofort durchschaut hatte. Aber wenn er Zeit brauchte, um sich zu sammeln, würde sie sie ihm gerne gewähren.

Als Ben das Bad betrat, stand Grace bereits unter der Dusche. Selbst durch den mit silbernen Sternen übersäten Duschvorhang konnte Grace deutlich erkennen, dass er einen viel ruhigeren Eindruck machte als noch vor wenigen Minuten, und sie atmete erleichtert auf. Nun konnte sie das „Notfallprogramm", das sie sich insgeheim zurechtgelegt hatte, um ihn auf andere Gedanken zu bringen, für ein andermal aufheben.

Bens Körper zog ihre Blicke magisch an. Seine Art, sich zu bewegen, die erotische Ausstrahlung, die ihn wie eine Aura umgab, hatte sie von Anfang an fasziniert. Aber sie wollte mehr als ihn nur betrachten. Es kribbelte und zuckte in ihren Händen. Sie sehnte sich danach, endlich seine muskulösen Beine berühren zu dürfen, mit den Händen an ihnen entlangzuwandern und die Finger in dem Dreieck aus dunklen Haaren zu vergraben, das seine harte Männlichkeit umgab.

Lass ihn glauben, dass alles nur ein Spiel ist, ermahnte sie sich und unterdrückte ihre Begierde. Sie streckte die Hand durch die Öffnung im Duschvorhang und winkte ihn heran.

Ben schob den Duschvorhang beiseite und stellte sich zu ihr unter den prasselnden Strahl. Seine Augen brannten vor Leidenschaft, als er Grace von oben bis unten betrachtete. Dann umfing er ihre Taille mit beiden Händen und zog sie wie selbstverständlich an sich. Da mochte er noch so oft beteuern, keine feste Bindung eingehen zu wollen – diese Geste strafte ihn Lügen.

„Wenn du vor mir stehst, gehen alle guten Vorsätze flöten. Ich kann einfach nicht die Finger von dir lassen", gestand er verlegen.

„Ist mir auch schon aufgefallen, dass deine Taten nicht so ganz zu deinen Worten passen."

*Einfach sexy*

Ben lachte. „Ach ja? Kannst du mir ein Beispiel nennen?"

Grace wurde rot und schwieg verlegen. Dass aber auch jeder Versuch, ihn aus der Reserve zu locken, misslingen musste! Gib's einfach auf, schalt sie sich. Eine Meisterdetektivin wirst du nie.

„Na ja, lassen wir das Thema. Wir haben Besseres zu tun." Ben beugte sich über Grace und begann die Wassertropfen auf ihrem Nacken und ihren Schultern abzulecken. Sie erschauerte, als sein Mund über ihre Brust wanderte, sich schließlich um eine der steil aufgerichteten Spitzen schloss und dort verweilte.

Brennend heiße Reize jagten durch Grace' ganzen Körper und sammelten sich an einer Stelle zwischen ihren Schenkeln. Ben schlang die Arme noch fester um ihre Taille, als wüsste er, dass ihre Knie gleich nachgeben würden. Er drehte sie herum und brachte sie mit sanftem Druck dazu, sich hinzusetzen und mit dem Rücken gegen die Wanne zu lehnen. Dann ging er selbst vor ihr in die Hocke.

Gespannt wartete Grace, was er als Nächstes tun würde. Sie dachte an die anderen Männer, mit denen sie vor Ben zusammen gewesen war. Von jedem hatte sie geglaubt, sie würde ihn lieben. Und immer hatte sie sich schnell eines Besseren belehren lassen müssen. Aber mit Ben war das etwas anderes. Sie stand ihm näher als je einem Mann zuvor. Nur weil sie tiefer für ihn empfand als für jeden anderen, vertraute sie ihm. Nur deshalb gab sie sich ihm bedingungslos hin und erlebte mit ihm Momente, die sie sich niemals hätte vorstellen können.

„Fasst du immer so leicht Vertrauen zu einem Menschen, Grace?" fragte Ben leise.

Grace sah ihn aus großen Augen an. „Erwartest du eine ehrliche Antwort?"

Ben wich zurück. „Warum sollte ich sonst fragen?" meinte er nach kurzem Zögern.

Seine Reaktion erboste Grace. Sie fuhr ihn an. „Das hättest du wohl gerne: Ich soll aufrichtig sein, aber du weichst allen ehrlichen Antworten aus. Hältst du das für fair?"

„Reg dich doch nicht gleich so auf!" Ben schüttelte amüsiert den Kopf, dass seine langen Haare flogen. „Ein Vorschlag zur Güte: Wenn du meine Frage beantwortest, darfst du mich später nach allen Regeln der Kunst ausquetschen."

Lange ließ sich Grace seinen Vorschlag durch den Kopf gehen. Wollte er sie für dumm verkaufen? Natürlich würde er später hunderttausend Ausreden erfinden, um sich um seinen Teil der Abmachung zu drücken.

„Überleg's dir gut, Grace, aber zögere nicht zu lange. Auf die Dauer wird's ganz schön kühl hier drin."

Ben hatte die ganze Zeit über Grace' Brust gestreichelt. Bei seinen letzten Worten wurde die Berührung drängender, und Grace, die wusste, dass sie bald keinen klaren Gedanken mehr würde fassen können, sah sich zu einer Entscheidung gezwungen.

„Na gut, hör zu! In der Regel bin ich sehr misstrauisch anderen gegenüber. Aber bei dir ist das anders. Du bist der Erste, der auf meine Gefühle eingeht."

Behutsam strich ihr Ben das feuchte Haar aus dem Gesicht. „Was für Trottel hast du denn bisher kennen gelernt?"

In seiner Stimme schwang so viel Empörung mit, dass Grace schmunzeln musste. „Du bist der Erste, der mich als eigenständige Person wahrnimmt und nicht nur den Namen und das Vermögen der Montgomerys sieht. Du bringst so viel Positives in mir zum Vorschein ..." Sie konnte nicht weitersprechen, denn Ben hatte sich vorgebeugt und verschloss ihre Lippen mit einem leidenschaftlichen Kuss.

Grace hatte den leisen Verdacht, dass Ben sie absichtlich am Weitersprechen hindern wollte, aber insgeheim war sie

*Einfach sexy*

ganz froh darüber. Sie war drauf und dran gewesen, ihm ihre verborgensten Sehnsüchte anzuvertrauen, und das hätte sie hinterher vermutlich bitter bereut.

Schließlich löste sich Ben von ihr. Er setzte sich und zog sie auf seinen Schoß. Diesmal wandte sie ihm den Rücken zu.

„Sitzt du bequem?" flüsterte er in ihr Ohr.

Grace nickte. Ihr Herz klopfte bis zum Hals, und ihr ganzer Körper vibrierte vor Erwartung. Sie lehnte sich an ihn und spürte seine Wärme und seine Erregung.

„Vertrau mir, Grace, entspann dich."

Grace atmete fest aus und versuchte, sich ganz locker zu machen. Sie ließ sich an seine Brust sinken und lauschte dem Pochen seines Herzens. Ganz warm und wohlig wurde ihr dabei, sie fühlte sich sicher und geborgen bei ihm. Ja, sie vertraute ihm mehr, als gut für sie war.

„Bist du bereit?"

„Wofür?"

„Wart's ab." Vorsichtig rutschte Ben auf dem Wannenboden vorwärts, bis die Wassertropfen genau auf das samtene Dreieck zwischen Grace' Schenkeln prasselten.

Grace erschrak und wollte sich im ersten Moment gegen die Empfindung verschließen, aber Ben bremste sie.

„Entspann dich", hauchte er ihr noch einmal ins Ohr, „genieß es." Dabei strich er sanft und beruhigend über ihre Schenkel.

Grace ließ ihn gewähren, sie hatte ja versprochen, ihm zu vertrauen. Sie schloss die Augen und konzentrierte sich ganz auf die Wasserperlen, die auf ihren Körper rieselten, und auf die immer drängenderen Liebkosungen ihres Geliebten. Völlig neue Gefühle setzten ein, ein Ziehen und Pulsieren – sie glaubte vor Lust zerspringen zu müssen.

Sie reagierte kaum, als Ben sie beim Namen rief. „Lass

dich treiben", beschwor er sie. „Hör nur auf deinen Körper."

Gehorsam kam sie seinem Befehl nach. Etwas Vergleichbares hatte sie noch nie erlebt. Bens Berührung und der sanfte Druck des Wassers entfachten ein Feuerwerk an Gefühlen. Unbewusst wölbte sich Grace dem erregenden Druck entgegen, verlangte nach mehr, und Ben gab ihr alles, was er zu geben hatte. Ihr Körper wand sich und zuckte, bis sich ihre Anspannung in einem gellenden Schrei Luft machte. Schwer atmend lag sie in Bens Armen. Nur langsam kam sie wieder zur Besinnung, und die Nacht war noch lange nicht vorüber.

In ein weiches Badetuch gewickelt, ließ sich Grace von Ben ins Schlafzimmer tragen. Ausgelaugt, aber so glücklich wie noch nie, kuschelte sie sich an ihn und hätte am liebsten wie ein Kätzchen geschnurrt.

Ben dagegen haderte mit sich selbst. Wie hatte er nur so naiv sein können? Er hatte sich eingeredet, dass es genügte, Grace nicht in die Augen zu sehen, wenn er sie liebte, um zu verhindern, dass seine Gefühle für sie noch stärker wurden. Nun, jetzt wusste er es besser! Leider kam die Erkenntnis viel zu spät. Er war auf dem besten Wege, sich rettungslos in eine Frau zu verlieben, die er nach Strich und Faden belog.

Behutsam legte er Grace auf dem Bett ab und wollte den Raum verlassen.

Grace erschrak. „Wohin gehst du?" fuhr sie ihn an, und bedauerte im selben Atemzug ihren barschen Tonfall.

„Ich hol mir rasch ein Handtuch, ehe ich hier eine Überschwemmung verursache." So schnell er konnte, ging Ben ins Bad, riss ein Badetuch vom Haken und trocknete sich ab. Auf dem Rückweg entdeckte er im Wohnzimmer seinen Slip und streifte ihn hastig über, als

*Einfach sexy*

könnte ihn das dünne Baumwollgewebe vor seinen Gefühlen beschützen.

Grace erwartete ihn bereits ungeduldig. „Ich hätte dich nicht anfauchen dürfen", entschuldigte sie sich. „Ich hatte nur schreckliche Angst, dass du schon gehst, wo ich dich doch gerade bitten wollte ... die Nacht hier zu verbringen." Sie sah ihn flehend an. „Es würde mir sehr viel bedeuten."

Ben ließ sich ihren Vorschlag gründlich durch den Kopf gehen. Wenn ich nur diese eine Nacht mit ihr verbringe, heißt das noch lange nicht, dass ich mich zu irgendetwas verpflichte, versuchte er sich einzureden. Wenn er ganz ehrlich war, schreckte ihn der Gedanke an eine dauerhafte Bindung mit Grace nicht im Geringsten. Nur würde es niemals so weit kommen.

Schließlich nickte er bedächtig – und wurde mit einem strahlenden Lächeln belohnt. Grace war wunderschön, die schönste Frau, die Ben jemals gesehen hatte. Anders als bei den meisten kam ihre Schönheit jedoch von innen heraus, denn nicht einmal das verschmierte Make-up und ihr klitschnasses Haar, das strähnig in ihrem Gesicht klebte, konnten ihrer Schönheit in Bens Augen Abbruch tun.

„Du erwartest aber nicht im Ernst, dass ich das Bett mit einem nassen Frosch teile." Ben packte die Enden des Badetuchs, in das Grace sich eingewickelt hatte, und riss es ihr vom Leib. Dann begann er sie sorgfältig von Kopf bis Fuß abzutrocknen.

Grace kicherte genüsslich. „Daran könnte ich mich gewöhnen, Ben."

„Tu doch nicht so! In deinem luxuriösen Zuhause hattest du sicher deinen ganz persönlichen Leibeigenen, der auch für solche Dienstleistungen zuständig war."

„Da täuschst du dich ganz gewaltig. Wir hatten zwar ein ganzes Heer von Bediensteten für die allgemeinen Arbeiten, aber Emma wachte mit Argusaugen über Logan und mich. Wehe, einer von uns machte auch nur den Versuch, lästige Dinge wie Aufräumen auf die Dienstboten abzuwälzen."

Ben schmunzelte, als er sich die Szenen ausmalte, die sich da abgespielt haben mochten. Doch warum erzählte Grace nie von ihren Eltern? Er fragte sie danach, und sofort wurde Grace hellhörig.

Sie schob seine Hand beiseite und richtete sich auf. „Wenn ich offen zu dir sein soll, erwarte ich aber, dass du anschließend meine Fragen beantwortest."

„Versprochen! Schieß los!"

Grace holte tief Luft und begann ihre Geschichte. „Ich hatte nie ein inniges Verhältnis zu meinen Eltern. Ihnen bedeutet der Name Montgomery und alles, was damit verbunden ist – die Familientradition, das Geld –, mehr als die eigenen Kinder. Zu bestimmten Anlässen präsentierte mein Vater uns Kinder stolz der Öffentlichkeit, den Rest des Jahres aber kümmerte er sich nicht um uns. Mit fünfzehn wollte ich unbedingt Klassensprecherin werden. Ich dachte, dass ich auf diese Weise endlich Gnade vor den Augen meines Vaters finden würde. Wie dem auch sei, vor meiner Familie hielt ich meine Kandidatur geheim, denn ich wollte sie überraschen, wenn ich in das Amt gewählt war."

Ihre Stimme klang gepresst, und Ben machte sich Vorwürfe, weil er das Thema angeschnitten hatte.

„Irgendwie hat Dad trotzdem davon erfahren. Daraufhin hat er sich persönlich in der Schule für mich eingesetzt. Natürlich habe ich die Wahl gewonnen, aber ich war schrecklich enttäuscht, weil ich es nicht aus eigener Kraft geschafft hatte."

Ben traute seinen Ohren nicht. Die arme Grace! Kein Wunder, dass sie länger brauchte als andere, um die eigene Persönlichkeit zu entwickeln. Aber soweit er das beurteilen konnte, machte sie gute Fortschritte.

*Einfach sexy*

„Meinst du nicht, dass dich deine Mitschüler gewählt haben, weil sie dich für die fähigste Kandidatin hielten?"

„Nein, wieder einmal hat man den Namen gewählt, nicht die Person."

Sie schwiegen eine Zeit lang.

„Es tut mir Leid, dass ich an diese alte Wunde gerührt habe", meinte Ben schließlich sanft.

„Schon gut, ich bin froh, dass ich einmal darüber sprechen konnte. Außerdem hört es sich schlimmer an, als es war. Emma und Logan standen ja immer auf meiner Seite – he, was soll das?"

Ben war mit dem Badetuch bewaffnet über sie hergefallen. Unter dem Vorwand, sie trockenzurubbeln, stürzte er sich auf sie und hatte sie im Nu in eine übermütige Rangelei verwickelt.

„Ich weiß genau, was du vorhast", schimpfte Grace, die klar die Unterlegene war. „Du willst mich nur ablenken, weil du jetzt an der Reihe bist."

„Böswillige Unterstellung! Was erwartest du denn von einem Mann, der dich in all deiner Schönheit vor sich sieht?"

Behutsam zwang Ben Grace auf die Matratze und streckte sich neben ihr aus. Ganz schnell hatte er sie davon überzeugt, ihr Verhör noch eine Weile aufzuschieben. Diesmal liebten sie sich langsam und zärtlich, und Grace hatte das Gefühl, dass sie sich so nahe waren wie nie zuvor.

## 9. KAPITEL

*M*itten in der Nacht wachte Grace auf, weil sie fror. Sie waren vor Erschöpfung eingeschlafen, ehe sie unter die Decke kriechen konnten. Zunächst hatten sie sich gegenseitig gewärmt, dann aber hatte sie wohl den Schutz von Bens Körper verlassen und war von der Kälte geweckt worden.

„Alles in Ordnung?" murmelte Ben verschlafen.

„Mir ist nur kalt." Außerdem fehlst du mir, fügte sie für sich hinzu und schmunzelte. War es nicht lächerlich, einen Menschen zu vermissen, der sich nur eine Armeslänge entfernt befand?

In dem dämmrigen Licht, das im Schlafzimmer herrschte, nahm Grace Ben nur schemenhaft wahr. Sie konnte es immer noch nicht ganz glauben, dass ein attraktiver und zärtlicher Mann wie er sich zu ihr hingezogen fühlte.

„Dann schlüpf doch unter die Decke, Schatz."

„Gleich!" Sie rollte sich an die Bettkante, drehte sich auf den Bauch und tastete den Boden unter dem Nachttisch ab, bis sie das Fotoalbum fand, das sie gesucht hatte.

Ben stöhnte entsetzt auf. „Sag nicht, dass du schon ausgeschlafen hast!"

„Hab ich vergessen, dich zu warnen? Tja, so ist das eben: Ein paar Stündchen Ruhe, und schon bin ich zu neuen Taten aufgelegt."

„Denkst du dabei an etwas Spezielles? Unter Umständen ließe ich mich überreden mitzumachen."

Grace knipste die kleine Lampe neben ihrem Bett an und schlüpfte unter die Decke, die Ben für sie aufgeschlagen hielt.

„Nicht, was du schon wieder denkst, mein Lieber", erwiderte sie in vorwurfsvollem Ton. Sie zwang sich, ihn anzulächeln, obwohl ihr bei dem Gedanken, wie einsam es

*Einfach sexy*

schon bald ohne ihn sein würde, beinahe die Tränen kamen.

„Was hast du denn da?"

Verlegen drehte Grace das kleine Album in den Händen. Vielleicht war es ja doch keine gute Idee, ihm die Fotos zu zeigen, die sie im Park gemacht hatte. Wie kam sie überhaupt darauf, dass er sich für ihre Arbeit interessieren könnte? Dass er verstand, was sie antrieb? Sie beide verband doch nichts außer dieser einen kurzen Nacht, so leidenschaftlich die auch gewesen war. Zu mehr war Ben nicht bereit, das hatte er ihr sehr deutlich zu verstehen gegeben. Zum Kuckuck, warum musste sie sich ausgerechnet in so einen Kerl verlieben?

Verlieben?

Erschrocken drückte Grace das Album an sich und stammelte: „Ach, nichts Wichtiges."

„Zeig doch mal." Ben riss ihr die Mappe aus den Händen, öffnete sie aber nicht. „Fotos von dir?" fragte er, ohne das Album zu öffnen.

Grace nickte stumm.

„Sie bedeuten dir wohl sehr viel?"

„Mein ganzer Stolz. Sie beweisen, dass ich nicht völlig nutzlos bin." Sie zuckte hilflos die Achseln. „Oje, das klingt ziemlich dramatisch. Aber so empfinde ich eben."

„Darf ich sie sehen?"

„Es sind hauptsächlich Fotos von Kindern. Ich hab dir ja erzählt, dass ich für eine Organisation arbeite, die sich für Kinder armer Eltern einsetzt. Damit schlage ich zwei Fliegen mit einer Klappe: Ich kann einen kleinen Beitrag für diese Kinder leisten und kassiere gleichzeitig mein erstes Honorar als Fotografin." Sie lachte verlegen und fuhr fort: „Kinder faszinieren mich. Wenn sie spielen, vergessen sie die Welt rundum und sind ganz leicht zu fotografieren."

„Willst du selbst mal Kinder haben?"

421

„Vielleicht." Schnell wandte Grace den Blick ab. Sie wünschte sich nichts sehnlicher als eine große fröhliche Familie, und am liebsten zusammen mit Ben, dem Mann, der sich nicht binden wollte.

Sie räusperte sich und schlug das Album auf. „Sieh dir die Aufnahmen ruhig an. Von den besten mache ich Abzüge, die ich den Eltern schenke, damit sie sich später an die Zeit mit ihren Kindern erinnern können."

Ben rutschte näher. „Weißt du, du erinnerst mich an meine Mutter. Selbst als es uns finanziell wirklich schlecht ging und sie den ganzen Tag für andere schuften musste, konnte sie sich über eine Schneeflocke oder einen schönen Schmetterling freuen."

Grace wagte kaum zu atmen vor Überraschung. Soeben hatte Ben zum ersten Mal freiwillig etwas von sich selbst preisgegeben. Sanft berührte sie seinen Arm. „Jammerschade, dass sie die schönen Dinge bald nicht mehr sehen kann. Aber sie hat die Erinnerungen. Die werden sie niemals verlassen."

Überrascht und dankbar blickte Ben sie an. „Ich hätte wissen müssen, dass du mich verstehst."

„Hast du etwas anderes erwartet? Aber du hast deinen Vater noch nie erwähnt. Was ist mit ihm?"

„Er starb, als ich acht Jahre alt war. Herzinfarkt."

„Oh! ... Und ich dummes Ding jammere dir was vor, weil meine Eltern mich vernachlässigt haben."

„Schon gut."

Ben drückte sachte ihre Hand, und Grace erkannte mit einem Schlag, dass sie hier nicht nur Erinnerungen austauschten, sondern sich gegenseitig Trost spendeten. Ein unglaublich gutes Gefühl! Fast wie früher, wenn ihr Bruder nachts an ihrem Bett gesessen und sich ihre Kümmernisse angehört hatte. Aber das war lange her. Nun war sie erwachsen und hatte keine Schulter mehr, an der sie sich aus-

*Einfach sexy*

weinen konnte. Oder doch? Grace lehnte vorsichtig den Kopf an Bens Schulter und versuchte die Stimmen in ihrem Kopf zu überhören, die sie erbarmungslos daran erinnerten, wie hoffnungslos ihre Lage war.

Grace seufzte laut. „Du musst mich doch für total verrückt halten. Ich erzähle nur von Bediensteten und schicken Autos und beklage mich im gleichen Atemzug über meine schreckliche Kindheit. Aber glaub mir, es steckt ein Körnchen Wahrheit hinter dem Spruch vom Geld, das nicht glücklich macht."

„Du bist nicht verrückt. Du hattest es wirklich nicht leicht, und trotzdem ist aus dir ein wunderbarer Mensch geworden. Darauf kannst du dir was einbilden."

Grace wusste nicht, wie sie mit diesem Lob umgehen sollte. „Du weißt gar nicht, wie viel mir deine Worte bedeuten", flüsterte sie schließlich.

Doch Ben hörte sie kaum. Er hatte sich bereits in Grace' Fotos vertieft. Sie verrieten mehr über Grace und ihre geheimen Sehnsüchte, als sie es vermutlich wahrhaben wollte. Die Bilder zeigten Kinder beim Schaukeln, Kinder beim Eisessen oder Mütter mit lachenden Babys auf dem Arm – Situationen, die Grace aus der eigenen Kindheit sicher nicht kannte. Kein Zweifel, Grace wünschte sich nichts sehnlicher als eine ganz normale Familie mit Häuschen, zwei Kindern und Hund. Und fast konnte sich Ben vorstellen, in dieser Idylle die Rolle des treu sorgenden Hausherrn zu übernehmen.

Grace riss ihn aus diesen Überlegungen. „Heute ist Sonntag. Hast du vor, deine Mutter zu besuchen?"

Überrascht blickte Ben von den Bildern auf und nickte. Grace würde sich blendend mit seiner Mutter verstehen – aber aus Rücksicht auf die alte Dame durfte er sie nicht bitten, ihn zu begleiten. Seine Mutter mochte blind sein, aber deswegen konnte er ihr noch lange nichts vormachen. Wie es zwischen Grace und Ben stand, hätte sie im Nu herausgefunden – und würde sich falsche Hoffnungen machen. Dann musste er zwei gebrochene Herzen heilen, wenn die Zeit, die ihm mit Grace verblieb, abgelaufen war.

Ben zuckte die Achseln und griff zum nächsten Foto. Wie auf den meisten Bildern war es Grace auch hier gelungen, die Trostlosigkeit der Umgebung mit der Fröhlichkeit der abgebildeten Personen in scharfen Kontrast zu setzen. Die Aufnahme zeigte einen kleinen Jungen, der in einer Allee spielte. Das Kind winkte mit spitzbübischem Lächeln in die Kamera, gerade so, als hätte Grace es bei einem Streich auf frischer Tat ertappt. Im Hintergrund bemerkte Ben einen roten Fleck, der seine Aufmerksamkeit erregte. Um das Foto genauer unter die Lupe zu nehmen, löste er es von der Seite.

„Sieh mal!" Er hielt die Aufnahme gegen das Licht und schloss ein Auge. „Das ist doch ..."

„Was denn?" Grace beugte sich vor, um das Bild ebenfalls zu betrachten. Dabei streifte ihre Brust Bens Arm, und jetzt erst fiel ihnen auf, dass sie beide nackt waren.

„Wann hast du dieses Bild gemacht?"

„Am Tag des Überfalls."

„Wenn mich nicht alles täuscht, ist das da hinten nämlich der Kerl, der es auf deine Kamera abgesehen hatte. Trug er nicht ein rotes Shirt?" Noch einmal kniff Ben angestrengt die Augen zusammen. „Was hält der bloß in der Hand?"

Grace rückte näher. „Keine Ahnung. Ich habe nur auf den kleinen Jungen geachtet. Das ist Cal, ein richtiges Schlitzohr! Kaum sieht die Mutter mal weg, ist er auch schon verschwunden. Er hat einen großen Bruder, den er sehr bewundert. Er würde ihm auf Schritt und Tritt nachlaufen, wenn er es könnte."

„Kennst du den Großen?"

*Einfach sexy*

„Bobby? Nein. Den sieht man selten, nicht nur im Park, sondern leider auch in der Schule, sagt seine Mutter ... Das ist übrigens eines meiner Lieblingsfotos. Sieh dir mal den Gesichtsausdruck von Cal an. Er wusste sofort, dass ich ihn zu seiner Mutter zurückbringen würde."

„Du hast auf dem Foto aber nicht nur einen kleinen Ausreißer eingefangen. Erkennst du da hinten den Jugendlichen, der ein Tütchen mit weißem Zeug in der Hand hält?"

„Zeig mal." Grace riss Ben das Foto aus der Hand und studierte es. Kopfschüttelnd gab sie es Ben zurück. „Tut mir Leid, ich kann nichts erkennen."

„Wie solltest du auch. Dir fehlt die Erfahrung in diesen Dingen", sagte Ben. Er wusste, wovon er sprach. Wie leicht hätte er selbst in schlechte Kreise geraten können. Wenn seine Mutter nicht gewesen wäre, säße er inzwischen längst wegen irgendwelcher Vergehen, höchstwahrscheinlich Drogen, hinter Gittern. „Dieses Foto kann einigen Leuten arge Bauchschmerzen verursachen."

„Jetzt verstehe ich", murmelte Grace.

„Was?"

Grace hüpfte aus dem Bett und begann im Papierkorb zu wühlen, bis sie das zerknitterte Stück Papier ausgegraben hatte. „Den Wisch hier! Cal hat ihn mir am Nachmittag auf dem Spielplatz zugesteckt. Er hat getan, als sei es ein Bild, das er für mich gemalt hat."

Ben unterdrückte nur mühsam einen Fluch. „Hast du eine Ahnung, was das bedeutet?" fragte er und schwenkte das Foto vor ihren Augen hin und her.

„Nun, Cals großer Bruder dealt mit Drogen, und Cal wird vermutlich den gleichen Weg einschlagen."

„Exakt, und du kannst das mit dieser Aufnahme beweisen. Unglücklicherweise wissen die Jungs aber, dass dieses Bild existiert, oder sie vermuten es wenigstens. Du bist in Gefahr, Grace!"

*Carly Phillips*

Grace überlief eine Gänsehaut bei seinen Worten, und Ben legte tröstend den Arm um sie. „Aber ich brauche noch ein paar Fotos, Ben ... Könntest du mich eventuell begleiten, wenn ich das nächste Mal in den Park gehe?"

„Alle Achtung, du lernst schnell! Ich hab auch eine Idee: Während du arbeitest, höre ich mich ein wenig um. Ich habe mich mit einem der Basketballspieler angefreundet, der gute Kontakte hat. Bis du zur Mittagspause in den Park kommst, habe ich mit Leons Hilfe vielleicht schon etwas herausgefunden."

„Wie? Ich soll alleine in den Park gehen?"

„Kann ich dich davon abhalten?"

Grace lachte. „Versuch's gar nicht erst."

„Na also, dann bleibt's dabei. Ich verspreche dir, immer in deiner Nähe zu bleiben. Hab keine Angst, mein Schatz. Ich pass schon auf dich auf."

„Ich nehme dich beim Wort", murmelte Grace hintergründig und schlang die Arme um Bens Nacken. „Aber bis morgen ist es zum Glück noch lange."

Schrilles Läuten riss Ben aus tiefem Schlaf. Er brummte missmutig, machte aber keine Anstalten, etwas gegen den Lärm zu unternehmen. Zu gemütlich fand er es, neben Grace im warmen Bett zu liegen. Dann hämmerte jemand gegen die Tür.

„Oh nein! Ruhe da draußen!" Das kam von Grace.

„Einen wunderschönen guten Morgen, mein kleiner Brummbär. Noch nicht ausgeschlafen?" Ben strich ihr die Haare aus dem Gesicht und küsste sie liebevoll auf die Wange. „Kein Wunder, die Nacht war herrlich, aber nicht besonders geruhsam."

Keine Antwort.

Ben schmunzelte. Selbst unausgeschlafen und mürrisch wie jetzt fand er Grace einfach bezaubernd. Immer noch lä-

426

*Einfach sexy*

chelnd, schlüpfte er in seine Hose und zog in der Eile den Reißverschluss nur ein Stück weit hoch.

„Soll ich aufmachen, Grace? Was werden wohl die Nachbarn dazu sagen?"

Statt einer Antwort zog sich Grace das Kissen über die Ohren.

Laut lachend ging Ben zur Tür und spähte durch den Spion. Schlagartig verflog seine gute Laune: Auf dem Gang wartete ungeduldig ein elegant gekleidetes Paar. Die Leute kamen Ben bekannt vor, aber er konnte sie nicht gleich einordnen, bis ihm schlagartig klar wurde, dass er Fotos von ihnen in Grace' Wohnung gesehen hatte.

Was nun? Ben wollte gerade umkehren, als von draußen eine laute Männerstimme zu vernehmen war.

„Mach auf, Grace! Ich weiß, dass du da bist! Wir sind's, Logan und Catherine."

Der Mann brüllte laut genug, um die übrige Nachbarschaft aus dem Schlaf zu reißen. Um also noch größeres Unglück zu verhindern, riss Ben die Tür auf.

„Du ... Sie sehen aber nicht wie meine Schwester aus." Mit kritischem Blick unterzog Logan Ben einer gründlichen Musterung. Nichts, von den unrasierten Wangen über die notdürftig geschlossene Jeans bis zu den nackten Füßen, entging seiner Aufmerksamkeit. Ben wäre am liebsten im Erdboden versunken. An Logans Stelle wäre ihm in dieser Situation der Kragen geplatzt, deshalb machte er sich auf das Schlimmste gefasst.

Doch ehe es zu Handgreiflichkeiten kommen konnte, griff Logans Begleiterin ein. Sie war ganz in Schwarz gekleidet und hatte ihr blondes Haar unter einem Stirnband im Leopardenlook gebändigt. „Ich bin Grace' Schwägerin Catherine, und das ist ihr Bruder Logan. Ich fürchte, wir kommen ziemlich ungelegen."

Sie stupste ihren Mann leicht in die Seite und zischte:

„Nun starr den jungen Mann nicht so an. Grace ist längst kein kleines Mädchen mehr. Sie weiß selbst am besten, was sie tut. Untersteh dich, dich als Moralapostel aufzuführen, mein Lieber!" Dann reichte sie Ben freundlich lächelnd die Hand. „Darf man Ihren Namen erfahren?"

Ben, der die Szene gebannt verfolgt hatte, entspannte sich. Diese Catherine gefiel ihm.

„Natürlich, ich heiße Ben Callahan und wohne gleich nebenan", sagte er. Den Rest konnten sich die beiden selbst zusammenreimen. Er besann sich auf seine gute Erziehung und streckte auch Logan die Hand hin, und dieser ergriff und schüttelte sie.

„Glauben Sie ja nicht, dass ich so etwas gutheiße", stieß er zwischen den Zähnen hervor.

„Was für ein Pech! Gut, dass ich dich nicht um Erlaubnis fragen muss, Bruderherz."

Grace, die schnell einen Bademantel übergeworfen hatte, war hinter Ben aufgetaucht. Sie begrüßte ihre Gäste stürmisch. „Was führt euch denn nach New York?"

„Erstens haben wir uns Sorgen um dich gemacht und wollten uns mit eigenen Augen überzeugen, dass es dir gut geht. Zweitens hat hier bald jemand Geburtstag, wenn ich mich recht erinnere."

„Wie bitte?" Ben glaubte sich verhört zu haben.

„Meine Schwester hat morgen Geburtstag, wussten Sie das etwa nicht?" Logan runzelte die Stirn. Wo hatte Grace denn diesen Kerl aufgegabelt? Schlief mit seiner Schwester, kannte aber nicht einmal ihr Geburtsdatum? Kannte er sie überhaupt?

Ben konnte Logans Gedanken fast hören und schnaubte verächtlich. Was spielte es schon für eine Rolle, ob er wusste, wann Grace geboren war? Sie legte keinen Wert auf derlei Äußerlichkeiten. Aber er merkte, dass er störte. Höchste Zeit, sich zu verabschieden. Als Grace ihre Gäste ins

428

*Einfach sexy*

Wohnzimmer führte, flüchtete er ins Schlafzimmer, um sich fertig anzukleiden. Nur weg von hier!

Auf dem Weg zur Wohnungstür musste Ben allerdings noch einmal durchs Wohnzimmer. Auch wenn Grace in Windeseile Ordnung gemacht hatte, hing die erotische Atmosphäre des vergangenen Abends noch im ganzen Raum. Ben sah, dass sich Logan nur mit Mühe einen Kommentar verkniff.

Grace winkte Ben zu sich. „Komm her und lass dir erzählen, wie Catherine und Logan sich kennen gelernt haben. Großmutter hat Catherine nämlich entdeckt und sie mit Logan verkuppelt, indem sie die beiden auf einer Party in einen Schrank gesperrt hat."

„Deine Großmutter hat ziemlich ausgefallene Ideen, scheint mir."

„Das kann man laut sagen. Wenn Emma ein Paar zusammenbringen möchte, schreckt sie vor nichts zurück." Catherine schmunzelte bei der Erinnerung.

Einladend klopfte Grace auf den freien Platz auf dem Sofa. „Jetzt setz dich schon zu mir. Logan wird dich nicht beißen. Er hat endlich kapiert, dass ich kein kleines Mädchen mehr bin." Grace lachte, als sie das sagte, ein perlendes Lachen, das wie Musik in Bens Ohren klang.

„Tut mir Leid, aber ich habe eine Verabredung." Selbst Ben erkannte, dass die Ausrede ziemlich lahm klang, aber etwas Besseres war ihm spontan nicht eingefallen.

Auch Grace durchschaute ihn sofort. „Ach was, das hat noch Zeit. Jetzt frühstücken wir erst mal gemütlich. Ich ziehe mir schnell was über und hole frische Brötchen vom Bäcker."

Ben jubilierte innerlich. Unbeabsichtigt hatte Grace ihm die Ausrede geliefert, die er brauchte. „Ich weiß was Besseres", schlug er vor. „Ich kümmere mich um das Frühstück, dann kannst du in Ruhe mit deinen Gästen plaudern."

*Carly Phillips*

Mit schlechtem Gewissen verließ er das Apartment. Er kam sich richtig schäbig vor. Erst erschlich er sich Grace' Vertrauen und belog sie nach Strich und Faden. Als Nächstes schlief er mit ihr, und zu guter Letzt würde er alles, was er über Grace erfahren hatte, brühwarm an ihre Großmutter weitergeben.

Kaum hatte Ben die Tür hinter sich zugezogen, fiel Logan auch schon über Grace her. „Wer ist denn dieser Kerl?" herrschte er seine Schwester an.

Catherine sah sich gezwungen, ihrer Schwägerin zu Hilfe zu eilen. „Lass Grace in Ruhe!"

Logan warf seiner Frau einen bösen Blick zu. „Darf ich dich daran erinnern, wie du dich gefühlt hast, als deine Schwester mit einem Kerl angebandelt hat, der dir nicht ganz geheuer war?"

Grace lehnte sich zurück und lauschte halbherzig dem harmlosen Geplänkel der Eheleute. So sehr sie sich über den überraschenden Besuch freute, der Zeitpunkt war alles andere als günstig. Ben war so kurz davor gewesen, sich ihr zu öffnen. Aber das Eintreffen ihres Bruders hatte alles zunichte gemacht, und Grace musste wieder ganz von vorn anfangen. Ob Ben so leicht zurückzuerobern sein würde?

Schon früh am Nachmittag verabschiedeten sich Catherine und Logan. Was sollte Grace mit dem langen Sonntagnachmittag anfangen, der nun leer vor ihr lag?

Nach langem Kopfzerbrechen hatte sie die Idee: Sie würde Cals Mutter aufsuchen, um sie zu warnen. Die Frau hatte ein Recht zu erfahren, was ihren Jüngsten erwartete, wenn er in die Fußstapfen seines großen Bruders trat. Grace konnte doch nicht tatenlos zusehen, wie ein unschuldiges Kind in Schwierigkeiten geriet. Schnell suchte sie ihre Kamera und machte sich auf den Weg.

## 10. KAPITEL

Genau in dem Moment, als Ben die Wohnungstür aufschloss, klingelte das Telefon. Er stöhnte leise. Wer konnte das anderes sein als Emma? Mit großen Schritten durchquerte er den Raum und griff zum Hörer. Der Besuch bei seiner Mutter hatte ihn auf andere Gedanken gebracht, und er war fest entschlossen, sich von dem bevorstehenden Verhör durch seine Auftraggeberin die Stimmung nicht verdrießen zu lassen.

„Callahan."

„Einen wunderschönen guten Tag." Emmas Stimme drang laut und deutlich durchs Telefon.

„Tag, Emma."

„Gestern ist's anscheinend spät geworden, Ben!"

„Woher ...? Haben Sie etwa schon früher angerufen?"

„Richtig. Ich wollte lieben Besuch ankündigen, Emmas Bruder Logan. Das hat sich inzwischen vermutlich erledigt."

Hatte die alte Frau einen sechsten Sinn? Sie konnte unmöglich wissen, dass er die Nacht mit Grace verbracht hatte, sonst hätte sie ihn längst von dem Fall abgezogen. Ob Logan ihr von dem merkwürdigen Empfang am Morgen berichtet hatte?

„Seit neun Uhr heute Morgen versuche ich, Sie ans Telefon zu kriegen. Belegt Sie der Fall dermaßen mit Beschlag? Alle Achtung, junger Mann, Sie sind Ihr Geld wirklich wert."

„Das ist doch selbstverständlich." Ben sah nicht ein, warum er Emma auf die Nase binden sollte, dass er den größten Teil des Tages mit seiner Mutter verbracht hatte. Grace war mit ihrem Besuch beschäftigt und kam wenigstens heute nicht auf dumme Gedanken.

„Wie geht's denn meiner Enkelin?"

Ben räusperte sich schuldbewusst. Wieder einmal steckte er in einer Zwickmühle. Wenn er Emma Dinge erzählte, die Grace ihr vorenthalten wollte, beging er Verrat an Grace. Andererseits schuldete er seiner Klientin von Rechts wegen völlige Aufklärung über den Stand der Dinge. Sie hatte ihm einen Vorschuss gewährt, den er fest eingeplant hatte, und zahlte im Augenblick sogar seine Miete.

„Der Fall ist fast abgeschlossen. Sie können beruhigt sein, was Ihre Enkelin betrifft. In ein bis zwei Tagen erhalten Sie meinen abschließenden Bericht."

Zuvor würde die Polizei einen Hinweis auf die illegalen Aktivitäten von Cals großem Bruder erhalten. Wenn Ben sich davon überzeugt hatte, dass die Polizei ein Auge auf Grace' Angreifer und die Jungs vom Park hatte, konnte er den Job als beendet betrachten.

Vom anderen Ende der Leitung hörte er einen überraschten Ausruf. „Ich bin sehr angetan von der Geschwindigkeit, mit der Sie arbeiten, Ben. Den Bericht können Sie sich sparen, Ihr Wort genügt mir."

„Danke. Ihr Vertrauen ehrt mich." Aber war er es auch wert? Selbst während er mit Emma telefonierte, kreisten seine Gedanken unaufhörlich um Grace. „Der Abschlussbericht gehört aber zum Service."

„Wenn das so ist, will ich Ihre Routine nicht durcheinander bringen. Es war sehr angenehm, mit Ihnen zu arbeiten. Vielleicht haben wir ja bald wieder das Vergnügen." Mit dieser rätselhaften Bemerkung legte Emma auf.

Sie hatte es leider doch geschafft, Ben die Laune zu verderben. Anstatt seinen Gewissensbissen nachzuhängen, beschloss er, lieber die Wohnung aufzuräumen. Aber nicht einmal dazu war er in der Lage. Ständig schweiften seine Blicke zur Tür, und er spitzte die Ohren, um nur ja keinen Hinweis darauf zu verpassen, was sich in diesem Moment in Grace' Apartment abspielte.

*Einfach sexy*

Da läutete das Telefon ein zweites Mal. Kann Emma mich nicht mal am Sonntag in Ruhe lassen? Verstimmt riss Ben den Hörer von der Gabel.

„Ich habe Ihnen alles erzählt, was Sie wissen müssen", rief er mürrisch hinein.

„He, Mann, reiß mir nicht gleich den Kopf ab! Kann's sein, dass du mich verwechselst?"

Verblüfft erkannte Ben die Stimme von Leon, seinem neuen Freund aus dem Park. Sein Erstaunen wuchs, als er hörte, was der Junge zu berichten hatte. Als er den Hörer auflegte, schlug ihm das Herz bis zum Hals.

Dass man die Frau noch keine fünf Minuten aus den Augen lassen kann, schimpfte er, während er bereits in seine Joggingschuhe schlüpfte. Was denkt sie sich eigentlich?

Hatte er Grace nicht fest versprochen, die Sache in die Hand zu nehmen? Trotzdem, so hatte er gerade erfahren, trieb sie sich schon wieder allein im Park herum. Hoffentlich kam er diesmal nicht zu spät. Mit klopfendem Herzen zog Ben die Tür hinter sich zu und raste los.

Leon hatte ihm genaue Anweisungen gegeben, sodass Ben die Stelle rasch gefunden hatte. Vor einem der abbruchreifen Gebäude ganz in der Nähe des Parks stieß er auf eine Ansammlung von Neugierigen, die sich um ein Polizeiauto scharten. Kalter Schweiß brach ihm aus allen Poren, er sah seine schlimmsten Befürchtungen bereits bestätigt. Doch dann entdeckte er mitten in der Menge Grace. Sie schien unverletzt, und Ben fiel ein Stein vom Herzen.

Von hinten tippte ihm jemand auf die Schulter. Ben sah sich um und bemerkte Leon. Er versetzte dem schlaksigen jungen Mann einen freundschaftlichen Klaps auf die Schulter. „Ich schulde dir was, Kumpel. Was genau ist denn passiert?"

„Deine hübsche Freundin hat vielleicht Nerven. Kommt

*Carly Phillips*

mit ihrer Kamera anspaziert und fragt nach Bobby. Als sie keine Auskunft erhält, weil niemand sich's mit Bobby verderben will, packt sie einfach Bobbys kleinen Bruder, du weißt schon, den, der für ihn die Botengänge erledigt, und macht sich auf die Suche."

Ben murmelte ein paar deftige Schimpfwörter, zu denen Leon verständnisvoll nickte.

„Das kannst du laut sagen! Aber du weißt noch nicht alles. Kaum hat sich deine Freundin den kleinen Cal geschnappt, taucht wie durch ein Wunder der liebe Bobby auf und schnappt sich deine Freundin, wenn du verstehst, was ich damit sagen will."

Ben fühlte sich, als hätte er einen Schlag in die Magengrube versetzt bekommen. „Weiter!"

„Jetzt kommt's: Irgendwie hat die Mutter der beiden, Mrs. Ramone, Verdacht geschöpft und die Polizei verständigt. Und ob du's glaubst oder nicht: Die Bullen sind tatsächlich rechtzeitig auf der Bildfläche erschienen. Deshalb mach ich mich lieber unsichtbar, ehe mich jemand bemerkt, dem ich nicht begegnen will."

„Wir treffen uns morgen beim Basketball, ja?" rief Ben dem Jungen hinterher, war sich aber nicht sicher, ob er ihn gehört hatte.

Die Menge hatte inzwischen das Interesse verloren und löste sich allmählich auf. Auch die Polizisten stiegen in ihr Auto und fuhren davon. Nur Grace saß wie ein Häufchen Elend vor dem Eingang des heruntergekommenen Gebäudes. Als sie Ben erblickte, sprang sie überrascht auf.

Bens Erleichterung hatte sich inzwischen in blanken Zorn verwandelt. Er hatte jedoch nicht vor, Grace in der Öffentlichkeit zur Rede zu stellen, deshalb begrüßte er sie wortlos mit einem kurzen Nicken. Aber Grace musste nur einen Blick auf seine zu Fäusten geballten Hände werfen, um zu wissen, was ihr bevorstand.

*Einfach sexy*

Instinktiv wich sie vor ihm zurück, stolperte dabei über eine Stufe und landete, wieder einmal, unsanft auf dem Po. Sie verzog zwar das Gesicht, aber wie immer siegten ihre guten Manieren. Während sie mit einer Hand die schmerzende Stelle massierte, deutete sie mit der anderen auf die ältere Frau, die neben ihr stand und die Ben für eine besonders hartnäckige Gafferin gehalten hatte.

„Ben, das ist Cals Mutter, Mrs. Ramone. An Cal kannst du dich noch erinnern? Das ist der Junge, dessen Foto ich dir gezeigt habe."

„Natürlich." Nachdenklich musterte Ben die Frau mit dem tränenverschmierten Gesicht und dem stumpfen Blick. Genauso hätte seine Mutter enden können. Nur ihr heiteres Gemüt und Bens eiserne Entschlossenheit hatten sie vor einem ähnlichen Schicksal bewahrt.

Mit erstickter Stimme berichtete Mrs. Ramone, wie Grace plötzlich mit dem belastenden Foto auf ihrer Schwelle stand. Grace hatte ihr die Augen über ihren ältesten Sohn geöffnet. Der Junge stellte eine echte Gefahr für seinen kleinen Bruder dar.

Inzwischen hatte Grace sich wieder gefasst und meldete sich ebenfalls zu Wort: „Zum Glück war die Polizei gleich zur Stelle und hat Bobby festgenommen. Ich hoffe nur, dass es für Cal noch nicht zu spät ist. Der Junge muss eine solide Ausbildung erhalten, damit er später nicht auf dumme Gedanken kommt." Ihre Stimme zitterte, und sie sprach hastig, als fürchte sie sich davor, Ben zu Wort kommen zu lassen.

Nicht zu Unrecht. Eigentlich sollte ich sie übers Knie legen, weil sie sich trotz meiner eindringlichen Warnung in diese gefährliche Lage gebracht hat, fand er. Aber ein Blick in ihre ängstlich geweiteten Augen, und er änderte seine Meinung. Im Grunde war er stolz auf Grace. Sie hatte sich wacker geschlagen. Dass er sich bei ihrer eigenmächtigen

Aktion zu Tode erschreckt hatte, lag nur daran, dass er sie liebte.

Ich liebe sie! Die plötzliche Einsicht erschütterte Ben bis ins Mark. Doch mit seinen Lügen hatte er jeden Anspruch auf ihre Liebe verwirkt. Höchste Zeit also, die Dinge ins Lot zu rücken.

Aus seiner Brieftasche holte er eine Visitenkarte und reichte sie Cals Mutter. „Bitte rufen Sie mich an, wenn Sie Hilfe benötigen", bat er sie. „Ich habe gute Bekannte bei den staatlichen Fürsorgestellen, die Sie gerne beraten. Auch Ihr Sohn sollte sich mit mir in Verbindung setzen, sobald er wieder auf freiem Fuß ist. Er kann mir bei meiner Arbeit ein wenig unter die Arme greifen, und dabei könnte ich ihn gleichzeitig im Auge behalten."

Gerührt dankte ihm Mrs. Ramone und verabschiedete sich. Nun standen die beiden allein auf der Straße. Ben reichte Grace die Hand. „Ab nach Hause!" befahl er.

Grace musterte ihn misstrauisch. „Spar dir die Strafpredigt, ja? Glaub mir, inzwischen habe sogar ich kapiert", meinte sie zaghaft.

Ben half ihr auf die Beine. Er war froh, dass sie sich endlich einsichtig zeigte. Dennoch konnte er den Vorfall nicht stillschweigend übergehen. Bei passender Gelegenheit würde er noch ein Hühnchen mit ihr rupfen.

„Die Polizei hat Kokain bei Bobby Ramone gefunden. Jetzt ist er dran wegen Drogenbesitz und Drogenhandel. Das heißt doch wohl, dass er für die nächste Zeit aus dem Verkehr gezogen ist, oder?" Grace warf Ben einen verstohlenen Blick zu. Er hatte während der ganzen Fahrt in der U-Bahn kein Wort mit ihr gewechselt. Noch wenige Schritte bis zur Wohnungstür, dann würden sich ihre Wege zweifellos trennen.

Was für ein Tag, dachte sie wütend. Erst die unangemel-

*Einfach sexy*

deten Besucher, vor denen Ben am Morgen geflüchtet war, dann die Geschichte mit Bobby ... Kein Wunder, wenn Ben wütend war und nichts mehr von ihr wissen wollte. Dabei brauchte sie doch gerade jetzt so dringend eine – seine – starke Schulter, an der sie sich ausweinen konnte.

„Verlass dich lieber nicht darauf. Bobby ist nur ein kleiner Fisch. Sobald er der Polizei die Namen seiner Lieferanten verrät, kommt er frei, und alles ist wieder wie vorher."

„Glaubst du, ich bin gerne alleine losgezogen? Ich wollte dich bitten, mich zu begleiten, aber du warst nicht da." Grace hoffte, er würde ihr dieses Märchen abkaufen. In Wahrheit hatte sie den Zeitpunkt für ihren Besuch bei den Ramones mit Absicht so gewählt, dass Ben nichts davon mitbekam.

„Erspar mir deine Lügen!" Ben packte ihr Handgelenk mit eisernem Griff. „Und vor allem, mach dir selbst nichts vor. Diese Geschichte ist noch längst nicht ausgestanden. Versprich mir, dass du von jetzt an gefährliche Situationen meidest. Ich werde dir Bescheid sagen, wenn du aus dem Schneider bist."

Grace nickte zögernd und folgte ihm in den Aufzug. Schweigend fuhren sie nach oben. War das das Ende?

Bens Laune hatte sich um keinen Deut gebessert. Immer wieder malte er sich neue schreckliche Dinge aus, die Grace hätten zustoßen können. Daher blieb er auch wie vom Blitz getroffen stehen, als er einen Fremden vor der Tür zu Grace' Apartment erblickte. Der Mann trug einen Koffer in der Hand. Weitere Gegenstände, ein Kassettenrekorder und etwas, das aussah wie ein Klapptisch, lehnten an der Wand.

Auch Grace war erschrocken, aber sie erholte sich rasch und lief dem Fremden freudig entgegen. Kannte sie den Kerl etwa?

Der Mann machte einen mürrischen Eindruck. „Na endlich! Grace, Sie haben doch nicht etwa die alljährliche

Geburtstagsüberraschung Ihrer Großmutter vergessen?" fragte er beleidigt. Ben hielt es für angebracht, einzuschreiten.

„Wer sind Sie eigentlich, und was wollen Sie?"

Jetzt erst bemerkte ihn der Fremde und stellte sich vor. „Marcus Taylor, Massagen aller Art, stets zu Ihren Diensten."

Verblüfft ergriff Ben die dargebotene Hand und schüttelte sie. Plötzlich fiel ihm ein, was dieser Mann in wenigen Minuten mit Grace' perfektem Körper anstellen würde. Augenblicklich ließ er die Hand des anderen fallen, als hätte er sich verbrannt, und begann hektisch seine Taschen abzuklopfen. Profi hin oder her, er würde es nicht zulassen, dass ein anderer Mann Grace berührte.

„Wie viel bringt Ihnen der Spaß denn ein?" fragte er den Masseur unfreundlich.

Bereitwillig nannte Marcus eine Summe, die nur jemand wie Emma Montgomery für eine knappe Stunde Arbeit berappen würde.

„Das ist ein Sonderpreis", fügte er hinzu.

Schweren Herzens blätterte Ben ihm das Geld hin. „Jetzt spitzen Sie mal die Ohren, guter Mann: Die junge Dame hat es sich anders überlegt. Wir wollen alleine sein. Nehmen Sie sich die Stunde frei, aber lassen Sie uns Ihre Ausrüstung hier. Sie können sie später unten an der Pforte abholen."

Grace beobachtete die Verhandlungen zwischen den Männern mit offenem Mund. Wortlos sah sie zu, wie Marcus sich anschickte, unverrichteter Dinge wieder abzuziehen, nachdem Ben ihn ausgezahlt und seinen letzten Hunderter als Trinkgeld draufgelegt hatte.

„Damit kann ich meiner Freundin endlich den Verlobungsring kaufen, den sie sich so lange wünscht", meinte Marcus und strahlte.

*Einfach sexy*

„Dann hat jeder was davon", erwiderte Ben mit einem wehmütigen Gedanken an sein eigenes Konto. Aber dann sah er das Leuchten in Grace' Augen und erkannte, dass manches im Leben ein kleines Opfer wert war.

## 11. KAPITEL

**V**oll Erwartung tigerte Grace im Wohnzimmer auf und ab. Ben hatte sich im Schlafzimmer eingeschlossen, um sich in Ruhe vorzubereiten. Was hatte er nur vor? Ganz verziehen hatte er ihr ihr letztes Abenteuer noch nicht, so viel wusste sie. Aber dass er Marcus abgewimmelt hatte, hatte sie wirklich überrascht. War da vielleicht Eifersucht im Spiel? Grace hatte die Szene im Gang in höchsten Zügen genossen. Es gefiel ihr, dass Ben plötzlich die Initiative ergriff, auch wenn sie sonst großen Wert auf ihre Unabhängigkeit legte.

Aber sie machte sich auch Vorwürfe. Wie hatte sie nur Emmas alljährliches Geschenk vergessen können! Zu jedem Geburtstag, seit Grace achtzehn Jahre alt war, gehörte eine ausgiebige professionelle Massage, getreu Emmas Devise: Ein gesunder Geist wohnt in einem gesunden Körper. Die Idee war entstanden, weil Grace jahrelang unter Migräne litt, eine Reaktion auf die Spannungen innerhalb der Familie. Sogar als Grace bereits in New York lebte, hatte sie sich einmal die Woche Marcus' heilenden Händen anvertraut. Erst seit sie selbst für ihren Lebensunterhalt aufkam, gönnte sie sich diese Art von Luxus nicht mehr.

„Du kannst jetzt reinkommen! Zieh dich schon mal aus, ich bin gleich bei dir."

Gespannt betrat Grace ihr Schlafzimmer. In ihrem Magen kribbelte und prickelte es. Gehorsam entkleidete sie sich, hüllte sich in ein Tuch, das Ben bereitgelegt hatte, und streckte sich bäuchlings auf dem Massagetisch aus. Ganz wie es sich gehörte, hatte Ben sich unterdessen diskret ins Bad zurückgezogen.

„Fertig", rief Grace. Ihre Stimme zitterte vor Aufregung. Leise öffnete Ben die Tür. Im Zimmer herrschte ge-

*Einfach sexy*

spannte Stille, sodass selbst das verhaltene Geräusch seiner Schritte unnatürlich laut erschien.

„Möchtest du Musik hören?" flüsterte er.

„Ja bitte, nimm die Kassette mit dem Wasserfall." Nichts entspannte Grace so sehr wie die zarten Violinenklänge vor dem Hintergrund der Geräusche eines Wasserfalles. Nachdem Ben die Kassette gefunden und eingelegt hatte, schloss er die Vorhänge, um das Tageslicht auszusperren, und dämpfte die Beleuchtung.

Schlagartig änderte sich die Atmosphäre im Raum. Grace kam es vor, als befände sie sich nicht mehr in ihrem Schlafzimmer, sondern auf einer kühlen, einsamen Waldlichtung. Dann roch sie den Duft von Kokosöl und versetzte sich im Geist an einen sonnenbeschienenen Strand. Reglos lag sie da und versuchte sich zu entspannen.

Endlich begann Ben mit der Massage. Mit kräftigen, kreisenden Bewegungen massierte er zunächst ihre Fußsohlen, dann die Waden und schließlich die Schenkel. Er macht seine Sache sehr gut, fand Grace. Alle Anspannung fiel von ihr ab, und sie fiel in einen Zustand ruhiger Zufriedenheit. Zunächst!

Dann nämlich drangen Bens Finger an Stellen vor, die kein professioneller Masseur jemals berühren würde. Grace' Kopf ruckte hoch, sie war wieder hellwach.

„Sprengt das nicht den Rahmen einer Massage?" beschwerte sie sich halbherzig.

„Sag bloß, es gefällt dir nicht?" Ben hatte sich bei seinen Worten über ihren Nacken gebeugt. Sein heißer Atem wärmte ihre Haut, seine Lippen streiften ihr Ohr.

„Mmm", schnurrte Grace. „Wie oft muss ich noch betonen, dass ich keine Lust mehr habe, ein anständiges Mädchen zu sein?"

Eine Weile hingen ihre Worte in der Luft. Dann, völlig unerwartet, begann Ben, sie auf erregende Weise zu strei-

441

*Carly Phillips*

cheln. Doch kaum hatte Grace begonnen, die Liebkosung zu genießen, ließ er die Hand sinken.

Was, um alles in der Welt, hatte er vor? Grace drehte den Kopf, um ihn zu beobachten. Er war gerade dabei, seine Hände mit duftendem Massageöl einzureiben. Täuschte sie sich, oder waren seine Bewegungen nervös und fahrig? Was war los?

Sie war sich ziemlich sicher, dass Ben nach seiner unglücklichen Begegnung mit Logan nichts mehr von ihr wissen wollte. War das seine Art, sich zu verabschieden? Oder wollte er auf diese Weise die Anspannung abbauen, die sich durch ihr Abenteuer mit Bobby Ramone in ihm aufgestaut hatte?

Wie dem auch sei, ihr eigenes Verlangen nach Ben war schier unbändig. Diesem Mann konnte sie vertrauen, in jeglicher Beziehung, und sie würde alles tun, damit er sich ein Leben lang an Grace Montgomery erinnerte.

Mit diesem Vorsatz sah sie ihm fest in die Augen und schenkte ihm ihr verführerischstes Lächeln. „Aber wie unartig ich sein kann, bleibt unser Geheimnis, nicht wahr?"

Ben nickte zustimmend und nahm die Massage da wieder auf, wo er sie unterbrochen hatte. Er brauchte nur ihre Haut zu berühren, schon lief ein Schauer der Erregung durch Grace' Körper.

„Wie mache ich mich als Masseur?" fragte er.

„Nicht schlecht, aber du hast noch andere Qualitäten."

„Das stimmt!" Ben hob Grace hoch und trug sie mühelos zum Bett, das das Gewicht von zwei Menschen besser tragen würde als der leichte Klapptisch von Marcus.

„Leider habe ich erst zu spät von deinem Geburtstag erfahren, deshalb konnte ich nichts wirklich Ausgefallenes vorbereiten. Ich hoffe, du bist nicht enttäuscht."

Sein Herz klopfte zum Zerspringen, als er das sagte. Gleich morgen, das nahm er sich fest vor, würde er reinen

*Einfach sexy*

Tisch machen. Grace durfte nicht einfach aus seinem Leben verschwinden, das war ihm inzwischen klar geworden. Im Augenblick jedoch waren ihm die Hände gebunden. Er konnte nur hoffen, dass Grace ihm vergeben würde. Falls nicht, sollte dieser Abend wenigstens zu einem unvergesslichen Erlebnis für sie werden.

„Du kannst mich gar nicht enttäuschen, Ben", antwortete Grace und sah ihm tief in die Augen. Es kostete Ben große Anstrengung, nicht wegzusehen. „Ich will auch keine Geschenke, ich will nur dich."

Im ersten Moment schwieg Ben betreten. Ihr Geständnis machte ihn verlegen, zumal er es nicht verdient hatte. Er räusperte sich. „Das trifft sich gut. Ich habe mir nämlich etwas Besonderes ausgedacht. Aber ich brauche deine Hilfe und dein uneingeschränktes Vertrauen."

„Kein Problem."

Wenn sie wüsste, dachte Ben. Er wollte Grace kein Geschenk im herkömmlichen Sinn machen, nichts, was sie auspacken und bestaunen konnte. Er wollte sie auf andere Art und Weise überraschen, ihr sozusagen Gefühle schenken. Einmal in ihrem Leben sollte sie die Erfahrung machen, dass es möglich war, die Kontrolle über sich selbst aufzugeben, sich ganz in die Hände eines anderen Menschen zu begeben und nicht enttäuscht zu werden. Das klang ganz einfach, war aber in Wahrheit sehr kompliziert.

Ben neigte den Kopf und küsste Grace. Sofort schlang sie ihm die Arme um den Hals, doch er schüttelte den Kopf und entzog sich sanft der Umarmung.

Jetzt wurde Grace neugierig. Reglos lag sie da, doch sie verfolgte aufmerksam jede seiner Bewegungen. Unter ihren neugierigen Blicken schlug Ben zuerst das Tuch zurück, in das Grace gehüllt war. Jetzt lag sie nackt vor ihm. Er beugte sich über sie und begann ihre Brüste mit der Zunge zu liebkosen. Langsam und genüsslich spielte er mit den harten

443

rosafarbenen Spitzen und dem weichen Fleisch, das sie umgab. Dazwischen kühlte er die heiße Haut sanft, indem er seinen Atem darüber hauchte.

Er wollte Grace ein Geburtstagsgeschenk bereiten, das sie für immer an ihn erinnern würde, und ihre Reaktionen zeigten, dass es funktionieren könnte. Er spürte, wie ihre Erregung wuchs, und in gleichem Maße steigerte sich auch sein Verlangen. Doch als Grace erneut versuchte, die Arme um seinen Nacken zu legen und ihn aufs Bett zu ziehen, riss er sich wieder los. So stand es nicht in seinem Drehbuch.

„Du zwingst mich zu drastischen Maßnahmen, mein Liebling", meinte er leichthin.

„Was willst du damit andeuten?"

„Deine Hände sind mir nur im Weg. Ich würde gerne etwas ganz Neues ausprobieren. Du sollst erfahren, wie es ist, wenn man sich völlig hilflos und ausgeliefert fühlt – ungefähr so, wie es mir heute Nachmittag ging, als du plötzlich verschwunden warst."

Den Zwischenfall hatte er ihr tatsächlich noch nicht verziehen. Dennoch würde es ihm im Traum nicht einfallen, ihr wirklich wehzutun, auch wenn der Eindruck zunächst vielleicht entstehen könnte. Denn während er noch sprach, zog er die Schublade des Nachttischs auf und holte zwei lange Schals heraus, die er vorher dort versteckt hatte.

Grace verfolgte sein Tun mit weit aufgerissenen Augen, aber sie wirkte keineswegs verstört, im Gegenteil. Sie schien die Situation in vollen Zügen zu genießen.

Behutsam schlang Ben eines der Tücher um ihr Handgelenk. „Ich mache nur weiter, wenn du damit einverstanden bist", versicherte er ihr.

„Du hast mein volles Vertrauen", erwiderte Grace.

Ben wickelte den Schal um eine Stange am Kopfende des Bettgestells aus Messing und war froh, dass er ihr nicht in die Augen sehen musste. Ihr Geständnis bereitete ihm hef-

*Einfach sexy*

tigste Gewissensbisse, doch er beschloss, sich später damit zu befassen. Im Augenblick ging es nur um Grace. Er verknotete die Enden des Tuchs um ihr Handgelenk, dann wiederholte er die Prozedur mit dem zweiten Schal.

„Kannst du's aushalten?" fragte er besorgt.

„Kaum noch, Liebster", stöhnte Grace heiser. Sie wollte es selbst kaum glauben. Sie befand sich in einer Lage, gegen die sie sich unter anderen Umständen nach besten Kräften gesträubt hätte: Ihre Hände waren ans Bett gefesselt, sie war bewegungsunfähig und völlig ausgeliefert. Trotzdem dachte sie keine Sekunde daran, dass Ben die Situation ausnutzen könnte. Er hatte versprochen, sie zu verwöhnen, und sie sah keinen Grund, an seinen Worten zu zweifeln.

Dennoch, zu leicht durfte sie es ihm nicht machen. Unter halb geschlossenen Lidern musterte sie Ben. Einen erotischeren Mann konnte sie sich nicht vorstellen. Nicht einmal sein wie üblich schlabberiges T-Shirt und die ausgeleierte Jogging-Hose mit dem Emblem der New Yorker Polizei, die er trug, taten seiner Attraktivität Abbruch. Er verfügte über ein vollkommen natürliches Verhältnis zur Sexualität, und Grace konnte sich nicht vorstellen, wie sie ohne ihn weiterleben sollte.

„Tust du mir einen Gefallen, Ben?" flüsterte sie heiser. „Zieh dich auch aus, bitte! Dann kannst du mit mir anstellen, was immer du willst."

Ben betrachtete sie lange, dann nickte er bedächtig. „Deine augenblickliche Position ermächtigt dich zwar nicht zu Forderungen, aber gut." Er lachte. „Es sei denn, du bestehst auf einem professionellen Strip." Mit einer einzigen, geschmeidigen Bewegung streifte er das Hemd ab und feuerte es quer durch den Raum. Die Hose folgte im Nu, und schon stand er nackt und in höchstem Maße erregt vor ihr.

„Wie, du trägst keine Wäsche?"

445

Ben zuckte die Achseln. „Du hast mich so auf Trab gehalten, dass ich zu primitiven Dingen wie Wäsche waschen einfach keine Zeit mehr hatte."

Grace stimmte in sein unbekümmertes Lachen ein. Sie konnte den Blick nicht von ihm wenden. Es war ja nicht das erste Mal, dass sie ihn nackt sah, aber sie konnte sich nicht satt sehen an seinem prächtigen Körper, und ihr eigener Körper reagierte heftig auf den Anblick.

Ben entging ihre wachsende Erregung nicht. Er streckte sich neben ihr auf dem Bett aus und legte die Hand auf ihre Hüfte. Langsam zuerst, doch bald schon immer drängender streichelte er sie.

„Du bist so schön", murmelte er dabei, „und du gehörst mir."

Grace erschauerte und schloss die Augen, um jeden anderen Reiz auszuschließen. Im Dunkeln, mit gefesselten Händen und weit geöffneten Beinen erwartete sie ihren Geliebten. Am Schaukeln der Matratze merkte sie, dass er sich bewegte. Dann fühlte sie ein sanftes Streicheln an ihren Schenkeln und erschrak: Das waren Bens Lippen und seine Zunge, die sich auf ihre geheimste Stelle zu bewegten und ihr Empfindungen bescherten, die ihr schier den Verstand raubten.

Unnachgiebig und beharrlich trieben Bens Liebkosungen sie einem Höhepunkt entgegen. Kurz bevor sie den Gipfel erreichte, zog er sich aber zurück, um dann erneut einen Vorstoß zu wagen. Woge für Woge der köstlichsten Gefühle brandete über Grace hinweg, bis sie sich schließlich verzweifelt an den Stangen des Bettes festklammern musste, um nicht überwältigt zu werden.

Doch Ben ließ nicht locker. Unermüdlich trieb er sein Spiel. Er lockte und reizte Grace, bis sie es kaum noch aushielt, dann zog er sich unvermittelt zurück. Inzwischen litt Grace wahre Höllenqualen. Sie konnte die Folter nicht län-

*Einfach sexy*

ger ertragen, ihr gemarterter Körper verlangte nach der endgültigen Vereinigung mit Ben, und sie hatte kaum noch die Kraft zu flüstern: „Komm doch endlich!"

Das wollte er hören. Ohne zu zögern stürzte er sich auf Grace, die noch immer die Messingstangen umklammerte und die Augen fest geschlossen hatte, drang in sie ein und erfüllte das Verlangen, das sie beherrschte.

Noch nie hatte Grace jedes Detail seines Körpers so genau gefühlt wie diesmal. Doch viel zu früh verließ er sie.

„Nicht aufhören, bitte", hörte sie sich murmeln. Sie erkannte kaum die eigene Stimme, doch wie sollte sie. So wie in diesem Moment hatte sie noch niemals zuvor gefühlt.

Ben betrachtete sie schweigend. Verwirrt und ängstlich schlug Grace die Augen auf und begegnete seinem Blick. Die Gefühle, die sich darin widerspiegelten, waren so tief und ehrlich wie ihre eigenen. Ihre Kehle war wie zugeschnürt, und sie fühlte, dass ihre Augen feucht wurden. Sie war kurz davor, in Tränen auszubrechen. Ben schien auf etwas zu warten, nur worauf?

„Bitte, Ben", stöhnte sie und wölbte sich ihm entgegen.

Endlich packte Ben sie bei den Schultern und drang erneut in sie ein. Nichts konnte ihn jetzt noch aufhalten. Er hielt Grace fest in den Armen. Nichts sollte mehr zwischen ihnen stehen. In kürzester Zeit erreichten sie gleichzeitig einen Höhepunkt von ungeahnter Kraft und Leidenschaft.

Als es vorüber war, lag Grace völlig ermattet in Bens Armen. Er strich ihr die Haare aus dem Gesicht und küsste sie noch einmal, nicht sanft und zärtlich allerdings, sondern fordernd und Besitz ergreifend, und flüsterte ihr sein „Happy Birthday" ins Ohr.

Ich liebe dich, hätte Grace am liebsten geantwortet, aber sie verschloss die Worte schnell in ihrem Herzen, um ihn nicht mit einer unbedachten Äußerung zu vertreiben.

Erst als Ben später die Fesseln löste und sanft ihre

Handgelenke massierte, wurde ihm bewusst, was er von Grace verlangt hatte. Grace, die ihre Freiheit und Unabhängigkeit über alles schätzte, hatte sich ihm ohne Fragen völlig ausgeliefert.

„Geht's dir gut?"

Grace kuschelte sich an ihn. „Ich hab mich noch nie besser gefühlt."

Erschöpft kroch Ben zu ihr unter die Decke. Der Duft nach Kokosöl und befriedigten Körpern umfing ihn und wirkte besänftigend auf sein Gemüt. In seinem Inneren tobte ein Aufruhr. Er konnte nicht länger vor sich selbst verbergen, dass er Grace so dringend brauchte wie die Luft zum Atmen. Ausgerechnet er, der sonst niemanden brauchte. Aber wenn er sie halten wollte, musste er ihr die Wahrheit sagen. Das wiederum konnte er nicht, ehe er einiges ins Reine gebracht hatte. Er holte tief Luft.

„Grace, ich muss dir was sagen."

Grace drehte sich zu ihm. Sie hatte die Hand auf seinen Bauch gelegt und ließ sie langsam tiefer gleiten. Sofort reagierte sein Körper, aber dafür war jetzt keine Zeit.

„Grace, es geht um deine Sicherheit, also hör bitte zu. Du bist heute ein enormes Risiko eingegangen."

„Weiß ich doch, aber die Sache duldete keinen Aufschub."

„Schon gut, nur falls du wieder auf die Idee kommen solltest, mich derart auszutricksen, könnte ich gezwungen sein, dich wieder zu fesseln."

„Willst du mir damit etwa Angst einjagen?" fragte Grace amüsiert, doch sie wurde gleich wieder ernst. „Ich gebe ja zu, dass es hätte schief gehen können. Ich war wirklich heilfroh, als ich dich sah, und es tut mir furchtbar Leid, wenn du dir Sorgen um mich gemacht hast."

Ben traute seinen Ohren nicht. „Wie bitte? Bist du nicht sauer auf mich?"

*Einfach sexy*

Grace zuckte die Achseln. „Ich hab nachgedacht und eingesehen, dass ich mich bei dir entschuldigen muss. Es ist gut, dass du mich beschützt. Was mich jedoch am meisten freut, ist die Tatsache, dass du das tust, weil du mich magst, und nicht, weil mein Vater dir eine Menge Geld dafür zahlt."

Zum Glück war es so dunkel im Raum, dass Grace nicht sehen konnte, wie Ben das Gesicht verzog. Ihre letzte Bemerkung hatte ihn getroffen.

„Vergiss doch einfach mal die Montgomerys", meinte er schließlich.

Grace schmiegte sich noch enger an ihn. „Ich kann's ja versuchen. Wenn du bei mir bist, fällt es mir sicher leichter."

Eine ganze Weile lagen sie schweigend nebeneinander und genossen die Nähe des anderen. Solche Situationen kannte Ben bisher nur aus Romanen. Fast hätte er laut aufgelacht. Da lag er zufrieden und glücklich neben einer Frau, die nicht nur die Enkelin seiner Auftraggeberin war, sondern auch die Person, über die er Ermittlungen anstellte, und die zudem aus einer Familie stammte, die Welten von seiner trennten. Und trotzdem konnte und wollte er Grace nicht aufgeben und war bereit, jede Schlacht für sie zu schlagen.

Grace erwachte ruckartig und konnte nicht mehr einschlafen. Sie sah zu dem Mann hinüber, der ihr Bett teilte und ihr Herz im Sturm erobert hatte. Wie war es möglich, dass sie sich neben ihm so wohl fühlte? Würde sie sich ebenso schnell wieder an die Einsamkeit gewöhnen wie an seine Nähe?

Sie stand auf und knipste die kleine Lampe an, die neben einem Sessel in der Ecke des Schlafzimmers stand. Ihr mattes Licht störte Bens wohlverdiente Ruhe nicht, er schlief weiter wie ein Murmeltier.

Grace lächelte, als sie an die Erlebnisse dieser Nacht dachte. Sie hatte sich Ben uneingeschränkt hingegeben, er hatte sie berührt wie nie ein anderer vor ihm, und sie bereute es nicht. Jetzt gehörte ihm ihr Körper, so wie er insgeheim schon lange ihr Herz besaß.

Selbst jetzt, schlafend und mit zersaustem Haar, hatte Ben nichts von seiner erotischen Ausstrahlung eingebüßt. Er lag auf dem Rücken, einen Arm hatte er über den Kopf gestreckt, die Bettdecke war tief auf seine Hüfte gerutscht. Das dunkle Haar auf seiner Brust wurde zum Nabel hin immer dünner, bis es sich in einer schmalen Linie unter der Decke verlor. An das, was die Decke verbarg, würde Grace sich bis an ihr Lebensende mit einem wohligen Schauer erinnern. Schon jetzt bekam sie eine Gänsehaut, als sie an seinen herrlichen Körper dachte und daran, wozu er fähig war.

Sie seufzte leise und schlüpfte vorsichtig unter die Decke zurück. Um wie viel leichter wäre ihr Leben, wenn sie Ben nach diesem einmaligen Abenteuer einfach vergessen könnte. Aber er hatte sie unter die harte Schale des erfolgreichen Privatdetektivs blicken lassen, und sie hatte sich in den einfühlsamen, rücksichtsvollen und verletzlichen Mann, der sich darunter verbarg, hoffnungslos verliebt.

Geräuschlos erhob sie sich wieder und holte die Kamera. Auch wenn sie bereits Fotos von Ben besaß, wollte sie sich doch so, wie er jetzt war, an ihn erinnern.

Mit einem dicken Kloß im Magen machte sie sich an die Arbeit. Sie knipste wild drauf los, fest entschlossen, den schlafenden Ben aus jedem Blickwinkel zu fotografieren. Sie wusste genau, dass dies die besten Bilder waren, die sie jemals machen würde, denn sie war mit ganzem Herzen bei der Sache.

Die Kamera klickte und klickte, und jedes Mal hielt Grace den Atem an. Wenn Ben nur jetzt nicht aufwachte. Denn wer konnte schon sagen, ob sie jemals wieder die Ge-

*Einfach sexy*

legenheit erhielt, den Mann ihres Lebens im Bild festzuhalten? An diese Fotos konnte sie sich in den langen einsamen Nächten, die vor ihr lagen, klammern.

## 12. KAPITEL

Schweren Herzens verabschiedete sich Ben am nächsten Morgen von Grace. Er glaubte nicht wirklich, dass sie immer noch in Gefahr schwebte. Was ihn bedrückte, war die Tatsache, dass ihre Beziehung zu Ende war. Aus und vorbei.

Einerseits war er erleichtert, dass er den Fall jetzt abschließen konnte. Er hatte alles erledigt, was Emma ihm aufgetragen hatte, und versuchte schon den ganzen Morgen, sie zu erreichen, um ihr seinen Abschlussbericht zu übermitteln. Inzwischen war es schon später Nachmittag, und immer noch erhielt er am Telefon nur die Auskunft, dass Emma nicht zu sprechen sei. Er schimpfte und tobte, doch es half nichts. So schwer es ihm auch fiel, er musste sich gedulden.

Nervös blickte Ben auf die Uhr. Was, schon fünf? Höchste Zeit, die Ausrüstung, die er sich von dem Masseur geborgt hatte, wie versprochen zur Pforte hinunterzubringen. Ben holte den Schlüssel, den Grace ihm gegeben hatte, und ließ sich in ihre Wohnung ein. In ihrem Schlafzimmer hing immer noch der atemberaubende Duft des Kokosöls. Nach der vergangenen Nacht würde ihn dieser Duft sein Leben lang an Grace erinnern, das wusste Ben. Das Fläschchen mit Öl stand auf dem Nachttisch. Als Ben es einpackte, fiel sein Blick auf das Bett. Er stutzte. Sieh mal an, Grace war schon fleißig gewesen!

Sie hatte sich in der Wohnung eine kleine Dunkelkammer eingerichtet, in der sie ihre privaten Bilder entwickelte. Offenbar hatte sie heute bereits darin gearbeitet, denn auf dem Bett lagen zahlreiche Fotos. Erst auf den zweiten Blick erkannte Ben, dass alle Bilder ihn selbst zeigten: Ben am Tag seines Einzugs, Ben beim Basketballspielen, bei der Autowäsche und ... Ben, wie er schlafend in Grace' Bett lag.

*Einfach sexy*

Fassungslos starrte Ben die Fotos an. So fühlt man sich also, wenn man beobachtet wird, heimlich beobachtet. Jetzt erinnerte er sich auch wieder an das Unbehagen, das ihn beschlichen hatte, während er seinen Wagen wusch. Schöner Privatdetektiv, der nicht einmal mitbekommt, wenn er selbst beschattet wird. Im Nachhinein regte sich fast ein wenig Mitleid mit den Personen, denen er im Lauf der Jahre nachspioniert hatte. Jetzt spürte er am eigenen Leib, wie verletzlich man sich fühlte.

Doch trotz aller Empörung musste er einmal mehr Grace' Talent im Umgang mit der Kamera bewundern. Nachdem er den ersten Schreck überwunden hatte, machte er es sich auf dem Bett bequem und betrachtete die Bilder genau. Grace hatte einen untrüglichen Blick für aussagekräftige, lebendige Szenen, das wusste er bereits von ihren Kinderfotos für „Chances". Sie erfasste mit einem Blick die ganze Persönlichkeit der Menschen, die sie abbildete.

Zum Beispiel Ben: Die Aufnahmen spiegelten alle Facetten seiner Persönlichkeit. Sie zeigten mal den großen Jungen beim Basketballspielen, den Autonarren beim Großputz, den erschöpften, aber zufriedenen Liebhaber. Grace hatte ihn vollkommen durchschaut!

Sie hatte ihm einmal erzählt, dass sie in ihren Fotos die Welt abbildete, so wie sie sie sah. Als er sich nun durch ihre Augen betrachtete, bemerkte er, wie viel Gefühl aus jedem Bild sprach, und plötzlich fiel es ihm wie Schuppen von den Augen. Grace liebte ihn!

Die Erkenntnis traf ihn wie ein Schlag. Im Traum hätte er nicht daran gedacht, dass Grace sich in ihn verlieben könnte. Er war so damit beschäftigt gewesen, sein eigenes Elend zu beklagen, dass er darüber Grace' Gefühle ganz vergessen hatte. Das Herz schlug ihm plötzlich bis zum Hals. Das war die Lösung!

Aber halt! In jedem Fall musste Grace die bittere Wahr-

453

heit erfahren. Und dann? Würde sie ihm seine Lügen verzeihen? Verständnis aufbringen für seine Lage? Glauben, dass er sich nicht nur im Auftrag ihrer Großmutter an sie herangemacht hatte? Darüber musste er erst einmal gründlich nachdenken. Sorgfältig legte er die Bilder zurück auf die Matratze und verließ die Wohnung.

Bei Licht besehen befand er sich in einer ziemlich verfahrenen Situation: Grace musste die ganze Wahrheit erfahren, auch wenn er nicht beurteilen konnte, wie sie diese aufnehmen würde. Der Anstand gebot jedoch, dass er die Lage erst mit Emma durchsprach. Dadurch konnten aber neue Komplikationen entstehen. Wenn nämlich Emma kein Verständnis für seine Rolle in diesem Fall aufbrachte – was ja nicht auszuschließen war – konnte sie ihm mit Fug und Recht sein Honorar vorenthalten. Dieses Honorar hatte er aber bereits für seine Mutter eingeplant.

Wenn's hart auf hart kommt, hält Mom zu mir, dachte Ben. Sie weiß, wie es ist, wenn man verliebt ist, und ist für mich zu jedem Opfer bereit. Trotzdem, es muss doch einen Ausweg geben!

Allein, wie er es auch drehte und wendete, alle seine Pläne scheiterten an dem einen Punkt, der größten Unbekannten, nämlich an Grace. Wie würde sie reagieren, wenn sie die Wahrheit kannte?

Grace hatte es sehr eilig, nach Hause zu kommen. Sie hatte die dumpfe Ahnung, dass Ben vielleicht nicht mehr da sein könnte, wenn sie sich verspätete. Dabei musste sie ihn doch so dringend sprechen! Sie hatte etwas auf dem Herzen, das sie unbedingt loswerden musste, selbst auf die Gefahr hin, ihn dadurch für immer zu verlieren.

Aber sie wollte ein für alle Mal Klarheit schaffen. Erst durch ihre Bekanntschaft mit Ben war ihr klar geworden, wer sie war und was sie wollte. Geld und alles, was man da-

*Einfach sexy*

mit kaufen konnte, beeindruckten sie nicht. Für sie zählten nur die inneren Werte eines Menschen, seine Aufrichtigkeit und sein gutes Herz.

Zugegeben, auf Ben war sie in erster Linie wegen seines Aussehens aufmerksam geworden. Doch verliebt hatte sie sich erst in ihn, als sie herausgefunden hatte, was für ein offener und ehrlicher Mensch er war. Ben hatte sie nie belogen, er hatte sie vielmehr von Anfang an vor seiner Angst vor festen Bindungen gewarnt. Deshalb hatte er jetzt auch verdient, die Wahrheit zu erfahren. Sie musste ihm einfach sagen, wie sehr sie ihn liebte.

Die Tür zu ihrer Wohnung stand offen. Vielleicht hatte Ben die Sachen von Marcus geholt und vergessen abzuschließen? Aber das sah ihm gar nicht ähnlich! Gespannt betrat Grace den schmalen Flur und rief: „Hallo, bist du noch da?"

„Noch? Ich bin eben erst angekommen. Mein Gott, was für eine Fahrt! Kannst du dir vorstellen, dass der Chauffeur sich strikt an die Geschwindigkeitsbegrenzung gehalten hat? Dabei gibt der Wagen locker das Doppelte her. Drei Stunden hat der Kerl gebraucht! Ich hätte es leicht in weniger als zwei geschafft."

„Du, Granny?" Grace ließ ihre Taschen fallen und stürmte ins Wohnzimmer. Dort thronte Emma wie eine Königin auf dem Sofa und empfing Grace mit weit geöffneten Armen.

„Hast du denn jemand anderen erwartet?" fragte Emma, nachdem sie Grace herzlich begrüßt hatte.

Wie schon so oft wunderte sich Grace, warum sie sich ausgerechnet bei dieser zerbrechlichen alten Dame so sicher und geborgen fühlte. Sie tat, als hätte sie die misstrauische Frage nicht gehört. „Was tust du denn hier? Ist das eine Verschwörung? Erst erscheinen Logan und Catherine, jetzt du?"

„Liebes Kind, wie könnte ich es versäumen, dich an deinem Geburtstag zu besuchen? Lass dich anschauen. Ein bisschen mehr Fleisch auf den Rippen täte dir gut, aber im Großen und Ganzen bist du schön wie immer, meine kleine Gracie."

Gracie, so nannte sie auch Ben. Grace fühlte, wie ein dicker Kloß ihre Kehle zuschnürte. Sie schluckte. „Das Kompliment kann ich nur erwidern, Granny."

Auch die Jahre hatten Emmas Schönheit nichts anhaben können. Sie trug das weiße Haar wie eh und je in einem Knoten, aus dem sich nicht eine Strähne zu lösen wagte. Ihr elegantes Kostüm hatte die strapaziöse Autofahrt überstanden, ohne eine Falte zu werfen.

„Danke", erwiderte Emma mit einem Lächeln. „Aber lenk nicht ab: Wer außer mir besitzt einen Schlüssel zu deiner Wohnung?"

Schweigend ergriff Grace Emmas Hand. Wie hatte sie es nur all die Monate ausgehalten ohne einen Menschen, dem sie ihr Herz ausschütten konnte? Emma war eine ausgezeichnete Zuhörerin und würde sie nicht verurteilen. Allerdings hatte sie die unangenehme Angewohnheit, Grace' Freunde bei der ersten Begegnung einem gnadenlosen Verhör zu unterziehen. Wenn Grace Ben vor diesem Schicksal bewahren wollte, musste sie Emma vorab alles über ihn erzählen.

„Also, Granny", begann sie zögerlich, „ich habe dir viel zu berichten. Es gibt da einen Mann in meinem Leben, den ich sehr gern habe ..."

Wie auf Stichwort klopfte es in diesem Augenblick an die Tür. Gleich darauf wurde der Schlüssel ins Schloss gesteckt. Eigentlich war Grace nicht abergläubisch, aber die Ereignisse der letzten Tage rüttelten an ihrer Einstellung. Sie hatte sich schon bei der Überlegung ertappt, ob nicht ein böser Fluch auf ihr laste, der bewirkte, dass Besucher

*Einfach sexy*

grundsätzlich zum ungünstigsten Zeitpunkt bei ihr auf-
kreuzten.

„Wenn man von der Sonne spricht ...", meinte Emma.

Grace stieß eine leise Verwünschung aus. Jetzt blieb
keine Zeit mehr, um Ben zu warnen oder Emma über Ben
aufzuklären. Und wie sollte Grace mit Ben über ihre Gefühle sprechen, solange Emma mitten im Wohnzimmer
saß?

„Versprich mir, dass du dich benimmst", beschwor sie
Emma wider besseres Wissen. Wenn Emma beschloss, jemanden in die Zange zu nehmen, konnte sie keine Macht
der Welt davon abbringen.

„Aber sicher doch. Ist das der Nachbar, den Logan kennen gelernt hat?"

Oje, dachte Grace, hoffentlich hat Logan ihr nicht zu
viel über Ben erzählt.

Schritte, dann Bens Stimme: „Gracie, bist du da? Ich
muss dringend mit dir reden! Ich hoffe, du hast einen Augenblick Zeit für ..." Stocksteif blieb er im Türrahmen stehen. Er wirkte nicht nur überrascht, sondern fast schockiert.

Der Ärmste, dachte Grace. Sicher hat er langsam genug
von den überraschenden Besuchen meiner Familie.

„Darf ich dir meine Großmutter vorstellen? Ich hab dir
viel von ihr erzählt."

Ben nickte und lächelte gequält. Dass er nicht glücklich
war, konnte Grace gut verstehen. Sie selbst dagegen begann
der Situation allmählich eine positive Seite abzugewinnen.
Immerhin ergab sich endlich die Gelegenheit, dass die beiden Menschen, die sie am meisten liebte, Bekanntschaft
schlossen.

„Großmutter, das ist mein ... Nachbar Ben Callahan."

Emma würde schon von alleine darauf kommen, was
Ben ihr außerdem bedeutete. Um Bens willen hoffte sie al-

lerdings inständig, dass Emma ihre Schlussfolgerungen für sich behalten würde.

„Es freut mich, Sie kennen zu lernen." Emma strahlte, als sie Bens Hand schüttelte. Sie war bei Bens Eintritt förmlich aufgeblüht, und Grace ahnte Schreckliches. Nach langer, langer Zeit hatte Emma endlich wieder einen von Grace' Verehrern leibhaftig vor sich, und sie würde ein gründliches Verhör mit ihm durchexerzieren.

„Setzen Sie sich zu mir, junger Mann, und erzählen Sie. Wissen Sie, in meinem Alter wird man ganz süchtig nach Geschichten, besonders wenn ein bisschen Romantik darin vorkommt. Man erlebt so was ja kaum mehr. Mein Sohn und seine Frau haben schon seit ewigen Zeiten getrennte Schlafzimmer."

Grace errötete. Auch wenn es den Tatsachen entsprach, musste Emma gleich darauf herumreiten? Was würde Ben dazu sagen? Einstweilen schwieg er, das war ganz untypisch für ihn. Grace seufzte tief. Bei ihrem Glück würde es noch so weit kommen, dass Emma Ben vergraulte, bevor Grace die Gelegenheit bekommen hatte, unter vier Augen mit ihm zu sprechen.

„Granny, denk an dein Versprechen!"

Emma schnaubte verstimmt. „Ist ja schon gut! Darf ich wenigstens sagen, wie sehr ich mich freue?" Sie wandte sich wieder an Ben. „Wenn es Ihnen gelungen ist, das Vertrauen meiner Enkelin zu gewinnen, müssen Sie ein ganz besonderer junger Mann sein. Gracie, bitte mach doch zur Feier des Tages eine Flasche Wein auf."

Irgendetwas stimmt da nicht, dachte Grace. Sie hatte durchaus damit gerechnet, dass Emma Ben mit Wohlwollen begegnete. Aber dass sie ihn so einfach vom Haken ließ, entsprach nicht ihrem Charakter. Selbst der junge Mann, der Grace zum Abschlussball begleitet hatte, hatte eine hochnotpeinliche Befragung über sich ergehen lassen müs-

*Einfach sexy*

sen, obwohl es sich nur um einen Klassenkameraden gehandelt hatte.

Grace beschloss, die beiden im Auge zu behalten. „Gute Idee. Ich hole den Wein, und ihr beide schließt Bekanntschaft. Ben, lass dich nicht von meiner Großmutter einschüchtern."

Von düsteren Vorahnungen geplagt, ging sie in die Küche, um ihre spärlichen Vorräte nach etwas Trinkbarem zu durchforsten, das Gnade vor Emmas Augen finden würde. Von Zeit zu Zeit warf sie einen verstohlenen Blick über die Theke.

Ben hatte sich neben Emma auf das Sofa gesetzt. Die beiden hatten die Köpfe zusammengesteckt und unterhielten sich angeregt. Worüber sie wohl sprachen?

Sie waren derart in ihr Gespräch vertieft, dass sie sich nicht einmal über Grace' langes Ausbleiben zu wundern schienen. Grace' Misstrauen wuchs. Je länger sie die beiden beobachtete, desto mehr verstärkte sich ihr Eindruck, dass sie Zeugin einer Verschwörung wurde.

Wie Grace es vorausgesehen hatte, gab ihr Vorrat nichts her, das Emmas Ansprüchen genügt hätte. Sie gab die Suche auf und kehrte ins Wohnzimmer zurück. Als sie eintrat, verstummte Emma abrupt. Das entsprach so gar nicht ihrer Art, und die Alarmglocken in Grace' Kopf schrillten lauter als je zuvor.

„Es ist leider kein Wein mehr da", murmelte Grace.

Emma zuckte bedauernd die Achseln, und Ben erhob sich. „Ihr habt sicher eine Menge zu besprechen", meinte er und machte Anstalten zu gehen. Grace hatte ihre liebe Not, ihn zum Bleiben zu bewegen. Schließlich nahm er mit sichtlichem Unbehagen wieder auf dem Sofa Platz und versuchte, gezwungen Konversation zu machen.

„Deine Großmutter interessiert sich für meinen Mustang", sagte er.

459

Grace starrte ihn befremdet an. Was sollte das schon wieder heißen? „Im Ernst? Seit wann denn? Ich hätte schwören können, dass du glänzende, funkelnde Neuwagen bevorzugst, Granny! Je protziger, desto besser, nicht wahr? Weißt du noch, wie ungehalten du warst, als Vater sich nicht von seinem alten Lincoln trennen wollte? Du hast ihn ziemlich ausgelacht deswegen und sogar vorgeschlagen, ihn darin zu beerdigen."

„Das war doch nur ein Scherz. Ich bin sicher, dass Bens Auto ein Wagen mit Charakter ist." Emma klang unsicher und nervös.

„Wie kommst du denn darauf? Du kennst Ben doch erst ein paar Minuten! Überhaupt finde ich es sehr eigenartig, dass du ihn nicht mit deinen neugierigen Fragen löcherst, wie du es sonst immer tust. Du triffst ihn heute zum ersten Mal ..."

Grace verstummte. Ein ungeheuerlicher Verdacht überfiel sie. Hatten sie nicht erst neulich darüber gesprochen, wie Emma Catherine und Logan verkuppelt hatte? Als „schamlose Kupplerin" hatte Catherine sie bezeichnet. Auf Logans Hochzeit hatte Emma scherzhaft damit gedroht, Grace ebenfalls unter die Haube zu bringen. „Meine letzte Pflicht auf dieser Erde", hatte sie gesagt. „Ich gehe nicht eher, als bis ich dich in guten Händen weiß."

Nein, das war ganz unmöglich, oder ...? Täuschte sich Grace, oder verheimlichten die beiden ihr etwas? Warum wirkten sie so schuldbewusst?

„Aber Grace, ich freue mich doch nur, dass alles sich so entwickelt, wie ich es mir gewünscht habe. Du weißt, dass ich es kaum erwarten kann, dich glücklich zu sehen."

Grace' Blicke wanderten unruhig zwischen Emma und Ben hin und her. Wie um ihre Worte Lügen zu strafen, rutschte Emma nervös auf dem Sofa herum.

„Tut mir Leid, aber ich glaube dir kein Wort, Granny.

Ich seh dir doch an der Nasenspitze an, dass du irgendwie deine Hände im Spiel hattest."

Emma stritt alles energisch ab, aber sie konnte Grace dabei nicht in die Augen sehen. Also wandte sich Grace an Ben.

„Ben, sag du mir, was los ist!"

Auch von ihm erhielt sie keine Unterstützung, und da wusste sie Bescheid.

„Ihr habt euch gegen mich verschworen! Ich bestehe darauf, alles zu erfahren, und zwar sofort", rief sie, und ihre Stimme überschlug sich fast dabei.

Emma und Ben wechselten einen langen Blick. Keiner wollte den ersten Schritt tun.

Endlich erbarmte sich Ben. „Emma hat mich engagiert. Ich sollte dich beobachten und ihr über deinen Tagesablauf berichten."

Grace konnte ihn nur mit weit aufgerissenen Augen ansehen. Ihr Herz schlug bis zum Hals, ihre Kehle brannte, und sie begann am ganzen Körper zu zittern.

Ben fuhr sich nervös mit der Hand durchs Haar. „Bitte, Grace, wir können das doch später unter vier Augen besprechen", flehte er. „Sieh mal, deine Großmutter machte sich Sorgen um dich. Sie war überzeugt, dass du ihr etwas verheimlichst."

„Schön, dass du sie in Schutz nimmst. Aber für Entschuldigungen ist es jetzt zu spät." Grace' Knie gaben nach, und sie musste sich setzen. Eine Welt war für sie zusammengebrochen. Ben war dafür bezahlt worden, dass er sich um sie kümmerte. Seine Zuneigung war erkauft, in Wahrheit lag ihm nicht das Geringste an ihrer Person. Das war der Grund, weshalb er sich gegen eine dauerhafte Beziehung sträubte. Er wollte sich die Möglichkeit offen halten, sich aus dem Staub zu machen, sobald die Geldquelle versiegte.

*Carly Phillips*

Im Raum herrschte Totenstille. Emma hielt die Augen starr auf einen Punkt am Boden gerichtet, aber Ben sah Grace durchdringend an. Fast glaubte sie, in seinem Blick etwas von der Wärme und Fürsorge zu entdecken, die sie früher hineingedeutet hatte. Aber das war unmöglich.

Sei nicht dumm, ermahnte sich Grace. Klammere dich nicht an etwas, das nicht existiert. Er hat dir etwas vorgegaukelt, und du bist darauf hereingefallen wie ein dummes Gänschen. Diese Erkenntnis schmerzte so stark, dass es ihr schier den Atem raubte.

„Grace, lass mich erklären." Bens Stimme war kaum mehr als ein Flüstern.

Aber Grace hatte vorerst genug gehört. Ben hatte sie betrogen und belogen, und dafür gab es keine Entschuldigung. Spätestens als sie Liebende geworden waren, hätte er ihr die Wahrheit sagen müssen.

„Hör wenigstens mich an!" Auch Emmas Stimme klang brüchig und rau, als könnte sie jeden Moment zerspringen.

Grace war erschüttert. Die beiden Menschen, die sie auf der Welt am meisten liebte, hatten ihr durch ihren arglistigen Betrug soeben das Herz gebrochen. Sie musste weg von hier.

## 13. KAPITEL

Mit lautem Knall fiel die Wohnungstür hinter Grace ins Schloss. Ben hielt sie nicht zurück. Der verletzte Blick, den sie ihm zugeworfen hatte, hatte ihm tief ins Herz geschnitten. Er konnte verstehen, dass sie jetzt erst einmal allein sein wollte. Alles, was ihr helfen konnte, den Schock zu überwinden, war ihm recht.

„Sie nimmt es sehr schwer. Wir hätten es ihr schonender beibringen müssen", seufzte Emma.

Ben hatte da seine Zweifel. Er hatte vorgehabt, Grace über alles aufzuklären, und sich im Stillen gegen einen heftigen Gefühlsausbruch gewappnet. Dennoch hatte ihn ihre Reaktion überrascht.

Tröstend legte er die Hand auf Emmas knochige Schulter. „Machen Sie sich keine Vorwürfe", bat er. Er hatte mindestens ebenso viel Schuld auf sich geladen. Hätte er seine Arbeit getan und sich von Grace fern gehalten, wie es von ihm erwartet wurde, wäre nichts von alledem geschehen. Allerdings hätte er dann auch niemals die Frau seines Lebens kennen gelernt.

Aber die alte Dame schüttelte seine Hand ungeduldig ab. „Setzen Sie sich wieder hin", befahl sie im gewohnten Kommandoton, und Ben erkannte, dass er sie einmal mehr gewaltig unterschätzt hatte. Kerzengerade saß sie da, ihre Augen blitzten unternehmungslustig, und es schien, als hätte die fürchterliche Szene von eben nicht den geringsten Eindruck bei ihr hinterlassen.

„Hören Sie auf, Trübsal zu blasen. Natürlich nehme ich alles, was vorgefallen ist, auf meine Kappe. Sehen Sie, ich gebe viel auf meine Intuition. Als ich Sie das erste Mal sah, wusste ich, dass Sie der Richtige für Grace sind. Das war der Grund, weshalb ich Sie engagiert habe, nicht die Empfehlung meiner Freundinnen."

„Sie haben sozusagen damit gerechnet, dass ich mich mit Ihrer Enkelin ... weit über das berufliche Maß hinaus anfreunde?"

Emma nickte.

Was für eine gerissene Person! Sie hatte ihn also genauso an der Nase herumgeführt wie Grace. Was war er doch für ein Narr gewesen! In hilfloser Wut ballte Ben die Fäuste. Warum hatte er nicht rechtzeitig die Notbremse gezogen?

„Ich hasse es, wenn man mich für dumm verkauft!"

„Stellen Sie sich nicht so an!" Emma schüttelte unwillig den Kopf. „Ich habe doch gesehen, wie Sie Grace' Foto angehimmelt haben. Wollen Sie das etwa abstreiten? Und dass Sie Grace lieben, sieht ja ein Blinder!"

Ben schnitt eine Grimasse. Sich eine Tatsache selbst einzugestehen oder sie aus dem Munde einer anderen Person laut und deutlich zu vernehmen waren zwei sehr unterschiedliche Dinge.

„Ich fürchte, meine Gefühle spielen im Moment keine Rolle. Es geht doch darum, ob Grace uns unsere Lügen verzeiht, und ich kann gut nachvollziehen, wenn sie uns nicht vergibt. – Aua!"

Emma hatte ihm ihren spitzen Ellenbogen mit voller Wucht in die Seite gerammt. Woher nahm diese zierliche Person so viel Kraft?

„Darf ich erfahren, wie ich mir das verdient habe?" keuchte Ben und rieb sich die schmerzende Stelle.

„Sie hören sich schon an wie Logan. Der sitzt auch lieber rum und jammert, anstatt zu kämpfen. Ich unterstütze Sie gerne dabei ..."

„Lieber nicht, danke. Ich werde schon alleine damit fertig", stammelte Ben, der sich nichts Schlimmeres vorstellen konnte, als dass sich Emma erneut in sein Liebesleben einmischte. Aber widerstrebend gab er ihr Recht: Er musste

464

*Einfach sexy*

sich mit Grace aussprechen, ehe sie ihn für immer aus ihrem Leben verbannte. Sie sollte wenigstens erfahren, was ihn veranlasst hatte, ihr einen derartigen Berg an Lügen aufzutischen.

Mit neuem Mut stand er auf. „Kann ich Sie allein lassen?"

Emma sah ihn an. Sie wirkte plötzlich sehr alt und müde. „Selbstverständlich! Wichtig ist doch nur, dass es meiner Enkelin gut geht."

„Bis vor wenigen Minuten ging es ihr ausgezeichnet." Ben sah seiner Auftraggeberin fest in die Augen. „Hiermit ist der Auftrag für mich abgeschlossen. Ich werde Ihnen ab sofort keine Auskünfte über Grace mehr erteilen. Aber ich werde Ihnen den Vorschuss und Ihre Auslagen für die Miete erstatten. Einen Teil kann ich Ihnen gleich überweisen, den Rest erhalten Sie in monatlichen Raten."

Jetzt lächelte Emma wieder. „Reden Sie keinen Unsinn. Sie haben Ihren Auftrag erfüllt und sollen dafür bezahlt werden, wie es abgemacht war."

Ben schüttelte heftig den Kopf. Er konnte Emmas Geld, Geld, das den Montgomerys gehörte, nicht annehmen, wenn er Grace beweisen wollte, wie ernst er es meinte. „Jetzt ist wirklich nicht der geeignete Moment, um sich über Geld zu streiten", widersprach er.

„Richtig! Nun laufen Sie schon! Und dass Sie mir nicht ohne Grace zurückkommen, junger Mann!"

Ben rannte los. In der Tür blieb er noch einmal stehen. Eine letzte Frage brannte ihm noch auf dem Herzen. „Darf ich Sie etwas fragen, Emma?"

„Nur zu."

„Wie kommt es, dass Sie ausgerechnet mich für Grace ausgesucht haben? Ich habe weder einen bemerkenswerten Familienstammbaum noch ein Vermögen vorzuweisen. Grace' Vater würde mich nicht über seine Schwelle lassen."

„Das will ich Ihnen gerne sagen, Ben. Ich weiß genau, dass Sie meine Grace glücklich machen."

Ben fand Grace auf dem Spielplatz im Park. Sie stand im Sandkasten und stieß abwechselnd die Füße in den Sand, dass er nach allen Seiten stob. Ein Kind hätte man mit einem Stück Schokolade oder einer Umarmung trösten können. Aber Ben stand eine erwachsene Frau gegenüber, die den Glauben an den Mann verloren hatte, den sie liebte.

Er nahm seinen Mut zusammen, setzte sich auf die hölzerne Umfriedung des Sandkastens und sprach sie an. Grace gönnte ihm keinen Blick.

„Das kommt davon, wenn man sich mit einem Privatdetektiv einlässt", murrte sie. „Der spürt einen auf, auch wenn man mal alleine sein möchte."

„Um dich zu finden, musste ich meinen kriminalistischen Instinkt nicht extra bemühen, Grace. Ich wusste, wo ich dich antreffen würde, weil ich dich genau kenne."

„Was ich von dir leider nicht behaupten kann." Grace stieß ein verbittertes Lachen aus, bei dessen Klang Ben zusammenzuckte. Er kannte sie nur als fröhliche junge Frau und machte sich schwere Vorwürfe, weil er sie um ihr perlendes Lachen gebracht hatte.

„Anfangs kannte ich dich auch nicht. Es war ein Auftrag wie jeder andere."

„Außer, dass Emma vermutlich viel besser zahlt."

Das ließ sich nicht leugnen, aber Ben gab noch nicht auf. „Und wenn schon. Du weißt doch, dass ich das Geld für meine Mutter brauche."

Grace hieb mit dem Schuh in den Sand, dass die feinen Körner wie eine dunkle Wolke aufstiegen. „Meinetwegen darfst du jeden Job annehmen, der dir angeboten wird. Es will mir nur nicht in den Kopf, was du dir dabei gedacht hast, dich für Geld an mich heranzumachen. Mit mir zu

*Einfach sexy*

schlafen! Ich habe dir vertraut, und du hast nicht einmal den Versuch unternommen, mir die Wahrheit zu sagen."

Eine dicke, glänzende Träne kullerte jetzt über ihre Wange. Ben wusste nicht, was er sagen sollte. Worte allein reichten nicht aus, um ihr Leid zu lindern.

Grace sah ihn mit feuchten Augen an. „Das Allerschlimmste ist, dass du mich die ganze Zeit über in dem Glauben gelassen hast, dass das, was wir beide erleben, nicht das Geringste mit meiner Familie zu tun hat." Sie schluchzte laut. „Du wusstest doch, wie viel mir meine Unabhängigkeit bedeutet. Du wusstest auch, dass ich mich von meiner Familie und ihrem Geld lösen wollte. Und dann lässt ausgerechnet du dich mit eben diesem Geld kaufen. Das hätte ich nie für möglich gehalten."

„Bitte, Grace, lass mich erklären ..."

Aber Grace beachtete ihn nicht und sprach stockend weiter. „Emma hat dich gekauft", wiederholte sie. „Dieser so genannte Auftrag war nur ein Vorwand, um dich zu ködern. Sie brauchte nur mit ein paar Scheinen zu winken, um mich in deinen Augen unglaublich attraktiv zu machen."

Ben war starr vor Entsetzen. Erst jetzt dämmerte ihm, wie sich die Dinge aus Grace' Sicht darstellten. Was sie sagte, klang plausibel. Nur einen Haken hatte ihre Version der Geschehnisse: Emmas Geld hatte nicht das Geringste damit zu tun, dass er sich in Grace verliebt hatte.

„Darf ich jetzt mal was sagen?" fragte er zerknirscht.

„Bitte." Grace zuckte verächtlich die Achseln. „Aber glaub mir: Für Entschuldigungen ist es zu spät."

Ben nahm ihre Hand. Sie war eiskalt. „Ich weiß gar nicht, wo ich anfangen soll", begann er und räusperte sich. „In meinem Kopf und in meinem Herzen geht's drunter und drüber. Aber ich werde mein Bestes tun, um dir meine Version der Geschichte zu erklären."

Es wurde Abend, die Sonne versank hinter den Hochhäusern, und ein kühler Wind vertrieb die letzten Spaziergänger. Nur Grace und Ben harrten aus. Ben wusste, was auf dem Spiel stand. Die Umstände sprachen gegen ihn, doch er wollte sich nicht kampflos geschlagen geben und die Frau, die er liebte, verlieren.

„Es war nie nur ein Routinefall für mich. Von dem Augenblick an, als Emma mir dein Foto zeigte, war es um mich geschehen. Mein Gewissen riet mir auszusteigen, aber ich konnte einfach nicht."

„Wegen des Geldes."

„Wegen des Geldes, wegen meiner Mutter und vor allem deinetwegen. Mit Emmas Geld kann ich meiner Mutter bessere Betreuung bieten, ohne Fälle zu übernehmen, von denen ich normalerweise die Finger lasse."

Überrascht unterbrach er sich, denn Grace hatte die Hand auf seinen Arm gelegt und sah ihn mit Tränen in den Augen an. „Ich versteh dich schon, Ben. Du liebst deine Mutter über alles."

„Ich weiß nicht, ob du mich verstehen kannst. Schließlich bist du selbst in einer ganz anderen Welt aufgewachsen."

Grace empfand tiefes Mitgefühl für Ben. Sie konnte nachvollziehen, warum Ben alles daransetzte, um seine Mutter auf ihre alten Tage für all die Entbehrungen zu entschädigen, die sie für ihn auf sich genommen hatte. Doch das rechtfertigte sein Verhalten Grace gegenüber noch lange nicht.

„Gut, ich weiß jetzt, weshalb du den Fall übernommen hast, aber ich verstehe immer noch nicht, was dich davon abgehalten hat, mir reinen Wein einzuschenken, nachdem wir uns näher gekommen waren."

Verlegen fuhr sich Ben durch die Haare. „Es ist wirklich ziemlich verzwickt und mag sich wie eine lahme Ausrede anhören: Ich hatte Emma versprochen, die Sache geheim zu

*Einfach sexy*

halten, und musste Wort halten. Mein Ruf als Privatdetektiv stand auf dem Spiel."

Da Grace schwieg, fuhr er fort: „Dann wurdest du überfallen, und ich war gezwungen, noch länger zu schweigen. Sei mal ehrlich: Du hättest mich doch hochkant hinausgeworfen, wenn du erfahren hättest, dass ich für Emma arbeite. Und wer hätte dann für deine Sicherheit garantiert?"

„Meine Sicherheit war dir doch nur wichtig, weil Emma dich gut dafür bezahlt hat."

„Nein!" Bens Stimme wurde weich, und seine Augen flehten um Verständnis. „Deine Sicherheit war mir wichtig, weil du selbst mir inzwischen so viel bedeutet hast, dass ich es nicht übers Herz gebracht hätte, dich schutzlos zurückzulassen."

Grace hielt seinem Blick stand. Wie gerne hätte sie ihm geglaubt, sich in seine Arme gestürzt und ihm alles verziehen. Aber Tatsache war, dass er sich von ihrer Familie hatte anheuern lassen, um sich, knallhart ausgedrückt, in ihr Bett einzuschleichen. Das war unverzeihlich. Wieder stieß sie den Fuß heftig in den Sand, und diesmal staubte sie Ben von oben bis unten voll.

„Lass mich zusammenfassen: Du hast Geld von meiner Großmutter erhalten und fühltest dich ihr deshalb verpflichtet. Außerdem fühlst du dich für deine Mutter verantwortlich. Und wo, bitte schön, bleibe ich?"

Grace war an einem Punkt angelangt, wo ihr alles gleichgültig war. Sollte er ruhig zusehen, wie sie vor Selbstmitleid zerfloss. Sie ärgerte sich über ihre Naivität und darüber, ihre Liebe an einen Mann vergeudet zu haben, der nichts für sie empfand. In diesem einen Punkt hatte er ihr allerdings nie etwas vorgemacht.

Ben war aufgesprungen und trat auf sie zu. „Du hast das alles missverstanden, Grace." Er packte sie bei den Schultern und zog sie an sich. „Was ich damit sagen wollte, war,

469

dass ich zu dumm war, um zu erkennen, dass nicht immer der Beruf an erster Stelle kommt."

Er streichelte ihre nackten Arme. Grace spürte die Wärme seines Körpers und die Anziehung, die er trotz allem auf sie ausübte. Sie liebte ihn ja, auch wenn er ihre Gefühle nicht erwiderte.

„Glaub mir, Grace, dieser Schlamassel hat überhaupt nichts mit dir zu tun. Ich habe alles falsch gemacht: Ich hätte den Fall abgeben sollen, ehe es zu spät war, anstatt ein Verhältnis mit der Person, die ich beschatten sollte, anzufangen."

„Dein Gewissen regt sich reichlich spät, findest du nicht?" Grace war wieder wütend geworden und schüttelte seine Hände ab.

Ben trat einen Schritt zurück. „Ich wollte dich doch nicht verletzen. Und selbst wenn du jetzt zornig bist, ändert das nichts an deinen wahren Gefühlen für mich."

Grace funkelte ihn böse an. „Ich habe keine Ahnung, wovon du jetzt schon wieder sprichst."

„Oh doch! Du liebst mich, gib's doch zu. Ich bin auf die Fotos gestoßen, die du von mir gemacht hast. Solche Bilder kann man nur von einem Menschen machen, dem man ganz nahe steht. Natürlich bist du im Augenblick tief gekränkt, aber darüber kommst du eines Tages hinweg. Was dann?"

Grace wollte etwas erwidern, doch sie brachte kein Wort über die Lippen. Sie fühlte sich ausgepumpt und leer.

„Was ist? Warum sagst du nichts?" fragte Ben.

„Weil ich, im Gegensatz zu dir, nicht lügen kann", stieß sie mit rauer Stimme hervor.

Ben verstand. Er betrachtete sie lange nachdenklich, dann hob er grüßend die Hand und ging. Grace war wieder allein, wie sie es gewesen war, ehe sie Ben traf, und wie sie es für den Rest ihres Lebens wieder sein würde.

*Einfach sexy*

Endlich war die letzte Kiste im Kofferraum des Mustang verstaut. Eigentlich sollte Ben sich jetzt erleichtert fühlen, denn er durfte nach Hause, zurück in seine eigene Wohnung. In dem kalten, modernen Yuppie-Apartment hatte er sich nie richtig wohl gefühlt. Aber die Bekanntschaft mit Grace hatte ihn für diese Unannehmlichkeit mehr als entschädigt.

Eine Frau wie sie hatte er nicht verdient, deshalb war es gut, dass er jetzt aus ihrem Leben verschwand. Er hatte seine Chancen auf eine Zukunft mit Grace verspielt, als er Emmas Geld akzeptiert hatte. Er hätte dies gerne rückgängig gemacht, aber an dieser Tatsache ließ sich leider nicht mehr rütteln. Deshalb würde Grace auch nie erfahren, dass er Emmas Geld am Ende zurückgewiesen hatte. Aus dem gleichen Grund hatte er es auch für klüger gehalten, Grace nichts davon zu verraten, dass er sie liebte.

Ben knallte den Deckel des Kofferraums zu und wollte noch einmal nach oben gehen, um einen letzten Blick durch die Wohnung zu werfen. Plötzlich hatte er das Gefühl, beobachtet zu werden. Genau wie damals, dachte er und lachte bitter. Doch welchen Grund hätte Grace wohl noch, ihn zu fotografieren? Dafür hatte er sie viel zu sehr enttäuscht.

Schnell setzte Grace die Kamera ab. Sie hatte gehofft, die traurige Geschichte zu einem würdigen Abschluss zu bringen, wenn sie Ben bei der Abreise fotografierte, aber sie hatte sich getäuscht. Statt den inneren Frieden wiederzufinden, litt sie Höllenqualen.

„Du kannst ihn noch aufhalten, meine Liebe."

Mit tränenblinden Augen drehte sich Grace zu ihrer Großmutter um. Sie hatte sich nach einer langen Aussprache mit ihr ausgesöhnt. Grace hatte eingesehen, dass sie zu weit gegangen war, als sie den Kontakt mit der Familie auf ein Minimum beschränkte. Nur deshalb hatte sich Emma

Sorgen gemacht und war auf die Idee verfallen, einen Privatdetektiv auf ihre Enkelin anzusetzen.

„Es geht doch gar nicht mehr darum, dass er dich belogen hat, oder? Du bist auch nicht gerade ein Muster an Aufrichtigkeit. Ich könnte aus dem Stand eine ganze Hand voll faustdicker Lügen aufzählen, die du mir seinerzeit aufgetischt hast. Trotzdem spreche ich immer noch mit dir."

Grace blickte stumm aus dem Fenster. Ben verabschiedete sich gerade vom Portier. Wie an dem Tag, als sie ihn zum ersten Mal gesehen und sich in ihn verliebt hatte, trug er ein ausgefranstes T-Shirt und lehnte lässig an seinem Wagen.

Nein, es ging nicht mehr darum, dass er sie belogen hatte. Im Grunde ihres Herzens wusste Grace, dass Ben ein zutiefst aufrichtiger Mann war. Und da lag die Wurzel des Übels.

Grace hatte sich in der vergangenen Nacht lange im Bett gewälzt und nachgedacht. Sie war zu der Einsicht gelangt, dass Ben ein unschuldiges Opfer von Emmas schamlosen Verkuppelungsversuchen geworden war. Wie hätte Emma ahnen könnten, dass Ben seine Mutter zu versorgen hatte und deshalb auf ihr Geld angewiesen war? Wer wollte andererseits Ben einen Strick daraus drehen, dass er Rücksicht auf seine Mutter nahm und sich die Chance, ihre Lage zu verbessern, nicht entgehen lassen wollte?

Grace dachte auch an die Stunden voller Leidenschaft, die sie mit Ben verbracht hatte. Sie hatte ihm nicht nur ihren Körper, sondern auch ihr Herz geschenkt, obwohl sie wusste, dass er ihre Gefühle nicht erwiderte.

„Er liebt mich nicht, Granny. Er mag mich zwar und sorgt sich um mich, aber er liebt mich nicht."

„Was macht dich so sicher?"

Grace räusperte sich verlegen. „Ich habe ihm gesagt, dass ich ihn liebe, aber er hat nicht reagiert."

*Einfach sexy*

Aber hatte sie ihm ihre Liebe wirklich klipp und klar gestanden? Plötzlich fing Grace' Herz an, wie wild zu hämmern.

„Er wäre nicht der erste Mann, der seine wahren Gefühle geschickt verbirgt", meinte Emma und blinzelte Grace zu. „Weißt du, Grace, nicht viele Menschen zeigen ihre Gefühle so offen wie ich, aber die wenigsten verschließen sich so, wie es dein Vater tut."

Grace starrte wieder zum Fenster hinaus. Ben lehnte immer noch am Wagen und plauderte mit dem Portier. Mit einem Mal fiel es Grace wie Schuppen von den Augen: Ben konnte gar nicht wissen, was sie für ihn empfand. Sie hatte sich zwar vorgenommen, mit ihm zu sprechen, aber dann war ja Emma aus dem Nichts aufgetaucht und hatte so viel Verwirrung gestiftet, dass sie nicht dazu gekommen war. Ben hatte gar keine Gelegenheit gehabt, ihre Liebe anzunehmen oder zurückzuweisen.

Als könnte sie ihre Gedanken lesen, sprach Emma weiter. „Dein Vater liebt dich auf seine Weise, auch wenn er dir das nie gezeigt hat. Die meisten Männer haben schreckliche Angst, sich zu blamieren, deswegen sprechen sie ungern über ihre Gefühle. Schon bei Adam und Eva war es die Frau, die den ersten Schritt tun musste. Worauf wartest du also noch, Gracie!"

Grace ließ sich Emmas Worte durch den Kopf gehen. Je länger sie darüber nachdachte, desto klarer sah sie, wie Recht die alte Dame hatte. Über ihrem Kummer hatte Grace ganz vergessen, dass es ja jetzt die neue Grace Montgomery gab. Daran war Ben nicht ganz unbeteiligt. Diese andere Grace war sinnlich, warmherzig und vor allen Dingen ehrlich. Sie wusste auch, dass sie nicht Offenheit verlangen durfte, wo sie selbst ihre Gefühle verbarg.

Stürmisch fiel Grace Emma um den Hals und rannte zur Tür. Sie hörte noch, wie die alte Dame ihr nachrief: „Übrigens weigert er sich, sein Honorar anzunehmen!" Dann lief sie nach draußen.

Ben warf noch einen letzten Blick auf das Apartmentgebäude. Aus und vorbei, dachte er, und öffnete die Autotür. Nichts wie weg, ehe mich die Reue packt! Schnell öffnete er die Tür des Mustang und wollte einsteigen, als ihn eine helle Stimme zurückhielt.

„Was hast du denn vor?"

Vor ihm stand, etwas atemlos, Grace. Sie trug Baumwollshorts und ein T-Shirt, das sie, wie neulich, vor der Brust verknotet hatte. Bei ihrem Anblick wurde Bens Mund ganz trocken, und sein Puls beschleunigte sich.

„Hat's dir die Sprache verschlagen?" Mit verschränkten Armen baute Grace sich vor ihm auf und blickte ihn fragend an. Sie sieht sehr verführerisch aus, fand Ben, denn in dieser Haltung kamen ihre schmale Taille, ihre wohlgeformten Brüste und der Schwung ihrer Hüften besonders gut zur Geltung.

„Ich fahre nach Hause, ins Village", murmelte Ben, und merkte zu seiner Verlegenheit, dass ihm das Sprechen schwer fiel. Es behagte ihm nicht, hier zu stehen und höfliche Konversation mit Grace zu betreiben, wenn er sie doch viel lieber in die Arme genommen und geküsst hätte. Deshalb kehrte er ihr den Rücken zu und wollte einsteigen.

Aber sie packte sein Handgelenk. „Läufst du wieder vor mir davon?" fragte sie spöttisch.

Überrascht blickte Ben sie an. Wenn Grace ihn aufhielt, hatte sie sicher einen Grund dafür, und er wäre ein Narr, wenn er sie nicht anhörte. Aber nicht hier, denn wie jeden Morgen herrschte reges Kommen und Gehen in der Auffahrt.

„Wir reden lieber an einem Ort weiter, wo wir ungestört sind", meinte Ben, der Grace' Anspielungen auf den Beginn

*Einfach sexy*

ihrer Beziehung durchaus verstanden hatte. Es konnte nichts schaden, sich an die angenehmen Zeiten ihrer kurzen Liebe zu erinnern. Vielleicht war noch nicht alles verloren.

In der Tat lächelte Grace. „Gute Idee", sagte sie und stieg unaufgefordert in seinen Wagen, wo sie auf der Rückbank Platz nahm.

Bens Herz klopfte immer schneller. Wenn das nicht die alte Grace war, vergnügt, abenteuerlustig und optimistisch. Er nahm in aller Eile hinter dem Lenkrad Platz und fuhr los. Wie damals steuerte er die ruhige Seitenstraße an, parkte am Straßenrand und begab sich zu Grace auf den Rücksitz.

„Nanu, hast du es dir anders überlegt mit dem Weglaufen?" Grace versuchte ihre Stimme forsch klingen zu lassen, doch Ben bemerkte die Unsicherheit, die darin mitschwang. Er sah ihr fest in die Augen.

„Lass die Spielchen, Grace, und sag mir, was dir auf dem Herzen liegt. Danach sehen wir weiter."

Grace schluckte und nickte tapfer. Sie konnte kaum sprechen vor Nervosität, aber sie merkte, dass es Ben wenig besser ging. Fast meinte sie, sein Herz pochen zu hören. Auf in den Kampf! ermunterte sie sich.

„War es dein Ernst, als du gesagt hast, dass du keine feste Beziehung eingehen willst?"

Ben war überrascht. Mit dieser Frage hatte er nicht gerechnet. „Natürlich", stammelte er, „aber ..."

„Es ist nämlich so, dass ich dich liebe, Ben Callahan. Du weißt, das ist ein schreckliches Gefühl, wenn es nicht erwidert wird." Grace atmete erleichtert auf. Es war heraus, und jetzt hing alles von ihm ab.

Ben sah sie mit offenem Mund an. Es dauerte lange, bis er den Sinn ihrer Worte verstanden hatte, aber dann fiel ihm ein Stein vom Herzen. Auf diese Worte hatte er gewartet. Nun würde alles gut werden!

*Carly Phillips*

„Aber ich liebe dich doch, seit ich dein Foto gesehen habe. Nur deinetwegen habe ich diesen Fall übernommen, nicht für meine Mutter. Verstehst du, was das bedeutet?"

Grace hatte den Atem angehalten, während er sprach. Was er gesagt hatte, klang gut, aber sie wagte noch nicht aufzuatmen. Doch schon zog Ben sie in die Arme und küsste sie leidenschaftlich, und nun wusste Grace, dass nichts sie mehr trennen konnte. Blieb nur noch eine Kleinigkeit zu erledigen.

Sie schob ihn von sich. „Du nimmst Emmas Geld an, keine Widerrede, hörst du? Und dann stellst du mich deiner Mutter vor."

Ben vergrub sein Gesicht an ihrer Schulter. „Nicht jetzt", murmelte er undeutlich, „wir haben Wichtigeres zu tun." Er legte die Hände um ihre Taille und zog sie auf seinen Schoß. Sie spreizte die Beine und rutschte hoch, bis sie genau dort saß, wo sie hingehörte. Sie spürte seine Erregung an der Stelle, die ebenfalls vor Verlangen pochte, und schmiegte sich an ihn. „Dann bleibst du?"

„Für immer, wenn du willst." Er küsste ihr eine Träne von der Wange.

„Du machst mich so glücklich", flüsterte sie.

„Weinst du immer, wenn du glücklich bist?"

Grace lachte unter Tränen. „Bleib einfach bei mir, dann weißt du's."

*- ENDE -*

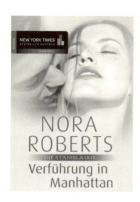

*Nora Roberts*
Die Stanislaskis 2
Verführung in Manhattan

Band-Nr. 25125
6,95 € (D)
ISBN 3-89941-164-1

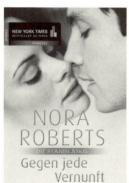

*Nora Roberts*
Die Stanislaskis 3
Gegen jede Vernunft

Band-Nr. 25132
6,95 € (D)
ISBN 3-89941-171-4

Vorschau
Dieser Roman erscheint
im Juli 2005

*Nora Roberts*
Die Stanislaskis 4
Heißkalte Sehnsucht

Band-Nr. 25144
6,95 € (D)
ISBN 3-89941-183-8

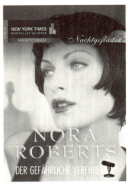

*Nora Roberts*
Nachtgeflüster 1
Der gefährliche Verehrer

Band-Nr. 25126
6,95 € (D)
ISBN 3-89941-165-X

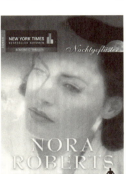

*Nora Roberts*
Nachtgeflüster 2
Der geheimnisvolle Fremde

Band-Nr. 25133
6,95 € (D)
ISBN 3-89941-172-2

Vorschau
Dieser Roman erscheint
im Juli 2005

*Nora Roberts*
Nachtgeflüster 3
Die tödliche Bedrohung

Band-Nr. 25146
6,95 € (D)
ISBN 3-89941-185-4